Paul Wolfhardt

Der Tod und die Geisha

novum pro

Dieses Buch ist auch als
e-book
erhältlich.

www.novumverlag.com

Bibliografische Information
der Deutschen Nationalbibliothek:

Die Deutsche Nationalbibliothek
verzeichnet diese Publikation in
der Deutschen Nationalbibliografie.
Detaillierte bibliografische Daten
sind im Internet über
http://www.d-nb.de abrufbar.

Gedruckt in der Europäischen Union
auf umweltfreundlichem, chlor- und
säurefrei gebleichtem Papier.

© 2022 novum Verlag

ISBN 978-3-99131-633-6
Lektorat: Volker Wieckhorst
Umschlagfoto:
Tawatchai Prakobkit | Dreamstime.com
Umschlaggestaltung, Layout & Satz:
novum Verlag

www.novumverlag.com

Inhaltsverzeichnis

I

Als ich die Augen aufschlug, fühlte ich mich wie genesen nach lang andauernder Krankheit. Schwach und matt, verspürte ich keinen Schmerz, nur eine gewisse Schwere steckte mir in den Gliedern.

Ich lag in meinem Zimmer. Auf den ersten Blick alles wie sonst, und doch kam mir alles so anders, so ungewohnt vor. Gerade so, als erwachte ich zum ersten Mal seit Langem wieder in meinem Bett.

Ich versuchte, mich zu besinnen, doch erinnerte ich mich an nichts. Ich wusste nichts von gestern oder vorgestern. Auch mein Zeitgefühl ließ mich im Stich, und der Wecker auf meinem Nachtkästchen war stehen geblieben.

Morgenlicht fiel durchs Fenster. Es war wohl zwischen neun und zehn. Ich richtete mich auf, um nach draußen zu sehen. Da erfasste mich ein Schwindelgefühl, mir wurde schwarz vor Augen, und ich musste mich wieder hinlegen.

Nach einer Weile hatte ich mich so weit erholt, dass ich die Augenlider öffnen konnte. Es wunderte mich, dass am Nachtkästchen so viel Staub lag. Und wie kam der Schlüsselbund hierher? Was war das für ein Anhänger? Gehörte der überhaupt mir?

Es gab nichts, keinen Anhaltspunkt, der mir auf die Sprünge geholfen hätte. Ich hatte keine Ahnung, was mit mir geschehen war, nur das dumpfe Gefühl, mit knapper Not einer Gefahr entronnen zu sein. Und nun gähnte mich das Vergangene an wie ein schwarzer Schlund, in dem alles begraben war, was hinter mir lag.

Nicht, dass ich mich an gar nichts mehr erinnert hätte. Es war mir durchaus noch präsent, wie ich zu Beginn meines Studiums hier eingezogen war. Mein Gedächtnis war daher nicht völlig ausgelöscht, es fehlte mir nur der Zugang zum letzten Lebensabschnitt.

Wenn ich die Augen schloss, tauchten nebelhafte Bilder auf. Doch kaum versuchte ich, sie ans Licht zu ziehen, zerflossen sie ins Nichts. Stammten sie aus Fieberträumen oder aus meiner verlorenen Vergangenheit? Sie schienen wie dunkle Schatten aus einer fernen Welt, in der mir alles fremd war, und weckten dumpfe Assoziationen. Doch keine war konkret genug, um sich zu einer klaren Erinnerung zu manifestieren.

Nach einer Weile bekam ich Lust auf ein Frühstück. Also stand ich auf. Alles in der Küche war an seinem Platz, als ob ich nie weg gewesen wäre, nur fand ich keine Lebensmittel. Der Kühlschrank war leer und auch das Stromkabel ausgesteckt, als wäre er schon seit Langem nicht mehr in Betrieb.

Es blieb mir nichts anderes übrig, als mich anzuziehen und hinunter auf die Straße zu gehen. Gleich um die Ecke gab es einen Supermarkt, wo ich mir etwas besorgen konnte. Wieder daheim, machte ich mir Kaffee und aß dazu Croissants.

Da ich immer noch Hunger hatte, fing ich nach einer Weile an, mir Spaghetti zu kochen. Die waren zwar erst für Mittag gedacht, aber auf der Uhr im Supermarkt war es schon kurz vor elf gewesen, also wurde es langsam Zeit. Erst nachdem ich gegessen und getrunken hatte, fühlte ich mich halbwegs satt.

Danach wurde ich schläfrig, es überfiel mich eine lähmende Müdigkeit, sodass ich kaum die Augen offenhalten konnte. Mir war nicht klar, woran das lag. Ich war doch erst vor Kurzem aufgestanden. Aber da ich ohnehin nicht wusste, was ich mit meiner Zeit anfangen sollte, ging ich ins Schlafzimmer und legte mich hin.

Eigentlich hatte ich nur ein kurzes Mittagsschläfchen halten wollen, doch erwachte ich erst wieder am nächsten Morgen. Es war sehr früh, kurz nach fünf. Ich hatte vor dem Einschlafen meinen Wecker wieder aktiviert und die richtige Uhrzeit eingestellt. Demnach musste ich rund sechzehn Stunden durchgeschlafen haben. Ich hatte keine Erklärung, was mit mir los war, aber im selben Rhythmus ging es weiter, ein Tag wie der andere.

Früher war ich ein notorischer Langschläfer gewesen, jetzt wachte ich immer sehr zeitig auf und wurde dafür schon am Nachmittag müde. Ich fühlte mich nicht schlecht, im Gegenteil, es ging mir gut. Aber ich kam mir vor, als existierte ich nur wie mechanisch, essen, trinken, schlafen. Geistig beschäftigte mich nichts.

Sobald ich mich niederlegte, sank ich in tiefen traumlosen Schlaf. Erst im Halbschlaf kurz vor dem Aufwachen zeigten sich ab und zu Traumbilder. Meist schemenhafte Landschaften, einmal am Meer, ein anderes Mal in den Bergen. Die Gegenden waren immer menschenleer, aber sie kamen mir so bekannt vor, als hätte ich sie schon mal gesehen, auch wenn ich keine Ahnung hatte, wo das gewesen sein könnte.

Besonders eins der Traumbilder, das mir eine felsige Flusslandschaft zeigte, ging mir nicht aus dem Sinn und beschäftigte mich tagelang. Es weckte Emotionen in mir, die ich mir nicht erklären konnte. Die Gegend wirkte wie tot und ausgestorben, es floss kein Wasser, nur große, weiße Kiesel lagen im trockenen Flussbett. Dennoch war mir im Traum, als wäre von fern her ein Rauschen zu hören, und ich verband damit die Hoffnung auf eine Belebung der Landschaft, doch kein Wasser kam. Ich erwachte in einer schwermütigen Stimmung und wünschte mir, tot zu sein.

Und noch etwas anderes war seltsam. Manchmal kannte ich mich morgens im Spiegel selbst kaum wieder. Es war zwar nicht so, dass mir ein völlig fremdes Gesicht entgegenstarrte, aber irgendwie fühlte ich mich nicht als der, den mir das Spiegelbild zeigte. Ich begann mich zu fragen, wer ich denn eigentlich war, ohne darauf eine Antwort zu finden.

★★★

Es tauchten auch noch andere Bilder im Halbschlaf auf. Albtraumhafte Szenen, die sich in verschiedenen Variationen wiederholten. Einmal steckte ich in einem Behältnis fest, das ich für eine Raumkapsel hielt. Es umgab mich ein bläuliches Licht, und ein klaustrophobisches Gefühl umfing mich. Ich war in der Röhre von allen Seiten so eingezwängt, dass ich nicht wusste, ob ich stand oder lag. Dann begann ein Dröhnen und Vibrieren, das Ding geriet in Bewegung. Erst schien es mir, als stiege die Kapsel wie eine Rakete in die Höhe. Kurz darauf wurde mir aber bewusst, dass es nach unten ging. Ich spürte einen Druck in den Ohren, dann auch in den Schläfen. Und beim Fall ins Bodenlose wuchs meine Angst vor einem Aufprall, bis ich atemlos und schweißgebadet erwachte.

In einer ähnlichen Traumszene befand ich mich in einem dunklen Zimmer. Ich blickte von hoch oben aus einem Fenster in die Tiefe. Es war Nacht, und unten leuchteten unzählige Lichter. Eine riesige Stadt lag mir zu Füßen, aber ich war kein Teil von ihr. Alles ging in den Straßen seinen Gang ohne mich. Daraufhin war es, als zöge sich der Raum zusammen. Die Wände rückten von allen Seiten näher, und am Ende stand ich mit dem Gesicht gegen das Fenster gepresst und fühlte mich wieder wie in ein Behältnis eingeschlossen. Diesmal ging es aber von Anfang an senkrecht nach unten, als hätte jemand in einer Aufzugskabine den Abwärtsknopf gedrückt. Und je schneller es in die Tiefe ging, desto unbehaglicher wurde mir zumute. Es hob mir den Magen aus, und ein Schwindel ergriff mich, denn die Lichter der Stadt kamen immer näher. Ich schloss die Augen, doch das grelle Licht stach mir durch die Lider. Wieder erwartete ich einen Aufprall, der nicht kam, stattdessen erwachte ich.

Wenn ich aus solchen Träumen hochschreckte, brauchte ich immer eine Weile, bis ich mich in der Realität wieder zurechtfand. Auch wenn ich wusste, dass ich bei mir daheim im Bett lag, war mir immer, als wäre ich in dem Moment aus einer fernen Welt zurückgekehrt. Ich hatte dann den Eindruck, als stünde das Tor zur Vergangenheit einen Spalt weit offen, und ich bräuchte es nur aufzudrücken. Doch so sehr ich mich auch mühte, es gelang mir nicht, die dunklen Erinnerungen festzuhalten, sie verloren sich wieder, und alles verschwamm mir vor Augen.

★★★

Ich kannte das Mietshaus, in dem ich wohnte. Der Geruch im Stiegenhaus war mir ebenso vertraut wie das Knirschen der Haustür. Doch war ich wohl lange weg gewesen, denn zur Vertrautheit gesellte sich ein Gefühl, als wäre nicht alles wie früher. Von den Nachbarn kannte ich die meisten Gesichter, doch einige kamen mir fremd vor. Wenn mich wer grüßte, erwiderte ich den Gruß, doch als mich einmal ein älterer Mann ansprach und fragte: „Na, wieder im Lande? Wo waren Sie denn so lange?", fiel meine Antwort schmallippig aus. Was sollte ich erwidern? Dass ich es nicht wusste? Das wäre nicht nur unglaubwürdig gewesen, er hätte auch meinen können, ich machte mich lustig über ihn. Oder schlimmer noch, wenn er dächte, ich hätte nicht alle Tassen im Schrank. Daher wich ich ihm in den folgenden Tagen aus. Besser für einen Sonderling als für verrückt gehalten zu werden.

Abgesehen von solchen Ereignissen wunderte es mich selbst, wie problemlos ich den Alltag meisterte. Ich fand mich überall zurecht, als wäre ich dieses Leben seit Jahren gewohnt. Die äußere Sicherheit gab mir auch Halt in meiner inneren Verunsicherung. Solange ich den vertrauten Kreis nicht verließ, fühlte ich mich sicher und geborgen. Wagte ich mich jedoch nur ein Stück über die selbst gesteckten Grenzen hinaus, fürchtete ich, die Orientierung zu verlieren und nie mehr zurückzufinden.

Auch die Gedankenwelt, in der ich mich bewegte, überstieg den engen Radius nicht. Jeder Versuch, in unbekanntes Terrain vorzustoßen, schien in vermintes Gelände zu führen. Mir war, als genügte ein einziger falscher Schritt, und ich verlöre den Boden unter den Füßen. Die diffuse Angst, die mich daran hinderte, meiner Vergangenheit nachzuforschen, rührte wohl daher, dass ich fürchtete, unliebsame Wahrheiten zu erfahren. Es war bequemer, alles in der Schwebe zu lassen, auch wenn es bedeutete, gefangen in einem Niemandsland ohne Vergangenheit und Zukunft leben zu müssen.

Eines Tages entdeckte ich einen Pass in einer Lade meines Nachtkästchens. Das Foto und alle anderen Angaben passten auf mich. Es schien sich unzweifelhaft um meinen Pass zu handeln. Ich war sogar froh, damit ein Dokument zu haben, das mir eine offizielle Identität gab. Doch beim Foto erging es mir wie beim Blick in den Spiegel. Trotz aller Ähnlichkeit fiel es mir schwer zu glauben, dass ich das sein sollte, auch der Name sagte mir nichts. Vielleicht war der Pass gefälscht. Ich unternahm allerdings nichts, um eine Antwort darauf zu finden.

Oder ein anderes Beispiel: Es gab ein Telefon im Vorzimmer. Erst merkte ich gar nicht, dass der Apparat einen regulären Anschluss hatte, bis mich eines Abends, als ich schon im Bett lag, ein Läuten hochschrecken ließ. Am nächsten Morgen läutete es wieder, doch die ersten Male ging ich nicht ran. Nur als ich zufällig einmal neben dem Telefon stand, als wieder ein Anruf kam, hob ich aus Neugier ab. Eine Frau war dran, die Englisch mit fremdem Akzent sprach und sich als Yuko vorstellte. „Welche Yuko?", fragte ich. Sie sprach mich mit demselben Namen an, der im Pass stand. Trotzdem erwiderte ich: „Sorry, wrong number!" Ich hörte sie noch sagen: „I'm sure it's you, I know your voice", da legte ich auf. Die Bemerkung hatte mich getroffen, ich fühlte mich wie ertappt. Ich bereute aber auch aus einem anderen Grund, die Verbindung vorschnell unterbrochen zu haben. Wenn sie mich kannte, hätte ich vielleicht von ihr all das in Erfahrung bringen können, was mir in den letzten Tagen Rätsel aufgab. Aber wollte ich das wirklich wissen?

Ich zermarterte mir das Hirn, wer die Anruferin gewesen sein könnte. Ich überlegte mir auch, wie ich reagieren sollte, falls sie nochmals anriefe. Doch sie meldete sich nicht wieder, diese Chance war vertan. Trotzdem ging mir der Anruf nicht mehr aus dem Sinn. Es tauchten nämlich in dem Zusammenhang all die Fragen, die ich mir zuletzt aus verschiedensten Anlässen gestellt hatte, wieder auf, und diesmal gelang es mir nicht mehr, sie zu verdrängen. Daher entschied ich mich, den Kopf nicht länger in den Sand zu stecken und meiner Vergangenheit nachzuforschen. Ich wollte den Rätseln, die mich umgaben, auf den Grund gehen.

Ich sah das Brieffach durch, das von Postsendungen überquoll. Es waren aber nur zwei persönliche Briefe dabei, das andere war Reklame. Dennoch widerstrebte es mir, die Kuverts, adressiert an den ominösen Namen, zu öffnen. Ich konnte mich nach wie vor nicht damit identifizieren. Etwas sträubte sich in mir gegen die Erkenntnis, dass ich das sein sollte.

Schließlich überwog aber meine Hoffnung, in den Briefen Informationen zu finden, die mir weiterhelfen könnten. Es waren zwei Mitteilungen, eine kam von einer Bank, eine von der Hausverwaltung, beide die Miete betreffend. Die war bisher mittels Einziehungsauftrag von einem Konto abgebucht worden, doch das war seit Monaten überzogen, daher hatte man die automatischen Überweisungen gestoppt.

Unter den anderen Zusendungen fanden sich auch mehrere Ausgaben eines Magazins über Kampfsport. Aus Langeweile blätterte ich darin und las einen Artikel über den Begründer des modernen Karate, einen Japaner namens Funakoshi. Er definierte die Kunst des *Karatedo* als „Weg der leeren Hand". Einem Gegner ohne Waffe gegenüberzutreten, bedeute nicht, wehrlos zu sein. Der Körper des Kämpfers stelle die Waffe dar, die im Training geschmiedet und vom Geist geschliffen werden müsse. Das Ziel sei nicht die Vorbereitung auf den Kampf, sondern das Erreichen absoluter Selbstbeherrschung. Dieses Streben nach der Einheit von Körper und Seele solle sowohl die Überwindung aller inneren Widersprüche als auch die Lösung aller Konflikte mit der Außenwelt herbeiführen. Nur so werde das eigene Ich mit der Welt in harmonischen Einklang gebracht, in der nichts den inneren und äußeren Frieden störe. Das Ideal wäre ein Zustand innerer Ruhe, der einer inneren Leere gleichkäme.

Das klang sehr esoterisch, doch fühlte ich mich von dieser Philosophie angesprochen, sie berührte eine Saite in mir. Denn bei mir konnte von einer Einheit zwischen Körper und Geist keine Rede sein, die zerfielen quasi in zwei Teile. Die erwähnte „innere Leere" war das genaue Gegenteil von der Leere, die ich in meinem derzeitigen Leben empfand. Ich lag zwar nicht im Konflikt mit der Welt, doch von harmonischem Einklang keine Spur. Ich wandelte durch die Gegend wie einer, der nirgends dazugehörte und überall fremd war.

★★★

Um sich bestmöglich auf das Turnier in Tokyo vorzubereiten, unterbrach er sein Studium und reiste einen Monat zuvor nach Japan. Einerseits, um sich auf den Klimawechsel einzustellen, andererseits, um sein Training zu intensivieren. Man hatte ihm und den anderen, von auswärts anreisenden Teilnehmern eine preiswerte Unterkunft sowie auch eine Gelegenheit zum Training in einem nahegelegenen *Dôjô* angeboten, und von dieser Möglichkeit hatte er Gebrauch gemacht.

Als das Turnier begann, traf er in den Vorrunden durchwegs auf Nichtjapaner. Im ersten Kampf war ein Brasilianer sein Gegner. Im zweiten traf er auf einen Russen, der zwei Meter groß und über neunzig Kilo schwer war. Dank seiner technischen und taktischen Fähigkeiten konnte er beide Begegnungen für sich entscheiden. Doch die kräfteraubenden Vorkämpfe zehrten an seiner Substanz. Seine späteren japanischen Gegner waren alle über leichtere Kämpfe in die Endrunden gekommen. Es wurden daher Vorwürfe laut, dass die Japaner bei der Auslosung bevorzugt worden wären. Es schien kein Zufall zu sein, dass durch die Kämpfe zwischen Ausländern schon in den Vorrunden einige der stärksten Brocken ausschieden, bevor sie auf die japanischen Favoriten trafen.

Allerdings ging er gestärkt aus den Vorrundenkämpfen hervor, sein Selbstvertrauen war dadurch gestiegen. Er war nur als Außenseiter angereist, der sich durch den Sieg bei einem Studententurnier für die Teilnahme qualifiziert hatte. Obwohl er gleich zu Beginn auf hochkarätige Gegner traf, machte er die Erfahrung, dass er hinsichtlich Kondition und Kampftechnik seinen Kontrahenten ebenbürtig war. Mehr noch, mit seiner im Vergleich zum schulmäßigen Karate unorthodoxen Kampfweise gelang es ihm, seine Gegner oft zu verunsichern und in Schwierigkeiten zu bringen. Denn sie kamen mit seinen unerwarteten Positionswechseln, blitzschnellen Körperdrehungen sowie seiner Reaktionsschnelligkeit nur schwer zurecht. Bedingt durch sein gutes Auge, gelang es ihm, Angriffen schon im Ansatz auszuweichen und mit Gegenschlägen die Angreifer aus dem Konzept zu bringen. Seine bevorzugte Taktik, durch fingierte Attacken die Gegner zu Kontern zu verleiten und dann aus der Defensive heraus entscheidend zu punkten, ging immer wieder auf. Der unkonventionelle Stil half ihm auch, seinen Mangel an Erfahrung im Kampf mit japanischen Gegnern auszugleichen. So brachte er das Kunststück zuwege, als einziger Ausländer bis ins Halbfinale vorzustoßen.

Anfangs hatte man ihn als *Nobody* unterschätzt, doch je mehr Respekt er den Japanern abnötigte, umso besser bereiteten sie sich gegen ihn vor, und umso verbissener kämpften sie. Da sie den Sport als ihre Domäne ansahen, sollte der Einzug eines Ausländers ins Finale verhindert werden. Sie wollten den Turniersieg unter sich ausmachen, alles andere galt als nationale Schande.

So kam es, dass sein Gegner im Halbfinale wilde Attacken gegen ihn ritt. Er wollte den Sieg erzwingen. Doch seine scheinbare Überlegenheit nützte ihm nichts, denn den entscheidenden Treffer konnte er nicht anbringen, und in der Schlussphase des Kampfes geriet er sogar ins Hintertreffen. Daraufhin versuchte er, durch eine Serie von Kicks um jeden Preis eine Entscheidung herbeizuführen. Da seine ungestümen Angriffe aber leicht auszurechnen waren, gingen sie alle ins Leere. Er gab dennoch nicht auf. Selbst als schon das Zeichen zum Ende des Kampfes fiel, trug er noch eine letzte Attacke vor und traf in dem Augenblick seinen Gegner mit der Ferse am Kopf.

Trotz der Tatsache, dass der Niederschlag nicht zählte, weil er nach Ablauf der regulären Kampfzeit erfolgt war, hatte er zu einem schweren k. o. geführt. Angesichts dessen war an ein Antreten zu einem weiteren Kampf an diesem Tag nicht zu denken. Es dauerte eine Stunde, bis er das Bewusstsein wieder erlangte, und er musste in eine Klinik gebracht werden. Das Turnier lief unterdessen weiter. Das zweite Halbfinale war nach dem ersten angesetzt, und der Endkampf sollte am Abend über die Bühne gehen. Die Organisatoren berieten hinter den Kulissen, wie das Turnier trotz des Vorfalls zu einem termingerechten Abschluss gebracht werden könnte, denn dem Publikum sollte heute noch ein Sieger präsentiert werden.

So wurde entgegen dem Reglement der Unterlegene aus dem ersten Halbfinale, der eigentlich disqualifiziert hätte werden müssen, dem Sieger des zweiten gegenübergestellt. Ein eingelegter Protest wurde zwar abgewiesen, aber der Optik tat es gut, dass er im Finale nicht nur verlor, sondern sang- und klanglos unterging. Er hatte sich im Kampf zuvor zu sehr verausgabt, und es schien der Makel des nicht regelkonformen Antretens getilgt. Es kam zum erwünschten Ergebnis, ein Japaner stand als Turniersieger fest.

Dem Vordringen des Ausländers ins Halbfinale wurde zwar von allen Beobachtern großer Respekt gezollt, sein unglückliches Ausscheiden bedauert, doch nach gängiger Meinung hätte das am Ausgang des Turniers nichts geändert. Als Wiedergutmachung sollte ihm aber eine Möglichkeit zur Revanche gegeben werden, und man versprach, ihn nächstes Jahr erneut nach Japan einzuladen.

★★★

In einer anderen Ausgabe des Magazins fand ich einen weiteren Artikel, und als ich den las, hatte ich das Gefühl, mich dunkel erinnern zu können. Es schloss daran ein Traum an, in dem mir war, als läge ich im sterilen, weißen Zimmer einer Klinik in einem Bett. Eine schwere Bettdecke aus weißem, glattem Kunststoff drückte mich nieder. Ich fühlte mich darunter plattgepresst wie eine Flunder, unfähig, mich zu rühren. Mein linker Arm lag kraftlos am Bettrand in einer feuchten Lache. Ich sah, dass neben mir ein Infusionsbeutel mit einer milchigen Essenz an einer Stange hing. Die Verbindung des Schlauchs zur Einstichstelle an meinem Arm war aber unterbrochen. Die Flüssigkeit floss nicht in meine Venen, sondern lief aus und sammelte sich auf dem gummierten Leintuch.

Da kamen Leute ins Zimmer, und einer im weißen Ärztekittel beugte sich zu mir und redete mich an. Es war eine fremde Sprache, die ich nicht verstand. Eine ebenfalls weiß gekleidete Krankenschwester kümmerte sich derweil um die Infusion. Da stand aber noch eine junge Frau mit langem schwarzen Haar. Sie schien nicht zum Klinikpersonal zu gehören, und ich fragte mich, wer sie war.

Die junge Frau tauchte auch in einem anderen Traum auf. Da folgte ich ihr durch eine weite Halle. Dann ging es über steile Treppen hinunter in ein Tunnelsystem. Es kam mir vor, als wiese sie mir den Weg durch ein Labyrinth. Entgegenkommende Menschen drängten sich zwischen uns. Ich musste aufpassen, sie nicht aus den Augen zu verlieren. Ohne sie wäre ich in der Menge verloren.

Am Ende kamen wir zu einem Bahnsteig, an dem ein Zug hielt. Die Türen sprangen auf, es gab ein Geschiebe, aber wir schafften es hinein, hinter uns schloss sich die Tür. Drinnen war es dunkel, eng und kühl, und ehe wir noch unsere Plätze gefunden hatten, fuhr der Zug schon wieder an. Ich geriet ins Taumeln und verlor den Halt, aber da kam ich auf einem freien Platz zu sitzen, und sie saß neben mir.

Ich lehnte mich zurück und sah aus dem Fenster. Erst ging es durch dicht verbautes Gebiet. Dann wurden die Abstände zwischen den Häusern größer, dazwischen breiteten sich Felder aus. Vereinzelt gab es auch kleine Wäldchen wie Bauminseln im flachen Land. In der Ferne zeigte sich eine hohe Bergkette, der wir uns näherten. Irgendwann lag die Ebene hinter uns, und es ging durch ausgedehnte Wälder. Die Gegend wurde schroffer, Geröll und Gestein säumten das Gleisbett. Auf einer Seite ragten steile Felsen auf, auf der anderen gab es eine tiefe Schlucht. Die Bahn krallte sich in die Felswand, bis sie eine Hochebene erreichte. Dort gab es Reisfelder, deren Ähren in der goldenen Sonne leuchteten. Dann tauchten vereinzelte Häuser auf. Wir kamen in eine Stadt. Schließlich fuhr der Zug in den Bahnhof ein.

★★★

Mein Bruder war auch Teilnehmer an dem Karate-Turnier, und da ich damals in Tokyo studierte, sah ich mir seine Kämpfe an. Zwar schied er schon in der Vorrunde aus, doch da mein Interesse geweckt war, verfolgte ich den Fortgang des Turniers. Der Ausländer, der alle seine Vorkämpfe gewonnen hatte, erregte allgemeine Aufmerksamkeit. Sein Kampfstil war eleganter als der seiner Gegner. Er kämpfte nicht so verbissen, sondern wartete auf seine Chancen. Es sah sogar danach aus, als könnte er das Finale erreichen, doch im Halbfinale war Schluss für ihn. Nach einem schweren Niederschlag wurde er in eine Klinik gebracht, dort besuchten wir ihn am nächsten Tag.

Mein Bruder machte ihm den Vorschlag, sich gemeinsam mit ihm auf das Turnier im nächsten Jahr vorzubereiten. Wenn er zu uns nach Yamagata käme, hätte er die Chance, im *Dôjô* eines japanischen Trainers zu trainieren. Dort könnte er seine Technik verbessern und Erfahrungen sammeln, dann stünden seine Chancen auf einen Sieg beim nächsten Turnier sehr gut. Das Einverständnis unserer Eltern vorausgesetzt, könnte er in dieser Zeit auch bei uns im Haus wohnen.

Ich fand die Idee gut, und weil das Englisch meines Bruders zu wünschen übrig ließ, begleitete ich ihn in die Klinik, um ihn zu unterstützen. Zuerst lehnte der Ausländer ab. Er sagte, er wolle nicht in Japan bleiben. Erstens, weil er seinen Rückflug schon gebucht hatte, zweitens, weil er vom Verlauf des Turniers enttäuscht war und sich um seinen Sieg betro-

17

gen fühlte. Es gelang uns aber doch, ihm unseren Vorschlag schmackhaft zu machen und ihn zum Bleiben zu bewegen. Am Ende überwog sein sportlicher Ehrgeiz, und er brannte auf Revanche.

***

Da war ein Haus am Stadtrand, umgeben von Reisfeldern. Ein schmaler Gang führte in verschachtelten Windungen ins Innere. Ich ging in Socken über polierte Holzbohlen, die sich glatt und kühl anfühlten. Durch eine breite Fensterfront, die bis zum Boden reichte, sah man in einen Innenhof mit einem kleinen Garten. Darin ein Teich mit Wasserpflanzen, umgeben von pelzigem Moos und einigen Zierbäumchen.

Von irgendwo war Sprechen und Lachen zu hören. Eine Schiebetür ging auf, und in einem geräumigen Zimmer saßen da Leute am Boden rund um einen mit Tellern und Schüsseln gedeckten Tisch. Es war anheimelig warm, und es roch nach Suppe und Alkohol. Man machte mir Platz, und ich setzte mich im Schneidersitz hin. Neben mir saß die junge Frau mit den langen schwarzen Haaren, auf der anderen Seite eine ältere Frau. Ich verstand nichts von dem, was geredet wurde, aber die ältere Sitznachbarin half mir aus der Verlegenheit. Sie schob mir einen Teller zu und deutete mir, mich zu bedienen. Sie sah mich mit breitem Lächeln an und zeigte dabei eine Reihe von Goldzähnen. Da ich nicht wusste, was ich mir nehmen sollte, schöpfte sie mir aus einem Suppentopf, der in der Mitte des Tisches über einer Gasflamme stand, eine Schale voll und drückte mir dazu Stäbchen in die Hand. Da ich mich damit aber ungeschickt anstellte, gab sie mir stattdessen einen klobigen Löffel. Dann schenkte sie mir aus einer großen Flasche, die neben ihr am Boden stand, ein Gläschen voll. Ich wusste nicht, was das war, was ich da aß und trank, aber es schmeckte mir.

Die zumeist älteren Männer am Tisch unterhielten sich in einer kehligen Sprache. Es hatte den Anschein, als erkundigten sie sich, wer ich war. Es trafen mich fragende Blicke, aber da ich die Fragen nicht verstand, antwortete die junge Frau an meiner Stelle, während ich dazu freundlich lächelte. Die ältere Frau versuchte erst gar nicht, mich anzureden, wir begnügten uns mit Gebärdensprache. Sie legte mir noch andere Speisen vor, schenkte mir auch immer weiter ein und deutete: „Trink!" Ich griff ungeniert zu, und je mehr ich aß und trank, desto mehr legte sich meine anfängliche Befangenheit.

★★★

Meine Eltern wollten erst nicht zugeben, dass sie nicht davon erbaut waren, einen Ausländer beherbergen zu müssen, noch dazu ein Jahr lang. Zu Beginn hatte es ihnen zwar geschmeichelt, dass die Ankündigung seines Erscheinens in der Nachbarschaft Aufsehen erregte. Zu seiner Ankunft hatten sie daher Verwandte und Freunde eingeladen, um den Gast wie eine Trophäe vorzuführen. Doch im Grunde widerstrebte es ihnen, einen Fremden für so lange Zeit im Haus zu haben.

Das Hauptproblem war die Kommunikation. Die scheiterte daran, dass er kein Japanisch konnte und sie kein Englisch. Er bemühte sich zwar, einzelne Vokabeln aufzuschnappen, aber es sah nicht so aus, als ergäbe das in absehbarer Zeit eine Basis zur Verständigung. Wenn ich dabei war, ließen sich alle Missverständnisse lösen, doch außer mir gab es niemanden im Haus, der dolmetschen konnte.

Die Probleme begannen sich zu häufen, als ich im Herbst zu Semesterbeginn wieder nach Tokyo musste. Meine Eltern fühlten sich in seiner Gegenwart unwohl, weil sie sich mit ihm nicht unterhalten konnten. Und da mein Bruder kein kommunikativer Typ war, erwies er sich nicht als große Hilfe. Beim Karate bemühte er sich zwar gelegentlich, über seinen Schatten zu springen, aber zu Hause zeigte er wenig Lust, mit seinem rudimentären Englisch zu glänzen und verschwand meist auf sein Zimmer. Meine Eltern bereuten daher sehr bald, ihre Zustimmung gegeben zu haben und fanden immer mehr Gründe, warum es ihrer Ansicht nach unmöglich wäre, den Ausländer bis zum nächsten Sommer zu beherbergen. Am Ende setzten sie mir und meinem Bruder eine zweiwöchige Frist, in der wir uns für ihn um eine andere Bleibe umsehen sollten.

Zum Glück zeigte sich eine Verwandte, die ihn bei uns kennengelernt hatte, so angetan von ihm, dass sie sich bereit erklärte, ihn bei sich aufzunehmen. Sie war verwitwet, hatte aber früher mit ihrem Mann in ihrem Haus eine Pension geführt, in der ab und zu auch Ausländer abgestiegen waren, darum hatte sie keine Berührungsängste. Außerdem kam ihr ihr Talent, mit Händen und Füßen zu reden, zugute, sodass sie sich auch ohne Worte verständlich machen konnte.

★★★

Noch ein anderes Haus tauchte in meinen Traumbildern auf. Es war eins von mehreren drei- bis vierstöckigen Holzgebäuden, die sich beidseitig an die Felswände eines Tales schmiegten. Durch die Siedlung floss ein Bach, über den mehrere Brücken gingen. Das klare Wasser kam aus einer nahen Klamm, von deren Ausgang das Rauschen eines Wasserfalls im ganzen Ort zu hören war.

Am Rand des Wasserfalls führte ein schmaler Steg über Leitern zu einem alten, aufgelassenen Bergwerk. Der Eingang war verbarrikadiert, und ein Schild warnte bei unbefugtem Eintritt vor Lebensgefahr. In der waldigen Umgebung befanden sich aber Felsspalten, denen ein kalter Hauch entstieg, und durch sie gelangte man in das verzweigte Stollensystem. Drinnen empfing einen ein dunkles Schattenreich, in dem man sich wie von tausend Augen beobachtet fühlte. Dazu kam ein Flügelschlagen, als umschwirrten einen Fittiche des Todes. Erst wenn sich das Auge ans Dunkel gewöhnte, nahm man die Scharen von Fledermäusen wahr, die in dicken, schwarzen Trauben in den Felsnischen hingen. Solange sie sich nicht in ihrer Ruhe gestört fühlten, hielten sie still. Nur hier und da griff ein nackter Arm aus und hangelte sich ein Stück voran. Doch einmal aufgeschreckt lösten sich alle zugleich von den Wänden und flatterten dem Ausgang zu. Und wenn der Schwarm in der engen Höhle über einen hinwegflog und einen links und rechts die Flügel streiften, fiel es schwer, die Nerven zu bewahren.

Ich weiß nicht – war es im Bergwerk oder anderswo? Da gab es eine Grotte mit heißer Quelle. Dort war es dumpfig, feuchtwarm, und es tropfte von den Wänden. Im Licht einer Lampe waren in den Fels geschlagene Stufen zu sehen, die zu einem niedrigen Natursteinbecken führten. Das Thermalwasser war milchig trüb, und es entstieg ihm ein Dampf, der in Schwaden über dem Becken hing und einem das Atmen schwer machte.

Ging man die Stufen hinauf, kam man durch einen dunklen Gang in einen Keller. Dort standen Regale, und es lag allerlei Gerümpel herum. Es führte aber eine Treppe weiter ins Erdgeschoss. Dort befand sich der Hauseingang von der Straße her, und es gab eine Art Empfangsraum. Die Treppe ging dann noch über mehrere Stockwerke hinauf in ein kleines Mansardenzimmer. Drinnen war es eng und kühl, und der herbe Geruch der frischen Reisstrohmatten lag in der Luft.

★★★

Er glaubte, Japan zu kennen. Er hatte von Jugend an Karate trainiert und fühlte sich vom Samurai-Geist durchdrungen. In Wirklichkeit hatte er wenig Ahnung, denn er bezog sein Wissen nur aus Büchern. Da er nie zuvor hier gewesen war, hatte er nur ein klischeehaftes Bild „vom Land der aufgehenden Sonne, das sich trotz Anpassung an die Moderne seine Traditionen bewahren konnte." Als er dann das wirkliche Japan kennenlernte, zeigte er sich zwar einerseits beeindruckt, andererseits aber, wenn nicht alles seinen Erwartungen entsprach, auch wieder enttäuscht. Sein größtes Handicap war jedoch, dass er abgesehen von ein paar Brocken kein Japanisch verstand.

Anfangs überwog noch ein positiver Eindruck, der begann aber mit der Zeit zu bröckeln, und der Ausgang des Turniers desillusionierte ihn vollkommen. Da schien der Geist der Samurai keine Rolle mehr zu spielen, und so war er am Ende nicht nur bitter enttäuscht, sondern fühlte sich, als wäre ihm der Boden unter den Füßen weggezogen worden. Am liebsten wäre er sofort abgereist, und es war nicht einfach, ihn zum Bleiben zu bewegen. Nachdem er mit uns aufs Land gekommen war, schien er sich aber wieder wohler zu fühlen. Hier war vieles anders als in einer Großstadt wie Tokyo, so konnte er sich ein paar seiner Illusionen von Japan bewahren.

Er nahm mit meinem Bruder regelmäßig am Training teil und glaubte hier noch etwas vom Samurai-Geist zu finden, den er in Tokyo vermisst hatte. Das lag vor allem am Trainer, einem ehemaligen, sehr erfolgreichen Karatekämpfer, der sich bewusst in die Provinz zurückgezogen hatte. Von außen sah sein *Dôjô* aus wie ein alter Holzschuppen, drinnen roch es nach Schweiß, aber es war ihm gelungen, dort eine gute Sportschule aufzubauen. Er wollte nur mit wenigen, aber guten Leuten arbeiten. Dazu hatte er eine Handvoll junger Sportler um sich geschart, die bedingungslose Hingabe ans Karate auszeichnete. Und mit dem Ehrgeiz, den jeder von ihnen an den Tag legte, motivierten sie sich gegenseitig.

Der Trainer hatte neben meinem Bruder noch einen weiteren Teilnehmer am Turnier in Tokyo betreut, und bei der Gelegenheit hatte er auch die Kämpfe des Ausländers gesehen. Er war von seinem Kampfstil angetan, da er sich von den Haudraufmethoden der anderen ausländischen Kämpfer unterschied. Und dass er bei seinem ersten Turnier in Japan auch gegen japanische Kämpfer eine gute Figur machte, rang ihm große Anerkennung ab. Als ihm mein Bruder vorschlug, den Ausländer in sein *Dôjô* aufzunehmen, stimmte er daher ohne Vorbehalt zu.

Zu Beginn hielt er zu ihm noch Distanz, das lag aber nicht daran, dass er Ausländer war, das machte er bei allen neuen Schülern so. Er fasste ihn nur mit Glacéhandschuhen an und kritisierte ihn selten. Gleichwohl sah er beim Training deutlich, was ihm noch fehlte. Und als er erkannte, dass er keinen Sonderstatus beanspruchte, sondern bereit war, wie ein Japaner zu trainieren und zu kämpfen, nahm er ihn beim Training genauso hart ran wie alle anderen.

Der Trainer galt als schwieriger Charakter, er war kein Mann großer Worte, aber mit festen Prinzipien. Hinsichtlich der Dinge, die ihm wichtig waren, ließ er überhaupt nicht mit sich reden und machte keine Kompromisse. Das war auch der Grund, warum er nur eine kleine Zahl von Schülern hatte. Er wollte eine verschworene Gemeinschaft um sich haben, die seine Regeln akzeptierte. Er betrieb Karate wie eine Religion, sein *Dôjô* glich einer Sekte. Er verlangte von allen absolute Disziplin, nicht nur beim Training sondern auch privat. Jeder sollte so asketisch leben wie er, das hieß, keine Zigaretten, kein Alkohol, natürlich auch keine Drogen und keine Frauen. So etwas war im Kreis junger Männer natürlich nicht jedermanns Sache, aber wer sich nicht daran hielt, der ging entweder von selbst oder wurde gegangen.

Er hatte auch sehr eigenwillige Trainingsmethoden. So jagte er seine Schützlinge zum Konditionstraining nicht nur steile Berge hinauf, sondern es konnte ihm auch einfallen, sie aufzufordern, sich von einem hohen Wasserfall ins schmale Wasserbecken darunter zu stürzen. Oder er ließ sie im Winter zehn Minuten auf einer Klippe unter dem eiskalten Wasserstrahl stehen. Ein anderes Mal, als gerade der erste Schnee gefallen war, ließ er alle mit nackten Sohlen über die verschneiten Felder rennen. Und im Herbst verlangte er nach der Erntezeit von ihnen, barfuß über die Stoppeln der abgebrannten Reisfelder zu laufen.

Die Philosophie, die dahinter stand, war, dass jeder seiner Schützlinge, egal in welcher Situation, immer mental dazu bereit sein sollte, sich spontan einem Risiko oder einer Gefahr zu stellen. Weder Hitze noch Kälte dürften einem dabei etwas ausmachen. Mit Karate hatte das nur bedingt zu tun, seine Trainingsmethoden zielten darauf, die Kämpfer über die Erfordernisse ihres Sports hinaus geistig und körperlich zu stählen.

★★★

Einmal befand ich mich allein auf einem Waldlauf. Es schien zu Beginn der Winterzeit zu sein. Die knorrigen Bäume ringsum waren alle kahl, nur ein paar Nadelbäume gab es und dazwischen glitschiges Wurzelwerk. Der Himmel war wolkenverhangen, es war kalt und trüb, und plötzlich begann es in dicken Flocken zu schneien. Obwohl der nasse Schnee den Boden noch mehr aufweichte, ließ ich mich nicht davon abhalten weiterzulaufen. Stellenweise watete ich knöcheltief im Morast, der an meinen Sohlen kleben blieb, sodass mir so war, als hätte ich Bleigewichte an den Füßen. Schließlich hielt ich inne, denn mir schien, ich wäre vom Weg abgekommen.

Eine sonderbare Stille herrschte ringsum. Der lautlos fallende Schnee dämpfte jegliches Geräusch, ich hörte nur meinen keuchenden Atem. Es kam mir so vor, als wäre ich in dieser unwirtlichen Gegend der einzige Mensch.

Die meiste Zeit war ich quer durch den Wald gelaufen, aber auf einmal standen die Bäume so dicht, dass ich nicht mehr wusste, wo ich war. Bevor ich mich ganz verirrte, wollte ich nach einem gangbaren Weg suchen. Und als ich nach einigen hundert Metern auf eine Forststraße stieß, beschloss ich, dort meinen Waldlauf fortzusetzen.

Ich war noch gar nicht weit gekommen, da versperrte plötzlich ein dunkler SUV den Weg. Es war niemand in der Nähe, aber das Fahrzeug konnte noch nicht lange da stehen, denn die Motorhaube war noch warm. So wie der Wagen da stand, das Heck in der Höhe, die Vorderräder im Morast, sah es so aus, als wäre er bei einem Wendemanöver hängen geblieben.

Vielleicht war der Fahrer weggegangen, um Hilfe zu holen. Doch als ich um den Wagen herumging, sah ich neben der geöffneten Fahrertür jemanden am Boden liegen. Es war eine Frau, die verrenkt wie eine weggeworfene Gliederpuppe da lag, halb auf dem Rücken, den Kopf zur Seite gedreht. Ihr Körper war zierlich und schlank, ihr Gesicht vom langen Haar verdeckt, darin Schneeflocken. Unter einer grauen Pelzjacke trug sie einen weißen Angorapulli, dazu einen schwarzen Lederrock, schwarze Strümpfe, schwarze Lackschuhe, deren Absätze so hoch waren, dass sie damit im Wald keinen Schritt hätte tun können.

Ich beugte mich über sie und berührte ihre Hand. Die fühlte sich eiskalt an. Ich strich ihr das nasse Haar aus dem Gesicht. Die Frau war jung, schön und wie eine Puppe geschminkt. Bei dem Gedanken, dass sie tot sein könnte, gab es mir einen Stich.

Ich hatte keine Ahnung, was mit ihr los war. Eine sichtbare Verletzung hatte sie nicht, aber sie gab auch kein Lebenszeichen von sich, lag einfach nur da, reglos, besinnungslos, wie tot. Sie atmete aber noch, wenn auch schwach. Ich fühlte ihren Puls, der ging sehr langsam. Ich versuchte, sie zum Bewusstsein zu bringen, rüttelte sie, sprach sie an. Keine Reaktion. Ich tätschelte ihre Wange. Die war kalt wie die einer Toten.

Mir war klar, dass ich sie so nicht liegen lassen konnte, sie würde sonst erfrieren. Sie war jetzt schon unterkühlt. Aber was sollte ich tun? Ein Handy lag neben ihr. Ich hob es auf und wählte nach einigem Zögern den Notruf. Eine weibliche Stimme meldete sich und fragte, von wo ich anriefe und was passiert wäre.

Darauf wusste ich keine Antwort. Ich sagte, ich stände irgendwo mitten im Wald und hätte eine Frau gefunden, die wie leblos neben ihrem Wagen lag. Nach einem Unfall sah es nicht aus, eher nach einer Panne. Warum sie das Bewusstsein verloren haben könnte, dafür hatte ich auch keine Erklärung. Ich versuchte die Situation, in der ich sie vorfand, zu schildern, aber da war eine Störung in der Leitung und am Ende war sie ganz unterbrochen.

Ich rief ein zweites Mal an. Diesmal war die Verbindung besser. Nun war ein Mann dran. Er fragte mich, ob ich die Frau eventuell mit dem Auto in die Notaufnahme bringen könnte. Der Vorschlag war naheliegend. Warum hatte ich nicht gleich daran gedacht? Ich warf einen Blick ins Wageninnere. Der Schlüssel steckte, die Schaltung, eine Automatik, stand auf Leerlauf, es sprach also nichts gegen einen Versuch.

Ich hob die Bewusstlose auf, trug sie um den Wagen herum, um sie auf den Beifahrersitz zu setzen. Danach klemmte ich mich hinters Steuer, startete, schaltete auf *Drive* und stieg aufs Gas. Es tat sich jedoch nichts. Ich legte den Rückwärtsgang ein und probierte es noch einmal. Wieder vergeblich. Irgendwie steckten die Vorderräder fest. Ich wurde nervös, aber mir war klar, dass sich bei dem Automatikgetriebe nichts mit Gewalt ausrichten ließ. Ein verstärktes Gasgeben führte nur dazu, den Motor abzuwürgen.

Ich stieg aus, um mir die Sache genauer anzusehen. Das eine Vorderrad hing in der Luft, das andere steckte in glitschigem Wurzelwerk. Die Hinterräder hatten aber festen Bodenkontakt, mit Allradantrieb müsste es möglich sein, da rauszukommen.

Ich stieg wieder ein, gab nur in kurzen Abständen Gas und versuchte durch ein Vor-und-Zurück-Schaukeln den festsitzenden Wagen in Gang zu bringen. Nach einer Weile gelang es. Ein Ruck und alle vier Räder standen auf dem Forstweg. Um beim Reversieren nicht nochmal in dieselbe Lage zu kommen, schob ich einfach verkehrt zurück. Da ich den Wagen nicht gewohnt war, geriet ich mehrmals in Gefahr, vom Wege abzukommen, aber es gelang mir, nach ein paar hundert Metern eine asphaltierte Straße zu erreichen. Von dort war das Fahren kein Problem mehr.

Ich fuhr schnell, bei der schlechten Witterung auf der engen Waldstraße wahrscheinlich zu schnell. Aber mich trieb die Furcht, ich könnte es nicht mehr rechtzeitig in die Klinik schaffen. Immer wieder tastete ich nach ihr und versuchte, mich zu vergewissern, dass sie noch atmete. Sie fühlte sich wärmer an als vorhin, immerhin hatte ich die Heizung voll aufgedreht, doch hing sie nach wie vor schlaff und reglos auf ihrem Sitz.

Endlich kamen wir aus dem Wald und erreichten die ersten Ausläufer der Stadt. Von hier konnte es nicht mehr weit sein. Ich rief nochmals an, um mich wegen des Wegs in die Klinik zu erkundigen. Es dämmerte schon, aber es schneite immer noch. Nur hier war es, anders als oben auf dem Berg, mehr eine Art Schneeregen. Dicke Batzen fielen auf die Scheibe und nahmen mir die Sicht. Entgegenkommende Scheinwerfer blendeten mich. Einmal bog ich falsch ab und fand nicht mehr auf die Hauptstraße zurück. Ich achtete kaum noch auf den Verkehr, sondern war nur noch darauf bedacht, den richtigen Weg zu finden.

Doch dann, ich wusste selbst nicht wie, hatte ich es geschafft, auf einmal kam die Klinik in Sicht. Am Eingang wartete man schon und war bereit, sich um den Notfall zu kümmern. Man stellte mir Fragen zum Zustand der Frau, ob sie Medikamente oder Drogen genommen hatte. Aber ich wusste nichts von ihr. Ich war nur froh, sie hier lebend abgeliefert zu haben. Dass sie unterwegs sterben könnte, war meine größte Sorge gewesen.

★★★

Einige Tage später erfuhr ich, dass sie sich auf dem Weg der Besserung befand und war erleichtert. Sie hatte sich erholt und nach dem, was man mir sagte, stand es nicht schlimm um sie. Angeblich hatte sie sich auch nach mir erkundigt, weil sie wissen wollte, wer sie in die Klinik gebracht hatte. Meiner Bitte, sie sehen zu dürfen, wurde entsprochen.

Als ich in die Klinik kam, führte mich eine Krankenschwester hinauf. Sie hatte ein eigenes Zimmer, doch nach der Ankündigung meines Besuchs ließ sie mir ausrichten, sie würde aufstehen und nach draußen kommen.

Es dauerte eine ganze Weile, bis sie wirklich erschien. Die Krankenschwester war schon wieder weg, und ich stand allein auf dem nüchternen, kahlen Gang. Nachdem die Tür aufging, traf mich ein erstaunter Blick, so, als hätte sie jemand anderen erwartet. Verwundert sah sie sich um, aber es war keiner da außer mir. Allem Anschein nach hatte ihr niemand gesagt, dass ich Ausländer war.

Aber ich war ebenso überrascht. Von Krankheit oder Schwäche war ihr auf den ersten Blick nichts anzumerken. Auch sonst sah sie sehr verändert aus, ich hatte sie ganz anders in Erinnerung. Zum Teil lag das natürlich daran, dass sie nun im Pyjama erschien und darüber nur einen Schlafrock trug. Doch ihr Gesicht sah ebenfalls anders aus, ohne Schminke war ihr Teint nicht so blendend weiß, und es wirkte rundlicher als bei unserer ersten Begegnung. Ursprünglich hatte ich sie auch jünger geschätzt, vielleicht Anfang zwanzig. Heute dagegen erschien sie mir älter und machte auf mich einen fraulicheren Eindruck.

Nach einem ersten Moment der Sprachlosigkeit fragte sie mich, ob ich der Mann wäre, der sie im Wald gefunden und hierher gebracht hätte. Nachdem ich ihre Frage bejaht hatte, sagte sie etwas, was ich nicht verstand, und verbeugte sich sehr förmlich vor mir. Ich vermutete, dass sie mir auf diese Weise danken wollte. Da ich aber nicht wusste, wie ich darauf reagieren sollte, erwiderte ich nur stumm ihre Verbeugung.

Auch danach wollte die Befangenheit zwischen uns nicht weichen. Sie stand mit gesenktem Blick da, während ich noch überlegte, was ich sagen sollte. Um der peinlichen Situation zu entgehen, trat sie einen Schritt auf mich zu und nahm meine Rechte in ihre beiden Hände. Darauf hob sie den Kopf, sah mir kurz in die Augen und verbeugte sich nochmals.

Es war nur ein kurzer Moment, danach richtete sie das gesenkte Haupt wieder auf. Doch im Gegensatz zu dem förmlichen Dank von vorhin schien mir diese Geste aus ihrem Herzen zu kommen. Sie hatte ein wenig unbeholfen, zugleich aber auch sehr berührend auf mich gewirkt. Die Wärme ihrer weichen Hände überraschte mich. Bei unserer ersten Begegnung hatten sie sich starr und kalt angefühlt. Aber das war der Beweis, dass sie ins Leben zurückgekehrt war. Ich konnte nicht beurteilen, woran es lag, dass sie sich so schnell erholt hatte. Noch vor wenigen Tagen schien sie mir dem Tod nahe, und ihre Totenkälte hatte mir Schauer über den Rücken gejagt.

Nachdem sie meine Hand losgelassen hatte, hätte ich sie gerne umarmt. Doch sie trat einen Schritt zurück, um die ursprüngliche Distanz zu wahren. Trotzdem spürte ich, dass das Eis zwischen uns gebrochen war. Sie deutete auf eine Sitzbank, die in einiger Entfernung stand, und lud mich ein, dort Platz zu nehmen. Während wir die paar Meter gingen, beobachtete ich sie von der Seite. Sie wollte sich zwar nichts anmerken lassen, aber ihre Schritte wirkten steif und unsicher. Ganz wiederhergestellt war sie wohl doch nicht. Als sie merkte, dass mir das auffiel, ergriff sie meinen Arm und ließ sich von mir führen. Es war wie das stumme Eingeständnis, dass wir keine Geheimnisse voreinander zu haben brauchten.

Beim Niedersetzen ließ sie meinen Arm wieder los. Dann lehnte sie sich zurück, streckte ihre Beine aus, bewegte erst ihre Zehen und ließ dann ihre kleinen Füße einige Male kreisen. Offenbar war das eine Übung, die man ihr hier empfohlen hatte. Ich beobachtete sie von der Seite und war noch immer verblüfft, welche Wandlung mit ihr vorgegangen war. Im Wald hatte sie wie eine geschminkte Puppe ausgesehen, ihr dickes *Make-up* war mir wie eine Maske erschienen. Heute wirkte sie dagegen auf mich wie eine Frau aus Fleisch und Blut.

Als ich sie fragte, was damals eigentlich mit ihr los gewesen wäre, wollte sie nicht so recht mit der Sprache heraus. Sie sagte, sie hätte einen *Black-out* gehabt, weil sie zwei verschiedene medizinische Präparate eingenommen hatte, die sich in ihrer Wirkung beeinträchtigten. Was das für Mittel waren, wollte sie sich aber nicht entlocken lassen, darum drang ich nicht weiter in sie. Auf die Frage, was sie denn bei dem Wetter im Wald gewollt hätte, antwortete sie, sie wäre auf dem Weg zu einer Verabredung gewesen, hätte sich aber verfahren. Nachdem sie beim Umdrehen auf dem Forstweg hängengeblieben war, hätte sie versucht, per Handy Hilfe zu holen. Doch dann wäre ihr schlecht geworden, und sie hätte das Bewusstsein verloren. Was danach war, daran könne sie sich nicht mehr erinnern. Erst in der Klinik wäre sie wieder zu sich gekommen.

Als ich ging, begegnete ich zufällig dem Arzt, der mich an dem Tag, als ich sie herbrachte, gefragt hatte, ob sie vielleicht unter dem Einfluss von Drogen stand. Ich wollte wissen, ob sie eventuell drogenabhängig wäre. Doch darüber verweigerte er mir die Auskunft. Er entschuldigte sich damit, dass er gegenüber Fremden über den gesundheitlichen Zustand von Patienten Stillschweigen bewahren müsste.

★★★

Als ich erfuhr, dass er ein Verhältnis mit einer anderen Frau hatte, war ich enttäuscht. Er musste ihr in der Zeit begegnet sein, als er im Haus meiner Großtante wohnte. Da ich damals in Tokyo war, hörte ich aber erst viel später davon. Doch auch mein Bruder, der täglich mit ihm trainierte, hatte nichts davon gewusst.

Es war nicht ganz nachvollziehbar, wie der Kontakt zustande kam. Die Lebenssphäre dieser Frau und die seinige lagen so weit auseinander, dass sie sich unter normalen Umständen niemals kennengelernt hätten. Auch blieb es rätselhaft, was ihn – abgesehen von der erotischen Anziehung – mit ihr verband. Erst als sich die Sache herumsprach, wurden einige Details bekannt. Alle waren natürlich entsetzt, wie es so weit mit ihm hatte kommen können. Meine Eltern waren im Nachhinein froh, ihn nicht aufgenommen zu haben, und machten mir und meinem Bruder sogar Vorwürfe, dass wir ihn ins Haus gebracht hatten.

Ich versuchte, ihn anfangs noch in Schutz zu nehmen, denn ich konnte mir sein Verhalten nur so erklären, dass er in die Sache reingeraten war, weil er die Gepflogenheiten der japanischen Gesellschaft nicht kannte. Ihm war wohl nicht klar gewesen, worauf er sich mit dieser Frau einließ, und später war es zu spät, da wieder herauszukommen, da hatte sie ihn schon zu tief in ihre Netze verstrickt.

Er, der bis dahin nur für seinen Sport gelebt und dafür auf Frauen und Alkohol verzichtet hatte, war wohl zu naiv, um zu durchschauen, wie raffiniert er von dieser Frau getäuscht wurde. Dabei deutete alles darauf hin, dass sie ihr Leben gar nicht mehr im Griff hatte. Sie war nicht nur psychisch labil, sondern nahm auch noch Drogen. Das allein hätte bei ihm alle Alarmglocken schrillen lassen müssen.

★★★

Einige Tage nach ihrer Entlassung aus der Klinik rief sie mich an und lud mich in ein kleines Restaurant ein. Es war ein etwas beengtes Lokal mit wenigen Tischen, daher wirkte es trotz der geringen Zahl von Gästen ziemlich voll. Da sie aber vorbestellt hatte, bekamen wir einen gemütlichen Ecktisch.

„Hierher komme ich nur mit guten Freunden", sagte sie und lächelte mich an, „denn hier fühle ich mich frei und unbeschwert." Sie hatte sich an dem Abend hübsch gemacht, sie war geschminkt, aber nur ein wenig, trug einen hellen Pullover und einen dunkelbraunen Rock. Um den Hals hatte sie eine Kette mit auffallend großen Steinen und dazu passende Ohrgehänge. Außerdem war sie beim Friseur gewesen, und ihre Nägel waren frisch manikürt. Was mir aber besonders auffiel, war, wie ihre Augen glänzten. Keine Spur mehr von den müden Schatten, die ihre Augen in der Klinik umgaben. Wenn ich sie so ansah, erschien sie mir wie ein menschliches Chamäleon, jedes Mal, wenn ich ihr begegnete, war sie anders.

„Sieh mich nicht so an", sagte sie, weil ich den Blick nicht von ihr abwenden konnte, und verbarg dabei ihr Gesicht kokett hinter der Speisekarte. Dann aber zeigte sie mir die Karte, und erklärte mir, was es hier alles gab. Sie schlug vor, *Hot Pot*, eine Spezialität des Hauses, zu bestellen. Es war ein Gericht für zwei Personen, und dazu empfahl uns der Kellner eine Flasche Wein. Als ich einwandte, dass es in meinem Sport besser wäre, nichts zu trinken, ließen wir den Wein weg und blieben bei Wasser und Tee.

Bei der folgenden Unterhaltung über Karate gab sie sich interessiert, offenbarte dabei aber, dass sie von dem Sport keine Ahnung hatte. Ich erzählte ihr von meinem japanischen Trainer und wie ich in der kurzen Zeit schon bei ihm profitiert hätte. Sie fragte mich aber nur nach lächerlichen Dingen, ob die Kämpfer unter dem Karateanzug Unterwäsche trügen und wie oft die

Sportkleidung gewaschen würde. Ich nahm es ihr nicht übel, es war ihre Art, das Gespräch am Laufen zu halten. Sie warf alles Mögliche ein, was ihr gerade einfiel, und stellte auch sehr persönliche Fragen. Umgekehrt mochte sie es gar nicht, wenn man sie private Dinge fragte. Das war mir schon in der Klinik aufgefallen. Man konnte sich mit ihr gut unterhalten, solange alles Gesagte unbestimmt blieb. Was sie nicht von sich preisgeben wollte, beantwortete sie ausweichend. Es ging ihr darum, ein hübsches Bild von sich zu zeichnen und alles zu vermeiden, was das gefällige Image ankratzen könnte. Darum hielt sie jedes Gespräch, egal zu welchem Thema, möglichst an der Oberfläche und ließ sich nichts entlocken, was tieferen Einblick gewährt hätte. Das ständige Changieren zwischen gespielter Offenheit und spürbarer Distanz empfand ich an jenem Abend als sehr irritierend.

Endlich kam das Essen. Es bestand aus einem Suppentopf, in dem die Zutaten erst am Tisch gegart wurden. Etwas Ähnliches hatte ich schon mal gegessen, aber das hier war angeblich eine taiwanesische Spezialität. Sie übernahm die Aufgabe, mit den Stäbchen mal dies, mal das in die Suppe zu tun und dann wieder herauszufischen, um es mir vorzulegen. Es waren verschiedene Meeresfrüchte, aber auch aus Fischmehl hergestellte Produkte. Während ich kostete, versuchte sie an meiner Miene abzulesen, wie es mir schmeckte. Meine Begeisterung hielt sich zwar in Grenzen, weil der Sud so einen eigenartigen Geschmack hatte, der auf alles durchschlug. Aber sie war eine gute Lehrmeisterin in der Verstellung, ich lobte alles und ließ mir nicht anmerken, dass es mir nicht so mundete. Immerhin hatte sie mich eingeladen, noch dazu in ihr Lieblingslokal, wie sie sagte, da wollte ich sie nicht enttäuschen.

Sie selbst aß allerdings auch auffallend wenig, es mochte sein, dass der Suppentopf auch nicht so ganz ihren Geschmack traf. Schließlich ging aus einer Bemerkung von ihr sogar hervor, dass sie heute erst zum zweiten Mal hier war. Das Restaurant gab es ungefähr seit einem Jahr, und ein Bekannter hatte sie nach der Eröffnung einmal hierher mitgenommen. So kurz ich sie auch kannte, so fiel mir nun schon des Öfteren auf, dass man vieles von dem, was sie sagte, nicht für bare Münze nehmen konnte. Auf Nachfragen relativierte sie so gut wie jede Äußerung, weil sie sich nicht festnageln lassen wollte. Bisher hatte ich mir nichts bei diesem Gehabe gedacht, aber den Schwindel mit dem Lieblingslokal nahm ich ihr nun doch übel. Sie merkte es und versuchte, es als Scherz abzutun. Ich konnte aber ein ungutes Gefühl dabei nicht unterdrücken. Im Grunde war es eine lächerliche Kleinigkeit, aber ich fragte mich, was von ihrem Gerede man überhaupt noch ernst nehmen konnte.

Wir hatten bis dahin sehr locker und entspannt geplaudert. Wenn ihr die eine oder andere Frage zu persönlich wurde, sodass sie darüber nicht sprechen wollte, ließ ich sie wieder fallen, und so war es uns gelungen, alle Klippen zu umschiffen. Nun vertieften ihre Versuche, ihre Schwindelei vergessen zu machen, meine Verstimmung nur noch weiter. Ich konnte es mir selbst nicht erklären, bei jeder anderen Frau wäre mir das egal gewesen, doch von ihr fühlte ich mich getäuscht. Unsere Unterhaltung begann daraufhin zu stocken und kam nicht mehr in Gang. Der Abend mit ihr schien unter keinem guten Stern zu stehen. Nicht, dass ich was Besonderes erwartet hätte, aber so hatte ich es mir auch nicht vorgestellt. Aus Verlegenheit holte sie ein Zigarettenetui aus ihrer Handtasche. Dann fragte sie, ob es mich störe, wenn sie rauchte, was ich verneinte. Doch weil sie den Rauch danach immer so betont mit der Hand von mir wegwehte, entstand bei mir noch mehr als zuvor der Eindruck, dass sie mich auf Distanz halten wollte. Außerdem redete sie, seit sie rauchte, überhaupt nicht mehr mit mir.

Nachdem sie ihre Zigarette ausgedämpft hatte, fragte sie, ob ich schon gehen wolle. Ich hätte tatsächlich nichts dagegen gehabt, aufzubrechen, aber ich wollte mich nicht auf diese Weise von ihr trennen. Ich gab daher die Frage zurück, doch sie versicherte mir, sie fühle sich in meiner Gesellschaft wohl und hätte schon lange keinen so schönen, anregenden Abend mehr verbracht. Offensichtlich war auch das eine Lüge, aber wie sollte ich ihr das zum Vorwurf machen, schließlich meinte sie es gut und wollte mir nur etwas Freundliches sagen.

In dem Moment kam das Dessert. Scherbett mit Mangoge-schmack, und die Nachspeise war das Beste am heutigen Abend-essen. Ihr widersprüchliches Verhalten bewog mich schließlich zu der Bemerkung, dass ich mich bei ihr nicht auskennen wür-de. Ich hätte ihr schon so viel über mich erzählt, wüsste bis jetzt aber noch gar nichts von ihr. Sie gab sich verwundert und frag-te: Warum denn? Sie wirkte echt betroffen, aber wie mir schien weniger darüber, nicht aufrichtig genug gewesen zu sein, son-dern weil sie ihre Rolle als Unterhalterin nicht gut genug gespielt hatte. Sie beeilte sich, ihren *Fauxpas* zu korrigieren, indem sie sagte, ihr Interesse für mich hätte sie vergessen lassen, mehr von sich zu erzählen. Da unsere Bekanntschaft aber noch sehr jung wäre, ergäbe sich sicher dazu noch Gelegenheit.

Und dann zählte sie auf, welche Orte sie in nächster Zeit mit mir gern besuchen würde. Einen angeblich tausend Jahre alten *Keyaki*-Baum im Hof ihrer ehemaligen Schule wollte sie mir zei-gen und dann mit mir in die Berge fahren, um eine alte Tem-pelanlage zu besichtigen. Es gäbe auch einen Kratersee in einem erloschenen Vulkan, den wir uns an einem schönen Tag ansehen könnten. Und im Frühling zur Kirschblüte wollte sie mit mir einen Park besuchen, wo sie als Kind oft mit ihren Eltern spa-zieren gegangen war. Dabei blickte sie mich erwartungsvoll an und wirkte, als sähe sie all diese Ausflüge schon im Geiste vor sich. Ich sagte, ich würde mich darauf freuen, aber sie bräuch-te für mich nicht die Fremdenführerin zu spielen, ich wünschte mir nur etwas mehr Offenheit von ihr.

Darauf verfiel sie erneut in Schweigen, und ihr Blick schweif-te gedankenvoll ins Leere. Das künstliche Lächeln, das sie fast den ganzen Abend zur Schau getragen hatte, verschwand, ihre Miene nahm einen melancholischen Ausdruck an. Es umgab sie für kurze Zeit eine Aura tieftrauriger Einsamkeit, als würde ihr erst in diesem Augenblick bewusst, welcher Graben uns trenn-te. Doch dann fasste sie sich wieder und sah mich an, als ob ihr etwas auf der Zunge läge. Gespannt wartete ich darauf, was sie sagen wollte, allerdings blieb sie stumm und sprach das, was ihr durch den Kopf ging, nicht aus.

Ihr eigenartiges Mienenspiel verriet aber mehr als Worte. Es offenbarte mir, dass ihr stetiges Lächeln, so liebenswürdig ich es auch empfand, nichts anderes als eine Maske war. Nun hatte sie ihre Maskierung kurz fallen lassen und mir doch ein wenig von ihrem Inneren gezeigt. Und auch wenn sie sich nicht dazu durchringen konnte, auszusprechen, was sie bewegte, fasste ich doch wieder Vertrauen und fühlte mich ausgesöhnt mit ihr.

Nach der letzten Tasse Tee standen wir auf und verließen das Lokal. Draußen schneite es leicht, und sie bot mir an, mich in ihrem Wagen mitzunehmen. Alle Schäden von der Fahrt durch den Wald vor zwei Wochen waren beseitigt, er blitzte aus- und inwendig. Als ich sie, nachdem wir eingestiegen waren, darauf ansprach, erzählte sie mir, dass ein Bekannter von ihr das Auto nicht nur durch eine Waschstraße geschickt, sondern auch alle Kratzer an der Karosserie beseitigt hätte. Als ich fragte, wer denn der Bekannte wäre, sagte sie, der Besitzer einer Werkstatt, er hätte ihr das Auto vor einem Jahr günstig überlassen. Sonst sprachen wir während der Fahrt nicht viel, und als sie mich an einer Kreuzung aussteigen ließ, fiel der Abschied kurz und förmlich aus. Ich hatte sie eigentlich noch fragen wollen, wann wir uns wiedersehen könnten, aber dazu ergab sich keine Gelegenheit mehr.

Als ihr Wagen im Dunkeln verschwand, blieb ich mit einem zwiespältigen Gefühl zurück. Allem Anschein nach hatte sie es eilig, aber sie hatte mir nicht sagen wollen, wohin sie zu dieser späten Stunde noch fuhr. Auf dem Heimweg war sie nicht, hatte sie etwa mit jemand anderem noch eine Verabredung? Ich wollte nicht daran denken, aber das half mir nichts. Die Verstimmung, die ich im Lauf des Abends schon einmal gespürt hatte, kehrte wieder, und nun mischte sich darein auch ein Gefühl der Eifersucht.

Ich hatte noch ein Stück zu meiner Wohnung zu gehen. Während ich unterwegs war, musste ich die ganze Zeit an sie denken. Ich empfand den Heimweg im abendlichen Schneefall als sehr stimmungsvoll und versuchte, nur das Schöne dieses Abends im Gedächtnis zu behalten, alle anderweitigen Gedanken abzuschütteln, doch das gelang mir nicht. Es bemächtigte sich meiner ein

Gefühl der Verlorenheit. Und als ich zu Hause das kalte, einsame Zimmer betrat, verstärkte sich diese triste Stimmung noch. Ich hatte mich auf den Abend mit ihr gefreut, weil ich hoffte, aus unserer Bekanntschaft könnte mehr werden. Nun schien es mir, als wäre nach dem ersten Mal schon alles aus.

Zwar hatte ich keinen Grund zum Pessimismus, sie hatte nichts davon gesagt, dass es kein Wiedersehen geben würde. Im Gegenteil, sie hatte sogar Vorschläge gemacht, was wir alles zusammen unternehmen könnten. Hieß das nicht, dass sie unsere Bekanntschaft fortsetzen wollte? Aber vielleicht war das auch nur so dahingesagt, da konnte man bei ihr nicht sicher sein. In einem ersten Impuls wollte ich sie auf der Stelle anrufen, um gleich ein Treffen mit ihr zu vereinbaren, aber dann ließ ich es doch bleiben. Ich fürchtete, ihr lästig zu fallen, oder schlimmer noch: mich vor ihr lächerlich zu machen.

★★★

Von Tokyo aus gelang es mir nicht, Genaueres in Erfahrung zu bringen. Erst als ich über Neujahr und dann in den Semesterferien bei meiner Familie war, bekam ich die Gerüchte zu hören, die inzwischen kursierten. Trotzdem blieb es mir noch lange ein Rätsel, was sich zwischen ihm und ihr abgespielt hatte. Wie das Ganze anfing, erfuhr ich erst viel später, und zwar aus einem Zeitungsbericht. Darin fanden sich dann auch noch andere Einzelheiten darüber, in was für gefährliche Kreise er mit ihr geraten war.

Hellhörig hätte ich schon werden können, als die Tante davon sprach, dass er von einem Tag auf den anderen bei ihr ausgezogen war. Dass damals bereits das Unheil seinen Lauf nahm, ahnte aber auch mein Bruder nicht. Er hatte nur erzählt, der Trainer wäre mit dem neuen Schüler unzufrieden gewesen, weil der das Training zu vernachlässigen begann. Er hatte ihn im *Dôjô* vor versammelter Truppe zur Rede gestellt und ihm den Rauswurf angedroht. Doch nach einer Entschuldigung und der Beteuerung, er sei bereit, weiterhin seine ganze Kraft dem Karate zu widmen, schienen die Wogen wieder geglättet zu sein. Über den Grund der eingerissenen Disziplinlosigkeit mutmaßte mein Bruder nur, dass der autoritäre Stil des Trainers nicht jedermanns Sache wäre.

Es war dann die Tante, die zum ersten Mal erwähnte, eine Frau würde dahinterstecken. Sie war deshalb auch froh, dass er auszog. Am Anfang hatte sie noch mit seiner Anwesenheit im Haus geprahlt, weil sie damit bei ihren Freundinnen Eindruck schinden konnte. Doch je mehr er den Reiz des Neuen verlor, umso lästiger wurde er ihr als Untermieter. Sie hatte nicht nur die Sprachprobleme unterschätzt, sondern auch dass ihm die kulturellen Gepflogenheiten fremd waren. Eine Zeitlang hatte er es sich gefallen lassen, dass sie die Lehrmeisterin spielte, doch ab einem gewissen Zeitpunkt reagierte er auf ihre Art, ihn zu bemuttern, nur noch genervt. Er begann, ihr auszuweichen und den Umgang mit ihr auf das Nötigste zu beschränken. Sie aber fühlte sich, nach allem, was sie für ihn getan hatte, von seinem Verhalten enttäuscht und gekränkt. Ihm deshalb das Zimmer aufzukündigen, so weit dachte sie zu dem Zeitpunkt noch nicht. Sie ließ ihn seiner Wege gehen und störte sich nicht daran, dass er immer seltener nach Hause kam. Erst als er mit der Miete säumig wurde, überlegte sie ernsthaft, ihn rauszuwerfen. Er kam ihr damit allerdings zuvor, als er eines Tages von sich aus kündigte, weil er ihr nicht weiter zur Last fallen und ausziehen wollte. Und eine Woche später war er tatsächlich verschwunden.

Auf die Miete, die er ihr noch schuldete, verzichtete sie und erkundigte sich auch nicht weiter nach ihm. Sie beklagte sich zwar über seine Undankbarkeit, im Grunde aber war sie froh, dass er weg war und sich das Problem auf diese Weise von selbst erledigt hatte. Es blieb danach lange unklar, was da vor sich gegangen und wohin er umgezogen war, auch mein Bruder konnte mir dazu nichts Näheres sagen. Eine Zeitlang hatte er ihn noch beim Training getroffen, bis er von einem Tag auf den anderen nicht mehr kam und auch nichts mehr von sich hören ließ.

★★★

Eines Tages rief sie plötzlich an und fragte mich, ob ich in den nächsten Tagen Zeit hätte. Sie wollte mich zum Mittagessen einladen und für uns beide etwas kochen. Ich sagte erfreut zu. Bis dahin hatte ich gar keine Adresse von ihr, nur ihre Handynummer. Nun sagte sie mir, wo sie wohnte, und erklärte mir, wie ich mit dem Bus zu ihr käme.

Sie wohnte in einem relativ großen Haus am Stadtrand. Erst dachte ich, es wäre das Haus ihrer Eltern. Doch als ich ankam und sie mich bat, im Vorraum die Schuhe auszuziehen, erfuhr ich, dass sie hier nur mit ihrer Katze lebte. Ich fand es seltsam, dass sie ein ganzes Haus für sich allein brauchte, fragte aber nicht weiter.

Später erzählte sie mir, wie sie zu dem Haus gekommen war. Bis zu ihrem Studienbeginn hätte sie noch bei ihren Eltern draußen auf dem Land gewohnt. Im ersten Semester wäre sie zur Uni hin und zurück täglich drei Stunden mit dem Zug gefahren. Doch weil ihr das lästig wurde, hätte sie sich nach einer kleinen Wohnung in der Stadt umgesehen. Was sie fand, war kein Studentenheim, aber laut Mietvertrag wurden im Haus die Apartments ausschließlich an junge Frauen vermietet, und der Großteil davon waren Studentinnen. Mit der Zeit erwies sich die Unterkunft, die eigentlich nur aus einem Zimmer mit Kochnische bestand, dazu ein Bad mit Klo, jedoch als unpraktisch. Und als sich die Sache mit dem Haus hier ergab, zog sie dorthin um. Ein Makler hatte es ihr vermittelt, und sie hätte der günstigen Miete wegen sofort zugegriffen.

Von außen sah das Haus japanisch aus, doch innen war es eher europäisch eingerichtet. Als sie mich ins Wohnzimmer führte, fiel mir eine große Anzahl von Blumenbuketts auf, die in Vasen am Tisch, auf einer Kommode, einige sogar am Boden standen und einen schwülen Duft verbreiteten. Auf meine Frage, was das bedeutete, sagte sie, dass sie vorgestern ihren Geburtstag feierte – den wievielten, wollte sie nicht verraten –, und die Blumen hätte sie aus diesem Anlass bekommen. Davon hatte ich nichts gewusst, daher war es mir unangenehm, ohne Geschenk dazustehen. Ich hatte nur einen kleinen Strauß mitgebracht, und der nahm sich, obwohl sie sich überschwänglich dafür bedankte, neben den teuren Buketts sehr mickrig aus.

Bisher hatte ich sie außer in der Klinik immer sehr schick gekleidet gesehen, doch an dem Tag sah sie fast bäuerlich aus. Sie war kaum geschminkt, trug keinen Schmuck und hatte ihr Haar mit einer Schleife im Nacken gebunden. Dazu hatte sie eine Latzhose an, und als sie sich zum Kochen bereit machte, streifte sie sich noch eine unförmige Schürze über, wie sie biedere japanische Hausfrauen tragen.

Als sie mich in ihre Küche führte, roch es dort schon sehr gut, weil sie einen Teil der Speisen bereits vorbereitet hatte. Ich fragte, ob ich mich nützlich machen könnte, sie aber sagte, nein, ich solle es mir in der Sitzecke bequem machen. Und sie stellte mir einen Teller mit Samosa als Vorspeise und ein Glas Lassi hin. Danach machte sie sich allein an die Arbeit.

Ihre Küche war vorzüglich ausgestattet. Es gab alles, was man zum Kochen brauchte. Aber man sah den Küchengeräten an, dass sie kaum benutzt wurden. Sie glänzten alle blitzblank, standen zum Teil nur wie zu Dekorationszwecken auf den Regalen. Yuka sagte selbst, dass sie höchst selten koche. Wenn, dann nur für Gäste, für sich so gut wie gar nie. Gleichzeitig wollte sie mir weismachen, dass Kochen ihr Hobby wäre und sie nur aus Zeitmangel nicht öfter dazukäme.

Heute sollte es ihre Lieblingsspeise, indisches Curry, geben. Denn sie liebte, wie sie sagte, die indische Küche und überhaupt alles, was mit Indien zu tun hätte. Während ich noch daran dachte, ob es mit ihrer Lieblingsspeise wohl eine ähnliche Bewandtnis hatte wie mit ihrem Lieblingslokal, erzählte sie mir, dass sie noch nie in Indien gewesen wäre, jedoch die Absicht hätte, irgendwann einmal hinzureisen. Und während sie weiter am Herd hantierte, erwähnte sie, was sie dort alles sehen wollte: Mumbai, Dehli, Kolkatta, das Taj Mahal und so weiter. Es lag ein Bildband von Indien auf dem Tisch, den ich auf ihre Aufforderung hin durchblätterte. Inzwischen verstärkten sich die indischen Düfte, und als ich fragte, was für Gewürze das wären, zählte sie auf: Kardamom, Garam Masala, Turmeric, Tamarind, Zimt und Ingwer. Dann stellte sie verschiedene Schüsseln auf den Tisch und nötigte mich, von jeder zu kosten. Sie hatte sich selbst übertroffen, jede Soße hatte ihren eigenen, charakteristischen Geschmack, keine war zu scharf, und eine, bestehend aus Yoghurt mit Früchten und Nüssen, schmeckte sogar süß. An Fleisch gab es Lamm, als Beilage Reis, aber auch Nan. Das indische Brot hatte sie, wie sie sagte, nach einem einfachen Rezept selbst gebacken.

Nachdem alles fertig auf dem Tisch stand, legte sie die Schürze wieder ab und setzte sich zu mir. Nur für uns zwei hatte sie eine Menge Aufwand getrieben, sie musste den ganzen Vormittag damit in der Küche beschäftigt gewesen sein. Als ich ihr für die Mühe danken wollte, wehrte sie ab und sagte, sie hätte es nur aus Freude am Kochen getan. Und wie schon im Restaurant aß sie selbst wenig, freute sich aber, dass ich mit Appetit zugriff.

Dann kam sie wieder auf Indien zu sprechen, und als ich sagte, dass eine Reise nach Indien auch mein Traum wäre, schlug sie vor, gemeinsam mit mir hinzufahren. Das erstaunte mich nicht wenig. Meinte sie das ernst? Damals im Restaurant hatte sie davon gesprochen, mir hier in der Umgebung verschiedene Sehenswürdigkeiten zu zeigen, bisher war aber nichts daraus geworden. Offenbar schmiedete sie gern Pläne, die sie danach wieder einschlafen ließ. Es war wohl besser, ihre Träume nicht mitzuträumen, wenn ich mir spätere Enttäuschungen ersparen wollte.

Dieser Gedanke bedrückte mich ein wenig, denn ich hätte gerne mit ihr eine Reise gemacht. Prompt riss der Gesprächsfaden, und die heitere Stimmung war wieder mal dahin. Sie stand auf, um Tschai zu machen. Ich wollte ihr helfen, das Geschirr abzutragen, aber sie ließ es nicht zu. Ich sollte in ihrem Zimmer warten, bis der Tee fertig wäre. Doch obwohl ich davon ausging, dass sie das Wohnzimmer meinte, führte sie mich in ihr Schlafzimmer und ließ mich dort allein.

Erst dachte ich mir nichts dabei, doch als ich mich genauer umsah, fühlte ich mich wie vor den Kopf geschlagen. An den Wänden hingen Bilder im indischen Stil mit Kamasutra-Motiven. Die hätten mich zwar nicht gestört, aber das Zimmer wurde dominiert von einem riesigen Doppelbett, das gut und gern die Hälfte des Raums einnahm. Kissen und Bettdecken waren mit grünen Blattmotiven dekoriert, und über dem Kopfende hing ein künstliches Blätterdach wie ein Baldachin. Darin steckten kleine Leuchtdioden, mit denen man das Zimmer quasi weihnachtlich illuminieren konnte. Das war kein Schlafzimmer einer allein lebenden Frau, sondern ein gestyltes Boudoir.

Sie hatte mich auf einem schmalen Sofa platziert, das am Fuß-
ende mit der Rückenlehne zum Bett stand. Davor ein kleines
Tischchen und an der Wand gegenüber ein Flachbildschirm. Der
stand auf einem Schränkchen, darin ein DVD-Player und einige DVDs. Konnte ich mich schon beim Anblick des Bettes eines unguten Eindrucks nicht erwehren, war ich nun noch mehr
schockiert, als ich sah, was für DVDs da im Schrank lagen. Wo
war ich da nur reingeraten? Das Herz begann mir bis zum Hals
zu schlagen, und ich hatte ein Gefühl, als wäre ich in eine Falle gegangen. Warum hatte sie mich in dieses Zimmer geführt?
Wir hätten doch genauso gut ins Wohnzimmer gehen oder, noch
besser, in der Küche bleiben können. Und je länger ich dort saß,
desto unwohler wurde mir zumute.

Endlich kam sie mit dem Tschai, und bei der Gelegenheit
schlich auch ihre Katze mit herein. Von der hatte ich bisher nur
gehört, sie aber noch nicht gesehen. Nun sprang sie mir auf den
Schoß, als wäre sie Herrenbesuch gewöhnt. Yuka stellte derweil
das kleine Tablett mit zwei Tassen auf das Tischchen vor mir.
Anstatt sich jedoch neben mich zu setzen, kniete sie sich seitlich
neben dem Sofa auf ein kleines Stück Fell hin und servierte mir
in dieser Stellung den Tee.

Danach sah sie mich fragend an. Mir lag zwar eine Frage auf
den Lippen, doch hinderte mich etwas daran, ich wusste selbst
nicht was, sie auszusprechen. Sie hielt aber meinem Blick stand
und wandte sich nicht ab wie sonst. Sie sah mir in die Augen,
als versuchte sie, darin zu lesen. Jetzt erst fiel mir auf, dass auch
sie angespannt und nervös wirkte. Bisher hatte sie sich bei unseren Begegnungen immer sehr locker gegeben. Es war ihr anzumerken, dass sie Routine darin hatte, Gespräche zu lenken,
Themen aufs Tapet zu bringen oder ihnen aus dem Weg zu gehen. Kam etwas auf, was die gute Laune zu stören drohte, ging
sie geschickt mit einem Scherz darüber hinweg. Doch diesmal
schien es so, als forderte sie mich indirekt auf, das zu äußern, was
mir auf der Zunge lag.

Ich war unschlüssig, wie ich mich verhalten sollte und fühlte mich wie in einer Zwickmühle. Ich fand die richtigen Worte

nicht, weil mich die Furcht, sie zu beleidigen, zurückhielt, zu sagen, was ich dachte. Spräche ich es aus, könnte es das Ende unserer Freundschaft bedeuten. Um Zeit zu gewinnen, nippte ich am Tschai. Doch dabei verbrannte ich mir die Zunge. Das Gefäß war aus dickem Ton, sodass die Hitze von außen nicht zu spüren war. Doch der Tee darin war nicht nur heiß, er hatte auch eine Schärfe, die einen bitteren Nachgeschmack hinterließ. Als ich die Tasse absetzte, sagte ich zu ihr: „Very hot!"

In dem Augenblick schien sich die angespannte Situation zwischen uns ein wenig zu lösen. Sie wandte den Blick ab von mir und nahm nun selbst einen Schluck. Doch als sie ihre Tasse zurück aufs Tischchen stellte, bemerkte ich, dass ihre Hände zitterten. Sie wirkte nach wie vor wie auf die Folter gespannt, und ich sah ein, dass es mir nichts nützen würde, weiter den Stummen zu spielen. Sie erwartete eine Stellungnahme von mir, um die Lage zu klären. Nun wusste ich auch, warum sie mich eingeladen und ausgerechnet in dieses Zimmer geführt hatte. Sie wollte nichts vor mir verbergen, wollte so offen zu mir sein, wie sie nur konnte, ohne die Sache beim Namen zu nennen. Doch wie sollte ich darauf reagieren, ohne Gefahr zu laufen, alles zwischen uns zu zerstören?

Je länger das Schweigen zwischen uns andauerte, desto schwieriger wurde es zu brechen. Ich beugte mich vor, um meine Tasse auf das Tischchen zu stellen. In dem Moment sprang die Katze herunter von meinem Schoß, streckte sich am Boden und machte einen Katzenbuckel. Daraufhin begann Yuka, ihr den Rücken zu streicheln. Doch während sie ihr das Fell kraulte, wartete sie immer noch darauf, dass ich endlich den Mund aufmachte.

Die Situation wurde so unangenehm, dass ich nichts anderes zu tun wusste, als aufzustehen und zu sagen, ich müsse jetzt gehen. Ich wunderte mich dabei selbst über meine Stimme, die wie eingerostet klang. „Ach so?", antwortete sie nur, ohne von ihrer Katze abzulassen. Ich stand verlegen da und zögerte, ob ich allein vorangehen sollte. Schließlich machte sich aber die Katze davon, Yuka erhob sich und begleitete mich hinaus.

Während ich in meine Schuhe schlüpfte, stand sie hinter mir und hielt meine Jacke. Die ganze Zeit fiel zwischen uns kein

Wort. Als ich das Haus verließ, sagte sie leise „Sayonara" und ich „Auf Wiedersehen". Mir war aber bewusst: Wenn es kein Abschied auf immer werden sollte, durfte ich ihr die Antwort, auf die sie wartete, nicht schuldig bleiben.

Ich hätte ihr gern angedeutet, was mich so plötzlich gedrängt hatte, zu gehen. Mir war klar, dass mein Verhalten schroff auf sie wirken musste. Es sah so aus, als wollte ich davonlaufen, aber ich konnte in der Situation nicht anders. Mein Kopf war wie blockiert, ich brauchte Zeit zum Nachdenken. Es ging mir nicht darum, mit ihr zu brechen, aber ich musste das alles erst verdauen und ins Reine kommen mit meinen widerstreitenden Gefühlen und Gedanken. Vorher war es mir unmöglich, mit ihr über das, was sie mir heute zu verstehen gegeben hatte, zu sprechen.

Wie sie meinen abrupten Aufbruch auffasste, konnte ich nicht einschätzen, ich war zu sehr mit mir selbst beschäftigt. Mir fiel nur auf, dass ihre Miene beim Abschied wie versteinert war, nichts vom maskenhaften Lächeln, das sie sonst immer zur Schau trug. Wir hatten es beide vermieden, uns in die Augen zu sehen. Doch nachdem ich ihr Haus verlassen hatte, spürte ich, dass sich ihre Blicke wie Speere in meinen Rücken bohrten.

Das Gefühl, ihr waidwund entronnen zu sein, ließ mich auf dem ganzen Heimweg nicht los. Ich wusste, dass meine Flucht keine Lösung war, denn das, wovor ich zu fliehen versuchte, würde mich früher oder später einholen. Trotzdem oder gerade deswegen irrte ich wie ein gehetztes Wild durch die Straßen. Da ich mit dem Kopf ganz woanders war, fand ich die Busstation nicht. Es war, als hielte mich etwas gegen meinen Willen hier fest. Schließlich gab ich die Suche auf und beschloss, zu Fuß nach Haus zu gehen. Es war zwar ein weiter Weg, aber da es erst früher Nachmittag war, würde ich noch vor dem Abend heimkommen. Ich hoffte, dass der Sturm in meinem Inneren bis dahin abgeklungen wäre, denn vor dem kalten leeren Zimmer, das mich daheim erwartete, graute mir schon jetzt.

Irgendwie hatte ich bereits so eine Ahnung gehabt. So oft, wenn ich sie angerufen hatte, war ihr Handy besetzt oder nur die Mailbox zu erreichen. Hinterließ ich ihr eine Nachricht, rief sie erst Tage später zurück. Fragte ich nach dem Grund, redete sie sich heraus, dass sie sehr beschäftigt wäre. Warum sie aber so viel zu tun hatte, sagte sie nie. Sie sprach immer davon, dass sie neben ihrem Studium noch einen Job hätte. Was für eine Tätigkeit das war, hatte sie mir nicht genauer erklärt, aber es machte mich immer argwöhnisch, wenn sie wieder mal erwähnte, dass ihr ein Bekannter dies zu Gefallen getan hatte und ein anderer jenes. Sie ließ sich nie entlocken, woher sie die Männer kannte und in welchem Verhältnis sie zu ihnen stand. Es lag aber der Verdacht nahe, dass die Gefälligkeiten, die ihr die erwiesen, etwa der Makler oder der Autohändler, auf Gegenseitigkeit beruhten. Und ich konnte mir nun auch denken, von wem die Blumenbuketts waren. Sie hatte es mir schonend beibringen wollen, trotzdem fühlte ich mich von ihr gedemütigt und verletzt.

Ich sah nur drei mögliche Auswege aus dem Dilemma.

Erstens: mich wieder aufs Karate zu konzentrieren und ihr fortan aus dem Weg zu gehen.

Zweitens: Japan zu verlassen und die Chance auf die Revanche beim Turnier aufzugeben.

Drittens: Hierzubleiben und …

Eine Stimme in mir klagte sie an: Lass die Finger von ihr, an so eine streift man am besten nicht an. Die macht jeden, der sich mit ihr einlässt, nur unglücklich.

Eine andere Stimme verteidigte sie: Nein, so ist sie nicht! Gib ihr die Chance, das zu beweisen. Und kommt es ganz dick, kannst du immer noch die Reißleine ziehen!

Innerlich zerrissen, kam ich zu keiner Entscheidung. Aber obwohl ich sie bisher noch nicht einmal geküsst hatte, fühlte ich mich dennoch emotional bereits so stark an sie gebunden, dass ich wusste, es würde mir sehr schwerfallen, mich von ihr zu trennen.

Frierend lief ich durch die kalten, windigen Straßen und geriet in ein Schneegestöber. Ich verfluchte mich selbst, in welch verfahrene Lage ich mich gebracht hatte. Weil ich mich hier nicht auskannte, lief ich ständig in die Irre. Egal, wo ich abbog, immer hatte ich das Gefühl, dass ich hier falsch wäre und nur im Kreis ginge. Und auf einmal – ich wusste selbst nicht, wie – war ich wieder da, von wo ich ausgegangen war und wohin es mich die ganze Zeit zurückgezogen hatte. Ich stand vor ihrer Tür, und nach einigem Zögern läutete ich. Als ich drinnen ihre Schritte hörte, klopfte mir das Herz zum Zerspringen.

★★★

Sie arbeitete schon seit Jahren in einer Bar, die „Bourbon" hieß, aber nur Insidern bekannt war, weil sie ganz versteckt in der Innenstadt lag und nicht einmal ein Türschild hatte. Der Klub galt als exklusiv. Mama-san, die Betreiberin, legte Wert auf ein gehobenes Publikum mit Geld und Manieren, darum verließ sie sich nur auf Mundpropaganda. Wer einmal ins „Bourbon" kam, sollte zufrieden wieder gehen und beim nächsten Mal Freunde aus seinen Kreisen mitbringen. Laufkundschaft lehnte sie hingegen ab.

Die Aufgabe, dass sich die Gäste wohlfühlten, fiel jedoch in erster Linie den Hostessen zu, daher war Mama-san bei deren Auswahl immer sehr darauf bedacht, attraktive und niveauvolle Mädchen zu finden. Sie verlangte keine makellose Schönheit, aber jede sollte einen persönlichen Reiz und eine gewisse Ausstrahlung mitbringen. Und man sagte ihr nach, dass sie einen guten Blick dafür hatte, welche Mädchen ihren Gästen gefielen, und sie nahm nur solche, die in ihr Anforderungsprofil passten.

Ab und zu engagierte sie auch Studentinnen. Für die war eine Tätigkeit in der Bar insofern interessant, als sie dort besser verdienten als in jedem anderen Job. Und als Mary in der Bar anfing, ließ ihr Mama-san sogar mehr Freiheiten als den übrigen Mädchen, weil sie nicht nur hübsch und klug, sondern mit ihrer leicht spröden und dennoch liebenswürdigen Art bei den Gästen außerordentlich beliebt war.

Mary hatte ursprünglich vor, nur ein paar Monate, längstens ein Jahr, zu bleiben, um ihr Taschengeld aufzubessern, bis sie ihr Studium abgeschlossen hätte. Mama-san, die Marys Potenzial erkannte, tat jedoch alles dafür, sie länger zu halten. Und ihre Rechnung ging auf. Da sich ihr Studium immer mehr in die Länge zog, weil sie mit ihrer Abschlussarbeit nicht fertig wurde, verweigerte ihr der Vater weitere Zahlungen. Und indem ihr Mama-san aus der Not half, gelang es ihr, Mary fest an sich zu binden. Am Ende gab sie die Uni ganz auf und arbeitete fast allabendlich in der

Bar, denn selbst mit beendetem Studium hätte sie kaum einen besser bezahlten Job gefunden.

Verführt vom scheinbar leicht verdienten Geld, hatte sie sich selbst
betrogen. Sie war mit diesem Job in ein Milieu geraten, aus dem es umso
schwieriger wurde, auszusteigen, je länger man dabei war. Mama-san hatte genug Erfahrung, um das vorauszusehen. Ohne abgeschlossenes Studium wäre Mary nur übrig geblieben, zu heiraten und Kinder zu kriegen.
Das hätten auch ihre Eltern, die nach wie vor keine Ahnung von der Tätigkeit ihrer Tochter in der Bar hatten, am liebsten gesehen. Immer wieder versuchten sie, ihr „eine gute Partie" einzureden, doch davon wollte
Mary nichts wissen. Auf Dauer konnte sie zwar die Augen vor den Schattenseiten ihres Berufs nicht verschließen, aber sie hatte das Gefühl, wenn
sie heiratete, nur um versorgt zu werden, würde sie sich genauso verkau-
fen wie in der Bar.

★★★

Als Yuka öffnete, sah sie mich verwundert an. Mit meinem Kommen hatte sie wohl nicht gerechnet. Im nächsten Augenblick lagen wir uns aber schon in den Armen. Sie lehnte ihren Kopf an
meine Brust, ich schmiegte meine Wange an ihr duftendes Haar.
Danach lud sie mich ein, abzulegen und führte mich wie am Vormittag in die Küche. Es roch immer noch ein wenig nach Curry, denn sie hatte zwar schon aufgeräumt und das Geschirr ab-
gewaschen, aber einige Schüsseln standen noch auf dem Tisch.

Wir setzten uns, um über alles zu sprechen, was bisher zwischen uns unausgesprochen geblieben war. Sie hatte keine Scheu
mehr, mir offen die Wahrheit zu sagen und alle meine Fragen zu
beantworten. Die Zeit verging dabei wie im Nu, wir merkten
erst, als es draußen schon dunkelte, wie spät es geworden war. Eigentlich hätte sie schon zur Arbeit gehen sollen. Sie deutete auch
an, sich langsam fertig machen zu müssen, blieb aber dennoch
bei mir sitzen. Wir konnten uns einfach nicht voneinander losreißen, und am Ende rief sie in der Bar an, um zu sagen, dass sie
heute wegen einer Erkältung nicht kommen könne. Man schien
ihr das zwar nicht ganz zu glauben, doch letztlich kam sie mit

ihrer Ausrede durch. Und zu mir sagte sie, als sie ihr Handy abstellte, dass sie den heutigen Abend nur mit mir verbringen wolle.

Erst dachte ich, wir würden zusammen hier bleiben, doch sie schlug vor, aufs Land zu fahren. Meinen Einwand, dass das Wetter kalt und unfreundlich wäre, ließ sie nicht gelten, denn die Schneeschauer hatten wieder aufgehört. Sie zog sich rasch etwas anderes an, dann brachen wir auf. Wir fuhren mit ihrem Wagen hinaus aus der Stadt Richtung Berge, doch wollte sie mir nicht verraten, wohin, sie sagte nur, sie wolle mich überraschen.

Die Straße führte zwischen kahlen, braunen, vereinzelt auch schneebedeckten Feldern dahin. Nach einer Weile bogen wir von der Landstraße ab, erst ging es durch ein Waldstück, dann in zahlreichen Windungen eine schmale Bergstraße hinauf. Und nach einer scharfen Biegung öffnete sich plötzlich eine Aussicht ins Tal. Angeblich zeigte sich hier bei schönem Wetter ein herrliches Bergpanorama, doch obwohl es etwas aufgeklart hatte, hingen immer noch Wolken am Himmel, und von den Bergen ringsum war nicht viel zu sehen. Yuka hielt auf einem Parkplatz, der sich neben einem alten Holzgebäude befand, und sagte, hier gäbe es ein Lokal, das ein Geheimtipp wäre, berühmt für seine lokale Küche, seinen Sake und seinen Ausblick in die Berge.

Wir stiegen aus. Da sonst kein anderes Fahrzeug hier parkte, schienen wir die einzigen Gäste zu sein. Beim Hauseingang öffnete Yuka die Schiebetür und rief laut: „*Gomen kudasai!*" Von drinnen kam keine Antwort, vor uns lag nur ein dunkel schweigender Flur. Yuka wurde unsicher, ob das Lokal heute überhaupt geöffnet hätte. Erst auf ihr nochmaliges Rufen hin erschien eine Frau, wie sich herausstellte, handelte es sich um die Wirtin. Mit dem Hinweis, heute wäre Ruhetag, wollte sie uns abweisen. Als Yuka jedoch ihren Namen nannte, wurde sie freundlicher. Sie erinnerte sich, dass Yukas Eltern früher in der Nähe ein *Ryokan* betrieben hatten, sie kannte Yuka daher noch als Kind. Und plötzlich war vom Ruhetag keine Rede mehr. Die Wirtin bat uns reinzukommen, entschuldigte sich aber, dass sie uns heute Abend nur etwas Einfaches zu essen anbieten könne. Wir erklärten uns damit einverstanden, und so ging sie voraus und führte uns in den Gastraum. Der wirkte urig und rustikal, am Boden alte, gelb gewordene *Tatami*-Strohmatten, an den Wänden vergilbte Tapeten. Auch alte Bilder hingen da, und in der Mitte des Raumes stützte ein schwarzer Holzbalken die Decke. Das Zimmer war ungeheizt, und ein eigentümlicher Geruch lag in der Luft, doch durch die Fensterfront bot sich ein wunderschöner Blick. Die Wolken begannen sich zu verziehen, und es zeigte sich ein Teil der schneebedeckten Bergkette im aufgehenden Mondlicht.

Wir ließen uns an dem Tisch nieder, den uns die Wirtin anwies. Yuka kniete sich vornehm auf das Sitzpolster, ich aber setzte mich im Türkensitz hin und lehnte mich mit dem Rücken an den Holzbalken. Wir hatten unsere Jacken abgelegt, doch die Kälte im Raum war ein wenig ungemütlich, noch dazu in Socken, holte man sich hier schnell kalte Füße. Die Wirtin schob einen Heizstrahler an unseren Tisch, und als Yuka heißen Sake bestellte, hatte ich nichts dagegen.

Nachdem sie uns allein gelassen hatte, kam die Wirtin nach einer Weile wieder mit Sake in einem vasenförmigen Kännchen und zwei kleinen Trinkschalen. Obwohl Yuka wusste, dass ich normalerweise keinen Alkohol trank und sie selbst, weil sie mit dem Auto da war, auch nichts trinken hätte dürfen, schenkte sie uns beiden ein. Dann stießen wir mit den kleinen Schälchen an. Ich nahm einen Schluck. Der Sake schmeckte herb, aber wärmte angenehm von innen, und so dachte ich mir, das bisschen würde schon nicht schaden.

Die Wirtin besprach mit Yuka, was sie uns zu essen anbieten könnte und ging dann wieder hinaus. Wir tranken weiter, und es dauerte gar nicht lange, bis die ersten Speisen kamen. Mehrmals ging die Schiebetür auf, und die Wirtin brachte uns nach und nach Misosuppe, Tofu, Nudeln und Tempura.

Yuka sah mir beim Essen zu, rührte selbst aber kaum etwas an, kostete nur ab und zu. Sie trank außer der ersten Schale auch keinen Sake mehr, sondern nur noch Tee, aber mir schenkte sie immer wieder ein. Der Sake trank sich leicht, und nun schon einmal auf den Geschmack gekommen und meinem Prinzip untreu geworden, trank ich weiter, sodass das Kännchen bald leer war.

Bei unserer Ankunft hatte das kalte, leere Zimmer ein wenig ungastlich gewirkt. Doch nun, nachdem es hell und warm geworden war und es etwas zu essen gab, begann ich mich hier wohlzufühlen. Dass der heutige Tag noch so eine Wendung nehmen würde, hätte ich mir nicht träumen lassen. Das Gefühl der Eifersucht, das mich am Nachmittag noch so gequält hatte, war verflogen, als hätte es nie existiert.

Nach einer Weile kam die Wirtin, brachte noch ein Kännchen Sake auf Rechnung des Hauses und setzte sich zu uns. Ich wusste nicht, was ihr Yuka gesagt hatte, wer ich war, aber sie behandelte mich nicht wie einen Fremden, sondern so, als gehörte ich zur Familie. Sie erzählte von Yukas Kindheit und meinte, man sähe es ihr heute gar nicht mehr an, aber früher wäre sie ein sehr wildes Mädchen gewesen. Sie hätte am liebsten nur mit Buben gespielt und bei Spiel und Sport immer alle übertrumpfen wollen. Yuka wehrte lachend ab und behauptete, das wäre nicht wahr. So zart und zerbrechlich, wie ich sie kannte, konnte ich mir das auch kaum vorstellen. Doch die Wirtin bestand darauf und schilderte mehrere Anekdoten aus jener Zeit, als Yuka mit ihren gleichaltrigen Söhnen gespielt hatte.

So blieben wir lange sitzen, die Zeit verging, und der Abend verlief sehr anregend. Schließlich stand die Wirtin auf und trug die leeren Teller und Schüsseln hinaus. Wieviel Sake ich bis dahin schon getrunken hatte, wusste ich nicht mehr, ich spürte aber kaum eine Wirkung. Inzwischen war die Nacht schon vorgerückt, die letzten Wolken waren verschwunden, und die phantastische Bergwelt lag im hellen Mondschein einer klaren Winternacht vor uns. Die stille Abgeschiedenheit des Ortes trug dazu dabei, dass alles, was mich am Nachmittag noch so bedrückt hatte, weit entfernt zu sein schien.

Die Wirtin ließ sich nicht mehr blicken, Yuka und ich blieben allein in dem gemütlichen Gastzimmer, und auf der ganzen Welt schien es nichts mehr zu geben außer uns. Yuka hatte es sich nun auch bequemer gemacht, die Beine seitlich weggeschoben, rückte sie näher und schmiegte sich sanft an mich. Ich legte meinen Arm um sie, und als ich die Wärme ihres Körpers spürte, durchströmte mich ein unendliches Glücksgefühl. Ich hätte mir gewünscht, diese Stunde möge nie vergehen. Und als wir uns an jenem Abend küssten, empfand ich eine Zärtlichkeit für sie, wie ich sie noch wenige Stunden zuvor für unmöglich gehalten hätte. Als ich am Nachmittag verstört durch den Schneesturm lief, hatte ich mich von ihr nicht nur verletzt, sondern auch betrogen gefühlt und gemeint, das könnte ich ihr nie und nimmer verzeihen. Doch nun war plötzlich alles anders und alles gut. Meine Gefühle hatten ins Gegenteil umgeschlagen, mir wurde bewusst, wie sehr ich sie liebte, und ich war mir sicher, dass sie meine Liebe erwiderte. In dem Augenblick hätte ich alles für sie gegeben, ohne es im Mindesten zu bereuen.

Unter diesen Empfindungen geriet ich in einen träumerischen Zustand, in dem die Zeit still zu stehen schien. Doch dann ermahnte mich Yuka, dass wir langsam gehen sollten. Ich wäre gern länger geblieben, aber ich sah ein, dass wir früher oder später aufbrechen müssten und der Wirtin an ihrem Ruhetag nicht länger zur Last fallen dürften. Doch beim Versuch, mich aufzuraffen, kippte ich um wie eine Strohpuppe, die ein Windstoß umwarf. Mir wurde schwarz vor Augen, und als ich wieder zu mir kam, standen Yuka und die Wirtin sorgenvoll über mich gebeugt. Yuka redete mir gut zu und fragte, was mit mir los wäre. Das wusste ich aber selbst nicht. Ich bemühte mich, nochmals aufzustehen, aber vergeblich, meine Knie und Knöchel fühlten sich an wie Gummi und gaben keinen Halt. Benommen blieb ich an den Balken gelehnt hocken, während Yuka und die Wirtin beratschlagten, was sie tun sollten. Ich sagte, ich wäre schon okay, mir wären nur vom Sitzen am Boden die Beine eingeschlafen. Ich spürte an einem Kribbeln, dass die Blutzirkulation wieder einsetzte, und schließlich gelang es den beiden gemeinsam, mir aufzuhelfen und mich so weit auf die Beine zu stellen, dass ich mit ihrer Hilfe einen Fuß vor den anderen setzen konnte.

Ich befand mich in einer seltsamen Verfassung. Ich fühlte mich nicht schlecht, ein wenig benebelt, das schon, aber sonst in Ordnung, nur wollte aus unerfindlichen Gründen mein Körper nicht. Dabei war es nicht so, dass ich noch nie zuvor über den

Durst getrunken hätte. Ich lebte zur Zeit des Sports wegen zwar abstinent, wusste aber von früher her, dass ich einiges vertragen konnte. Trotzdem hatte es der Alkohol geschafft, mich außer Gefecht zu setzen. Wahrscheinlich lag es daran, dass ich den Sake nicht gewohnt war und seine Wirkung unterschätzt hatte.

Beiderseits unterstützt von Yuka und der Wirtin, schaffte ich es aber bis zum Ausgang. Und die frische klare Bergluft draußen tat mir gut. Nachdem ich ein paarmal tief durchgeatmet hatte, begann ich mich zu erholen. Für die beiden war es dennoch nicht einfach, mich in den Wagen zu bugsieren. Die Wirtin schob von hinten, Yuka zog von vorn, bis sie mich mit vereinten Kräften auf dem Beifahrersitz platziert hatten. Ich kriegte noch mit, dass die Wirtin in Sorge war, ob ich die Heimfahrt gut überstehen werde, doch Yuka meinte, es würde schon gehen.

Einen besonders guten Eindruck hinterließ ich wohl nicht. Normalerweise wäre mir das sehr unangenehm gewesen, aber damals war es mir völlig egal. Ich verschwendete auch keinen Gedanken daran, dass es ein böses Erwachen geben könnte. Ich fühlte mich an jenem Abend an Yukas Seite einfach nur glücklich. Und was danach kam, ob ich am nächsten Morgen mit einem Kater aufwachte, das weiß ich nicht mehr.

II

Es erstaunte mich selbst, woran ich mich auf einmal erinnerte. Mein blockiertes Gedächtnis begann sich zu öffnen, das schien der Anruf aus Japan bewirkt zu haben. Es war, als hätte ich den Schlüssel zu einer vergessenen Kammer wiederentdeckt. Jener Tag mit Yuka stand mir so deutlich vor Augen, als hätte er gestern stattgefunden. Andere Erinnerungen blieben dagegen dunkel und verworren. Ich konnte sie nicht einordnen, denn mir fehlte das Wo und Wann. Aber ich wusste nun, dass so manches, was mir wie Traumgebilde vorgekommen war, auf tatsächlichen Erlebnissen beruhte. Wenn mir auch Hintergründe und Zusammenhänge nach wie vor unklar waren, empfand ich diese Erinnerungen wie einen wieder entdeckten Teil meines Selbst.

Seltsamerweise blieb Yukas Bild in meinem Gedächtnis jedoch verschwommen. Ich war mir zwar sicher, dass ich sie, stünde sie vor mir, erkennen würde. Mir aber ihre Gesichtszüge zu vergegenwärtigen, gelang mir nicht. Um mir Gewissheit zu verschaffen, wie sie tatsächlich ausgesehen haben mochte, suchte ich nach Fotos von ihr. Doch obwohl ich alle Fächer durchstöberte und alle Laden umdrehte, konnte ich nirgendwo eins entdecken. Dafür fanden sich andere Bestätigungen zu meinem Aufenthalt in Japan. Ich war tatsächlich erst kürzlich von der Reise zurückgekehrt und hatte mir das nicht nur eingebildet.

Die Erkenntnis, dass ich meinen Erinnerungen trauen konnte, half mir, mich auch im Alltag besser zurechtzufinden. Es gab mir mehr Sicherheit im Umgang mit den Nachbarn. Wenn mich jemand ansprach, brauchte ich den Fragen nicht mehr auszuweichen. Trotzdem, so richtig im Hier und Jetzt angekommen war ich noch nicht, dazu wies mein Gedächtnis zu viele Lücken auf. Ich hatte immer noch das Gefühl, meine Identität wäre nur geliehen, und ich müsste täglich memorieren: Wie heiße ich, woher komme ich, wann wurde ich geboren?

Mir fehlte das Bindeglied zwischen Vergangenheit und Gegenwart. Ich befand mich in einem Schwebezustand, als lebte ich zwei Leben in einem. Wie ein Einsiedlerkrebs tastete ich mich in die Welt, aus der ich kam. Immer auf der Hut, bei Gefahr in mein Schneckenhaus zurückzukriechen. Ich wollte mehr darüber wissen, was geschehen war, und doch begleitete mich stets die Furcht, auf unangenehme Wahrheiten zu stoßen. Dieser Zwiespalt zwischen Angst und Neugier tat mir nicht gut. Er lähmte mich und raubte mir jegliche Antriebskraft.

Ich begann zu ahnen, was die Amnesie ausgelöst haben könnte. Die bisherigen Erinnerungen waren nicht alle schön, aber auch nicht besonders schlimm, die Gedächtnisblockade musste einen tieferen Grund haben. Und so gern ich gewusst hätte, was der Anlass dazu gewesen sein könnte, war es mir doch nicht unlieb, dass dieses Ereignis nach wie vor vergessen und begraben blieb. So lebte ich in den Tag hinein, hing meinen Träumen nach, aber unternahm sonst nichts, um mehr über mein früheres Leben zu erfahren. Manchmal fühlte ich, wenn ich an Yuka dachte, eine innere Leere, sodass ich mir wünschte, tot zu sein. Aber ich tat nichts, um mich auf andere Gedanken zu bringen. Ich hatte an allem, was mir früher einmal wichtig war, die Lust und das Interesse verloren.

★★★

Sie war in der Provinz als Tochter aus gutem Haus sehr behütet aufgewachsen. Ihre Eltern hatten ständig ein Auge auf sie, doch könnte gerade ihr Mangel an Lebenserfahrung mit ein Grund dafür gewesen zu sein, dass sie in das halbseidene Milieu hineingeriet. Sie war Mama-san weniger aus Leichtsinn als aus Naivität ins Netz gegangen.

Seit sie als Studentin von daheim ausgezogen war, ergab sich für sie eine ungewohnte Freiheit, mit der sie nicht umgehen konnte. Seit ihr keiner mehr sagte, was sie zu tun und zu lassen hatte, änderte sich ihr Lebensstil. Sie stand morgens auf, wann sie wollte, ging, wohin sie wollte und blieb abends aus, so lange sie wollte. Das führte zwar nicht gleich dazu, dass sie ein Lotterleben begonnen hätte, aber sie vernachlässigte mit der Zeit ihre Pflichten immer mehr, nahm ihr Studium auf die leichte Schulter und schwänzte immer öfter Vorlesungen und Seminare.

Dazu kam, dass ihr ihre äußere Erscheinung wichtiger wurde als früher. Für schöne Kleider, schicke Schuhe und Accessoires gab sie immer größere Summen aus. Ihr Vater hatte sie bis dahin knapp gehalten, ihr nur gegeben, was sie für Miete, Essen und die Uni brauchte, deshalb wollte sie sich etwas dazuverdienen. Die meisten Studentenjobs waren aber schlecht bezahlt und kosteten sie auch Zeit, die ihr für das Studium fehlte. Als sich dann die Sache mit dem „Bourbon" ergab, meinte sie, das große Los gezogen zu haben. Dort genügte es, hübsch zu sein, und der Verdienst für einen einzigen Abend war höher als anderswo in einer ganzen Woche.

Die Schattenseiten, die damit verbunden waren, fielen anfangs nicht so sehr ins Gewicht. Die meisten Gäste waren kultiviert und das Ambiente gediegen. Natürlich war ihr klar, was von ihr erwartet wurde, sie sollte die Gäste unterhalten und sie dabei zum Trinken animieren. Sex-Appeal gehörte dazu, aber Mama-san sorgte dafür, dass die Situation nie ausartete. Ihr gelang es, in ihrer Bar eine distinguierte Atmosphäre zu schaffen, in der es weder laut noch vulgär zuging.

Sie hatte vom ersten Augenblick an erkannt, dass Mary ein Goldfisch war, ein seltener Glücksfall für ihre Bar. Mädchen, die einen billigen und ordinären Eindruck machten, waren ihr ein Gräuel, sie mochte keine, denen man ihren Job schon von Weitem ansah. Mit Mary hatte sie ein ungeschliffenes Juwel in die Hand bekommen, weil die sich ihrer Wirkung auf Männer gar nicht recht bewusst zu sein schien. Ihr größter Reiz bestand in ihrem unverbrauchten Charme und ihrer unterkühlten, erotischen Ausstrahlung.

Mama-san war bemüht, sie zum Mittelpunkt ihrer Bar zu machen. Mary sollte die Rolle übernehmen, die sie früher einmal, als sie noch jung war, selbst gespielt hatte. Und ihre Rechnung ging auf, Marys Liebenswürdigkeit sprach sich herum, sie lockte neue Gäste an. Immer öfter wurde ihre Gesellschaft verlangt, und für manche Abende war sie schon im Voraus gebucht. Ursprünglich hatte sie höchstens zwei Abende pro Woche arbeiten wollen, doch bald wurden daraus vier oder fünf. Dass ihr Studium darunter litt, war eine natürliche Folge, binnen Kurzem war sie öfter in der Bar als an der Uni. Ihr Ziel, sich mittels des Jobs Zeit für ihr Studium freizuhalten und trotzdem genug Geld zu verdienen, ging nicht auf. Sie kam mit ihrer Abschlussarbeit nicht weiter, schob die Beschäftigung damit immer weiter auf, bis sie am Ende ganz liegen blieb.

Obwohl sie es zu Beginn noch strikt abgelehnt hatte, Stammkunden außerhalb der Bar zu treffen, ließ sie sich mit der Zeit auch dazu überreden. Anfangs nur als charmante Begleitung zu diversen Events, doch bald gingen die Engagements über den Job eines *Escort Girls* hinaus. Mama-sans Argument war dabei, sie würde gut bezahlt werden, wäre aber zu nichts gezwungen, sie könnte jederzeit frei entscheiden, Ja oder Nein zu sagen.

Indem Mary immer öfter nachgab, wurde Mama-sans Einfluss auf sie immer größer. Ihr Leben nahm auf diese Weise innerhalb eines Jahres eine unheilvolle Wendung. Bis dahin hatte Mary sich immer eingeredet, das alles wäre nur auf Zeit, bis sie ihr Studium beendet hätte. Als ihr klar wurde, worauf sie sich tatsächlich eingelassen hatte, war es zu spät umzukehren, denn da steckte sie schon zu tief drin. Es wurde aus ihr eine *Yoru no Onna*, eine Frau, die nachts arbeitete. Ihr großes Plus, niemals nuttig zu wirken, hatte sie zu einem Star ihres neuen Gewerbes werden lassen. Und nachdem sie auch ihre letzten Skrupel abgelegt und dabei die Erfahrung gemacht hatte, dass sie an nur einem Tag, so viel verdienen konnte wie sonst in einem ganzen Monat, war sie für jeden anderen Beruf unbrauchbar geworden. Auch ihr Studium, das sie bis dahin noch pro forma fortgeführt hatte, brach sie zu diesem Zeitpunkt ganz ab.

★★★

Früher hatte ich ab und zu mal ein Glas Wein oder Bier getrunken, hochprozentige Getränke schmeckten mir nicht, und sie waren auch nicht gut für den Sport. Alle meine Trainer hatten betont, dass Alkohol für Kampfsportler Gift wäre, weil man davon eine weiche Birne kriegen und als Fallobst enden würde. Doch seit ich mit Yuka zusammen war, trank ich immer öfter, vor allem Sake, sie hatte mich auf den Geschmack gebracht.

Anfangs nur, wenn ich mit ihr zusammen und in der Stimmung dazu war. Später gab es auch immer öfter Stunden, in denen ich trank, weil sie mich allein ließ. Da ging es darum, mich zu betäuben und nicht daran denken zu müssen, wo sie war und was sie dort trieb.

Einmal hatte ich einen Traum, der an die Situation von damals anknüpfte. Ich war mit Yuka auf dem Land, in einer weit abgelegenen Gegend. Wir wollten zu ihrem Auto zurück, mussten zu dem Zweck aber durch einen dunklen Wald. Unter den dicht stehenden Bäumen war es noch finsterer als so schon, denn die Sonne war längst untergegangen. Yuka ging voraus und sah sich erst noch ein paarmal nach mir um, als wartete sie auf mich. Doch kurz darauf war sie verschwunden. Ich weiß nicht, was mit mir los war, ich konnte ihr nicht folgen. Ich empfand meinen ganzen Körper wie einen einzigen Schmerz, hatte keine Kraft mehr in den Beinen, und meine Füße waren kalt und steif.

Ich rief nach ihr. Keine Reaktion. Dann dachte ich mir, sie wäre nur vorausgegangen, um mich mit dem Wagen hier abzuholen. Ich hatte zwar Zweifel, ob sie es schaffen würde, mit ihrem SUV auf dem schmalen, holprigen Weg bis hierherzukommen. Es blieb mir aber nichts anderes übrig, als hier auf sie zu warten, denn allein würde ich mich im Wald nur verirren. Ein paar Schritte weiter stand eine alte, halb verfallene Hütte mit einer bemoosten Bank davor. Ich schleppte mich hin, setzte mich auf die Bank, lehnte mich mit dem Rücken an die Wand und schloss die Augen.

Nach einer Weile befand ich mich zu meiner eigenen Verwunderung auf einmal in einem Gefährt. Ich saß hinten auf dem Rücksitz und konnte nicht erkennen, ob Yuka am Steuer war. Das Fahrzeug war schnell unterwegs. Eigentlich viel zu schnell, draußen flog die nächtliche Landschaft nur so an mir vorbei. Ich fühlte mich durchgerüttelt und durchgeschüttelt, und von Zeit zu Zeit hob es mich aus meinem Sitz, sodass mir ganz flau im Magen wurde.

Es war nicht Yukas Fahrstil. Da merkte ich plötzlich, dass ich gar nicht in ihrem Wagen, sondern in einem Cockpit saß direkt hinter dem Piloten. Wir hatten gerade von der holprigen Piste abgehoben, aber auch in der Luft gab es immer wieder Turbulenzen. Kaum dass die Maschine ein wenig Höhe gewonnen hatte, sackte sie schon wieder ab. Ein beklemmendes Gefühl ergriff mich. Wohin sollte die Reise gehen? Ich sah hinaus und bemerkte, dass wir nicht über Land, sondern übers Meer flogen.

Wir sanken immer tiefer, und ich fürchtete, wir müssten auf dem Wasser notlanden. Schon rechnete ich mit einem heftigen Aufsetzen, doch wider Erwarten erfolgte die Landung ganz sanft. Nur auf den letzten Metern gab es ein Ruckeln und Knirschen, bevor die Maschine endgültig zum Stillstand kam.

Ich blickte durch die seitliche Luke hinaus und sah in einiger Entfernung eine bizarr geformte Felseninsel. Was sollten wir hier?, fragte ich mich. Da schob sich auf einmal ein großer weißer Windjammer mit drei Masten vor das Bild. Das plötzliche Auftauchen des Schiffs erschien so unnatürlich, dass ich es im ersten Moment gar nicht für echt hielt, sondern für ein Plakat, auf dem Werbung für eine Seereise gemacht würde. Dann aber dachte ich mir, wenn das Schiff doch echt wäre, könnte es mich in einen sicheren Hafen bringen.

Der Notausstieg befand sich direkt neben mir. Ich öffnete die Tür, kletterte hinaus und sah mich verwundert um. Ich befand mich auf einer hölzernen Plattform, die auf den ersten Blick wie eine Brücke aussah, aber mitten im Meer endete. Vom majestätischen Windjammer weit und breit keine Spur, bis ich darauf kam, dass das, was ich für eine Brücke hielt, das Deck des Segelschiffs war. Es ging ein heftiger Wind, über mir knarrte das Takelwerk, kreischende Möwen umkreisten das Schiff, und ich spürte nun auch das Vibrieren der Planken unter mir. Als ich mich an der Reling festhalten wollte, schlug mir eine salzige Gischt entgegen. Ich kniff die Augen zusammen und wachte auf.

Schweißgebadet lag ich in meinem Bett. Ich hatte in der Nacht lange wach gelegen und war erst gegen Morgen in einen betäubenden Schlaf verfallen. Nun fühlte ich mich noch minutenlang ganz in meinem Traum befangen. Draußen war es hell, und ich hatte das Gefühl eines *Déjà vu*. Mir war, als wäre Yuka eben erst gegangen, und ich wusste nicht, wohin. Ich fühlte mich verlassen und dachte daran, sie anzurufen, doch dann wurde mir bewusst, dass unser Kontakt schon lange abgebrochen war und ich keine Nummer mehr von ihr hatte.

***

Ich erinnerte mich an einen Abend mit ihr. Tagsüber hatten wir uns zuletzt öfter gesehen, doch abends hatte sie nie Zeit für mich. Einmal erklärte sie sich aber bereit, mit mir in ein französisches Lokal zu gehen. Essen und Wein waren ausgezeichnet und die Atmosphäre angenehm. Ich empfand den gemeinsamen Abend mit ihr als sehr schön und hätte gern die ganze Nacht mit ihr verbracht. Um so enttäuschter war ich, als sie meine Bitte ablehnte. Ich sagte zwar nichts, aber die Stimmung trübte sich trotzdem. Während sie mich auf dem Heimweg noch ein Stück im Auto mitnahm, fiel zwischen uns kein Wort. Sie hatte gesagt, dass sie heute Abend nicht ins „Bourbon" müsste, doch was sie stattdessen vorhatte, verriet sie mir nicht.

Als sie mich aussteigen ließ, bemühte sie sich, beim Abschied so liebenswürdig wie immer zu erscheinen, aber ich empfand ihr Verhalten als gezwungen. Es war offensichtlich, dass sie mich rasch los sein wollte. Meinen leisen Versuch, sie doch noch umzustimmen, blockte sie sofort ab, indem sie sich darauf berief, dass sie mir nicht mehr als einen Abend im Restaurant versprochen hätte. Das war zwar richtig, trotzdem hatte ich mir mehr erhofft. Sie aber sagte, es ginge nicht, und ich müsse vernünftig sein.

Obwohl es mir schwerfiel, gab ich es auf, sie weiter zu bedrängen. Als sie losfuhr, dachte ich mir noch, ich dürfte ihr das nicht übel nehmen, sie könne nichts dafür. Doch kaum waren die Rücklichter ihres Wagens auf der nächtlichen Straße verschwunden, spürte ich, wie das schleichende Gift der Eifersucht in mir hochkam. Warum hatte sie es so eilig gehabt? Auch meiner Bitte, uns morgen oder übermorgen zu treffen, war sie ausgewichen. Waren ihr die Verabredungen mit anderen so viel wichtiger als ich? Oder war sie schon darauf aus, mit mir Schluss zu machen und zögerte nur noch, es mir offen zu sagen?

Mein Zweifel und mein Misstrauen vergifteten nach und nach alles, was bisher zwischen uns gewesen war. Ich kannte ihre Art, vage und zweideutig zu bleiben, aber nun kam mir der Verdacht, dass sie mich mit Absicht im falschen Glauben ließ. Besonders eine Bemerkung war mir wie mit Widerhaken im Kopf hängengeblieben. Sie hatte gesagt, ich müsse ihr vertrauen, auch wenn sie mir nicht immer die ganze Wahrheit sagen dürfe. Sie wolle zwar so offen und ehrlich zu mir sein wie möglich, aber es gäbe Dinge, die sie mir aus Rücksicht auf andere verschweigen müsste. Das sollte ich respektieren, denn wüsste ich zu viel, könnte das für mich gefährlich werden.

Ich hatte lange überlegt, was hinter dieser Äußerung stecken könnte. Es passte zu ihrer Art, so zu tun, als meinte sie es gut mit mir, wenn sie Geheimnisse vor mir hätte. Allerdings, so zu argumentieren, war eine zweischneidige Angelegenheit. Obwohl sie es so formulierte, dass es wie Sorge um mich klang, konnte es umgekehrt auch einen Schuss vor den Bug bedeuten. Eine Botschaft in dem Sinne: „Misch dich nicht ein, halt dich raus!" Oder: „Wenn du das nicht akzeptieren kannst, müssen wir uns trennen."

★★★

In der Nacht hatte ein Sturm gewütet, der einen Wetterumschwung brachte. Nach den kalten Tagen wurde es nun wärmer. Ich hatte es zuerst auf das unruhige Wetter geschoben, dass mir beim Aufwachen der Kopf wehtat. Doch lag es wohl eher daran, dass ich gestern wieder zu viel getrunken hatte. So endete es immer, wenn ich mit Yuka zusammen war. Ich konnte mir noch so oft vornehmen, nichts oder nur wenig zu trinken, es blieb jedes Mal beim frommen Wunsch. Auch gestern hatte ich nicht protestiert, als sie für uns Wein bestellte, wollte aber nur ein Glas trinken. Doch als sie mir nachschenkte, trank ich wieder mehr, als mir gut tat. Ich fühlte mich wohl, wenn ich in ihrer Gesellschaft trank, und dachte nicht an den Kater, der sich am nächsten Morgen einstellen würde.

Ich blieb noch eine Weile liegen, entschloss mich dann aber doch zu meinem Waldlauf. Ich hatte das Training in den letzten Wochen schon zu oft ausfallen lassen und spürte selbst, wie ich konditionell abbaute. Je anstrengender das Laufen aufgrund meiner fehlenden Fitness für mich wurde, desto weniger konnte ich mich dazu motivieren.

Heute plante ich aber wieder mal eine große Runde. Ob ich dafür länger bräuchte, war mir egal. Es bedeutete aber auch, dass mich der Weg durch das Waldstück führen würde, wo ich Yuka zum ersten Mal begegnet war. Wo genau, wusste ich nicht mehr. Ich kam damals nur zufällig dort vorbei, und der Winter hatte die Landschaft zusätzlich verändert. Trotzdem kreisten bei meinem einsamen Waldlauf meine Gedanken nur um sie, und ich drehte meine Runde wie automatisch. Erst am Rückweg fiel mir auf, dass meine Kopfschmerzen wie weggeblasen waren. Die milde Luft, die der Sturm aus dem Süden gebracht hatte, tat mir gut. Ich fühlte mich nicht mehr so niedergedrückt wie am Morgen, und meine Empfindung für Yuka hatte sich ebenfalls gewandelt. Sie gefunden zu haben, war ein Glück, das ich nicht aufs Spiel setzen durfte. Ohne an Vorbestimmung im Leben zu glauben, hielt ich doch die Begegnung mit ihr nicht für Zufall. Unter normalen Umständen hätten wir uns nie getroffen, dazu lagen unsere Lebenskreise viel zu weit auseinander. Und so fasste ich den Entschluss, dass ich, egal was kommen möge, mich nie von ihr trennen und immer an ihrer Seite bleiben wollte.

Mir war klar, dass es nicht einfach werden und mir in manchen Stunden schwer fallen würde, doch die glücklichen Stunden mit ihr würden alles aufwiegen. Ich war überzeugt davon, dass sie mich auf ihre Art liebte, auch wenn sie es nie offen aussprach. Ich war fremd im Land, hatte kein Geld und konnte ihr nichts bieten. Und sollte ihre Zuneigung für mich nur aus Dankbarkeit bestehen, weil ich ihr das Leben gerettet hatte, wäre mir das auch genug.

Sie sprach ungern über Gefühle, darum sagte sie in der Hinsicht lieber ein Wort zu wenig als zu viel. Aber paradoxerweise schöpfte ich gerade daraus Hoffnung. In ihrer Welt waren Worte wohlfeil, und sie verstand sich sehr geschickt darauf, Männern etwas vorzumachen. Wenn sie es darauf anlegte, konnte sie jedem den Kopf verdrehen. Es wäre ihr ein Leichtes gewesen, mir Liebe vorzugaukeln und mich wie einen Tanzbären durch die Manege zu führen. Dass sie es nicht tat, war mir ein Beweis, dass sie es ehrlich mit mir meinte. Garantie hatte ich dafür zwar keine, aber sie gab mir durch ihr Verhalten doch sehr deutlich zu verstehen, dass sie sich in meiner Gesellschaft wohlfühlte und gerne mit mir zusammen war. Obwohl sie oft viele Abende im Voraus ausgebucht war, nahm sie sich immer wieder Zeit für mich. Hätte sie das getan, wenn ich ihr nichts bedeutete?

Und doch schwebte eine dunkle Ahnung wie eine drohende Wolke über allem, was sie und mich betraf. Ihr Beruf war mit vielen Unwägbarkeiten verbunden. Ich unterstellte ihr nicht, dass sie sich mit anderen gegen mich verbünden würde, und doch könnte etwas geschehen, das uns gegen unseren Willen auseinanderbrachte. Yuka hatte selbst einmal gesagt, dass sie, seit sie im „Bourbon" arbeitete, den Zwang fühlte, zwei Leben führen zu müssen. Darum benutzte sie in der Bar auch nicht ihren eigenen Namen. Einerseits hatte ihr das Mama-san geraten, andererseits erkannte sie selbst, dass es ihr auf diese Weise leichter fiel, die von ihr verlangte Rolle zu spielen und so Privates und Berufliches zu trennen.

Allerdings hatte sie die unselige Tendenz, jedermann zu Gefallen sein und niemandes Missfallen erregen zu wollen. So war sie erzogen worden, und es kam ihr nun auch im Job zugute. Das führte aber dazu, dass sie so manchen Gast aus der Bar gelegentlich doch auch privat traf. Dazu zählte zum einen der, der ihr das Auto verkauft hatte, sowie der, der ihr das Haus vermietete. Entgegen ihren Beteuerungen war mir daher klar: Sie würde ihren Beruf und ihr Privatleben nie zu hundert Prozent auseinanderhalten können. Denn es überlappten sich dabei die verschiedensten Interessen. Außerdem räumte sie Mama-san einen zu großen Einfluss auf ihr Leben ein, weil sie ihr viel zu oft persönliche Dinge anvertraute.

★★★

Seit meine Gedächtnisblockade anfing, sich zu lösen, erinnerte ich mich an manches deutlich und an anderes weniger deutlich, und gewisse Dinge blieben nach wie vor im Dunkeln. Doch je tiefer ich mich damit beschäftigte, desto mehr Einzelheiten fielen mir ein. So fügten sich verschiedene Bilder zusammen. Nur auf die entscheidenden Fragen fand ich keine Antwort: Was war aus Yuka geworden? Warum hatte ich sie verloren? Wieso hatte ich Japan verlassen?

Es gab Tage, da empfand ich große Sehnsucht nach ihr. Die mit ihr verlebte Zeit erschien mir wie verklärt, obwohl ich mich auch noch gut daran erinnerte, dass mich oft Zweifel und Eifersucht quälten. Es war mir zwar nach wie vor unklar, was uns auseinandergerissen hatte, aber ich war mir doch bewusst, dass es kein Zurück mehr gab. Die Brücke zwischen ihr und mir war abgebrochen.

Ich wusste zwar nicht, woher ich die Gewissheit hatte, dennoch war ich hundertprozentig davon überzeugt, dass sie keine Traumgestalt war, deren Existenz ich mir nur einbildete. Wir waren uns einmal so nah, wie zwei Menschen, die sich lieben, nur sein können. Trotzdem erschien sie mir im Rückblick wie eine Fremde, an der ich vieles nicht verstand.

Ich erinnerte mich noch an den Tag, an dem ich sie gebeten hatte, mich bei ihr wohnen zu lassen. Lange hatte ich gezögert und meine Bitte hinausgeschoben. Ich hatte hin und her überlegt, was ich tun sollte. Ich wusste, dass der obere Stock in ihrem Haus leer stand, und dort, wo ich bisher wohnte, konnte ich nicht länger bleiben, darum war ich auf den Gedanken gekommen. Das Verhältnis zu meiner Vermieterin hatte sich zuletzt sehr abgekühlt, und weil ich auch die Miete schuldig geblieben war, drohte mir der Rausschmiss. Abgesehen von allen anderen Schwierigkeiten sah ich vor allem aus Mangel an Geld keine Chance, anderswo unterzukommen. Da es mir aber unangenehm war, mit Yuka über das Thema zu sprechen, ließ ich mehrere Gelegenheiten dazu verstreichen.

Meine Skrupel rührten auch daher, dass ich fürchtete, sie könnte den Eindruck haben, ich wolle mich in ihr Leben drängen. Sie hatte diesbezüglich zwar nie etwas gesagt, aber ich hatte immer Angst, ich könnte ihr auf die Nerven gehen, wenn ich zu lange bliebe. Ich war bei ihr schon einige Male zu Besuch, aber nie über Nacht.

Schließlich verschlechterte sich die Situation schneller, als ich gedacht hatte, und ich geriet in die Zwangslage, von einem Tag auf den andern bei Yuka mit der Tür ins Haus fallen zu müssen. Ich hatte ihr nie etwas von den Problemen mit meiner Vermieterin erzählt, obwohl es wohl klüger gewesen wäre. Hätte ich das Thema rechtzeitig aufs Tapet gebracht, hätte sie mir vielleicht von sich aus angeboten, bei ihr einzuziehen. Aber die Gelegenheit war versäumt, und es hätte mir auch nichts genützt, für eine Übergangszeit ein Zimmer in einer Pension zu nehmen, denn dann wäre ich völlig blank gewesen.

Es lag daran, dass ich, als ich nach Japan kam, nur mit einem Aufenthalt von längstens zwei Monaten gerechnet hatte. Dass von meiner Reisekasse überhaupt noch etwas übrig war, verdankte ich nur dem Umstand, dass ich günstiger als geplant untergekommen war. Mit dem Geld, das ich jetzt noch hatte, hätte ich mir allenfalls ein Zugticket nach Tokyo leisten können. Aber das wäre keine Lösung gewesen, weil mein Rückflugticket bereits verfallen war. Ich hatte mich durch mein Zögern in eine dumme Lage gebracht.

★★★

Mit der Zeit wurde es für Mary zur Gewohnheit, dass sie manche ihrer Kunden nicht nur zu Partys begleitete, sondern auch in Privatwohnungen besuchte und am Ende sogar mit ihnen in sogenannte *Love Hotels* ging. Am Anfang sträubte sie sich noch, auch Mama-san hatte ihr davon abgeraten, um nicht mit dem Gesetz in Konflikt zu kommen. Doch nachdem sie sich einmal darauf eingelassen hatte, konnte sie beim nächsten Mal nur schwer ablehnen. Und da sich ihre neue Freizügigkeit herumsprach, musste sie ihren Vorsatz auch zugunsten anderer Kunden brechen. Am Ende war es keine Frage der Moral mehr, ob sie Ja oder Nein sagte, sondern nur noch eine Frage des Geldes.

In dieser Situation gab sie sowohl ihr Studium als auch ihre Studentenbude auf. Dort, wo sie bis dahin wohnte, waren Herrenbesuche nicht erlaubt. Da es keine Kontrollen gab, war es zwar vereinzelt möglich, einen Freund über Nacht einzuschmuggeln. Doch für Mary war das riskant, weil die Zimmer nicht nur klein, sondern die Wände auch hellhörig waren. Gerüchte über ihre Lebensweise hätten früher oder später nicht nur die Kündigung nach sich gezogen, sondern auch zu weiteren Unannehmlichkeiten führen können.

Dass sie sich dann dafür entschied, gleich ein ganzes Haus zu mieten, lag aber nicht nur daran, dass sie sich neugierige Nachbarn vom Leib halten wollte. Es ergab sich daraus, dass sie in der Bar erzählt hatte, sie würde eine neue Bleibe suchen. Ein Makler, der im „Bourbon" Stammgast war, ergriff daraufhin die Gelegenheit, ihr ein abgelegenes Haus am Stadtrand zu günstigen Konditionen anzubieten. Es war fast neu, stand aber leer, weil die Vorbesitzer wegen Überschuldung hatten ausziehen müssen.

Mary brauchte kein so großes Haus, außerdem lag es weit vom Schuss, doch nahm sie das Angebot an, weil sie ihr neues Domizil zunächst nur als Provisorium ansah. Aber am Ende stellte sich heraus, dass es ideal für ihre Zwecke war. In der Umgebung befanden sich ein paar Einfamilienhäuser, aber die Leute kümmerten sich wenig um ihre Nachbarn. Die Gegend war ehemals landwirtschaftlich genutztes Gebiet, das vor einigen Jahren in Bauland umgewandelt worden war. Es handelte sich daher nicht um ein Wohnviertel mit alteingesessenen Familien, alle waren Zugezogene, die sich untereinander kaum kannten. Mary konnte dort machen, was sie wollte, sofern sie nur ihre Lebensweise hinter einem bürgerlichen Anstrich tarnte.

Nachdem sie ihr Studium aufgegeben hatte, lief die erste Zeit alles problemlos. In der Bar arbeitete sie nach wie vor nur an einzelnen Abenden, und an anderen Tagen ließ sie sich als *Escort Girl* engagieren. Als charmante Begleitung bei Geschäftsessen gehörte es mitunter zu ihrem Auftrag, potenziellen Geschäftspartnern Avancen zu machen. Und da man ihr von ihrem Auftreten her ihre Profession nicht ansah, merkten die betroffenen Herren meist gar nicht, dass es sich um ein abgekartetes Spiel handelte, wenn sie sich schmeichelten, mit Mary eine Eroberung gemacht zu haben. Mit einigen Stammkunden aus der Bar pflegte sie ebenfalls engere Kontakte, aber gerade für solche diskreten Treffen erwies sich das unauffällige Haus am Stadtrand als ideal.

★★★

Es war kurz vor elf, als ich sie anrief. Ich musste es lange läuten lassen, denn um die Zeit schlief sie oft noch. Als sie sich endlich meldete, klang ihre Stimme ziemlich verschlafen, obwohl sie behauptete, schon wach gewesen zu sein.

Ich fragte, ob wir uns gegen Mittag treffen könnten.

„Heute?", fragte sie gedehnt zurück. Es kam ihr offenbar ungelegen.

Aber ich bestand darauf und sagte, ich hätte etwas Wichtiges mit ihr zu besprechen.

Begeistert schien sie nicht davon zu sein, fragte dann aber doch, worum es ginge.

Am Telefon ließe sich das nicht sagen, antwortete ich.

Und wieso sei die Sache so dringend?

Das wollte ich ihr lieber persönlich erklären.

Darauf erwiderte sie erst einmal gar nichts. Ich wusste nicht, ob sie wirklich keine Zeit hatte oder einfach nur keine Lust. Ihr langes Nachdenken bedeutete wohl, dass sie sich gerade eine Ausrede überlegte. Es schien ihr aber keine eingefallen zu sein, denn nach einer Weile sagte sie: „Heute geht es leider nicht", ohne einen Grund dafür zu nennen.

„Geht es dann vielleicht morgen?", fragte ich.

Möglich, sagte sie, ich sollte morgen nochmals anrufen, dann könnten wir weitersehen.

Bei der Art von Ablehnung beschlich mich ein Gefühl, als ob ich wegen eines Termins beim Zahnarzt angerufen hätte, und der wüsste nun nicht, wo er mich kurzfristig einschieben sollte. Ihre Absage brachte mich auch in eine ungute Situation, denn ich hatte meiner Vermieterin schon gesagt, dass ich im Lauf der Woche ausziehen würde, mich nur noch nicht auf einen bestimmten Tag festgelegt. Ich hatte gehofft, die Angelegenheit ohne Druck hinter mich bringen zu können, doch langsam begann die Sache zu pressieren. Daran war ich aber selber schuld, weil ich das Gespräch mit Yuka viel zu lange aufgeschoben hatte.

Am nächsten Morgen wiederholte sich das Spiel. Ich hatte mir vorgenommen, bis nach elf zu warten. Ich wollte nicht riskieren, dass sie mir aus schlechter Laune heraus wieder eine abschlägige Antwort gab. Doch bis dahin saß ich wie auf Nadeln. Andere Leute um einen Gefallen zu bitten, war mir seit jeher unangenehm. Und die Situation mit Yuka war insofern speziell, als ich niemanden kannte, den ich sonst um Hilfe hätte bitten können. Mit dem Trainer hatte ich mich auch schon überworfen, eine Ablehnung ihrerseits wäre daher auf das Ende meines Aufenthalts in Japan und damit auch auf unsere Trennung hinausgelaufen. Allerdings wollte ich um jeden Preis den Eindruck vermeiden, sie vor diese Alternative zu stellen, denn das hätte sie womöglich als emotionale Erpressung aufgefasst.

Was sollte ich also tun?

Gegen halb zwölf hielt ich es nicht länger aus und wählte ihre Nummer. Wie am Tag zuvor hob sie lange nicht ab, aber ich ließ es läuten. Heute konnte ich mich darauf berufen, dass sie mich ja aufgefordert hatte, anzurufen. Endlich meldete sie sich, und ihre Stimme klang aufgeräumt, nicht so mürrisch und unwillig wie am Vortag.

„Ist es immer noch wichtig?", fragte sie.

„Ja, natürlich!"

„Dann komm so gegen halb zwei, dann können wir reden."

Mir fiel ein Stein vom Herzen. Zwar warnte ich mich selbst, mich nicht zu früh zu freuen, denn sie wusste ja noch gar nicht, worum es ging. Aber zumindest war der erste Schritt, den ich so lange hinausgezögert hatte, getan. Ich hoffte darauf, dass sie mich nicht im Stich lassen und mir auf die eine oder andere Weise helfen würde.

Da ich nicht länger untätig im Zimmer sitzen und warten wollte, beschloss ich, mich jetzt gleich zu Fuß auf den Weg zu machen und unterwegs irgendwo eine Kleinigkeit zu essen, dann käme ich gerade rechtzeitig bei ihr an.

Als ich vor ihrer Haustür stand, war es kurz nach eins. Ich läutete, und sie öffnete sofort, als hätte sie schon gewartet. Sie trug noch einen Morgenmantel und bat mich in die Küche. Sie stellte Teewasser auf, und bis das Wasser kochte, blieb sie mit verschränkten Armen neben dem Herd stehen und redete übers Wetter. Der Frühling würde nun bald da sein, sagte sie, die Nächte würden immer milder. Dann brühte sie den Tee auf, setzte sich zu mir, schenkte uns ein und sah mich erwartungsvoll an.

Nun war es an der Zeit, meine Bitte vorzubringen. Ich wollte nicht um den Brei herumreden, aber auch nicht gleich mit der Tür ins Haus fallen. Ich hatte mir schon am Weg zu ihr den Kopf zerbrochen, wie ich es am besten anfangen sollte. Doch von Angesicht zu Angesicht erwies es sich schwieriger als gedacht, die richtigen Worte zu finden.

So redete ich erst mal vom Karate, erzählte ihr, warum ich nach Japan gekommen war, was mich nach Yamagata verschlagen hatte und warum ich hier bleiben wollte. Mir war klar, dass sie das alles längst wusste. Sie hörte dennoch geduldig zu, ohne sich eine Regung entlocken zu lassen. Schließlich kriegte ich aber doch die Kurve und kam darauf zu sprechen, dass ich bisher zur Untermiete bei einer älteren Dame gewohnt hätte, nur wäre die Situation in letzter Zeit immer unangenehmer geworden, weil sich die Frau das Leben mit einem Ausländer im Haus wohl etwas anders vorgestellt hatte.

Yuka wollte wissen, wie ich überhaupt zu dieser Unterkunft gekommen wäre.

„Das war eine Tante von Yuko, die hatte mir das Zimmer von sich aus angeboten."

„Wer ist Yuko?"

In dem Moment wurde mir erst mein *Fauxpas* bewusst, denn bisher hatte ich Yuko und ihre Familie nie erwähnt. Dass mir gerade heute ihr Name so unbedacht über die Lippen kam, brachte mich nicht nur in Verlegenheit, sondern auch noch weiter vom Thema ab. Es gelang mir aber, die Klippe zu umschiffen, indem ich Yuka erklärte, dass sie die Schwester eines Kollegen vom Karatetraining war. Für einen Augenblick fürchtete ich, sie könnte mehr dazu wissen wollen, aber sie nahm meine Erklärung völlig ungerührt auf, so, als ob sie das Ganze nicht weiter interessierte. Stattdessen fragte sie, was es denn nun mit der Sache auf sich hätte, die keinen Aufschub duldete.

Für die Frage war ich ihr dankbar, denn nun war endlich der Zeitpunkt gekommen, dass ich Klartext reden konnte. Ich bat sie also, ob ich bei ihr unterkommen könnte, denn aus den genannten Gründen wäre ich gezwungen, mein Zimmer bei der alten Dame aufzugeben.

Sie antwortete nicht gleich, sondern blickte mich eine Zeitlang schweigend an. Es sah so aus, als hätte sie mit dieser Bitte nicht gerechnet, und sie schien erst noch zu überlegen. Mich plagten Zweifel, ob ich ihr meine Lage wirklich ausweglos genug geschildert hatte. Nach einer Weile sagte sie aber: „Okay, wenn du willst, kannst du hier wohnen. Du weißt, dass ich die Zimmer oben im ersten Stock nicht benutze, da kannst du dir eins aussuchen."

Ich war natürlich froh über die unkomplizierte Antwort, trotzdem kam sie für mich ein wenig überraschend. Eigentlich hatte ich befürchtet, dass sie mit Ausflüchten kommen würde und ich ihr erst versichern müsste, ihr keinesfalls zur Last zu fallen. Doch nichts davon. Erst als ich mich bei ihr erleichtert bedankte, fügte sie mahnend hinzu, dass ich daraus keine Rechte ableiten dürfte. Sie wolle mir aus Freundschaft helfen, ihren Lebensstil würde sie aber meinetwegen nicht ändern. Wenn sie in Begleitung heimkäme, hätte ich mich so zu verhalten, als ob es mich gar nicht gäbe. Kein Besucher dürfe merken, dass ich im Haus wäre, und aus Angelegenheiten, die mich nichts angingen, hätte ich mich rauszuhalten. Falls ich das nicht akzeptieren könne, wäre es besser, mir die Sache noch einmal zu überlegen.

Im ersten Moment klang das für mich ernüchternd, doch ich versprach, ihre Bedingung zu erfüllen. Worauf ich mich dabei tatsächlich eingelassen hatte, wurde mir erst später bewusst. Vorerst war ich einfach nur froh, dass sie meine Bitte nicht abgelehnt und mich aus meiner verfahrenen Lage erlöst hatte.

Sie begleitete mich hinauf in den ersten Stock, zeigte mir zwei der leeren Zimmer und fragte mich, welches ich haben wollte. Oben gab es auch ein zweites Bad und WC, und sie probierte beim Waschbecken, ob das Wasser liefe. Erst platzte nur eine rostbraune Brühe heraus, weil der Hahn schon lange nicht mehr benutzt worden war, später aber wurde das Wasser klarer. Dann ging sie mit mir in das Zimmer, für das ich mich entschieden hatte, öffnete den Wandschrank und deutete auf einen *Futon* sowie Polster und Decken. Ein Leintuch und Überzüge hätte sie noch unten. Es wäre alles da, was ich bräuchte, und ich könnte, wenn ich wollte, heute noch einziehen.

Ich bedankte mich nochmals bei ihr voller Freude darüber, dass alles viel glatter ging, als ich erwartet hatte. Wir stiegen die enge, steile Treppe wieder hinunter, und unten im Flur gab sie mir einen Schlüssel zur Haustür. Sie müsse bald weg, sagte sie, und sich daher fertig machen, aber sie versprach mir, heute früher als sonst heimzukommen. Die Küche dürfte ich, wenn nötig, benutzen, aber ansonsten sollte ich besser oben bleiben, damit wir uns nicht zu sehr in die Quere kämen.

Eigentlich hatte ich sie noch um den Gefallen bitten wollen, mir beim Umzug mit ihrem Wagen behilflich zu sein, aber da sie es eilig hatte und allem Anschein nach das Auto selber brauchte, verzichtete ich darauf. Sie verschwand nach einem kurzen Abschied in ihrem Zimmer, und ich machte mich auf den Weg. Als ich draußen war, überlegte ich mir, ob ich gleich alles oder erst einen Teil holen sollte. Viel Besitz hatte ich zwar nicht, aber in letzter Zeit war einiges dazugekommen, sodass ich nicht mehr wie noch bei meiner Ankunft in Japan mit einer einzigen Reisetasche ausgerüstet war.

Als ich zurück in mein bisheriges Domizil kam, fand ich das Haus leer, Yukos Tante war ausgegangen. Das war mir aber ganz recht, denn wenn sie erst käme, nachdem ich mit allen Umzugsvorbereitungen fertig war, ersparte ich mir lange Erklärungen. Dann bräuchte ich ihr nur noch kurz Bescheid zu sagen und könnte danach sofort verschwinden. Ich suchte also in der Zwischenzeit meine Habseligkeiten zusammen und sondierte, wie ich das Gepäck aufteilen sollte. Ich hatte kürzlich einen Rucksack gekauft, dazu hatte ich noch eine Tasche zum Umhängen und meine alte Reisetasche. Wie es aussah, könnte ich es schaffen, alles auf einmal zu transportieren, auch wenn es eine Plackerei werden würde.

Als ich mit dem Packen fertig war und alles hinunter ins Erdgeschoss getragen hatte, ließ sich die Tante immer noch nicht blicken. Da ich nicht wusste, was ich tun sollte, setzte ich mich erst einmal auf den Treppenabsatz und wartete. Ganz ohne Abschied zu gehen, schien mir unhöflich zu sein, schließlich war ich ihr doch zu Dank verpflichtet. Nachdem ich aber fast eine Stunde vergeblich gewartet hatte, entschloss ich mich, aufzubrechen und ihr nur eine kurze Nachricht zu hinterlassen. Dann legte ich Zimmer- und Hausschlüssel dazu und ging.

Erst nachdem ich mit Sack und Pack draußen war, kamen mir Zweifel, ob es richtig war, die Haustür unversperrt zu lassen. Meine Hauswirtin sperrte zwar selber oft nicht ab, aber sollte sich daraus ein Problem ergeben, würde das auf mich zurückfallen, denn sie hatte mir in letzter Zeit so ziemlich alles, was ich tat oder nicht tat, negativ ausgelegt. Als kürzlich einmal im Zimmer ein Regal kaputt ging, beschuldigte sie mich, ich würde bei ihr wie ein Vandale hausen. Da war es vorauszusehen, dass mir auch mein sang- und klangloses Verschwinden eine schlechte Nachrede eintragen würde. Allerdings: da mein Ruf bei ihr ohnehin schon längst ruiniert war, kam es auf eine Untat mehr oder weniger auch nicht an.

Am frühen Abend, es dämmerte bereits, kam ich schließlich bei Yuka an. Ich war mit dem Bus gefahren, nur das letzte Stück hatte ich zu Fuß zurückgelegt, und dabei war mir das Gepäck schwer genug geworden. Ich läutete, aber wie erwartet rührte sich nichts. Yuka hatte ja gesagt, sie müsste weg. Also nahm ich den Schlüssel, den sie mir gegeben hatte, und sperrte auf.

Es war ein seltsames Gefühl, das Haus in ihrer Abwesenheit zu betreten. Ich stellte die Taschen und den Rucksack im Vorraum ab, zog die Schuhe aus und schlich in Socken über den Flur. Eigentlich wollte ich mich nur vergewissern, ob Yuka wirklich nicht da war, doch fühlte ich mich bei meinem Eindringen wie ein Dieb, der sich in ein leerstehendes Haus stiehlt. Selbst die Katze, die mich sonst immer begrüßte und schmeichelnd um meine Füße strich, ließ sich heute nicht blicken.

Die Küche war aufgeräumt, und im Schlafzimmer schwebte noch eine Wolke ihres Parfüms. Ich hätte Lust gehabt, mich genauer umzusehen, aber eine Scheu hielt mich zurück, tiefer in ihre Welt einzudringen. Ich ging zurück in den Vorraum, holte meine Sachen und trug alles nach oben. In dem Zimmer, das sie mir angewiesen hatte, richtete ich mich dann, so gut es ging, ein. Ich packte nur das aus, was ich für die nächsten Tage brauchen würde. Den Rest ließ ich drinnen und verstaute das Gepäck, so wie es war, im Wandschrank.

Danach sah ich mich im ersten Stock um. Bei einem Blick aus dem Fenster merkte ich, dass es schon ziemlich dunkel war, nur vom Westen her fiel noch ein wenig Licht übers Land. Die Gegend wirkte kahl, es gab in der Umgebung trockene Reisfelder und braune Wiesen, wo der letzte Schnee erst vor Kurzem abgetaut war. In einiger Entfernung fiel mir ein kleiner Mischwald auf, über dem weiße Abendwolken hingen. Mir gefiel die stille Abgeschiedenheit, und ich war zuversichtlich, dass ich mich hier wohlfühlen würde.

Als die Nacht vollends einbrach, wurde es im ungeheizten Zimmer ungemütlich. Ich begann zu frösteln und ging daher wieder hinunter. Dort war es zwar auch nicht wärmer, aber es wirkte wohnlicher als in dem leeren Raum oben. Bei einem Rundgang wurde mir klar, warum mir Yuka bisher immer nur einen Teil des Hauses gezeigt hatte. Außer der Wohnküche, dem Schlaf- und Wohnzimmer sowie Bad und WC gab es auch unten noch unbenutzte Räume. In einem davon neben dem Schlafzimmer stand nichts als ein Fitnessgerät, und ein anderer war voller Kartons mit Büchern und unbenutzten Möbelstücken. All die Sachen hatte Yuka wohl aus ihrer alten Wohnung mitgebracht, aber hier nicht brauchen können. Nach ihrem Umzug hatte sie sich hier neu eingerichtet, und das Interieur war zwar hübsch, wirkte aber wie ein Filmset. Der einzige Zweck schien zu sein, mit dem Design Besucher zu beeindrucken. Außer der Sitzecke in der Küche und dem Schminktisch im Schlafzimmer gab es keinen Ort, den sich Yuka als persönlichen Bereich vorbehalten hatte. Ohne sie wirkte alles seltsam leblos und kulissenhaft. Hätte ich nicht zufällig die Katze im Wohnzimmer entdeckt, hätte ich mich gefühlt wie in einem Geisterhaus.

Ich überwand meine Skrupel und sah mich auch unter Yukas Sachen im Schlafzimmer um. Obwohl sie ihren Schminktisch täglich nutzte, wirkte er auf den ersten Blick ordentlich aufgeräumt. Verschiedene Dosen, Fläschchen und bunte Flakons standen da wie zur Dekoration herum. In den Schubladen sah es aber anders aus, da fand sich ein seltsames Durcheinander von Tinkturen, Pillen und Pülverchen.

Außerdem gab es in ihrem Schlafzimmer einen Wandschrank voll mit Kleidern, und im Raum nebenan gab es noch einen. Dabei schien es sich um ihre berufliche Garderobe zu handeln, denn es waren lauter Stücke, die ich an ihr noch nicht kannte. In meiner Gegenwart war sie immer schlicht und geschmackvoll gekleidet. Doch hier verfügte sie über einen Fundus, mit dem sie sich zu allen möglichen Gelegenheiten ausstaffieren konnte. Es fand sich alles, von dezenten bis auffälligen, von eleganten bis erotischen Kleidungsstücken. In einem weiteren Schrank im Vorraum bewahrte sie die dazu passenden Handtaschen und Schuhe auf.

Umwerfend fand ich aber das Bad, das ich im Erdgeschoss entdeckte. Auf der Toilette, wo es auch ein kleines Waschbecken zum Händewaschen gab, war ich schon öfter, doch das Luxusbad nebenan hatte ich noch nie gesehen. Ich nahm an, dass Yuka es extra hatte einbauen lassen, denn die Vorbesitzer brauchten wohl keine verspiegelten Wände und keinen Whirlpool. Das Bad im ersten Stock wirkte dagegen eng und spartanisch und hatte nur eine äußerst kleine Wanne, in die ich kaum hineinpasste.

Nachdem ich mit meinem Erkundungsgang fertig war, setzte ich mich in die Küche. So wie ich Yuka bisher kannte, erschien mir ihr Haus wie ein Abbild ihres Wesens. Mit dem, was sie von sich zeigte, wollte sie Eindruck schinden und legte es bewusst darauf an, ihr Gegenüber zu blenden. Mit ihren persönlichen Seiten hielt sie dagegen hinter dem Berg, denn ihr Innerstes offenbarte sie so gut wie nie. Ich konnte zwar für mich in Anspruch nehmen, dass sie mir mehr anvertraute als anderen, aber auch vor mir versuchte sie, ihre schwachen, verletzlichen Seiten zu verbergen. Vor allem hütete sie das Geheimnis, wie psychisch labil sie war und wie stark abhängig von Psychopharmaka.

Inzwischen war es spät geworden. Ich bekam Lust, etwas zu essen. Nicht, dass ich direkt Hunger hatte, aber Appetit schon. Ich suchte herum, ob es vielleicht etwas zum Knabbern gab, fand jedoch nur eine alte Schachtel Butterkeks. Im Kühlschrank gab es auch nichts Essbares, aber ich entdeckte eine angefangene Flasche Sake. Ich schenkte mir ein Gläschen ein, die Marke hieß *Dewa Sakura*. Es war ein trockener Sake mit leichter, charakteristischer Schärfe. Der Geschmack war mir schon vertraut, denn Yuka bestellte ihn gern, wenn wir Japanisch essen gingen. Die weichen Butterkekse passten da allerdings nicht dazu, doch ohne etwas zu essen stieg einem der Sake sehr rasch zu Kopf. Ich trank trotzdem einige Gläschen, er machte mich warm und bewirkte eine angenehme Trunkenheit. Gleichzeitig verflüchtigte sich das Gefühl der Leere, das meine Stimmung bisher beherrscht hatte. Ich war nun überzeugt, dass sich alles zum Besten wenden würde, weil ich einen Hafen gefunden hatte, in dem es sich vor Anker gehen ließ.

Nach einer Weile stand ich auf und ging hinüber in ihr Schlafzimmer. Es war ein spontaner Einfall, eigentlich hatte ich dort nichts verloren, doch irgendwie zog es mich magisch in ihr Reich. Ich wollte in ihre Aura eintauchen. Da sie mir erlaubt hatte, bei ihr zu wohnen, fühlte ich mich als Teilhaber an ihrer Welt.

Ich machte Licht. Die Weihnachtsbeleuchtung des Baldachins wirkte, als stünde in wenigen Augenblicken die Bescherung bevor. Dann ließ ich mich auf Yukas Bett fallen und vergrub mein Gesicht in ihre Kissen. Das seidige Bettzeug fühlte sich glatt und kühl an, und es verströmte einen leisen Duft, der meinen Rausch noch verstärkte.

Ich drehte mich um. Auf dem Rücken liegend beobachtete ich die seltsamen Muster aus Licht und Schatten, die sich an den Wänden und an der Decke bildeten. Aus dem Blickwinkel von unten wirkte die Dekoration über dem Kopfende ihres Bettes wie eine grüne Laube. So sehr mir der Kitsch beim ersten Besuch missfallen hatte, heute passte er zu meiner Stimmung. Mir war, als hätte ich den Zipfel des Vorhangs gelüftet und heimlich die Bühne ihres Theaters betreten, wo sie Regisseuse und Hauptdarstellerin in einer Person war.

Die Tatsache, dass sie hier mit anderen Männern schlief, trat in den Hintergrund. Ich fühlte keine Eifersucht. Stattdessen sah ich sie vor mir, als wäre sie einzig und allein für mich da. Ich stellte mir vor, wie ich ihren warmen Körper umfing und sie leidenschaftlich liebkoste. Im Vorgefühl dieser Lust geriet ich einen unbeschreiblichen Zustand. Alle Erdenschwere fiel von mir ab, ich geriet in einen Glückstaumel, und zugleich übermannte mich eine wohlige Müdigkeit.

Als ich wieder erwachte, kam es mir vor, als wäre ich nur für ein paar Minuten eingenickt. Im Zimmer war alles unverändert, die sanfte Beleuchtung war noch an, aber in meinem Rücken spürte ich etwas Warmes. Am weichen Fell merkte ich, dass es Yukas Katze war, die sich hereingeschlichen und neben mir aufs Bett gelegt hatte. Ihr kleiner warmer Körper elektrisierte mich. Ich hatte keine Uhr, so wusste ich nicht, wie spät es war, aber mir kam der Verdacht, dass es schon später sein musste, als ich im ersten Moment dachte. Ich horchte nach draußen. Alles still, nichts rührte sich in der einsamen Nacht, kein Auto auf der Straße. Es war nicht auszuschließen, dass Yuka bald heimkommen würde. Ich überlegte daher, ob es nicht an der Zeit wäre, hinauf in mein Zimmer zu gehen. Doch ich fühlte mich so wohl, dass ich mich nicht dazu aufraffen konnte. Stattdessen blieb ich weiter liegen, ohne mich zu bewegen, um Yukas Katze nicht zu vertreiben.

Kurz danach musste ich nochmals eingeschlafen sein, denn nach einer Weile weckte mich ein Rauschen, und ich spürte einen warmen Luftschwall. Ich öffnete die Augen. Die Katze war weg, aber Yuka war da. Sie hatte die Klimaanlage auf Heizung gestellt und saß neben mir am Bettrand. Sie hatte ihre Pelzjacke abgelegt und war so freizügig gekleidet wie jeden Abend in der Bar.

Ein schwüler Duft hatte sich im Zimmer verbreitet, der Geruch ihres Parfüms, vermischt mit Alkohol und Rauch. Ich wandte mich ihr zu. Sie wirkte gut gelaunt, ihre Augen glänzten, sie hatte getrunken, aber war nicht betrunken. „Da bin ich! Früher als sonst, wie versprochen", sagte sie. „Aber was machst du in meinem Bett?"

★★★

Die Vergewaltigung wurde totgeschwiegen. Außer den direkt daran Beteiligten war Mama-san die Einzige, die davon wusste. Mary hatte sich ihr anvertraut, doch da sie um den Ruf ihrer Bar fürchtete, unternahm Mama-san nichts gegen den Mann. Dass es eine Vergewaltigung war, stand außer Frage. Denn er hatte sie nach Barschluss unter falschen Vorspiegelungen an einen unbekannten Ort gelockt und dort gegen ihren Willen zum Beischlaf gezwungen. Mary hatte sich erst auf Mama-sans Drängen hin bereit erklärt, mit dem späten Gast mitzugehen, und nun riet sie ihr von einer Anzeige ab, weil ihr die Sache zu heikel schien, um sich damit an die Polizei zu wenden.

Mary hatte zu der Zeit zwar schon einige Erfahrungen mit den Schattenseiten ihres Berufs gemacht, aber ihr selbst war noch nichts Schlimmes passiert. Mama-san hatte bis dahin ihre schützende Hand über sie gehalten und ihr gewisse Privilegien eingeräumt. Die Absicht dahinter war, dass Mama-san sie unbedingt im „Bourbon" halten wollte. Andere Mädchen mussten sich von den Gästen mehr gefallen lassen. Sie wurden getätschelt, geküsst oder gar direkt aufgefordert, nach der Bar mit in ein *Love Hotel* zu gehen. Mary dagegen reagierte auf plumpe Avancen sehr empfindlich, und Mama-san ließ ihr das nicht nur durchgehen, sondern sie griff in manchen Fällen selbst beschwichtigend ein, wenn sie beobachtete, dass ein Gast bei Mary zudringlich wurde. Zugleich musste sie achtgeben, keine Eifersüchteleien aufkommen zu lassen. Denn bisweilen sorgte Marys Bevorzugung bei anderen Mädchen für böses Blut.

Das war auch der Grund, warum Mama-san mit der Zeit Marys Freiheiten nach und nach einschränkte. Eines Tages, als Mary sich wieder einmal weigern wollte, sich um einen Gast zu kümmern, gab sie nicht nach. Es handelte sich nämlich um einen „speziellen" Gast, dem sich Mama-san verpflichtet fühlte. Er kam eher selten, aber wenn er sich blicken ließ, wurde er mit besonderer Aufmerksamkeit behandelt. Und da ausgerechnet dieser Gast sich Marys Gesellschaft wünschte, ließ Mama-san in dem Fall keine Ausflüchte gelten, sondern bestand darauf, dass Mary sich zu ihm setzte.

Es gab keinen Grund für Mary, sich der Aufforderung des Gastes zu widersetzen, denn er hatte sich bisher weder bei ihr noch bei anderen Mädchen ungebührlich benommen. Im Gegenteil, er verhielt sich sogar reservierter als die meisten Gäste. Marys Argument, dass ihr der Mann unsympathisch wäre, wirkte daher wie eine kapriziöse Laune, schon allein deshalb wollte Mama-san nicht darauf eingehen. Was Mary nicht laut sagte, war, dass ihr dieser Mann mehr als andere das Gefühl gab, nur ein Animiermädchen zu sein, das jedem Gast gefällig zu sein hatte, ob es ihr gefiel oder nicht. Die meisten Stammgäste hatten es akzeptiert, dass Mary sich als etwas Besonderes fühlte und quittierten daher die kleinen Unverschämtheiten, die sie sich ab und zu erlaubte, allenfalls mit einem Lachen. Bei diesem Gast war das aber nicht so.

Marys Widerspenstigkeit, die wie bloßer Eigensinn anmutete, forderte deshalb bei Mama-san an jenem Tag eine bislang unbekannte Unnachgiebigkeit heraus. Sie konnte es sich nicht leisten, Gäste von den Launen ihrer Mädchen vergraulen zu lassen. Mary hatte sich in der Hinsicht bereits zu viele Freiheiten herausgenommen, daher wollte sie bewusst ein Exempel an ihr statuieren. Mary arbeitete schon über ein Jahr in der Bar, sie musste einsehen, dass die Zeit der Extrawürste vorbei war. Mama-san sagte ihr auf den Kopf zu, dass es nicht anginge, Kunden nach Sympathie oder Antipathie zu behandeln, das könne sie sich privat erlauben, aber nicht im Job. Und die anderen Mädchen, die Zeugen der Szene waren, empfanden es als Genugtuung, dass Marys Schonfrist endete und sie fortan eine der ihren war, ob es ihr passte oder nicht.

Dass Mama-san sich ausgerechnet in diesem Fall so kompromisslos verhielt, hatte noch einen weiteren Grund. Sie wusste, dass der Gast sich mit dem Gedanken trug, selbst ein Nachtlokal zu eröffnen – und dass er überdies Verbindungen zur *Yakuza* hatte. Bisher hatte sie wenig Konkurrenz, doch wenn er es darauf anlegte, hätte er ihr nicht nur Schwierigkeiten machen, sondern ihr Geschäft auch komplett ruinieren können.

Als dieser „spezielle" Gast daher im weiteren Verlauf des Abends verlauten ließ, dass er auch nach Barschluss Marys Begleitung wünsche, setzte Mama-san alles daran, Mary zu überreden, ihm diesen Wunsch zu erfüllen. Die reagierte zuerst pampig mit dem Hinweis, dass nach der Bar ihr Privatleben begänne, doch Mama-san erklärte ihr daraufhin, dass sie es natürlich ihrer Entscheidung überließe, ob sie mitginge oder nicht, in dem Fall würde sie ihr aber dringend raten, persönliche Animositäten hintanzustellen. Und indirekt drohte sie Mary sogar Konsequenzen an, falls diese auf ihrer Weigerung beharrte. Da dies das erste Mal war, dass sich Mama-san so entschlossen äußerte, verfehlte der Appell seine Wirkung nicht. Mary fühlte sich eingeschüchtert und gab nach.

Dem Gast war es bei früheren Gelegenheiten leicht geworden, Mädchen zu ködern, indem er versprach, ihnen Jobs als Fotomodell oder gar beim Film zu vermitteln. Er hatte auch tatsächlich Beziehungen in diese Richtung, auch wenn es sich dabei nur um Sexmagazine oder Rollen in Pornofilmen handelte. Mary konnte er mit solchen Angeboten nicht locken, doch auch nach Mama-sans Machtwort ging sie davon aus, dass ihre bewährte Taktik, Männer mit unverbindlicher Liebenswürdigkeit zu behandeln, ohne sich von ihnen auf etwas festnageln zu lassen, bei ihm genauso funktionieren würde.

★★★

Am nächsten Morgen erwachte ich mit einem Gefühl, als befände ich mich außerhalb von Raum und Zeit. Erst als ich Yuka neben mir liegen und schlafen sah, kam mir der gestrige Abend wieder in den Sinn. Draußen war es hell, ein leuchtender Sonnenstrahl drang durch den Vorhang, Vogelzwitschern war zu hören, und alles kündete von einem wunderschönen Frühlingsmorgen.

Unter der Bettdecke war es warm. Doch als ich aufstehen wollte, fröstelte es mich, denn ich war nackt. Die Klimaanlage war nicht mehr an, daher war es im Zimmer kühl. Ich suchte meine verstreut umherliegenden Sachen zusammen und schlüpfte auf leisen Sohlen hinaus. Ich wollte Yuka nicht wecken, weil ich wusste, dass sie gerne lange schlief. Ich ging ins Bad, duschte und rasierte mich, dann zog ich mich an. Nach einer Weile, es war inzwischen halb zehn, versuchte ich in der Küche, Frühstück zu machen. Ich kochte Kaffee und legte die Butterkekse, die ich gestern Abend gefunden hatte, auf einen Teller.

Als der Kaffee fertig war, trug ich alles hinüber in ihr Schlafzimmer. Yuka schlief noch. Unschlüssig, ob ich sie wecken sollte, stellte ich das Tablett neben ihr Bett. Sie atmete ruhig und entspannt, ihr schlafendes Gesicht wirkte jedoch irgendwie fremd auf mich. Ich wartete einige Augenblicke, weil ich dachte, dass sie vielleicht der Duft des Kaffees aufwachen ließe. Doch da sie sich nicht regte, musste ich sie schließlich doch wecken, bevor der Kaffee kalt wurde.

Als sie die Augen aufschlug, sah sie mich erstaunt an, als müsste sie sich erst besinnen, was ich in ihrem Schlafzimmer zu suchen hätte. Dann bemerkte sie aber das Frühstück und begann zu lächeln. Sie setzte sich auf und ordnete ein wenig ihr wirres Haar. Ich goss ihr währenddessen eine Tasse ein, nahm mir auch eine und setze mich zu ihr aufs Bett.

Sie mochte den Kaffee schwarz und ohne Zucker. Dazu zündete sie sich eine Zigarette an. Schweigend auf ihren aufgestellten Polster gelehnt, nahm sie dann abwechselnd einen Schluck Kaffee und danach einen Zug aus ihrer Zigarette. Die Kekse rührte sie nicht an.

Es war schon nach zehn, für sie aber noch zu früh. Nicht, dass sie verkatert gewesen wäre, aber sie wirkte müde und unausgeschlafen. So herrschte an diesem Morgen eine seltsame Stimmung zwischen uns. Einerseits hatte ich das Gefühl, dass sie mir dankbar war für die Aufmerksamkeit, ihr das Frühstück ans Bett zu bringen, andererseits schien ihr die Situation doch auch ein wenig unangenehm zu sein. Sie wich daher meinen Blicken aus, und es kam kein Gespräch zustande.

Als sie ausgeraucht hatte, ließ sie die Kippe in ihre Tasse fallen, in der sich noch ein Rest Kaffee befand, stand auf und ging nackt, wie sie war, hinaus. Zuerst hörte ich die Spülung auf der Toilette, kurz darauf Wasser in die Badewanne fließen. Sie bereitete offenbar ihr morgendliches Bad vor.

Dann kam sie zurück und schlüpfte rasch wieder unter die Decke, weil ihr kalt war. Ich legte mich angezogen neben sie, doch anstatt sie zu berühren, streichelte ich die Katze, die sich wieder eingefunden hatte. Für einen kurzen Moment legte Yuka ihre Hand auf meinen Arm, und ich fühlte mich glücklich.

Ich fragte, ob ich ihr von nun an jeden Morgen den Kaffee ans Bett bringen sollte, doch sie erwiderte darauf nichts. Sie lehnte sich zurück und schloss die Augen. Ihr Gesicht erinnerte mich an den Tag, als ich sie zum ersten Mal in der Klinik besuchte. Damals hatte sie ähnlich erschöpft gewirkt, und ich hatte den Eindruck, als wäre sie kurz eingeschlafen. Für einige Augenblicke war es völlig still im Zimmer, sogar die Vögel draußen vor dem Fenster schwiegen. Nur aus dem Bad war leises Wasserrauschen zu hören.

Plötzlich erklang ein durchdringendes Piepsen. Das Zeichen, dass die Wanne im Bad voll war. Yuka schlug die Augen auf. Sie hatte nicht geschlafen, sondern sich nur noch ein paar Minuten Ruhe gegönnt, ehe es Zeit für ihr Morgenritual war. Sie stand auf, warf sich einen Bademantel um und ging hinaus. Dann hörte ich aus dem Bad noch eine Weile Geplätscher, danach wurde es ruhig.

Ich fragte von draußen, ob alles in Ordnung wäre. Keine Antwort. Durch die Milchglastür war nicht zu erkennen, was drinnen vorging. Ich klopfte an und fragte, ob sie okay wäre. Darauf erklang ein genervtes: „Ja!"

Ich kam mir vor wie ein Idiot. Was ging es mich an, was sie im Bad machte? Sie hatte in ihrem Haus schon oft genug allein gebadet, wozu brauchte sie da mich? Aber ich wollte mich irgendwie nützlich machen, um mich dafür, dass sie mich bei sich wohnen ließ, zu revanchieren. Darum fragte ich noch einmal durch die Tür, auch auf die Gefahr hin, ihr endgültig auf die Nerven zu gehen, ob ich etwas zum Mittagessen besorgen sollte.

Als Antwort kam ein „Hm", bei dem offen blieb, ob es als Zustimmung oder Ablehnung aufzufassen war. Ich nahm es für ein Ja, hatte aber nicht mehr den Mut, sie dafür auch noch um Geld anzugehen. Ich ging deshalb hinauf in mein Zimmer, um mir meine Brieftasche zu holen. Viel war nicht mehr drinnen, aber für einen Einkauf würde es schon reichen. Also steckte ich sie ein und verließ das Haus. Ich war froh, sie nicht schon am ersten Tag anpumpen zu müssen. Über kurz oder lang würde mir ohnehin nichts anderes übrig bleiben, als sie um Geld zu bitten, aber noch nicht heute.

Erst auf der Straße fiel mir ein, dass ich gar nicht wusste, wo man hier in der Nähe einkaufen konnte. Ich ging vor zur Hauptstraße. Wenn sich dort nichts fände, könnte ich mich immer noch durchfragen. Zum Glück fiel mir aber bald ein Hinweisschild zu einem Supermarkt auf, der nur ein paar hundert Meter entfernt war.

Als ich dort ankam, musste ich mir überlegen, was ich einkaufen sollte. Ich hatte Yuka nicht gefragt, was sie essen möchte. Ich wusste, dass sie gern indisch aß, und im Supermarkt fanden sich auch Instantgerichte, darunter welche mit Curry, aber ich wollte ihr beweisen, dass ich selbst für sie kochen konnte. Darum suchte ich nach Spaghetti, Tomatensauce sowie Salat und Wein. Damit ließ sich auch ohne große Kochkunst etwas anfangen. Ich hätte gern noch ein Stück Parmesan gekauft, da ich aber keinen fand, musste ich zu einer Packung Streukäse greifen, der eigentlich für Pizza gedacht war.

Wieder zu Hause, traf ich Yuka an, als sie gerade dabei war, ihr Haar zu föhnen. Sie wirkte nicht mehr so schläfrig, sondern war in eine aktivere Phase eingetreten. Ich zeigte ihr, was ich gekauft hatte, und fragte, ob sie mit Pasta asciutta einverstanden wäre. Sie war damit zufrieden und fragte mich im Gegenzug, ob ich beim Kochen allein zurechtkäme.

Übermütig antwortete ich: „Non c'è problema!" Aber damit hatte ich den Mund etwas voll genommen, denn ihre Küche war zwar gut ausgestattet, aber ich fand mich darin nur schlecht zurecht. Ich musste erst alle Laden und Schränke durchsuchen, ehe ich Kochgeschirr sowie Teller, Besteck und Gläser beisammen hatte. Am Ende ging jedoch alles gut, und es gelang mir, ein genießbares Mittagsmenü auf den Tisch zu bringen.

Gerade als ich mit allem fertig war, kam sie wie aufs Stichwort herein. Sie trug noch immer den Bademantel, hatte aber ihre Morgentoilette beendet. Sie sah frisch aus, die übernächtigen Schatten waren aus ihrem Gesicht verschwunden, und ihre Augen strahlten. Es stand schon alles auf dem Tisch, und die Flasche Chianti, die ich in der Getränkeabteilung entdeckt hatte, hatte ich ebenfalls schon geöffnet. Doch als ich ihr einschenken wollte, legte sie ihre Hand aufs Glas und sagte: „Nein danke, sehr lieb von dir, aber wenn ich bereits mittags Wein trinke, bin ich für den Rest des Tages zu nichts mehr zu gebrauchen." Stattdessen nahm sie mir die Flasche aus der Hand, schenkte mir ein und nahm sich selbst nur ein Glas Wasser.

Ich teilte Nudeln und Sauce zwischen uns auf, und beim Essen lobte sie meine Spaghetti, sie wären gerade richtig *al dente*. Doch aß sie davon nur wenig, ihr Teller war noch halb voll, als sie die Gabel weglegte und sich eine Zigarette anzündete. Auf meine Frage, ob sie genug hätte, erwiderte sie: „Ja." Sie versicherte mir, dass es ihr ausgezeichnet geschmeckt hätte, und dieses Mittagessen würde ihr für immer in Erinnerung bleiben, denn zum ersten Mal hätte ein Mann für sie gekocht. Es klang zwar nur wie ein gut gemeintes Kompliment, aber ich fühlte mich dadurch dennoch geschmeichelt. Zufrieden häufte ich die restlichen Spaghetti auf meinen Teller, und sie schenkte mir noch ein Glas Chianti ein.

In dem Moment läutete ihr Handy. Sie sah kurz aufs *Display* und ging dann hinaus. Draußen hörte ich sie sprechen, ohne Näheres zu verstehen. Kurz danach kam sie zurück, setzte sich wieder zu mir, ohne das Telefonat zu erwähnen. Ich hätte zwar gern gewusst, von wem der Anruf kam, fragte aber nicht danach. Die Wahrheit würde sie mir sowieso nicht verraten, denn sie war zu dem Gespräch extra rausgegangen, damit ich nichts davon mitkriegen sollte. Aus ihrer Sicht gingen mich ihre beruflichen Angelegenheiten nichts an.

Wir saßen eine Weile da, ohne irgendetwas zu reden. Als sie dann auch noch anfing, ihre E-Mails oder SMS-Nachrichten zu checken, empfand ich das Schweigen zwischen uns als unangenehm. Sie ahnte wohl, welche Frage mir auf der Zunge lag, und beschäftigte sich demonstrativ mit ihrem Smartphone, um nichts sagen zu müssen. Ich trank einstweilen mein Glas aus und schenkte mir noch eins voll. Obwohl ich eigentlich nicht viel trinken wollte, hatte ich die Flasche schon zu drei Viertel geleert. Schließlich legte Yuka ihr Handy wieder weg und sah mich an, als fiele ihr erst jetzt wieder ein, dass ich auch noch da war. Übertrieben freundlich sagte sie: „Danke fürs Essen, es war wirklich gut." Dann stand sie auf, um Teller und Besteck zur Spüle zu tragen. Dort stellte sie alles neben das Frühstücksgeschirr und sagte dann im Hinausgehen: „Ich muss mich jetzt fertig machen. Wenn's geht, mach bitte den Abwasch."

Bevor sie sich endgültig anzog, ging sie noch in ihr Schlafzimmer, und ich hörte sie drinnen eine ganze Weile rumoren. Geräuschvoll schob sie die Wandschranktüren auf und zu. Erst war mir nicht klar, was sie dort noch so viel zu tun hatte. Doch dann fiel mir ein: Es läge vielleicht daran, dass sie das Bett neu überzog. Wozu das denn? Nur weil ich letzte Nacht drin geschlafen hatte?

Inzwischen machte sich bei mir langsam die Wirkung des Weins bemerkbar. Ich wusste, dass ich nicht so viel hätte trinken sollen, aber ich begann mich in meinem benebelten Zustand wohlzufühlen. Also blieb ich sitzen und nippte weiter an meinem Glas.

Nach einer Weile kam Yuka fertig angezogen herein und sagte zu mir: „Ich gehe jetzt, ich habe noch eine Verabredung. Und was den Abend betrifft …" Sie zögerte einen Moment, weiterzusprechen und vermied es auch, mich dabei anzusehen. „… Es wird heute sicher später als gestern, und ich möchte dich bitten, heute oben auf deinem Zimmer zu bleiben!"

„Warum?", rutschte mir die unbedarfte Frage heraus.

„Weil ich wahrscheinlich nicht allein komme, darum wär's mir lieber …"

Das saß wie ein Stich ins Herz. Es wäre nicht nötig gewesen, die Sache konkret anzusprechen, ich hätte es mir auch so denken können. Aber warum hatte ich Idiot auch gefragt?

Sie ahnte wohl, was in mir vorging, und fügte mit einem verständnisvollen Blick und sanfter Stimme hinzu: „Bitte tu mir den Gefallen und mach mir keine Schwierigkeiten."

Da ich mich vom Schock nicht so schnell erholen konnte und wie erstarrt da saß, kam sie zu mir, legte mir ihre Hand auf die Schulter und flüsterte mir ins Ohr: „Die letzte Nacht war wundervoll, doch leider geht das nicht immer so. Ich kann mein Leben nicht von einem Tag auf den anderen ändern. Bitte versteh das." Dann hauchte sie mir noch einen flüchtigen Kuss auf die Wange und ging, ohne meine Reaktion abzuwarten, hinaus. Im Flur hörte ich noch, wie sie in ihre Schuhe schlüpfte, doch nachdem die Tür ins Schloss gefallen war, breitete sich im Haus Stille aus.

Ich blieb wie betäubt sitzen. Zwar kam das alles nicht unerwartet, denn ich hatte längst vermutet, dass es bei ihr so zuging. Das war auch der Grund für mein stimmungsmäßiges Auf und Ab in letzter Zeit, den ständigen Wechsel zwischen Liebe und Eifersucht. Aber auch wenn ich es geahnt hatte, traf es mich dennoch hart, von ihr so direkt mit der Nase darauf gestoßen zu werden. Sie hatte schon einige Male Andeutungen in diese Richtung fallen lassen, nun aber bestätigten sich auf einmal alle meine schlimmsten Befürchtungen, das musste ich erst verdauen. Eigentlich müsste ich ihr sogar dankbar sein, dass sie es mir so offen gesagt hatte. Hätte sie das Versteckspiel weitergetrieben und ich die Wahrheit auf andere Art und Weise erfahren, wäre der Schock noch größer gewesen. Nichtsdestotrotz brauchte ich Zeit, um mich von dem Tiefschlag zu erholen. Wie paralysiert saß ich da, ohne einen klaren Gedanken fassen zu können. Es lag nicht daran, dass ich zu viel getrunken hatte, sondern eher daran, dass ich nun so unbarmherzig ernüchtert worden war.

Nach einer Weile entschloss ich mich doch aufzustehen. Es blieb mir nichts anderes übrig, als alles so zu akzeptieren, wie es war. Ich hatte ihr versprochen, mich nicht in ihr Leben einzumischen, und daran wollte ich mich halten. Die Alternative wäre gewesen, auf der Stelle zu gehen und niemals wiederzukehren. Aber zu diesem Schritt wollte und konnte ich mich nicht entschließen.

In einem Anflug von Pflichtbewusstsein trug ich mein Geschirr ab, um es in die Spüle zu stellen. Dabei rutschte mir das Weinglas aus der Hand und zersplitterte am Boden. Ich kniete nieder, um die Scherben aufzuklauben. Im selben Augenblick verspürte ich einen stechenden Schmerz. Ich hatte mich in die Daumenkuppe geschnitten, und die Verletzung blutete unerwartet stark. Um das Blut zu stillen, stand ich auf und hielt die Wunde unter kaltes fließendes Wasser. Dabei erfasste mich aber ein Schwindel, und mir wurde schwarz vor Augen. Ich musste mich setzen, und es dauerte eine Weile, bis das Unwohlsein nachließ. Erst danach schaffte ich es, aufzustehen und hinauf in mein Zimmer zu gehen, um mir ein Pflaster aus meiner Reise-apotheke zu holen.

Es war heute nicht mein Tag. Gestern noch hatte ich vor Op-timismus gestrotzt und mir vorgenommen, von heute an wie-der regelmäßig zu trainieren. Der Trainer war seit geraumer Zeit unzufrieden mit mir, weil ich zuletzt öfter gefehlt hatte, und es schien, als wäre er drauf und dran, mit mir die Geduld zu ver-lieren. Dabei war es nicht so, dass ich die Lust am Karate verlo-ren hätte, es lag nur an meiner ungewissen Situation. So lange es nicht sicher war, ob ich überhaupt in Japan bleiben könnte, fiel es mir schwer, mich aufs Training zu konzentrieren. Dazu kam die emotionale Achterbahn in meiner Beziehung zu Yuka. So motivierend auch ein Hoch wie letzte Nacht auf mich wirk-te, umso demotivierender wirkte das nächste Tief. Der heutige Tag war das beste Beispiel dafür. Nach dem, was eben zwischen uns vorgefallen war, konnte ich mich beim besten Willen nicht dazu aufraffen, zum Training zu gehen. Dazu hätte es auch der kleinen Verletzung nicht bedurft. So blieb ich einfach in mei-nem Zimmer und legte mich hin.

***

An jenem Abend im „Bourbon" hatte er neben Sekt noch diverse Cock-tails wie Daiquiri, Kamikaze und Margarita bestellt. Trotzdem merkte man ihm den Alkoholkonsum kaum an, denn anders als die meisten Gäste in der Bar animierte ihn das Trinken nicht zur Redseligkeit. Je später der Abend wurde, umso schwerer hatte es Mary mit ihm. Es nützte ihr auch nichts, dass Mama-san, die sie beobachtete, öfter vorbeikam, um die Si-tuation aufzulockern.

Trotzdem blieb er an dem Abend länger als gewöhnlich und war am Ende der letzte Gast. Als er schließlich doch aufstand, ließ er nach seinem Chauffeur mit dem Wagen schicken. Zu dem Zeitpunkt sah es so aus, als wäre der Abend für Mary gelaufen. Sie wunderte sich allerdings, dass der Gast anschließend noch so lange bei Mama-san an der Theke stand. Die beiden schienen etwas auszuhecken, und am Ende kam Mama-san zu ihr und teilte ihr mit, dass der Gast Lust hätte, mit ihr noch einen anderen Klub zu besuchen.

Mary war ungehalten. Hatte sie Mama-san nicht von Anfang an klargemacht, dass sie diesen Typ nicht leiden konnte? Doch abgesehen davon, was sollte sie, so abgefüllt, wie er war, in einem anderen Klub mit ihm anfangen? Hätte er sie dazu aufgefordert, hätte sie Kopfschmerzen vorgeschützt, doch Mama-san konnte sie mit solchen Ausflüchten nicht kommen. Stattdessen versuchte sie sich damit herauszureden, dass sie Angst hätte, mit einem Betrunkenen wie ihm noch woanders hinzugehen. Doch Mama-san machte ihr stattdessen weis, dass in seinem illuminierten Zustand keine Gefahr von ihm ausginge. Früher oder später würde er neben ihr einschlafen, dann hätte sich die Sache erledigt. So kam es, dass Mary sich dazu breitschlagen ließ, mit ihm zu gehen.

Der Chauffeur wartete mit einer schwarzen Limousine bereits draußen vor der Bar, und Mama-san begleitete die beiden noch hinaus. Mary musste hinten im Fond neben ihm Platz nehmen. Dann ging es los, ohne dass ihr gesagt wurde, wohin es gehen sollte. Als sie ihren Begleiter danach fragen wollte, saß er da, als wäre er eingenickt. Der Kopf hing ihm auf die Brust, doch als es um eine Kurve ging, sackte er plötzlich um und lag auf ihr. Zuerst bemühte sie sich, ihn aufzurichten und wieder zurückzuschieben, doch er lehnte an ihrer Schulter, und seine Hand berührte ihre Schenkel. Daraufhin versuchte sie, von ihm wegzurücken, doch das Spiel wiederholte sich, bis sie schließlich ganz in die Ecke gedrängt saß, während sein Kopf auf ihrem Schoß lag.

Aus Nervosität und Unsicherheit steckte sie sich eine Zigarette nach der anderen an. Auch in der Bar fühlte sie sich mit betrunkenen Gästen immer unwohl, aber da sie sich im „Bourbon" darauf verlassen konnte, dass Mama-san ihr beistand, falls die Situation eskalierte, war sie da wenigstens noch auf sicherem Terrain. Hier dagegen war sie ganz auf sich allein gestellt und hatte keinen blassen Schimmer, wie es weitergehen würde. Der Wagen fuhr durch ein ihr unbekanntes Stadtviertel, und nachdem sie schon bei der dritten oder vierten Zigarette war, fragte sie den Fahrer, wohin es denn eigentlich ginge. Doch der nannte den Namen eines Klubs, von dem sie noch nie gehört hatte.

Kurz darauf hielt er vor einem Gebäude mit hell erleuchteter Fassade und sagte: „So, da wären wir." Mary wusste nicht, wo sie hier war, doch als ihr der Chauffeur die Wagentür aufhielt, stieg sie trotzdem aus. Sie blieb am Gehsteig stehen und sah zu, wie der Fahrer ums Auto herumlief, um seinem betrunkenen Chef den Schlag zu öffnen. Sie erwartete, dass er Mühe haben würde, ihn aus dem Wagen zu holen. Doch zu ihrer Überraschung brauchte der beim Aussteigen gar keine Hilfe, sondern wirkte ganz fit. Auch von einem schwankenden Gang war nichts zu bemerken.

Er deutete auf den Hauseingang und forderte sie auf einzutreten. Und als Mary zögerte, nahm er sie am Arm und führte sie hinein. Im Eingangsbereich standen einige Fauteuils vor niedrigen Tischen, aber niemand hielt sich hier auf. Der einzige Mensch, der sich blicken ließ, war eine Art Portier hinter einem Pult. Er schien Marys Begleiter gut zu kennen, denn er begrüßte ihn höflich, fast unterwürfig. Dann händigte er ihm einen Schlüssel aus und ließ ihn ohne weitere Formalitäten mit Mary die breite Treppe hinaufgehen.

Oben im ersten Stock gab es einen Gang mit nummerierten Türen links und rechts wie in einem Hotel. Marys Begleiter ging mit ihr bis ans Ende des Korridors, dort sperrte er eine Tür auf und betrat mit ihr den Raum. Drinnen ging automatisch gedämpftes Licht an, und Mary sah, dass in der Mitte ein großes Bett mit rotem Überzug stand. Außerdem war das ganze Zimmer verspiegelt, sowohl an der Decke als auch an den Wänden. Es war auf den ersten Blick zu erkennen, welchem Zweck es dienen sollte. In einem der Spiegel bemerkte sie, wie ihr Begleiter hinter ihrem Rücken die Tür verschloss, den Schlüssel einsteckte und sein Jackett abstreifte. Im selben Augenblick wurde ihr klar, was ihr hier bevorstand. Entweder war seine Trunkenheit gespielt, oder er hatte sich auf der Fahrt ungewöhnlich schnell erholt. Auf jeden Fall bestätigte sich nun ihre dunkle Vorahnung. Es gab keinen Zweifel mehr, worauf er aus war, und sie bereute nun doppelt, sich umstimmen lassen zu haben. Ihr Gefühl hatte nicht getrogen, aber weil sie Mama-sans Beschwichtigungen geglaubt hatte, war sie in die Falle getappt.

Der Mann wirkte wie ausgewechselt. Hatte er bisher noch eine gewisse Distanz bewahrt, ließ er nun jede Zurückhaltung fallen. Sein Gehabe wurde brutal und rücksichtslos. Er kommandierte nur noch im Befehlston. „Zieh dich aus!", herrschte er sie an, und als es ihm nicht schnell genug ging, half er nach und stieß sie nackt aufs Bett.

Mary hatte sich in seiner Gesellschaft immer unbehaglich gefühlt, nun aber bekam sie es regelrecht mit der Angst zu tun. Das war auch der Grund, warum sie keinen Widerstand leistete. Sie versuchte es zwar mit der Ausflucht, vorher noch kurz duschen zu wollen – in der heimlichen Hoffnung, per Handy mit Mama-san Kontakt aufnehmen zu können –, doch diese Absicht wurde von ihm barsch vereitelt. „Hinterher hast du genug Zeit, dich zu waschen", sagte er grob.

So hatte es sich Mary in ihren schlimmsten Befürchtungen nicht vorgestellt. In der Bar hatte er noch gewisse Formen der Höflichkeit gezeigt, darum hätte sie gedacht, dass er weiterhin den Anstand wahren würde. Doch in der Hinsicht hatte sie sich getäuscht, sein ganzes Verhalten war darauf angelegt, sie bewusst zu demütigen. Mama-san hatte ihr immer gesagt, dass sie jederzeit ablehnen könnte und nie etwas tun müsste, was sie nicht wollte. In ihrer derzeitigen Lage half ihr der Rat aber wenig. Er bestimmte alles, und sie konnte nichts dagegen tun. Er öffnete seinen Hosenschlitz, kniete sich über sie aufs Bett und zwang sie, sein Ding in den Mund zu nehmen. Sie hatte seit jeher eine Abneigung gegen Fellatio gehabt, aber nun blieb ihr nichts anderes übrig, als sich ihrem Schicksal zu fügen.

Mama-san hatte ihr auch empfohlen, immer ein Kondom bei der Hand zu haben, um einem Freier in jeder Lage eins überziehen zu können. Doch auch dazu kam sie nicht. Er hatte ihre Handtasche, wo die Kondome drinnen waren, hinters Bett geworfen, und bevor sie noch die Chance hatte, danach zu greifen, hatte er sie niedergedrückt, sich auf sie gelegt und war im nächsten Augenblick in ihr. Sie versuchte zwar noch, sich ihm durch Hin- und Herwinden zu entziehen, aber es half ihr nichts. Im Gegenteil, er hielt sie an den Schultern fest und drang noch tiefer in sie ein. Daraufhin gab sie es auf, sich zu wehren, und ließ ihn machen in der Hoffnung, dass es rasch vorüber wäre.

Sie hatte noch nie in ihrem Leben ungeschützten Verkehr gehabt. Sowohl aus Angst vor ungewollter Schwangerschaft als auch aus Angst vor Geschlechtskrankheiten hatte sie es keinem erlaubt, auch privat nicht. Doch diesen Typen kümmerte das nicht, er besorgte es ihr einfach, und es war an jenem Abend das erste Mal, dass ein Mann sich auf diese Weise in sie ergoss. Als er fertig war, zog er sich aus ihr zurück, griff nach seiner Brieftasche und warf mehrere Geldscheine über sie. Danach verschwand er, ohne dass Mary gesehen hätte, wohin. Die Tür, durch die er mit ihr gekommen war, hatte er nicht benutzt, denn die war nach wie vor verschlossen.

Später sollte sich herausstellen, dass alles, was sie in diesem Zimmer über sich ergehen lassen musste, noch bei Weitem nicht das Schlimmste war. Denn die Szene war heimlich mitgefilmt worden, es existierte ein Video davon, und man drohte ihr, es auf einem Pornokanal einzustellen. Der Geschlechtsverkehr war aus mehreren Blickwinkeln, von der Zimmerdecke und von der Seite, durch die Spiegel gefilmt worden, mit Ton, ohne verwackelte Bilder und professionell geschnitten. Da auf den Aufnahmen von einer Gegenwehr nichts zu bemerken war, sah es so aus, als wäre sie mit Sex gegen Geld einverstanden. Das Ganze war ein abgekartetes Spiel, denn Prostitution ist in Japan offiziell verboten, und Mary wurde mithilfe dieses perfiden Zuhältertricks erpressbar.

Dass es sich um eine Vergewaltigung handelte, wurde auf zusätzlichem Videomaterial deutlich, das später von der Polizei bei einer Hausdurchsuchung beschlagnahmt wurde. Darauf war zu sehen, dass, nachdem der eine Mann aus dem Bild verschwunden war, ein anderer, wahrscheinlich der Chauffeur, erschien. Mary lag noch auf dem Bett, doch als er sich ihr näherte, wollte sie aufstehen. Er aber hielt sie gewaltsam nieder und streifte seine Hosenträger ab. Da er offenbar die vorangegangene Szene mitangesehen hatte, war er sehr erregt. Im Gegensatz zu vorhin war auf diesen Bildern aber deutlich zu sehen, wie Mary sich wehrte. Doch sie hatte keine Chance. Sich auf sie legend, drückte er sie mit seinem Gewicht nieder, presste sich zwischen ihre Schenkel, und im nächsten Moment war er auch schon in sie reingeglitscht. Sein Körper war massig und schwer, daher konnte sie nichts mehr dagegen ausrichten, als er zu stoßen begann.

Unter seinem schweißnassen Hemd waren Tätowierungen zu erkennen, die den Rücken, die Schultern und die Oberarme bedeckten. Als er sich am Höhepunkt aufbäumend ihre Hände links und rechts neben ihrem Kopf niederpresste, war auch zu sehen, dass ihm am kleinen Finger der rechten Hand ein Glied fehlte. Es war ganz eindeutig die *Yakuza*, die Mary in diese Falle gelockt hatte.

Man ließ sie damals unbehelligt gehen. Doch einige Wochen später wurde ihr eine DVD zugesandt, verbunden mit der Aufforderung, sich von nun an regelmäßig zu Sex gegen Geld zur Verfügung zu halten. Sollte sie sich weigern, würde man die DVD verbreiten. Das war für Mary Drohung genug, sie knickte sofort ein und versuchte gar nicht mehr, sich gegen die Erpressung zu wehren. Mama-san hatte ihr von Anfang an abgeraten, sich an die Polizei zu wenden, und nun war sie ihr sogar dankbar dafür. Ihren Job vor ihren Eltern und Bekannten geheim zu halten, war ihr wichtiger als alles andere, da prostituierte sie sich lieber weiter, als ihnen die Wahrheit zu gestehen.

Es ging um den Aufbau eines Callgirl-Rings. Einige von Marys Kolleginnen waren mit Mama-sans Einverständnis schon dabei. Die meisten hatte das Geld gelockt, andere waren mit mehr oder weniger sanftem Druck dazu gebracht worden. So rabiate Methoden wie bei Mary brauchte es aber nicht, denn keine hatte ein Hehl aus ihrer Tätigkeit als Animiermädchen gemacht. Doch nachdem Marys Stolz gebrochen war, fügte auch sie sich in das, was man von ihr verlangte. Die Bedingungen waren besser als erwartet, der Unterschied zu früher bestand lediglich darin, dass sie bei Mama-san ab und zu noch Nein sagen konnte, diese Freiheit hatte sie nun nicht mehr.

Im „Bourbon" arbeitete sie weiter wie bisher, nun kamen dazu auch Kontakte mit Freiern, die ihr vermittelt wurden. Zu dem Zweck musste sie teils tagsüber, teils aber sogar spätnachts zur Verfügung stehen. Wenn sie die Freier direkt bezahlten, musste sie einen fixen Anteil abführen. Nur in Fällen, wo die Kunden im Unklaren gelassen werden sollten, dass sie es mit einem Callgirl zu tun hatten, kam das Geld von ihren Auftraggebern. Finanziell stieg sie bei all dem nicht schlecht aus, dafür artete ihre Tätigkeit, die sie anfangs nur als Gelegenheitsjob wahrnahm, nun endgültig zum Vollzeitjob aus.

Auch das Vertrauensverhältnis zwischen Mary und Mama-san wurde dadurch getrübt. Mama-sans Rolle in der Angelegenheit blieb suspekt. Der Behauptung, dass sie keine Ahnung von den Machenschaften gehabt hätte, glaubte Mary nicht, denn Mama-san war darüber im Bilde, dass schon einige ihrer Mädchen für diese Leute arbeiteten. Und nicht nur, dass sie den ersten Kontakt eingefädelt hatte, sie trat auch später immer wieder als Vermittlerin zwischen Mary und den Organisatoren des Callgirl-Rings auf. Es war daher offensichtlich, dass sie mit denen unter einer Decke steckte. Erst viel später gab sie zu, dass sie von diesen Leuten abhängig war. Sie hatten ihr vor einiger Zeit einen „Kredit" für das „Bourbon" verschafft, der inzwischen zwar längst abbezahlt war, doch seitdem wurde von ihr Schutzgeld verlangt, das als weitere Schuldentilgung getarnt war. Anfangs nahm man dabei noch Rücksicht darauf, ob ihre Geschäfte gut oder schlecht liefen, so konnte sie Zahlungsrückstände auch durch Gefälligkeiten abgelten. Zum Beispiel, indem sie gewisse Leute im „Bourbon" freihielt, oder ihre Mädchen für Events außerhalb der Bar freistellte. Was früher nur gelegentlich vorkam, wurde später aber zur Dauereinrichtung, und Mama-san konnte nicht mehr ablehnen, wenn diese Leute etwas von ihr verlangten.

★★★

Ich lag oben im Zimmer, den ganzen Nachmittag hatte ich nur vor mich hin gedöst. Nun war es Abend, draußen wurde es dunkel. Ich hatte den Tag, der so gut begann, nutzlos vertan. Es lag nicht an der Müdigkeit, sondern an meiner totalen Antriebslosigkeit. Die Zweifel an Yuka, die mich in solchen Situationen überfielen, begannen mich wieder zu plagen. Warum tat ich mir das Ganze an? In welche Lage brachte sie mich? War es die Sache wirklich wert, nur um die Miete zu sparen? Nein, war es nicht, aber darum ging es auch gar nicht. Ich hatte Yuka für mich allein haben wollen. Aber das war naiv, und worauf ich mich tatsächlich eingelassen hatte, das dämmerte mir erst jetzt. Im Grunde gab es nur eine Möglichkeit, der Rolle, die sie mir zudachte, zu entgehen, indem ich meine Sachen packte und auf der Stelle verschwände. Doch dazu konnte ich mich nicht durchringen, denn es hätte bedeutet, nicht nur Yuka aufgeben zu müssen, sondern all meine Hoffnungen, die sich mit dem Leben in Japan verbanden.

Mir war kalt. Im ungeheizten Zimmer kroch mir die Kälte in alle Glieder. Außerdem musste ich aufs Klo. Es blieb mir also nichts anderes übrig, als aufzustehen. Beim Zurückkommen nahm ich mir eine Überdecke und legte mich wieder auf den *Futon*. Danach wurde mir zwar etwas wärmer, aber das lange Liegen hatte mir nicht gut getan, ich fühlte mich benommen. Nach einer Weile nickte ich ein. Als ich wieder munter wurde, war es Nacht. Ich horchte nach unten, ob Yuka eventuell schon heimgekommen wäre, doch im ganzen Haus herrschte vollkommene Stille.

Erst lange nach Mitternacht weckte mich ein Wagengeräusch. Im Halbschlaf hatte ich ein Auto vorfahren hören und dann ein Türenschlagen. Hellwach wurde ich aber erst, als die Haustür aufgesperrt wurde, und ich Stimmen im Flur vernahm. Yuka war wie angekündigt in Begleitung eines Mannes gekommen. Sie sprach in einem unnatürlich hohen Tonfall. Von dem Mann war dagegen nur ein unverständliches gutturales Brummen zu hören, ab und zu unterbrochen durch Yukas spitzes Lachen.

Ihr Verhalten erschien mir eigenartig, so kannte ich sie gar nicht. Aber wenn ich mir sie in einem der aufreizenden Fummel dachte, die ich gestern in ihrem Schrank gefunden hatte, und dazu ihr puppenhaft geschminktes Gesicht, dann passte doch wieder alles zusammen. Das war nicht Yuka, sondern das Animiermädchen, das sich Mary nannte und Abend für Abend mit angeheiterten Männern flirtete.

„Nur bei dir fühle ich mich ich selbst", hatte sie einmal zu mir gesagt. „In der Bar, das bin nicht ich, das ist ein falsches Ich. Dort bin ich so, wie die anderen mich haben wollen. In mein wahres Ich schlüpfen kann ich nur bei dir. Du bist der Einzige, bei dem ich das Gefühl habe, mich nicht verstellen zu müssen." Ich war mir nicht sicher, ob sie das ernst meinte, aber ich hatte immer gehofft, dass ich ihr etwas Besonderes bedeuten würde.

Unten verstummte vorübergehend das Gebrummel und Gelächter. Dafür hörte ich Yuka in der Küche rumoren, anscheinend holte sie etwas zum Trinken. Ihn hatte sie wahrscheinlich schon im Schlafzimmer auf dem kleinen Sofa Platz nehmen lassen. Und es dauerte nicht lange, bis sie zu ihm hinüberging, um ein Tablett mit einer Flasche und zwei Gläsern vor ihm auf das Tischchen zu stellen. Als sie anstießen, sagte der Mann: „Chin-Chin!" Yuka brach darauf in ein spitzes Lachen aus. Auf Französisch klingt der Trinkspruch harmlos, auf Japanisch ist er aber eine obszöne Anspielung auf das männliche Geschlechtsteil.

Danach waren nur noch gedämpfte Geräusche zu hören. Offenbar hatte sie den DVD-Spieler eingeschaltet und zeigte ihm jetzt eins der Videos. Ich fühlte mich wie ein Blinder im Kino. Es brauchte nicht viel Phantasie, um sich vorzustellen, was in dem Raum unter mir ablief. Noch saßen sie wohl eng aneinandergeschmiegt auf dem Sofa, aber es würde nicht lange dauern, bis sie im Bett landeten. Eine Zeitlang hörte ich gar nichts, bis es langsam richtig losging. Erst seufzte sie leise, dann ging es in ein Stöhnen über. Von ihm war da noch wenig zu hören, erst nach einer Weile ein dumpfes Schnaufen, während ihr Gestöhn sich steigerte und in einem simulierten Orgasmus kulminierte.

Dann kehrte für einige Augenblicke Ruhe ein. Danach fing wieder sein Gebrummel an, ab und zu unterbrochen von ihrem spitzen Lachen. Nach spätestens einer halben Stunde schien es Zeit für ihn, zu gehen. Ich hörte ihn aufstehen, und Yuka sprach im Flur plötzlich mit ganz anderer Stimme. Erst kurz darauf wurde mir klar, dass sie wohl ein Taxi gerufen hatte, denn nicht lange darauf fuhr draußen ein Wagen vor, und der Mann verließ das Haus.

Statt mir die Ohren zu verstopfen, hatte ich die ganze Zeit den Atem angehalten und nach unten gehorcht. Nachdem alles vorbei war, atmete ich erst mal tief durch. Ich fühlte mich ganz abgeschlafft und lag da wie ein verschrumpelter Ballon, dem die Luft ausgegangen war. Eine Weile war nichts mehr zu hören. Dann auf einmal ein leises Knarren auf der Treppe. Was war das? Kam Yuka zu mir herauf? Die Schiebetür öffnete sich kurz, und ein schwacher Lichtschein huschte über die Wand. Danach wurde es wieder finster. Ich lag mit dem Rücken zur Tür und tat so, als ob ich schliefe. Ich konnte sie nicht sehen, spürte aber, dass sie da war. Sie stand kurze Zeit unschlüssig neben meinem *Futon*, dann warf sie ihren Bademantel ab und schlüpfte zu mir unter die Decke.

Sie war nackt, und während sie sich von hinten an mich schmiegte, fühlte sich ihr Körper weich und warm an. Für einen Augenblick überlegte ich, ob ich sie zurückstoßen und ihr eine Szene machen sollte. Ich hatte mir auch schon Worte zurechtgelegt, die ich ihr an den Kopf werfen wollte, dass ich mich vor ihr ekeln würde, wenn sie aus den Armen eines anderen zu mir käme. Doch mein erigierter Penis strafte mich Lügen. Ich versuchte erst gar nicht, mir den Widerspruch zwischen meinem Denken und Fühlen zu erklären. Kurz schwankte ich noch, ob ich mich weiter schlafend stellen und abwarten sollte, was sie tun würde. Doch dann drehte ich mich zu ihr um, küsste sie und tat so, als hätte ich von allem, was unten vorgegangen war, nichts bemerkt.

Als sie mein hart pochendes Ding spürte, öffnete sie ihre Schenkel und ließ es in ihre feuchte Scheide gleiten. Daraufhin legte sie ihre Beine wieder aneinander, sodass ich feststeckte. Ich fühlte mich in ihr gefangen, und das erregte mich noch mehr. Für einen Augenblick war mir, als müsste ich mich auf der Stelle in sie ergießen. Doch wenig später war der Drang vorbei, und ich blieb, wie ich war, ohne mich zu rühren. Auch sie bewegte sich nicht, und so lagen wir eng umschlungen, bis ich an ihrem ruhigen Atem merkte, dass sie in meinen Armen eingeschlafen war. Ich war heilfroh, keinen Streit vom Zaun gebrochen und es geschafft zu haben, mich zu bezähmen. Zugleich fühlte ich mich beglückt, dass sie mir so viel Vertrauen schenkte.

Da ich den ganzen Nachmittag und Abend im Bett verbracht hatte, konnte ich nicht schlafen. Ich blieb wach, bis der Morgen graute. Allerdings schlief mir der Arm, auf dem sie lag, ein. Mit der Zeit wurde er ganz gefühllos, ich wagte es aber dennoch nicht, mich zu bewegen, aus Angst, sie zu wecken. Meine Gedanken gingen in diesen Stunden verschlungene Pfade. Der Widerstreit zwischen Liebe und Eifersucht war wieder da und trieb mich in einen Zustand mentaler Verwirrung. Diesmal war der Anlass konkreter als sonst, und so kehrte die Frage mit aller Macht wieder: Soll ich bleiben oder sie verlassen? Doch wieder fand ich darauf keine Antwort. Das, was mich an ihr abstieß, zog mich zugleich auch an, daraus gab es für mich keinen Ausweg.

Schließlich wurde meine eingezwängte Lage immer unerträglicher. Es half nichts, auch auf die Gefahr hin, sie zu wecken, musste ich meinen Arm unter ihr hervorziehen. Ich schob sie ein Stück weg, und mein geschrumpftes Ding rutschte aus ihr heraus, doch sie schien davon nichts zu bemerken. Sie schlief weiter, außer einem leisen Aufseufzen registrierte ich keine Veränderung. Ich lauschte ihrem Atem, der ging ganz gleichmäßig. Ich wunderte mich, dass sie so ruhig schlafen konnte, aber dann dachte ich mir, wahrscheinlich hatte sie wieder irgendwelche Pulver genommen.

Draußen wurde es langsam hell. Aus dem Garten waren Vogelstimmen zu hören. Es kündigte sich wie gestern ein schöner Morgen an, doch heute empfand ich alles ganz anders. Lebte ich gestern noch in einer Illusion, hatte mich seit letzter Nacht die Realität im Griff. Die widersprechendsten Empfindungen zerrissen mich, und ich fühlte mich seelisch wie gebrochen. Einerseits gedemütigt und durch den Dreck gezogen, andererseits liebte ich Yuka dennoch, trotz der Verachtung, die ich für das, was sie tat, empfand.

Es war noch sehr früh, trotzdem brummte mir der Magen, denn gestern Abend hatte ich nichts mehr gegessen. Ich blieb liegen, weil ich mit Yuka gemeinsam frühstücken wollte, aber während ich so lag, überlegte ich, wie ich mich bezüglich des gestrigen Geschehens verhalten sollte. Meine Missbilligung zu äußern wäre wenig sinnvoll gewesen. Dass es mir nicht gefiel, konnte sie sich denken, aber deswegen würde sie ihr Leben auch nicht ändern, zumindest nicht von heute auf morgen. Erwähnte ich die Sache dagegen nicht, sähe das wie eine stillschweigende Zustimmung aus. So gesehen blieb mir gar keine andere Wahl, als ihr Treiben entweder offen oder mit stummem Zähneknirschen zu akzeptieren.

Nachdem die Frage für mich geklärt war und ich mich entschlossen hatte, vorläufig nichts zu sagen, wurde mir die Zeit lang. Es gab keinerlei Anzeichen, dass Yuka bald aufwachen würde. Und auf einmal schlief auch ich ein. Ich verfiel in einen so betäubenden Schlaf, dass ich erst gegen elf wieder erwachte. Yuka war längst aufgestanden, ich hörte sie unten in der Küche hantieren. Obwohl ich mich wie gerädert fühlte, raffte ich mich, in der Hoffnung auf ein gutes Frühstück, auf und ging zu ihr hinunter. Yuka hatte aber weder Kaffee gemacht noch sonst etwas vorbereitet, sondern nur das Geschirr von gestern aufgeräumt. Trotz ihrer Bitte, den Abwasch zu machen, hatte ich, nachdem ich mich in den Finger geschnitten hatte, gestern alles stehen und liegen lassen. Sie wirkte daher verstimmt, und als ich fragte, ob es was zum Frühstück gäbe, sagte sie nur kurz angebunden: „Nein!"

Da ich aber wirklich hungrig war, suchte ich in dem Küchenschrank, wo ich vor zwei Tagen schon einmal fündig wurde, nach den alten Keksen. Und da fand ich auch die Flasche Sake, die ich damals, anstatt sie in den Kühlschrank zu stellen, dorthin verräumt hatte. Mehr aus Trotz als aus Lust am Trinken nahm ich die Kekse und die Flasche heraus. Ich hatte gar nicht die Absicht, davon zu trinken, doch als Yuka eine abfällige Bemerkung machte, als sie mich mit der Flasche in der Hand sah, schenkte ich mir ein Glas ein und trank es vor ihren Augen aus. Dazu stopfte ich mit Ingrimm einen der trockenen Kekse in mich hinein, um ihr ohne Worte deutlich zu machen, dass ich seit gestern schon einiges von ihr zu schlucken bekommen hatte. Und als ob sie die Botschaft verstanden hätte, ging sie, ohne weiter etwas zu sagen, hinaus und ließ mich in der Küche allein.

Es dämmerte mir bald, dass es eine Dummheit war, nach dem Aufstehen auf leeren Magen Sake zu trinken. Der Alkohol verstärkte die dumpfe Schwere in meinem Kopf, und ich konnte keinen klaren Gedanken fassen. Ich hatte es noch nicht aufgegeben, die Sache von gestern doch anzusprechen. Nicht um ihr Vorwürfe zu machen, sondern um Klarheit zu schaffen. Aber dazu hätte es der richtigen Worte bedurft, und die fehlten mir in meinem benebelten Zustand. Ich entschied mich daher, das Ganze auf sich beruhen zu lassen, um die Verstimmung zwischen uns nicht noch zu vergrößern. Falls die Aussprache in einen Streit mündete, hätte ich damit rechnen müssen, dass sie mich aus dem Haus warf. Das wollte ich nicht riskieren. So entschloss ich mich, keinen Gedanken mehr daran zu verschwenden und trank stattdessen den Rest der Sakeflasche aus. Auch wenn es mit einem Kater enden würde, wollte ich mich damit gegen das Auftauchen von Ressentiments immunisieren, sodass ein Rausch den anderen dämpfte.

Yuka hatte mich gestern Nacht vor vollendete Tatsachen gestellt. Da gab es nicht mehr viel zu diskutieren. Das, was ich bisher schon vermutet hatte, stand nun fest. An dem Faktum, dass sie sich prostituierte, ließ sich nicht mehr rütteln, und letztlich war es egal, wie sie es rechtfertigen würde. Schon als sie mich bei meinem ersten Besuch in ihr Schlafzimmer führte, hatte sie im Grunde alles zwischen uns klargemacht. Trotzdem war ich davon ausgegangen, dass Freier nur ausnahmsweise zu ihr nach Hause kämen. Wäre mir von Anfang an bewusst gewesen, was hier Nacht für Nacht vorging, hätte ich mir die Bitte, bei ihr wohnen zu dürfen, noch dreimal überlegt. Jetzt, nachdem ich das wusste, blieb mir nichts anderes übrig, als das Spiel mitzuspielen. Es brauchte nun für uns beide keinen Selbstbetrug mehr und kein Schönreden unliebsamer Tatsachen.

★★★

Auf diese Weise holte uns unerwartet schnell der prosaische Alltag ein. Die Männerbesuche wiederholten sich drei- bis viermal die Woche, und ich machte mich an solchen Abenden unsichtbar und tat am nächsten Morgen so, als wäre nichts gewesen. Das Thema blieb zwischen uns unausgesprochen, denn es hätte nichts gebracht, darüber Diskussionen zu führen. Zwar fürchtete ich manchmal, dass sie sich auf diese Weise eine Geschlechtskrankheit einfangen und mich damit anstecken könnte. Aber dann dachte ich mir wieder, sie wäre professionell genug, dass sie wüsste, was sie täte. Außerdem vertraute ich ihr so weit, dass sie mich vor einer eventuellen Gefahr warnen würde.

Einmal erwischte sie ein Virus, das sie aus der Bar mitbrachte. Mehrere Mädchen hatten sich angesteckt, da sich aber nicht bei allen die gleichen Symptome zeigten, nahmen das manche auf die leichte Schulter und kamen trotzdem zur Arbeit. Yuka ging es danach einige Tage sehr schlecht, sie musste im Bett bleiben, denn sie litt an hohem Fieber. Sie wollte allerdings nicht, dass ich einen Arzt rief, ich sollte ihr nur aus der Apotheke Medikamente holen. Kaum war sie über den Berg, wurde auch ich krank. Ich hatte zwar kein hohes Fieber, dafür dauerte es länger, bis ich die Erkältung loswurde. Yuka ging da schon längst wieder in die Bar, während ich allein auf dem *Futon* in meinem Zimmer lag und die Medikamente schluckte, die noch übrig waren. Und als sie eines Abends mit einem Freier auftauchte und ich das

Treiben mitanhören musste, während es mir miserabel ging und ich nicht einmal laut husten durfte, damit man unten nichts von mir merkte, bezog ich daraus fast so etwas wie einen masochistischen Reiz. Ich fühlte mich dadurch noch fester an Yuka gebunden, dass uns mit der Krankheit das gleiche Schicksal verband.

Am Anfang hatte ich es als Heuchelei empfunden, dass wir nie über diese Situation sprachen. Am Ende war ich jedoch froh, ihr deswegen keine Vorwürfe gemacht zu haben. Es wäre nur eine zusätzliche Belastung für unsere Beziehung geworden, denn unbedachte Worte hätten alles nur verschlimmert. Zwar konnte ich mich niemals daran gewöhnen, dass sie Freier ins Haus brachte, und ich durchlitt jedes Mal, wenn sie unten mit einem Mann schlief, das gleiche Martyrium. Doch sie wusste das, auch ohne dass ich etwas sagte, und hielt mich auf andere Weise schadlos. Sie nahm sich immer wieder Tage frei, die sie nur mit mir verbrachte.

Das erste Mal war es rund zwei Wochen nach meinem Einzug bei ihr. Sie wollte mir, wie sie sagte, etwas ganz Besonderes zeigen. Leider war das Wetter am Tag der geplanten Abfahrt schlecht. Am Abend zuvor hatte mich Yuka noch ermahnt, dass wir uns früh auf den Weg machen müssten, die Fahrt würde lange dauern. Doch als am nächsten Morgen Regen an die Fensterscheiben prasselte, hatte sie keine Lust aufzustehen und blieb einfach im Bett liegen. Erst als sich später das Wetter ein wenig besserte, zog sie den ursprünglichen Plan wieder in Betracht.

Es war schon beinahe Mittag, als wir endlich losfuhren. Sobald die Stadt hinter uns lag, ging die Fahrt vorbei an braunen Reisfeldern, dann durch einsame Wälder. Die Luft war feucht, aber frisch, und es regnete immer noch sporadisch. Wir waren noch gar nicht weit gefahren, da bog Yuka plötzlich von der kurvenreichen Straße ab und hielt auf einem kiesbedeckten Parkplatz mitten im Wald. Es standen hier nur wenige Autos, und auf meine Frage, ob wir schon am Ziel wären, antwortete sie: Nein, sie wolle hier nur eine Pause machen. Wir gingen dann vom Parkplatz zu Fuß weiter auf einem Waldweg.

Nach einer Wegbiegung standen wir auf einmal vor einem großen Holzbau, keine einfache Blockhütte, sondern ein architektonisches Meisterwerk. Yuka hatte hierher einen Abstecher gemacht, weil sie dieses Waldcafé besuchen wollte. Sie selbst hatte es im Internet entdeckt, es war angeblich ein Geheimtipp unter Insidern.

Die Form des Gebäudes war oktonal, der Stil ein Gemisch aus japanischen und westlichen Elementen. Beim Eintritt empfing uns der frische Duft von poliertem *Hinoki*-Holz. Große Glasfenster öffneten sich nach draußen, auf der einen Seite sah man den Wald und auf der anderen einen Ziergarten im Innenhof. Dieser japanische Garten war so raffiniert angelegt, dass er von jedem Fenster einen anderen Blickwinkel bot.

In alten Zeiten wäre das ein idealer Ort für Teezeremonien gewesen, erklärte mir Yuka, doch die jungen Japaner hätten eher ein Faible für guten Kaffee. Zwar gab es hier auch Tee, von grünem Tee bis zu indischem Tschai, doch wir bestellten Kaffee, den der Kellner dann stilecht am Tisch in einem gläsernen Syphon zubereitete. Wir konnten zuschauen, wie das Wasser von einer Flamme erhitzt von unten nach oben brodelte, sich dort mit gemahlenem Kaffee verband und dann als schwarzer Kaffee wieder nach unten floss.

Inzwischen kannte ich Yuka und wusste, dass sie eine Vorliebe für solche stilvollen Orte hatte. Sie vermittelten ihr ein besonderes Lebensgefühl, darum lebte sie fast nur für solche Gelegenheiten. Dort fühlte sie sich ihrem Alltag enthoben, und diese Augenblicke schenkten ihr auch innere Ausgeglichenheit. Es war ihr anzumerken, wie sehr sie in solchem Rahmen aufblühte. Da wir aber nicht viel Zeit hatten, mussten wir bald wieder aufbrechen, denn uns stand noch eine mehrstündige Autofahrt bevor. So kehrten wir durch das Waldstück zum Parkplatz zurück und fuhren weiter.

Die Straße wurde immer schmaler, und es ging immer höher bergauf. Zeitweise gab es nur eine Fahrspur, und die Gegend wurde immer gebirgiger. Es gab einige Tunnel, dann kamen Serpentinen, die führten in scharfen Kehren zu einer Passhöhe hinauf. Oben verdeckte dichter Nebel die Landschaft, und am Straßenrand lag noch Schnee. Nachdem wir den Pass überquert hatten, ging es auf der anderen Seite ebenso hinunter, dann aber lichtete sich der Nebel, und wir kamen in ein romantisches Tal. Dort floss ein rauschendes Gewässer über große weiße Kiesel, und die Straße folgte in vielen Kurven dem Gebirgsbach, der wegen der Schneeschmelze in den Bergen viel Wasser führte. Auch das kühle Grün an den umliegenden bewaldeten Hängen, in denen noch einzelne Nebelschwaden hingen, schien wie getränkt von Feuchtigkeit.

Als es schon zu dämmern begann, kamen wir endlich ans Ziel. Es war ein rustikaler Gasthof, ein *Ryokan* mit einem *Onsen*. Die Thermalquelle entsprang am Ufer direkt neben dem Bach, was einen reizvollen Gegensatz zwischen dem fließenden Wildbach und dem milchigen Wasser in dem steinernen Becken ergab. Über der heißen Quelle dunstete es wie über einem brodelnden Kessel. Und wie nicht anders zu erwarten, war laut Yuka auch diese Lokalität ein besonderer Geheimtipp.

Vom Parkplatz zum Eingang des *Ryokans* waren es nur ein paar Schritte, trotzdem mussten wir einen Schirm aufspannen, weil es wieder stärker zu regnen anfing. Yuka hatte aber nicht zu viel versprochen, schon im Eingangsbereich empfing uns der typisch japanische herbe Duft der *Tatami*-Matten. Das Haus war ganz im traditionellen Stil gehalten und strahlte eine ebenso gediegene wie einladende Atmosphäre aus.

An der Rezeption wurden wir schon von der Dame des Hauses erwartet, und sie händigte uns gleich die Schlüssel aus. Eine junge Frau nahm unser Gepäck und führte uns hinauf in unser Zimmer. Das war wie in allen *Ryokans* sehr schlicht eingerichtet, es gab nur einen niedrigen Tisch mit Sitzmöglichkeiten am Boden. Dieser Boden bestand natürlich aus *Tatami*, und es gab keine Betten, denn für die Nacht wurden *Futons* ausgelegt, die tagsüber in einem Wandschrank verstaut waren.

Yuka machte sich ein wenig frisch, ansonsten hielten wir uns aber nicht länger auf als nötig und gingen wieder hinunter. Es war nämlich schon Essenszeit, und wir hatten beide Hunger. Unten gab es, wie mir Yuka schon auf der Fahrt erzählt hatte, ein Restaurant, das besondere Spezialitäten bot. Alle Gerichte bestanden aus sorgfältig ausgewählten Zutaten, die auf die traditionelle chinesisch-japanische Medizin, *Kanpô*, zurückgingen. Und darum empfing uns die Kellnerin dort auch nicht in einem Kimono, sondern in einem Chinadress.

Das Lokal war ebenfalls in chinesischem Ambiente, es fand sich aber nichts von dem bunten Kitsch üblicher Chinarestaurants. Der Raum wirkte dämmerig, denn die Einrichtung bestand aus dunklem Holz, und die einzige wahrnehmbare Beleuchtung bestand aus kleinen runden Schalen, gefüllt mit Öl, in denen brennende Kerzendochte schwammen. Auf jedem Tisch stand ein solches Licht, ansonsten gab es nur indirekte Beleuchtung. Die Augen mussten sich erst daran gewöhnen, doch verbreitete der dunkle Raum eine angenehme Atmosphäre, und das spärliche Licht wirkte entspannend. Man nahm auch die anderen Gäste kaum wahr, denn überall wurde nur mit gedämpften Stimmen gesprochen. Das Personal bewegte sich lautlos durchs Lokal und sprach die Gäste nur im Flüsterton an.

Das Fenster neben unserem Tisch bot einen Ausblick auf den Wildbach. Doch viel war nicht zu sehen, es waren Nebelschwaden aufgezogen, und der Rest der Landschaft verschwamm in der Dämmerung. Doch gerade das versetzte uns in eine mystische Stimmung. Dunkel erkennbar war noch, dass sich am gegenüberliegenden Ufer des Bachs eine steile Felswand erhob. Es sah aus, als befände man sich hier in einer tiefen Klamm. Dazu war beständig ein Rauschen zu hören, das nicht nur vom Wildwasser herrührte, sondern in das sich auch der ausdauernde Regen mischte.

Kaum hatten wir Platz genommen, kam schon die erste Vorspeise, Yuka hatte nämlich unser Abendmenü im Voraus bestellt. Und die Kellnerin begnügte sich nicht nur mit dem Servieren, sondern erläuterte auch ausführlich, aus welchen Zutaten die Speisen bestanden und welche gesundheitsfördernde Wirkung sie haben sollten. Ich verstand zwar keine ihrer Erklärungen, aber Yuka nahm sie wie Offenbarungen. So folgten auf das *Hors d'oeuvre* ein Gang nach dem anderen und dazu ein Küchenkommentar dem Nächsten. Alles, was gebracht wurde, kam entweder auf kleinen Tellern oder in winzigen Schüsseln, man brauchte nur zwei, dreimal mit den Stäbchen hinlangen, schon war alles weg.

Yuka missbilligte, meine Art zu essen, und meinte, ich solle nicht alles so hinunterschlingen. Meinen Einwand, dass mir die Häppchen zu wenig wären, ließ sie nicht gelten und ermahnte mich, die Speisen mehr zu genießen. Die wären nicht dazu da, um den Hunger zu stillen, sondern das Wohlbefinden zu stärken. Und damit ich die medizinische Wirkung auch richtig zu schätzen wüsste, erklärte sie mir nochmals in einfachen Worten, was die Kellnerin dazu gesagt hatte. Nun verstand ich erst, warum es außer einem kleinen Likör als Aperitiv und einem *Organic Wine*, der aber eher wie ein herber Fruchtsaft schmeckte, nur Tee zu trinken gab. Das Fazit war, dass wir zu einem stolzen Preis zwar sehr wenig, dafür aber auch noch nie so gesund gegessen hatten.

Als das Mahl beendet war, standen wir auf und verließen den Speisesaal. Inzwischen war die Nacht draußen undurchdringlich geworden, nirgendwo ein Licht in der einsamen Dunkelheit. Und dem unvermindert starken Rauschen war zu entnehmen, dass der Regen andauerte. Es herrschte eine besondere Atmosphäre in dem alten Haus inmitten der unberührten Natur, ein Oszillieren zwischen anheimelnd und unheimlich. Wir stiegen die knarrende Treppe hinauf in unser Zimmer, wo bereits alles für die Nacht vorbereitet war. Ich legte mich auf den *Futon*, nicht weil ich schon schlafen wollte, aber ich fühlte mich angenehm müde. Yuka dagegen schien keine Müdigkeit zu spüren. Sie legte sich zu mir, begann mich zu küssen und zu liebkosen und streifte dabei sowohl mir als auch sich die Kleidung ab. So kannte ich sie gar nicht, normalerweise ergriff sie ungern die Initiative und blieb bei Liebesspielen eher passiv. Heute war sie wie ausgewechselt und legte eine ungewohnte Leidenschaft an den Tag. Und während sich draußen der unverändert heftige Regen in den schäumenden Wildbach ergoss, verbrachten wir eine Liebesnacht wie im Rausch. Yuka schien mehrmals einen Orgasmus zu haben, und auch ich kam zweimal zum Höhepunkt.

Verwunderlich war nicht nur Yukas erotische Leidenschaft, sondern so lustvoll wir uns auch liebten, ihr entschlüpfte dabei kaum ein Stöhnen und keiner ihrer spitzen Schreie, höchstens dass sie ab und zu tief aufseufzte. Später behauptete sie, sie hätte sich aus Furcht, man könnte unser Treiben im Nebenzimmer hören, im Zaum gehalten. Doch mir schien es eher, dass sie ihr übliches Theaterspielen vergaß, weil sie sich so selbstvergessen der Liebe hingab. Dass ich damit wohl richtig lag, bestätigte sie mir, als sie mir erzählte, dass laut Kellnerin eine der am Abend servierten Speisen ein Aphrodisiakum enthielt. Das war es wohl, was bei ihr seine Wirkung entfaltet hatte.

Als wir zu Ende kamen, war ich todmüde, und es fielen mir schon die Augen zu, aber Yuka war immer noch aktiv und sagte, sie wolle hinunter ins *Onsen* gehen und fragte mich, ob ich mitkäme. Ich hatte dazu keine Lust, denn ich fühlte mich zu erschöpft. So blieb ich liegen und sank, bevor sie wieder zurückkam, in den Schlaf.

Nach Mitternacht wachte ich aber auf. Irgendwie kam mir etwas verändert vor. Ich wusste nicht, was los war, aber fühlte mich beunruhigt. Yuka war es nicht, die mich geweckt hatte, denn sie lag fest schlafend auf ihrem *Futon* neben mir. So lag ich mit offenen Augen, starrte ins Dunkel und horchte angespannt nach draußen. In der tiefen, einsamen Nacht war außer dem leisen, stetigen Rauschen des Wildbachs nichts zu hören. Aber dann fiel mir auf, was es war. Das laute Prasseln des Regens hatte aufgehört, und diese Veränderung musste ich im Schlaf registriert haben.

Ich wandte mich zu Yuka und lauschte ihren Atemzügen. Die waren anders als sonst. Wenn ich manchmal zu Hause nachts neben ihr schlief, atmete sie oft ganz unregelmäßig. Da wechselten ruhige Phasen, wo ich sie kaum Luft holen hörte, als wäre sie in unendliche Tiefen abgetaucht, mit solchen, in denen sie wie eine Ertrinkende nach Luft schnappte. Dann legte sich der heftige Atem wieder, und das Spiel begann von Neuem. Es gab Nächte, in denen mich ihr Gebaren ängstigte und ich mir Sorgen um sie machte.

Diese Nacht aber hatte ich das Gefühl, keine Angst um sie haben zu müssen. Sie schlief ganz ruhig und entspannt. Die Reise hierher hatte uns beiden gut getan. Die lange Fahrt war zwar ermüdend, doch das Klima belebend, und das Abendessen hatte das Seine dazu getan. Auch meine Erschöpfung war wie weggeblasen. Der Nachteil war nur, dass ich, nachdem ich nun einmal aufgewacht war, nicht wieder einschlafen konnte. Ich entschloss mich daher, aufzustehen und hinunter ins *Onsen* zu gehen.

Ich öffnete leise, um Yuka nicht zu wecken, die Tür und schlich auf Zehenspitzen hinaus. Auf der Treppe gab es Notlichter, trotzdem mutete das alte Gebäude zu dieser späten Stunde ein wenig gespenstisch an. Unten in der Umkleidekabine und im Bad war kein Mensch. Ich duschte mich kurz an einer der Handbrausen ab und ging dann aus dem Baderaum nackt zu der Thermalquelle hinaus. Ich wollte mich in das Natursteinbecken setzen, das draußen als *Rotenburo* zwischen den Kieseln des Bachufers angelegt war.

In dem Augenblick, da ich ins Freie trat, ging draußen automatisch ein Licht an. Jetzt erst war zu erkennen, wie aufgewühlt der Wildbach vorüberrauschte, während von der heißen Quelle dichter Dampf aufstieg. Es war nach dem langen Regen ziemlich kühl, und um mich nicht zu lange der kalten Nachtluft auszusetzen, wollte ich rasch ins warme Becken. Doch das Wasser war trotz des vorangehenden Regens unerwartet heiß. Schon beim Hineinsteigen spürte ich an den Knöcheln ein brennendes Prickeln, das sich, als ich noch einen Schritt ins tiefere Wasser machte, an den Schenkeln hochzog. Ich setzte mich dann auf den Steinboden, sodass mir das Wasser bis an die Brust reichte, aber meine Haut wurde dabei in kürzester Zeit krebsrot. Ein paar Minuten hielt ich es aus, dann musste ich aufstehen und mich auf den Beckenrand setzen. Nur mit den Beinen im Becken war das heiße Wasser halbwegs zu ertragen.

Von meinem erhitzten Körper stieg Dampf auf wie von einem Pferd, das über Land gejagt worden war, und erst nach einer Weile machte sich die Nachtkühle auf der Haut wieder bemerkbar. Ich tauchte nochmals bis zur Brust ins heiße Wasser ein, und die Prozedur tat mir wohl, das Bad wirkte angenehm und entspannend.

Nachdem ich genug hatte, verließ ich das *Onsen* und kehrte zurück in unser Zimmer. Yuka schlief noch immer tief und fest und lag in derselben Stellung wie vorhin da, als ich sie verlassen hatte. Ich legte mich neben sie, und es überkam mich nach dem heißen Bad wieder eine wohltuende Müdigkeit. Während ich Yukas ruhigen Atemzügen lauschte, fühlte ich mich wie befreit und glücklich. In ihrem Haus empfand ich die Nächte, in denen ich nicht einschlafen konnte, immer bedrückend. In meinen Gedanken spukten dann immer die anderen Männer herum, die in ihrem Leben eine Rolle spielten und mit denen ich sie teilen musste. Hier aber war es anders, hier hatte ich das Gefühl, sie nur für mich allein zu haben. Hier quälte mich keine Eifersucht, und auch die Vorwürfe, die ich immer für mich behalten musste, weil ich unsere Beziehung nicht aufs Spiel setzen wollte, waren wie weggeblasen. Ich empfand wieder so für sie wie in den ersten Tagen unserer Liebe, als ich von dem Leben, das sie führte, noch nichts ahnte.

★★★

Das Ganze spielte sich in einer verschlafenen Kleinstadt ab, wo alles Tag für Tag seinen beschaulichen Gang ging. Hier wagte kaum jemand, über die Stränge zu schlagen, denn es sprach sich immer alles schnell herum. Das Leben war von dem bestimmt, was man soziale Kontrolle nennt. Lange Zeit war es so, dass jeder, der sich nicht an die Regeln hielt, sowohl in der Familie als auch im weiteren Umfeld schief angesehen wurde. Das konnte man zwar ignorieren, doch musste man dafür die Konsequenzen tragen. In den letzten Jahren setzte sich jedoch immer mehr ein *Laissez-faire*-Prinzip durch. Auch wenn das von den Älteren missbilligt wurde, es fand sich niemand mehr, der etwas sagte, alles wurde schweigend hingenommen.

So schien sich oberflächlich betrachtet nicht viel verändert zu haben, doch der Schein trog. Ein langsamer wirtschaftlicher Niedergang hatte dazu geführt, dass die Jungen abwanderten, und unter ihnen oft gerade die Tüchtigsten und am besten Ausgebildeten. An ihrer Stelle machten sich andere breit, die mangels seriöser Berufsaussichten im Trüben zu fischen begannen. Es tauchten Kreditvermittler auf, deren Telefonnummern überall zu finden waren, deren Büroadressen man aber vergeblich suchte. Sie versprachen Geld auf die Hand, erschienen prompt auf Anruf und fragten nicht viel nach der Kreditwürdigkeit ihrer Kunden. Dafür verlangten sie hohe Zinsen, und wehe dem, der zum fälligen Termin nicht zahlen konnte. Der wurde bedroht und erpresst oder selbst zu illegalen Aktivitäten gezwungen. Diese kriminellen Kreise konnten sich anfangs weitgehend unbemerkt ausbreiten, weil ihre Existenz zum Teil bewusst tabuisiert wurde. Man wollte am positiven Image der Region nicht kratzen, es hätte ja der Tourismusbranche schaden können, die seit Langem damit warb, dass hier noch alles sauber und ordentlich war, von der Natur bis zum Charakter der Menschen.

Im Laufe der Zeit ließ sich der Niedergang aber weder aufhalten noch verheimlichen. Immer mehr Geschäfte und Firmen mussten schließen oder zumindest Angestellte entlassen. In offiziellen Statistiken tauchten die Arbeitslosen zwar kaum auf, weil viele weggingen, andere von der Familie aufgefangen wurden, ohne sich arbeitslos zu melden. Aber es häuften sich Gerüchte über Leute, die tief in Schulden steckten, und manche von ihnen verschwanden über Nacht auf Nimmerwiedersehen.

Der von der Politik angekündigte Aufschwung kam nicht, die Konjunkturprogramme entfachten nur Strohfeuer, und so geriet alles immer weiter außer Kontrolle. Dem Fremdenverkehr zuliebe hielt man, so lange es ging, am schönen Schein fest, doch für jene, die Augen im Kopf hatten, ließ sich der wirtschaftliche und moralische Verfall nicht mehr leugnen. Die *Yakuza* hatte sich in der Stadt festgesetzt. Mit ihren Kreditgeschäften hatte sie den Fuß in die Tür bekommen, und danach weitete sie ihren Einfluss immer weiter aus.

Auch im „Bourbon" bekam man das zu spüren, es häuften sich ungute Auftritte mit betrunkenen Gästen. In früheren Jahren war das äußerst selten vorgekommen, daher hatte die Bar einen guten Ruf und war für ihre angenehme Atmosphäre bekannt und beliebt. Die Besitzerin hatte sich immer bemüht, Rüpel, die sich nicht zu benehmen wussten, von ihrem Etablissement fernzuhalten. Doch finanziell unter Druck geraten, musste sie bei der Exklusivität ihrer Gäste Abstriche machen. Die Folge war, dass binnen Kurzem das Niveau des Publikums sank, und dies setzte einen Teufelskreis in Gang. Das dadurch verursachte Ausbleiben von

Stammgästen führte zu einem weiteren Sinken des Umsatzes, sodass sie es sich noch weniger leisten konnte, Gäste abzuweisen. Auf diese Weise geriet die geschäftliche Basis ihrer Bar in Gefahr, und wenn sie sich dieser Entwicklung nicht völlig ausliefern wollte, musste sie etwas dagegen unternehmen.

III

Es war wenige Tage nach unserem verregneten Abstecher zum *Onsen*, als Yuka mit einem seltsamen Gesichtsausdruck ein kleines Päckchen vor mich hinlegte.

„Das ist für dich", sagte sie verschmitzt.

„Was ist das?", fragte ich.

„Ein kleines Geschenk von mir."

„Seit wann bekomme ich von dir Geschenke?"

„Einmal ist immer das erste Mal, also mach es auf!"

„Gibt es dafür einen besonderen Anlass?"

„Nein, Mama-san hat mich auf die Idee gebracht."

Mama-sans Erwähnung machte mich skeptisch und dämpfte meine ursprüngliche Freude.

Meine Reaktion brachte auch Yuka sichtlich in Verlegenheit.

„Ja, warum nicht?", fügte sie entschuldigend hinzu.

„Aber sie kennt mich ja überhaupt nicht."

„Doch, und sie interessiert sich sehr für dich."

„Für mich?" Ich verstand noch immer nicht.

„Unlängst haben wir von dir gesprochen, und da hat sie gesagt …"

„Was hat sie gesagt?" Mir schwante nichts Gutes. Was hatte ich mit dieser Frau zu schaffen? Yuka hatte mir zwar schon öfter von ihr erzählt, aber dass sie umgekehrt mit ihr auch über mich sprach, auf den Gedanken wäre ich nie gekommen. Mir missfiel der Einfluss, den sie auf Yuka hatte, wollte sie sich jetzt auch noch in unsere Beziehung einmischen?

„Nichts Besonderes. Nur, dass sie dich gern näher kennenlernen würde."

„Mich? Woher weiß sie denn, dass es mich gibt?"

„Was für eine Frage? Natürlich von mir."

„Und seit wann?"

„Von Anfang an."

„Was heißt das?"

„Sie weiß alles von dir. Sie hat dich nämlich damals in der Klinik gesehen."

Bisher hatte ich immer den Eindruck, Yuka hielte mich mit Absicht von ihrem beruflichen Umfeld fern. Nun hieß es, Mama-san wüsste alles und wollte mich kennenlernen. Darauf konnte ich mir im ersten Moment keinen Reim machen. Wenn ich zurückdachte, fiel mir allerdings ein, dass ich in der Klinik einmal einer älteren, stark geschminkten Frau im Kimono begegnet war. Sie kam aus Yukas Zimmer, als ich gerade hinein wollte. Ihr musternder Blick war mir aufgefallen, und ich hatte Yuka schon damals fragen wollen, wer das war, aus irgendeinem Grund kam es aber nicht dazu. Für ihre Mutter hatte ich sie nicht gehalten, und im Nachhinein erschien es mir plausibel, dass sie Mama-san gewesen sein könnte. Wenn sie es war, wäre es natürlich, dass sie sich schon damals nach mir erkundigte. Am Anfang war ja alles noch harmlos, da hätte Yuka keinen Grund gehabt, etwas zu verschweigen. Erst später wurden die Dinge zwischen uns komplizierter.

„Aber mach doch endlich das Päckchen auf und schau nach, was drinnen ist."

Sorgfältig, um das schöne Geschenkpapier nicht zu zerreißen, wickelte ich das Schächtelchen aus, in dem sich eine kleine zierliche Figur aus Elfenbein befand.

„Was ist denn das?"

„Ein *Netsuke*!"

„Ein *Netsuke*?" Ich hatte keine Ahnung, was das sein sollte. Das filigran gearbeitete Ding hatte die Größe einer Schachfigur und fühlte sich zwischen den Fingern glatt und angenehm an. Allem Anschein nach stellte es ein Fabelwesen dar, der Kopf war der eines Fuchses, der Körper der einer weiblichen Gestalt in einem fließenden Kimono. Irgendetwas erinnerte mich dabei an Yuka. Zwar hatte ich sie noch nie im Kimono gesehen, ich assoziierte aber ihren elfenbeinfarbenen Teint und ihre schlanke Erscheinung mit der Figur, obwohl der Fuchskopf nicht ganz dazu passen wollte.

„Na, was sagst du dazu?"

„Schön."

„Kennst du das nicht?"

„Nein, woher sollte ich?"

„Hast du noch nie einen *Netsuke* gesehen?"

„Nein."

„Das war früher ein ganz alltäglicher Gegenstand. Die alten Japaner trugen damals solche Figuren mit einer Medizin- oder Tabakdose am Gürtel, heute sind das rare Antiquitäten."

„Und was stellt die Figur dar?"

„Einen Fuchs, *Kitsune*, der sich in eine Frau verwandelt."

„Hat das eine besondere Bedeutung?"

„Ja, es gibt japanische Sagen, in denen sich Füchse in schöne Frauen verwandeln, um in dieser Gestalt Männer zu verführen."

„Das heißt also, du bist ein *Kitsune*?"

„Nein, wie kommst du darauf?"

„Hast du mich denn nicht verführt?"

„Ich? Ich würde eher sagen, es war umgekehrt."

Mir war das mit der Verführung nur so rausgerutscht. Es war keineswegs ernst gemeint, aber Yuka schien es in die falsche Kehle bekommen zu haben. Ich schwieg daher lieber, um nicht die Stimmung zwischen uns zu verderben. Allerdings hätte ich doch gern gewusst, was dahintersteckte, welchem Anlass ich das Geschenk verdankte und was Mama-san damit zu tun hatte. Dazu kam, dass für mich *Netsuke* und *Kitsune* wie ein Anagramm klang, auch das legte mir eine symbolische Bedeutung nahe. Da aber meine Bemerkung Yuka missfallen hatte, fragte ich nicht weiter, sondern verließ mich nur auf meine Spekulation.

Wenn Yuka die Symbolik nicht aufgefallen war, dann hatte wohl nicht sie, sondern Mama-san das Geschenk ausgesucht. Mir schien es, dass die Figur ganz offen auf Yukas doppeltes Wesen anspielte. Sie lebte in zwei verschiedenen Sphären, trug jeweils ein ganz konträres Verhalten zur Schau, und letzten Endes spiegelten das auch ihre beiden Namen Yuka und Mary wider. Genau dieser Eindruck war es, der bei mir die gedankliche Assoziation zwischen ihr und der Figur ausgelöst hatte.

Wenn sie sich für einen Abend in der Bar fertig machte, richtete sie sich mit Kleidung, Frisur und Schminke nicht nur äußerlich her, es ging dabei auch eine innere Wandlung mit ihr vor. Ursprünglich war es vielleicht nur eine Rolle, die sie übernahm, inzwischen war sie ihr aber in Fleisch und Blut übergegangen und zu ihrem zweiten Ich geworden. Als Mary sprach und benahm sie sich völlig anders als Yuka. Das war ihr oft noch anzumerken, wenn sie von der Arbeit kam, da brauchte es immer noch ein wenig Zeit, bis sie sich wieder in Yuka zurückverwandelte. Es wirkte auf mich wie ein Ritual, wenn sie sich umzog, abschminkte und damit ihre Maske wieder ablegte.

Für mich stand daher fest, dass Mama-san mit diesem *Netsuke*, zu dem sie Yuka angeregt hatte, eine Absicht verband. Abgesehen von der flüchtigen Begegnung in der Klinik kannte ich sie nicht persönlich, hatte aber schon genug gehört von ihr, um zu wissen, dass sie selten etwas ohne Hintergedanken tat. Ich hatte mir daher beizeiten vorgenommen, vor ihr auf der Hut zu sein, ich wollte mich nicht von ihr vereinnahmen lassen. Yukas Schicksal stand mir zu abschreckend vor Augen, sie hatte Mama-san vertraut, und die hatte das aus ihr gemacht, was sie heute war. Bei mir sollte es dieser Frau nicht so einfach gelingen, mich für ihre Zwecke einzuspannen. Zugleich war mir aber klar, dass ich das Geschenk nicht zurückweisen konnte, ohne damit Yuka vor den Kopf zu stoßen. Sie hatte es ja gut gemeint.

Als ob sie meine Gedanken gelesen hätte, sagte sie: „Wenn dir die Figur nicht gefällt …"

„Nein, nein, sie ist sehr hübsch", beeilte ich mich zu erwidern.

Die Antwort schien sie mit mir wieder auszusöhnen, denn sie fügte hinzu: „*Netsukes* gibt es in vielen Formen und Gestalten, doch unabhängig davon, was sie im Einzelnen darstellen, gelten sie als Synonym für Treue und Unzertrennlichkeit. Sie stehen symbolisch für einen Begleiter, der mit dem Menschen, zu dem er gehört, durch dick und dünn geht."

Ich fühlte mich von ihren Worten beschämt. Hatte ich mich eben noch für einen schlauen Durchblicker gehalten, wurde mir nun bewusst, dass ich die Intention doch missverstanden haben könnte. Wenn bei der Wahl des Geschenks nicht die Symbolik des *Kitsunes*, sondern die des *Netsukes* ausschlaggebend war, hätte es durchaus auch Yuka sein können, die die Figur ausgesucht hatte. In dem Fall wäre die Botschaft nämlich eine andere. Und dass sie damit ausdrückte, mit mir verbunden bleiben zu wollen, empfand ich als rührend, und es machte mich glücklich. Normalerweise wäre ihr so eine Bemerkung nie über die Lippen gekommen, aber ohne Worte konnte sie es mir sagen. Dadurch stieg der Wert dieses *Netsukes* für mich ins Unermessliche. Er war auch das erste Geschenk, das ich von ihr bekam, und tief im Inneren leistete ich Abbitte dafür, dass ich wieder einmal an ihr gezweifelt hatte.

★★★

Nach dem schrecklichen Unglück wurden in der Öffentlichkeit Einzelheiten über das Privatleben der Opfer bekannt. Mary entsprach dabei gar nicht dem Bild, das man sich üblicherweise von einer Barhostess macht. Sie entstammte einem gutbürgerlichen Elternhaus und wuchs wohlbehütet auf. Erst mit 19 Jahren hatte sie ihren ersten Freund, ein Studienkollege, mit dem sie jedoch nur eine lose Freundschaft verband. Sie ging ab und zu mit ihm aus, war aber an Sex nicht interessiert. Auch an eine Ehe dachte sie nicht, sie schien ihn eher zu Repräsentationszwecken zu benötigen, damit sie einen Partner hatte, wenn sie ihn brauchte. Anfangs ließ er sich von ihr hinhalten, aber auf Dauer war ihm das zu wenig, darum ging die Beziehung, sobald er die Uni verließ und einen Job antrat, in die Brüche.

Es war nicht so, dass sie grundsätzlich etwas gegen das männliche Geschlecht gehabt hätte. Sie war attraktiv und zeigte sich immer gern von ihrer besten Seite, es interessierten sich daher viele junge Männer für sie. Doch sie ließ sich von keinem aus der Reserve locken, und da ihr indifferentes Verhalten wie Desinteresse wirkte, gaben die meisten ihre Annäherungsversuche bald wieder auf.

Der Grund dafür schien in ihrer Kindheit zu liegen. Ihre Mutter hatte sie immer wie ein Püppchen aufgeputzt. Es gibt mehrere Fotos, die sie mit niedlichen Kleidchen und Schleifchen im Haar zeigen. Doch mit zwölf oder dreizehn begann sie sich in der Rolle, in die sie ihre Mutter drängen wollte, immer unwohler zu fühlen. Sie opponierte dagegen, indem sie ein betont burschikoses Verhalten an den Tag legte. Sie wollte

Jungs nicht als zimperliches Mädchen gefallen, das immer hübsch aussehen soll und sich nicht schmutzig machen darf, sondern als ebenbürtiger Kamerad bei Spiel und Sport.

Ihrer Mutter gefiel das gar nicht, doch ihr Vater akzeptierte es, weil er davon ausging, dass sich das nach der Pubertät schon wieder legen würde. Und tatsächlich gab es Mary bald wieder auf, mit Jungs in deren Domäne konkurrieren zu wollen. Die Mutter fing daher wieder an, sie in die Rolle des Weibchens zu drängen, und der Vater ging mit Fotos von ihr hausieren, um ihr eine „gute Partie" zu verschaffen.

Mary lehnte das aber ab. Sie wollte keinen Mann, der nur an einem hübschen Püppchen interessiert war. Deshalb wich sie mit allen möglichen Ausreden jedem *Omiai*, den vermittelten Treffen mit potenziellen Heiratskanditaten, aus. Als ihr ihre Mutter drohte: „So kriegst du nie einen Mann", antwortete sie trotzig: „Ich brauche auch keinen."

Um später auf eigenen Füßen stehen zu können und nicht auf die Versorgung in einer Ehe angewiesen zu sein, entschloss sie sich, zu studieren. Und nachdem ihr Vater, weil sie mit ihrem Studium immer mehr in Verzug geriet, die finanzielle Unterstützung einstellte, nahm sie den Job in der Bar an. Sie war auf ein Angebot gestoßen, das sich ausdrücklich an Studentinnen richtete und gute Bezahlung bei flexibler Arbeitszeit in Aussicht stellte. Um welche Tätigkeit es sich konkret handelte, erfuhr sie erst beim Vorstellungsgespräch. Die Barbesitzerin hatte jedoch aufgrund ihrer Menschenkenntnis schon damals ihr Potenzial erkannt. Denn sie verband eine kultivierte äußere Erscheinung mit einem unterkühlten erotischen Reiz. Sie versuchte daher, sie mit allen ihr zu Gebote stehenden Mitteln für ihre Bar zu gewinnen.

So war der Köder ausgeworfen, und der Fisch hing bald an der Angel. Um ihr den Einstieg zu erleichtern, brachte sie Mary anfangs nur mit ausgesuchten Gästen zusammen, die sie freundlich behandelten, sodass sie nicht das Gefühl hatte, herabgewürdigt zu werden. Umgekehrt war es für Mary verlockend, dass sie in der Bar viel mehr verdienen konnte als in jedem anderen Studentenjob. So geriet sie, ehe sie sich's versah, in Mama-sans Fänge. Dass sie auch hier das Püppchen, das den Männern gefällt, spielen musste, störte sie nicht, es war ja nur auf Zeit. Sie befolgte die Tipps von Mama-san, wie sie sich herrichten und verhalten sollte, um das Beste aus ihrem Typ zu machen, und da Mary durch ihre Art auf alle Gäste Eindruck machte, ließen die sich von ihr auch Dinge gefallen oder lachten über Bemerkungen, die sie einer anderen wohl nicht hätten durchgehen lassen.

So avancierte sie zum beliebtesten Mädchen in der Bar, und ihre Gesellschaft wurde vielfach gewünscht. Im Gegensatz zu offenherzigeren Kolleginnen wirkte sie etwas herb und spröde, doch ihre unterschwellige erotische Ausstrahlung machte das wieder wett. Nach und nach verlor sich ihr reserviertes Wesen, Marys Umgang mit Männern wurde lockerer und auch ein wenig koketter, doch ohne dass sie jemals die Aura eines Flittchens umgab.

Mit der Zeit lernte sie zwar auch die Schattenseiten des Berufs kennen, doch sie kam damit zurecht, weil sie meinte, das nicht ewig machen zu müssen. So spielte sie Abend für Abend das Wesen, das die Gäste um sich zu haben wünschten, ohne sich damit zu identifizieren. Ihre Devise war: „Das bin nicht ich, das ist nur eine Rolle." Und wenn sie doch hin und wieder ihren Stolz opfern musste, so lernte sie dabei auch, Kapital aus der Dummheit der Männer zu schlagen.

Dass sie sich selbst betrog, indem sie sich sagte, dass dieser Job nur vorübergehend war, davon ahnte sie damals noch nichts. Sie glaubte, das Leben, wie sie es tagsüber führte, von dem, was sie abends tat, trennen zu können und merkte zu spät, dass ihre Tätigkeit in der Bar mit der Zeit doch ihr ganzes Leben beeinflusste. Es stellte sich heraus, dass der Preis für das scheinbar leicht verdiente Geld höher war, als sie sich eingestand. Und am Ende bezahlte sie auch mit ihrer Gesundheit, denn der Stress im Job nahm zu. Der Zwang, immer liebenswürdig lächeln zu müssen, egal wie sie sich fühlte, nagte an ihrer Psyche. Es geschah immer öfter, dass sie spät in der Nacht völlig erschöpft nach Hause kam und trotzdem nicht schlafen konnte.

Sie versuchte mit Pillen dagegen anzukämpfen, doch besserte sich dadurch wenig, es führte nur zu einer Abhängigkeit. Und statt die Warnzeichen zu beachten, trieb sie es mit der Zeit immer exzessiver. Sobald sie sich schlecht fühlte, nahm sie Stimmungsaufheller, und wenn sie in der Bar das Gefühl hatte, sie würde den Abend nicht durchstehen, griff sie zu Amphetaminen. Dieser Drogenmissbrauch begann sich zu rächen. Immer öfter litt sie unter Schwindelgefühlen und Migräneanfällen, fühlte sich nervös, ihr Herzschlag ging unregelmäßig, dazu kamen Magenprobleme, die sie schon als Kind in der Schule geplagt hatten. An manchen Tagen konnte sie nichts bei sich behalten und musste sich kurz nach dem Essen übergeben.

Einmal, als sie sich besonders elend fühlte, ging sie zum Arzt. Da der keine organischen Probleme fand, tippte er auf eine psychosomatische Ursache. Mary hatte zwar von psychischen Belastungen gesprochen, aber nichts von der Arbeit in der Bar erzählt. Den Ratschlag, ihren Lebensstil zu ändern, befolgte sie nicht. Sie redete sich weiterhin ein, dass sie, sobald sie mit der Uni fertig wäre, ihren Nebenjob an den Nagel hängen könnte, und dann wären auf einen Schlag all ihre Probleme gelöst. Dieser Glaube war ihr zur Lebenslüge geworden, denn sie war inzwischen mit ihrem Studium schon zwei Jahre in Verzug, und als sie es später ganz aufgab und die Uni ohne Abschluss verließ, da war es für eine Umkehr zu spät.

★★★

Es war auf einem Ausflug zu einer *Yamadera* genannten Tempelanlage in den Bergen. Dort sagte Yuka etwas, wovon sie bisher geschwiegen hatte. Wie so oft war es nur eine Andeutung, sodass ich mir erst alles zusammenreimen musste. Denn es war ihre Art, manche Dinge so anzusprechen, dass man nicht wusste, was sie meinte. Möglicherweise war das auch Taktik, denn wenn man es nicht in ihrem Sinn auffasste, konnte sie nachträglich alles ableugnen und zu einem Missverständnis umdeuten.

Was sie mir damals anvertraute, stritt sie hinterher jedoch nicht mehr ab. Wir waren im Eingangsbereich der Anlage an einem unscheinbaren Tempel vorbeigekommen. Dort stand eine steinerne Statue von der Größe eines Kindes mit einem großen runden Kopf und einem umgebundenen, roten Stofflätzchen. Zu deren Füßen befanden sich viele kleine Figürchen, die genauso aussahen und, wie es schien, als Opfergaben hingestellt worden waren. Yuka war, ohne der Statue und den Figuren Beachtung zu schenken, vorübergegangen, erst auf meine Frage erklärte sie mir, dass es sich um eine *Jizō*-Statue handelte, Schutzgott der Schwangeren und der Kinder.

Als ich sie auch um die Bedeutung der kleinen Püppchen fragte, wollte sie darauf gar nicht eingehen. Sie ging einfach weiter und tat so, als hätte sie die Frage gar nicht gehört. Nach ein paar Schritten merkte ich ihr aber eine innere Bewegung an. Ich fühlte mich gerührt, es war das erste Mal, dass ich sie weinen sah. Wobei weinen zu viel gesagt ist, sie hatte nur eine Träne im Augenwinkel, die sie rasch fortwischte.

Aber plötzlich kehrte sie um, ging zur *Jizō*-Statue zurück, nahm aus einer Schachtel dort eines jener Püppchen, hinterlegte eine Spende dafür und stellte es in eine Reihe zu den anderen kleinen, geopferten Figuren. Danach verneigte sie sich mit gefalteten Händen vor der Statue, dann kam sie wieder zu mir zurück.

Ich hatte ihr Treiben verwundert beobachtet. Da sie meinem fragenden Blick auswich, ließ ich die Sache zuerst auf sich beruhen. Erst nachdem wir eine Weile stumm nebeneinander hergegangen waren, brach sie von sich aus das Schweigen und erklärte mir, dass diese kleinen Figuren Opfergaben von Frauen wären, die ein Kind verloren hätten. Der Schutzgott sollte sich der Seele des ungeborenen Kindes erbarmen.

Wie es bei ihr dazu kam, ob durch Abtreibung oder Fehlgeburt, ob erst kürzlich oder schon vor längerer Zeit, ließ sie sich nicht entlocken. Ich drang nicht weiter in sie, denn ich konnte verstehen, dass sie über die schmerzvolle Erinnerung nicht sprechen wollte. Es schien mir, als hätte sie ihre innere Bewegung immer noch nicht gemeistert. Doch auf einmal sagte sie unvermutet, es hätte sie traurig gemacht, daran denken zu müssen, dass der Tag unserer Trennung vielleicht nicht mehr allzu fern wäre.

Überrascht fragte ich, wie sie auf so einen Gedanken käme. Da fragte sie zurück, ob ich ihr Verhalten denn nicht verwerflich fände. Eines Tages würde ich sie dafür verachten oder sogar hassen. Das kam so unerwartet, dass es mir im ersten Moment die Sprache verschlug. Ich wusste auch deshalb nicht, was ich darauf sagen sollte, weil mir nicht klar war, worauf sie sich bezog. Dass sie früher mal abgetrieben hatte oder dass sie sich prostituierte?

Ich bemühte mich, ihre Sorge zu zerstreuen, war dabei aber nicht ganz aufrichtig. Denn in Ordnung fand ich ihren Job natürlich nicht, und ich hätte ihr am liebsten ins Gewissen geredet, das Leben, das sie führte, besser heute als morgen aufzugeben. Da ich aber spürte, dass in der Stimmung, in der sie sich befand, es gerade nicht das war, was sie hören wollte, heuchelte ich, dass ich mit ihr glücklich wäre und sie so lieben und akzeptieren würde, wie sie sei.

Sie sah mich daraufhin mit einem dankbaren Lächeln an und schien wirklich erleichtert zu sein. Dann nahm sie mich bei der Hand und erklärte mir im Weitergehen, warum sie darauf gekommen wäre. Mit dem Ort − gemeint war der *Jizō*-Tempel − wäre nämlich ein schlechtes Omen verbunden. Man würde sich erzählen, dass Liebespaare, die diesen Tempel besuchten, sich früher oder später trennen müssten. Sie hätte diese Sache gar nicht bedacht, sonst wäre sie mit mir nicht hergekommen. Erst als sie die Statue gesehen hätte, wäre ihr das bewusst geworden, und mit ihrer Opfergabe wollte sie den Gott beschwichtigen.

Ich erwiderte darauf nichts. Erstens war ich mir nicht sicher, ob das tatsächlich der Grund war, denn so abergläubisch war sie sonst nicht. Zweitens trug ich auch die Furcht in mir, dass es über kurz oder lang zwischen uns aus sein könnte. Aber es lag nicht daran, dass ich sie moralisch verurteilte, sondern dass sie in letzter Zeit oft sehr unleidlich war. Früher hatte sie sich mehr beherrscht, doch seit ich bei ihr wohnte, ließ sie ihre Launen immer öfter an mir aus. Ich versuchte dann nach Möglichkeit, Ruhe zu bewahren und Streit zu vermeiden. Auch entschuldigte ich ihr Verhalten damit, dass sie in ihrem Job viel Stress und kein anderes Ventil als mich hätte, um Dampf abzulassen. Doch an manchen Tagen wurde das auch für mich zur seelischen Belastung.

Ich hatte sie in einer Lebensphase kennengelernt, in der sie in einer Krise steckte, aber es war ihr gelungen, vor mir den Anschein zu erwecken, als hätte sie ihre innere Balance zurückerlangt. Bei unseren Begegnungen tat sie so, als hätte sie ihr Leben wieder im Griff. Ich vermutete zwar schon damals, dass ihre zur Schau getragene gute Laune nur gespielt sein könnte, und das bestätigte sich, seit ich mit ihr zusammenlebte. Es wurde mir aber auch klar, dass es ihr nicht darum ging, mir etwas vorzumachen, sondern sie betrog sich damit selbst. Ihr Job überforderte und ruinierte sie. Sie versuchte das zu überspielen, doch das gelang ihr auf Dauer immer weniger, und falls sie so weitermachte, würde sie eines Tages wohl physisch wie psychisch als Wrack enden.

Sie hatte sich aus Gefälligkeit für Mama-san in ein System von Zwängen begeben, aus dem sie nicht mehr herausfand. Sie war nun auch Leuten verpflichtet, die mit der Bar gar nichts zu tun hatten, sondern sie nur ausnutzten. Es häuften sich die Anfragen für Escortaufträge, und sie hatte nicht den Mut, abzulehnen. Diejenigen, die sie kontaktierten, wussten immer sehr gut Bescheid, wie es im „Bourbon" lief und ob sie loszueisen wäre. Denn auch wenn sie sich telefonisch damit rauszureden versuchte, dass sie in der Bar unabkömmlich wäre, genügte ein Anruf bei Mama-san, und die schickte sie weg. So kam es mehrmals in der Woche dahin, dass sie urplötzlich irgendwohin bestellt wurde und erst am frühen Morgen heimkam. Dann fiel sie todmüde ins Bett und schlief bis zum späten Nachmittag. Wenn sie dann aufstand, wirkte sie immer noch übernächtigt, musste sich aber für den nächsten Abend schon wieder zurechtmachen.

Wenn es ihr besonders schlecht ging, zeigte sie sich einsichtig und versprach mir, solche Aufträge künftig abzulehnen. Doch schon beim nächsten Mal wagte sie wieder nicht, Nein zu sagen, und sie tat auch mir gegenüber so, als machte ihr die zusätzliche Belastung nichts aus. Ganz offensichtlich litt aber ihre Gesundheit darunter, immer wieder wurde sie von Kopf- oder Magenschmerzen geplagt. Und selbst wenn es ihr körperlich gut zu gehen schien, war sie oft extrem reizbar. Geringste Kleinigkeiten konnten sie seelisch aus dem Gleichgewicht bringen. Ihre Stimmung war dabei an ihrem Gebaren wie an einem Seismographen ablesbar. Entweder verhielt sie sich völlig überdreht oder total apathisch, in beiden Fällen war mit ihr nichts anzufangen. Für mich war dann klar, dass sie wieder Zuflucht zu ihrem Pillendöschen genommen hatte.

Es gab aber Tage, da halfen ihr selbst diese Mittel nicht. Da kam sie heim und war mit sich und der Welt fertig, wollte von niemandem mehr etwas wissen, selbst von mir nicht. Ich konnte verstehen, dass es ihr schwerfiel, mit den negativen Seiten ihres Berufs umzugehen. Aber warum sie ihre Aggressionen in solchen Fällen auch gegen mich richtete, das verstand ich nicht. Ihr schien es gar nicht bewusst zu sein, wie verletzend ihr Verhalten mir gegenüber war, denn sie stellte mich damit mit den Männern, die sie gedemütigt hatten, auf eine Stufe. Eines Nachts, als sie spät nach Hause kam und mich mit ihrem lauten Rumoren geweckt hatte, dachte ich mir schon, dass ihr wohl wieder etwas Unangenehmes widerfahren war. Ich überlegte, was ich tun sollte, denn sich mit mir über das Erlebnis auszusprechen, das wollte sie sicher nicht. Ich stand trotzdem auf und ging hinunter ins Schlafzimmer, um mich zu ihr zu legen und sie, so gut es ging, ohne Worte zu trösten. Sie aber stieß mich weg und trat mich, als ich nicht sofort ihr Bett verließ, auch noch mit den Füßen.

Am nächsten Tag tat es ihr zwar leid, und sie versuchte ihren Ausraster zu entschuldigen, aber so leicht, wie sie glaubte, war das nicht aus der Welt zu schaffen. Ich sagte ihr in dem Zusammenhang zum ersten Mal ganz deutlich: Falls sie was gegen Männer in ihrem Bett hätte, dann sollte sie bei anderen anfangen, sie zu treten, nicht bei mir. Sie gab sich zerknirscht und sah wohl selbst ein, dass unsere Beziehung keine Zukunft hätte, wenn sie sich nicht im Zaum hielte und mich weiter so behandeln würde.

Um dieser unerträglichen Situation, die unsere Liebe zu zerstören drohte, zu entkommen, schlug ich ihr vor, alles hier aufzugeben, ihren Beruf, das Haus, und mit mir fortzugehen. Sie schien damals nicht abgeneigt, antwortete aber trotzdem ausweichend. Doch als ich sie einige Tage danach erneut darauf ansprach, kam sie wieder mit ihren üblichen Ausflüchten. Alles wäre so schwierig, sie könnte Mama-san nicht im Stich lassen, außerdem: Wovon sollten wir leben, sie hätte keine Chance mehr, einen andern Job zu finden und so weiter. Ich antwortete, dass sie auf Mama-san keine Rücksicht zu nehmen bräuchte, die würde ihr Vertrauen doch nur missbrauchen und sie ausnutzen. Und wenn sie in Japan keinen Job fände, hätten wir immer noch die Möglichkeit, ins Ausland zu gehen, dort würde ich mir Arbeit suchen und bestimmt auch welche finden. Darauf erklärte sie mir aber ganz dezidiert, das sollte ich mir aus dem Kopf schlagen, sie könnte nie im Ausland leben. Ich war davon enttäuscht, denn in letzter Konsequenz bedeutete das: Alles würde hier ewig so weitergehen wie bisher.

Davon, was sich wirklich in der Bar und bei ihren Escortaufträgen abspielte, wusste ich lange Zeit so gut wie gar nichts. Sie hatte mir zwar geschildert, wie es an normalen Abenden zuging, doch über die unerfreulichen Dinge schwieg sie sich aus. Sie vermittelte mir anfangs ein ganz falsches Bild, weil sie so tat, als wäre Mama-san ihre beste Freundin, und die Abende in der Bar liefen wie unter guten Freunden ab. Wenn ich später den Eindruck hatte, dass dieses Bild nicht ganz stimmte, stritt sie alles ab, und ich blieb auf Mutmaßungen angewiesen. Aber gerade weil sie nichts zugeben wollte und ihren Kummer nur in sich hineinfraß, machte sie alles noch schlimmer.

Wenn es mich beunruhigte, weil sie manchmal viel länger ausblieb als sonst und ich nicht wusste, was los war, wenn sie wieder mal erst spätnachts heimkam, wiegelte sie ab und stellte meine Befürchtungen als unbegründet oder gar lächerlich dar. Wäre es mir damals schon bewusst gewesen, dass sie sich nach der Bar fallweise mit ihr völlig unbekannten Männern traf, hätte ich mir noch viel größere Sorgen gemacht. Da sie mir jedoch keine Argumente gegen ihren Job liefern wollte, verschwieg sie mir auch das. So beschönigte sie entweder ihr Tun oder tat so, als wäre das nur ihre Sache und ginge mich nichts an.

Mit Letzterem hatte sie aber unrecht, denn die Sorgen, die ich mir in schlaflosen Nächten um sie machte, belasteten auch mich. Wenn sie daher beim verspäteten Heimkommen auf meine Fragen nur mit Ausreden reagierte, empfand ich manchmal eine ohnmächtige Wut. Ich fühlte mich dadurch nicht nur in die zweite Reihe versetzt, sondern hatte auch den Eindruck, als machte sie mit all den anderen gemeinsame Sache gegen mich.

★★★

Einige Monate später erhielt ich dann doch etwas mehr Einblick in ihr Treiben, zumindest was ihren Job im „Bourbon" betraf. Die Initiative dazu war nicht von ihr, sondern von Mama-san ausgegangen. Yuka selbst wäre es wahrscheinlich lieber gewesen, mich weiterhin davon auszuschließen. Eines Tages aber forderte sie mich auf, mit in die Bar zu kommen. Und auf meine Frage: „Warum?" – antwortete sie, Mama-san wolle etwas mit mir besprechen. Einen Grund dafür nannte sie nicht, sie meinte nur, das würde ich schon von Mama-san erfahren. Also ging ich mit, wenn auch mit einem unguten Gefühl.

Es war kurz vor sechs Uhr abends, als wir ankamen, und daher für den Barbetrieb noch zu früh. Sie begleitete mich auch nicht zum offiziellen Eingang, sondern zu einem versteckten Hintereingang. Es gab nämlich einen unauffälligen Verbindungsgang vom Nebenhaus her, den nur Mama-san und die Mädchen benutzten.

Ich wusste zwar, wo sich das „Bourbon" befand, war auch schon öfter in der Straße daran vorbeigegangen, doch heute betrat ich es zum ersten Mal. Es war für mich wie die Begegnung mit einer Welt, die ich bisher nur vom Hörensagen kannte. Yuka hatte auf dem Weg die Bemerkung fallen lassen, dass alles nicht mehr so wäre wie früher, die Atmosphäre hätte sich in den letzten Monaten geändert, sonst aber keine Andeutung gemacht, was mich hier erwarten würde. Offenbar hatte ihr Mama-san eingeschärft, mir mit keiner Silbe zu verraten, was sie von mir wollte.

Die Geheimniskrämerei machte mich aber erst recht skeptisch, und ich sah dem Gespräch mit gemischten Gefühlen entgegen. Ich vermutete, dass Mama-san etwas im Schilde führte und darauf aus sein könnte, mich zu überrumpeln, anderenfalls hätte mir Yuka sagen können, worum es ging. Darum war ich instinktiv auf der Hut, denn ich fürchtete, in eine Sache reingezogen zu werden, mit der ich eigentlich nichts zu haben wollte.

Nachdem wir den dunklen Korridor zum Hintereingang der Bar passiert hatten, blieb Yuka vor einer schlichten Tür ohne Namensschild und Glocke stehen und klopfte an. Es schien noch niemand da zu sein, denn von drinnen war nichts zu hören. Waren wir zu früh? Yuka hatte zwar einen Schlüssel, doch da das

Gespräch ohne Mama-san nicht geführt werden konnte, rief sie per Handy bei ihr an, um zu fragen, wo sie wäre. Dabei stellte sich heraus, dass Mama-san längst im Büro war. Gleich darauf kam sie an die Tür und entschuldigte sich, dass sie beschäftigt gewesen wäre und uns darum nicht gehört hätte.

Wir betraten den kahlen Vorraum, und Yuka stellte mich auf formelle japanische Art und Weise vor. Ich versuchte, mich dabei ebenso tief zu verbeugen wie Mama-san, aber diese Begrüßung fiel etwas ungelenk aus. Mama-san reichte mir daraufhin ganz unjapanisch die Hand. Ihr Händedruck schien gar nicht zu ihrem Charakter zu passen, er war ganz schlaff, und ihre Finger fühlten sich kalt und knochig an. Sie wirkte so klein und mager, das Gesicht schmal und hager, dass ich unsicher wurde, ob sie wirklich die war, die ich beim Besuch in der Klinik gesehen hatte. Sie sah ganz anders aus als damals. Vom Typ her hätte sie es zwar sein können, aber von ihrer Aufmachung her nicht. Heute war sie ganz anders geschminkt, und ihr Haar war tiefschwarz, entweder gefärbt, oder, was ich eher vermutete, eine Perücke. Soweit ich mich erinnerte, hatte sie damals grau meliertes Haar. Möglicherweise war sie aber auch kränklich und ihr verändertes Aussehen eine Folge der zunehmenden Schwierigkeiten in der Bar.

Eine Schönheit dürfte sie nie gewesen sein, aber sie hatte eine gewinnende Art. Wenn sie in ihrem Element war, umgab sie trotz ihres Alters noch eine Aura, die sehr anziehend wirkte. Dazu passte auch ihre raue, aber herzliche Stimme. Sie tat so, als kennten wir uns schon lange, als gehörte ich zur Familie. Ihre Zuvorkommenheit überraschte mich, denn bei Begegnungen mit Ausländern blieben die meisten Japaner, zumindest beim ersten Mal, eher distanziert. Ich wusste daher nicht recht, wie ich darauf reagieren sollte.

Sie führte uns durch den Vorraum, wo sich rechts und links an den Wänden Spinde für die Mädchen befanden, damit sie sich für die Abende umziehen und ihre Privatsachen verstauen konnten. Dann öffnete Mama-san die Tür zu einem Raum, den sie ihr Büro nannte, der aber recht groß war und eher wie ein Aufenthaltsraum für alle wirkte. Alte Fauteuils standen neben neuen Plastiksesseln um einen runden Tisch. Etwas abseits gab es noch einen kleinen Tisch, der Mama-san offenbar als Schreibtisch diente. Denn darauf lag eine unübersichtliche Zettelwirtschaft, mit der sie beschäftigt war, bevor wir kamen. An einer Wand gab es einen großen Schminkspiegel wie in einer Theatergarderobe, und daneben auf einem Wandregal standen Wasserkocher, Mikrowelle und in Regalen Gläser, Tassen und Teller.

Mama-san lud mich ein, auf einem der Sessel an dem großen Tisch Platz zu nehmen. Doch während ich mich setzte, zog sie Yuka zur Seite und sprach leise mit ihr. Keine Ahnung, was das konspirative Gehabe sollte und was sie da heimlich zu flüstern hatten. Wieder fühlte ich mich unwohl. Ich verstand nichts und sollte auch nichts verstehen, da die beiden sich mehr mit Blicken als mit Worten verständigten. Ich hatte aber den Eindruck, Mama-san wollte sich versichern, dass ich von ihrem Vorhaben wirklich noch nichts wüsste. Bis zuletzt hatte Yuka versucht, mich vom „Bourbon" fernzuhalten, sie hatte mir sogar verboten, dass ich sie nachts von der Arbeit abholte, und nun brachte sie mich auf Mama-sans Wunsch selbst hierher. Es bestätigte sich dadurch, was ich mir immer schon dachte, nämlich dass Mama-san einen bestimmenden Einfluss auf sie ausübte.

Als sich die beiden schließlich setzten, nahm Yuka neben mir und Mama-san mir gegenüber Platz. Sie hatten sich wohl eine Taktik zurechtgelegt, um mich in die Zange zu nehmen und mit vereinten Kräften zu bearbeiten. Es sah so aus, als wollte Mama-san offiziell mit mir sprechen, und Yuka sollte sie dabei in ihrem Sinn unterstützen. Ich nahm mir aber vor, standhaft zu bleiben und mich weder von der einen noch von der anderen Seite unter Druck setzen zu lassen. Gegebenenfalls wollte ich Mama-san sogar meine Meinung sagen, und zwar, dass sie ihren Einfluss auf Yuka über Gebühr ausnutzte.

Das Gespräch entwickelte sich jedoch anders als erwartet. So wie mich Mama-san bereits bei der Begrüßung empfangen hatte, als wäre ich kein Fremder, sondern gehörte zur Familie, behielt sie diesen Ton bei. Sie fragte zuerst auf Japanisch allgemeine

Dinge, wie es mir in Japan gefiele und so weiter. Mein Japanisch war zwar nur rudimentär, aber ich verstand genug, um ohne Yukas Hilfe darauf antworten zu können. Doch obwohl Mama-san mein Japanisch überschwänglich pries, verwendete sie im weiteren Verlauf einen kruden Mix aus Englisch und Japanisch. Sie gratulierte mir zu Yuka, lobte sie über den grünen Klee und sagte, dass ich mich glücklich schätzen könnte, jemanden wie sie gefunden zu haben. Dann aber lobte sie auch mich, weil ich mich so gut um sie kümmerte, und fügte hinzu, dass sie hoffe, Yuka und ich würden dauerhaft zusammenbleiben, denn bisher hätte das arme Mädchen mit Männern meist Pech gehabt.

Mich machte das etwas stutzig, denn Yuka hatte mir gegenüber außer einem Freund aus ihrer Studienzeit keine Beziehungen zu Männern erwähnt. Ein Seitenblick offenbarte mir, dass ihr das Geplauder aus dem Nähkästchen selbst peinlich war. Letztlich war Mama-sans Gerede aber nur der Einstieg und von daher belanglos. Ich wartete vielmehr auf einen Hinweis, worauf die Unterredung hinauslaufen sollte.

Ich wusste, dass es in Japan zum guten Ton gehört, nicht mit der Tür ins Haus zu fallen. Aber Mama-san zog die Sache ungebührlich in die Länge und machte keine Anstalten, auf den Punkt zu kommen. Schließlich wagte ich die Frage, worum es eigentlich ginge, weshalb sie mich hergebeten hätte. Mama-san sah mich daraufhin stumm an, warf danach auch Yuka einen Blick zu, wich dem Thema aber weiterhin aus. Sie fragte nur, ob ich einen Tee wollte. Und bevor ich noch antworten konnte, stand sie schon auf, holte eine Dose mit Tee, eine Teekanne und Teetassen aus dem Regal, stellte alles auf den Tisch und goss die Teeblätter mit heißem Wasser aus dem bereits eingeschalteten Wasserkocher auf. Yuka beeilte sich derweil, mir leise zu versichern, dass ich auf Mama-san einen guten Eindruck gemacht hätte und ich nur abwarten sollte, was sie mir mitzuteilen gedenke. Misstrauisch sah ich sie an. Ich fühlte deutlich, dass etwas im Schwange war, hatte aber nicht die geringste Ahnung, worauf das hinauslaufen könnte.

Inzwischen war Mama-san mit dem Tee fertig und schob jedem von uns eine Tasse hin. Der Tee war sehr heiß, ich wollte ihn deshalb noch etwas stehen lassen, aber Mama-san meinte, man müsse ihn heiß trinken. Dann kam sie darauf zu sprechen, dass sie gehört hätte, ich käme aus Wien. Und als ich das bejahte, fragte sie, ob ich Klavier spielen könne. Ich fragte zurück, wie sie darauf käme, worauf sie sagte: Na ja, Wien wäre doch die Hauptstadt der Musik, darum hätte sie gedacht, jeder dort beherrsche ein Instrument.

In der Hinsicht musste ich sie aber leider enttäuschen.

„Schade", sagte sie und wandte sich dabei an Yuka, „wir hätten hier einen guten Pianisten gebrauchen können, nicht wahr?"

Meinte sie das ernst? War es das, worum es ging? Yuka rettete mich aus der Verlegenheit, indem sie Mama-san erklärte, ich würde mich mehr für Sport interessieren.

„Was für ein Sport denn?", fragte Mama-san.

„Er trainiert Karate, das ist auch der Grund, warum er nach Japan gekommen ist."

Mama-san tat, als hätte sie zum ersten Mal davon gehört und stellte daraufhin alle möglichen Fragen, wieso ich ausgerechnet diesen Sport gewählt hätte, wo ich derzeit trainieren würde und so weiter. Außerdem wollte sie wissen, ob man beim Karate wirklich mit bloßen Händen einen bewaffneten Gegner besiegen könnte. Ich hielt es zwar für sinnlos, fühlte mich aber trotzdem bemüßigt, ihr das Prinzip des Sports zu erklären, und sie stellte immer weitere Fragen. Am Ende forderte sie mich auf, ich sollte ihr hier an Ort und Stelle Kampftechniken demonstrieren.

Ich versuchte mich herauszureden, einerseits, weil mir ihr Interesse nur vorgetäuscht schien, andererseits, weil ich darauf wartete, dass sie endlich auf den Hauptpunkt kommen sollte, statt noch mehr Zeit zu vertun. Nun mischte sich aber auch Yuka ein und verkündete, dass ich es mit den besten Kämpfern Japans aufnehmen könnte, weil ich vom Kampfgeist der alten *Samurai* beseelt wäre.

Offenbar wollten sich die beiden bei der Bauchpinselei gegenseitig übertrumpfen. Yuka hatte sich bisher wenig bis gar nicht für meinen Karatesport interessiert, hatte mich weder beim Training noch bei einem Kampf gesehen. Trotzdem fühlte ich mich von dem Gerede geschmeichelt und merkte erst hinterher, dass es ein abgekartetes Spiel war. Indem sie das Gespräch auf diese Schiene zogen, war ich den beiden schon auf den Leim gegangen. Denn auf einmal äußerte Mama-san wie beiläufig, dass sich das gut träfe, sie wäre gerade auf der Suche nach einem Mann, der hier ein wenig für Ordnung sorgen könnte. Zuletzt hätte es nämlich in der Bar einige unangenehme Zwischenfälle gegeben, und wenn da jemand wäre, der schon im Vorfeld eingreifen könnte, fände sie das gut.

Langsam dämmerte mir, worauf das Gerede hinauslaufen könnte. Sie nannte die Tätigkeit, die sie sich vorstellte, zwar nicht beim Namen, aber ich vermutete, dass sie einen Türsteher suchte. Als ich sie darauf ansprach, verneinte sie jedoch und sprach von einem *Yōjimbō*. Ich verstand das Wort nicht, aber Yuka übersetzte es mit *Bodyguard*. Das verleitete mich wiederum zu der falschen Annahme, dass ich besonders auf Yuka achtgeben sollte. Es wäre mir nicht unlieb gewesen, wenn Mama-san mir so eine Aufgabe zugedacht hätte, denn meine Sorge um Yuka war zuletzt stetig gestiegen. Aber sie selbst hatte es bisher immer abgelehnt, dass ich anderen gegenüber als ihr Beschützer auftrat. Vor allem auch, weil sie vermeiden wollte, dass man mich für ihren Zuhälter hielt.

Im weiteren Verlauf des Gesprächs klärte sich das Missverständnis aber auf. Auch wenn Mama-san den Ausdruck vermied, wurde mir klar, dass sie einen Rausschmeißer in der Bar haben wollte. Sie bot mir dafür eine Aufwandsentschädigung an, es war nicht allzu viel Geld, aber die Aussicht, etwas verdienen zu können, klang für mich dennoch verlockend. Ich war schon so abgebrannt, dass ich mich von Yuka in jeder Hinsicht aushalten lassen musste. Ich hatte zuletzt auch das Karatetraining geschwänzt, weil mir das Geld dafür ausgegangen war. Das Honorar, das der Trainer monatlich verlangte, war nicht hoch, aber selbst dafür hatte es nicht mehr gereicht. Yuka konnte ich nicht darum bitten, weil es an meinem Stolz nagte, sie um alles anbetteln zu müssen. Mama-san schien das geahnt oder zumindest einkalkuliert zu haben, darum hatte sie die Karte wohl als letzten Trumpf ausgespielt.

Ich war drauf und dran, auf der Stelle zuzusagen, wollte mich vorher aber doch vergewissern, ob es Yuka auch recht wäre. Ich wandte mich daher an sie und fragte, was sie von der Sache hielt. Sie schien sich vor einer Antwort drücken zu wollen, denn sie redete nur zweideutig herum. Zwar meinte sie, dass es gut wäre, wenn es in der Bar einen Aufpasser gäbe, ob sie es aber auch gut fände, wenn ich den Job übernähme, sagte sie nicht. Da sie es war, die mich zu dem Gespräch in die Bar begleitet hatte, ging ich allerdings davon aus, dass sie in Mama-sans Vorhaben eingeweiht und damit einverstanden war.

Für mich klang das Angebot doppelt verlockend. Erstens käme ich so zu Geld, und zweitens könnte ich ein Auge auf Yuka haben. Ich müsste mir nicht mehr nächtelang Sorgen um sie machen, weil ich nicht wüsste, wo sie ist, und ich wäre auch nicht mehr auf die Lügengeschichten angewiesen, die sie mir hinterher auftischte. Ich könnte mir selbst ein Bild von ihrem Treiben machen und wäre bei Gefahr im Verzug vor Ort.

Da Yuka nichts dagegen zu haben schien, gab es für mich keinen Grund mehr, mit meiner Zusage zu zögern. Mama-san freute sich darüber, und um mir die Sache noch schmackhafter zu machen, fügte sie hinzu, sie rechne zwar nicht damit, dass es zu Tätlichkeiten kommen würde, aber sicher sei sicher. Sie versprach sich von meiner Anwesenheit eine gewisse abschreckende Wirkung. Einem *Karateka* gegenüber würde es sich jeder wohl zweimal überlegen, bevor er einen Streit vom Zaun bräche.

Den Pakt besiegelte Mama-san wieder mit ihrem schlaffen Händedruck und nannte mich dabei: unser neuer *Bodyguard*. Ich warf einen Blick auf Yuka und bemerkte einen skeptischen Zug in ihrer Miene. Als ich sie fragte, ob sie was dagegen hätte, sagte sie nein, es ginge ihr nicht um mein Engagement, sie fände nur, *Guardman* wäre ein besserer Ausdruck dafür, und wir einigten uns schließlich darauf. Gleichzeitig fiel mir ein, dass sie mich selbst schon einmal als ihren *Bodyguard* bezeichnet hatte.

★★★

Es war eines Abends, als wir noch ziemlich spät zu Fuß durch die Stadt streiften. Es war relativ kühl, und Yuka, für die Jahreszeit zu leicht angezogen, musste plötzlich aufs Klo. Da sich kein öffentliches WC in der Nähe befand, schlug sie vor, kurz in eine Kneipe zu gehen, die am Weg lag. Dort sollte ich mich hinsetzen, mir etwas zu trinken bestellen, und sie wollte in der Zwischenzeit auf die Toilette gehen.

Schon von außen machte das Lokal keinen guten Eindruck, drinnen entpuppte es sich erst recht als Spelunke mit übelster Kundschaft. Es saßen lauter Männer da, die Yuka schon beim Eintreten mit den Augen auszogen. Ich wäre am liebsten gleich wieder umgekehrt, aber sie musste schon dringend. So nahm ich auf einem Hocker an der Theke Platz, während sie die Anzüglichkeiten, die vonseiten einiger Gäste fielen, ignorierte. Nachdem sie verschwunden war, konzentrierte sich die Aufmerksamkeit der Männer auf mich. Es herrschte eine feindselige Stimmung, aber noch fielen keine unguten Bemerkungen. Das ging erst los, als Yuka zurückkam und sich zu mir an die Theke setzte. Die Typen hatten gleich erkannt, dass es sich bei ihr um eine *Yoru no Onna* handelte. Sie war schon zu lange dabei, darum hing ihr das Stigma ihres Jobs doch ein wenig nach. Auch wenn sie nur mit mir ausging, verzichtete sie nie auf starke Schminke. „Ohne Make-up fühle ich mich nackt", pflegte sie zu sagen, und tatsächlich habe ich sie nur an Tagen, an denen es ihr schlecht ging und die sie im Bett verbrachte, völlig ungeschminkt gesehen.

Die angetrunkene Runde gehörte allem Anschein nach zusammen und benahm sich, als wäre das hier ihr Revier. Aus dem Grund hielten sie Yuka für Freiwild und negierten, dass sie in meiner Begleitung war. Einer kam plötzlich her, lehnte sich provokant neben sie an die Theke und wollte ihr einen Drink spendieren. Davon, dass sie ablehnte, ließ er sich nicht stören, sondern rückte ihr weiter auf die Pelle. Es nützte auch nichts, dass ich ihm sagte, er solle Yuka in Ruhe zu lassen. Daraufhin kam noch ein Zweiter und versuchte, sich zwischen mich und Yuka zu drängen. Ich packte ihn an der Schulter und zischte ihm zu: „Verschwinde!" Während der Barkeeper, der keinerlei Anstalten machte, die Kerle in die Schranken zu weisen, mir erst jetzt mein bestelltes Bier über die Theke schob.

In dem Moment traf mich ein verängstigter Blick von Yuka. Sie rutschte vom Barhocker herunter und sagte zu mir: „Gehen wir!" Die Typen schienen aber nicht die Absicht zu haben, uns einfach so wegzulassen, sondern nahmen sie in die Zange. Doch damit gingen sie endgültig zu weit. Ich sprang auf, ergriff Yukas Arm und versuchte, sie von den beiden wegzuziehen. Dabei stieß ich einen von denen zur Seite, worauf er, da er ohnehin schon wacklig auf den Beinen war, den Halt verlor und zu Boden fiel. Der andere Kerl nahm eine drohende Haltung gegen mich ein, dadurch konnte Yuka aber ungehindert an ihm vorbeischlüpfen. Mit wenigen Schritten waren wir beim Ausgang und beeilten uns, nach draußen zu kommen, während es hinter uns Flüche und lautstarke Verwünschungen hagelte. Ich hörte auch noch, dass mir der Barkeeper nachrief, ich hätte mein Bier nicht bezahlt. Ich war aber auch noch nicht dazu gekommen, es zu trinken.

Draußen war niemand zu sehen, und bevor uns welche aus dem Lokal folgen konnten, überquerten wir die einsame Straße. Doch als ich mich umwandte, merkte ich: Es kam uns keiner nach. Den besoffenen Leuten da drinnen war wohl alles zu schnell gegangen. Wir liefen noch ein Stück weiter, doch an der nächsten Ecke konnten wir unsere Schritte verlangsamen. In dem Moment hörten wir ein lautes Hupen. Ein Schreck durchfuhr mich, aber es war nur ein leeres Taxi. Der Fahrer hupte uns an, weil er in uns potenzielle Fahrgäste witterte. Ich hob auch gleich die Hand, das Taxi hielt an, die Hintertür sprang auf, wir stiegen ein und kamen so unversehrt nach Hause.

Als ich Yuka fragte, was in diese Typen gefahren wäre, wollte sie die Sache herunterspielen und meinte, es läge nur daran, dass die Kerle betrunken gewesen waren. Doch die Erklärung befriedigte mich nicht, mir war es nämlich so vorgekommen, dass es gar nicht um Yuka ging. Ich hatte den Eindruck, dass deren feindseliges Benehmen sich eher gegen mich als gegen sie richtete. Und Yuka bestätigte meinen Verdacht, als sie sagte, dass sie, wäre sie allein dort aufgetaucht, sich vielleicht blöde Sprüche hätte anhören müssen, aber so aggressiv würden die Typen nicht reagiert haben. Es lag daran, dass sie die attraktive Landsmännin keinem Ausländer gönnen wollten. Das beleidigende Verhalten ihr gegenüber sollte in erster Linie mich treffen und brüskieren. Yuka war froh, dass die Sache ohne Schlägerei ausging und hatte mich in dem Zusammenhang scherzhaft ihren *Bodyguard* genannt.

IV

Wir waren alle schockiert, als wir davon erfuhren, und ich am meisten. Es lässt sich kaum beschreiben, was damals in mir vorging. Ich hatte ihn schon seit Längerem aus den Augen verloren, nur ab und zu kamen mir noch einige Dinge zu Ohren. Doch nachdem er bei meiner Tante ausgezogen war, rissen die Nachrichten vollständig ab. Von meinem Bruder wusste ich, dass er auch nicht mehr zum Training erschien, daher nahm ich an, dass er sich gar nicht mehr in Japan aufhielt. Als ich dann erfuhr, was aus ihm geworden war, konnte ich es nicht glauben. Ich hielt es anfangs nur für ein Gerücht, denn ich traute ihm nicht zu, dass er so tief gesunken sein könnte.

Mein Bruder vermutete, dass er das Training aufgegeben hatte, weil der Trainer zuletzt sehr schlecht auf ihn zu sprechen war. So weit ich ihn kannte, spielte Karate in seinem Leben aber eine große Rolle, ich konnte mir daher kaum vorstellen, dass er den Sport so einfach aufgeben würde. Ich neigte eher zu der Annahme, dass er sich nun woanders auf das Turnier vorbereitete.

Die näheren Umstände des Geschehens kamen nur scheibchenweise ans Licht, auch in den Medien dominierten anfangs nur Gerüchte, es gab keine gesicherten Informationen. Es ließ sich daraus zwar auf manches schließen, aber die letzte Gewissheit fehlte. Die Identität des Ausländers, von dem dabei die Rede war, blieb lange ungeklärt, denn wegen seines illegalen Aufenthaltsstatus wussten die Behörden nichts von seiner Existenz. Es gab zwar Zeugen, die ihn beschrieben, und meine Familie war überzeugt, dass es sich um ihn handelte, mir aber widerstrebte es, daran zu glauben. Ich verteidigte ihn auch dann noch, als alle schon den Stab über ihn gebrochen hatten.

★★★

So war ich also *Guardman* im „Bourbon" geworden. Am ersten Tag hatte ich dabei noch ein komisches Gefühl, wenn ich an der Theke saß. Am zweiten Tag war es schon fast normal und am dritten Tag so, als hätte ich nie etwas anderes gemacht. Es bewahrheitete sich, was Mama-san gesagt hatte, der Job war nicht schwierig. Es kamen keine unangenehmen Typen, die im Suff den Mädchen an die Wäsche gingen oder andere Gäste beleidigten. Daher musste ich nie renitente Leute am Kragen packen und rauswerfen. Mama-sans Kalkül, dass allein meine Anwesenheit für Ruhe sorgen würde, ging auf. Ich merkte es selber, wie suspekt ich den meisten Gästen anfangs war. Manche sahen mich an, als käme ich von einem fremden Stern und erkundigten sich bei Mama-san, wer ich denn wäre. Doch nachdem sie den Leuten meine Aufgabe erklärt hatte, gab es keine Fragen mehr.

Eine Weile fühlte ich mich bei dem Job noch unwohl, weil es an meinem Selbstimage kratzte, mich für so etwas hergeben zu müssen. Da der Barbetrieb aber weitgehend gesittet ablief, konnte ich mich nach einiger Zeit doch damit anfreunden. Mich mit aggressiven Schlägern einlassen zu müssen, hätte gefährlich werden können. Ich war zwar *Full Contact* von den Wettkämpfen her gewohnt, doch ein bewusstes Dosieren der Schlagstärke ist bei schnellen Reaktionen oft nicht möglich. Nachdem sich aber herausstellte, dass es gar nicht nötig war, handgreiflich zu werden, fühlte ich mich erleichtert.

Der Job in der Bar war daher kein schwer verdientes Geld. Ich brauchte nur meine Zeit abzusitzen, und Mama-san tat das ihre, mich vor den Gästen in positivem Licht erscheinen zu lassen. Sie hatte mir extra einen schwarzen Anzug maßschneidern lassen, und Yuka hatte mir dazu weiße Hemden und eine dunkle Krawatte gekauft. So wirkte ich äußerst seriös, auch wenn mir bewusst war, dass das, worauf ich mich da eingelassen hatte, nicht ganz so seriös war.

In der Bar war es gar nicht so, wie ich es mir vorgestellt hatte, zwar wirkte das „Bourbon" ein wenig schummerig, aber nicht unbedingt anrüchig. Im Gegenteil, auf den ersten Blick hätte man es für eine gewöhnliche Karaokebar halten können. Da Mama-san das Lokal schon seit über zwanzig Jahren führte und in der Zeit nicht viel erneuert hatte, wirkte das Interieur in die Jahre gekommen und die ursprüngliche Eleganz ein wenig angestaubt. Trotzdem strahlte die Räumlichkeit eine Atmosphäre aus, in der man sich wohlfühlte, wenn auch den Sofas anzumerken war, dass sich auf dem schwarzen Leder schon viele leicht bekleidete Mädchen neben betuchten Herren gerekelt hatten. Zur Stimmung trug auch bei, dass über allem immer ein abgestandener Rauch, vermengt mit Parfümduft, hing.

Von Anfang an war zu beobachten, dass Mama-san dieses Reich beherrschte. Einerseits lag es an ihrer Routine im Umgang mit den Mädchen und den Gästen, andererseits auch daran, dass die Bar eng und damit gut überschaubar war. Die Einrichtung war so, dass es auch im Halbdunkel nicht schwerfiel, alles im Auge zu behalten.

Die Lokalität bestand aus einem langgestreckten Raum, auf der einen Seite mit einer Theke und Barhockern davor, auf der anderen Seite mit Sitznischen. Hinter der Theke war Mama-sans angestammter Platz, hier mixte sie ihre Cocktails und verteilte dazu kleine Imbisse, die sie immer schon im Kühlschrank fertig vorbereitet hatte. Gegenüber gab es drei Sitzecken mit Ledergarnituren, in der Mitte ein U-förmiges und in den Ecken zwei L-förmige Sofas um niedrige Tischchen. Es waren keine Separees im eigentlichen Sinn, doch die Sitzgruppen waren durch Vorhänge getrennt, sodass man sich, wenn es dort freizügiger zuging, durch Blicke von nebenan nicht gestört fühlen musste. Die Gäste, die auf den Barhockern saßen, wandten dem Geschehen den Rücken zu, und nur Mama-san hatte so als Einzige von der Theke aus in alle Nischen Einblick und konnte so den Überblick bewahren.

Die Gäste, die einzeln kamen, bevorzugten die Theke, weil sie dort mit Mädchen flirten, aber auch wie in einer Karaokebar mit ihnen Schlagerduette singen konnten. An besonderen Abenden brachte das alle in Stimmung, und die Mikrophone zirkulierten dann auch in den Sitzecken von Hand zu Hand. Das kam aber nicht allzu oft vor, und Yuka hörte ich ganz selten singen. Sie hielt sich für unmusikalisch und hasste es, sich vor anderen produzieren zu müssen. Meiner Meinung nach sang sie jedoch gar nicht schlecht. Ihre Singstimme klang ein wenig brüchig, aber gerade darum anrührend. An ruhigen Abenden, an denen nicht gesungen wurde, blieb jede Gruppe für sich, und es lief dann nur gedämpfte Musikberieselung per Lautsprecher.

In Verlängerung des Endes der Theke befand sich der offizielle Eingang zur Bar. Die Tür dort war nur von innen, nicht von außen zu öffnen. Wenn Gäste kamen, mussten sie draußen einen Knopf drücken, worauf drinnen ein optisches Signal anging, das nur Mama-san sehen konnte. Unter der Theke flammte dann ein Bildschirm auf, auf dem die Neuankömmlinge zu sehen waren. Kannte Mama-san wenigstens einen davon, betätigte sie den Türöffner und ließ alle ein, denn hin und wieder brachte ein Stammgast noch andere Leute mit. Es gab kein Türschild, nur ein angedeutetes Cognacglas als Symbol für Eingeweihte, denn nach Mama-sans Willen sollte das „Bourbon" ein Geheimtipp sein und bleiben. Deshalb stand draußen selten ein Unbekannter, und läutete doch mal einer an, der durch Flüsterpropaganda oder sonstwie darauf aufmerksam geworden war, reagierte Mama-san nicht. So konnte sie das Erscheinen unerwünschter Leute ignorieren, ohne dass man in der Bar etwas davon merkte, denn auch ein Klopfen wäre durch die massive Tür nicht zu hören gewesen.

Seit ich im „Bourbon" *Guardman* war, wurde die Gepflogenheit etwas modifiziert. Mama-san wollte vor den Gästen demonstrieren, dass sie nun andere Saiten aufgezogen hätte. So gab sie mir bei jedem neu ankommenden Gast mit den Augen einen Wink, und ich sollte dann durch ein Fischauge einen Blick hinauswerfen, bevor ich die Tür öffnete. Letztlich fungierte ich dabei aber nur als Staffage, denn Mama-san gab die Kontrolle nicht aus der Hand. Wozu auch? Sie kannte ihre Pappenheimer und wusste, wer draußen stand, daher entschied nach wie vor sie selbst, wen sie einlassen wollte und wen nicht. Sie sperrte auch schon mal frühere Gäste aus, die sich danebenbenommen hatten, aber meist war das nicht auf Dauer. Neue Besucher, die sich anständig betrugen, waren dagegen jederzeit willkommen, denn zu Mamasans erstaunlichen Fähigkeiten gehörte, dass sie nie ein Gesicht vergaß. Sie wusste bei jedem, ob er schon mal da gewesen war oder nicht, und mochte das auch Jahre her sein.

So änderte sich seit meinen Jobantritt in der Bar im Grunde nichts, es blieb alles beim Alten. Die Stammgäste, die mich zum ersten Mal sahen, waren zwar immer überrascht, wenn ich ihnen öffnete. Und wenn Mama-san mich dann als neuen *Guardman* vorstellte und dabei auf meine Karatefähigkeiten verwies, wollte an manchen Abenden gar keine rechte Stimmung aufkommen. Doch das änderte sich in kurzer Zeit. Die Gäste, die mich vom Sehen kannten, gewöhnten sich bald an mich, und wenn ihnen der Alkohol die Zungen löste, begannen sie vor den Mädchen mit Witzeleien über den *Gaijin*, den Ausländer, der immer so einsam und verlassen an der Theke saß. Es sprach sich nämlich herum, dass auf Mama-sans Geheiß in meinem Whiskyglas nur Oolong-Tee war. Aber ich tat so, als würde ich die Witze nicht verstehen, und so galt ich bei den Stammgästen bald als harmlos. Nur Leute, die eher selten kamen, hatten Respekt vor mir, und das war ganz in Mama-sans Sinn. Es sollte so aussehen, dass jemand da war, der, falls nötig, für Ordnung sorgen würde. Und so trug meine Anwesenheit allein dazu bei, dass alles ruhig blieb, ich brauchte nie handgreiflich zu werden.

Unangenehm für mich war eher, dass ich in Bezug auf den Umgang der Gäste mit den Mädchen immer unbeteiligt tun musste. Auch wenn ich von meinem Platz an der Theke dem Geschehen auf den Sitzgruppen den Rücken zuwandte, entging mir, speziell was Yuka betraf, nichts. Ich hatte bald heraus, welche Gäste, wenn sie einen in der Krone hatten, dazu neigten, sich Freiheiten herauszunehmen. Doch als ich Mama-san einmal darauf ansprach, wiegelte sie ab und gab mir den Rat, mir in solchen Fällen die drei Affen von Nikkō zum Vorbild zu nehmen. Mama-san griff nur ein, wenn es einer zu weit trieb, sonst überließ sie es den Mädchen selbst, ob sie sich anfassen ließen.

Yuka hatte sich inzwischen den Gepflogenheiten in der Bar angepasst und ließ sich auch Dinge gefallen, die sie sich früher strikt verbeten hätte. Mir ging vor allem ihr künstliches naives Gehabe, das sie im Umgang mit den Gästen an den Tag legte, auf die Nerven. Auf Mama-sans Rat hin sprachen die Mädchen mit höherer Stimmlage als normal, weil sie das kindlicher und unbedarfter wirken ließ. Daran hielt sich auch Yuka, und mithilfe von Make-up und Frisur machte sie sich jünger, als sie war.

Mama-san selbst spielte das Spiel nicht mit. Sie sprach mit rauchiger Stimme, und abgesehen von ihrer Perücke versuchte sie nicht, ihr Alter zu verbergen. Sie wirkte daher im Gegensatz zu ihren Mädchen sehr gesetzt und wie der ruhende Pol in der Bar. Doch auch sie hatte ihre Lektion gelernt, ihr wahres Wesen zeigte sie nie. Wenn sie sich mit Gästen unterhielt, redete sie ihnen stets nach dem Mund und ging nur auf das ein, was ihr Gegenüber äußerte. Wenn einer gegangen war und der Nächste kam, konnte sie im Gespräch mit dem das genaue Gegenteil von dem sagen, was sie zuvor geäußert hatte. Ihren Mädchen gegenüber vertrat sie ihre Standpunkte sehr bestimmt, doch vor den Gästen hielt sie sich zurück und agierte sehr diplomatisch, um nicht zu sagen opportunistisch. Dieses Verhalten färbte natürlich auf die Mädchen ab, nicht zuletzt auf Yuka, obwohl sie in ihrer Anfangszeit im Ruf stand, Gästen auch mal zu widersprechen und ihnen ein wenig frech zu kommen.

★★★

An Abenden, die in der Bar wie gewohnt abliefen, fühlte ich mich bald wie das fünfte Rad am Wagen. Je länger sich die Nächte hinzogen, umso langweiliger wurde mir. Noch dazu, weil es außer Tee nichts zu trinken gab. Mama-san vergönnte mir keinen Tropfen. Nicht, dass sie mich für einen Trinker hielt, aber sie hatte mit ihrem früheren Lebensgefährten schlechte Erfahrungen gemacht. Als sie hier anfing, führte sie die Bar mit ihm, und er war Abend für Abend an der Theke beschäftigt. Mama-san hatte damals weniger Mädchen und saß daher selbst oft bei den Gästen, während sich ihr Partner um den Rest kümmern musste. Dabei bediente er sich gerne an den Spirituosen, die er auszuschenken hatte. Mama-san sah anfangs darüber hinweg, erst als sie die Folgen bemerkte, versuchte sie einzuschreiten, doch da war es bereits zu spät. Er verfiel der Trunksucht und war am Ende zu nichts mehr zu gebrauchen. Da es im Suff auch vorkam, dass er mit Gästen Streit anfing, musste ihn Mama-san schließlich sogar aus dem Lokal verbannen. Und in seinen einsamen Nächten daheim soff er sich endgültig zu Tode. Als ich über Umwege davon erfuhr, konnte ich nachfühlen, was in ihm vorgegangen war, und verstehen, dass mir Mama-san ein ähnliches Schicksal ersparen wollte. Denn das war wohl der hauptsächliche Grund, warum sie mir jeden Tropfen Alkohol vorenthielt, solange ich als *Guardman* in der Bar saß.

Um mir die Langeweile zu vertreiben, unterhielt ich mich anfangs mit den Mädchen, die gerade nichts zu tun hatten. Doch der *Small talk*, auf den sie alle konditioniert waren, ödete mich mit der Zeit an. Das erste und zweite Mal war es ganz reizvoll, aber am Ende war es eine Unterhaltung wie jede andere. Obwohl ich kein Gast war, redeten sie mit mir genauso wie mit den Gästen und täuschten Interesse für Dinge vor, die sie überhaupt nicht interessierten. Es ging ihnen nur darum, ihren Gesprächspartnern die Zunge zu lockern, aber von sich selbst gaben sie nichts preis. Wenn ein Mädchen doch einmal etwas über sich erzählte, konnte man davon ausgehen, dass es eine frei erfundene Geschichte war. Dementsprechend nichtssagend verliefen die Gespräche, spätestens beim dritten Mal hörte man nichts Neues mehr. Das war auch vice versa so, denn sobald ich die üblichen Fragen nach dem Karate oder wie mir das Leben in Japan gefiele, wie ich japanische Frauen fände und so weiter, beantwortet hatte, ging uns der Gesprächsstoff aus. Allenfalls konnten wir uns noch über japanisches Essen unterhalten, was mir schmeckte und was nicht. Doch bei den Themen, die sonst übrig blieben, zum Beispiel gerade aktuelle Skandale und Skandälchen irgendwelcher japanischer Prominenter, musste ich passen, denn da konnte ich nicht mitreden.

Mir fiel daher der Verzicht auf solches Geschwätz leicht. Ich beobachtete stattdessen lieber die Mädchen, wenn sie mit den Gästen zusammen waren. Das war nur aus den Augenwinkeln möglich, aber es gelang mir bald so wie Mama-san, meine Augen und Ohren überall zu haben, auch wenn sich die Szene hinter meinem Rücken abspielte. So konnte ich alles überblicken, was in der Bar vorging, ohne dass sich die Gäste kontrolliert fühlten. Vor allem in Bezug auf Yuka entging meinen scharfen Blicken und spitzen Ohren nichts. Ich perfektionierte meine Methode sogar so weit, dass es selbst Yuka nicht bemerkte. Dabei tat ich nicht nur äußerlich unbeteiligt, sondern vermied es auch, sie hinterher auf Dinge, die ich mitbekommen hatte, anzusprechen. So konnte ich sie im Fokus behalten, ohne dass sie Verdacht schöpfte, und ich brachte mehr über ihren Umgang mit den Gästen in Erfahrung, als sie ahnte.

Ich neigte nie zu übertriebener Eifersucht. Außerdem war mir klar, dass ihr Flirten mit den zumeist älteren Herren zu ihrem Job gehörte. Solange ich diese halbseidene Welt nicht aus eigener Anschauung, sondern nur aus ihren Schilderungen kannte, hatte ich zum Teil ganz falsche Vorstellungen davon. Das lag daran, dass Yuka mir gegenüber immer nur Ereignisse erwähnte, die sie in einem besonderen Licht erscheinen ließen. Sie stellte sich nämlich gern als Opfer dar, als eine, die nicht in diesen Kreis gehörte, sondern die es nur unter dem Zwang der Umstände dorthin verschlagen hätte.

Doch seit ich Abend für Abend in der Bar saß, begann ich sie mit anderen Augen zu sehen. Es lag ein Widerspruch zwischen ihrer Selbstsicht und ihrem Verhalten. Mir gegenüber hatte sie immer so getan, als müsste sie sich für etwas hergeben, was ihr eigentlich zuwider wäre. Doch wenn ich sah, wie sie die Gäste in der Bar behandelte und wie sie dabei in ihrem Job aufging, kamen mir Zweifel an ihrer Darstellung. Zum Teil war ihr Getue nur gespielt, aber ihr Charme und ihr Humor wirkten authentisch. Jetzt erst verstand ich, warum sie in der Bar so beliebt war. Äußerlich unterschied sie sich kaum von den anderen Mädchen, alle waren von der Schminke bis zu ihrem Gehabe Mamasans gelehrige Schülerinnen. Alle hatten das Motto verinnerlicht: Wenn eine auf den Strich geht, darf ihr nichts gegen den Strich gehen. Doch im Gegensatz zu einigen Mädchen, die sich in gewissen Situationen tatsächlich unwohl zu fühlen schienen, was daran erkennbar war, dass sich bei ihnen ein falscher Ton einschlich, zum Beispiel ein Lachen zu gezwungen klang, eine Reaktion zu gespielt wirkte, ließ sich Yuka nie etwas anmerken. Die Verstellung war ihr zur zweiten Natur geworden. Ihr anfängliches Problem, mit anzüglichen Gästen nicht klarzukommen, schien sie völlig überwunden zu haben. Dazu kam, dass manche Mädchen sich auf eine Rolle festlegten, sie spielten die Naive oder den Backfisch, der immer kicherte, andere gaben sich lieber lasziv. Yuka dagegen hatte so etwas nicht nötig, sie konnte sich wie traumwandlerisch in Ton und Verhalten jedem Gast anpassen. Mich irritierte das bisweilen, denn: Ohne es mir offen einzugestehen, kam es mir so vor, als ob sie, wenn sie es darauf anlegte, jedem etwas vorspielen könnte, auch mir. Das Gefühl, dass sie es ausgerechnet mit mir ehrlich meinte, geriet dadurch ins Wanken. Es schien ihr ureigenstes Wesen zu sein, anderen gefällig zu sein, weil sie immer allen gefallen wollte.

Wenn ich mich bei solchen Gedanken ertappte, glaubte ich, ihr aber auch wieder unrecht zu tun. Wenn ich mir in Erinnerung rief, wie schlecht sie mich manchmal behandelte, hielt ich das für den Beweis, dass sie auch aufrichtig sein und ihre wahren Gefühle zeigen konnte. Aber ganz überzeugte mich das Argument selbst nicht, sodass ich mir sagte: Wahrscheinlich lag es daran, dass sie so erzogen wurde.

Es war nicht so sehr charakterliche Falschheit, sondern vielmehr ein ständiges Changieren wie ein menschliches Chamäleon, das ihr zur zweiten Natur geworden war. Sogar wenn sie tatsächlich einmal Farbe bekennen wollte, wirkte es bei ihr wie eine Pose. Sie konnte nicht aus ihrer Haut heraus, denn so paradox es klang, hätte sie sich anders verhalten, wäre sie nicht mehr sie selbst gewesen. Sie war bei einem Gast so und beim Nächsten wieder anders, aber nie aus Launenhaftigkeit, sondern wie unbewusst gesteuert. Bei Mama-san war dieses Verhalten bewusstes Kalkül, bei Yuka schien es ihre innerste Veranlagung zu sein.

Seit ich Mama-san näher kannte, war nicht zu übersehen, wie sehr sich Yuka sie zum Vorbild nahm. Trotz aller Unterschiede in ihrem Wesen wirkte Yuka wie ihr verjüngtes Spiegelbild. Weniger hinsichtlich dessen, was sie sagte und tat, sondern wie sie sich in der Bar gab. In manchen Situationen erinnerte ihre Ausdrucksweise frappant an Mama-san. Einerseits lag es daran, dass beide aus der gleichen Region stammten, andererseits aber auch daran, dass Yuka ihre Rolle als designierte Nachfolgerin Mama-sans bereits angenommen hatte. Es stand zwar in Widerspruch zu dem, was sie sonst immer sagte, nämlich dass sie irgendwann einmal aus diesem Milieu aussteigen wollte. Doch inzwischen war ihr wohl selbst klar, dass der *Point of Return* längst überschritten war und sie kaum noch eine Chance auf einen anderen Beruf hatte. Aus ihrer Sicht war es daher gar nicht unklug, sich die Option, in Mama-sans Fußstapfen zu treten, offenzuhalten.

Für unsere Zukunft war das aber keine verlockende Aussicht. Das Deprimierende daran war, dass ich so tagtäglich vor Augen geführt bekam, was aus ihr in dreißig Jahren werden könnte. Wenn Yuka eines Tages genauso wäre wie ihr Vorbild, würde mir dann auch so ein Schicksal wie das von Mama-sans Lebensgefährten blühen? Das zu Ende zu denken, war kein schöner Gedanke.

★★★

Je länger ich dabei war und je tieferen Einblick ich in den Barbetrieb gewann, desto mehr hatte ich den Eindruck, dass da irgendetwas falsch lief. Zwar versuchte mich Mama-san aus allem Geschäftlichen rauszuhalten, dennoch bekam ich einiges mit. Aus Andeutungen Yukas ergab sich, dass Mama-san Kontakt zu Leuten von der *Yakuza* hatte, und es drängte sich mir der Verdacht auf, dass einige davon als Gäste in der Bar verkehrten. Ich war dabei nur auf Mutmaßungen angewiesen, welche Leute das sein könnten, denn weder Yuka noch Mama-san wollten mir darüber näheren Aufschluss geben. Aufgrund eigener Beobachtungen fiel mir jedoch ein Typ auf, bei dem ich mir ziemlich sicher war. Er ließ sich nur selten blicken, und wenn, kam er meist erst zu vorgerückter Stunde, genoss dann aber immer die besondere Aufmerksamkeit Mama-sans.

Er war auch der Einzige von den Gästen, der sich nicht über meine Anwesenheit wunderte. Wie es schien, hatte ihn Mama-san im Voraus über den Zweck meines Hierseins informiert.

Meist saß er an der Theke und unterhielt sich ausschließlich mit Mama-san, als ob er an den Mädchen gar nicht interessiert wäre. Nach ein oder zwei Drinks verschwand er wieder, als hätte er nur nach dem Rechten gesehen und sich dabei vergewissert, wie das Geschäft läuft. In den seltenen Fällen, in denen er länger blieb, verlangte er ab und zu auch nach Yukas Gesellschaft, und selbst wenn die gerade bei anderen Gästen saß, genügte ein Wink Mama-sans, dass sie sich erhob und sich dem neuen Gast widmete. Keinem außer ihm wurde solch ein Privileg zugestanden, dass er ein Mädchen, das schon engagiert war, einfach so zu sich holen konnte. Aber so unwirsch die Gäste bei jedem anderen reagiert hätten, bei dem Typen ließen sie es sich gefallen.

Mehrmals versuchte ich herauszufinden, wer das war und was hinter seiner bevorzugten Behandlung steckte. Doch sowohl Yuka als auch Mama-san gaben mir nur ungern Auskunft. Was mich stutzig machte, war, dass beide unisono leugneten, sie würden diesem Gast größere Aufmerksamkeit schenken als anderen. Dabei war es für jedermann ersichtlich, wie devot sich Mama-san ihm andiente, sobald er die Bar betrat. Aber sie glaubte offenbar, ich hätte von japanischen Gepflogenheiten so wenig Ahnung, dass sie mir jeden beliebigen Bären aufbinden könnte. Bei Yuka konstatierte ich dagegen eher ein distanziertes Verhalten, und ich hatte den Eindruck, dass sie mir aus Angst nicht alles sagen wollte.

Der Gipfel war, dass sie einmal vor meinen Augen mit dem Typen aus der Bar verschwand, ohne mir irgendeine Andeutung zu machen. Erst sah es so aus, als ginge Yuka mit ihm nur hinaus, um sich draußen von ihm zu verabschieden, was schon mal vorkommen konnte. Doch als sie nicht mehr zurückkehrte, fragte ich Mama-san, was da gespielt wurde, und die antwortete mit aufgesetzter Unschuldsmiene, sie wüsste auch nichts Näheres, wahrscheinlich wäre Yuka aufgefordert worden, den Gast noch in ein anderes Lokal zu begleiten.

Mir war natürlich klar, dass ich ausgebootet werden sollte, um das *Tête-à-tête* der beiden nicht zu stören. Im Nachhinein erschien es mir auch entlarvend, wie peinlich es Yuka war und dass sie den Blickkontakt vermieden hatte, als sie bei ihrem Abgang mit dem Kerl an mir vorüberkam. Mama-san hätte so ein Verschwinden nie akzeptiert, wenn sie nicht eingeweiht gewesen wäre. Da sie merkte, dass mich ihre Erklärung nicht zufriedenstellte, bat sie mich, ruhig zu bleiben und keinen Skandal zu machen, sie würde mir später alles sagen. So ließ ich mich einwickeln und machte, solange noch Gäste in der Bar waren, gute Miene zum bösen Spiel.

Doch kaum waren alle draußen, stellte ich Mama-san zur Rede. Sie glaubte, mich austricksen zu können, indem sie mit der Masche kam, Yuka hätte die Bitte des Gastes nicht ablehnen können. Auf diese Art und Weise für dumm verkauft zu werden, reizte mich noch mehr, doch auf meine Nachfragen drehte sie mir dauernd die Worte im Mund um und tat so, als wäre die Sache zu kompliziert, um sie einem Nicht-Japaner zu erklären. Ich sagte ihr aber ganz offen, dass ich diesen Mann für einen Gauner mit Verbindung zur *Yakuza* hielte, der sie finanziell in der Hand hätte und dem sie Yuka auslieferte, um ihn gnädig zu stimmen. Es mochte sein, dass ich ein wenig zu viel hineininterpretierte, aber das Faktum, dass sie ihm immer eine Sonderbehandlung angedeihen ließ, konnte sie nicht bestreiten. Sie versuchte nur spitzfindig wegzudisputieren, dass er von der *Yakuza* wäre, indem sie behauptete, die *Yakuza* als solche gäbe es gar nicht mehr, die wäre längst von der Polizei zerschlagen worden.

Da die Diskussion zu nichts führte, gab ich es auf und hoffte, später von Yuka mehr dazu in Erfahrung zu bringen. Es war das erste und einzige Mal, dass ich mit Mama-san aneinandergeriet, aber sie blieb erstaunlich ruhig und nahm mir mein aufbrausendes Gebaren nicht übel. Sie konnte wohl nachvollziehen, dass meine Sorge Yuka galt und ihre anfängliche Reaktion nicht dazu beitrug, mich zu beruhigen. Sie hatte mich nämlich erst dadurch so richtig wütend gemacht, weil sie so tat, als verstünde ich von all dem nichts. Erst nachdem sie einsah, dass sie mich so nicht abfertigen konnte, zeigte sie sich konzilianter. Wohin Yuka mit dem Kerl gegangen war, bekam ich trotzdem nicht aus ihr heraus, und mich auf eigene Faust auf die Suche zu machen, wäre sinnlos gewesen. So blieb mir nichts anderes übrig, als allein nach Hause zurückzukehren, dort verkroch ich mich auf mein Zimmer und wartete auf Yuka.

★★★

Es war ein Wechselbad der Gefühle, durch das ich in jenen Stunden ging. Angst um sie und Eifersucht hielten sich dabei die Waage. An Schlaf war nicht zu denken. In meiner ersten Wut hatte ich mir noch geschworen, sobald sie heimkäme, kein Blatt vor den Mund zu nehmen und sie mit all den Vorwürfen zu konfrontieren, die mir seit Langem im Kopf herumspukten. Doch im Laufe der Zeit überwog meine Sorge um sie, und am Ende hoffte ich nur noch, dass sie überhaupt wiederkommen würde.

So verbrachte ich eine einsam durchquälte Nacht. Erst als ich frühmorgens einen Schlüssel im Schloss hörte, fiel mir ein Stein vom Herzen. Sie kam allein. Eine Weile blieb sie noch unten, offenbar zog sie sich um und schminkte sich ab. Doch dann kam sie herauf zu mir. Normalerweise tat sie das selten, aber wahrscheinlich hatte sie selbst ein schlechtes Gewissen oder war von Mama-san vorgewarnt worden.

Ich stellte mich schlafend, doch als sie zu mir unter die Decke schlüpfte und mich umarmte, gelang es mir nicht länger, die Pose aufrechtzuerhalten. Ich tat so, als hätte sie mich geweckt und fragte sie, woher sie zu dieser frühen Stunde käme. Sie antwortete erst ausweichend, nannte dann aber einen Klub. Was sie dort mit dem Kerl getrieben hatte, danach fragte ich nicht weiter, das konnte ich mir denken. Ich überwand meine Verstimmung und fügte mich in das Unvermeidliche, denn es war sinnlos, ewig die beleidigte Leberwurst zu spielen.

Erst küssten wir uns, dann liebten wir uns. Und erst später gestand ich ihr, was für Ängste ich um sie letzte Nacht ausgestanden hätte. Sie meinte, es täte ihr leid, aber der Typ wäre gestern so aufdringlich gewesen, dass sich weder eine Gelegenheit ergab, ihn abzuweisen, noch, sich mir näher zu erklären. Sie bestätigte mir auch, dass ich mit meinem Verdacht richtig gelegen hätte. Mama-san hatte sie gebeten, ihm zu Gefallen mitzugehen, denn die Existenz des „Bourbon" hinge von seinem *Good Will* ab.

Er hatte mithilfe dubioser Gelder kürzlich eine Bar neu eröffnet, da aber dort das Geschäft nicht so gut lief, versuchte er Mama-san als Teilhaberin zu gewinnen, weil sie angeblich so gut wüsste, wie man eine Bar führt. Mama-san vermutete aber, dass es ihm nur darum ging, ihre Mädchen zu übernehmen und sie als Konkurrentin auszuschalten. Obwohl sie sich im Klaren darüber war, dass sie bei einer Fusion nur verlieren konnte, hatte sie nicht den Mut, ihm offen eine Absage zu erteilen. Sie fürchtete, dass er, wenn es hart auf hart gehen sollte, nicht zögern würde, ihre Bar zu ruinieren. Darum fasste sie ihn nur mit Samthandschuhen an und reagierte hinhaltend, um ihn durch eine offene Ablehnung nicht zu reizen. Und da er auch nach Yuka seine Fühler ausstreckte, hatte Mama-san sie gebeten, ihr Spiel mitzuspielen und ihn besonders zuvorkommend zu behandeln.

Yuka ging darauf ein und schenkte dem Typen Gehör, wenn auch zähneknirschend, denn sie konnte genauso wenig wie Mama-san ein Interesse daran haben, dass das „Bourbon" plattgemacht würde. So versuchten sich beide durchzulavieren, um ihn zu beschwichtigen, damit er seine Forderungen nicht noch aggressiver vortrug. Da sich Mama-san auf Yukas Loyalität verlassen konnte, ging sie auf diese Weise kein Risiko ein. Auf andere Mädchen war da weniger Verlass, denn es waren in den letzten Monaten schon einige abgesprungen. Würde man ihr auch ein Zugpferd wie Yuka abwerben, bestünde die Gefahr, eine große Zahl von Stammgästen zu verlieren, und das wäre das Ende des „Bourbon".

Ob alles wirklich so war, wie Yuka es darstellte, entzog sich meiner Beurteilung. Ich hatte zwar mitgekriegt, dass einige Mädchen weggegangen waren und Mama-san darüber nicht erfreut war, aber ich wusste bislang nicht, was dahintersteckte. Yuka sagte mir auch, der eigentliche Grund, warum Mama-san mich als *Guardman* engagiert hätte, wäre der gewesen, dem Kerl zu verstehen zu geben, dass er nicht zu weit gehen dürfte, denn sie würde nicht so leicht aufgeben. Säße ich nicht Abend für Abend in der

Bar, hätte er unter Umständen noch zu ganz anderen Mitteln gegriffen. Ich hatte zwar nicht den Eindruck, dass ihn meine Anwesenheit sonderlich störte, aber es schmeichelte mir nicht wenig, dass meine Rolle dadurch in Yukas Augen so aufgewertet wurde.

Sie war an jenem Morgen so zärtlich wie schon lange nicht mehr. Es war wie in den ersten Tagen, nachdem ich bei ihr eingezogen war. In der Zeit danach hatte sich unser Verhältnis nämlich ziemlich abgekühlt, sodass ich das Gefühl bekam, als wäre ich ihr ganz gleichgültig. Doch hin und wieder gab es Phasen, wo sie meine Vernachlässigung wiedergutzumachen suchte und sich sehr um mich bemühte. Um ihre liebevolle Zuwendung nicht aufs Spiel zu setzen, ließ ich mich nicht nur versöhnen, sondern auch dazu überreden, mich bei Mama-san für mein gestriges Verhalten zu entschuldigen.

Es widerstrebte mir zwar, bei der Kupplerin zu Kreuze zu kriechen, weil ich von der Richtigkeit meiner Vorwürfe überzeugt war, trotzdem leistete ich schon am nächsten Abend in der Bar bei Mama-san Abbitte. Sie nahm meine Entschuldigung großmütig an und meinte, sie hätte für meine Situation Verständnis, fügte aber hinzu, dass ich lernen müsste, Privates und Berufliches zu trennen. Wenn ich erst länger bei ihr wäre, würde ich die Regeln, nach denen es in dieser Branche abliefe, schon besser verstehen. Sie hätte mich bisher in meinem eigenen Interesse nicht über alle Hintergründe aufgeklärt, aber von nun an wollte sie mich tiefer ins Vertrauen ziehen.

Das klang zwar sehr verbindlich, aber ich glaubte nicht, dass sie es ernst meinte und sich ihr Verhalten mir gegenüber grundsätzlich ändern würde. Es hörte sich eher so an, als ob sie sich eine neue Taktik zurechtlegte, um mich weiterhin zu manipulieren. Es war mir klar, dass in diesem Milieu alle käuflich waren, in der Hinsicht konnte mir auch Yuka nichts vormachen. Am Anfang hatte sie sich vielleicht noch gewehrt und sich nicht mit jedem eingelassen, aber die Zeiten waren längst vorbei. Inzwischen hatte auch sie die Anforderungen ihres Berufs verinnerlicht, und sie belog sich nur selbst, wenn sie so tat, als wäre dem nicht so.

Mir diese Erkenntnis einzugestehen, war nicht angenehm, denn es betraf auch mich. Fast bereute ich es, mich zur Arbeit in der Bar überreden lassen zu haben. Denn ich sah die Gefahr, dass ich dadurch wie Yuka aufgrund von Sachzwängen in Abhängigkeiten geraten könnte. Allerdings ergab sich dadurch die Chance, auch in langen Nächten ein Auge auf sie zu haben, und auf sie aufzupassen, was ja mein eigentliches Ziel gewesen war, als ich den Job annahm. Dafür musste ich persönliche Befindlichkeiten zurückstellen und – in der Hinsicht hatte Mama-san recht – Privates und Berufliches trennen. Auch wenn mir Yukas Verhalten missfiel und ich die Art, wie sie mit dem Kerl, ohne mir was zu sagen, einfach verschwunden war, als demütigend empfand, durfte ich eifersüchtigen Regungen nicht nachgeben.

★★★

Auf dem Foto, das die Medien später veröffentlichten, machte der Mann nicht unbedingt den Eindruck, als gehörte er zur *Yakuza*. Er posierte vor der Kamera lässig wie ein Schauspieler und wirkte nicht unsympathisch. Laut Zeugenaussagen täuschte seine äußere Erscheinung jedoch über seinen Charakter hinweg. Gegenüber gewaltbereiten Männern zog er sofort den Schwanz ein. Bei Frauen konnte er aber, wenn er es darauf ankommen lassen wollte, sehr brutal und rücksichtslos sein. Sein gutes Aussehen war seine Tarnung und dabei auch seine gefährlichste Waffe, denn auf den ersten Blick traute man ihm keine große Schlechtigkeit zu, man hielt ihn höchstens für einen Schwerenöter. Darum wurde er von seinen Opfern meist unterschätzt. Sie merkten erst dann, mit wem sie es zu tun hatten, wenn es zu spät war.

Die meisten Mädchen, die er für sich arbeiten ließ, hatte er anfangs über seine wahren Absichten getäuscht. Ohne Liebe zu heucheln, gelang es ihm auf andere Weise, sich in ihr Vertrauen zu schleichen. Sobald ihm eine auf den Leim gegangen war, ließ er jedoch die Maske fallen, nutzte ihre Schwächen aus und setzte sie entweder emotional oder finanziell unter Druck. Er hatte einen manipulativen Charakter, und es war nicht leicht, ihn zu durchschauen. Er genoss es, andere von sich abhängig zu machen, spielte gern den Boss, brüstete sich mit einflussreichen Freunden, und nicht wenige ließen sich von seinem Großtun täuschen. In Wahrheit war er aber immer nur der kleine Zuhälter aus seinen früheren Jahren geblieben. Mit der *Yakuza* war er schon in Kontakt gekommen, als er versucht hatte, einen erotischen Klub in Tokyo zu eröffnen. Er fing bereits mit hohen Schulden an, aber sein geschäftliches Unvermögen führte dazu, dass sie immer noch größer wurden. Als sie ihm schließlich über den Kopf wuchsen, übernahmen die Leute, von denen er sich das Geld geborgt hatte, den Laden. Man ließ ihn noch eine Weile den Chef spielen, weil er versprochen hatte, seine Schulden abzuarbeiten, aber eines Tages war es auch damit vorbei. Er konnte nämlich die Gewohnheit, immer dann, wenn er gerade Geld brauchte, in die Kasse zu greifen, nicht ablegen. Als man es merkte, wurde ihm die Gelegenheit dazu sehr schnell verbaut.

Man ließ ihn aber nicht ganz fallen, denn bei gewissen Geschäften wurde er noch als Strohmann gebraucht. Und eines Tages gab man ihm sogar noch eine zweite Chance, als er davon sprach, übers Internet einen Callgirl-Ring aufbauen zu wollen. Diesmal nicht in Tokyo, sondern in der Provinz, weil er glaubte, dort eher reüssieren zu können. Seine Oberen ließen ihm freie Bahn, und solange es sich nur um eine unauffällige Kontaktbörse handelte, ließ sich die Sache auch ganz gut an, denn da lief das Ganze noch unter dem Radar der Behörden.

Da nur von *Dating* die Rede war, meldeten sich anfangs Mädchen, die entweder etwas erleben wollten oder darin die Chance sahen, ihr Taschengeld aufzubessern. Erst später wurden auch semiprofessionelle Frauen angelockt, die sich an zahlungskräftige Männer vermitteln ließen. Die ersten Schwierigkeiten begannen damit, als herauskam, dass einige Mädchen falsche Altersangaben gemacht hatten und sie in Wirklichkeit noch zur Schule gingen. Dafür wurde aber nicht die Kontaktbörse verantwortlich gemacht, sondern die Männer, die sich mit den Schulmädchen eingelassen hatten.

Es gelang ihm, die ganz jungen Mädchen auszufiltern und nur mit denen weiterzumachen, die nicht von der gesetzlichen Altersgrenze betroffen waren. Dabei beließ er es aber nicht, sondern eröffnete auch wieder einen Klub. Allerdings verfiel er dort in seine alten Fehler, spielte sich als Boss auf und versuchte, die Frauen von sich abhängig zu machen. Mit der *Yakuza* im Rücken glaubte er, noch skrupelloser vorgehen zu können als früher. Das ging aber nur gut, solange er auf keine ernst zu nehmenden Gegner stieß.

Anfangs sah er im „Bourbon" nur eine lästige Konkurrenz, die er loswerden wollte. Zu dem Zweck versuchte er, Druck zu machen und ließ durchblicken, dass er nicht allein handelte, sondern potente Leute hinter ihm ständen. Als das nicht verfing, wechselte er die Taktik und bot sich als Teilhaber an. Er gab vor, mithelfen zu wollen, den Barbetrieb zu modernisieren, verfolgte dabei aber den Hintergedanken, die derzeitige Besitzerin bei passender Gelegenheit auszubooten. Doch zeitigten weder seine Erpressungs- noch seine Umarmungsversuche Früchte. Wäre er klug gewesen, hätte er sie als erfahrene Partnerin akzeptiert, sie verstand nämlich viel mehr vom Geschäft als er. Sie wusste, dass man in dieser Branche Vertrauen aufbauen musste. Ihre Gäste akzeptierten es, dass die Preise hoch waren, dafür konnten sie sich in der angenehmen Atmosphäre der Bar unbeschwert fühlen. Haben Gäste dagegen das Gefühl, dass sie übers Ohr gehauen und ausgenommen werden, dann kommen sie kein zweites Mal.

Er hatte irrtümlich geglaubt, das Geschäft im „Bourbon" liefe nur deshalb gut, weil das Lokal alteingesessen und darum konkurrenzlos war. Seine Bar stand dagegen von Anfang an im Ruf eines Abzockerlokals. Es gab draußen Reklame mit großformatigen Fotos der Mädchen, doch die Zahl der Gäste, die es dorthin verschlug, hielt sich in Grenzen. Viele kamen nur einmal, aber dann nicht wieder. Das kratzte an seinem Ego und führte dazu, dass er sich der Konkurrenz auf einen Schlag entledigen wollte, in der Hoffnung, dass danach sein Laden besser laufen würde.

★★★

Mama-san war schon lange im Geschäft, ihr Ratschläge erteilen zu wollen, wäre anmaßend gewesen. Meiner Meinung nach unterschätzte sie trotzdem die Gefährlichkeit dieses Mannes. Ich kannte ihn zwar nicht näher, wusste aber von Yuka, dass mit ihm nicht gut Kirschen essen war. Er gab sich gern umgänglich, doch wenn sich seinem Ziel etwas entgegenstellte, konnte er sehr ungemütlich werden. Mama-san musste eigentlich klar sein, dass er nur darauf aus war, sie aus dem Geschäft zu drängen. Sie aber tat so, als hielte sie es für möglich, sich mit ihm zu arrangieren.

Ich hatte von Yuka gehört, dass er schon vor meiner Zeit in der Bar wegen einiger Eskapaden bekannt war, und auch Mama-san gab zu, dass sie ihn für einen schwierigen Typen hielt. Trotzdem schien sie davon überzeugt, es würde ihr durch bevorzugte Behandlung gelingen, ihn handzahm machen. Ich hatte dagegen den Eindruck, dass er, statt sich zu mäßigen, durch das Tolerieren seines provokanten Verhaltens eher versucht war, auszureizen, was er sich noch erlauben könnte. Der Abend, an dem er mit Yuka einfach verschwand, war in meinen Augen eine gezielte Eskalation. Sein Auftreten wurde von Mal zu Mal unverschämter. Irgendwann würde man nicht umhinkommen, ihm seine Schranken aufzuzeigen.

Es war auch Yuka anzusehen, dass sie, sobald er in der Bar erschien, unsicher und nervös wurde. Sie hatte zwar Routine darin, ihre persönlichen Befindlichkeiten zu überspielen, aber an kleinen Gesten merkte ich es doch. Es lag auch daran, dass er unverhohlen Spaß daran hatte, sie zu verunsichern. So gut sie auch mit anderen Gästen umzugehen verstand, bei ihm wusste sie nie, woran sie mit ihm war. Eben noch bestens gelaunt, konnte er sich im nächsten Moment schon auf den Schlips getreten fühlen. Um es nicht zu Verstimmungen kommen zu lassen, behandelten ihn daher alle wie ein rohes Ei. Und obwohl mich Mama-san zum Schutz gegen seine Machenschaften als *Guardman* in die Bar geholt hatte, schärfte sie mir ein, bei ihm eher als bei anderen ein Auge zuzudrücken, denn er sollte auf keinen Fall den Verdacht haben, dass sich meine Anwesenheit gegen ihn richtete.

Er wusste aber wohl, was gespielt wurde und ließ es mich durch kleine Nadelstiche spüren. Direkt hatte ich mit ihm nie zu tun, ich begrüßte ihn durch ein Kopfnicken, wenn er kam, das war's. Doch wenn sich unsere Blicke kreuzten, las ich mitunter etwas in seinen Augen, das mich an das Dominanzverhalten mancher Gegner in früheren Kämpfen erinnerte. Es gab welche, die schon von Beginn an darauf aus waren, zu zeigen, dass sie die Chefs im Ring sind. Ohne dass noch ein Schlag gefallen war, versuchten sie, nur durch Blicke und Gesten ihr Gegenüber einzuschüchtern. Manche behielten die Pose sogar bei, nachdem sie Schläge hatten einstecken müssen, um zu signalisieren, die täten ihnen nicht weh. Doch bei anderen konnten unerwartete Treffer ihr Überlegenheitsgehabe sehr rasch ins Wanken bringen. Sie verloren dann die Beherrschung und ritten nur noch wilde Attacken. In solchen Phasen war es notwendig, kühlen Kopf zu bewahren, denn ließ man sich von ihrem Ungestüm anstecken, stand der Kampf sofort Spitz auf Knopf.

Es lag etwas im Blick dieses Typen, das mich vermuten ließ, dass er zu letzterer Kategorie gehörte. Er war einer von denen, die man besser nicht reizte, weil sie schnell die Nerven verlieren und sofort bereit sind, aufs Ganze zu gehen. Sollte er es wagen, in der Bar einen Streit vom Zaun zu brechen und handgreiflich zu werden, traute ich mir natürlich zu, Herr der Lage zu bleiben. Aber so weit bräuchte er es gar nicht kommen zu lassen, er hatte andere Möglichkeiten, mich zu treffen, nämlich über Yuka. Wenn Mama-san es zuließ, dass er mit ihr einfach verschwand, ohne dass ich wusste wohin, dann waren mir die Hände gebunden. Er bräuchte nicht einmal zu drohen, ihr etwas anzutun, es genügte, mir auf diese Weise seine Macht zu demonstrieren, um mich zum Stillhalten zu zwingen. Und das war wahrscheinlich auch der Sinn der ganzen Übung.

Als ich aber versuchte, Yuka dies klarzumachen, wiegelte sie in gewohnter Manier ab. So wie in früheren Gesprächen zog sie meine Bedenken ins Lächerliche. Auch als ich sie bat, sich und mich künftig nicht mehr in solch eine Lage zu bringen, weil ich ihr außerhalb der Bar nicht helfen könne, falls etwas passieren sollte, sagte sie, ich hätte keine Ahnung, wovon ich rede und sähe Gespenster. Erst als ich darauf eingeschnappt reagierte, bequemte sie sich dazu, einzulenken und sagte, sie rechne es mir hoch an, dass ich mir so viele Sorgen um sie machte, doch die Situation würde sich schon entspannen. Mama-san wüsste, was zu tun wäre, und in ein paar Wochen sähe alles wieder anders aus.

Für mich war es unverständlich, wie leichtfertig sie die Gefahr verdrängte. Sie hatte mir selbst erzählt, sie hätte manchmal das Gefühl, es könnte etwas Schreckliches geschehen. Wieso leugnete sie das nun wieder ab? Vielleicht steckte hinter ihrem duckmäuserischen Verhalten aber noch etwas anderes. Sie lebte immer in Angst, ihre Eltern könnten erfahren, wie sie ihr Geld verdiente. Es war möglich, dass sie in der Hinsicht erpresst wurde. Sie hatte mir erzählt, dass sie früher einmal ein schlimmes Erlebnis mit ihm gehabt, aber auf Mama-sans Rat hin ihn nicht bei der Polizei angezeigt hätte. Dahinter stand die Furcht, dass eine Anzeige sich am Ende gegen sie wenden könnte. Vielleicht wollte sie mich aus dem gleichen Grund vor einer Konfrontation mit dem Typen bewahren, weil ein Skandal in der Bar in die Zeitung kommen und Staub aufwirbeln könnte. So versuchte sie, sich und mich zu beschwichtigen.

Wollte Yuka nicht verstehen, dass sie sich auf diese Weise dem Kerl quasi auf Gedeih und Verderb auslieferte? Oder lag es daran, dass sie in ihrem Job schon zu sehr abgestumpft war und darum das Risiko, das sie einging, unterschätzte? Bisher war, zumindest ihrer Darstellung nach, alles glimpflich abgegangen. Wenn sie das so sah, bedeutete es aber, dass sie das Leben, das sie nun schon seit Längerem führte, wohl stärker geprägt hatte, als ihr bewusst war. Es war ihr zu vieles bereits so in Fleisch und Blut übergegangen, dass sie es für normal hielt.

Ein auffälliges Beispiel dafür war, wie routiniert sie ihre diversen Handys handhabte. Sie besaß zwei oder gar drei, alle in unterschiedlichen Farben, behängt mit diversen Accessoires, und wenn ein Anruf kam, griff sie immer zum richtigen. Sie brauchte gar nicht aufs *Display* zu sehen, sie erkannte am Klingelton, ob man sie privat oder beruflich kontaktierte. Und je nachdem, auf welchem Handy sie angerufen wurde, passte sie ihre Stimme entsprechend an. So gelang es ihr mühelos, die verschiedenen Sphären, in denen sie verkehrte, auseinanderzuhalten.

Ich war außer Mama-san wohl der Einzige, dem sie, einige Schwindeleien abgerechnet, einen unverfälschten Einblick in ihr Leben gewährte. Obwohl sie mich nie ihren Eltern vorstellte, bekam ich, wenn sie mit ihrer Mutter telefonierte, auch familiäre Dinge mit. Dabei verblüffte mich die Selbstverständlichkeit, mit der sie ihre Eltern in einem ganz vertrauenswürdigen Ton anlog. So wurde mir klar, dass ihr Lüge und Verstellung immer zu Gebote standen, nicht nur gegenüber den Gästen in der Bar. Der Preis, den sie für ihr Doppelleben bezahlte, war der, dass sie eigentlich nie mehr ganz sie selbst war, sondern immer eine Rolle spielte.

★★★

Die Ursache, warum ich das Gefühl hatte, dass sich in der Bar etwas zusammenbraute, ging auf ein Ereignis zurück, das mir, obwohl Mama-san und Yuka es als unbedeutend abtaten, zu denken gegeben hatte. Es war wieder mal der *Yukaza*-Typ aufgetaucht, diesmal begleitet von einem Kerl in schwarzem Lederoutfit und mit glatt rasiertem Schädel. Seinem Benehmen nach schien er nicht der Hellste zu sein. Er trug eine getönte Brille, die er nicht mal in der schummerigen Bar abnahm. Und das Gehabe, mit dem er versuchte, Eindruck zu schinden, wirkte eher linkisch als martialisch.

Sein Boss schien sich an jenem Abend weder für Yuka noch für eines der anderen Mädchen zu interessieren. Der Auftritt, den er mit seinem Begleiter inszenierte, war offenbar nur für Mama-san und mich gedacht. Sie setzten sich an die Theke, und er begann, während Mama-san ihre Drinks mixte, eine Unterhaltung mit ihr. Er gab sich, als ob er heute etwas Wichtiges zu verkünden hätte, doch als ihm Mama-san anbot, mit ihm darüber im Büro zu sprechen, lehnte er ab. In der Hauptsache ging es ihm wohl nur darum, mit seinem Anhängsel, seinem *Tsukebito*, vor uns zu paradieren.

Er sagte, er hätte sich auch einen *Bodyguard* zugelegt, und als ihn Mama-san fragte, wozu er einen bräuchte, kam die Retourkutsche, dass sie ja auch einen engagiert hätte, ohne dass er wüsste warum. Mama-san wollte sich auf die Diskussion nicht einlassen, daher wechselte sie das Thema und fragte nach der Qualifikation seines *Bodyguards*. Als Antwort erfuhr sie, dass er bis vor Kurzem bei einem *Pink Salon* Türsteher gewesen war. Danach ging das Gespräch auf Belanglosigkeiten über, und der *Tsukebito*, der sich daran nicht beteiligte, sah sich in der Bar um. Mir fiel dabei auf, dass er meinen Blicken auswich, mich aber nichtsdestoweniger ständig aus den Augenwinkeln musterte. Offenbar war er instruiert worden, mich genauer in Augenschein zu nehmen.

Nach einer Weile erhob sich sein Chef und machte Anstalten zu gehen. Ich stand ebenfalls auf, um die beiden zum Ausgang zu begleiten. Bei der Tür blieben sie aber stehen, und der Chef gab seinem Wachhund einen Wink. Der stand vor mir, nahm eine geduckte Haltung an, wandte mir dabei aber demonstrativ den Rücken zu.

Mir kam das komisch vor, darum blieb ich auf der Hut. Und prompt drehte er sich einen Augenblick später um und versuchte, mich mit dem ausgestreckten Arm zu treffen. Geistesgegenwärtig trat ich einen Schritt zurück und wich dem Schlag aus. Mit einer weiteren Drehung um die eigene Achse versuchte er mir mit einem klassischen *Mawashi-kick*, einen Fußtritt gegen den Kopf zu versetzen. Hätte er getroffen, würde er mich damit unfehlbar zu Boden gestreckt haben. Doch mit einer Reflexbewegung war es mir gelungen, seinen Angriff mit dem Ellbogen abzublocken, wodurch er aus dem Gleichgewicht geriet, gegen die Theke krachte und dabei seine schicke Sonnenbrille verlor. In seinen Augen las ich Wut, aber auch Verunsicherung. Er hatte es sich wohl einfacher vorgestellt, mich außer Gefecht zu setzen.

Bisher hatte ich mich nur verteidigt, nun war ich im Begriff, zum Gegenangriff überzugehen, doch da schritt sein Boss ein, um mich davon abzuhalten. Er murmelte was wie „Nichts für ungut, war nicht so gemeint" und gab seinem *Pitbull* einen Wink, die Sache auf sich beruhen zu lassen. Der wollte sich erst noch nicht geschlagen geben, doch als ihn sein Chef an der Schulter nahm und ihm etwas ins Ohr flüsterte, hob er seine Brille, der jetzt ein Glas fehlte, vom Boden auf, warf mir noch einen giftigen Blick zu, trottete dann aber wie ein geprügelter Hund seinem Herrn nach.

Ich war verblüfft, dass die zwei meinten, sie könnten sich einfach so aus der Affäre ziehen. Doch noch mehr wunderte es mich, dass auch Mama-san ihnen diese Provokation wortlos durchgehen ließ. Nachdem die beiden draußen waren, wollte ich meiner Empörung Luft machen, aber Mama-san wiegelte sofort ab und meinte, ich sollte das Machogehabe des Kerls nicht so ernst nehmen. Der hätte nur sein Mütchen an mir kühlen wollen, aber sein Chef hätte ihn unter Kontrolle.

Ich sah die Sache etwas anders, mir schien das keine spontane Aktion, sondern ein gezielter Versuch zur Einschüchterung zu sein. Es sollte uns vorgeführt werden, dass sie jederzeit in der Bar Randale machen könnten. Der Zeitpunkt für die Drohung war gut gewählt, denn es war früher Abend, und es waren weder Gäste noch Mädchen in der Bar, so bekam kein Außenstehender etwas mit. Mama-san blieb aber dabei, dass der *Skinhead* nur darauf aus war, sich wichtig zu machen. Nicht einmal ein Lokalverbot wollte sie ihm erteilen, sondern die Sache mit seinem Chef unter der Hand regeln.

Mich ärgerte das, denn ich war überzeugt davon, dass der Angriff ein abgekartetes Spiel war, um meine Reaktion zu testen. Darum wurde ich Mama-san gegenüber etwas laut, sodass Yuka aus dem Pausenraum kam und wissen wollte, was los war. Mama-san erzählte ihr, was sich zugetragen hatte, tat das Ganze aber als Machogehabe unter Männern ab, sodass auch Yuka die Sache nicht weiter tragisch nahm. Ich versuchte zu widersprechen, doch musste ich es bleiben lassen, denn es erschienen die ersten Gäste, und der Abend nahm damit seinen gewohnten Lauf.

Erst spät in der Nacht, als alle wieder weg waren, nutzte ich die Gelegenheit, die Sache noch einmal aufs Tapet zu bringen. Ich konnte zwar Mama-san das Eingeständnis abringen, dass der *Bodyguard* wohl doch nicht nur auf eigene Faust gehandelt hätte, sondern dazu angestiftet worden war, aber sie sah darin keinen Grund zur Sorge. Denn erstens hätte ich die Situation bravourös gemeistert, und zweitens hätte sie mit seinem Chef schon telefoniert, und nach dessen Entschuldigung wäre die Affäre aus der Welt geschafft.

Damit wollte sie vor allem Yuka beruhigen, aber ich war nach wie vor empört, denn der Angriff steckte mir noch immer in den

Knochen. Es war zwar nichts passiert, aber die Sache hätte auch anders enden können. Ich wollte mich daher mit der angeblichen Entschuldigung nicht zufriedengeben. Es war keine Lösung, den Kopf in den Sand zu stecken, doch da Yuka Mama-sans Sicht übernahm, war es sinnlos, dagegen anzureden.

Ich fühlte mich auch noch auf der gemeinsamen Heimfahrt verstimmt und saß die ganze Zeit stumm im Wagen. Große Unterhaltungen führten wir nach langen Nächten in der Bar zwar nie, doch diesmal beklagte sich Yuka über meine Schweigsamkeit. Es war aber schwierig, ihr klarzumachen, was ich dachte. Zum einen hatte ich das Gefühl, dass dieses Ereignis nur ein Auftakt und damit zu rechnen war, dass etwas nachfolgen würde. Zum anderen wollte ich auch nicht als Schwarzseher erscheinen. Denn Mama-sans Strategie, so zu tun, als ob nichts gewesen wäre, hatte den Vorteil, dass Yuka, die leicht zu beeinflussen war, sich keine Sorgen um die Zukunft machte.

Yuka widerstand den Anwerbeversuchen des Typen, weil sie im „Bourbon" bleiben wollte. Sie wusste, dass sie sonst den letzten Rest von Freiheit, den sie sich bei Mama-san bewahrt hatte, dann auch noch verlieren würde. Doch ihre Taktik, ihn erst wochenlang hinzuhalten, um ihm am Ende doch abzusagen, war kontraproduktiv. Er würde es ihr mit Sicherheit übel nehmen, und zwar umso mehr, je länger er sich ein Ja erhoffte. Man brauchte kein Hellseher zu sein, um zu ahnen, dass er, wenn er sich ein Nein eingehandelt hatte, versucht sein könnte, sich dafür an ihr zu rächen. Yuka gab es ungern zu, aber ich wusste, dass sie Angst vor seiner unberechenbaren Art hatte, daher rührte auch ihr ambivalentes Verhalten.

Es war aber auch denkbar, dass der Typ über Bande spielte und seinen *Pitbull* heute Abend auf mich gehetzt hatte, um Yuka das Signal zu senden, dass er langsam die Geduld verlor. Sie war zum Zeitpunkt des Vorfalls nicht in der Bar, aber er konnte damit rechnen, dass sie erfahren würde, was geschehen war. In dem Fall wäre die Attacke gar nicht gegen mich gerichtet, sondern sollte in erster Linie für Yuka ein Schuss vor den Bug sein. Gerade darum durfte ich sie aber nirgendwo mehr allein hingehen lassen, sondern müsste sie fortan ständig im Auge behalten, um sie vor seinen Machenschaften zu schützen.

★★★

Früher hatte ich von der Existenz dieses Milieus in unserer Stadt keine Ahnung. Als ich Näheres dazu erfuhr, fühlte ich mich einerseits abgestoßen, empfand andererseits aber auch eine gewisse Faszination. Doch vieles von dem, was ich von diesem Gewerbe zu wissen glaubte, fußte nur auf Hörensagen, ich hatte keinen blassen Schimmer davon, wie es konkret zuging.

Die sogenannten *Love Hotels*, wie die Stundenhotels hießen, kannte ich bereits als Kind. Sie fielen meist schon durch ihre architektonische Gestaltung auf. Manche hatten leuchtend bunte Fassaden, aber blinde Fenster, bei anderen standen nackte Grazien im antiken Stil auf den Balkonen. Als Kind hatte ich überhaupt keine Vorstellung davon, worin sie sich von anderen Hotels unterschieden. Ich ahnte aber schon damals, dass es mit ihnen eine besondere Bewandtnis haben musste. Eins stand bei der Autobahnausfahrt nicht weit von unserem Haus in einer menschenleeren Gegend und wirkte auf mich wie ein verwunschenes Schloss. Wenn wir vorbeifuhren, sah ich dort so gut wie nie Leute. Es war zwar in Betrieb, doch alle Gäste schienen es tunlichst zu vermeiden, am Eingang gesehen zu werden. Wer doch in der Nähe beobachtet wurde, tat so, als hätte er sich nur zufällig hierher verirrt.

Es umgab dieses *Love Hotel* die Aura von etwas Verbotenem, was früh meine Neugierde weckte. Doch eine Aufklärung, was dort vor sich ging, erhielt ich nicht. Die Assoziation, die sich für mich mit dem Begriff *Love Hotel* verband, war irreführend, denn das Wort *Love*, wie es damals in meinen Ohren klang, meinte nicht das, was sich in den Zimmern hinter den blinden Fenstern tatsächlich abspielte. Erst als ich später den Begriff *Make Love* aufschnappte, kam ich der Sache näher. Die offizielle Begründung für die Existenz von *Love Hotels* war aber nach wie vor verschleiernd. Es wurde nämlich behauptet, dass sie jungen Paaren, die schon verheiratet oder zumindest verlobt wären, Räumlichkeiten zur Verfügung stellten, weil sie keine eigene Wohnung hätten, um einige Zeit zu zweit zu verbringen.

Es klang plausibel, in unserer Familie lebten wir auch in einem Drei-Generationen-Haushalt. Allerdings fiel es mir schwer, mir vorzustellen,

Mama und Papa würden in so ein *Love Hotel* gehen, um ein paar Stunden „zu zweit" zu verbringen. Es brauchte einige Jahre, bis mir klar wurde, dass die Erklärung nichts als Mystifikation war. Es ging um außereheliche Beziehungen, und es stiegen nicht nur Chefs mit ihren Sekretärinnen oder Hausfrauen mit ihren Fitness-Trainern ab, sondern es ließen sich auch junge Mädchen von ihren *Sugar Daddys* dorthin einladen.

In den *Love Hotels* lief alles ganz anonym ab, in den meisten Fällen bekam man überhaupt kein Personal zu Gesicht. Diese Art von Hotels wurde wegen ihrer Diskretion geschätzt. Es gab welche, die von der Parkgarage aus einen eigenen Zugang zu den Zimmern hatten. Man stieg aus dem Auto und kam über eine Treppe ungesehen ins Gästezimmer. Und wenn es doch so etwas wie eine Eingangslobby gab, konnte man dort anstatt an einer Rezeption auf einem Bildschirm anhand von Fotos die gewünschte Zimmerausstattung wählen. Die Schlüssel holte man sich an einem Automaten, und wenn man Getränke oder kleine Speisen bestellte, wurden die von flinken Händen durch eine Klappe ins Zimmer geschoben.

Und weil alles immer so diskret ablief, waren *Love Hotels* natürlich auch ideale Orte für Geheimprostitution, obwohl das nie offen zugegeben wurde. Zum einen wollten die *Love Hotels* ein Image als Stundenhotels vermeiden, zum anderen existierte Prostitution offiziell gar nicht. Im alten Japan war sie zwar weit verbreitet, aber seit der Nachkriegszeit illegal. Es gab stattdessen *Soap Lands, Pink Salons* und andere sogenannte *Fuzoku Clubs*, in denen Männer die Dienste junger Frauen in Anspruch nehmen konnten. Aber dabei galten sehr restriktive Regeln, zum Austausch von Zärtlichkeiten kam es kaum, routinierte Fellatio war das Höchste der Gefühle.

★★★

Mir war es immer ein Dorn im Auge, wenn Yuka sich in ein *Love Hotel* abschleppen ließ. Vor allem deshalb, weil mir in solchen Fällen völlig die Kontrolle entglitt. Mir wäre es lieber gewesen, sie hätte ihre Freier mit nach Hause gebracht. Auch wenn es mir unangenehm war, mitanhören zu müssen, was sie mit denen im Schlafzimmer trieb, hatte das den Vorteil, dass ich beim geringsten Anzeichen dafür, dass die Situation aus dem Ruder laufen würde, sofort hätte eingreifen können. War Yuka dagegen mit einem Freier in einem *Love Hotel*, waren mir die Hände gebunden. Da konnte ich gar nichts tun, selbst wenn ich wusste, in welchem Hotel sie sich befand. Besuche in Privatwohnungen waren auch nicht ungefährlich, doch darauf ließ sie sich nur ein, wenn sie den Betreffenden gut kannte. In Hotels ging sie aber auch mit Leuten, auf die das nicht zutraf. In solchen Fällen quälte mich immer die Angst, dass ich ihr nicht helfen könnte, wenn etwas Unvorhergesehenes geschähe. Immer wieder bat ich sie, das zu unterlassen, doch in der Hinsicht ließ sie sich nichts sagen.

Wenn sie sich einem Gast verpflichtet fühlte, kam es immer wieder vor, dass sie sich nach Barschluss überreden ließ, mit ihm noch irgendwohin zu gehen. Mir sagte sie dann immer, dass es heute wieder spät werden würde und ich allein heimfahren sollte. Ich wusste dann schon, dass sie in neun von zehn Fällen mit einem dieser Typen in einem *Love Hotel* landete.

Anfangs fuhr ich meist wirklich nach Hause, weil ich dachte, sie wüsste, was sie täte und wäre aufgrund ihrer Erfahrung in der Lage, die Risiken besser einzuschätzen als ich. Später war ich mir da nicht mehr so sicher, da erschien mir ihr Verhalten oft leichtfertig. Spätestens seit dem Angriff auf mich durch den *Skinhead* war mir klar, dass mich Mama-san nicht ohne Grund in der Bar als Aufpasser haben wollte. Wenn Yuka aber einfach so mit Freiern loszog und erst gegen Morgen heimkam, saß ich in der Zeit wie auf Nadeln. Gerade die Anonymität in den *Love Hotels* konnte ihr gefährlich werden. Wenn einer dort gegen sie gewalttätig würde, könnte man ihr womöglich erst zu Hilfe kommen, wenn der Kerl schon über alle Berge war. Mit diesem Gefühl der Ohnmacht konnte ich mich nie abfinden. Ich hätte mir mein Leben lang Vorwürfe machen müssen, sie im entscheidenden Moment im Stich gelassen zu haben. In Fällen, wo mir ein Typ nicht ganz astrein vorkam, fuhr ich ihr deshalb heimlich nach, um wenigstens zu wissen, wo sie war. Ich musste dabei aber immer höllisch aufpassen, dass sie es nicht merkte, denn sie konnte sehr ungehalten reagieren, wenn ich ihr „nachspionierte". Die Konsequenz daraus war, dass ich so manche Nacht schlaflos im Wagen vor einem der *Love Hotels* verbrachte. Meist stellte sich hinterher heraus, dass meine Sorge unbegründet war, nur ein einziges Mal schien es kritisch zu werden.

Es war schon Frühjahr, aber die Nächte trotzdem kühl. Da ging sie und noch ein Mädchen – ich glaube, es war Kaori – nach der Sperrstunde mit einem Kerl weg, den ich nie zuvor im „Bourbon" gesehen hatte. Normalerweise ließ sich Yuka ungern auf einen Dreier ein. Es war mir daher unverständlich, warum sie ausgerechnet bei dem eine Ausnahme machte. Ich hatte versucht, sie darauf anzusprechen, aber sie war mir ausgewichen. Als ich Mama-san fragte, was das zu bedeuten hätte, wollte sie mir auch nichts Näheres dazu sagen. Ich brachte nur in Erfahrung, dass der Mann früher hier Stammgast war und es mit ihm immer ein großes Hallo gegeben hatte, weil er sehr spendabel war.

Als Ergebnis dessen stand mir wieder mal eine schlaflose Nacht bevor. Nachdem alle drei in ein Taxi gestiegen waren, fuhr ich hinterher. Wie vermutet ging es in ein *Love Hotel*. Sie stiegen aus, das Taxi fuhr weg, und ich parkte mich in der Nähe des Eingangs ein. Da ich, ohne aufzufallen, beim stundenlangen Warten im Wagen nicht den Motor laufen lassen konnte, hatte ich keine Heizung, und so wurde mir bald empfindlich kalt. Am frühen Morgen, als meine Beine schon fast steif gefroren waren, sah ich Kaori aus dem Hotel kommen. Ich hätte sie fast nicht erkannt, denn sie war in einen dicken Schal gehüllt. Sie kam allein, aber zu dem Zeitpunkt dachte ich mir noch nichts dabei, sondern nahm an, dass nun auch Yuka bald folgen würde. Doch darin täuschte ich mich, es ging auf acht Uhr zu, dann auf neun, auf zehn, keine Spur von Yuka. Dass ich sie übersehen haben könnte, glaubte ich nicht, aber die Ungewissheit stieg von Minute zu Minute, und das Warten wurde unerträglich.

Ich schickte Yuka eine SMS mit der Frage, wann sie käme. Keine Reaktion. Nach einer Weile ließ ich eine zweite SMS folgen mit der Frage, ob alles in Ordnung wäre. Wieder keine Antwort. Ich fand das beunruhigend und wusste nicht, was ich davon halten sollte. Wurde sie daran gehindert, zu antworten, oder ignorierte sie mich aus freien Stücken? Dummerweise hatte ich keine Telefonnummer von Kaori, die hätte mir vielleicht sagen können, was da ablief.

Als es auf elf zuging, hielt ich es nicht mehr aus. Bisher war sie noch nie so lange ausgeblieben, spätestens um elf Uhr war sie meist zu Haus. Nun war es bald Mittag, und sie kam immer noch nicht. Ich konnte mir das nur so erklären, dass der Kerl sie nicht weggehen ließ. Ich stieg aus und betrat das Hotel. Im Eingangsbereich war niemand, so ging ich weiter und durchstrich die leeren Korridore, um mich nach Yuka umzusehen. Es war nirgendwo etwas los, fast alle Gäste schienen das Hotel verlassen zu haben, und ich bemerkte im ersten Stock ein Zimmermädchen, das beim Aufräumen war.

Nachdem ich eine Weile treppauf, treppab gegangen war, fand ich oben im letzten Stock ein Zimmer, das als Einziges noch belegt zu sein schien. An der Tür hing ein Schild: „Don't disturb!" Als ich nach drinnen horchte, hörte ich einen Mann und eine Frau sprechen. Ich konnte zwar nichts verstehen, doch hatte ich den Eindruck, dass es Yukas Stimme war. Das Gespräch verlief ruhig, es klang nicht nach Streit. Doch während ich noch überlegte, was ich tun sollte, ging die Kabinentür des Aufzugs auf. Ein Hotelangestellter trat heraus, kam auf mich zu und fragte misstrauisch, wer ich wäre und was ich hier zu suchen hätte. Ich versuchte, mich damit herauszureden, dass ich auf der Suche nach meinem Zimmer mich im Stockwerk geirrt hätte. Doch er glaubte mir nicht und forderte mich auf, das Hotel zu verlassen.

Es blieb mir also nichts anderes übrig, als zu gehen. Ich kehrte zurück zum Wagen und fuhr mit Wut im Bauch nach Hause. Ich wusste jetzt zwar, dass Yuka nicht in Gefahr war, aber es wurmte mich, dass sie es nicht einmal für nötig hielt, mir eine SMS zukommen zu lassen, obwohl ich mir ihretwegen die Nacht um die Ohren geschlagen hatte. Außerdem ärgerte ich mich über mich selbst, weil ich mich im Hotel so dilettantisch benommen hatte. Mir waren zwar keine Kameras aufgefallen, trotzdem waren die Gänge wohl videoüberwacht, sonst hätte mich der Hotelangestellte nicht so schnell erwischt. Er tauchte viel zu zielstrebig auf, als dass er mich zufällig entdeckt haben könnte. Das wurde mir aber erst auf der Heimfahrt klar.

Übernächtigt zu Hause angekommen, legte ich mich in meinem Zimmer erst einmal hin. Nach ungefähr einer Stunde, so gegen eins, weckte mich das Signal einer eingehenden SMS, Yukas verspätete Antwort. Sie kündigte an, dass sie auf dem Heimweg wäre, und nicht lange darauf hörte ich sie auch schon an der Tür. Ich fühlte mich ziemlich schlecht, seit gestern war alles schiefgelaufen, was schieflaufen konnte. Zwar hatte ich mir das zum Teil selbst eingebrockt, trotzdem gab ich Yuka dafür die Schuld. Entsprechend gereizt ging ich hinunter, um ihr meine Meinung zu sagen.

Als sie meiner ansichtig wurde, registrierte sie sofort meine schlechte Laune. Sie konnte sich den Grund denken und war daher bestrebt, mir den Wind aus den Segeln zu nehmen. Sie entschuldigte sich dafür, dass sie sich nicht früher gemeldet und mir keinen Grund für ihre Verspätung gegeben hatte. Da ich mir nicht sicher war, ob sie wusste oder zumindest ahnte, dass ich ihr nachspioniert hatte, stellte ich mich völlig unwissend und überließ es ihr, was sie mir zu den Ereignissen der letzten Nacht erzählen würde.

Aber auch so brachte ich in Erfahrung, was es für eine Bewandtnis mit dem unbekannten Freier hatte. Er war vor Jahren Stammgast im „Bourbon", bis er von einem Tag auf den anderen ausblieb, niemand wusste, warum. Später hatte es geheißen, dass er verhaftet worden und nach einem Gerichtsprozess im Gefängnis gelandet wäre. Gestern kam er zum ersten Mal nach seiner Entlassung wieder in die Bar, um alles, was er versäumt hatte, nachzuholen. Und weil er Yuka erzählt hatte, in seiner Zelle Tag und Nacht nur an sie gedacht zu haben, hätte sie sich ihm gestern besonders verpflichtet gefühlt.

Ich verzichtete darauf zu fragen, ob sie das Gerede für bare Münze nahm. Nicht verkneifen konnte ich mir allerdings die Frage, warum sie, die immer so stolz war, es nur mit gehobener Kundschaft zu tun zu haben, gar nichts dabei fand, mit einem Häfenbruder loszuziehen. Sie fühlte den Stich, wollte sich jedoch nichts anmerken lassen, sondern behauptete, er wäre ein Justizopfer gewesen. Obwohl er wegen betrügerischer Geschäfte verurteilt worden war, hatte er ihr weiszumachen versucht, dass ihn seine Geschäftspartner hereingelegt hätten.

Ich war mir nicht sicher, ob Yuka das wirklich glaubte, ließ es aber dabei bewenden, weil ich keinen Streit mit ihr vom Zaun brechen wollte. Hauptsache, ich hatte sie wieder. Außerdem empfand ich eine gewisse Genugtuung darüber, dass ich mich in dem Typ nicht getäuscht hatte. Sowohl von seiner Visage als auch von seinem Gehabe her traute ich dem Betrügereien ohne Weiteres zu, da konnte mir Yuka von seiner Unschuld erzählen, was sie wollte. Es passte auch Mama-sans gestriges Verhalten dazu, die wusste offenbar ganz genau, dass der Kerl Dreck am Stecken hatte, aber ließ mich lieber dumm sterben. Auch sie bildete sich immer so viel auf ihre gute Kundschaft ein, doch die Zeiten waren wohl ein für alle mal vorbei.

Da konnten mich Yuka und Mama-san noch so oft als Schwarzseher bezeichnen, meine Überzeugung, dass sich etwas zusammenbraute, erschütterte das nicht. Auf eine konkrete Gefahr konnte ich zwar nicht verweisen, trotzdem war es unbestreitbar, dass sich zuletzt mehrere Vorfälle häuften, die zu einer angespannten Atmosphäre in der Bar führten. Die wirklich guten Zeiten hatte ich nicht miterlebt, doch selbst in der kurzen Zeit, seitdem ich hier war, fiel mir auf, dass vulgäre Typen überhandnahmen und die bessere Klientel mehr und mehr verdrängten. Mama-san gab das sogar zu, verbreitete aber Zweckoptimismus, indem sie meinte, das wäre kein Grund zur Besorgnis, das würde sich wieder ändern.

V

Es geschah an einem Abend, der ruhig und ohne besondere Vorkommnisse verlaufen war. Kurz nach Mitternacht, als alle Gäste
schon weg waren, saß ich noch auf meinem Platz an der Theke
nahe beim Eingang. Yuka hatte sich zu mir gesetzt, und weiter hinten unterhielten sich noch zwei Mädchen, Rena und Shiba, mit Mama-san. Wir waren die Letzten, die sich an diesem
Abend noch in der Bar aufhielten. Alles schien wie immer. Mit
der Ausnahme, dass heute weniger los war als sonst. Wir waren
alle schon darauf gefasst, dass Mama-san sagen würde: Okay,
Schluss für heute!

Doch daraus wurde nichts, denn plötzlich kam ein Anruf.
Ein Mann erkundigte sich, ob das „Bourbon" noch offen hätte
und welche Mädchen da wären. Als Mama-san die Namen nannte, darunter auch den von Mary, kündigte er sein Kommen an.
Wir fragten, wer das war, doch angeblich wusste Mama-san das
selber nicht. Dabei hatte sie die Kontaktadressen ihrer Stammgäste fast alle auf ihrem Handy gespeichert, und dass sie jemanden, den sie nicht kannte, um diese Zeit noch herbestellte, war
eher unwahrscheinlich.

Wir saßen also da und warteten. Bald darauf war der Sum-
mer zu hören, und der Bildschirm unter der Theke ging an. Mama-sans Reaktion war zu entnehmen, dass es der erwartete Gast
war, und sie schickte mich zur Tür. Wie immer sah ich noch kurz
durch den Türspion. Draußen stand ein junger Mann, bekleidet
mit einem schwarzen Hoodie, Kapuze über dem Kopf und das
Gesicht unkenntlich, weil er zu Boden sah. Mir kam der Auf-
zug und die Pose seltsam vor. Er wirkte weniger wie ein Gast,
der eingelassen werden wollte, eher wie ein Bote, der was abzu-
geben hätte, eine Hand hielt er nämlich hinter seinem Rücken.
Ich warf Mama-san einen fragenden Blick zu, doch sie deutete mir, zu öffnen.

Ich dachte an keine Gefahr, als ich die Klinke drückte. Doch kaum war die Tür einen Spalt weit offen, flog etwas Flackerndes herein. Ich hielt es erst für einen Feuerwerkskörper, doch als das Ding im nächsten Moment an der Theke zerschellte, stand ringsum sofort alles in Flammen. Es musste ein Molotow-Cocktail gewesen sein, denn im Nu brannte zwischen Theke und Eingang alles lichterloh. Im ersten Augenblick erschien mir das Ganze wie irreal. Ich stand da, den Türgriff in der Hand, die Angstschreie der Mädchen im Ohr, hörte zugleich eine Autotür zuschlagen, einen Motor aufheulen und einen Wagen mit quietschenden Reifen davonjagen. Gleich darauf wurde mir aber klar, dass keine Zeit zu verlieren war. Der Kerl hatte, in der Absicht, die Bar auszuräuchern, einen Brandsatz hereingeworfen. Ich sah, dass Rena und Shiba aufgesprungen waren und Schutz hinter der Theke bei Mama-san suchten. Yuka dagegen wirkte vor Angst wie gelähmt, saß starr auf ihrem Hocker und starrte mit schreckgeweiteten Augen in das Feuer zu ihren Füßen.

Ohne eine weitere Sekunde zu zögern, stürzte ich auf sie zu, packte sie am Arm und riss sie an mich. Leicht bekleidet, wie sie war, spürte sie die Brandhitze wohl stärker als ich. Sie wehrte sich und schrie. Doch ich ließ mich davon nicht beeindrucken, hielt sie an mich gepresst und trug sie auf meinen Armen durch das Flammenmeer nach draußen.

Es waren fünf, sechs Schritte ins Freie, wo wir in Sicherheit waren. Auf der Straße hörte sie auf zu schreien und schien sich wieder zu beruhigen. Doch als ich sie losließ, sank sie mir völlig kraftlos aus den Armen, als wäre bei ihr der Stecker gezogen worden. Um sie nicht am Boden liegen zu lassen, richtete ich sie auf und lehnte sie mit dem Rücken an die Hausmauer. Sie sah mich mit weit aufgerissenen Augen an, dann barg sie ihr Gesicht in beiden Händen. Ich beugte mich zu ihr, strich ihr übers Haar, doch sie schien unansprechbar zu sein und schluchzte nur vor sich hin.

Im Moment konnte ich mich aber nicht weiter um sie kümmern, denn aus der Bar drangen gellende Schreie. Es war mir unverständlich, warum die Frauen nicht zum Hinterausgang liefen.

Da Yuka vorläufig in Sicherheit war, beschloss ich, kurz in die Bar zu schauen, ob ich ihnen helfen könnte. Doch schon an der Tür wurde mir klar, dass es von hier aus unmöglich war. Beißender Qualm schlug mir entgegen, und so wie es aussah, stand bereits die halbe Einrichtung in Flammen. Überall nur Feuer und Rauch. Fenster, die man hätte einschlagen können, gab es nicht, die waren alle, als die Bar eingerichtet wurde, zugemauert worden. Wenn es noch eine Chance gab, hineinzukommen, dann nur durch die rückwärtige Tür.

Ich ließ Yuka, wo sie war und lief ums Haus. Den Zugang vom Nebenhaus fand ich offen, und so rannte ich durch den Flur zum Hintereingang. Der war verschlossen. Mama-san und die Mädchen hatten es aber bis hierher geschafft, denn drinnen hörte ich ihr Klopfen und Hilferufe. Darum rief ich durch die Tür, dass sie aufsperren sollten, doch ihren verzweifelten Antworten war zu entnehmen, dass Mama-san die Schlüssel in ihrer Tasche auf der Theke hatte liegen lassen. Sie konnten wegen des lodernden Feuers nicht mehr zurück. Ich sollte von außen aufschließen, aber ich hatte keinen Schlüssel.

Im Gang verbreitete sich Brandgeruch, aber es war noch nicht so verqualmt wie in der Bar. Wenn sie die Tür jedoch nicht öffnen konnten, saßen sie drinnen in der Falle, über kurz oder lang würde ihnen die Luft zum Atmen ausgehen. Mit erstickten Stimmen flehten sie mich an, dass ich die Tür aufbrechen sollte. Ich warf mich auch mehrmals mit Wucht dagegen, aber das nützte nichts, es war eine Sicherheitstür. Auch als ich versuchte, sie einzutreten, gab sie unter meinen Tritten keinen Millimeter nach. Ich sah nur noch die Möglichkeit, an Yukas Schlüssel heranzukommen. Sie war die Einzige, der Mama-san einen anvertraut hatte. Darum rief ich hinein, sie sollten noch kurz ausharren, ich würde gleich wiederkommen.

Draußen fand ich Yuka jedoch nicht mehr dort, wo ich sie zurückgelassen hatte. Aus der Eingangstür zur Bar schlugen inzwischen hohe Flammen, und auf der gegenüberliegenden Straßenseite standen trotz der späten Stunde einige Schaulustige. Die hatte der Brand wohl aus den umliegenden Häusern gelockt.

Von Yuka aber keine Spur. Im Bewusstsein, dass ich keine Zeit verlieren durfte, lief ich rüber zu der Gruppe, um zu fragen, ob jemand Yuka gesehen hätte. Die Leute sahen mich seltsam an, als würden sie mich nicht verstehen, doch dann deutete einer in eine Richtung, und tatsächlich entdeckte ich Yuka abseits in einer Seitengasse. Sie hockte am Rinnstein, neben ihr eine Frau, die ich nicht kannte, die ihr aber offenbar geholfen und ihr eine Decke um die Schultern gelegt hatte. Yuka stand kalter Schweiß auf der Stirn, sie zitterte am ganzen Leib. Es sah so aus, als hätte sie sich gerade an einem Gulli übergeben, denn Aufregungen schlugen bei ihr immer gleich auf den Magen.

Als ich hinkam, zog sich die Frau zurück. Ich weiß nicht, für wen sie mich hielt, aber darum konnte ich mich jetzt nicht kümmern. Ich drängte Yuka, mir ihren Schlüssel zu geben, weil die Hintertür zur Bar versperrt wäre, sodass die anderen nicht rauskönnten. Yuka hob den Kopf, aber mich traf nur ein völlig verstörter Blick. Ich versuchte, ihr in aller Eile klarzumachen, worum es ging, doch als sie endlich begriff, stellte sich heraus, dass sie den Schlüssel nicht bei sich hatte, all ihre persönlichen Sachen lagen im Spind.

In dem Moment durchfuhr es mich heiß und kalt. Die letzte Chance, Mama-san und den Mädchen zu helfen, war damit dahin. Ich musste sie ihrem Schicksal überlassen. Was ich dabei empfand, lässt sich kaum beschreiben. Es war nicht nur schlechtes Gewissen, es zerriss mir die Brust und tat mir körperlich weh. Ich hatte Yuka und mich gerettet, aber ansonsten als *Guardman* versagt. Ich wusste nicht, was ich sonst noch für die Eingeschlossenen hätte tun können. Das Einzige, was mir übrig blieb, war, mich um Yuka zu kümmern. Ich durfte sie nicht mehr allein lassen, denn der Schock stand ihr immer noch ins Gesicht geschrieben. Sie war kreidebleich, und auch nachdem ich ihr geholfen hatte aufzustehen, konnte sie sich kaum aufrecht halten. Ich hielt sie fest an mich gepresst, damit sie nicht wieder zu Boden sank. Von Zeit zu Zeit schüttelte es sie wie in Krämpfen, und es würgte sie, als müsste sie sich nochmals übergeben.

Inzwischen wurde die Menschenmenge immer größer. Hinzukommende umringten uns und wollten wissen, was geschähen wäre. Sie wandten sich dabei in erster Linie an Yuka, weil sie bei mir als Ausländer wohl annahmen, dass ich kein Japanisch verstehe. Yuka war allerdings nicht in der Lage, auf die Fragen zu antworten, darum versuchte ich, sie vor der Neugier der Leute abzuschirmen. Als wir gefragt wurden, ob wir Hilfe bräuchten, sagte ich: „Nein, wir nicht, aber drinnen sind noch drei Frauen im Feuer eingeschlossen." Gleichzeitig waren nun auch aus dem Stockwerk über der Bar Hilferufe zu hören. Daraufhin wandten sich die Leute von uns wieder ab. Nur die Frau, die sich zuerst schon um Yuka gekümmert hatte, blieb bei uns.

In dem Augenblick ertönten die ersten Signalhörner der anrückenden Feuerwehr, und es ging mir durch den Kopf, dass in deren Gefolge auch bald die Polizei da sein würde. Der Gedanke verursachte mir einiges Unbehagen, denn anstatt daraus Hoffnung zu schöpfen, überfiel mich eine dunkle Ahnung, dass uns das in Schwierigkeiten bringen könnte. Wenn für die Frauen drinnen jede Hilfe zu spät käme, würde ich mir unangenehme Fragen gefallen lassen müssen.

Ich beschloss daher, mich mit Yuka aus dem Staub zu machen, so lange dazu noch Zeit war. Sie wirkte zwar mental angeschlagen, schien jedoch, bis auf ein paar leichte Verbrennungen an den Beinen, keine Blessuren davongetragen zu haben. Auch mir war so gut wie nichts passiert, meine Hose und meine Schuhe hatten zwar Brandflecken, darüber hinaus fehlte mir aber nichts. Selbst die Rötungen am rechten Handrücken, die wie Verbrennungen aussahen, entpuppten sich nur als Abschürfungen.

Die Sirenen von Feuerwehr, Rettung und Polizei wurden immer lauter, sie schienen von allen Seiten zu ertönen. Und je näher sie kamen, umso heftigere Unruhe ergriff mich. Der Brand wäre über kurz oder lang gelöscht, aber wenn dann eine Untersuchung beginnen würde, wären wir die ersten Zeugen. Und dabei würde es kein gutes Licht auf mich werfen, wenn herauskäme, dass ich nur Yuka aus dem Feuer gerettet, die anderen aber zurückgelassen hatte. Man könnte mir unterlassene Hilfeleistung vorwerfen, und wenn am Ende mein illegaler Aufenthalt in Japan auflöge, wäre alles aus. Denn ich war in der Bar nicht offiziell angestellt, Mama-san hatte mir immer nur Geld in einem Umschlag zugesteckt. Ich hatte zuerst gedacht, der Grund läge in meiner fehlenden Arbeitserlaubnis, aber bei einer Reihe von Mädchen machte sie es genauso. Vor allem bei denen, die nicht regelmäßig in der Bar arbeiteten, da stieg sie billiger aus, wenn sie ihnen schwarz Geld zukommen ließ.

Der erste Feuerwehrwagen bog um die Ecke und hielt vor der Bar. Die Feuerwehrleute trafen ihre Vorbereitungen, und nach und nach kamen weitere Einsatzfahrzeuge. Es war höchste Zeit, denn der Brand hatte schon den ersten Stock erreicht, und von den oberen Stockwerken riefen immer mehr Leute um Hilfe. Das Spektakel hatte inzwischen so viele Schaulustige angelockt, dass es schien, als wäre das ganze Viertel auf den Beinen. Alle standen vorn auf der Straße und beobachteten die Aktionen der Feuerwehr, uns schenkte keiner Beachtung. So entschloss ich mich, die Gelegenheit zu nutzen und mit Yuka zu verschwinden. Ich nahm sie bei der Hand und zog sie mit mir fort. Sie sah mich verwundert an, ließ aber alles mit sich geschehen und ging mit mir zu unserem in der Nähe geparkten Auto. Zum Glück hatte ich Haus- und Wagenschlüssel dabei. Ich schloss auf und schob sie auf den Beifahrersitz, dann stieg ich ein und fuhr los. Es war mir nicht bewusst, dass ich mit diesem Schritt aus meiner Verantwortung floh. Ich überlegte mir in dem Moment auch nicht, was für negative Konsequenzen unsere Flucht haben könnte, dass man uns für mitschuldig halten könnte, ich wollte mich nur für heute allem drohenden Ungemach entziehen. Und da Yuka mir so bereitwillig folgte, sah sie das wahrscheinlich ähnlich wie ich.

Während wir verschwanden, herrschte noch große Verwirrung, und das ganze Ausmaß der Katastrophe war zu jenem Zeitpunkt nicht absehbar. Ob Mama-san und die Mädchen tatsächlich Opfer der Flammen geworden waren, stand nicht mit letzter Gewissheit fest. Daher tröstete ich mich mit der Hoffnung, dass sie vielleicht doch ein Wunder gerettet haben könnte. Erst am nächsten Tag erfuhren wir, dass alles noch viel schlimmer als befürchtet gekommen war. Nach der Löschung des Brandes wurden insgesamt fünf Tote aus dem Haus geborgen, denn zu den drei Leichen in der Bar kamen noch zwei aus einem Apartment im ersten Stock, die an den Rauchgasen erstickt waren.

Auf der Heimfahrt ahnten wir von all dem noch nichts, trotzdem waren wir beide in sehr gedrückter Stimmung. Mich quälte ein Schuldgefühl, weil ich Mama-san und den Mädchen nicht hatte helfen können. Woran Yuka dachte, wusste ich nicht, denn sie sprach kein Wort, stierte nur vor sich hin. Ab und zu durchlief sie ein Schauer, als litte sie unter Schüttelfrost. Sie stand immer noch unter Schock. Außerdem wirkte sie halb erfroren, da sie die Decke, die ihr die Frau gab, nicht mitgenommen hatte.

Ich fühlte mich während der Fahrt an den Tag erinnert, an dem ich Yuka aus dem Wald in die Klinik gebracht hatte. Ich fuhr sehr schnell, diesmal nicht mit der Angst im Nacken, sie könnte sterben, sondern mit der Angst, es könnte jemand hinter uns her sein. Die ganze Zeit über fühlte ich mich nervös und sah öfter in den Rückspiegel als nach vorn. In diesem angespannten Zustand konnte ich mich kaum auf die Straße konzentrieren. Mehr als einmal geriet ich am Ausgang enger Kurven auf die Gegenfahrbahn. Zum Glück gab es so spät in der Nacht keinen Verkehr, wir waren die Einzigen auf der Straße.

Daheim angekommen, sprang ich aus dem Auto und lief zum Haus. Ich dachte, Yuka käme gleich nach, doch als ich mich umsah, saß sie immer noch lethargisch auf dem Beifahrersitz und machte keine Anstalten auszusteigen. Ich ging zurück, um zu fragen, was mit ihr los wäre. Doch sie hatte die Augen geschlossen und reagierte auf meine Aufforderung nicht. Als ich die Autotür öffnete, fiel sie mir entgegen, gerade, dass ich sie noch auffangen konnte. Ich versuchte, sie wachzurütteln. Da kam sie langsam zu sich, sah mich entgeistert an und fragte: „Wo sind wir?" „Daheim", antwortete ich. „Und jetzt komm!" Aber auch mit meiner Unterstützung konnte sie kaum gehen. Sie wankte, als stände sie unter Drogen, und ich konnte sie nur mit Mühe über den Kiesweg bis zum Haus bringen.

Beim Eingang kramte ich, während ich sie festhielt, in meinen Hosentaschen nach dem Haustürschlüssel. Erst hatte ich ihn schon in der Hand gehabt, aber jetzt fand ich ihn nicht mehr. Ich lehnte Yuka an die Wand, um in allen Taschen zu suchen, musste aber aufpassen, dass sie mir, kraftlos wie sie war, nicht umfiel. Die Augen hatte sie zwar offen, blickte aber wie geistesabwesend ins Leere. Endlich fand ich den Schlüssel, den ich gedankenlos in die Jackentasche gesteckt hatte, und sperrte auf. Dann brachte ich sie ins Haus, aber kaum waren wir drinnen, sank sie wie besinnungslos in sich zusammen.

Es war mir ein Rätsel, was mit ihr los war. Ich empfand ihr Gehabe aufreizend. „Reiß dich zusammen!", herrschte ich sie an und mühte mich ab, sie wieder auf die Beine zu kriegen, aber sie reagierte nicht. Mir war klar, dass wir noch lange nicht in Sicherheit waren. Sollten die Typen, die den Brandsatz in die Bar geworfen hatten, herausfinden, dass wir dem Feuer entkommen waren, drohte uns nach wie vor Gefahr. Entweder weil wir von Anfang an das Ziel des Anschlags waren oder weil sie uns als Zeugen ausschalten wollten. Daher durften wir nicht hier bleiben, denn es könnte sein, dass sie noch in dieser Nacht auftauchten, um uns das Dach über dem Kopf anzuzünden. Und käme statt der Brandstifter die Polizei, wären wir auch nicht besser dran, denn durch unsere Flucht vom Tatort hatten wir uns verdächtig gemacht.

Es ging also darum, keine Zeit zu verlieren, sondern so rasch wie möglich fortzukommen. Nur ein paar Sachen packen und dann auf und davon. Trotzdem war es nötig, die nächsten Schritte zu überlegen. Denn die Frage war: wohin? Es erwies sich jedoch als aussichtslos, die Sache mit Yuka zu besprechen. Sie lag am Boden, als schliefe sie einen Rausch aus und reagierte auf keines meiner Worte.

„Steh auf! Mach dich fertig!", rief ich, „wir müssen weg!" Aber es war sinnlos, sie rührte sich nicht. Als ich sie hochzuziehen versuchte, hing sie in meinen Armen wie eine Marionette, der man die Fäden gekappt hatte. Ihr Verhalten schien mir nicht normal. Ich gestand ihr zwar zu, dass sie nach wie vor unter Schock stand, aber dieses völlige Sich-gehen-lassen wirkte auf mich, als wollte sie nicht wahrhaben, was geschehen war – und damit auch den Konsequenzen aus dem Weg gehen. Es blieb mir nichts anderes übrig, als sie hier liegen zu lassen, und so machte ich mich daran, mich allein um alles Nötige zu kümmern.

Ich lief als Erstes hinauf in mein Zimmer, um meine Sachen zusammenzusuchen, mit denen ich hier eingezogen war. Ich brauchte nicht lange dazu, vielleicht zwanzig bis dreißig Minuten. Als meine beiden Reisetaschen gepackt waren, schleppte ich sie hinunter. Unten im Flur war Yuka inzwischen nun doch ein wenig zu sich gekommen, sie hatte sich aufgesetzt und lehnte mit angezogenen Beinen an der Wand. Ich wäre beinahe über sie gestolpert, als ich die Treppe runterkam. Als sie mich mit dem Gepäck sah, fragte sie verwundert: „Was machst du da? Willst du ausziehen?" Ihre Stimme klang, als wäre sie noch immer nicht bei Sinnen, daher antwortete ich nur kurz, ich würde meine Sachen hinaus zum Auto tragen.

Nachdem ich alles im Kofferraum verstaut hatte, ging ich zurück ins Haus. Zu meiner Überraschung traf ich Yuka danach nicht mehr im Flur an. Hinausgegangen war sie nicht, also musste sie noch im Haus sein. Aber wo? Ich sah in der Küche und in ihrem Schlafzimmer nach, doch sie war nirgendwo zu finden, auch nicht im Klo oder im Bad. Ihr Verschwinden beunruhigte mich, und so rief ich: „Yuka, Yuka, wo bist du?"

Keine Antwort. Doch dann hörte ich über mir ein Geräusch, es klang wie ein Kratzen oder Schieben. Ich eilte hinauf in den ersten Stock. Dort oben waren alle Räume leer, was konnte sie da zu suchen haben? Hinten am Ende des Ganges sah ich Licht, weil eine Tür offen stand, die zu einer kleinen Kammer führte, die, seit ich hier wohnte, immer abgesperrt war. Ich ging hin und fand drinnen Yuka. Sie kniete, mir den Rücken zugewandt, am Boden und kramte in einem Wandschrank.

„Was machst du da?", fragte ich. Im dem Moment fuhr sie erschrocken herum. Sie hatte mich nicht kommen hören. Dann sagte sie aber „Nichts" und setzte ihr Treiben fort. Sie nahm Umschläge aus dem Wandschrank und packte sie in eine Plastiktasche. „Lass das Zeug", sagte ich, „mach dich lieber fertig, wir müssen weg!" Darauf antwortete sie: „Ich weiß, aber ohne das kommen wir nicht weit." Dabei hielt sie mir einen Umschlag, den sie in der Hand hatte, hin und zeigte mir den Inhalt. Drinnen steckte ein dickes Bündel Banknoten. Yuka hatte offenbar in diesem Versteck das Geld aufbewahrt, das sie in den letzten Jahren verdient hatte. Keine Ahnung, wieviel das war, aber es sah nach einer ganzen Menge aus.

Ich war überrascht und fragte sie, warum sie das alles hier im Haus in so einem unsicheren Wandschrank verstaut hatte. „Wohin hätte ich es denn sonst tun sollen?", fragte sie zurück. „Na, auf die Bank!" – „Sei froh, dass es nicht dort ist, sonst kämen wir womöglich gar nicht mehr ran", sagte sie, „und wenn wir mit Kreditkarte zahlen, kann jeder unserer Schritte nachverfolgt werden." Damit hatte sie recht, das hatte ich gar nicht bedacht. Mir war schon aufgefallen, dass sie, obwohl sie eine *Visacard* besaß, diese ungern benutzte, sondern immer Bargeld bei sich trug. Und das ging ihr nie aus. Wenn sie irgendwo bezahlte oder auch nur mir was gab, zog sie die Scheine einfach aus ihrer Handtasche. Ich hatte ihren achtlosen Umgang mit Geld immer darauf geschoben, dass sie alles, was sie verdiente, gleich wieder ausgab, aber vielleicht lag der Grund eher darin, dass sie es vor dem Finanzamt verstecken wollte. Jedenfalls hätte ich nie vermutet, dass sie so einen riesigen Geldbetrag im Haus hatte.

„Warte noch ein paar Minuten", sagte sie dann, „ich bin gleich fertig!" Sie stand auf, drückte mir die Plastiktasche in die Hand und ging hinunter in ihr Zimmer. Ihren Schock dürfte sie einigermaßen überwunden haben, doch am Ende dauerte es noch eine gute Stunde, bis sie sich geduscht, die Haare gewaschen und zurechtgemacht hatte. Ich zog mich auch um, doch weil sie sich so viel Zeit ließ, wurde ich immer ungeduldiger. Und da sie sich sonst um nichts zu kümmern schien, trug ich einige Sachen zusammen, von denen ich annahm, dass sie sie brauchen könnte. Als sie dann mit der Körperpflege endlich fertig war, sortierte sie zwar die Hälfte davon wieder aus und nahm andere Dinge mit, trotzdem ging das Packen auf die Weise schneller, als wenn ich es ihr allein überlassen hätte. Zwischendurch brachte ich immer wieder einzelne Gepäckstücke hinaus. Obwohl Yukas SUV ziemlich groß war, passten die Reisetaschen gerade noch so in den Kofferraum. Jedesmal, wenn ich rausging, vergewisserte ich mich auch, ob in der näheren Umgebung alles ruhig blieb. Es fiel mir aber nichts auf, niemand schien von unserem nächtlichen Treiben Notiz zu nehmen.

Schließlich war es soweit, dass wir losfahren konnten. Die Tasche mit dem Geld hatte ich unter dem Fahrersitz verstaut, nun wartete ich auf Yuka. Sie hatte gesagt, sie würde nur noch zusperren und gleich nachkommen. Wer aber nicht kam, das war sie. Genervt ging ich zurück und fand sie in Tränen aufgelöst, weil ihre Katze verschwunden war. Sie hatte sich, seit wir nach Haus kamen, nicht blicken lassen, aber Yuka war erst im letzten Augenblick eingefallen, dass sie sie mitnehmen wollte. Die Katze streifte oft draußen herum, tauchte manchmal tagelang nicht auf. Nur mit Mühe konnte ich Yuka davon abhalten, im Freien nach ihr zu rufen. Sie hätte damit die ganze Nachbarschaft aufgeweckt und unseren Plan, heimlich zu verschwinden, zunichte gemacht. Es dauerte eine ganze Weile, bis ich sie dazu bringen konnte, die Suche aufzugeben und die Katze zurückzulassen. Yuka ließ sich erst überzeugen, als ich ihr versicherte, dass sie schon nicht verhungern würde, denn sie hatte immer etwas zum Fressen gefunden, offenbar bekam sie auch von Nachbarsleuten Futter. Als ich Yuka zum Auto brachte, hatte sie sich scheinbar wieder beruhigt, sah sich jedoch immer noch nach der Katze um. Aber wenigstens konnten wir jetzt endlich aufbrechen.

Der Tank war halb voll und die Straße leer, sodass wir unbeobachtet von hier wegkamen. Die Stadt lag schon hinter uns, als sich der Horizont zu röten begann. Wir fuhren Richtung Süden, versuchten dabei aber, die Hauptstraßen zu meiden. Während der Fahrt durch die einsame Landschaft hellte sich der Himmel langsam auf. Es gab kaum Verkehr. Ab und zu kamen wir durch kleine Ortschaften, ansonsten ging es zwischen Reisfeldern dahin, wo die grünen Pflänzchen schon in Reih und Glied aus dem Wasser ragten. Später verengte sich die Fahrbahn, die Gegend wurde bewaldeter, und es ging durch ein Tal einen Wildbach entlang.

Dann führte die schmale Straße in Serpentinen zu einer Passhöhe hinauf. Nachdem wir die Anhöhe hinter uns gelassen hatten, verbreiterte sich die Fahrbahn wieder. Wir durchquerten nun eine Ebene, kamen durch einige Orte, und es gab immer wieder Abzweigungen. Weil ich mich hier nicht auskannte, wollte ich Yuka fragen, wie wir weiter fahren müssten. Sie aber lag eingesunken auf ihrem Sitz und schlief. Am Anfang hatte sie mir noch Tipps gegeben, weil sie Schleichwege kannte, die am schnellsten aus der Stadt herausführten. Doch seit es auf der Landstraße nur noch in eine Richtung ging, hatte sie nichts mehr gesagt.

Ich hielt an und schaltete das Navi ein, weil ich nicht wusste, wo wir waren. Das Gerät ließ sich aber nur auf Japanisch bedienen, daher gab ich es wieder auf und fuhr weiter, in der Hoffnung, dass Yuka bald aufwachen würde. Momentan befanden wir uns auf einer gut ausgebauten Straße, da würden wir schon irgendwohin kommen. Ich war jetzt nicht mehr so nervös. Seit unserer Abfahrt hatte sich meine innere Unruhe gelegt. Inzwischen waren wir in einer anderen Präfektur, und es war uns niemand gefolgt. Wir dürften es also geschafft haben, unauffällig zu entkommen.

Trotzdem ließ mich auf der ganzen Fahrt das traumatische Erlebnis von gestern nicht los. Immer noch standen mir die Bilder der brennenden Bar vor Augen, und der Gedanke, ob es nicht doch eine Chance gegeben hätte, Mama-san und die Mädchen aus dem Feuer zu retten, ging mir nicht aus dem Kopf. Zwar hatte ich die Eingangstür auf Mama-sans Veranlassung geöffnet, in dem Sinn war ich mir keiner unmittelbaren Schuld bewusst, doch mich plagten Zweifel, ob ich mich danach richtig verhalten hatte. Von dem Moment an, als der Brandsatz in die Bar flog, hatte ich nur instinktiv reagiert. Dafür, dass ich Yuka, ohne lange zu überlegen, ins Freie brachte, brauchte ich mir keinen Vorwurf zu machen. Doch anstatt mich draußen um sie zu kümmern, hätte ich sofort in die Bar zurückkehren sollen.

Es ging mir in jenen Augenblicken ausschließlich um Yuka, sie stand so sichtbar unter Schock, dass ich zögerte, sie allein zu lassen. Aber die dabei verlorenen Minuten waren entscheidend dafür, dass mir dann der Weg zurück durch die Flammen versperrt war, um auch Mama-san und die Mädchen herauszuholen.

Unter der Theke gab es einen Feuerlöscher, damit hätte ich einen Versuch wagen können, die Flammen zu bekämpfen. Und auch wenn sich damit nichts hätte ausrichten lassen, wären mir dabei vielleicht Mama-sans Schlüssel aufgefallen. Es war am Ende eine Verkettung unglücklicher Umstände, die die Katastrophe vergrößerte. Zwar war mir unverständlich, warum Mama-san nicht besonnener reagiert hatte – offenbar war sie aus Angst vor dem Feuer mit den Mädchen kopflos nach hinten gerannt –, aber das änderte nichts an meinen Gewissensbissen.

★★★

Inzwischen lag das Gebirge hinter uns, und den Straßenschildern war zu entnehmen, dass wir uns der Präfekturhauptstadt näherten. Eigentlich wollten wir dort nicht hin. Yuka hatte mir bei der Abfahrt gesagt, wohin ich fahren sollte. Sie schien einen konkreten Ort im Auge gehabt zu haben, wo wir untertauchen könnten. Nur wusste ich nicht, wo das war, und da sie sich nicht wecken ließ, blieb mir nichts anderes übrig, als weiterzufahren.

Je höher die Sonne stieg, umso besser fühlte ich mich. Bei der Abfahrt in den frühen Morgenstunden war ich ziemlich deprimiert. Da hatte ich auch noch Mühe, die Augen offenzuhalten und glaubte nicht, dass ich die lange Fahrt, die uns bevorstand, ohne Schlaf durchhalten würde. Doch an dem schönen sonnigen Vormittag war die Müdigkeit wie weggeblasen, die quälenden Gedanken ließen nach, und ich wurde wieder optimistischer. Ich war überzeugt, dass wir das Schlimmste überstanden hätten und es heute noch bis an unser Ziel schaffen könnten.

Die Autobahn hatten wir gemieden, weil bei den Zufahrten zu den Mautstationen alle Wagen automatisch fotografiert werden und so die Nummerntafeln ausgelesen werden können. Der hauptsächliche Zweck war der, dass keiner auf den Gedanken kommen sollte, die Maut zu prellen. Aber Yuka hatte gemeint, diese Aufnahmen könnten auch zur polizeilichen Fahndung herangezogen werden. Das war der Grund, warum sie vorschlug, uns abseits der Hauptroute zu halten. Aber ohne Yukas Hilfe wurde es für mich schwierig, den richtigen Weg zu finden. Wir kamen in dicht verbautes Gebiet, und es gab nicht nur viel Verkehr, sondern auch die Kreuzungen, Ampeln und Abzweigungen häuften sich. Immer wieder tauchten Hinweisschilder auf, doch die Ortsnamen, die darauf standen, sagten mir nichts. Wir hatten zwar eine alte Karte im Auto, aber die war nur auf Japanisch, so orientierte ich mich lieber an der Nummer der Straße, auf der ich fuhr.

Nach mehreren Abzweigungen, einmal links, dann wieder rechts, war es schließlich aber doch passiert. Ich war von der Route abgekommen. Die Nummer, der ich bisher gefolgt war, tauchte nirgendwo mehr auf. Ich drehte um und hoffte, auf diese Weise zurück auf die richtige Straße zu kommen, doch dabei verfuhr ich mich erst recht. Das fiel mir auf, als ich zu einer Kreuzung kam, wo ich mich erinnerte, schon einmal abgebogen zu sein. Ich hatte nur eine Runde gedreht und war wieder da, wo ich schon einmal war. Ich hatte total die Orientierung verloren und wusste am Ende überhaupt nicht mehr weiter.

Da fiel mir plötzlich ein Hinweisschild zur Autobahn auf. Das gab mir wenigstens wieder eine Richtung vor, an die ich mich halten konnte. Außerdem war es an der Zeit zu tanken, wir waren nun schon fast drei Stunden unterwegs. Bei einer Tankstelle mit Selbstbedienung hielt ich an, tankte und zahlte mit einem Schein aus Yukas Geldtasche. Zurück auf der Straße, kam der nächste Hinweis zur Autobahn, von hier aus sollten es noch fünf Kilometer bis zur Auffahrt sein. Und entgegen unserer ursprünglichen Absicht entschloss ich mich, es doch auf diesem Weg zu probieren. Es war nicht mehr allzu weit bis Tokyo, etwas über hundert Kilometer, und die Gegend war schon sehr verstädtert. Ich setzte darauf, dass unser Wagen in dem starken Verkehr kaum auffallen würde, trotzdem versuchte ich, bei der automatischen Kamera an der Mautschranke mein Gesicht unkenntlich zu machen, indem ich mir die Hand vor die Augen hielt. Ich wollte vermeiden, als Ausländer erkannt zu werden, obwohl das wohl unsinnig war. Falls tatsächlich eine Fahndung nach uns liefe, würde man in erster Linie auf den Fahrzeugtyp und die Nummerntafel schauen.

Nachdem ich die Mautkarte gezogen und sich die Schranke geöffnet hatte, reihte ich mich auf der Autobahn Richtung Tokyo ein. Neben normalem Pendlerverkehr waren auch viele Last- und Lieferwägen unterwegs, aber auf drei Fahrspuren ging es zügig voran. Da wir es nicht eilig hatten, rollte ich in der Fahrzeugkolonne auf der langsamsten Spur einfach mit. Ein Schreck durchfuhr mich, als plötzlich ein Einsatzfahrzeug mit blinkendem Rotlicht im Rückspiegel auftauchte. Es war ein Polizeiauto, das von hinten immer näher kam. Ich verfluchte mich, dass ich die Autobahn genommen hatte, denn ich glaubte in dem Moment, dass die hinter uns her wären. Hätte man uns angehalten, um uns zu kontrollieren, wäre das unser Ende gewesen. Es hätte genügt, mich ohne japanischen Führerschein und ohne Aufenthaltsgenehmigung zu erwischen, um uns festzusetzen.

Als der Patrouillenwagen mit uns auf gleicher Höhe fuhr, bemerkte ich aus dem Augenwinkel, dass drinnen zwei Polizeibeamte saßen, die Helme trugen und stur geradeaus blickten. Meine Nervosität stieg, aber sie kümmerten sich überhaupt nicht um uns, sie fuhren einfach weiter. Das Rotlicht blinkte zwar in der Kolonne noch mehrere Kilometer vor uns, doch angehalten wurde niemand. Die Aufgabe des Streifenwagens schien nicht zu sein, Verkehrssünder zu verfolgen, sondern nur den Verkehr zu überwachen.

Es dauerte eine Weile, bis ich mich wieder beruhigte. Aber je näher wir Tokyo kamen, desto dichter wurde der Verkehr, da musste man sich sehr aufs Fahren konzentrieren. Bei jeder Auffahrt reihten sich neue Autoschlangen ein, und es ging immer zähflüssiger voran. Als dann noch eine Mautstelle bei der Stadteinfahrt kam, ging zwanzig Minuten so gut wie gar nichts mehr weiter. Im Stadtzentrum selbst war die Autobahn nicht so voll, doch dort hieß es aufpassen, dass man bei den zahlreichen Abzweigungen immer auf die richtige Spur einschwenkte, denn sonst landete man ganz woanders, als man wollte. Und diejenigen, die sich so wie ich nicht gut auskannten, versuchten oft noch trotz Sperrlinien im letzten Moment die Spur zu wechseln, sodass der Verkehr immer wieder ins Stocken geriet.

Um weiteren Staus auszuweichen, entschloss ich mich, von der Autobahn abzufahren. Und da ging es tatsächlich flüssiger voran, weil dort die Straßen breiter waren. Die Stadtautobahn war in den 1950er-Jahren über dem schon bestehenden Straßennetz auf Stelzen angelegt worden, aber beim heutigen Verkehrsaufkommen schnell überlastet. Man fuhr dort zwischen den Hochhäusern wie auf einer Hochschaubahn. Ein stetiges Auf und Ab, denn die Trassen verliefen teils über-, teils untereinander, und zwischendurch kamen immer wieder Tunnel. Angesichts des Straßengewirrs erschien mir Yukas Befürchtung, dass wir in Tokyo nicht sicher wären, übertrieben. Wer wollte uns denn in dem unüberschaubaren Verkehrsgewühl finden? Das käme der Suche nach einer Nadel im Heuhaufen gleich.

Da es schon bald auf Mittag zuging, wurde ich langsam hungrig. Zum Frühstück hatte ich ja nichts gegessen. Ich hielt daher am Parkplatz eines kleinen Imbissladens, an dem wir zufällig vorbeikamen. Bevor ich ausstieg, versuchte ich nochmals, Yuka zu wecken, und diesmal gelang es mir, sie wach zu kriegen. Zuerst sah sie sich verwundert um und wollte gar nicht glauben, dass wir schon in Tokyo waren. Doch nachdem sie sich davon überzeugt hatte, reagierte sie unwirsch und machte mir Vorwürfe, nicht auf sie gehört zu haben.

Ich redete mich darauf aus, dass sie die ganze Fahrt über unansprechbar gewesen wäre und ich sie deshalb nicht nach dem Weg hätte fragen können. So wäre es mir als beste Lösung erschienen, die Autobahn nach Tokyo zu nehmen. Und wenn wir nun schon mal hier wären, könnten wir auch kurz Mittagspause machen. Doch davon wollte sie nichts hören, sondern sie drängte mich weiterzufahren, um die Stadt auf schnellstem Wege wieder zu verlassen. Ihrer Meinung nach wären wir hier ständig in Gefahr, entdeckt zu werden, weil es überall Videoüberwachung gäbe. Ich konnte nicht beurteilen, ob sie damit recht hatte. Mir waren bisher keine Kameras aufgefallen. Aber da sie ihre Behauptung wie eine fixe Idee verteidigte, ließ ich mich auf keine Diskussion darüber ein.

Doch weil ich hungrig war, blieb ich dabei, dass wir uns wenigstens eine Kleinigkeit aus dem Imbissladen holen sollten. Irgendwo müssten wir sowieso Pause machen. Damit erklärte sie sich schließlich einverstanden, ich aber sollte währenddessen im Auto bleiben. Sie wollte allein aussteigen, um etwas zu kaufen. Nachdem sie reingegangen war, dauerte es nicht lange, bis sie mit Essen und Getränken wieder herauskam. Wir aßen und tranken dann im Wagen. Es schmeckte nicht besonders, aber ich war froh, etwas in den Magen zu bekommen.

Danach war ich bereit weiterzufahren. Doch in dem Moment registrierte ich auf einmal ein Brennen auf der Innenseite des rechten Unterschenkels. Ich hatte dort schon auf der Fahrt ab und zu ein Kribbeln gespürt und hin und wieder gekratzt. Nun aber empfand ich so einen stechenden Schmerz, dass ich nachsah, was los war, und ich fand die Haut stark gerötet. Als ich mich heute Morgen vor der Abfahrt in Eile umzog, war mir zwar aufgefallen, dass die Hose dort nicht nur einen Brandfleck, sondern auch ein Loch aufwies, trotzdem hatte ich mir nichts dabei gedacht. Nun aber merkte ich, dass ich mir gestern doch eine Verbrennung zugezogen hatte. Die am stärksten betroffene Stelle war über dem Knöchel. Yuka sah sich die Sache an und meinte, man müsste etwas dagegen tun. Und da sich in der Nähe zufällig eine Drogerie befand, ging sie hin, um mir eine Brandsalbe zu besorgen. Nach ihrer Rückkunft trug sie selbst das Gel auf, das sofort eine kühlende Wirkung entfaltete. Sie schlug auch vor, sich ans Steuer zu setzen, und das war mir nicht unrecht. Nach dem Essen hatte sich bei mir nämlich doch wieder der Schlafmangel bemerkbar gemacht. Yuka dagegen war ausgeruht. Wir wechselten also die Plätze, und sie fuhr los.

Stadtauswärts ging es problemlos, es gab nur wenig Verkehr, keine Staus. Die Straßen waren breit und gut beschildert. Ich überließ mich meiner Müdigkeit und nickte ein. Als ich wieder aufwachte, lagen die Hochhäuser der Stadtbezirke des Zentrums schon weit hinter uns. Die Fahrt ging durch eine Allee unter einem grünen Blätterdach. Links und rechts säumten hinter den Bäumen lange Häuserreihen die Straße, alles machte einen vorstadtmäßigen Eindruck. Wenn sich zwischendurch Ausblicke boten, zeigte sich eine ländliche Umgebung, Häuschen mit Gärten und zum Teil sogar Reisfelder.

Yuka hatte das Navi aktiviert, und die Stimme, die ab und zu Anweisungen gab, hatte mich geweckt. Ich fragte, wohin sie wollte. Sie antwortete, nach Odawara und von dort weiter nach Atami, das Endziel aber wäre Shimoda auf der Halbinsel Izu. Den Ort hatte sie schon mal erwähnt, aber der Name sagte mir nichts. Ich fragte, warum sie ausgerechnet dorthin wollte. Da sagte sie, dass sie dort jemanden kenne, der uns helfen könnte. Das war eine Neuigkeit, denn bisher hatte sie kein Wort davon gesagt. Ich wollte wissen, wer das wäre. Ein früherer Bekannter, antwortete sie, der führe in der Nähe von Simoda eine Pension. Dort hoffte sie, dass wir eine Zeit lang unterkommen könnten. Als ich aber fragte, ob sie zu dem Mann schon Kontakt aufgenommen hätte, sagte sie: „Nein."

Das klang nicht gut. Käme sie allein, hätte sie sicher kein Problem, aber ohne Ankündigung in meiner Begleitung aufzutauchen, schien mir wenig aussichtsreich. Noch dazu waren mir aus den Erfahrungen der letzten Wochen Yukas Bekannte suspekt geworden. Einige standen schon mit einem Fuß im Knast, und der Rest erschien mir auch nicht seriöser. Auf die Hilfe solcher Leuten angewiesen zu sein, war keine gute Option. Ein Versteck, wo uns keiner kannte, wäre mir bedeutend lieber gewesen, und am liebsten hätte ich Japan vollends den Rücken gekehrt. Aber das war mit Yuka nicht zu machen, denn sie betonte stets, im Ausland nicht leben zu können, und einen anderen Vorschlag hatte ich nicht parat.

★★★

Es war früher Nachmittag, als wir die Küste erreichten und erstmals das Meer sahen. Es ging eine schmale Bergstraße hinab, dann lichteten sich die Bäume, und auf einmal lag der Pazifik vor uns. Das Wasser schimmerte weißblau, es gab kaum eine Wolke am Himmel, und es war ungewöhnlich warm. Vor allem im Vergleich zu der Gegend, aus der wir kamen. Gestern hatte Yuka in ihrem leichten Kleid noch gefroren, heute stellte sie im Auto die Klimaanlage an. Und je weiter es ging, desto südlicher wurde die Landschaft. Die Küstenstraße wand sich in engen Kurven an zerklüfteten Felsen entlang, manchmal direkt am Meer, manchmal etwas oberhalb. Zeitweise führte die Straße durch dunkle, enge Tunnel, doch kaum hatten wir die passiert, blendete wieder das Sonnenlicht und stach uns, weil wir keine Sonnenbrillen hatten, in die Augen.

Atami war ein mondäner Touristenort mit vielen Hotels, die sich von der Meeresküste bis hinauf in die umliegenden Berghänge zogen. Nachdem wir das Städtchen passiert hatten, wurde die Gegend rauer und einsamer. Nur vereinzelt sahen wir Fischerdörfer, wo rostige Fischerboote im Hafen lagen. Weiter oben hockten Villen wie Vogelnester in den Felsen. Und immer wieder kamen wir an versteckten Buchten vorbei. Die Badesaison hatte noch nicht begonnen, daher waren die Strände trotz des sommerlichen Wetters leer.

Das letzte Stück bis Shimoda wollte die Fahrt aber kein Ende nehmen. Kurve um Kurve zog sich die Küstenstraße dahin, reihte sich ein Tunnel an den anderen. Zeitweise war vom Meer gar nichts mehr zu sehen, dann kamen wieder lange Strände mit pittoresken Klippen. An bizarre Felsformationen klammerten sich krumme, windzerzauste Föhren. Die Gegend war abwechslungsreich und interessant, aber übernächtigt, wie ich war, konnte ich kaum die Augen offenhalten. Und da ich nicht mehr am Steuer saß, überließ ich mich dem Schlaf.

Als ich wieder aufwachte, wirkte die Landschaft plötzlich verändert. Die Straße führte nicht mehr an der Küste entlang, sondern wand sich hinauf durch dichtes Grün. Nach einer Weile ging es wieder bergab bis zu einer scharfen Biegung. Dann kamen Häuser und eine Brücke über einem Fluss in Sicht, und es stellte sich heraus, dass wir schon in Shimoda waren.

Die Stadt lag am Fuß eines Berges und war aufgrund ihrer Lage jahrhundertelang nur übers Meer erreichbar gewesen. Inzwischen gab es zwar Zufahrtsstraßen, sowohl an der Küste als auch durch das Hinterland, doch der Eindruck, Shimoda läge am Ende der Welt, war auch heute noch spürbar. Vielleicht war das mit ein Grund, warum Yuka auf den Gedanken kam, hier Zuflucht suchen zu wollen.

Rund um den Bahnhof wirkte die Stadt wie ein Touristenort, aber in der Gegend des alten Hafens duckten sich in engen Gassen noch viele alte Häuser aneinander. Die Zeit, wo alles, was übers Meer kam, als bedrohlich empfunden wurde, schien hier stehen geblieben zu sein. Nichts von der freien Atmosphäre des mondänen Badeorts Atami, hier war noch die düstere Enge des alten Japan spürbar. Ursprünglich war Shimoda nur ein Fischerdorf, da es aber in einer großen Bucht lag, fanden in dem natürlichen Hafen auch große Seeschiffe vor Taifunen Schutz. So tauchten immer wieder ausländische Schiffe auf, bis Mitte des 19. Jahrhunderts Shimoda schließlich als einer der ersten japanischen Häfen für internationalen Schiffsverkehr geöffnet wurde. Aufgrund der schlechten Anbindung ans Hinterland blieb der Hafen jedoch unbedeutend. Außerdem war er nicht so sicher wie geglaubt, denn 1854 suchte infolge eines Erdbebens eine verheerende Flutwelle Shimoda heim. Der Tsunami zog nicht nur alle in der Bucht vor Anker liegenden Schiffe in Mitleidenschaft, sondern zerstörte auch einen beträchtlichen Teil der Stadt. Sie wurde fast dem Erdboden gleichgemacht, denn bis auf ein paar Bauten fiel alles der Katastrophe zum Opfer.

Nach dem Wiederaufbau und der kurzen historischen Phase als internationale Hafenstadt versank Shimoda dann in ein Dornröschendasein, aus dem es erst mit dem Aufkommen des Tourismus wieder erwachte. Da begann der Ort plötzlich zu einem bevorzugten Reiseziel zu werden. Dies betraf aber hauptsächlich die Sommersaison, darum waren jetzt kaum Gäste zu sehen. Shimoda machte auf uns fast den Eindruck einer Geisterstadt, alles wirkte verlassen, viele geschlossene Geschäfte, wenig Leute auf den Straßen. Darum fanden wir sofort einen Parkplatz, mussten aber eine ganze Weile suchen, bis wir ein geöffnetes Lokal entdeckten. Es war ein Café, das abseits des alten Hafens an einem von Trauerweiden gesäumten Kanal lag. Das Viertel sah aus, als hätte man alles so belassen wie vor hundert Jahren. Dunkle Holzbauten, wie man sie sonst im Land sieht, standen neben den für Shimoda typischen Häusern mit weißem Rhombenmuster auf grauem Mauerwerk, *Namako-kabe* genannt.

Es war gegen halb vier. Wir waren beide von den Strapazen erschöpft und gönnten uns eine Pause. Gegen die Müdigkeit richtete der Kaffee zwar nicht viel aus, trotzdem fühlten wir uns entspannter und gaben uns der Hoffnung hin, dass wir es geschafft hätten. Die Fahrt war ohne Zwischenfälle verlaufen, und es schien, als wären wir in Sicherheit. Hier wusste keiner, was in Yamagata passiert war, darum fielen wir auch nicht weiter auf.

Wir waren die einzigen Gäste in dem ruhigen Lokal. Wir sprachen nichts, saßen nur da und sahen aus dem Fenster auf den Kanal hinaus. Einige Weidenzweige hingen ins Wasser, das darunter trüb und träge dahinfloss. Da bemerkte ich, dass Yuka ein Handy hervorkramte. Wollte sie hier telefonieren? Wir hatten doch ausgemacht, unsere Handys ausgeschaltet zu lassen, damit man uns weder erreichen noch orten könnte.

„Was soll das?", fragte ich, „willst du riskieren, dass wir schon am ersten Tag hier auffliegen?"

„Nein, aber wie soll ich sonst meinen Bekannten kontaktieren?"

„Ruf ihn von einem öffentlichen Telefon an!"

„Wo gibt's denn noch sowas, hast du eins gesehen?"

„Nein, aber irgendwo wird's schon eins geben."

Sie reagierte unwirsch, gab aber doch nach und steckte ihr Handy wieder ein. Dann stand sie auf, sprach kurz mit der Wirtin und verschwand danach für eine Weile. Als sie wieder da war, pflanzte sie sich vor mir auf und verkündete: „Alles okay!"

„Was ist okay?"

„Wir können kommen!"

Es wunderte mich, dass ihr Bekannter sich so einfach dazu bereit erklärt haben sollte, uns in seiner Pension wohnen zu lassen. Hatte sie ihm wirklich konkret unsere Situation geschildert? Sie behauptete: Ja, er hätte ihr zugesagt, uns bei sich aufzunehmen. Ich blieb skeptisch und wollte wissen, für welchen Zeitraum und zu welchen Bedingungen. Da kam heraus, dass sie nur gesagt hatte, wir suchten eine Unterkunft. Darauf hatte er geantwortet, kein Problem, seine Pension hätte genug freie Zimmer. Das klang danach, als ob er uns für normale Gäste hielt. Yuka redete sich heraus, dass sie am Telefon nicht mehr hätte sagen können, aber wenn wir erst dort wären, würde sich alles aufklären.

War das nur Zweckoptimismus, oder war sie tatsächlich davon überzeugt? Ich kannte den Typen nicht und wusste nichts über ihre Beziehung zu ihm. Aus meiner Sicht war es nicht abzuschätzen, wie vertrauenswürdig er war. Yuka konnte das sicher besser beurteilen, aber wenn er alles über uns wüsste, bestand natürlich die Gefahr, dass er versucht sein könnte, unsere schwierige Lage auszunutzen. Dass Yukas Geld seine Begehrlichkeit wecken würde, war dabei noch meine geringste Sorge.

Allerdings fühlte ich mich zu müde, um darüber zu debattieren. Vorerst war ich ebenso froh wie Yuka, einen Ort gefunden zu haben, wo wir uns ausschlafen könnten. Morgen würden wir klarer sehen, darum sagte ich nichts mehr und überließ alles Weitere ihr. Wir zahlten und verließen das Kaffeehaus, um uns gleich auf den Weg zu machen.

Laut Yukas Beschreibung lag die Pension etwas stadtauswärts direkt am Meer. Es sollten nur zwanzig Minuten von hier sein, doch weil sich Yuka verfuhr, brauchten wir fast eine Dreiviertelstunde. Sie verpasste nämlich eine Abzweigung und fuhr auf der Hauptstraße zu lange geradeaus. Nachdem sie den Fehler bemerkt hatte, mussten wir das ganze Stück wieder zurückfahren.

Als sie dann an der richtigen Stelle abgebogen war, ging es kurvenreich durch unberührte Natur dahin, an einer einsamen Bucht vorbei, und schließlich kam ein einspuriger Tunnel. Kurz vorher hatten wir ein Schild mit dem Namen der Pension gesehen, doch auf der anderen Seite fand sich kein weiterer Hinweis mehr. Die Straße führte durch unbewohntes Gebiet zwischen wild wucherndem Buschwerk dahin. Wir schienen uns von der Küste auch immer weiter zu entfernen, denn hinter dem Tunnel war nichts mehr vom Meer zu sehen, und die Straße ging bergauf. Yuka fragte, was wir machen sollten. Ich hatte den Eindruck, dass sie sich wieder verfahren hatte und schlug daher vor, umzudrehen. Es hatte aber nirgendwo eine Abzweigung gegeben, wenn das Schild nicht falsch war, musste die Pension noch kommen. Als Kompromiss einigten wir uns darauf, dass sie noch ein Stück weiterfahren sollte.

Da fiel mir zwischen blühenden Heckenrosen eine Zufahrt auf, und dort befand sich auch ein Schild mit dem Namen der Pension: „Wave". Obwohl Yuka nur langsam fuhr, wäre sie fast vorbeigefahren. Sie schob zurück und bog ein, da standen wir vor einer verschlossenen Garageneinfahrt. Hinter der Garage ragte zwar ein Gebäude auf, aber das zeigte sich nur von der Rückseite, es war kein Zugang zu sehen. Yuka blieb sitzen, nur ich stieg aus. Ich probierte am Garagentor, das war versperrt. Seitwärts entdeckte ich jedoch einen Weg, dem ich ein paar Schritte folgte. Und plötzlich bot sich mir ein unerwartetes Bild. Vor mir fiel eine tiefe Steilküste ab und gab einen traumhaften Blick übers Meer und die umliegenden Felsen frei. Es führten Stufen hinab, die unten in einer kleinen Bucht mit Sandstrand endeten. Ich eilte zurück, um Yuka zu holen und ihr die schöne Aussicht zu zeigen. Auch sie war von dem Ausblick begeistert und meinte, hier müssten wir richtig sein, so wäre ihr der Ort beschrieben worden. Gemeinsam stiegen wir den ersten Absatz der Felstreppe hinunter und kamen zu einer breiten Terrasse. Die gehörte zu einer Villa, die sich wie ein Adlerhorst in die Felswand schmiegte.

Während wir noch die Lage bewunderten, öffnete sich eine Glastür, und ein schlanker Mann mit Sonnenbrille, Dreitagebart und grau meliertem Haar kam über die Terrasse auf uns zu. Wie sich herausstellte, der Besitzer der Pension, er hatte uns schon erwartet. Er war sportlich gekleidet, trug schwarze Shorts und ein gelbes T-Shirt, das aussah wie ein Radfahrertrikot. Sein Alter war schwer zu schätzen, aber ich hielt ihn für über vierzig. Ein ehemaliger Studienkollege, wie Yuka behauptet hatte, konnte er schwerlich sein, höchstens wenn er erst sehr spät zu studieren begonnen hatte.

Er begrüßte sie wie eine alte Freundin, mich streifte er dagegen mit einem misstrauischen Blick. Ich traute Yuka zu, dass sie ihm nicht gesagt hätte, sie käme in Begleitung, noch dazu in der eines Ausländers. Als Yuka mich vorstellte, bemühte er sich zwar um Freundlichkeit, es war ihm aber anzumerken, dass er sich überrumpelt fühlte. Es dauerte eine Weile, bis er sein reserviertes Wesen mir gegenüber ablegte. Er sprach erst nur mit Yuka, und es schienen ihn eine Menge Fragen in Bezug auf mich zu beschäftigen, aber die richtete er ausschließlich an sie. Beide sprachen auch so schnell, dass ich fast nichts verstand. Ich wurde den Eindruck nicht los, dass Yuka mich bewusst aus dem Gespräch raushalten wollte, um die Sache selbst zu klären.

Was ich mitkriegte, war, dass sie am Telefon angekündigt hatte, sie käme nicht allein, Näheres zu meiner Person hatte sie aber nicht gesagt. Er war daher davon ausgegangen, dass sie mit einer Freundin ein paar Tage bei ihm wohnen wollte. Dementsprechend wirkte er etwas konsterniert, aber Yuka versuchte seine Vorbehalte auszuräumen.

Immerhin lud er uns dann ein, an einem der Tische auf der Terrasse Platz zu nehmen und bot uns etwas zu trinken an. Da wir Kaffee dankend ablehnten, brachte er eine Kanne Eistee. Yuka hatte zwar Andeutungen gemacht, weswegen wir gekommen waren, im Wesentlichen schien sie ihn aber auch darüber im Unklaren gelassen zu haben. Ich hatte so etwas schon geahnt. Es resultierte aus ihrer Art, immer eher zu wenig zu sagen als zu viel. Damit beschwor sie jedes Mal wieder Missverständnisse herauf.

Allerdings hatte er vom Brand in der Bar und dessen Folgen schon gehört. Die Information wurde überregional verbreitet, und wir erfuhren jetzt erst, dass nicht nur Mama-san und die Mädchen, sondern auch zwei Hausbewohner dem Feuer zum Opfer gefallen waren. Hatten wir uns gerade noch in Sicherheit gewiegt, holte uns der Schrecken von letzter Nacht wieder ein. Nun wurde uns erst so richtig bewusst, was für ein Aufsehen die Sache gemacht hatte. Es war viel mehr bekannt, als wir dachten. Auch die Tatsache, dass ein Ausländer involviert war, hatte schon die Runde gemacht. Und das dürfte es auch gewesen zu sein, was den Mann so irritiert hatte, als er meiner ansichtig wurde. Unter diesen Umständen mussten wir heilfroh sein, es unbehelligt bis hierher geschafft zu haben.

Yuka versuchte, den Fall aus unserer Sicht zu schildern und ihm zu erklären, warum wir uns nicht an die Polizei gewandt hatten. Er hörte es sich an, aber seiner Miene war zu entnehmen, dass ihm die Sache nicht gefiel und ihm langsam dämmerte, worauf er sich mit uns einließ. Yuka einen Gefallen zu tun und uns hier wohnen zu lassen, war das eine, das andere aber war, dass ihn das selber in Schwierigkeiten bringen konnte. Er schwankte daher, ob er seine gegebene Zusage einhalten oder sich eine Ausrede überlegen sollte. Yuka schaffte es aber, seine Bedenken zu zerstreuen. Sie versprach ihm, wir würden uns ganz unauffällig verhalten und nicht lange bleiben. Er sagte darauf, er könne uns ein Zimmer nur unter der Bedingung überlassen, dass wir uns selbst versorgten. Die Saison hätte noch nicht begonnen, darum wäre er noch nicht auf Gäste eingerichtet. Der Preis, den er dafür verlangte, erschien mir relativ hoch, aber er behauptete, es wäre der ortsübliche Tarif, und Yuka erklärte sich damit einverstanden.

Daraufhin zeigte er uns ein Zimmer im ersten Stock, das etwas eng, aber nicht schlecht war. Es bot vom Balkon aus einen schönen Ausblick aufs Meer. Beim Zimmerschlüssel war auch ein Garagenschlüssel dabei, damit wir das Auto einstellen konnten. Er erklärte uns, dass es einen Verbindungsgang zwischen Haus und Garage gäbe, sodass wir von dort direkt in unser Zimmer kämen und nicht den Umweg über die Terrasse zu nehmen bräuchten. Ich ging gleich hinauf, fuhr den Wagen in die Garage und brachte unsere Sachen ins Zimmer. Ich musste mehrmals gehen, weil ich nicht alle Taschen auf einmal schleppen konnte. Aber Yuka half mir nicht, sie war mit unserem Wirt irgendwohin verschwunden.

Mit all dem herumstehenden Gepäck sah das Zimmer ziemlich vollgeräumt aus. Vorläufig ließ ich aber alles, wie es war, schob nur einen Teil meiner Sachen unters Bett und verstaute Yukas Geldtasche im Schrank. Danach ließ ich mich, müde und erschöpft, aufs Bett fallen. Während ich so lag, hörte ich von draußen die Stimmen Yukas und unseres Gastgebers, ohne dass ich etwas von dem Gespräch verstand. Zwar hätte es mich interessiert, was sie da noch zu bereden hatten, aber es fehlte mir die Energie, mich noch einmal aufzuraffen, um hinunterzugehen. Inzwischen war es längst Abend, und ich wollte lieber hier im Zimmer auf Yuka warten.

Nachdem ich mich hingelegt hatte, sank ich jedoch sehr bald in den Schlaf. Yukas Kommen hörte ich nicht mehr und schlief die ganze Nacht durch wie ein Toter. Als ich am nächsten Morgen erwachte, wusste ich erst gar nicht, wo ich war. Draußen war es schon wieder hell. Ich sah auf meine Uhr, es war gegen acht. Ich hatte mehr als zwölf Stunden geschlafen. Im Haus war es völlig still, doch da die Balkontür nur angelehnt war, drang Möwengeschrei und fernes Meeresrauschen herein. Schlaftrunken blieb ich liegen, und es dauerte eine Weile, bis ich mich wieder an alles erinnerte, was uns hierher gebracht hatte.

Das Bett neben mir sah zwar benutzt aus, doch Yuka war nicht da. Einen Teil ihrer Sachen hatte sie ausgepackt und weggeräumt, das restliche Gepäck stand noch im Zimmer herum. Ich musste aufs Klo, also stand ich auf. Ich hatte zuerst gedacht, Yuka wäre im Bad, aber auch dort fand ich sie nicht. Wo konnte sie sein? Ich hatte gestern den Zimmerschlüssel von innen stecken lassen. Jetzt war er nicht mehr da, die Tür aber unversperrt, also musste sie wohl draußen sein. Ich sah im Wandschrank nach ihrer Geldtasche. Die war nicht mehr dort, wo ich sie gestern hingelegt hatte. Einen Moment lang fühlte ich mich beunruhigt, doch nach einigem Herumkramen fand ich sie doch, Yuka hatte sie nur etwas besser verstaut.

Es kam mir komisch vor, dass sie weggegangen sein sollte, ohne mir eine Nachricht zu hinterlassen. Ich trat hinaus auf den Balkon und warf einen Blick auf die Terrasse, die war leer. Dann sah ich hinunter in die Bucht, auch dort war sie nicht. Während ich meinen Blick über Küste und Meer schweifen ließ, hielt mich die schöne Aussicht so in Bann, dass ich Yuka fast vergaß. Die Sonne schien, kaum Wolken am Himmel, und das Meer glänzte in allen Schattierungen zwischen Smaragdgrün und Marinblau. Die Szenerie wirkte fast irreal, ich fühlte mich wie in eine andere Welt versetzt. Der Kontrast zwischen diesem friedlichen Morgen und dem Albdruck der vergangenen Tage kam mir vor wie ein Sprung durch Raum und Zeit.

Nach diesem Augenblick der Selbstvergessenheit kehrte ich ins Zimmer zurück. Da ich Yuka nirgendwo gesehen hatte, begann ich nun doch, mir ein wenig Sorgen um sie zu machen. Wir waren aufeinander angewiesen, da war es nicht gut, wenn einer vom anderen nichts wusste. Da ich aber momentan nichts tun konnte, beschloss ich, noch zu warten. Sollte Yuka in der nächsten Viertelstunde nicht auftauchen, würde ich sie suchen gehen. Davor wollte ich aber noch ins Bad. Ich hatte auf die Verbrennung am Knöchel gar nicht mehr geachtet, doch beim Duschen begann die Haut an der Stelle wieder zu schmerzen.

Nachdem ich das Wasser abgedreht hatte und dabei war, mich abzutrocknen, hörte ich ein Geräusch aus dem Zimmer. Allem Anschein nach war Yuka wieder da. Ich legte mir das Badetuch um und sah nach. Tatsächlich war sie eben von einem Einkauf zurückgekommen. Nach dem, was sie erzählte, war sie, kurz bevor ich munter wurde, aufgewacht. Da sie Hunger hatte, stand sie auf, um etwas zum Essen zu besorgen. Und weil unser Wirt gesagt hatte, dass er noch nicht auf Gäste eingerichtet war und wir daher kein Frühstück bekommen würden, wollte sie mit dem Wagen nach Shimoda fahren. Doch auf dem Weg dahin war ihr ein *Convenience Store* aufgefallen, dort kaufte sie, was wir für die nächsten Tage brauchten. Neben Essen und Getränken auch Toilettenartikel. Wir durften im Zimmer zwar nichts kochen, aber Wasser wärmen, daher brachte sie hauptsächlich Fertiggerichte wie Instantnudeln mit.

Für mich hatte Yuka Croissants und eine Dose Caffè Latte besorgt. Das kam mir gerade recht. Bevor wir anfingen, zu frühstücken, fragte ich sie noch, wo die Brandsalbe wäre. Die hatte sie in ihrer Handtasche, und wie gestern trug sie das kühlende Gel selbst auf. Danach erzählte sie mir, was sie gestern Abend mit unserem Gastgeber besprochen hatte.

Über den Anschlag auf das „Bourbon" gab es keine neuen Informationen, aber sie erfuhr, und es traf sie wie ein Schock, dass man auch sie unter den Toten vermutete. Befragungen der letzten Gäste hatten ergeben, dass sich an dem Abend drei Mädchen, Rena, Shiba und Mary, neben Mama-san und mir in der

Bar befanden. Da in dem ausgebrannten Lokal aber nur drei Leichen gefunden worden waren, ging man davon aus, dass eins der Mädchen überlebt haben musste. Doch keine der drei hatte sich danach gemeldet, so konnte nicht ausgeschlossen werden, dass auch Mary unter den Opfern war. Andere Zeugen hatten auf der Straße vor der Bar eine junge Frau und einen Ausländer gesehen. Von Letzterem wurde angenommen, dass er der *Guardman* war, doch über seine Identität war nichts bekannt. Yuka machte sich deswegen Sorgen und meinte, dass es doch besser gewesen wäre, uns an die Polizei zu wenden. Unser Verschwinden löste Spekulationen aus, und man könnte daraus folgern, dass wir etwas mit dem Brand zu tun hätten.

Ihre Befürchtung war nicht ganz von der Hand zu weisen. Wir waren die einzigen Zeugen, die gesehen hatten, was in der Bar tatsächlich geschah. Ich hielt es aber trotzdem für angeraten, vorläufig noch stillzuhalten. Für uns war es kein Nachteil, wenn man Yuka unter den Opfern vermutete. Früher oder später würde die Polizei die Wahrheit herausfinden, und sie wäre dann auch in der Lage, die Täter auszuforschen.

Yuka widersprach, indem sie darauf hinwies, dass uns Leute gesehen und beschrieben hatten. Das erhöhte für uns die Gefahr, dass die wahren Täter eher als die Polizei darauf kommen könnten, dass wir noch am Leben waren. Ich plädierte dennoch dafür, dass wir uns nur im Notfall an die Polizei wenden sollten. Solange niemand ahnte, dass wir hier waren, konnte uns nichts passieren. Wir müssten nur vorsichtig sein, dürften uns nicht zusammen blicken lassen, und das Auto nach Möglichkeit in der Garage lassen, damit die fremde Nummerntafel nicht auffiel. Vor allem aber schärfte ich ihr ein, dass sie nicht mehr so wie heute Morgen verschwinden dürfte, ohne mir etwas zu sagen. Wir müssten immer wissen, wo der andere war und was er gerade tat.

Yuka versprach, meinem Rat zu folgen. Dabei hatte ich eine Sache, die mir fast noch mehr am Herzen lag, noch gar nicht angesprochen. Nämlich die Frage, inwieweit wir unserem Gastgeber trauen könnten. Das Risiko wäre geringer gewesen, wenn wir uns unter falschen Namen in einer Pension einquartiert hätten, wo unser keiner kannte. Da dieser Mann aber über uns Bescheid wusste, waren wir ihm auf Gedeih und Verderb ausgeliefert. Wir konnten nicht wissen, wie er sich verhalten würde, falls Gefahr in Verzug wäre. Er könnte uns sowohl erpressen als auch verpfeifen, je nachdem, was ihm opportuner erschiene. Yuka erklärte zwar, wir wären bei ihm sicher, weil er sich ihr von früher her verpflichtet fühle. Doch worin diese Verpflichtung bestand, wollte sie mir nicht sagen.

Mein Vertrauen in ihn stärkte sie damit nicht, denn es könnte durchaus sein, dass er danach trachtete, mir Yuka auszuspannen. Nicht, dass ich ihr zugetraut hätte, sich darauf einzulassen und mit ihm gemeinsame Sache gegen mich zu machen. Aber unter Umständen bliebe ihr gar keine andere Wahl, und dann würde ich zum Bauernopfer. Wenn er zur Polizei ginge, könnte er zwei Fliegen mit einer Klappe schlagen. Ihr würde dann gar nichts passieren, mir dagegen schon. Wenn man mich abschieben würde, wäre er mich los und hätte sie für sich allein. Merkte sie nicht, in welch gefährliche Lage sie uns da gebracht hatte, oder nahm sie es einfach in Kauf? Sie hatte schon früher öfter falschen Leuten vertraut, aber offenbar war sie aus Schaden nicht klug geworden.

Eine gewisse Sorglosigkeit war auch ihrem Verhalten nach unserem Gespräch anzumerken. Hatte sie erst noch so getan, als würde sie meine Sorgen ernst nehmen, schien sie im nächsten Moment alles wieder vergessen zu haben. Sie stand auf, öffnete die Balkontür, sah hinaus und meinte, das hier wäre der ideale Ort für uns. Wenn wir auf der Hut blieben, würde uns hier keiner finden.

Ich sagte dazu nichts, die Abgeschiedenheit konnte einen tatsächlich dazu verführen, das zu glauben. Doch die Gefahr bestand darin, dass, falls doch jemand Wind von unserem Aufenthaltsort bekäme, wir hier in der Falle säßen. Denn von hier wäre uns jeder weitere Fluchtweg abgeschnitten. Aber so weit wollte ich gar nicht denken, darum ließ ich mich von Yukas Optimismus anstecken. Und ich ertappte mich insgeheim bei dem Gedanken, dass ich stillschweigend einer *Ménage à trois* zustimmen würde, wenn ich dafür die Gewähr hätte, dass unser Gastgeber mich hier duldete.

Von der geöffneten Balkontür drang eine feine Brise, geschwängert mit Blütenduft, herein. Früher hatte ich immer gehofft, ich würde Yuka, wenn sie eines Tages nicht mehr in der Bar arbeitete, ganz für mich allein haben. Doch wie es aussah, war das nur ein frommer Wunsch. Es war immer irgendeiner da, der sie mir wegnehmen könnte. Ich nahm mir vor, mich zu beherrschen, sie keine Eifersucht spüren zu lassen, aber wie lange würde ich das durchhalten? Bisher war alles gut gegangen, darum wollte ich uns hier am ersten Tag die Stimmung nicht durch Launenhaftigkeit verderben. Die Situation blieb aber ungut.

Ich trat zu ihr hinaus auf den Balkon. Die Sonne stand schon ziemlich hoch am Himmel, und rund ums Haus blühten zwischen den Felsen Büsche und Wildblumen in allen Farben. Von daher kam der süßherbe Duft, der an diesem schönen Frühsommertag alles einhüllte. Ich legte meinen Arm um Yuka, und sie schmiegte sich an mich. Nach einer Weile bekam ich Lust, hinunter zum Strand zu gehen, doch Yuka wollte lieber ein heißes Bad nehmen. In unserem Badezimmer gab es nur eine Dusche, aber sie deutete auf ein kleines Felsplateau unterhalb der Terrasse. Dort befand sich eine Holzhütte, und drinnen sollte es eine heiße Quelle geben. Solange noch keine anderen Gäste da waren, könnten wir das *Onsen* jederzeit ohne Voranmeldung benutzen, hatte ihr unser Gastgeber gestern gesagt.

Wir nahmen Handtücher mit und gingen hinunter. Nach dem Betreten der Hütte standen wir in einer dunklen Kammer, die wie ein Verschlag wirkte, aber als Garderobe gedacht war. Um sich zu zweit da drinnen auszuziehen, war es fast zu eng, doch Yuka streifte ihr Kleid schnell ab und öffnete die Tür, die in einen hellen, geräumigen Baderaum führte. Dort war alles holzverkleidet, und es gab ein niedriges Becken, in das aus einem Rohr beständig heißes Wasser floss. Es gab keinen Hahn, das Wasser plätscherte die ganze Zeit, trat über den Beckenrand, ergoss sich über den Boden und verschwand in einem Abfluss.

Inzwischen ebenfalls unbekleidet, betrat ich hinter Yuka den Baderaum. Seitlich gab es drei, vier Duschköpfe, dazu Seifenspender, kleine Zuber und Hocker. Yuka saß auf einem, hatte sich schon eingeseift und begann sich nun abzuduschen. Ich tat es ihr nach. Hätte das große Schiebefenster an der hinteren Wand nicht offen gestanden, wäre der Baderaum wohl ganz von Wasserdampf erfüllt gewesen. Auch so tropfte das Kondenswasser von der Decke und den Wänden. Durchs Fenster bot sich aber ein atemberaubendes Panorama über Meer und Küste. Noch schöner als von unserem Balkon, weil direkt hinter der Hütte die Felsen steil abfielen.

Wir stiegen zusammen ins *Onsen*. Das leicht trübe Wasser rauschte in einem großen Schwall über den Beckenrand, als wir uns beide niederließen. Ich hielt es im heißen Wasser aber nicht lange aus, denn die verletzte Stelle an meinem Knöchel begann wie Feuer zu brennen. Ich stand auf und wollte eben aus dem Becken steigen, als mich Yuka von hinten zurückhielt. Mit einem Bein stand ich schon halb draußen, aber sie umfasste das andere und begann, mit beiden Händen meine Schenkel zu streicheln. Dann glitten ihre Finger höher und umspielten schließlich meine Hoden.

In dem Augenblick bemächtigte sich meiner eine Erregung, als hätte sie einen geheimen Schalter umgelegt. Ich ließ mich rittlings auf den Beckenrand nieder, während sie sich aufrecht kniend an mich schmiegte. Ich begann ihre Liebkosungen zu erwidern. Sie küssend, strichen meine Hände über ihre warme, feuchte Haut, ihre kleinen, festen Brüste, ihren schlanken, weichen Bauch, hinunter zum magischen Dreieck zwischen ihren Schenkeln. Ihr Körper dampfte, ihr hochgestecktes Haar duftete, ihr Atem glühte.

Wie lange hatten wir uns nicht mehr geliebt? Ich wusste es nicht. Yuka hatte in den letzten Wochen viel Stress und darum wenig Lust, mit mir zu schlafen. Aber auch mein Begehren hatte nachgelassen, die frühere Glut schien erloschen und zu Asche niedergebrannt. Wenn wir uns liebten, glich es zuletzt nur noch einem mechanischen Akt aus Gewohnheit. Doch nun genügte ein Hauch, und das Feuer loderte wieder mit einer Heftigkeit auf, die ich kaum mehr für möglich gehalten hätte.

Wir lagen neben dem Becken eng umschlungen auf dem nackten Holzboden und liebkosten uns. Ihre Zunge kannte all die Geheimnisse, die mich zum Wahnsinn brachten. Immer wieder schwappte ein Schwall warmen Wassers über uns. Wir liebten uns wie im Rausch, jede Berührung steigerte das Begehren, und anders als sonst ging die Initiative von ihr aus. Das Verlangen mündete in eine Leidenschaft, die sogar unsere ersten Liebesnächte übertraf. Sie nahm mich auf, als ob sie mich verschlingen wollte. Schon beim ersten Stoß drang ich tief in sie ein. Sie stöhnte auf, und meine Erregung steigerte sich so rasch, dass ich binnen Kurzem so weit war und mich mit einem heißen Strahl in sie ergoss.

Für sie war ich zu früh gekommen, denn als ich mich aus ihr zurückziehen wollte, hielt sie mich zwischen ihren Schenkeln fest. Ihre Scheide zuckte, und sie verengte ihre Vagina in rhythmischen Abständen. Mein Penis wurde rasch wieder hart, und unser Liebesspiel begann von Neuem. Mich wunderte, dass sie diesmal nicht fürchtete, schwanger zu werden. Sie war nicht wie sonst zurückgewichen, als ich ungeschützt in sie eindrang, und hatte mich nicht aufgefordert, ein Kondom zu benutzen. Ich hätte außerdem auch keins dabeigehabt, denn die lagen alle oben im Zimmer. Ihr Verlangen war aber so stark, dass sie selbst alle Vorsicht vergaß. Nun lag sie wie entrückt unter mir, schwer atmend, tief aufstöhnend hielt sie mich umklammert, bewegte sich im Gleichklang mit mir und presste mich bei jedem Stoß tiefer in sich hinein, sodass ich zum zweiten Mal kam. Diesmal zugleich mit ihr. Ich spürte, wie ihre Scheide sich konvulsivisch zusammenzog und ihr ganzer Körper bebte. Ich konnte mich nicht erinnern, dass sie mit mir je so einen heftigen Orgasmus erlebt hätte.

Wir blieben noch eine Weile eng umschlungen liegen, bis unsere Lebensgeister nach diesem „kleinen Tod" wiederkehrten. Dann standen wir auf, duschten uns ab und verließen das Bad. Unsere Sachen ließen wir im Umkleideraum zurück und stiegen nur in unsere Badetücher gehüllt die steile, in den Fels gehauene Treppe zum Strand hinunter. Zum Schluss mussten wir über eine gefährlich aussehende eiserne Leiter klettern, denn das letzte Stück fiel fast senkrecht ab. Heftige Stürme hatten hier eine Sanddüne tief hinein in die Felsnische getrieben, sodass man am Ende der Leiter schon den weißen Sandstrand betrat. Bis zum Meer waren es aber noch zehn bis fünfzehn Schritte.

Ich warf das Badetuch ab und lief splitternackt ins Meer, das unter meinen Füßen hoch aufspritzte, dann ließ ich mich fallen. Das klare Wasser fühlte sich frisch an, und mir tat die Abkühlung gut. Yuka war mir nachgelaufen, aber kaum hatten ihre Fußspitzen das kühle Nass berührt, blieb sie stehen und machte kehrt. Ihr war das Meer doch noch zu kalt. Sie setzte sich lieber auf einen der sonnengewärmten Felsen am Strand und beobachtete mich aus der Ferne.

Erst einmal untergetaucht, empfand ich das Wasser als nicht mehr so kühl. In der Tiefe war es kälter als an der Oberfläche, so schwamm ich ein Stück hinaus und ließ mich dann auf dem Rücken treiben. Ich genoss den Blick hinauf zu der hoch oben in den Felsen gelegenen Villa. Und über allem schien die Sonne, friedlich und still.

Da bemerkte ich, dass Yuka winkte und mir etwas zurief, doch konnte ich ihre Worte nicht verstehen. So kehrte ich ans Ufer zurück, und als ich aus dem Wasser stieg, begann es mich zu frösteln, denn es wehte eine kühle Brise. Ich hob mein Badetuch auf und ging zu Yuka. Auf meine Frage, was sie denn gewollt hätte, sagte sie, es wäre ihr so vorgekommen, dass ich zu weit draußen war, darum hätte sie sich Sorgen gemacht. Obwohl sie schwimmen konnte, wagte sie sich nie weiter hinaus, als sie stehen konnte. Ich nannte sie einen kleinen Feigling und streckte mich neben ihr auf einer Felsplatte aus. Die Stelle hier war windgeschützt, und ich genoss wie eine Eidechse die behagliche Wärme. Es ging auf Mittag zu, der Strand lag voll im Sonnenlicht, und die Zeit um uns schien stillzustehen.

Gestern um die Zeit waren wir noch in Tokyo, und Yuka war sehr nervös gewesen. Heute wirkte sie dagegen so entspannt, als läge alle Gefahr weit hinter uns, und ich ließ mich von ihrer Unbeschwertheit anstecken. Sie machte noch einmal den Versuch, ins Wasser zu gehen, kam aber nicht weiter als vorhin. Nachdem sie nur ihre Zehen benetzt hatte, drehte sie sofort wieder um. Als sie zurückkam, musterte sie meine Beine und meinte, dass die Verbrennung nicht gut aussähe. Zuvor beim Schwimmen im Meer hatte ich ein Kribbeln verspürt, das später am Strand in ein Jucken überging. Ich hatte nicht weiter darauf geachtet, weil ich mir dachte, das rührte vom Salz her. Doch an der Stelle, wo sich zuerst nur weiße Bläschen gebildet hatten, sah die Haut nun ganz wund aus. Einige der Bläschen waren geplatzt, und Yuka vermutete, das *Onsen* könnte der Verletzung nicht gut getan haben. Als sie jedoch begann, mit einem Zipfel ihres Badetuchs darauf herumzutupfen, machte sie es nur noch schlimmer. Sie schlug daher vor, dass wir zurück in die Pension gehen sollten, wo sie noch Brandsalbe hatte. Und so machten wir uns auf, kletterten wieder die Leiter hoch und stiegen anschließend die Felstreppe hinauf. Aus der Badehütte holten wir unsere Sachen, und oben im Zimmer trug Yuka dann vorsichtig das Gel auf. Der Kühleffekt war so angenehm, dass das Brennen sofort nachließ.

Inzwischen meldete sich bei mir auch wieder ein leises Hungergefühl. Yuka machte Wasser heiß, um Instantnudeln, die sie gekauft hatte, aufzubrühen. Unser Gastgeber hatte uns zwar gestattet, dass wir die Küche des Hauses benutzen dürften, aber wir wollten ihm nicht schon am ersten Tag lästig fallen. In unserem Zimmer gab es auch einen kleinen Kühlschrank. Yuka hatte ihn heute Morgen eingeschaltet und mit ein paar Getränkedosen aufgefüllt, sodass es auch etwas Kühles zu trinken gab.

Während wir unsere Nudeln aßen, schaltete Yuka den Fernseher ein. Zufällig lief auf einem Sender eine Nachrichtensendung, doch der Brand im „Bourbon" wurde nicht erwähnt. So erfuhren wir zwar nichts über den Stand der Dinge, es bedeutete aber auch, dass man dem Fall hier weniger Bedeutung zumaß. Das war uns nicht unlieb, denn wenn darüber nicht berichtet wurde, bräuchte sich unser Gastgeber keine Sorgen zu machen. Es wäre nämlich geschäftsschädigend für ihn, sollte es publik werden, dass er uns hier Unterschlupf gewährte. Doch je eher Gras über die Sache wuchs, desto sicherer waren wir hier.

Ein gewisser Argwohn meinerseits blieb trotzdem bestehen, denn wenn es ihm nur um seine Pension gegangen wäre, hätte er uns nicht aufgenommen. Dass er es dennoch tat, nährte meinen Verdacht, dass er Hintergedanken in Bezug auf Yuka hegte. Es hätte aber nichts gebracht, das Thema vor ihr anzusprechen. Wäre es Teil des Deals, würde sie es mir mit Sicherheit nicht sagen. Ich kannte das. Jedesmal, wenn ich Vorbehalte gegen jemanden aus ihren Kreisen äußerte, nahm sie den Betreffenden sofort in Schutz. Die Wahrheit, dass der eine oder andere doch nicht ganz koscher war, gestand sie immer erst hinterher ein, und auch nur dann, wenn es sich nicht mehr leugnen ließ. Ich hatte mir daher angewöhnt, so zu tun, als glaubte ich, was sie mir erzählte und behielt meine Zweifel für mich. Wenn sie behauptete, wir könnten uns auf unseren Gastgeber verlassen, dann nahm ich das bis auf Weiteres so hin. Früher oder später würde sich schon herausstellen, was davon zu halten war.

VI

So vergingen einige Tage, ohne dass etwas Außergewöhnliches passiert wäre. Die einzige Ausnahme war, dass der Pensionsinhaber eines Morgens mit einer Zeitschrift in der Hand vor unserer Tür stand. Als Yuka ihm öffnete, hielt er ihr einen aufgeschlagenen Artikel hin, der den Brand im „Bourbon" und seine Folgen zum Thema hatte. Es war ein überregionales Magazin, das Hintergrundinformationen zu dem Fall brachte. Vor allem wurden einige Umstände näher beleuchtet, die bisher nirgendwo erwähnt worden waren.

Yuka warf sich aufs Bett und vertiefte sich in den Artikel. Ich sah ihr über die Schulter, verstand aber nicht viel. Es gab Bilder, die die Bar vor und nach dem Brand zeigten. Dazu gab es Fotos von Mama-san und den Mädchen, die mit ihr umgekommen waren. Auf einem weiteren Foto war auch Yuka zu sehen, wo sie neben einem unkenntlich gemachten Gast in der Bar saß. Ich fragte, was das zu bedeuten hätte, aber sie erwiderte nur, ich sollte warten, bis sie fertig gelesen hätte.

Erst nachdem sie mit dem Artikel zu Ende war, gab sie mir darüber Auskunft. Eine gute Nachricht war, dass unsere wahre Identität bisher noch unbekannt war, sie wurde weiterhin „Mary" und ich „der Ausländer" genannt. Das lag wohl daran, dass es ihr gelungen war, ihre Tätigkeit in der Bar so völlig von ihrem Privatleben zu trennen, dass außer Mama-san und mir niemand Näheres darüber wusste. Da sie allerdings auch Gäste von der Bar mit nach Haus genommen hatte, würde ihre Adresse früher oder später bekannt werden. Außerdem stand nun definitiv fest, dass sie überlebt hatte. Sie war auf Fotos als diejenige identifiziert worden, die während des Brandes auf der Straße gesehen wurde. Von mir wusste man nur, dass ich seit Jahresbeginn als Aufpasser in der Bar beschäftigt war. Es gab kein Foto, keinen Namen, und die angegebene Nationalität war falsch. Das lag daran, dass ich in der Bar einen Spitznamen hatte und die Mädchen Austria mit Australia verwechselten.

In dem Bericht wurden zwei mögliche Motive für den Anschlag genannt. Zum einen könnten Rivalitäten im Rotlichtmilieu den Hintergrund für die Tat gebildet haben. Zum anderen wurde auch ein Gerücht erwähnt, dass der Brandbombenwerfer sich für die private Zurücksetzung durch eins der Mädchen hätte rächen wollen. Mit Ersterem war man wohl auf der richtigen Spur, mit Zweiterem eher nicht. Beide Hypothesen bedeuteten zwar, dass man uns nicht der Mittäterschaft verdächtigte, aber man würde trotzdem weiter nach uns fahnden. Und es war wohl nur eine Frage der Zeit, bis Yukas wirklicher Name bekannt würde. Und auch mich kannten noch andere Leute. Käme etwa mein Trainer oder ein Kollege vom Karate auf die Idee, zur Polizei zu gehen, würde es über die Organisation, die das Turnier vor einem Jahr veranstaltet hatte, keine Schwierigkeiten bereiten, meine Identität auszuforschen.

Yuka war beunruhigt, ob ihre Eltern sie auf einem der veröffentlichten Fotos erkennen könnten. Dass sie sich nicht mehr in Yamagata aufhielt, würden sie zwar nicht so schnell bemerken, weil sie auch schon früher längere Zeit nichts von sich hatte hören lassen. Ihre Mutter rief zwar gelegentlich an, und wenn sie sie nicht erreichte, sprach sie auf die Mailbox. Allerdings war sie es gewohnt, dass ihre Tochter sich danach nicht gleich bei ihr meldete. Doch damit sich ihre Eltern keine Sorgen machten, wollte Yuka ihnen ein Lebenszeichen zukommen lassen und ihnen irgendeine Geschichte, warum sie weg musste, erzählen.

Im Fernsehen wurde unser Fall nicht mehr erwähnt. Einerseits wiegte uns das in Sicherheit, andererseits erfuhren wir dadurch auch nichts mehr über den Gang der Ermittlungen. In dem Magazin fand sich in der nächsten Ausgabe ebenfalls kein weiterer Artikel dazu. Der Fall schien überraschend schnell aus den Schlagzeilen zu kommen, und das verführte uns zur Sorglosigkeit. Anfangs waren wir nur in der Pension geblieben, nun wagten wir uns doch manchmal hinaus. Und wäre Yuka nicht ab und zu panisch aus dem Schlaf hochgeschreckt, weil sie in Albträumen die Brandnacht wieder einholte, hätten wir uns ganz der Illusion eines harmlosen Ferienaufenthalts hingeben können.

Da wir nichts zu tun hatten, verbrachten wir viel Zeit am Strand, lagen in der Sonne, oder ich badete im Meer. Meine Brandwunde war inzwischen verheilt, und das Wasser wurde von Tag zu Tag wärmer. Yuka hatte für uns Badesachen gekauft, sodass ich nicht mehr nackt schwimmen gehen musste, doch sie wollte immer noch nicht ins Wasser. Sie blieb nur in ihren Bademantel eingemummelt am Strand im Liegestuhl sitzen. Einmal behauptete sie, dass sie Angst vor tiefem Wasser hätte, dann wieder, es wäre ihr immer noch zu kalt. Später blieb sie immer öfter mit der Ausrede im Zimmer, dass die Sonne ihre Haut dunkel tönen würde. Ich verstand ihr Getue nicht, hier war das doch egal. Sie aber behauptete, ein makelloser Teint wäre ihr wichtig.

So vergingen die letzten Maitage. Im Juni kündigte sich dann der Frühsommer und mit ihm der Beginn der Feriensaison an. In Shimoda tauchten immer mehr Touristen auf, und auch zu uns kamen die ersten Pensionsgäste, meist junge Pärchen, die nur wenige Tage blieben. Dafür waren nun auch einige Hilfskräfte im Haus, doch wir ließen uns davon nicht stören. Wir lebten weiter wie bisher, schliefen lange und badeten täglich im *Onsen*. Ich ging auch weiterhin im Meer schwimmen, ansonsten unternahmen wir nicht viel.

Doch die Ruhe und Abgeschiedenheit, die für die anderen eine willkommene Abwechslung war, wurde uns mit der Zeit langweilig. Das gute Leben tat uns auf Dauer nicht gut, und wir gerieten in ein geistiges Vakuum, in dem uns alles sinn- und zwecklos erschien. Ich versuchte zwar dagegen anzukämpfen, indem ich draußen Sport trieb, doch Yuka saß oft nur noch den ganzen Tag vor dem Fernseher. Später legte sie sich ein Tablet zu und zog sich damit ganz in ihre eigene Welt zurück. Da sie dabei auch immer etwas zum Naschen bei der Hand hatte, nahm sie innerhalb kurzer Zeit sichtbar zu. Als ihr das selber auffiel, begann sie sich darüber zu beklagen, dass, wenn es so weiterginge, sie bald kein Mann mehr ansehen würde. Mich hätte das gar nicht so sehr gestört, von mir aus hätte sie rund und braun werden können wie eine Eingeborenenfrau aus der Südsee. Sie aber beschloss, abzunehmen.

Sie verzichtete von nun an aufs Frühstück und hielt sich auch sonst mit dem Essen zurück, mehr Bewegung machte sie aber nicht. Und im hungrigen Zustand überließ sie sich noch mehr als früher ihren Launen, nörgelte an allem herum, vor allem an mir. Wenn ich mich darüber ärgerte, zahlte ich es ihr mit gleicher Münze zurück, was dazu führte, dass wir uns immer mehr auf die Nerven gingen. Ich vermied es daher, tagsüber mit ihr zusammen zu sein, ging vormittags joggen und legte mich danach unten am Strand in die Sonne. Kam ich dann zurück, fand ich sie oft nicht im Zimmer, sondern auf der Terrasse, wo sie sich mit unserem Gastgeber unterhielt.

Anfangs hatte sie zu ihm eher Distanz gehalten, aber das schien nur pro forma gewesen zu sein, inzwischen war es ihr egal, ob es mich störte oder nicht. Da ich wusste, dass wir von seinem Wohlwollen abhängig waren, konnte ich ihr deshalb auch gar keine Vorwürfe machen. Schließlich lag es in unser beider Interesse, wenn sie gut mit ihm auskam, und da ich es mir schon im „Bourbon" abgewöhnt hatte, Eifersucht zu zeigen, tat ich so, als würde ich ihr glauben, dass zwischen ihm und ihr nur eine freundschaftliche Beziehung bestünde.

Aus einem zufälligen Gespräch hatte ich von ihm erfahren, dass er, was ich längst vermutete, kein Studienkollege von Yuka war, sondern sie anlässlich eines beruflichen Aufenthalts in Yamagata vor einigen Jahren kennengelernt hatte. Über die näheren Umstände erkundigte ich mich nicht, ich musste die Situation ohnehin akzeptieren, wie sie war. Yuka sollte tun und lassen, was sie für richtig hielt. Da er mich aber recht umgänglich behandelte, sah es nicht so aus, als ob er sie mir auszuspannen versuchte. Ich hatte daher nichts dagegen, wenn er ab und zu mit einer Flasche Sake auftauchte oder uns mit *Sashimi* von frisch gefangenem Fisch bewirtete. Zuletzt wurde es fast Gewohnheit, dass wir abends zusammensaßen. Er war nicht unsympathisch, und abgesehen von der Sommersaison lebte er hier die übrige Zeit des Jahres allein, sodass er gerne die Gelegenheit nutzte, sich unterhalten zu können.

Früher hatte er einen anderen Job, da war er Handlungsreisender, und so war er beruflich auch nach Shimoda gekommen.

Hier gefiel es ihm so gut, dass er daran dachte, sich nach einem Ferienbungalow umzusehen. Da der Tourismus zu der Zeit in der Region gerade im Aufschwung war, fand er aber den Immobilienmarkt hoffnungslos überteuert. Nur in eher abgelegenen Gegenden waren die Grundstückspreise noch halbwegs moderat. So disponierte er um und beschloss, anstatt sich ein Urlaubsdomizil nur für eigene Zwecke zu kaufen, am Tourismus mitverdienen zu wollen. Er gab seinen alten Job auf, erwarb den Grund hier, baute die Villa und führte sie seitdem als Pension.

Die ersten Jahre waren schwierig, denn wegen des entlegenen Ortes fanden anfangs nur wenige Gäste hierher. Obwohl die Pension nicht so viele Zimmer hatte, standen selbst in der Hauptsaison welche leer. Irgendwann begann sich aber die schöne Lage herumzusprechen, die Übernachtungszahlen stiegen, und das Geschäft begann zu florieren. Mit der Zeit konnte er fast so viel verlangen wie die Hotels in Shimoda. Denn wenn die auch besseren Service boten, hatte keins von ihnen einen solchen hauseigenen Strand.

Ursprünglich führte er das Haus als B&B. Doch seine damalige Lebensgefährtin machte eines Tages den Vorschlag, abends auch ein Dinner anzubieten. Und die Idee schlug ein, damit begann sich der Betrieb der Pension erst richtig auszuzahlen, denn im Umkreis gab es kaum Restaurants, und viele Gäste wollten nicht täglich nach Shimoda zum Essen fahren. Seine Lebensgefährtin kochte dann abends für die Gäste, und er servierte, anderes Personal hatten sie nicht. Doch seit sie nicht mehr war – ob sie starb oder sich von ihm getrennt hatte, wussten wir nicht, denn darüber wollte er nicht sprechen –, führte er die Pension allein. Abgesehen von einem professionellen Koch beschäftigte er nur junge Aushilfskräfte, die bereit waren, diesen Job auch für wenig Geld zu machen, weil sie in ihrer Freizeit hier baden oder surfen konnten. Einige Strände in der Umgebung galten nämlich als Surferparadies.

Yuka übersetzte ab und zu, wenn ich etwas nicht verstand, aber wenn er merkte, dass ich der Unterhaltung nicht folgen konnte, schaltete er manchmal selbst auf Englisch um, damit ich mich nicht vom Gespräch ausgeschlossen fühlte. Einmal sagte er zu mir, dass er die Neigung der Japaner kenne, lieber unter sich bleiben zu wollen. Das beträfe nicht nur Ausländer, er selbst würde von den Einheimischen hier auch immer noch als Zugereister behandelt werden. Als er zum ersten Mal hierhergekommen wäre, hätte er das Gefühl gehabt, das Paradies entdeckt zu haben, doch später hätte es auch Zeiten gegeben, in denen er sich wie in der Verbannung gefühlt habe. Die Sommergäste würden hier nur die Sonnenseite sehen, die Schattenseiten bekäme man erst zu Gesicht, wenn man länger hier lebe.

★★★

Trotz Vorsaison war die Pension wegen des anhaltend schönen Wetters immer öfter sogar an Wochentagen ausgebucht. Aus diesem Grund war auch das Mitarbeiterteam schon vollzählig. Der Chef nahm sich trotzdem noch hin und wieder Zeit, uns mit seinem Wagen herumzuführen und uns Sehenswürdigkeiten zu zeigen. Shimoda hatte auch aus historischer Sicht einiges zu bieten, denn hier waren Mitte des 19. Jahrhunderts die ersten diplomatischen Kontakte Japans mit westlichen Staaten geknüpft worden. Die japanische Regierung hatte damals bewusst die entlegene Hafenstadt dafür ausgewählt. Die Abschließungspolitik wirkte hier noch nach, man wollte keine Fremden im Land haben. Seit dem 17. Jahrhundert war es nur Händlern der Niederländischen Ostindien-Kompanie gestattet, sich auf der künstlichen Insel Dejima vor Nagasaki niederzulassen. Denn man wollte Ausländern keine Gelegenheit bieten, das Land zu bereisen und dabei geographische oder andere Kenntnisse über Japan zu sammeln. Ab Mitte des 19. Jahrhunderts ließ sich diese Politik jedoch nicht mehr aufrechterhalten, und man musste Angehörigen der damaligen Großmächte, vor allem Händlern und Diplomaten, den Aufenthalt auch in anderen Städten erlauben.

Das erzählte unser Gastgeber, während er uns herumführte. Und eines Abends besuchte er mit uns ein Lokal namens „Harris' Pub". Es war nach Townsend Harris benannt, dem ersten amerikanischen Konsul in Japan, der anfangs in Shimoda residierte. Das Pub befand sich in einem alten Holzbau in der Nähe des historischen Hafenviertels, war aber nicht unbedingt ein Touristenlokal. Wenn auch ab und zu Ausländer hierherkamen, bestand der Großteil der Gäste doch aus Einheimischen.

Von außen wirkte das Lokal nicht sonderlich einladend. Neben der Schiebetür zum Eingang hing eine windzerzauste Papierlaterne, worauf in japanischen Lettern stand: „Harris' Pub". Wenn man durch die niedrige Tür eintrat, fiel der Blick sofort auf die Theke an der rechten Seite. Auf Hockern davor saßen meist Stammgäste, die nur kurz reinschauten, ein oder zwei Glas leerten, während sie sich mit dem Besitzer unterhielten. Auf der linken Seite standen einige Tische und Korbsessel, aber dort saß selten jemand. Wenn doch, dann meist Touristen, weil sich durchs Fenster ein schöner Blick auf das alte Viertel bot. Abgesehen von diesem vorderen Bereich gab es hinten noch einen lang gestreckten Raum, zu dem eine hohe Stufe hinaufführte und der mit *Tatami*-Matten ausgelegt war. Dort musste man die Schuhe ausziehen, ihn barfuß betreten und an einem der niedrigen Tische auf Sitzpolstern am Boden sitzen. Nach traditioneller Sitte gab es hier keine Stühle, aber das war nichts für ausländische Touristen, die nahmen lieber vorne auf den gemütlichen Korbsesseln Platz.

„Harris' Pub" war trotz seines Namens ein typisch japanisches Lokal, und die Atmosphäre wirkte sehr authentisch. Über allem lag eine gewisse Patina, denn die *Tatami*-Matten wirkten abgenutzt, die Tapeten wie von der Zeit gegerbt, und die Luft war immer etwas verraucht. Aber das störte niemanden, die Gäste im hinteren Bereich waren großteils Einheimische, bodenständige Leute, deren Gespräche und Gelächter oft derb klangen. Es konnte auch laut werden, aber alles in allem war es hier gemütlich, man musste nur die Verhältnisse in der japanischen Provinz gewohnt sein.

Warum unser Gastgeber uns ausgerechnet hierher mitgenommen hatte, war mir nicht klar. Vielleicht war es, weil er wusste, dass Yuka ein Faible für urige Lokale hatte oder weil er uns etwas über Harris erzählt hatte. Um mir die Sache schmackhaft zu machen, hatte er erwähnt, dass der Inhaber früher mal Boxer war. Aber er hatte auch betont, dass man hier nicht nur gut essen könne, sondern auch guten Sake bekäme.

Bevor wir eintraten, war Yuka ein wenig misstrauisch, weil das Lokal von außen eher einer Spelunke glich. Doch als uns drinnen der Besitzer persönlich willkommen hieß, legte sich ihre Skepsis. Mir fielen auch gleich im Gastraum die Fotos auf, die ihn bei Kämpfen aus früheren Jahren zeigten. Da er aber gerade mit dem Ausschank beschäftigt war, störten wir ihn nicht weiter, sondern gingen nach hinten, wo wir uns an einem freien Tisch niederließen. Speisekarte gab es keine, stattdessen hingen an den Wänden handbeschriebene Holztäfelchen, wo die Spezialitäten des Hauses angeführt waren. Auf dem Tisch lag noch extra ein Zettel mit der Empfehlung des Tages: Kugelfisch. Unser Gastgeber hatte schon angekündigt, dass es an bestimmten Tagen *Fugu* gäbe, und mit süffisantem Blick auf mich hatte er hinzugefügt, es bräuchte Mut, den Fisch zu essen, denn dessen Genuss könne tödlich enden, wenn er nicht fachmännisch ausgeweidet werde.

Ein Bekannter des Inhabers, der nicht nur Fischer war, sondern auch eine Lizenz zur Zubereitung besaß, brachte ab und zu *Fugu* vorbei und zerlegte ihn höchstpersönlich in der Küche. Wenn wir heute die Gelegenheit dazu hätten, müssten wir unbedingt davon kosten. Ich war von der Idee nicht so begeistert, aber unser Begleiter legte nach, indem er behauptete, ich würde es bereuen, wenn ich ablehnte. Ohne *Fugu* gegessen zu haben, könne keiner sagen, die japanische Küche zu kennen. Yuka stimmte dem zu, und um mich zu beruhigen, sagte sie, dass sie schon mehrmals *Fugu* gegessen hätte und immer noch lebe, es wäre also nicht ganz so gefährlich.

Es kam dann eine hübsche Kellnerin, die uns auch die Spezialität des Tages ans Herz legte, und so bestellten wir schließlich *Fugu* einmal als *Sashimi*, einmal frittiert und dazu noch *Kaki* (Austern) und Algensalat. Das alles war nicht unbedingt meins, aber unser Begleiter hatte das Kommando übernommen und gemeint, hier wären alle Meeresfrüchte garantiert frisch, man könne sie nirgendwo unbedenklicher genießen als hier. Wenigstens hatte er nicht vergessen, auch Bier für uns zu bestellen. Der Tag war heiß gewesen, da kam ein kühles Blondes am Abend gerade recht.

Während wir aufs Essen warteten, fiel mir ein junges Pärchen am Nebentisch auf. Das heißt, eigentlich wurde ich erst durch Yukas Verhalten auf die zwei aufmerksam. Zuerst hatte ich gar nicht darauf geachtet, wer dort saß, aber Yuka schien aus dem, was dort gesprochen wurde, etwas aufgeschnappt zu haben. Sie sah überrascht hin, fixierte die beiden kurz und sah danach unangenehm berührt wieder weg. Ich folgte verwundert ihrem Blick, sie aber tat, als wäre nichts gewesen.

Als die Bedienung mit dem Bier kam, lenkte das meine Aufmerksamkeit vom Nebentisch wieder ab. Weil das Pärchen aber meine Neugier geweckt hatte, behielt ich es im Auge. Ich wollte herausfinden, woran Yuka Anstoß genommen haben könnte. Während ich so tat, als ob ich der Unterhaltung an unserem Tisch folgen würde, beobachtete ich die beiden aus den Augenwinkeln.

Sie war auffällig gekleidet und geschminkt, er dagegen trug gewöhnliche *Casual Wear*. Ich nahm an, dass er ihr Freund war, obwohl sie kaum mit ihm sprach, die Beschäftigung mit ihrem Handy war ihr wichtiger. Ständig fingerte sie mit ihren bunt manikürten Nägeln darauf herum, las Mitteilungen am *Display* oder schickte selbst welche. Als dann jemand anrief, meldete sie sich mit einem ganz unnatürlich hohen Piepsstimmchen. Es ging dabei, so weit ich es verstand, um eine Verabredung. Als ihr Freund sie danach fragte, wer der Anrufer war, wechselte sie wieder in ihren normalen Tonfall.

Nun wurde mir klar, was Yuka so unangenehm aufgefallen war. Die junge Frau war keine Schönheit, aber doch reizvoll. Sie trug ein schulterfreies, schwarz-violettes Oberteil, dazu ein enges schwarzes Stretchröckchen und schwarze Strümpfe. Ihr brünett gefärbtes Haar trug sie lose aufgesteckt, wobei ihr im Nacken und über den Schläfen kunstvoll einige Strähnen herabfielen. So hätte sie auch in Mama-sans Bar an der Theke sitzen können. Nach einer Weile kam ein zweiter Anruf, der sie offenbar aufforderte, nach draußen zu kommen, denn sie brach daraufhin sofort auf, während ihr Freund allein sitzen blieb.

Inzwischen war das Essen gekommen, und unser Begleiter hatte nicht zu viel versprochen. Der *Fugu* war ausgezeichnet zubereitet. Bissfester als andere Fische, schmeckte er mir frittiert als *Tempura* besser, aber auch als *Sashimi* mit Sojasauce und *Wasabi* war er gut. Da ich erst nur mit Vorsicht kostete, musste ich es mir gefallen lassen, damit aufgezogen zu werden, ob ich schon ein leichtes Taubheitsgefühl auf der Zunge verspüre. So fange es nämlich immer an, wenn das Gift zu wirken beginne. Ich nahm es mit Humor. Hätte ich ernsthaft befürchtet, dass mir der *Fugu* gefährlich werden könnte, hätte ich gar nichts davon gegessen.

Die Austern und der Algensalat schmeckten auch nicht schlecht, aber alles kam nur auf kleinen Tellern, für drei Personen etwas wenig. Wir bestellten deshalb nach, und es kam noch eine Speise mit kaltem *Tofu* und dazu *Tempura* mit Süßkartoffeln und Kürbis. Statt Bier tranken wir nun Sake und zwischendurch kam der Pub-Inhaber, um zu fragen, ob wir zufrieden wären. Und er unterhielt sich ein wenig mit uns.

Als wir spätabends aufbrachen, war mir „Harris' Pub" richtig sympathisch geworden. Mir gefiel auch das einsame nächtliche Viertel, durch das wir nun schlenderten. Yuka und ich waren an diesem Tag zum ersten Mal seit Langem gemeinsam in Shimoda. Bei bisherigen Ausflügen waren wir meist in der Umgebung der Pension geblieben, nur Yuka war einige Male allein zum Einkaufen mit dem Auto in die Stadt gefahren. Wir hatten vermeiden wollen, miteinander gesehen zu werden. Doch unsere Furcht, zusammen aufzufallen, hatte zuletzt abgenommen, da in den Medien von unserem Fall gar keine Rede mehr war.

So gingen wir im kalten Schein der Straßenlaternen noch zu dritt durch das Gassenwerk bis hinunter zum alten Hafen. Nachts lag er wie ausgestorben, es gab hier nichts außer ein paar Fischerboote, denn die größeren Schiffe und auch die Ausflugsboote legten an anderer Stelle an. In den verwinkelten Straßen kam wieder das Gefühl der Enge wie am Tag unserer Ankunft auf, doch beim Blick vom Hafen aufs nächtliche Meer und den Sternenhimmel fiel es von mir ab. Nachdem ich einiges über die

Geschichte der Stadt erfahren hatte, wirkte Shimoda auf mich nicht mehr so bedrückend.

Obwohl das Hafenviertel zu dieser späten Stunde wie ausgestorben anmutete, war Shimoda keine Geisterstadt, in anderen Vierteln gab es ein reges Nachtleben. Das zeigten die roten Papierlaternen, die einladend vor den Lokalen hingen, an denen wir vorüberkamen, und wir begegneten auch hin und wieder Nachtschwärmern.

★★★

Angeregt von diesem Ausflug nach Shimoda, besuchten Yuka und ich zu zweit später noch einige Male „Harris' Pub". Abgesehen von den Stammgästen, die sich immer vorne an der Theke aufhielten, trafen wir immer ganz unterschiedliche Leute. Das Pärchen, das uns beim ersten Mal aufgefallen war, sahen wir nie mehr wieder. Dafür kamen wir mit dem Inhaber des Pubs in näheren Kontakt. Er war in Shimoda geboren und eine lokale Berühmtheit. Seine Gäste nannten ihn den „Meister", einerseits, weil sich das als Bezeichnung für Eigentümer solcher Lokale eingebürgert hatte, andererseits, weil er früher auch japanischer Boxmeister im Halbweltergewicht war. Nach dem Ende seiner Karriere hatte er sich von seinen letzten Gagen das Pub hier gekauft.

Er unterhielt sich gern mit seinen Gästen und setzte sich eines Abends, an dem nicht viel los war, zu uns an den Tisch. Als ich ihn zu den Fotos im Lokal befragte, wollte er erst nicht so recht heraus mit der Sprache, weil er meinte, seine Zeit als Boxer wäre schon zu lange her. Stattdessen versuchte er, uns auszufragen, woher Yuka und ich kämen, wo wir uns kennengelernt hätten und so weiter. Da wir aber in der Hinsicht kurz angebunden blieben, wollte anfangs keine rechte Unterhaltung zustande kommen. Doch als er erfuhr, dass ich Kampfsportler war, taute er auf. Vom Karate-Turnier in Tokyo vor knapp einem Jahr hatte er nichts gehört, weil er sich nicht für Karate interessierte. Als ich ihm aber schilderte, wie ich um den Turniersieg gebracht worden war, meinte er, so sei das eben in solchen Sportarten, da lägen Sieg und Niederlage nah beieinander. Und dann berichtete er von seinen eigenen Erfahrungen. Er erzählte, dass er als technisch versierter Boxer galt, doch sein Glaskinn hätte ihn an einer größeren Karriere gehindert. Japanischer Meister wäre er mit einem Punktsieg geworden, doch schon seine erste Titelverteidigung hätte er verloren. Nach Punkten lag er auch bei diesem Kampf vorn, aber sein Herausforderer hätte alles auf eine Karte gesetzt und in der vorletzten Runde einen schweren Wirkungstreffer gelandet. Der Gong hatte ihn zwar davor gerettet, ausgezählt zu werden, doch obwohl seine Betreuer alles taten, ihn wieder hinzukriegen, war die Pause zu kurz, um sich zu erholen. Angeschlagen ging er in die letzte Runde und konnte den Angriffen seines Kontrahenten nichts mehr entgegensetzen, nach weiteren Treffern ging er endgültig k. o. Es kam zwar zu einem Revanchekampf, doch auch den verlor er. Danach absolvierte er noch einige Kämpfe, darunter auch im Ausland, kam aber sportlich nie wieder hoch. Schließlich gab er das Boxen auf und kaufte sich das Lokal hier, das er seitdem mit seiner Frau führte. Manche seiner damaligen Anhänger zählten heute noch zu seinen treuesten Gästen.

Er war ein einfacher Mann, der außer Boxen nichts gelernt hatte. Mit seiner ruppigen Art musste man sich erst anfreunden, und seine Stammgäste waren ebenfalls raue Typen. Yuka und ich fühlten uns in „Harris' Pub" trotzdem wohl. Der „Meister" klärte uns auch auf, wie sein Pub zu dem Namen kam. Townsend Harris war im 19. Jahrhundert der erste Diplomat aus einem westlichen Staat, der sich längere Zeit in Japan aufhielt. Das Konsulat, das er hier eingerichtet hatte, blieb zwar nur eine geschichtliche Episode, aber deswegen kamen viele amerikanische Touristen her. Jimmy Carter besuchte 1979 Shimoda, um an den historischen Vertrag zwischen Amerika und Japan zu erinnern. Das hatte den Meister auf die Idee gebracht, sein Lokal „Harris' Pub" zu nennen. Seine Hoffnung war, dass der Name Gäste aus den USA anziehen würde. Die Rechnung ging zwar nicht ganz auf, weil das Lokal nicht direkt an einem der Touristenwege lag, aber da dem ehemaligen Champion viele Fans von früher die Stange hielten und sich die gute bodenständige Küche herumsprach, kam er mit seinem Pub auch so über die Runden.

Mich hielt der Meister für einen Amerikaner, und wir ließen ihn in seinem Glauben. Dass wir keine gewöhnlichen Touristen waren, musste ihm zwar klar sein, denn in dem Fall wären wir wohl nur einmal gekommen. Doch was uns eigentlich nach Shimoda verschlagen hatte, danach fragte er gar nicht. Einmal machte er eine Andeutung, dass viele westliche Männer japanische Frauen attraktiv fänden. Vielleicht vermutete er, dass ich mich wegen Yuka in Japan aufhielt. Wir mussten aber vorsichtig sein mit dem, was wir erzählten, es war nicht auszuschließen, dass manches in falsche Ohren geraten könnte. Trotzdem hatten wir in „Harris' Pub" das Gefühl, uns nicht verstellen zu müssen. Das war mit ein Grund, warum wir gerne hingingen. Weitere Gründe waren die gute Küche der Meisterin, der gute Sake und weil wir hier für ein paar Stunden der Langeweile in der Pension entkommen konnten. Es gab Tage, da saßen wir schon am frühen Abend dort und gingen erst spät in der Nacht. Ich aß und trank dann meistens mehr, als gut war. Doch an solchen Abenden, wenn mir Yuka ein ums andere Mal nachschenkte, tauchten auch wieder die Erinnerungen an die erste Zeit mit ihr auf, und ich fühlte mich glücklich.

Im Grunde kannten wir uns noch gar nicht lange, kaum ein Dreivierteljahr. Trotzdem hatte sich seit dem Anfang unserer Bekanntschaft schon eine Menge geändert. Es gab viele Höhen und Tiefen, aber die Flucht nach Shimoda bedeutete einen besonders tiefen Einschnitt in unserer Beziehung. Es war naiv von mir, zu glauben, dass alles besser würde, wenn ich mit Yuka allein sein könnte, das Gegenteil war der Fall. Wenn ich mich mit dem verglich, der ich noch vor ein paar Monaten war, kannte ich mich selbst kaum wieder. So in den Tag hineinzuleben und alles gehen zu lassen, wie es geht, wäre mir damals undenkbar erschienen.

Nach meiner Niederlage beim Turnier hatte ich nur das eine Ziel, die Scharte auszuwetzen. Ich wollte mich nicht als *Loser* fühlen, darum ergriff ich die Chance, die mir das Training in Yamagata bot. Durch die Begegnung mit Yuka trat jedoch mein ursprüngliches Motiv in den Hintergrund. Ich trainierte zwar noch eine Weile weiter, weil ich mir nicht eingestehen wollte, mein Ziel aus den Augen verloren zu haben. In gewisser Weise geschah das sogar unter Yukas Einfluss, denn sie träumte auch von einer Zukunft, an die sie selbst nicht mehr glaubte. Was uns in der Hinsicht einte, war das fatalistische Gefühl der verpassten Lebenschancen. Wir täuschten uns aber darüber hinweg, indem wir so taten, als ob wir noch alle Chancen hätten.

Ihr Leben war zwar mit noch größerer Bitternis durchtränkt als meines, doch empfand ich eine geradezu masochistische Lust, das Schicksal mit ihr zu teilen und auch noch ihr Kreuz mitzutragen. Für unsere Beziehung war das aber keine zukunftsfähige Perspektive, der Brand in der Bar hatte uns aus unseren Illusionen herausgerissen. Yukas Hoffnung, Mama-san eines Tages zu beerben, war damit obsolet geworden, und wir standen nun beide vor dem Nichts. Der unmittelbaren Lebensgefahr waren wir zwar entronnen und ließen uns von Shimodas südlichem Flair dazu verleiten, uns einem trügerischen Gefühl der Freiheit hinzugeben. Doch in Wahrheit hatten wir keine Ahnung, wie es mit uns weitergehen sollte.

Der Druck, den wir unmittelbar nach dem Brandanschlag verspürten, hatte uns zusammengeschweißt und uns bewusst gemacht, dass wir aufeinander angewiesen waren. Doch seit der Fall wieder aus den Schlagzeilen geriet, begann sich die Verbundenheit zwischen uns zu lockern. Obwohl wir so eng zusammenlebten, entfernten wir uns immer weiter voneinander. Zwar kümmerte sie sich nach wie vor um mich, wenn sie für uns beide einkaufen fuhr oder unsere Wäsche in die Münzwäscherei brachte, aber das täuschte nicht darüber hinweg, dass ich ihr zunehmend gleichgültiger wurde.

Und dann war es von einem Tag auf den anderen mit dem frühsommerlichen Wetter vorbei. Es begann die Regenzeit, und es blieben die andern Gäste aus, denn man konnte in der Pension nichts mehr machen, außer untätig herumzusitzen. Manchmal gab es noch einzelne sonnige Tage, die ich nutzte, um joggen zu gehen, aber Yuka blieb immer nur im Zimmer, sah fern, las Zeitschriften oder surfte im Internet. Das machte sie auch, wenn ich dabei war, und es fielen kaum Worte zwischen uns. Wir schliefen damals auch nicht mehr miteinander, denn wir gingen uns nur noch auf die Nerven.

Mit unserem Gastgeber verhielt es sich anders, bei ihm gab sich Yuka umgänglicher und plauderte locker. Im Grunde war das aber nichts anderes als ihr früherer *Small Talk* in der Bar. Wenn sie allein mit mir war, machte sie sich diese Mühe nicht. Da igelte sie sich ein, und wenn ich eine Bemerkung machte, kam von ihr höchstens ein Brummen zurück. Es war aber nicht so, dass eine offene Missstimmung zwischen uns geherrscht hätte. Es ergab sich einfach daraus, dass wir uns nichts mehr zu sagen hatten.

Die einzige Ausnahme waren unsere Abende in „Harris' Pub". Dort bemühte sie sich eher, Gesprächsanfänge nicht gleich wieder im Sand verlaufen zu lassen. Da erzählte sie mir davon, was sie gelesen oder im Internet entdeckt hatte. Angeregter wurde die Unterhaltung, wenn der Meister zu uns an den Tisch kam. Aber wenn wir nur zu zweit waren, gab es auch dort Phasen, wo wir nur dasaßen und uns anschwiegen. Ich fing dann meist zu trinken an und hing meinen Gedanken nach, während sie sich mit ihrem Tablet beschäftigte. Es war nicht zu leugnen, dass wir uns miteinander immer mehr langweilten.

Yuka veränderte sich aber auch in anderer Hinsicht. Es zeigte sich bei ihr auf einmal ein ungewohnter Hang zum Geiz. Hatte sie früher ihr Geld mit vollen Händen ausgegeben, so hielt sie nun ständig die Hand drauf. Hatte sie früher die teuersten Markenartikel gekauft, ohne nach dem Preis zu fragen, suchte sie jetzt nur nach den günstigsten Sonderangeboten. Es kam vor, dass sie im Supermarkt Waren, die sie schon im Einkaufswagen hatte, wieder zurücklegte, weil sie in einem anderen Regal ein billigeres Produkt fand. Früher wäre ihr so etwas nie in den Sinn gekommen. In „Harris' Pub" sah sie zwar weniger aufs Geld, trotzdem beklagte sie sich hinterher, dass wir zu viel konsumiert hätten.

Allerdings gab es auch Tage, an denen sie in regelrechte Kaufräusche verfiel. Dann tauchte sie plötzlich mit Unmengen von Ramschartikeln auf und hamsterte alles Mögliche, als ob wir uns wie Prepper auf den Weltuntergang vorbereiten müssten. Mit der Zeit stapelten sich die Nudelpackungen in den Zimmerecken, weil sie nicht mehr in den Schrank oder unters Bett passten. Im Endeffekt war auch das Verschwendung, denn wir konnten das alles gar nicht verbrauchen. Früher hatte sie Essen oft in den Müll geworfen, wenn sie keinen Appetit mehr darauf hatte, das durfte nun nicht mehr geschehen. Einmal versuchte sie mir eine Dose aufzudrängen, die sie geöffnet, aber den Inhalt nicht nach ihrem Geschmack gefunden hatte. Weil ich das Zeug auch nicht essen wollte, stopfte sie es wie aus Pflichtgefühl in sich hinein und warf mir nachher vor, ich wäre schuld, dass sie immer dicker würde.

Das war nämlich die zweite Veränderung, die mit ihr vorging. Hatte sie früher immer penibel auf ihr Äußeres geachtet, vernachlässigte sie sich nun immer mehr. Abgesehen davon, dass sie sichtbar zunahm, schien ihr das aber egal zu sein. An Tagen, an denen sie das Zimmer nicht verließ, zog sie sich gar nicht um, sondern saß unfrisiert und schlampig in Slip und T-Shirt herum. Es störte sie nicht, dass mir das missfiel, unangenehm war es ihr nur, wenn sie ein anderer so sah, wenn zum Beispiel unser Gastgeber vorbeischaute. Dann musste ich ihn abwimmeln, denn für ihn wollte sie noch adrett und anziehend sein. Und wenn davon die Rede war, dass wir am Abend ausgehen wollten, dann okkupierte sie den ganzen Nachmittag das Bad, um sich zu frisieren und zu schminken, und sie jammerte, dass sie nichts zum Anziehen hätte, weil ihr keins ihrer früheren Kleider mehr passte. Ich musste mich dann immer zurückhalten, um nicht auszusprechen, was mir auf der Zunge lag. Denn nicht nur, dass sie auf diese Weise über kurz oder lang wirklich unansehnlich werden würde, ich empfand auch einen leisen Groll, dass sie sich nur noch für andere, aber nicht mehr für mich zurechtmachte. Es war ihr anscheinend völlig gleichgültig, ob sie mir gefiel oder nicht.

★★★

In der Endphase der Regenzeit zeigte der Wolkenhimmel noch einmal, was er konnte und öffnete alle Schleusen. Tagelang gab es keine Gelegenheit, die Pension zu verlassen, und alle Pläne, auszugehen, fielen wegen des schlechten Wetters ins Wasser. Es kam da nämlich ein Taifun, der, anstatt in einem Tag über Shimoda hinwegzuziehen, eine halbe Woche über der Halbinsel Izu liegen blieb. In der Zeit hing ständig dichtes Gewölk über der Küste, und die aufgewühlte See kam nicht zur Ruhe. Eine Welle nach der anderen rollte heran, und die Wogen gingen so hoch, dass sie unten die ganze Bucht überschwemmten und bis an die Felswand schlugen. Windböen zerrten an den Büschen und Föhren rund ums Haus, und weiter draußen war gar kein Horizont mehr zu erkennen, denn das Grau des Himmels und das Grau des Meeres gingen ineinander über.

Ließen die Regenfälle einmal nach und wirbelte der Wind die Wolken durcheinander, konnte sich kurzfristig der Himmel auch lichten. Doch bald darauf trübte es sich wieder ein und regnete so stark wie zuvor. Zeitweise goss es in solchen Strömen, dass es war, als hinge eine Wasserwand vor dem Balkon. Dann wieder trieb der Sturm den Regen quer, sodass die Tropfen ans Fenster prasselten, als ob sie die Scheiben einschlagen wollten. An solchen Tagen war es unmöglich, einen Fuß vor die Tür zu setzen. Selbst Spaziergänge rund ums Haus wurden zum Wagnis, und zum Strand hinunterzuklettern, war lebensgefährlich. Auch wenn Wind und Regen nachließen, war damit zu rechnen, dass der Sturm kurze Zeit später wieder mit voller Wucht losging. Einmal hatten wir uns in einer Regenpause hinunter zur *Onsen*-Hütte gewagt, doch in der Zwischenzeit brach ein Unwetter herein, sodass wir es nur mit Müh' und Not zurückschafften. Den Schirm hatte es uns auf dem kurzen Weg zum Haus zerlegt, und wir kamen völlig durchnässt und zerzaust zurück in unser Zimmer.

Das ewige Herumsitzen machte aber depressiv, denn durch das Wetter waren wir zu völliger Untätigkeit gezwungen. Es war die erste Regenzeit, die ich in Japan erlebte, und anfangs fand ich das Phänomen noch interessant. Das war in der Phase, wo es noch nicht ständig regnete. Da hing manchmal frühmorgens ein nebliger Dunst über der Küste, der die Landschaft ganz veränderte und eine besondere Atmosphäre schuf. Doch als der Regen dann gar nicht mehr aufhören wollte und ein Tag trostloser verlief als der andere, geriet ich in eine Stimmung, in der ich das Gefühl hatte, der Sommer käme nie mehr und wir hingen hier am Ende der Welt für immer und ewig im strömenden Regen fest.

Um uns auf andere Gedanken zu bringen, hatte der Besitzer unserer Pension für den Fall, dass sich das Wetter besserte, einen Museumsbesuch vorgeschlagen. Laut Wetterbericht sollte das Tief, in das sich der Taifun verwandelt hatte, im Laufe des nächsten Tages doch abziehen. Allerdings präsentierte sich der Himmel in der Früh immer noch wolkenverhangen, und es sah nicht danach aus, als ob sich das bald ändern würde. Im Museum hätte das zwar nicht gestört, trotzdem verzögerte sich der Aufbruch, denn bei zu schlechtem Wetter wollte er nicht losfahren. Dementsprechend frustriert saßen wir herum, und der bleierne Himmel schlug sich aufs Gemüt. Wir waren seit dem Morgen abfahrbereit, Yuka sah sich zum Zeitvertreib im Fernsehen eine Hausfrauensendung an, während ich in Comics blätterte, die ich im Haus gefunden hatte. Nach dem Mittagessen sollte es dann endgültig losgehen, aber aus irgendeinem Grund wurde auch daraus nichts. Es regnete mal stärker, mal schwächer, und gegen Abend war unsere Stimmung auf dem Nullpunkt. Doch diesmal wollte ich mich nicht damit abfinden und schlug vor, „Harris' Pub" zu besuchen.

Unser Gastgeber sagte, er könne nicht mitkommen, und auch Yuka schien zuerst von der Idee nicht sonderlich begeistert zu sein. Aber dann erwachte doch die Lust in ihr auszugehen. Wir waren seit mindestens zwei Wochen nicht mehr aus dem Haus gewesen. Aber dafür wollte sie sich umziehen, und bis sie endlich fertig war und wir mit dem Auto losfahren konnten, wurde es schon dunkel. Aber immerhin hatte der Regen so weit nachgelassen, dass es nur noch ab und zu tröpfelte.

VII

Auf dem Weg in die Stadt sahen wir, was der Taifun in den letzten Tagen angerichtet hatte. Umgeworfene Bäume und abgeschlagene Äste, Häuser mit eingestürzten Dächern, darunter ein alter Tempel, dessen morsches Gebälk dem Wind und Regen nicht mehr standgehalten hatte. In Shimoda selbst schien das Unwetter nur geringe Schäden verursacht zu haben, die Straßen waren aufgeräumt, doch wirkte alles wie ausgestorben. Keine Touristen und, was sonst selten der Fall war, freie Parkplätze in unmittelbarer Nähe von „Harris' Pub". Als wir eintraten, war außer einigen Stammgästen, die an der Theke saßen, niemand da, erst später füllte sich das Lokal.

Wir gingen in den Raum nach hinten und ließen uns von alten Schlagern berieseln. Es lief hier immer Musik, doch meist so leise, dass man es in der lauten Unterhaltung kaum hörte. Da heute Abend keine Gäste da waren, fiel die Musik stärker auf. Einige Lieder kamen mir bekannt vor und versetzten mich in eine melancholische Stimmung. Die letzten Tage, in denen sich der Taifun abschwächte, aber nicht abziehen wollte, hatte ich als trostlos empfunden. Und so, wie wir nun allein in der leeren Gaststube saßen, erinnerte mich das an den Tag, an dem ich mit Yuka in dem einsamen Lokal in den Bergen war. Auch damals hatte eine eigenartige Stimmung zwischen uns geherrscht, aber es war insofern anders, als ich ein tiefes Gefühl für sie empfunden hatte. Ihr gleichgültiges Verhalten der letzten Tage stürzte mich dagegen in eine emotionale Leere. Es fehlten all die kleinen und großen Dramen, die sich früher zwischen uns abspielten. Es gab damals Stunden, in denen ich todunglücklich war, aber mich verließ nie das Gefühl, dass mir Yuka alles bedeutete. Das war nun nicht mehr der Fall, und eine Ahnung stieg in mir auf, dass es zwischen uns auf eine Trennung oder unsere gegenseitige Zerstörung hinauslaufen könnte.

Dieser Gedanke beherrschte mich den ganzen Abend, und alle Versuche Yukas, mich aufzumuntern, scheiterten daran. Je mehr ich trank, desto wohler fühlte ich mich in meiner Schwermut, und damit verbunden waren auch Ressentiments. Ich wollte sie spüren lassen, dass ich mich von ihr schlecht behandelt fühlte. Als unser Gespräch auf den Taifun kam und auf die Zerstörungen, die wir auf der Herfahrt gesehen hatten, dachte ich mir, genauso sieht es in meinem Inneren aus. In einem Waldstück hatte Yuka zwischen abgebrochenem Geäst Schlangenlinie fahren müssen, und an einer Stelle war die Straße mit Geröll übersät, weil ein Bach übers Ufer getreten war. Die angerichteten Schäden wurden erst nach dem Unwetter sichtbar, weil man sich vorher gar nicht aus dem Haus wagen konnte. Und in meinem Kopf kreiste endlos die Zeile eines Liedes aus der Winterreise: „Als noch die Stürme tobten, war ich so elend nicht."

Ich hatte bisher noch keinen Taifun erlebt und war nie zuvor Zeuge solch destruktiver Naturkräfte geworden. Und in meinem schwermütigen, vom Alkohol vernebelten Zustand begann ich zu faseln und behauptete, an allem wäre der Mensch schuld, er raubte der Natur ihre Spielräume, sodass ihr gar nichts anderes übrig bliebe, als zurückzuschlagen, um sich zu befreien. Alle Naturkatastrophen wären nur eine Antwort auf die Hybris des Menschen.

Yuka hörte dem Gerede erst nur zu, doch dann begann sie zu widersprechen. Taifune gäbe es in Japan seit alters her, sagte sie, und die träfen einmal bewohnte Gebiete, ein andermal unbewohnte. Die verursachten Schäden hätten aber nichts damit zu tun, dass sich die Natur etwas zurückholen wollte, sondern egal ob alte Bäume oder alte Häuser, es wäre davon nur betroffen, was alt und schwach wäre und über kurz oder lang ohnehin von selbst zusammenbrechen würde. Umgekehrt bräuchte das Land den Regen, bliebe er aus, wäre das die eigentliche Katastrophe. Außerdem, fügte sie hinzu, wäre das Wetter der letzten Tage ein ungeeignetes Beispiel für meine Theorie. Der Taifun hatte sich hauptsächlich über dem Meer ausgetobt und, als er auf die Küste traf, seine Kraft längst eingebüßt, die Auswirkungen waren vergleichsweise harmlos. Kein Mensch wäre dadurch zu Schaden gekommen. Nach einem richtigen Taifun gäbe es Überschwemmungen, Erdrutsche und infolgedessen Todesopfer. Aber selbst nach den größten Verheerungen regeneriere sich die Natur immer erstaunlich schnell, und die Menschen könnten die größten Schäden wieder beseitigen.

Ich hatte eigentlich von Yuka Zustimmung erwartet, denn sie selbst redete gern davon, dass der Mensch nur Spielball höherer Mächte wäre. Nun kam sie mir plötzlich mit rationalen Argumenten. Trotzdem wollte ich mir meine Untergangsstimmung nicht vermiesen lassen. Doch da erschien auf einmal die Wirtin und brachte ein Kännchen Sake auf Kosten des Hauses. Yuka meinte zwar, dass ich schon genug hätte, trotzdem schenkte mir die Meisterin ein und blieb noch eine Weile an unserem Tisch. Der Meister sprach vorne mit Stammgästen, aber sie selbst hatte nicht viel zu tun, weil heute Abend so wenig Leute da waren.

Sie war eine kleine hagere Frau. Ursprünglich wohl nicht unhübsch, wirkte sie früh gealtert. Da sie sich meist nur in der Küche aufhielt, bekamen wir sie selten zu Gesicht. Heute machte sie eine Ausnahme und unterhielt sich anstelle ihres Mannes mit uns. Sie wollte wissen, wo wir in Shimoda schon gewesen waren und zählte uns dann Sehenswürdigkeiten auf, die wir unbedingt sehen müssten. Besonders tadelte sie, dass wir Okichis Grab nicht besucht hätten, und sie wunderte sich, dass Yuka den Namen Okichi noch nie gehört hatte. Angeblich war Okichi nicht nur in Shimoda, sondern in ganz Japan bekannt. Und daraufhin erzählte sie uns deren Geschichte, die ein Melodram ganz nach japanischem Geschmack war.

Der Legende nach soll Okichi die Tochter einfacher Leute in Shimoda gewesen sein und Harris' Interesse erregt haben, als er sie beim Verlassen des Badehauses gesehen und dabei Gefallen an ihr gefunden hatte. Später habe er angeblich darauf gedrängt, dass man sie ihm als Konkubine zuführe, und um ihn zufriedenzustellen, gingen die japanischen Offiziellen darauf ein. Okichi war zwar damals schon verlobt, doch man setzte sie unter Druck, die Verlobung zu lösen und nötigte ihren Verlobten, einen Zimmermann namens Tsurumatsu, die Stadt zu verlassen. So war der Weg frei, sie „dem Vaterland zu opfern". Man erhoffte sich dadurch von Harris Zugeständnisse bei den Verhandlungen. Die japanische Seite scheute nämlich davor zurück, offen die amerikanischen Forderungen abzulehnen und versuchte stattdessen insgeheim, das Handelsabkommen mit den USA zu hintertreiben. Aber der Plan, Harris damit gefügig zu machen, ging nicht auf. Da er zuvor schon in China und Siam war, hatte er diplomatische Erfahrung im Umgang mit Vertretern asiatischer Länder. Er blieb konziliant, setzte sich aber am Ende mit dem Abschluss des Handelsvertrags ebenso durch wie mit seinem Wunsch, das Konsulat von Shimoda nach Tokyo zu verlegen.

Nachdem Harris Shimoda verlassen hatte, nahm Okichis Leben eine unglückliche Wendung. Wegen der Beziehung zu ihm wurde sie fortan *Tôjin Okichi*, das Ausländerflittchen Okichi, genannt und von ihren Landsleuten gemieden. Die Verachtung, die ihr entgegenschlug, zwang sie, Shimoda zu verlassen. In Yokohama traf sie ihren Ex-Verlobten Tsurumatsu wieder, doch obwohl beide wieder zueinanderfanden, bedeutete dies kein Happyend. Sie kehrten zwar gemeinsam nach Shimoda zurück, doch Tsurumatsu starb bald darauf. Okichi blieb erneut verlassen zurück und verfiel der Trunksucht. Um sich über Wasser zu halten, eröffnete sie ein Lokal namens *Anchokurô*. Nächtelang soll sie dort Shamisen gespielt, dazu gesungen und reichlich dem Sake zugesprochen haben. Da sie jedoch von geschäftlichen Dingen nichts verstand, erlitt sie damit Schiffbruch.

Eines Tages wurde sie ertrunken in einem Fluss gefunden, doch niemand wollte ihre Leiche bergen und begraben. Erst nachdem sich ein Priester aus Shimoda ihrer erbarmte, fand sie ihre letzte Ruhestätte auf einem Tempelfriedhof. Die Meisterin erzählte uns, dass dieses Grab heute noch oft besucht würde. Beim Tempel befände sich auch ein kleines Museum, und sogar das Haus, in dem Okichi ihr Lokal hatte, existiere heute noch. Sie empfahl uns, beides während unseres Aufenthalts in Shimoda zu besichtigen. Und da wir keine Ortskundigen waren, zeichnete sie uns einen Lageplan zu den Sehenswürdigkeiten.

Es hätte nicht der alkoholgeschwängerten Stimmung jenes Abends bedurft, dass ich mich von der sentimentalen Geschichte berührt fühlte. Harris' Name war mir zwar von „Harris' Pub" bekannt, doch von seinem Leben und seiner angeblichen Beziehung zu Okichi wusste ich nichts. Außerdem gab es dazu noch eine Vorgeschichte. Bei dem schweren Erdbeben, das einige Jahre vor Harris' Ankunft Shimoda zu großen Teilen zerstört hatte, sollen sich Okichi und Tsurumatsu auf der Flucht vor dem nachfolgenden Tsunami kennengelernt haben. Als ich davon hörte, kam es mir so vor, als passten all diese düsteren Geschehnisse zu Shimoda. Es war, als hätte sich das alles in der Atmosphäre der Stadt verdichtet, und mir schien es nun kein Zufall mehr, dass ich mit Yuka ausgerechnet hier gelandet war.

Schon bei der ersten Erwähnung von Okichis Geschichte hatte ich sie mit Yuka assoziiert, denn gewisse Parallelen in ihren Lebenswegen waren nicht zu übersehen. Und als ich mich später näher damit beschäftigte, traten die Ähnlichkeiten zwischen Okichis und Yukas Schicksalen noch deutlicher zutage. Obwohl sich die Zeiten geändert hatten, wurden Beziehungen junger Frauen zu Ausländern, zumal in der Provinz, nach wie vor argwöhnisch betrachtet. Dazu kamen die Einmischungen von außen, die Manipulationsversuche und die Kuppelei. Aber wenn ich mich selbst dabei ins Spiel brachte, dann schien mir die Beziehung zwischen Yuka und mir mehr Ähnlichkeit mit der Situation Okichis und Tsurumatsus nach deren Wiederbegegnung zu haben. Das Gefühl, vom Leben gedemütigt worden zu sein und sich zu spät gefunden zu haben, um noch ein gemeinsames Glück zu erleben, konnte ich nachempfinden. Harris war der, der ungewollt ihr Leben zerstört hatte, aber Tsurumatsu war der, der danach an ihr zugrunde ging.

★★★

Spätabends beim Aufbruch von „Harris' Pub" war ich ziemlich benebelt. Yuka und die Meisterin, die mir auf die Beine helfen mussten, hielten mich für stockbetrunken, und ich konnte es ihnen nicht verdenken. Doch dass ich nicht aufstehen konnte, lag nicht nur am Alkohol, sondern auch daran, dass mir wieder mal vom langen Sitzen am Boden die Beine eingeschlafen waren. Ich wusste zwar nicht, wie viel ich an dem Abend intus hatte, aber es hielt sich in Grenzen. Als wir „Harris' Pub" verließen, ging es mir draußen schon wieder besser, und ich konnte die paar Schritte zum Auto allein gehen. Die feuchtwarme Nachtluft war angenehm, die Benommenheit fiel von mir ab, und ich fühlte mich binnen Kurzem frischer und freier. Der Regen hatte aufgehört, der Wind hatte sich gelegt, und am Nachthimmel zeigten sich hinter den letzten Wolken sogar vereinzelt Sterne.

Yuka befürchtete, dass mir auf der Heimfahrt im Auto schlecht werden könnte, doch dem war nicht so. Weder die kurvenreiche Strecke noch Yukas mäßige Fahrkunst machten mir etwas aus. Ich ließ das Autofenster offen und genoss den Fahrtwind. Dort, wo die Straße an der Küste entlangführte, war trotz Dunkelheit an den weißen Schaumkronen zu erkennen, dass die Wogen immer noch hoch gingen, aber die schlimmsten Auswirkungen des Taifuns waren überstanden. Bei unserer Ankunft nach Mitternacht in der Pension warf ich noch einen Blick vom Balkon, und da hatte es den Anschein, als ob das aufgewühlte Meer nun langsam zur Ruhe käme. Unser kleiner Strand sah unter den abziehenden Wolken aus, als läge er friedlich im Mondschein.

Die Nacht verbrachte ich wider Erwarten gut. Ich schlief tief und traumlos und erwachte am nächsten Morgen ohne schweren Kopf. Es ging mir wie der Natur draußen, der Sturm war vorbei, die Wolken hatten sich verzogen, und die Sonne am strahlend blauen Himmel versprach einen schönen Sommertag. Auch das Meer schien sich vollends beruhigt zu haben, sodass ich nach dem Frühstück hinunter zum Strand gehen wollte. Ich schlug Yuka vor mitzukommen, aber sie hatte keine Lust. So kletterte ich allein nach mehr als zwei Wochen wieder einmal die Felsen zur Bucht hinab.

Doch unten fand ich den Strand total verändert, von oben war es nicht so zu sehen, aber unsere frühere Idylle war kaum wiederzuerkennen. Die tagelang vom Taifun aufgepeitscht anrollenden Meereswogen hatten die Düne nach hinten zur Felswand verschoben, das Ende der Leiter steckte nun im hoch aufgeworfenen Sand. Doch viel schlimmer sah es vorne aus, denn in den letzten Tagen war viel Treibgut ans Ufer gespült worden. Normalerweise kam jeden Morgen jemand von der Pension herunter und säuberte den Strand. Manchmal war es sogar der Chef persönlich, der in der Bucht alles in Ordnung brachte, bevor die Gäste kamen. Doch wegen des schlechten Wetters hatte er das zuletzt unterlassen, dementsprechend sah es aus. Alles war übersät mit Schlingpflanzen, Treibholz, und was sonst noch alles für Unrat angeschwemmt wurde, Schiffsmüll, losgerissene Taue, Bojen, Plastikflaschen, Badesandalen, und sogar eine tote Ratte lag da. Dazu schwamm im Wasser noch eine Menge undefinierbarer Abfall, sodass ich die Lust verlor, baden zu gehen.

Ich wollte aber auch nicht gleich wieder nach oben, also setzte mich auf einen Felsvorsprung. Liegestühle waren nicht da, die hatte man vor dem kommenden Taifun weggeräumt. Und weil Yuka und ich zurzeit die einzigen Gäste in der Pension waren, hielt es keiner für nötig, sich um den Strand zu kümmern. Die Besserung des Wetters, die mich heute Morgen zum ersten Mal seit Langem wieder optimistisch stimmte, täuschte nur darüber hinweg, dass sich an unserer Situation nichts geändert hatte. Wir wussten immer noch nicht, wie es weitergehen sollte. Wir hatten hier nur ein Exil auf Zeit, doch das ziellose In-den-Tag-hineinleben wirkte auf die Dauer lähmend. Wir saßen nur herum und warteten, ohne zu wissen worauf. Das war mit ein Grund, warum wir uns zuletzt immer mehr auf die Nerven gingen.

Die Furcht, dass unsere Beziehung daran zerbrechen könnte, war schon lange mein Begleiter. Zwar hatte sich Yuka gestern wieder etwas mehr zusammengenommen, sodass wir einen angenehmen Abend verbrachten, doch die einzige Chance, einen Ausweg aus unserer Krise zu finden, wäre eine ernsthafte Aussprache gewesen. Leider war es zwischen uns aber sehr schwierig geworden, unangenehme Wahrheiten auszusprechen. Unser Verhältnis war so angespannt, dass ich jedes Wort auf die Goldwaage legen musste, um keine giftige Reaktion ihrerseits zu provozieren. Sie gab mir von Tag zu Tag deutlicher zu verstehen, dass sie sich mit mir langweilte. Auch unsere erotische Leidenschaft war erkaltet, die Glut erloschen, und es gab eigentlich nichts mehr, was uns aneinander band.

Gesagt hatte sie hinsichtlich einer Trennung zwar nichts, doch nach ihrem Verhalten zu schließen schien sie innerlich auf dem Sprung zu stehen. Immer öfter hielt sie mir vor, dass ich nur auf ihre Kosten lebte. Es war mir von Anfang an unangenehm, von ihr ausgehalten zu werden, und auch wenn sie früher kein Wort darüber verloren hatte, war ich doch immer bemüht gewesen, mich in ihrem Haus oder sonstwie nützlich zu machen. Hier gab es jedoch keine Gelegenheit dazu, und ich konnte es nachvollziehen, dass sie mich nur noch als Klotz am Bein empfand. Allerdings wollte ich das bisschen Geld, das ich mir in der Bar verdient hatte, nicht leichtfertig ausgeben. Es war eine Art Rückversicherung, denn wenn alle Stricke reißen würden, käme ich damit wenigstens zurück nach Wien. Doch wie sollte ich ihr das erklären? Für sie musste es so aussehen, als ob ich sie finanziell ausnützen wollte.

Solange wir in Yamagata waren, konnte ich mir noch einbilden, dass unsere Beziehung ein Geben und Nehmen wäre, doch inzwischen hatte ich selbst den Eindruck, ihr nur auf der Tasche zu liegen. Immer fürchtete ich, dass sie mir einmal im Streit an den Kopf werfen würde: „Wozu bist du eigentlich noch gut?" Denn um eine Antwort wäre ich dann verlegen. Dass sie mir bisher keinen derartigen Vorwurf machte, ließ mich hoffen, dass ich ihr doch noch etwas bedeutete. Aber damit sich unsere verfahrene Situation zum Besseren wenden könnte, müsste ich die Initiative ergreifen, denn sie würde weiterhin den Kopf in den Sand stecken. Vor allem dürften wir nicht mehr so untätig unsere Tage verbringen. Wenn wir aus der Pension rauskämen, brächte uns das wieder auf andere Gedanken, und dann ergäbe sich vielleicht die Möglichkeit, ein offenes Gespräch zu führen. Der gestrige Abend machte mir dazu Mut. Wir sollten dem Rat der Meisterin folgen und uns in Shimoda und Umgebung umsehen. Und wenn nun endlich der Sommer da wäre, könnten wir wieder an das Gefühl anknüpfen, das uns hier in den ersten Tagen verband.

Gewappnet mit diesem Entschluss brach ich auf und kletterte nach oben. Auf halbem Weg kam mir unser Gastgeber in Begleitung eines seiner Gehilfen entgegen. Sie hatten Müllsäcke dabei, um den Strand zu säubern. Der Chef entschuldigte sich, dafür noch keine Zeit gehabt zu haben, aber gegen Mittag sollten neue Gäste kommen, bis dahin müsste alles in Ordnung sein. Er fragte mich auch, wie es gestern in „Harris' Pub" war, und ich berichtete ihm, was uns die Frau des Meisters erzählt hatte. Er sagte, es wäre eine gute Idee, Okichis Grab zu besuchen, aber jetzt, wo die Saison losginge, könne er uns leider nicht begleiten. Bis zum Wochenende wäre das Haus voll, daher müsse er sich um vieles kümmern.

Als ich zurückkam, fand ich Yuka wie immer im Bett vor dem Fernseher. Mein Vorschlag, in die Stadt zu fahren, missfiel ihr, denn sie meinte, heute würde es sehr heiß werden, da wolle sie lieber im Zimmer mit Klimaanlage bleiben. Als ich nicht locker ließ und fragte, ob sie nicht Okichis Grab besuchen wollte, lehnte sie mit der Begründung ab, sie hätte keine Lust, auf Friedhöfe zu gehen. Mein Alternativvorschlag, das Haus zu besichtigen, in dem sich Okichis ehemaliges Lokal befand, lockte sie ebenfalls nicht.

In der Hoffnung, dass sie es sich noch anders überlegte, weil es ihr an einem schönen Tag im Zimmer doch langweilig werden könnte, zog ich mich um und tat so, als würde ich auch ohne sie nach Shimoda fahren. Sie ignorierte erst meine Vorbereitungen, doch als ich fertig und im Begriff war, zu gehen, fragte sie, wohin ich wollte. Ich antwortete: „Zu Okichis Grab, wie ich gesagt hab', komm doch mit!" Darauf reagierte sie ziemlich unwirsch und meinte, ich solle sie mit der Geschichte in Ruhe lassen, sie wolle davon nichts wissen, und sie wandte sich wieder dem Fernsehprogramm zu.

Ohne etwas darauf zu erwidern, verließ ich einfach das Zimmer. Ich wusste aus Erfahrung, dass man mit ihr nicht reden konnte, wenn sie in einer solchen Laune war. Draußen am Gang überlegte ich unschlüssig, was ich tun sollte. Durch ihr Verhalten hatte sie meine gute Absicht durchkreuzt, doch sie in dieser Stimmung den ganzen Tag allein zu lassen, schien mir auch nicht angebracht. Wer weiß, auf welche Gedanken sie käme. Mir kam es nämlich so vor, als reagierte sie eifersüchtig, und es war das erste Mal, dass sie so eine Regung zeigte. Ich fand es seltsam, dass sie damit ausgerechnet bei einer Frau anfing, die seit über hundert Jahren tot war. Allerdings schien es mir doch angeraten, ihre Gefühlslage ernst zu nehmen, um keine unliebsame Gegenreaktion zu provozieren.

Ich dachte nach, wie ich aus der Zwickmühle herauskommen könnte, ohne das Gesicht zu verlieren. Klein beizugeben wäre wohl kontraproduktiv. Trotzdem war ich nah dran, wieder zurückzugehen. Da hörte ich Yuka von drinnen plötzlich laut meinen Namen rufen. Ich wusste nicht, was los war. Erst dachte ich, sie hätte es sich anders überlegt, aber als ich ins Zimmer trat, kam sie mir mit der Fernbedienung in der Hand entgegen und deutete auf den Fernseher. Sie hatte nämlich den Sender gewechselt, und da lief zufällig ein Rückblick über den Brand im „Bourbon".

Bisher war man in allen Berichten davon ausgegangen, dass der Brandstifter dem kriminellen Milieu entstammte und aller Wahrscheinlichkeit nach im Auftrag handelte. In der Reportage wurde es aber anders dargestellt. Demnach sollte der Täter eine Beziehung zu Shiba gehabt haben, einem der Mädchen, das bei dem Brand umkam, und die hätte er, nachdem sie ihm den Laufpass gab, eine Zeitlang als Stalker belästigt. Auf diesbezügliche Vorhaltungen von Mama-san hätte er sich dann gerächt, indem er die Bar anzündete.

Von dieser Wende des Falls waren wir überrascht. Yuka bestritt, dass diese Version stimmen konnte, sie hielt es für ein vorgeschobenes Motiv, mit dem die Hintermänner gedeckt werden sollten. Ich zweifelte ebenfalls, dass an der Sache was dran war. Mir erschien die Behauptung vor allem deshalb als wenig glaubwürdig, weil in dem Zusammenhang unerwähnt blieb, wie in den Wochen vor dem Brand immer aggressiver versucht worden war, Mädchen abzuwerben. Wenn Shiba gestalkt wurde, dann nur aus diesem Grund. Es rächte sich nun, dass Mama-san geglaubt hatte, sie könnte die Sache allein ausbügeln. Trotz aller

Einschüchterungs- und Erpressungsversuche war sie nie zur Polizei gegangen. Auch Yuka, die einmal nah dran war, Anzeige zu erstatten, hatte sie davon abgehalten. So war keine der kriminellen Aktionen aktenkundig geworden, und nur darum konnte der Anschlag als Tat eines verschmähten Liebhabers für Außenstehende plausibel erscheinen.

Es war in der Bar bekannt, dass Shiba ab und zu Probleme mit ihren oft wechselnden Bekanntschaften hatte. Mama-san und die anderen Mädchen kannten Shibas Freunde aber meist vom Sehen, wenn sie einer zum Beispiel zur Arbeit brachte oder danach wieder abholte. Wenn einer, den sie als Stalker kannte, an jenem Abend vor der Bar erschienen wäre, hätte ihn Mama-san sicher nicht eingelassen. Schon aus diesem Grund konnte die Geschichte nicht stimmen. Doch in der Reportage wurde sie als feststehende Tatsache genommen. Für Yuka gab es dafür nur eine Erklärung: dass man den wahren Hintergründen nicht näher nachgehen wollte, weil dabei die Gefahr bestand, in ein Wespennest zu stechen.

Keine gute Nachricht für uns war auch, dass inzwischen alle Brandopfer identifiziert waren. Nun stand es offiziell fest, dass Mary nicht unter den Toten war, und das bedeutete für uns, dass man die Suche nach ihr wohl intensivieren würde. Nicht nur seitens der Polizei, sondern womöglich auch seitens jener, die es schon beim Brandanschlag auf uns abgesehen hatten, und das wäre die weitaus größere Gefahr. Was uns blühte, wenn die unseren Aufenthalt hier ausfindig machen könnten, das wollten wir uns lieber nicht ausmalen.

Wir hatten uns in letzter Zeit relativ sicher gefühlt, aber im Grunde hatte sich die Situation seit unserer Flucht nicht geändert, denn wir saßen nach wie vor zwischen allen Stühlen. Yuka bekam Angst und sagte, wir müssten wieder so vorsichtig werden wie am Anfang, als wir uns so wenig wie möglich gemeinsam blicken ließen. Und damit hatte sie nicht unrecht, es war leichtsinnig von uns, mit dem Auto nach Shimoda zu fahren. Wenn uns jemand beobachtet und sich das Kennzeichen unseres Wagens notiert hätte, könnte man uns leicht ausforschen. Die Reportage im Fernsehen brachte unseren Fall wieder in Erinnerung, daher hieß es von jetzt an, doppelt aufzupassen.

In einem Anfall von Paranoia schlug ich vor, unser Quartier hier aufzugeben und uns so schnell wie möglich eine neue Bleibe zu suchen. Doch diesmal war es Yuka – obwohl sie sonst leicht die Nerven verlor –, die nun darauf bestand, Ruhe zu bewahren. Und am Ende musste ich ihr recht geben, kopflose Panik hätte uns erst recht verdächtig gemacht. Momentan war es das Beste, den Kopf einzuziehen und abzuwarten, was kommen würde. Denn egal wo wir auftauchten, wir könnten durch einen dummen Zufall überall auffliegen.

Problematisch war, dass wir an diesem abgelegenen Ort so weit vom Schuss waren. Wenn etwas im Gange wäre, würden wir es hier womöglich erst zu spät erfahren, um uns noch rechtzeitig aus dem Staub zu machen. Selbst bei täglicher Recherche im Internet wäre es nicht leicht herauszufinden, ob sich etwas gegen uns zusammenbraute. Wir müssten ständig mit der Angst im Nacken leben, und das war keine angenehme Zukunftsaussicht.

Meine zuletzt wieder optimistischere Stimmung erhielt dadurch einen Dämpfer. Ich hatte gehofft, dass wir nach der trostlosen Regenzeit wieder öfter aus diesem Loch herauskämen. Aber wie es aussah, würde uns nichts anderes übrig bleiben, als uns wie bisher im Zimmer zu verkriechen. Aufgrund der angekündigten neuen Gäste würden wir auch kaum noch Gelegenheit haben, uns auf die Terrasse zu setzen, von Strandbesuchen gar nicht zu reden. Wir müssten fortan wie U-Boote leben, denn jeder Kontakt zu anderen Gästen würde zu Fragen führen, woher wir kämen, wie und wo wir uns kennengelernt hätten und so weiter. Das konnte leicht brenzlig werden, auch wenn wir denen Lügengeschichten auftischten.

So ging unser Leben in den nächsten Tagen weiter wie bisher. Wenn mir im Zimmer die Decke auf den Kopf zu fallen drohte, ging ich allein hinaus, um ein wenig spazieren zu gehen. In der brütenden Hitze war es tagsüber aber kaum auszuhalten, es boten sich dazu nur die frühen Morgenstunden oder der Abend an. Ich überlegte auch immer wieder, wie sich das Verhältnis zwischen Yuka und mir entspannen ließe. Ein wenig hatte es sich gebessert, seit sie täglich damit beschäftigt war, im Internet die Lage zu sondieren und mich darüber auf dem Laufenden zu halten. Trotzdem blieb unsere Situation unbefriedigend.

Auf meinen Spaziergängen kam ich immer an einem öffentlichen Fernsprecher vorbei, der mir deswegen auffiel, weil so etwas in letzter Zeit selten geworden war. Die Gegend war von Natur aus einsam, und da heutzutage fast jeder ein Handy hatte, brauchte man öffentliche Telefone kaum mehr. Aber dann dachte ich mir, ob ich es nicht nutzen könnte, um mich in Yamagata unverfänglich zu erkundigen, was dort vorging. Wenn ich zum Beispiel meinen ehemaligen Trainer vom *Dôjô* anrufen würde, um ihn bei der Gelegenheit auszufragen, dann ließe sich unter Umständen etwas in Erfahrung bringen, was Yuka nicht im Internet fand. Der Trainer hatte mit dem „Bourbon" nichts zu tun, doch von umlaufenden Gerüchten könnte er gehört haben.

Zum ersten Mal probierte ich es an einem frühen Abend. Trotz langen Läutens meldete er sich nicht, also ließ ich es vorerst wieder sein. Beim nächsten Versuch einige Tage später hob er dann ab, es kam aber kaum ein Gespräch in Gang, denn zuerst verstand er nicht, was ich sagte, und als ihm klar wurde, wer ich war, verstummte er, als hätte es ihm die Sprache verschlagen. Ich schob das darauf, dass er mich im Ausland vermutete und daher der Anruf für ihn unerwartet kam. Ich redete weiter und erzählte ihm, dass ich die letzten Monate in Wien trainiert hätte. Er blieb einsilbig und kurz angebunden. Besonders gesprächig war er nie, aber mir schien aus seinem Schweigen ein verhaltener Groll zu sprechen. Ich vermutete, dass er mir nachtrug, das Training in seinem *Dôjô* aufgegeben zu haben. Um ihn zum Reden zu bringen, fiel mir nichts Besseres ein, als ihm vorzuschwindeln, ich wäre nun wegen des Karate-Turniers wieder in Japan. Aber das war unklug von mir, denn darauf brach sein aufgestauter Zorn ungehalten aus ihm heraus. Er warf mir an den Kopf, ein Lügner zu sein, das Turnier wäre schon vor einer Woche zu Ende gegangen, und er wüsste, dass ich nicht teilgenommen hätte. Stattdessen wäre ich unter die Zuhälter gegangen und würde mich mit einer Hure herumtreiben. Und nachdem er auf diese Weise seinen Unmut kundgetan hatte, legte er abrupt auf, ohne mich noch einmal zu Wort kommen zu lassen.

Ich fühlte mich von seiner schroffen Reaktion geschockt. Sicher war es unbedacht, einfach ins Blaue zu reden. Das letzte Turnier hatte genau vor einem Jahr begonnen. Wann es diesmal stattfand, darüber hatte ich mich nicht informiert, denn die Absicht, daran teilzunehmen, hatte ich schon lange zuvor aufgegeben. Gegenüber Leuten, die mit Karate nichts zu tun hatten, war die Ausrede bequem, denn wenn ich denen erzählte, ich wäre Karatekämpfer, konnte ich damit meinen Aufenthalt in Japan begründen, ohne dass weitere Fragen gestellt wurden. Doch vor meinem ehemaligen Trainer stand ich nun wie ein ausgemachter Lügner da. Und wenn er dazu noch von Yuka wusste, dann musste es für ihn so aussehen, als wäre ich auf die schiefe Bahn geraten.

Als ich niedergeschlagen in die Pension zurückkehrte, fiel es sogar Yuka auf, dass etwas nicht stimmte. Auf ihre Frage, was mit mir los wäre, schützte ich Kopfschmerzen vor und legte mich ins Bett. Sie sah mich zwar ungläubig an, fragte aber nicht weiter. Ich fühlte mich tatsächlich unwohl, doch das lag weniger an dem, was mir der Trainer an den Kopf geworfen hatte, vielmehr haderte ich mit mir selbst. Die unbedachte Aktion hatte nicht nur nichts gebracht, sondern mich zusätzlich in Unruhe gestürzt. Offenbar hatte der Trainer mehr über mich gehört, als mir lieb war, aber was und woher er es wusste, das würde ich nie erfahren. Mit Yuka konnte ich darüber nicht sprechen, denn sie würde mir garantiert sagen, das der Anruf eine Dummheit war. Und wenn sie wissen wollte, was der Trainer gesagt hatte, müsste ich sowieso lügen. Ernüchternd war auch, dass mir erst durch das Gespräch klar wurde, wie mich andere Leute sahen. Im Grunde hatte der Trainer, wenn er mich auf Abwegen wandeln sah, nicht unrecht. Ich würde an seiner Stelle wohl auch so urteilen. Ich hatte mich allzu bereitwillig in Yukas Welt hineinziehen lassen. Sie selbst hatte noch versucht, mich davon abzuhalten. Ich dagegen hatte aus freien Stücken mitgemacht, ohne mir klar darüber zu werden, welch unwürdige Rolle ich in den Augen anderer dabei spielte.

Zugleich stieg eine ohnmächtige Wut in mir auf. Zuerst gegen Yuka, weil sie es war, die mich so weit gebracht hatte und nun so schlecht behandelte, aber dann auch gegen mich selbst, weil ich mir das von ihr gefallen ließ. Zu lange hatte ich der Illusion nachgegangen, dass nichts als selbstlose Liebe unser Verhältnis bestimmte. Inzwischen ließ sich aber nicht mehr leugnen, dass bei uns beiderseits auch eine gute Portion Berechnung mit im Spiel war. Seit sie sich immer mehr Unverschämtheiten gegen mich herausnahm, wurde offenbar, dass sie nach dem Motto handelte: „Wer zahlt, schafft an!" Und ich hatte es mir gefallen lassen, weil längst klar war, dass die Sache zwischen uns so lief. Ich nutzte sie aus und ließ mich im Gegenzug von ihr ausnutzen. Mir dabei einzureden, dass das die große Liebe wäre, war nichts anderes als Selbstbetrug.

Die Veränderung, die sie an jenem Abend an mir wahrnahm, schien Yuka aber dann doch zu beunruhigen. Sie drehte den Fernseher leiser und fragte, ob ich eine Tablette gegen meine Kopfschmerzen haben wollte. Ich gab ihr darauf keine Antwort, sondern stellte mich taub. In der Stimmung, in der ich mich damals befand, hätte es keinen Sinn gehabt, ein Gespräch mit ihr anzufangen. Über kurz oder lang wären wieder vergiftete Pfeile zwischen uns hin und her geflogen, und in meiner Gemütslage wäre es mir schwergefallen, nicht die Beherrschung zu verlieren. Aber so ließ sie mich in Ruhe und wandte sich wieder dem Fernseher zu.

Und es war gut, dass ich den Mund gehalten und keinen Streit vom Zaun gebrochen hatte, denn am folgenden Morgen kam die nächste Hiobsbotschaft. Der Pensionsinhaber tauchte auf, um uns mitzuteilen, seine Zusage, uns hier wohnen zu lassen, hätte nur für die Vorsaison gegolten. Inzwischen wären alle Zimmer voll, und das würde für den Rest des Sommers auch so bleiben. Es täte ihm daher leid, aber zu den bisherigen Konditionen könnten wir nicht länger hier bleiben, wir müssten entweder mehr bezahlen oder ausziehen.

Was er da sagte, kam für uns nicht ganz unerwartet. Er hatte vor Kurzem schon einmal gefragt, wie lange wir gedächten, noch zu bleiben und dabei angedeutet, dass er unser Zimmer für die Sommersaison bräuchte. Die meisten Gäste hätten schon lang im Voraus gebucht, aber es kämen immer wieder Anrufe, ob er noch Zimmer frei hätte. Yuka erhob keinen Einwand, sondern versuchte nur, seine hohe Forderung runterzuhandeln. Viel ließ er jedoch nicht nach, denn da wir nicht wussten, wo wir sonst hin sollten, war unsere Verhandlungsposition nicht die Beste. Als unverschämt empfand ich es, dass er zwar den Zimmerpreis um das Dreifache erhöhte, sich dabei aber äußerst großzügig gerierte und beteuerte, er wolle unsere Notlage keineswegs ausnutzen. Als er zur Entschuldigung anfügte, er wäre auf das Geld angewiesen, weil er immer noch auf einem Berg von Schulden säße, war ihm sein schlechtes Gewissen dennoch anzumerken.

Kaum war er draußen, begann Yuka zu lamentieren, wieviel uns das kosten würde, dass wir bald kein Geld mehr hätten, und sie äußerte sich zum ersten Mal negativ über unseren Gastgeber. Sein heuchlerisches Gehabe hatte auch mich abgestoßen, allerdings konnte ich seinen Standpunkt nachvollziehen. Wir mussten froh sein, dass er uns überhaupt hier wohnen ließ, denn er ging damit kein geringes Risiko ein. Wir hätten uns auch nicht über den vier- oder fünffachen Preis beklagen können. Von allen Seiten stieg auf uns der Druck, und aus Mangel an Alternativen steckten wir hier fest. Die Chance, aus dem Land zu kommen, war vertan. Direkt nach unserer Flucht aus Yamagata wäre es unter Umständen möglich gewesen, Japan zu verlassen, jetzt würde man uns an jedem Flughafen abfangen. In unserer momentanen Lage war es daher das Beste, zu bleiben, hier waren wir noch am sichersten.

Yuka stimmte darin mit mir überein, fügte dann aber hinzu, wir dürften nicht mehr so in den Tag hineinleben wie bisher, stattdessen müssten wir versuchen, Geld zu verdienen. Denn wenn wir erst ganz auf dem Trockenen säßen und bei uns nichts mehr zu holen wäre, dann würde der Kerl uns nicht mehr helfen. Auf seine Beteuerungen, dass er es gut mit uns meinte, dürften wir uns nicht verlassen.

In letzterem Punkt hatte sie sicherlich recht, aber ihre finanziellen Sorgen konnte ich nicht nachvollziehen, und das mit der Jobsuche hielt ich für eine Schnapsidee. Ich wusste zwar nicht genau, wieviel Geld sie noch hatte, der Betrag, den sie bei unserer Flucht mitnahm, war mir jedoch sehr hoch erschienen. Ich schätzte, dass es rund 15 Millionen Yen waren, und die müssten für unser Leben hier noch eine Weile reichen. Ich versuchte daher, Yukas Sorgen zu zerstreuen, wir würden schon Wege finden, um über die Runden zu kommen.

In den Tagen danach schien sich Yuka mit der neuen Situation abzufinden, zumindest klagte sie nicht mehr darüber. Ein Vorteil war, dass wir uns von nun ab nicht mehr selbst versorgen mussten, wir bekamen Frühstück und Abendessen wie alle anderen Gäste. Das Frühstück war einfach, es bestand nur aus einem Korb, gefüllt mit Sandwich, Obst und Tee oder Kaffee in einer Thermoskanne, der jeden Morgen vor der Zimmertür stand. Das Abendessen wurde dagegen im Speiseraum serviert, und es war immer gut und reichlich. Wir hatten einen Tisch etwas abseits für uns, konnten daher Distanz wahren. Die Gäste wechselten in der Pension sehr rasch, spätestens nach einer Woche waren lauter neue Gesichter da, sodass niemandem auffiel, dass wir hier viel länger blieben.

Ein weiterer Vorteil des gemeinsamen Abendessens war, dass Yuka wieder mehr auf sich achtete. Bevor wir hinuntergingen, machte sie sich ordentlich zurecht, schminkte sich und ließ sich nicht mehr so gehen wie in den vergangenen Wochen. Es tat letztlich auch unserer Beziehung gut, dass wieder mehr Ordnung in unseren Tagesablauf einkehrte.

Auch das Klima besserte sich. Unmittelbar nach Ende der Regenzeit war es einige Tage lang unerträglich schwül gewesen, doch dann wurde es trockener, und so machte einem die Hitze weniger zu schaffen. Mich hatte auch das Geräusch der Klimaanlage oft nicht einschlafen lassen, doch kaum schaltete ich sie ab, war die Schwüle im Zimmer nicht mehr auszuhalten. Aufgrund der veränderten Wetterlage konnten wir nun aber nachts das Fenster offen lassen. Wir mussten nur aufpassen, dass immer das Fliegengitter vor war, damit keine Stechmücken ins Zimmer kamen, denn die stürzten sich sonst, gerade wenn es Schlafenszeit war, wie Kamikazeflieger auf uns.

Gegen mein Einschlafproblem half auch ein Tee, den mir Yuka in der Stadt besorgt hatte. Es war laut Yuka eine spezielle Mischung mit schlaffördernder Wirkung, und sie braute jeden Abend zwei Tassen für uns, eine für sich und eine für mich. Der Geschmack war leicht bitter, aber sobald ich davon trank, überkam mich immer so eine angenehme Müdigkeit, dass ich kurz darauf bereits tief und fest schlief. Die Tage zuvor, besonders als nach dem Abziehen des Taifuns plötzlich die schwüle Hitze aufkam, hatte ich oft stundenlang wach gelegen und hatte mich im Bett schlaflos von einer Seite zur anderen gewälzt. Und war ich doch einmal in Schlaf gesunken, wachte ich mitten in der Nacht wieder auf und konnte danach nicht mehr einschlafen. Mithilfe des Tees schlief ich nun aber ruhig und traumlos bis zum Morgen durch. Bei Yuka schien er noch besser zu wirken als bei mir, denn wenn ich gegen neun Uhr munter wurde, lag sie noch in tiefem Schlaf und wachte erst gegen zehn oder halb elf auf. Mit dem Frühstückskorb morgens vor unserer Tür war das späte Aufstehen kein Problem. Ich konnte mir den Korb reinholen, wann ich wollte, und musste nicht auf Yukas Erwachen warten. Auf diese Weise entspannte sich unsere Situation, unser gemeinsames Leben verlief wieder in harmonischeren Bahnen, und es kehrte wieder mehr Optimismus ein, was unsere Zukunft betraf.

VIII

Eines Nachts erwachte ich wie aus einem schweren Traum. Es war stockfinster, und ich verspürte starken Harndrang, konnte mich aber nicht aufraffen, auf die Toilette zu gehen. Eine Zeitlang lag ich wie betäubt da und versuchte, mich darauf zu besinnen, wo ich war. Ich bildete mir ein, ich befände mich in Yukas Haus und läge auf dem *Futon* in meinem Zimmer. Erst nach einer Weile bemerkte ich den Irrtum. Die Sinnestäuschung hatte der leidenschaftliche Liebesakt eines Paars im Nebenzimmer bewirkt. Es drangen Geräusche an mein Ohr, wie sie früher oft mitten in der Nacht aus Yukas Zimmer unter mir zu hören waren. Und was ich für Harndrang gehalten hatte, entpuppte sich als starke Erektion.

Nachdem das Liebesgestöhn abgeflaut war, wandte ich mich Yuka zu. Ich wollte wissen, ob sie das auch mitbekommen hatte und was sie davon hielt. Seltsamerweise regte sich auf ihrer Seite aber nichts. Sie schien völlig ruhig und entspannt zu schlafen. Ich hörte nicht mal ihren Atem, und als ich vorsichtig nach ihr tastete, griff meine Hand ins Leere.

Erschrocken fuhr ich hoch und machte hastig Licht. Yuka lag nicht in ihrem Bett und war auch nicht im Zimmer. Was war passiert? Wo konnte sie sein? Ich sah überall nach, sie war weder im Bad noch am Balkon. Ich öffnete leise die Tür, in der der Zimmerschlüssel steckte, aber es war nicht abgeschlossen, und ich spähte hinaus auf den Flur. Dort war es dunkel, aber alles still und leer. Da ich nur Unterwäsche anhatte, kehrte ich um und schlüpfte rasch in meine Hose. Dann ging ich hinaus und suchte auf allen Gängen und Treppen, auch unten im Speiseraum, doch Yuka war nirgendwo zu finden.

Es packte mich eine leise Panik. Was war da los? Ich verließ die Pension, um mich draußen nach ihr umzusehen. Ein schöner Morgen kündigte sich an, der Himmel färbte sich rötlich, und vereinzelt begannen Zikaden zu zirpen. Doch da Yuka rund ums

Haus nirgendwo war und ich keine Ahnung hatte, wo sie sonst noch sein könnte, ging ich immer weiter, und in einiger Entfernung wagte ich es sogar, laut nach ihr zu rufen. Keine Antwort.

Da fiel mir ein. Sie könnte im *Onsen* sein. Ich lief zurück und stieg hinunter zur Badehütte. Dort war alles still, die Holztür unverschlossen. Ich drückte die Klinke und trat ein. Drinnen in dem engen Umkleideraum empfing mich eine dumpfe Schwüle. Ich fand den Lichtschalter nicht und tastete mich durch zum Baderaum. Vom Wasserbecken her waren Geräusche zu hören, als ob jemand drinnen wäre. Ohne zu zögern öffnete ich die Tür, doch Yuka war nicht da, das Plätschern kam vom heißen Wasser, das aus dem Quellrohr sprudelte.

Ich sah zum Fenster hinaus. Der Himmel war wolkenlos, und die Sonne begann eben aus dem Meer zu steigen. Da kam mir der Gedanke, dass Yuka früh aufgestanden sein könnte, um den Sonnenaufgang vom Strand aus zu sehen. Warum das ausgerechnet heute sein sollte, fragte ich mich nicht, aber ich wusste, sie hatte manchmal solche Anwandlungen. Ich verließ daher die Hütte und kletterte die steinerne Treppe und die eiserne Stiege hinab. Doch auch dort fand ich sie nicht.

Die Bucht lag zum Teil noch in schattigem Dunkel. Diesmal war alles sauber, kein Strandgut lag herum. Ich sah hinter alle Felsen, nirgendwo eine Spur von Yuka, aber überall tummelten sich Scharen kleiner, rötlicher Krabben. Die hatte ich hier früher nie bemerkt. Sowie ich mich ihnen näherte, huschten sie aufgeschreckt davon und verschwanden in ihren Sandlöchern. Zur Zeit war Ebbe, der Wasserspiegel war glatt, nur schwache Wellen schlugen leise an den Strand. Draußen stand die Sonne wie ein glühender Feuerball über dem Meer, und es tat in den Augen weh, hinauszublicken.

Ich rief Yukas Namen, doch alles blieb stumm. Dass sie weiter hinausgeschwommen sein könnte, glaubte ich nicht. Wenn sie überhaupt je ins Wasser ging, blieb sie immer nur im flachen Küstenbereich. Außerdem lag nirgendwo ein Badetuch, und ohne das ging sie nie an den Strand, weil sie immer fror, wenn sie aus dem Wasser kam. Ich blieb noch eine Weile am Ufer stehen und empfand die friedliche Szene als schneidenden Gegensatz zu meinem aufgewühlten Inneren. Wenn Yuka nicht da war, musste ich sie woanders suchen. Es war Zeitverschwendung, länger hier zu blieben, daher stieg ich wieder hinauf.

Oben bei der Terrasse angekommen, hörte ich von der Zufahrt her einen Wagen vorfahren. Ich stutzte, konnte das Yuka sein? Kehrte sie vielleicht aus der Stadt zurück? Im nächsten Augenblick hörte ich Türen schlagen und Stimmen, aber nicht die Yukas. Es schienen neue Gäste mit einem Taxi angekommen zu sein, denn gleich darauf fuhr der Wagen wieder ab. Kurz danach kam ein junges Paar mit Gepäck den Felsenpfad neben dem Haus herab. Es war derselbe Weg, den Yuka und ich am Tag unserer Ankunft genommen hatten. Da ich den beiden nicht begegnen wollte, verbarg ich mich in einer Felsnische unterhalb der Terrasse. Ich hörte, wie sie oben den schönen Ausblick lobten. Obwohl es noch sehr früh war, wurden sie schon erwartet, denn an der Terrassentür begrüßte sie der Chef des Hauses persönlich und ließ sie eintreten.

Nachdem sie verschwunden waren, verließ ich mein Versteck und eilte den Felspfad hinauf. Ich hatte vor, mich durch die Garage in die Pension zu schleichen, um unbeobachtet zurück ins Zimmer zu kommen. Vom Chef wollte ich nämlich nicht gesehen werden, weil er mich dann mit Sicherheit gefragt hätte, warum ich schon so zeitig auf war.

Als ich durch die Garage kam, stellte ich fest, dass Yukas Wagen weg war. Ich traute meinen Augen kaum und hielt es erst für einen Irrtum. Der Parkplatz, den wir immer benutzt hatten, war von einem anderen Wagen besetzt, doch Yukas Auto stand auch nirgendwo anders. Dass sie so früh weggefahren sein könnte, damit hatte ich nicht gerechnet. Wohin? In die Stadt? Zum Einkaufen? Um diese Zeit war doch alles geschlossen. Aber was konnte sie sonst in der Stadt wollen? Ich war nahe dran, hinunterzugehen, um den Chef zu fragen, ob er vielleicht wüsste, wo Yuka sein könnte. Das ließ ich dann aber doch bleiben.

Im Zimmer fand ich alles so vor, wie ich es verlassen hatte. Yuka war in der Zwischenzeit nicht zurückgekehrt. Woher auch, wenn ihr Wagen nicht da war. Ich setzte mich aufs Bett und versuchte, einen klaren Kopf zu bekommen. Doch so sehr ich mir das Hirn zermarterte, es blieb mir ein Rätsel, was sie dazu getrieben haben könnte, mich hier sitzen zu lassen. Ich zog alle möglichen Gründe in Betracht, doch keiner erschien mir plausibel. Und je länger das untätige Warten dauerte, umso mehr stieg meine Unruhe. Meine Hoffnung, sie könnte jeden Augenblick zur Tür hereinkommen und alles würde sich als harmlos aufklären, verflog von Minute zu Minute. Wie ich es auch drehte und wendete, Yukas Verschwinden konnte nichts Gutes bedeuten. Egal was sie dazu bewogen haben könnte, das Mindeste wäre doch gewesen, mir eine Nachricht zu hinterlassen. Anfangs war es nur eine dunkle Ahnung, aber später verfestigte sie sich zu der Gewissheit, dass sie mir mit Absicht nicht gesagt hatte, wohin sie ging, weil ich davon nichts wissen sollte.

Yuka kam mir nicht erst seit gestern verändert vor. Ich war zwar froh, dass sie wieder mehr auf sich achtete und die Sticheleien zwischen uns aufgehört hatten, allerdings hätte es mich auch stutzig machen sollen. Ich kannte das von früher, immer wenn sich ihr Verhalten änderte, führte sie was im Schilde. Ich hatte mich wieder mal von ihr einwickeln lassen und ärgerte mich über mich selber, dass ich ihr Treiben nicht früher durchschaute.

Und plötzlich überfiel mich die Angst, dass sie mich verlassen haben könnte. Auf den ersten Blick schien von ihren Sachen nichts zu fehlen, auch als ich im Schrank nachsah, war all ihr Gepäck noch da. Nach einigem Suchen fand ich auch ihre Geldtasche, aber deren Inhalt war sehr geschrumpft. Das kam mir seltsam vor. Sie hatte sich zwar in den letzten Wochen immer beklagt, dass wir zu viel ausgeben würden, trotzdem müsste noch viel mehr da sein.

Wo war das fehlende Geld?

Hatte sie es mitgenommen?

War sie etwa erpresst worden?

Oder hatte sie es beiseitegeschafft, weil sie mir nicht mehr vertraute?

Bei mir im Kopf begann sich alles zu drehen. Ich nahm ihre sämtlichen Gepäckstücke aus dem Schrank und begann, sie zu durchstöbern nach irgendetwas, was Aufschluss darüber geben könnte, wohin sie verschwunden war. Ich hatte es nicht wahrhaben wollen, aber wenn ich darüber nachdachte, schien es mir, als hätte sie mir seit Längerem etwas verheimlicht. Darauf deuteten auch Äußerungen hin, die sie in den letzten Tagen fallen ließ.

Gleich darauf sagte ich mir aber wieder, das könne nicht sein. Sie hatte einige charakterliche Schwächen und war nicht immer ehrlich, doch so einen Verrat traute ich ihr nicht zu. Und vollends rehabilitiert erschien sie mir, als ich ein Bündel Scheine im Geheimfach ihrer Reisetasche fand. Offenbar hatte sie das Geld nicht vor mir in Sicherheit bringen wollen, sondern nur umverteilt und versucht, es besser zu verstecken. Bei weiterer Suche kamen immer mehr Geldbündel zum Vorschein, und als ich alles zusammenzählte, kam ich auf eine Summe von knapp acht Millionen Yen. Das waren fünfzig- bis sechzigtausend Euro, viel Geld, aber nur die Hälfte von dem, was wir mitgebracht hatten. Wo war der Rest? Den konnte sie in den wenigen Wochen, seit wir hier waren, doch nicht ausgegeben haben. Es musste etwas geschehen sein, was sie mir verschwiegen hatte.

Ich sah auf die Uhr, es war halb neun vorbei, die Zeit, zu der ich normalerweise aufstand. Wenn sie die Nacht nur benutzt hätte, um mich zu hintergehen, müsste sie spätestens jetzt wieder auftauchen. Aber sie kam nicht, und mir blieben nur Vermutungen, was hinter ihrem Verschwinden stecken könnte.

In letzter Zeit war sie immer mit ihrem neuen Smartphone, das sie sich angeschafft hatte, beschäftigt gewesen. Ich sah sie damit zwar nie telefonieren, aber es schienen SMSs oder Mails zu kommen. Möglich, dass sie hinter meinem Rücken mit Leuten in Kontakt stand, die ich nicht kannte. Wenn dem so war, könnte unser Gastgeber damit im Bunde sein. Seit er unseren Zimmerpreis hinaufgesetzt hatte, gab sich Yuka zwar den Anschein, als hätte sie ihm das übel genommen. Aber bei all den Heimlichkeiten, die sie vor mir zu haben schien, war das vielleicht nur eine Finte. Und sollte ich mich in dem Punkt auch irren, könnte ihm dennoch aufgefallen sein, dass sie sich ab und zu nachts, während ich schlief, davonstahl.

Wenn das aber öfter vorkam, wie war es möglich, dass ich das bisher nie bemerkt hatte? Da fiel mir ein: der Tee! Gestern Abend hatte ich vor dem Schlafengehen unabsichtlich meine Tasse umgestoßen. Yuka war gerade im Bad, so hatte ich den verschütteten Tee aufgewischt und mir dann aus der Kanne nachgeschenkt. Irgendwie schmeckte die zweite Tasse anders, doch dabei hatte ich mir nichts gedacht. Erst heute im Nachhinein kam mir der Verdacht, dass Yuka etwas reingetan haben könnte. War das der Grund, warum ich in den letzten Tagen immer so früh schläfrig wurde? Hatte sie mich mit dem Tee schachmatt gesetzt, um danach heimlich verschwinden zu können? Im ersten Moment erschien mir dieser Gedanke ungeheuerlich, aber so abwegig war er im Grunde nicht. Sie hatte selbst oft Schlafmittel genommen, kannte sich also mit deren Wirkung aus. Und bei Betrachtung aller Umstände war es die plausibelste Lösung, nur so passte alles zusammen.

Ich überlegte, ob es möglich wäre, Yuka telefonisch zu erreichen. Mein altes Handy wollte ich dafür nicht benutzen, allerdings konnte ich mich auch nicht dazu entschließen, zu dem öffentlichen Fernsprecher zu gehen, den ich vor Kurzem entdeckt hatte. Es lag nicht nur an dem unangenehmen Erlebnis, das damit verbunden war, sondern es gab noch einen anderen Grund. Früher hatte ich keine Skrupel, Yuka zu jeder Tages- oder Nachtzeit anzurufen, auch wenn zu vermuten war, dass ihr der Anruf ungelegen kam. Damals hatte ich das Gefühl, wir gehörten zusammen und wären immer füreinander da. Doch das war längst nicht mehr so, es hatte sich seitdem eine Kluft zwischen uns aufgetan, die schwer zu überwinden war.

Außerdem musste ich zuerst die Nummer ihres neuen Smartphones suchen. Yuka hatte sie mir aufgeschrieben, aber ich wusste nicht, wo der Zettel war. Erst nachdem ich ihn gefunden hatte, konnte ich daran gehen, Yuka anzurufen. Mir war eingefallen, dass es im Haus einen alten Münzsprecher gab, und zwar am Gang zum Speisesaal. Bevor ich mich dazu entschloss, setzte ich mich kurz hin, um mir die Sache nochmal durch den Kopf gehen zu lassen.

Lange hielt ich das Nichtstun jedoch nicht aus, denn meine Gedanken gingen nur im Kreis. So stellte ich mich erst einmal unter die Dusche, dann zog ich mich an und verließ das Zimmer. Ich hegte noch immer Bedenken, aber es war wohl besser, den Anruf hinter mich zu bringen. Es hatte keinen Sinn, ihn immer weiter aufzuschieben, denn einmal müsste ich doch der Wahrheit ins Auge sehen und erfahren, was mit Yuka los war.

Vor mehreren Zimmertüren standen noch volle Frühstückskörbe, obwohl es schon neun Uhr war. Viele der Gäste schienen Langschläfer zu sein. Es gab Tage, da hörte man schon in aller Frühe ein emsiges Treppauf, treppab, aber heute nichts, kein Laut, das ganze Haus wie ausgestorben. Auch auf meinem Weg hinunter traf ich keinen Menschen, weder einen Gast noch jemand vom Personal.

Ich empfand die Stille als ganz irreal. Mir war, als ginge ich wie auf Watte, und ich fühlte mich wie in einem Vakuum. Als ich unten ankam, warf ich einen Blick in den Speiseraum, auch der war menschenleer. Dann wandte ich mich dem altmodischen Münzsprecher zu, hob den Hörer ab, warf die Münze ein und wählte Yukas Nummer, alles wie in Zeitlupe. Das Herz klopfte mir, doch aus dem Telefon kam kein Ton. Es meldete sich weder Yuka, noch schaltete sich die *Mail Box* ein. Es war auch kein Rufzeichen zu hören, nur ein seltsames Knacken in der Leitung. Ich hing ein und versuchte es noch einmal, mit dem gleichen Ergebnis.

Ich konnte mir das nur so erklären, dass der alte Apparat nicht funktionierte, denn was sonst sollte Yuka daran hindern, sich zu melden? Dass sie den Anruf unterdrückte, weil sie wusste, dass er von mir kam, war unwahrscheinlich. Eher könnte es sein, dass sie die Nummer stutzig machte, die auf dem *Display* aufschien. So blieb ich eine Weile stehen und überlegte, was ich tun sollte. Schließlich aber machte ich mich wieder auf den Weg zurück aufs Zimmer.

Als ich an der Tür des Chefbüros vorbeikam, dachte ich mir, ich könnte mich da erkundigen. Nicht nach Yuka, sondern ob mit dem Münzsprecher alles in Ordnung wäre. Aber was sollte ich antworten, wenn er mich fragte, warum ich ausgerechnet das alte Telefon benutzen wollte? Da wäre es besser, gleich mit meinem wahren Anliegen herauszurücken und ihn zu fragen, ob er nicht wüsste, wo Yuka sein könnte.

Ich zögerte noch einen Moment, dann warf ich alle Bedenken beiseite. Er war der Einzige, von dem ich eine Antwort erwarten konnte, denn außer ihm gab es niemanden, den ich hätte fragen können. Also klopfte ich an, doch dauerte es eine Weile, bis von drinnen ein „Ja, bitte!" zu hören war. Ich öffnete die Tür und trat ein. Da saß er mir gegenüber hinter einem Schreibtisch, sah mich verwundert an und fragte: „Was gibt's?" Mit meinem Erscheinen hatte er augenscheinlich nicht gerechnet.

„Yuka ist verschwunden", sagte ich.

„So? Seit wann?"

„Seit letzter Nacht."

„Na, sie wird schon wiederkommen."

„Aber ihr Auto ist weg, und sie ist telefonisch nicht zu erreichen."

„Mhm! Wie oft haben Sie es denn schon probiert, sie anzurufen?"

„Zweimal, unten vom Münzsprecher. Funktioniert der überhaupt?"

„Im Prinzip ja, nur steht er eher aus nostalgischen Gründen da, benutzt wird er kaum."

„Aber ich muss Gewissheit haben, mir ist die Sache völlig schleierhaft."

„Versuchen Sie es einfach später noch einmal."

„Aber ich mache mir Sorgen. Haben Sie denn keine Ahnung, wo sie sein könnte?"

Er sah mich an und schien zu überlegen, was er antworten sollte. Doch sagte er nur: „Tut mir leid, da bin ich überfragt." Dann wandte er sich wieder seinen Papieren zu. „Ich weiß nichts, ich hab' sie zuletzt kaum gesehen."

Trotz seines Bestrebens, unbeteiligt zu wirken, verriet er sich durch die Art, wie er versuchte, meinem Blick auszuweichen. Er wusste anscheinend mehr, als er sagte, hielt damit aber aus unverständlichen Gründen hinter dem Berg. Ich musste jedoch alles wissen, und je weiter ich in ihn drang, desto verlegener wurde er. Erst versuchte er, mich mit Phrasen abzuspeisen, bis er dann plötzlich unvermittelt fragte: „Hat sie Ihnen wirklich nichts davon gesagt?"

„Nein, kein Wort", beteuerte ich.

Daraufhin bequemte er sich doch zu einer Auskunft: „Ich kann Ihre Sorge verstehen, aber ich will hier nichts ausplaudern. Wenn sie Sie nicht ins Vertrauen gezogen hat, wird sie wohl ihre Gründe gehabt haben. Fragen Sie sie selbst, wenn sie wiederkommt."

Damit wurde es offensichtlich, dass er wusste, wo sie war, ich konnte es daher nicht bei der Ausrede belassen. „Was wollen Sie nicht ausplaudern?", fuhr ich ihn an.

„Ich kann dazu nichts sagen. Wenn Sie mehr wissen wollen, fragen Sie in ‚Harris' Pub‘."

„In ‚Harris' Pub‘?" – Ich fühlte mich wie vor den Kopf geschlagen.

„Ja, aber sagen Sie nicht, dass Sie das von mir wissen."

Das war ein Schock, den ich erst verdauen musste. Was war da los? Was lief dort ab? Ich hatte die Besitzer immer für anständige Leute gehalten, aber wie es aussah, waren auch sie ein Teil des doppelten Spiels, das hier mit mir getrieben wurde. Wie konnte unser Gastgeber sich so stellen, als hätte er mit all dem nichts zu tun, wenn er selbst es war, der uns in „Harris' Pub" gebracht hatte? Es bestätigte meinen alten Verdacht, dass sein und Yukas Gerede von ihrer angeblichen Freundschaft unglaubwürdig war. Er war das Risiko, uns zu beherbergen, von Anfang an mit dem Hintergedanken eingegangen, sich an Yuka schadlos zu halten. Nur anders, als ich ursprünglich gedacht hatte.

Was ich von ihm erfuhr, passte ins Bild, das ich ursprünglich von ihm hatte. Doch mich mit ihm auf eine Auseinandersetzung einzulassen, dazu hatte ich jetzt weder Zeit noch Nerven. Ich dankte ihm für die Information, verließ sein Büro, lief hinauf in die Garage, griff mir eins von den Fahrrädern, die dort allen Gästen zur Verfügung standen, und fuhr los. Ich musste so rasch wie möglich nach Shimoda zu „Harris' Pub", und ohne Yukas Wagen gab es dazu keine andere Möglichkeit, denn ein Taxi zu bestellen, erschien mir riskant.

Obwohl es noch früher Vormittag war, herrschte schon eine brütende Hitze, und ich kam bald ins Schwitzen. Was mir bei der Fahrt mit dem Auto nie aufgefallen war: Die Straße ging ständig bergauf und bergab, nicht besonders steil, aber doch anstrengend. Und bergab fuhr ich viel zu schnell, sodass ich in Kurven in Gefahr geriet, im Straßengraben zu landen.

Erst nach einigen Kilometern, als mir schon ziemlich die Puste ausging, kam ich wieder zur Vernunft. Mir wurde klar, dass die Raserei sinnlos war, am Vormittag würde ich weder den Meister noch seine Frau antreffen, denn „Harris' Pub" öffnete erst um zwölf Uhr. Dafür könnte ich Yuka, sollte sie gerade auf der Heimfahrt sein, hier auf der Straße begegnen, denn eine andere Verkehrsverbindung zu unserer Pension gab es nicht. Die übertriebene Eile war daher völlig unnötig. Außerdem plagte mich ein derartiger Durst, dass ich anhalten musste, um mir bei einem Automaten etwas zu trinken zu kaufen.

Zur Trinkpause setzte ich mich in den Schatten einer Pinie. Währenddessen behielt ich die Straße im Blick, um Yukas Wagen, falls sie damit auf dem Rückweg wäre, nicht zu übersehen. Erst nach rund fünfzehn Minuten schwang ich mich erneut in den Sattel und setzte die Fahrt fort. Die ganze Zeit beherrschte mich nur ein Gedanke: Was konnte Yuka dazu gebracht haben, so etwas zu tun, ohne mir etwas davon zu sagen? Vertraute sie mir nicht mehr, oder steckten Leute dahinter, die ihr keine andere Wahl ließen? Eigentlich müsste ihr doch klar gewesen sein, dass sie durch so eine Handlungsweise alles zwischen uns zerstörte. Nahm sie das einfach so hin, oder stand sie so unter Druck, dass sie darauf keine Rücksicht nehmen konnte?

Unter diesen Überlegungen kam ich schneller nach Shimoda, als ich gedacht hatte. Bei der Ortseinfahrt bog ich rechts ab und fuhr den alten Kanal entlang. Es waren kaum Touristen unterwegs, die meisten lagen wahrscheinlich am Strand. Als ich zu „Harris' Pub" kam, hing wie erwartet ein Schild mit der Aufschrift „Geschlossen!" am Eingang. Ich stellte das Fahrrad ab und klopfte trotzdem an.

Drinnen rührte sich scheinbar nichts, aber ich hatte das Gefühl, dass die Inhaber schon da wären. Es war bereits nach elf, und sie müssten mit Vorbereitungen beschäftigt sein, denn „Harris' Pub" bot täglich günstige Mittagsmenüs an. Ich ging zum Fenster, um von dort einen Blick in die Gaststube zu werfen. Drinnen bemerkte ich den Meister, der an der Theke beschäftigt war. Ich klopfte ans Glas, um ihn auf mich aufmerksam zu machen, und er sah tatsächlich zu mir her. Auf seinen fragenden Blick hin deutete ich ihm, dass er mich einlassen sollte, und da ging er, um mir aufzusperren.

Ich war so erleichtert, ihn anzutreffen, dass ich ohne Begrüßung mit der Tür ins Haus fiel: „Wissen Sie, wo Yuka ist?"

„Wer?"

„Meine Freundin!"

„Ach, Sie meinen Angela?"

Ich stutzte, meinte er damit Yuka? In dem Moment kam seine Frau aus der Küche. Sie musste meine Frage gehört haben und schien eher im Bilde zu sein als ihr Mann: „Ist Ihre Freundin gestern nicht nach Hause gekommen?"

„Nein!"

„Sie war am späten Abend hier, aber ging noch vor Mitternacht."

„Wohin?"

„Keine Ahnung."

„War sie in Begleitung?"

„Nein! Sie kam wie immer allein, saß eine Weile hier, bis sie wieder aufbrach."

„Aber wozu? Was wollte sie denn hier?"

Bevor sie antwortete, sah die Meisterin kurz zu ihrem Mann: „Wussten Sie nichts davon?"

Die Frage zerriss mir das Herz. „Nein!" Yuka hatte mich, aus welchem Grund auch immer, dumm sterben lassen. Aber nun war mir, als wüssten alle außer mir über ihr nächtliches Treiben Bescheid. Trotzdem wollte mir keiner reinen Wein einschenken.

Etwas gefasster fügte ich hinzu: „Bitte sagen Sie mir, was Sie wissen."

„Sie kam in den letzten Tagen immer abends gegen zehn, blieb eine Zeitlang, trank ein Glas Tonic und wurde dann abgeholt", rang sich der Meister schließlich als Antwort ab.

„Von wem?"

Er zuckte mit den Achseln, wechselte einen Blick mit seiner Frau und sagte dann: „Woher sollen wir das wissen? Draußen hielt meist ein Wagen, sie ging raus und stieg ein, das war's. Wenn Sie mich fragen, machte sie das nicht zum Vergnügen, es war hier ihr Kontaktbüro. Sie wartete auf Anrufe, und sobald einer kam, verschwand sie."

Nun dämmerte mir, was sich hier in den letzten Nächten abgespielt haben musste. Yuka war wieder in ihren alten Job zurückgekehrt. Ich erinnerte mich an die Szene, die ich an unserem ersten Abend hier zufällig mitansah. Die junge Frau vom Nebentisch hatte erst telefoniert und war, nachdem ein Anruf kam, aufgestanden und rausgegangen. Draußen wartete ein Wagen auf sie, die Situation war eindeutig. Dass Yuka damals die Sache schweigend überging, war die Bestätigung dafür, dass ihr klar sein musste, was hier ablief. Auch der Besitzer unserer Pension dürfte darüber Bescheid gewusst haben. Anscheinend hatte es sich in „Harris' Pub" eingebürgert, hier auf die Weise Kontakte anzubahnen, und dass der Meister und seine Frau nichts davon geahnt haben wollten, erschien mir wenig glaubhaft. Offenbar tolerierten sie das schon länger in ihrem Lokal.

Die beiden beobachteten mich, wohl um herauszufinden, was in mir vorging. Und als sie den Eindruck hatten, dass bei mir der Groschen gefallen war, wirkten sie erleichtert, dass sie mir die Sache nicht auch noch umständlich erklären mussten.

„Wir dachten, Sie wüssten das und wären einverstanden mit dem, was Ihre Freundin hier macht", sagte die Meisterin wie zur Entschuldigung.

„Nein, weder wusste ich davon, noch war ich damit einverstanden."

„Nicht, dass Sie denken, es ginge bei uns immer so zu, die Sache dürfte sich erst vor Kurzem so entwickelt haben", ergänzte ihr Mann.

„Und Sie haben nichts dagegen unternommen?"

„Was hätten wir tun sollen, schließlich geht es um unsere Existenz. Es ist uns das erste Mal letzten Sommer aufgefallen. Und solange es diskret ablief, drückten wir lieber ein Auge zu, als uns Feinde zu machen."

„Bitte glauben Sie nicht, dass uns das recht war", fügte seine Frau hinzu: „Im Gegenteil, wir sind in keiner Weise daran beteiligt und würden es gerne unterbinden, wenn wir nur wüssten wie. Denn wir können es uns nicht leisten, zahlende Gäste zu vergraulen."

Mir wurde heiß und kalt, und in meinem Kopf ging alles durcheinander. Ich zweifelte daran, dass der Meister und seine Frau so unbedarft waren, wie sie sich gaben. Sie vielleicht, aber er mit Sicherheit nicht. Ihm wäre es ein Leichtes gewesen, in dem Geschäft mitzumischen und davon zu profitieren. Da wäre er auf das, was die Mädchen bei ihm konsumierten, gar nicht angewiesen, er hätte ihnen sogar Gratisdrinks spendieren können. Aber letztlich konnte mir das alles egal sein. Selbst wenn ich sicher wüsste, dass er die Hände im Spiel hatte, was hätte mir das genützt? Es ging mir jetzt nur darum, Yuka wiederzufinden, und da waren die beiden die Einzigen, die mir dabei helfen konnten.

„Was ist denn mit Ihnen?", fragte plötzlich die Meisterin und deutete auf einen Stuhl neben mir: „Sie sehen so blass aus, wollen Sie sich nicht setzen?" Und ihr Mann fragte: „Möchten Sie vielleicht ein Glas Wasser?"

Ich fühlte mich tatsächlich elend, und für einen Moment wurde mir schwarz vor Augen. Es war mir schon vorher flau im Magen, nun wurde mir richtig schlecht, darum war ich dankbar für die angebotene Hilfe. Ich ließ mich auf den Stuhl nieder und erholte mich so wieder ein wenig. Trotzdem war mir, als hätte man mir den Boden unter den Füßen weggezogen. Seit heute Morgen folgte eine unangenehme Nachricht der anderen, und alle trafen mich wie Schläge in die Magengrube. Erst der Schock, dass Yuka nicht da war, dann die Suche nach ihr, und wen ich auch fragte, eine Hiobsbotschaft jagte die Nächste. Dazu kam noch die anstrengende Fahrt mit dem Rad, ohne dass ich vorher gefrühstückt hatte. Ich fühlte mich physisch wie psychisch angeschlagen, aber das durfte mich nicht davon abhalten, weiter nach Yuka zu suchen. Solange ich nicht wusste, wo sie war und was mit ihr geschehen war, hatte ich keine ruhige Minute.

Ich wurde aber auch unsicher, ob dem Meister und seiner Frau überhaupt zu trauen war. Bisher hatte ich sie für einfache, aber anständige Leute gehalten. Dass sie solche Zustände in ihrem Lokal duldeten, hätte ich ihnen nicht zugetraut. Und natürlich auch nicht, dass der Chef unserer Pension da mitmischte. Obwohl er sich mir gegenüber so ahnungslos gab, war es womöglich von Anfang an sein Plan, Yuka da hineinzuziehen.

Ich saß da wie betäubt. Der Meister brachte mir ein Glas Wasser, während die Meisterin mir zuredete wie einem kranken Ross. Ich verstand nicht alles, was sie sagte, aber der Tenor war, dass sich schon alles einrenken würde. Als großen Trost empfand ich das nicht. Im besten Fall fing wieder so ein Leben an wie in Yamagata. Damals war Yuka mir gegenüber aber wenigstens noch aufrichtig, einen solchen Vertrauensbruch hätte sie sich nicht erlaubt. Selbst wenn ich sie wiederfände, würde es daher niemals mehr so sein wie früher. Unsere Beziehung war nie ideal, trotzdem gab es immer wieder Tage, an denen ich mit ihr glücklich war, und der Gedanke, dass nun alles zu Ende sein könnte, schnürte mir die Kehle zu.

Warum war ich so blind, die Warnzeichen nicht zu erkennen? Ich hatte zwar registriert, dass zuletzt eine Veränderung mit ihr vorging, aber nicht die richtigen Schlüsse daraus gezogen. Eine Zeitlang hatte sie kaum mehr auf ihr Äußeres geachtet und zugleich einen ungewohnten Geiz gezeigt, aber auf einmal fing sie wieder an, Kleider, Schminke und Parfüm zu kaufen, ohne dass Geld dabei eine Rolle spielte. Den Argwohn, dass etwas dahintersteckte, das sie vor mir verheimlichte, beschwichtigte sie, indem sie mich glauben machte, sie wolle für mich wieder hübscher sein. Mit der Ausrede begann sie auch eine Diät und ließ, obwohl das Essen in unserer Pension ausgezeichnet war, immer mutwillig die Hälfte davon stehen. All das hätte mich stutzig machen sollen, aber es gelang ihr, mich zu täuschen.

Dabei hätte ich es besser wissen können. Oft genug hatte ich in Yamagata mitangesehen, wie sie sich herrichtete, bevor sie ins „Bourbon" ging. An ihrem Äußeren überließ sie nichts dem Zufall. Die gelockerten Haarsträhnen und die kleinen Nachlässigkeiten in ihrer Kleidung, die tiefere Einblicke gestatten sollten, drapierte sie künstlich vor dem Spiegel. Denn alles an ihrer Erscheinung in der Bar war auf Effekt berechnet. Das wusste ich nur zu gut, weil sie es vor mir gar nicht verheimlichte. Schönheit und erotischer Reiz waren ihr Kapital, das musste Früchte tragen. In dem Sinn war sie durch und durch professionell. Was mich hier daran hinderte, ihr Treiben zu durchschauen, war, dass ich nicht damit gerechnet hatte, „Harris' Pub" könnte sich als verkapptes „Bourbon" erweisen.

Auf einen Schlag wurde mir klar, was für ein Idiot ich war. Doch das müsste ich mit mir allein ausmachen. Zuerst einmal musste ich hier mit Anstand rauskommen, denn mir war bewusst, dass ich vor dem Meister und seiner Frau eine jämmerliche Rolle spielte. Außerdem stahl ich ihnen die Zeit, denn sie mussten bald öffnen. Ich raffte mich daher auf und sagte, dass ich weiter nach Yuka suchen würde. Die Meisterin brachte mir aus der Küche zwei *Onigiri*, Reisknödel mit Füllung, und versicherte mir, dass alles wieder gut werden würde. Ich war davon zwar nicht überzeugt, trotzdem dankte ich ihr für ihren guten Willen.

★★★

Draußen verschlang ich die *Onigiri* und fühlte mich danach etwas gestärkt. Ohne konkreten Plan, wo ich mit meiner Suche beginnen sollte, setzte ich mich aufs Rad und fuhr los. Im alten Hafenviertel war um diese Tageszeit nichts los, da würde ich Yuka kaum finden. Also fuhr ich zum neuen Hafen, in dessen Umgebung gab es einige Hotels. Möglich, dass sie die Nacht dort mit jemandem verbracht hatte. Doch reinzugehen und an der Rezeption zu fragen, ob eine Frau wie Yuka hier gewesen wäre, dazu hatte ich nicht den Mut. Ich hielt es auch für wenig zielführend, denn um die Zeit war kein Nachtportier mehr im Dienst, der sie gesehen haben könnte. Ich fuhr nur von Hotel zu Hotel in der Hoffnung, dass mir Yuka zufällig über den Weg laufen könnte. Gleichzeitig hielt ich vor den Hotels nach ihrem Wagen Ausschau, doch da ich von der Meisterin wusste, dass sie sich hatte abholen lassen, bestand da wenig Aussicht. Ich fuhr daher zurück zu „Harris' Pub", um dort im Umkreis alle Parkplätze abzuklappern. Im Endeffekt erwies sich aber alles als Zeitverschwendung, ich radelte nur zwei Stunden vergeblich durch die Straßen.

Am Anfang gab mir mein Aktionismus noch das Gefühl, etwas Sinnvolles zu tun. Doch nun war es bereits Nachmittag, und mein Treiben erschien mir immer sinnloser. Schließlich gab ich die Suche auf und machte mich auf den Rückweg. Da war die Wahrscheinlichkeit, ihr Auto statt in Shimoda bei uns in der Garage zu finden, wohl um einiges größer. Müdigkeit und Durst zwangen mich, auf der Heimfahrt öfter Pausen einzulegen. Nur die Hoffnung, Yuka könnte inzwischen in der Pension sein, trieb mich immer wieder an, aufs Rad zu steigen und weiterzufahren. Meine Gedanken drehten sich die ganze Zeit nur um sie und darum, was ich sagen sollte, falls ich sie tatsächlich in unserem Zimmer wiederfände. Am Besten wäre es, ruhig zu bleiben, ihr keine Vorwürfe zu machen, sondern ihr Gelegenheit zu geben, mir die Wahrheit zu sagen. Falls sie versuchen sollte, mich anzulügen, könnte ich ihr immer noch auf den Kopf zusagen, was ich schon von anderen wusste. Ihre Taktik war nämlich immer, Vorwürfen dadurch auszuweichen, dass sie den Spieß umdrehte, und dann wurde ein vernünftiges Gespräch unmöglich. Da stritt sie Dinge ab, die sie schon zugegeben hatte, kam ständig mit Ausflüchten und kaprizierte sich auf irgendwelche Nebensächlichkeiten, bis die Hauptsache völlig aus dem Blick geriet. Am liebsten stellte sie sich als Opfer der Umstände dar, die ihr keine andere Wahl ließen, als das zu tun, was sie getan hatte, und am Ende war sie nie für etwas selbst verantwortlich.

Insgeheim hoffte ich sogar, dass sie eine plausible Erklärung für alles hätte, die es mir ohne Gesichtsverlust erlauben würde, ihr zu verzeihen. Zugleich war mir jedoch klar, dass wir in unserem Zusammenleben längst an einem toten Punkt angelangt waren, ein „Weiter-so" würde nichts bringen. Außerdem sah ihr Verhalten danach aus, als hätte sie es darauf angelegt, mich loszuwerden. In dem Fall wäre das definitiv das Ende unserer Beziehung, denn dann würde mir auch ein Zu-Kreuze-kriechen nichts nützen.

Als ich erschöpft zurück in die Pension kam, war es fast schon Abend. Als Erstes brachte ich das Fahrrad in die Garage und sah mich nach Yukas Wagen um. Dass der nirgendwo stand, war schon mal der erste Dämpfer. Der Nächste traf mich, als ich unser Zimmer betrat, denn da fand ich alles so vor wie am Morgen, nur der Frühstückskorb vor der Tür, den ich gar nicht angerührt hatte, war abgeholt worden. Es gab also keinerlei Anzeichen, dass Yuka in der Zwischenzeit hier gewesen war.

Meine letzte Hoffnung hatte sich damit zerschlagen, und ich fühlte mich tief enttäuscht. Aber auch in dieser Situation wollte ich noch nicht den einzig möglichen Schluss ziehen, dass sie mich verlassen hätte. Um darüber nicht nachdenken zu müssen, ging ich erst einmal ins Bad und stellte mich unter die Dusche. Danach goss ich mir eine Packung Instantnudeln auf und schaufelte sie wie mechanisch in mich hinein. Nachdem ich damit fertig war, blieb ich noch lange wie apathisch sitzen, während draußen die Nacht hereinfiel. Langsam sickerte mir ins Bewusstsein, was es in letzter Konsequenz bedeutete, dass ich Yuka nirgendwo finden konnte. Und dieser Abend wurde zu einem der bittersten meines Lebens.

Es war nicht das erste Mal, dass ich mit Sorgen Stunde um Stunde auf sie wartete, weil ich nicht wusste, wo sie war. Und auch schon früher waren mir dabei Schreckensszenarien durch den Kopf gegangen, was ihr alles zugestoßen sein könnte. Wenn sie dann am Ende allerdings wohlbehalten wieder auftauchte, waren meine Ängste wie im Nu zerstoben. Nur diesmal war alles anders. Die Befürchtung, Yuka vielleicht nie mehr wiederzusehen, hatte ich noch nie so real empfunden, und es ergriff mich ein Gefühl der Verzweiflung, denn mir war, als würde ich mit ihr alles verlieren, was mir im Leben wichtig war.

Ich weiß nicht mehr, wie spät es war, als ich mich entschloss, mich doch hinzulegen. Davor hatte ich einfach nur im Finstern gesessen und gewartet, weil ich meine letzte Hoffnung noch nicht aufgeben wollte. Irgendwann hatte das Warten keinen Sinn mehr, obwohl ich, als ich im Bett lag, trotz meiner Müdigkeit keinen Schlaf fand. Ich starrte zur Decke, während meine Gedanken die ganze Zeit um Yuka kreisten. Mir stand vor Augen, wie ich sie kennengelernt hatte, wie ich zu ihr zog – und dann die Abende in der Bar bis zu dem Brandanschlag. Danach unsere Flucht und die ersten Tage unseres Aufenthalts in Shimoda. Wir waren noch kein Dreivierteljahr zusammen, dennoch schien es mir, als hätte mein eigentliches Leben erst mit ihr begonnen. Ich konnte daher den Gedanken nicht ertragen, dass nun von einem Tag auf den anderen alles aus sein sollte.

Je länger ich lag, desto mehr drückte mich eine seltsame Schwere nieder. Ich fühlte mich wie gelähmt und hatte Mühe, mich im Bett umzudrehen. Ich kam mir vor wie ein gestrandeter Wal, der nicht wusste, wie ihm geschehen war. Einmal die Orientierung verloren, führte kein Weg zurück ins Leben. Doch es war nur mein Körper, der unter der Erdenschwere litt, mein Geist irrte ruhelos umher.

Als man mir in „Harris' Pub" *Fugu* vorgesetzt hatte, war die Rede davon, dass sich die Wirkung des Gifts zuerst an den Extremitäten bemerkbar mache. Arme und Beine würden fühllos, bis die Lähmung das Herz erreiche. Man verspüre keinen Schmerz, der Geist bliebe bis zuletzt wach, und man könne an sich selbst beobachten, wie das Lebenslicht langsam niederbrenne. Am Ende erlösche es wie ein Kerzendocht, und es bliebe einem in diesem Augenblick nur, endgültig loszulassen und sich seinem Schicksal zu ergeben.

Genauso fühlte ich mich in jener Nacht. In den Bildern aus früheren Tagen, die an mir vorüberzogen, wirkte Yuka ganz verändert, nicht mehr als die, die ich zu kennen glaubte, sondern wie eine Fremde. Mir schien, als hätte sie in der Zeit, in der wir zusammen waren, mir nur etwas vorgespielt. Sie hatte mich im Glauben gelassen, von ihr geliebt zu werden, so lange ich ihr von Nutzen war. Dass mich Yuka für einen Habenichts hielt, der ihr nur auf der Tasche lag, war ihr aber auch nicht zu verdenken.

Mir fiel wieder der *Netsuke* ein, den sie mir geschenkt hatte, der Fuchs aus der Legende, der sich in eine schöne Frau verwandeln kann, um Männer zu verderben. Aber wenn mir auch Yuka als dieses dämonische Fabelwesen erschien, so war doch der böse Geist, der hinter allem stand, nicht sie, sondern Mama-san. Noch aus ihrem Grab heraus hatte sie Einfluss auf Yuka. Alles, was ihr Mama-san eingeflüstert hatte, galt für sie auch noch heute, sie konnte sich aus ihren Fängen nicht lösen und war nach wie vor ihr Werkzeug. Für Mama-san waren Männer nur dazu da, um sie zum Narren zu machen. Sie selbst war nicht mehr jung und verführerisch genug dazu, aber dafür hatte sie Yuka.

Dann wieder war mir, als täte ich Mama-san unrecht, sie auf diese Weise zu verteufeln, und es wollte mir scheinen, als steckte das Böse nur in dem *Netsuke*. Er war kein Glücksbringer, wie Yuka mir hatte weismachen wollen, im Gegenteil. Alles Unglück, das uns betraf, hatte mit jenem Tag begonnen, an dem sie ihn mir zum Geschenk machte. Und der *Netsuke* hatte Macht über mich gewonnen, weil ich ihn eine Zeitlang wie ein Amulett bei mir trug.

Unter diesen wirren Gedanken musste ich mit der Zeit doch in Schlaf gefallen sein, denn auf einmal träumte ich, der *Netsuke* hocke wie ein Nachtmahr auf meiner Brust. Er wurde immer größer und schnürte mir die Luft ab. Mir war, als trachtete mir der *Netsuke* nach dem Leben, weil ich ihn durchschaut und sein Geheimnis gelüftet hatte. Nach Atem ringend fürchtete ich, unter dem Druck zu ersticken. Ich wollte schreien, konnte aber nicht. Erst nachdem ich in Panik hochschrak, erkannte ich, dass alles nur ein Albtraum war. Es dauerte aber noch ein paar Minuten, bis das Gefühl für die Realität zurückkehrte. Klopfenden Herzens lag ich da, bis ich mich wieder beruhigte. In der Hoffnung, Yuka könnte zurückgekommen sein, machte ich Licht, doch sie war nicht da. Es war drei Uhr in der Früh und das Bett neben mir unberührt.

War mir bisher der Gedanke, Yuka vielleicht für immer verloren zu haben, fast unerträglich, begann ich mich langsam damit abzufinden, dass sie nicht mehr wiederkommen würde. Ich empfand dabei nur eine leise, schmerzliche Bitterkeit, denn ich hatte das Gefühl, sie hätte mich nicht mutwillig verlassen, sondern ihr wäre etwas zugestoßen. Ich hatte keine Ahnung, was passiert sein könnte, aber es musste etwas sein, was sie von der Rückkehr zu mir abhielt.

Anknüpfend an meinen Traum begann ich mich zu fragen, wo der *Netsuke* hingekommen sein könnte. So sehr ich ihn anfangs als Geschenk Yukas schätzte, hatte ich ihn später weggelegt und kaum noch daran gedacht. Ich konnte mich auch nicht erinnern, ihn auf unserer Flucht mitgenommen zu haben. Die Ungewissheit, ob er vielleicht doch im Gepäck war, ließ mir aber keine Ruhe. Und weil mir war, als hinge es davon ab, dass sich noch alles zum Guten wenden könnte, ob ich ihn fände oder nicht, stand ich auf und machte mich auf die Suche.

Ich räumte nochmals den Wandschrank aus und zog auch die Reisetaschen unter dem Bett hervor, die seit unserer Ankunft dort lagen. Auf den ersten Blick war alles da, was wir mitgebracht hatten. Yuka war also nicht mit Vorsatz ausgezogen. Manche ihrer Taschen waren halb leer, weil sie viele ihrer Sachen im Schrank aufgehängt hatte, aber es waren noch Kleidungsstücke dazugekommen, die sie in der Zwischenzeit gekauft hatte. Ich hatte dagegen aus meinen Taschen nur das genommen, was ich brauchte und den Rest drinnen gelassen. Der *Netsuke* befand sich nicht darunter.

Im Wandschrank entdeckte ich dann einen kleinen Handkoffer, den ich gar nicht kannte. Er war abgesperrt, aber ich fand den Schlüssel dazu. Ich öffnete ihn und leerte den ganzen Inhalt auf den Boden. Es waren alles Schmucksachen, die Yuka gehören mussten, doch sie schien sie mit Absicht vor mir verborgen zu haben, denn ich hatte keins der Stücke je bei ihr gesehen. In einem Etuis lag eine Perlenkette, in einem anderen ein Armreif, beides sah teuer aus. Außerdem fand ich noch Ohrringe sowie eine Armbanduhr von Gucci. Ich wunderte mich, woher sie den Schmuck haben könnte. Gut möglich, dass es Geschenke von Stammkunden waren und sie mir deren Existenz darum verheimlicht hatte. Unter den Sachen fand sich zu meiner Überraschung aber auch der Lederbeutel, in dem der *Netsuke* aufbewahrt war. Der Beutel allerdings war leer, und das fand ich doppelt seltsam. Einerseits verständlich, dass sie den wertvollen Gegenstand nicht in Yamagata zurücklassen wollte. Andererseits fragte ich mich, wo er jetzt hingekommen war. Hatte sie ihn mitgenommen?

So fügte sich ein weiteres Rätsel zu der ohnehin schon rätselhaften Angelegenheit. Wie bei so vielen anderen Dingen erschien das, was mir Yuka gesagt und ich ihr anfangs geglaubt hatte, hinterher zweifelhaft. Obwohl es hieß, dass Mama-san sie beim Kauf beraten haben sollte, hatte ich mich trotzdem über den *Netsuke* gefreut, weil mir Yuka damit das Gefühl gab, ich würde ihr doch etwas bedeuten. Beim Überreichen wirkte sie damals verlegen, ganz so, als wäre es ihr peinlich, mir ihre Zuneigung durch ein wertvolles Geschenk auszudrücken. Im Nachhinein dachte ich mir aber, ihre Verlegenheit könnte auch den Grund darin gehabt haben, dass sie etwas weiterschenkte, was sie selbst von einem Freier erhalten hatte.

Zwar war das nur Spekulation, doch zurückdenkend wurde mir schmerzlich bewusst, wie viel sich seit damals zwischen Yuka und mir verändert hatte. Das tägliche Beisammensein hatte uns so abgestumpft, dass wir gar nicht mehr wahrnahmen, was im anderen vorging. Im Rückblick hatte ich den Eindruck, Yuka nicht erst seit gestern, sondern schon viel länger verloren zu haben. Anfangs hatten die schönen Frühsommertage und die Erleichterung über unsere gelungene Flucht darüber hinweggetäuscht, dass uns nur noch die Gewohnheit zusammenhielt, doch mit der Zeit wurden ihr Desinteresse und ihre Gleichgültigkeit gegen mich immer offensichtlicher. Das Band, das uns einst verbunden hatte, lockerte sich von Tag zu Tag, bis es eines Tages schließlich riss.

Es war keineswegs so, dass ich die Entwicklung nicht registriert hätte, sondern eher so, dass ich sie nicht wahrhaben wollte. Hätte ich früher die Konsequenzen daraus gezogen und sie darauf angesprochen, wäre vielleicht noch etwas dagegen zu machen gewesen. Doch aus Furcht, durch Streit die Lage zu verschlimmern, ließ ich alles gehen, wie es ging und hoffte, es würde sich schon alles wieder von selbst einrenken.

★★★

Aus dem Wunsch heraus, wenigstens noch einmal ihre Stimme zu hören, ging ich hinunter zum Münztelefon. Alles war dunkel, denn alles im Haus schlief. Auf den Gängen gab es nur Notlicht. Die Hoffnung, Yuka zu dieser späten Stunde zu erreichen, war gering, doch mir schien es die letzte Chance zu sein, noch einmal mit ihr in Kontakt zu kommen. Leider endete aber auch dieser Versuch wie gestern, es kam keine Verbindung zustande. Resignierend legte ich auf und kehrte in mein Zimmer zurück.

Wieder im Bett konnte ich nicht mehr einschlafen. Ich lag lange wach, und es ging mir vieles durch den Kopf. Die meiste Zeit dachte ich an Yuka und an die möglichen Gründe ihres Verschwindens. Irgendwann musste ich dann aber doch eingeschlafen sein, denn auf einmal weckte mich eine Klospülung. Ich schlug die Augen auf und sah, dass es heller Morgen war. Das Bett neben mir war leer, aber für einen Moment glaubte ich, Yuka wäre im Bad, bis ich registrierte, dass das Geräusch von nebenan kam.

Niedergedrückt blieb ich liegen. Seit über vierundzwanzig Stunden kein Lebenszeichen von Yuka. Nach einer Weile waren Schritte im Gang zu hören. Ich spitzte die Ohren, erkannte aber sehr rasch, dass es nicht Yukas Art zu gehen war. Trotzdem hielt es mich nicht länger im Bett, denn die Schritte wanderten immer hin und her. Da ich wissen wollte, wer das war, öffnete ich die Tür einen Spalt und warf einen Blick nach draußen. Es war eine junge Frau, die von Zimmer zu Zimmer ging, um die Essenskörbe zu verteilen.

Ich hätte es mir denken können, es war längst Zeit fürs Frühstück. Eben stellte sie den letzten Korb vor das Zimmer nebenan, dann verschwand sie wieder. Kaum war sie weg, kam aber der Inhaber der Pension mit einem Frühstückskorb. Als ich seiner ansichtig wurde, fühlte ich eine Wut in mir aufsteigen, denn sein undurchsichtiges Gehabe gegenüber Yuka war mir von Beginn an ein Dorn im Auge. Gestern hatte er sich noch ahnungslos gestellt, aber heute sollte er mir Rede und Antwort stehen, denn ich war mir nun sicher, dass er von der Kuppelei in „Harris' Pub" nicht nur gewusst, sondern dabei auch seine Hände im Spiel hatte.

Zu meiner Verwunderung kam er aber selbst zu unserem Zimmer, und als er bemerkte, dass ich sein Kommen beobachtete, wirkte er für eine Sekunde überrascht. Dann aber fasste er sich, sah sich um, ob jemand im Gang war, der uns beobachten konnte, und während er mir den Korb in die Hand drückte, drängte er mich ins Zimmer, wobei er mir zuflüsterte: „Ich muss mit Ihnen sprechen."

„Ich auch! In was für eine schmutzige Sache haben Sie Yuka da reingezogen?", fuhr ich ihn an, ohne meine Empörung unterdrücken zu können. Er deutete an, leise zu sein, reagierte aber ansonsten ganz so, als ob er ein schlechtes Gewissen hätte.

„Ich habe nichts damit zu tun", stammelte er, „es war ihr Wunsch."

„Das glaube ich nicht. Zwischen Ihnen und ihr lief doch was!"

„Nein, wie kommen Sie darauf?"

„Es schien mir von Anfang an verdächtig, dass sie, als wir nicht wussten, wohin, ausgerechnet zu Ihnen nach Shimoda wollte."

„Nein, dahinter steckte nichts, glauben Sie mir. Ich war auch überrascht, aber es hatte sich, wie sie mir sagte, so ergeben, denn in der Bar, wo sie damals arbeitete – wie hieß die noch gleich …?"

„Bourbon!"

„Ja, als ich sie dort kennenlernte, hatte ich ihr davon erzählt, dass ich plante, in Shimoda eine Pension zu eröffnen. Und als es dann so weit war, schickte ich ihr die Adresse. Danach hörte ich aber die ganzen Jahre nichts mehr von ihr und hatte sie, ehrlich gesagt, längst vergessen."

„Aber wie kam sie dann auf die Idee, Sie könnten uns helfen?"

„Das weiß ich auch nicht. In Yamagata hatte mich ein Bekannter in die Bar mitgenommen. Das mit der Pension war zu der Zeit noch im Planungsstadium, aber ich weiß, ich erzählte die Sache damals überall herum. Und in der Hoffnung, dadurch Gäste zu gewinnen, sagte ich allen möglichen Leuten, wenn sie mal nach Shimoda kämen, sollten sie sich bei mir melden, ich hätte jederzeit ein Zimmer für sie."

„Das war alles? Sonst nichts?"

„Ja, ich gebe zu, dass sie mir gefiel und ich mich gefreut hätte, wenn sie mich besucht hätte, aber bis sie mit Ihnen hier auftauchte, hatte ich keinen Kontakt mehr zu ihr."

„Das gibt's doch nicht!"

„Doch!"

„Sie wollen mir weismachen, Yuka hätte all die Jahre Ihre Adresse aufgehoben?"

„Warum nicht? Shimoda ist in Japan ja bekannt als schöner Ort."

„Wer war eigentlich Ihr Bekannter von damals?"

„Wen meinen Sie?"

„Den, der Sie mit ins ‚Bourbon' genommen hat."

„Ach der, das war nur ein flüchtiger Bekannter. Ich weiß gar nicht, was der heute macht."

„Hatte er mit der Bar, ich meine mit Mama-san, geschäftlich zu tun?"

„Nein, so viel ich weiß, war er nur ein Gast, der ab und zu dort hinging."

„Aber das ergibt doch alles keinen Sinn!"

„Warum denn nicht? Denken Sie mal logisch! Glauben Sie, sie wäre zu mir gekommen, wenn ich mit den Leuten dort was zu tun gehabt hätte? Gerade weil das nicht der Fall und ich ein Fremder war, dachte sie, sie wäre mit Ihnen hier sicher."

Das Argument hatte was für sich. Yuka hatte mir das Gleiche gesagt, und wenn sie auch hin und wieder zum Leichtsinn neigte, dumm war sie nicht. Sie konnte zwischen Freund und Feind unterscheiden. Ich wusste noch sehr gut, welche Ängste sie nach dem Brandanschlag ausgestanden hatte. Sie wäre nie und nimmer das Risiko eingegangen, sich an jemanden zu wenden, der im Verdacht stand, Kontakt zum Milieu in Yamagata zu haben.

Aber ich bohrte weiter: „Und was ist mit ‚Harris‘ Pub‘?"

„Was soll damit sein?"

„Wieso wussten Sie, dass Yuka dort war?"

„Gewusst hab‘ ich es nicht, nur vermutet."

„Ja, weil Sie im Bilde waren, was sich dort abspielt."

„Schauen Sie, ich bin hier seit Jahren in der Tourismusbranche, was soll ich machen, wenn mich ein Gast nach so was fragt? Soll ich mich dumm stellen? Erfährt er es nicht von mir, dann erfährt er es von jemand anderem, einem Taxifahrer zum Beispiel."

„Das heißt, sie wollen den Taxifahrern keine Provisionen überlassen?"

„Das ist zwar unverschämt, was Sie da behaupten, aber ich halte Ihnen zugute, dass Sie nicht wissen, wovon Sie reden."

„Warum haben Sie Yuka und mir ausgerechnet dieses Lokal empfohlen, wenn Sie angeblich keine Absicht damit verbunden haben?"

„Es war ihre Idee."

„Wessen Idee?"

„Die Ihrer Freundin. Ich habe ihr gegenüber ‚Harris‘ Pub‘ einmal erwähnt, und da wollte sie es sich ansehen. Was danach kam, hat sich alles zufällig ergeben."

„Das glaube ich Ihnen nicht."

„Glauben Sie, was Sie wollen."

„Sie wollten an unser Geld, deshalb haben Sie auch die Miete für unser Zimmer genau zu dem Zeitpunkt hinaufgesetzt."

„Jetzt werde ich Ihnen einmal was sagen. Sie scheinen nämlich vergessen zu haben, dass ich Ihnen, solange mein Haus leer stand, nur aus Gutmütigkeit erlaubt habe, hier zu bleiben. Da Sie aber auch zu Beginn der Saison das Zimmer nicht freimachten, musste ich Ihretwegen wiederholt Gästeanfragen ablehnen. Was hätten Sie an meiner Stelle getan? Ich lebe vom Zimmervermieten und muss dabei auf meine Kosten kommen."

„Damit geben Sie es also zu."

„Was gebe ich zu?"

„Dass Sie versucht haben, Yuka und mich finanziell auszu-
pressen."

„Das ist der Dank dafür, dass ich versucht habe, Ihnen zu
helfen?"

„Wir hätten genug gehabt, um für Jahre hier zu wohnen, aber
so lange wollten Sie nicht warten. Sie wollten sich gleich alles
holen, und darum haben Sie Yuka in die Fänge dieser Kuppler
getrieben."

„Das ist Unsinn. Ich habe überhaupt nicht gedacht, dass bei
Ihnen etwas zu holen wäre. Ihre Freundin hat vor mir immer
so getan, als würden Sie nur von der Hand in den Mund leben.
Und was ‚Harris' Pub' betrifft, war das, wie ich schon sagte, nicht
meine Idee. Wenn Sie allein dort abends hinfuhr – was haben
Sie denn gedacht, was Sie dort macht?"

Es hatte keinen Sinn, weiter mit ihm zu diskutieren. Ob er
die Wahrheit sagte oder nicht, es änderte nichts an der Situation
und würde auch Yuka nicht zurückbringen. Dass ich ihr Geld erwähnt hatte, war außerdem nicht klug von mir, denn das könnte
ihn noch auf ganz andere Gedanken bringen.

Da ich nichts weiter sagte, fügte er entschuldigend hinzu: „Ich
kann Ihre Gefühle verstehen, aber es ist nun mal so, wie es ist.
Daran ändern Sie auch nichts, wenn Sie mich zum Sündenbock
stempeln. Ich werde mich umhören, was gestern passiert ist. Ich
hoffe für Sie, dass sich alles als harmlos herausstellt. Aber wenn
nicht, dann müssen Sie die Pension verlassen."

„Was soll das heißen? Soll das ein Rauswurf sein?"

„Nennen Sie es, wie Sie wollen, das ist mir egal, doch sollte
die Sache Aufsehen erregen, können Sie mit der Hilfe meinerseits nicht mehr rechnen, dann weiß ich von nichts."

„Wieso? Was meinen Sie?"

„Ja, weil es dann nur eine Frage der Zeit ist, bis die Polizei
hier aufkreuzt."

„Die Polizei? Warum denn? Wir verhalten uns doch ganz
unauffällig."

„Sagen Sie, haben Sie wirklich keine Ahnung?"

„Nein, darum will ich es ja von Ihnen wissen."

„Es wurde ein Wagen gefunden."

„Und?"

„Allem Anschein nach Ihrer!"

„Yukas Wagen? Wo?"

„Im *Inaozawa*-Fluss."

„In welchem Fluss?"

„Hier in der Nähe von Shimoda."

„Woher wissen Sie das?"

„Ich habe es gestern im Internet gelesen, man vermutet einen Unfall."

„Und das sagen Sie mir erst jetzt?"

„Ich dachte, Sie wüssten es. Sonst …"

„Was?"

„Es wurde eine Frau leblos aus dem Wrack geborgen."

„Und weiß man auch, wer?"

„Nein, es gab keine Angaben zur Identität."

Die Mitteilung traf mich wie ein Schlag. Im ersten Moment konnte ich das alles nicht glauben, es musste sich um einen Irrtum handeln. Erst als ich anfing, eins und eins zusammenzuzählen, wurde mir klar, dass es so unwahrscheinlich nicht war. Was gab es sonst für eine Erklärung, dass Yuka seit gestern unauffindbar war und sich nicht meldete?

„Wann hat man den Wagen gefunden?"

„Gestern früh."

„Und das war wirklich unserer?"

„So ein Modell sieht man hier selten. Sollte der Polizei gemeldet werden, dass so ein Wagen hier in der Garage stand, wird sie bald da sein. Darum bitte ich Sie: Reisen Sie ab, solange es noch Zeit ist. Wenn man Sie hier nicht mehr antrifft, kann ich mir eine Ausrede zurechtlegen. Ich habe Ihnen geholfen, so weit es möglich war, aber jetzt geht es um meine Existenz. Bitte nehmen Sie Rücksicht."

Meine Reaktion darauf war zwiespältig. Einerseits empörte es mich, wie er sich aus der Affäre zu ziehen suchte, andererseits plagte mich doch auch ein schlechtes Gewissen. Mit welchem Recht gebärdete ich mich ihm gegenüber wie ein Inquisitor?

Schließlich saßen wir beide im selben Boot. Und sollte Yuka tatsächlich einen Unfall gehabt haben, hatte er durchaus recht mit seiner Einschätzung, dass die Polizei bald hier sein könnte.

Er merkte, was in mir vorging, und versuchte, mich weiter weichzuklopfen. Er erklärte mir, dass er uns mit falschen Namen als Gäste angemeldet hätte. Das würde ihm erlauben, sich herauszureden, dass er nicht wusste, wer wir wirklich waren. Und wenn ich mich so bald wie möglich aus dem Staub machte, könnte er sogar zwei Fliegen mit einer Klappe schlagen. Denn dann könnte er behaupten, er hätte geglaubt, wir wären gestern beide zusammen verschwunden.

Mir war zwar klar, dass er nur aus Eigeninteresse so sprach, aber sein Argument hatte etwas für sich. Das Einzige, was ich noch in Erfahrung bringen musste, war, was es mit dem Unfall auf sich hatte und was mit Yuka geschehen war. Wenn ich in dem Punkt Klarheit hatte, dann hielt mich hier nichts mehr.

„Geben Sie mir eine halbe Stunde", sagte ich, „dann bin ich weg."

„Das heißt, Sie räumen das Zimmer?"

„Ja, aber den Großteil des Gepäcks muss ich hier lassen."

„Kein Problem, dafür findet sich schon eine Lösung."

Die Erleichterung war ihm anzumerken, als er hinzufügte: „Geben Sie mir den Korb wieder. Ich bringe Ihnen was anderes. Wenn das Frühstück unbenutzt vor ihrer Tür steht, sieht es so aus, als hätten Sie die letzte Nacht gar nicht mehr hier verbracht."

„Aber sagen Sie mir, wie komme ich dort eigentlich hin?"

„Wohin?"

„Zu der Stelle, wo man den Wagen gefunden hat."

„Was wollen Sie denn dort?"

„Herausfinden, was passiert ist."

Er hielt es für keine gute Idee, beschrieb mir aber dennoch den Weg. Genau kannte er die Unfallstelle auch nicht, er meinte nur, ich müsste mich flussaufwärts auf den Weg ins Tal machen und unterwegs nach dem Autowrack im Wasser Ausschau halten. Dann ging er und ließ mich allein. Ich sah mich derweil im Zimmer um und überlegte, was ich einpacken sollte. Da ich höchstwahrscheinlich nicht mehr zurückkommen könnte, müsste ich alle wichtigen Dinge mitnehmen. Als Erstes steckte ich daher Yukas Schmuck und das Geld, das sie übrig gelassen hatte, in meine Umhängetasche. Denn das wollte ich nicht dem Gauner überlassen. Dazu nahm ich für mich noch ein paar Sachen zum Umziehen mit und auch mein Handy. Nicht, um es zu verwenden, sondern nur damit es nicht der Polizei in die Hände fiele.

Inzwischen kam der Chef der Pension mit zwei Sandwiches und einer Flasche Mineralwasser wieder. Dann begleitete er mich hinaus, denn er wollte sichergehen, dass es keine Zeugen gab, die mich bei meinem Aufbruch sahen. In der Garage nahm ich mir wieder das Rad, mit dem ich gestern unterwegs war. Alle anderen Fahrräder standen wie am Vortag in Reih und Glied. Es war also unwahrscheinlich, dass jemand bemerkt haben könnte, dass gestern noch ein Fahrrad gefehlt hatte, es aber über Nacht wieder da war.

Während der Chef das Garagentor öffnete, hing ich mir die Tasche um, bestieg das Rad und fuhr los. Da in der Pension bei allen Fenstern, die nach hinten hinausgingen, die Vorhänge noch zu waren und ich bei meiner Abfahrt auf der Straße keinem Fahrzeug begegnete, gelang es mir wie geplant, unauffällig zu verschwinden.

Obwohl ich nicht besonders gut geschlafen hatte, verspürte ich im Moment keine Müdigkeit. Dafür machte mir ein Muskelkater von gestern zu schaffen. Doch darauf achtete ich nicht, sondern trat nur mechanisch in die Pedale. Trotz der frühen Stunde war es in der Sonne schon drückend warm, es kündigte sich ein heißer Tag an.

Gestern war ich ohne Vorbereitung losgefahren, heute wusste ich schon besser, was mich erwartete. Zuerst einmal müsste ich die Unfallstelle finden, danach würde ich weitersehen. Bis dahin blieb mir die Hoffnung, dass sich die Hiobsbotschaft nicht bestätigte und es sich um eine Verwechslung handelte. Allerdings fiel es mir schwer, den Glauben daran wider alle Fakten aufrechtzuerhalten. Nur die eine Tatsache ermutigte mich: dass die Meisterin gestern gesagt hatte, Yuka wäre von „Harris' Pub" abgeholt worden. Das könnte bedeuten, dass nicht sie gefahren war, sondern im Unfallwagen eine andere am Steuer saß. Aber wer sollte das gewesen sein?

Der Strohhalm, an dem ich mich klammerte, war, dass ich bisher alles nur vom Hörensagen wusste. Es war nicht unmöglich, dass sich im Einzelnen die Sache anders darstellte. Dazu musste ich mir selbst ein Bild der Lage machen, alles andere war Spekulation. Allerdings hatte ich, je näher ich der Unfallstelle kam, kein gutes Gefühl, deshalb ging mir die Fahrt fast zu schnell. Ich hatte es nicht so eilig, mit der Wahrheit konfrontiert zu werden, und solange ich unterwegs war, konnte ich noch hoffen.

Als ich zu dem Rastplatz kam, wo ich gestern Pause gemacht hatte, stieg ich erst mal ab, verzehrte meine Sandwiches und trank mein Mineralwasser. Zur Sicherheit kaufte ich mir noch eine Flasche, erst dann fuhr ich weiter. Gestern hatte ich mich über jeden Kilometer gequält, heute erschien es mir gar nicht so lange, bis ich zu der Abzweigung kam, wo ich ins Landesinnere abbiegen musste. Ich hatte zwar keine Straßenkarte dabei, aber der Weg war mir genau beschrieben worden. Nach einem Tunnel kam eine Kreuzung, dort durfte ich nicht rechts ins Stadtzentrum fahren, sondern musste mich links halten, vorbei am Bahnhof und an der Talstation der Seilbahn, die auf den *Nesugatayama*, den „schlafenden Berg", ging. Noch ein Stück weiter war dann auch schon der *Inaozawa*-Fluss zu sehen, und von dort führte die Landstraße parallel zum Fluss immer tiefer nach hinten ins Tal.

Fluss war beim *Inaozawa* eigentlich zu viel gesagt, die Bezeichnung Bach traf es eher. Es lag wahrscheinlich an der trockenen Jahreszeit, dass das Ganze stellenweise nur wie ein Rinnsal wirkte, mal schmaler, mal breiter, aber nirgendwo sonderlich tief. Ich erinnerte mich, dass mir die Meisterin erzählt hatte, Okichi hätte im *Inaozawa* den Tod gefunden, doch fand ich es sehr verwunderlich, dass man in solch einem flachen Gewässer ertrinken könnte.

Das Bett des Unterlaufs war relativ breit, aber das Flüsschen schlängelte sich darin nur wie ein glitzerndes Band zwischen Büschen, Gräsern und Steinen dahin. Die Uferböschung war als

Schutz gegen Überschwemmungen ziemlich hoch verbaut, was darauf hindeutete, dass es nach der Schneeschmelze oder in der Regenzeit anders aussah. Flussaufwärts verengte sich das Tal, und das Flussbett wurde schmaler, da floss das Wasser schäumend über weiße Kiesel, und die Straße verlief zwischen einer Böschung auf der einen Seite, die teilweise tief abfiel, und Felswänden auf der anderen Seite.

Ich hatte schon ein gutes Stück Weges zurückgelegt. Die Sonne brannte mir direkt von oben in den Nacken, und es wurde immer heißer. Ich hatte nichts mehr zu trinken, und es plagte mich heftiger Durst. Da ich vermutete, dass die Unfallstelle bald kommen müsste, hielt ich mich eng an die Böschung, denn nicht überall konnte man runter zum Fluss sehen, vielfach war die Sicht durch wuchernde Büsche verstellt. Ich behielt darum auch die Fahrbahn im Auge, ob es eventuell Bremsspuren oder Schäden an den Leitplanken gab. Einige Kurven wirkten aufgrund des engen Radius' gefährlich, und auch die Fahrbahnbreite variierte. Immer wieder gab es unübersichtliche Engstellen. Leicht vorstellbar, dass ein Autofahrer, der zu schnell unterwegs ist, hier mit seinem Wagen von der Straße abkommen könnte.

Je tiefer ich ins Tal hineinkam, desto mühsamer wurde die Fahrt, es ging nämlich stetig bergauf. Aber es konnte nun nicht mehr weit sein. Das Autowrack müsste bald zu sehen sein, und diesen Augenblick der Wahrheit fürchtete ich. Trotzdem zog sich der Weg noch eine ganze Weile dahin, eine Straßenbiegung folgte auf die Nächste. Inzwischen war ich abgestiegen und schob das Rad nur noch neben mir her, denn ich wollte den Fluss die ganze Zeit im Auge behalten, um die Unfallstelle nicht zu übersehen.

Dann aber kam der Moment, wo es mir einen heftigen Stich gab, denn ich entdeckte unten das Wrack. Es stand auf allen vier Rädern im Fluss, und trotz der Beschädigungen erkannte ich Yukas Wagen. Der Wasserstand war hier nicht hoch genug, um im Auto zu ertrinken, aber beim Sturz über die hohe Böschung konnte sich die Insassin natürlich Verletzungen zugezogen haben. Sonderbarerweise lag die Fahrertür neben dem Auto im Wasser, entweder war sie abgerissen oder im Zuge der Rettungsmaßnahmen abmontiert worden, und auch die Heckklappe stand auf.

Ich sah mir an, von wo der Wagen von der Fahrbahn abgekommen sein könnte. Er war dem Anschein nach durch ein rostiges Geländer gekracht und hatte sich danach überschlagen, das Dach und die Seite waren nämlich eingedrückt. Wahrscheinlich hatte die Fahrerin die Kurve, die dort scharf abknickte, falsch eingeschätzt und so die Leitplanke durchbrochen.

Ich ließ das Fahrrad oben stehen und kletterte hinunter. Die Böschung war an der Stelle circa drei Meter hoch und fiel steil ab. Mit meinen Sandalen fand ich auf dem rutschigen Boden kaum Halt. Die Reisetasche, die ich umgehängt hatte, war ein zusätzliches Hindernis, aber sie oben am Straßenrand zurückzulassen, traute ich mich aufgrund des Inhalts nicht. Mühsam hielt ich mich an den Ästen einzelner Büsche fest und hangelte mich so hinunter. Im unteren Bereich war es matschig, und viele Fußspuren waren zu sehen, die wohl von den Rettern oder der Polizei stammten. Das letzte Stück verlor ich den Halt, rutschte ab und stand auf einmal bis zu den Knöcheln im Wasser. Zum Glück verlor ich dabei nicht das Gleichgewicht, sonst wäre ich der Länge nach im Fluss gelandet.

Ich watete zum Autowrack. Man sah nun deutlich, dass die Wagentür aufgeschnitten worden war. Offenbar hatte die Rettungsmannschaft die Fahrerin anders nicht herausholen können. Das Wasser war dort nur etwa 20 Zentimeter hoch, und als ich ins Wageninnere sah, fand ich nichts, was darauf hingedeutet hätte, dass Yuka zur Zeit des Unfalls im Wagen war, keine Tasche, kein Kleidungsstück, auch im Kofferraum nichts, was ihr gehörte.

Ich war gerade dabei, um den Wagen herumzuwaten, denn ich wollte den Grund absuchen, ob dort noch etwas lag, als plötzlich von der Straße jemand rief: „Was machen Sie denn da?"

Ich erschrak und sah hinauf. Oben beim zerbrochenen Geländer stand ein Mann, der mich wohl schon eine Weile beobachtet hatte. Einen offiziellen Eindruck machte er nicht, er sah eher aus wie ein Pensionist, trug einen Strohhut, ein weißes Un terhemd und eine zerknitterte Baumwollhose. Offenbar stammte er aus der näheren Umgebung.

„Ich wollte mir nur anschauen, was da geschehen ist", antwortete ich.

„Und dazu steigen Sie ins Wasser? Der Unfall ist schon vorgestern in der Nacht passiert. Als man die Frau rausholte, wusste man noch nicht, was mit ihr los war, aber inzwischen heißt es, sie wäre an ihren Verletzungen gestorben."

„Ach so?", antwortete ich und gab mir einen unbeteiligten Anschein, obwohl das ein neuer Stich ins Herz war.

Ich gab die Suche auf und watete zurück zum Ufer. Beim Versuch, die Böschung wieder hinaufzuklettern, kam ich mit den nassen Sandalen auf dem glitschigen Abhang nicht weiter, immer wieder rutschte ich ab. Der Alte sah mir bei meinen vergeblichen Anläufen ungerührt zu. Erst nachdem ich es doch ein Stück weit nach oben geschafft hatte, bückte er sich, hob einen abgebrochenen Ast auf und hielt ihn mir entgegen. Da er aber auch keinen festen Stand hatte, weil das kaputte Geländer, an dem er sich anhielt, eine wackelige Angelegenheit war, bot er mir keine große Hilfe. Aber auf den trockenen Stellen konnte ich besser Tritt fassen und schaffte es auch so hinauf.

Meine Hose und mein T-Shirt waren dreckverschmiert. Der Alte musterte mich prüfend. Störte er sich an dem Schmutz, oder fiel ihm erst jetzt auf, dass ich Ausländer war? Letzteres schien ihn aber nicht zu verunsichern, denn er redete weiter Japanisch mit mir. „Na, Sie sehen ja lieb aus. Haben Sie was zum Umziehen dabei?"

„Ja", sagte ich und klopfte auf meine Umhängetasche. Er wandte sich ab und ging voraus. Ich nahm mein Fahrrad und folgte ihm nach, ohne dass er mich dazu aufgefordert hätte. Ich wollte noch mehr von ihm zu dem Unfallhergang erfahren.

„Hier wohne ich", sagte er und deutete auf ein Haus, das nach circa fünfzig Schritten auftauchte. Hinter der nächsten Biegung erweiterte sich die Straße, und vor dem Gebäude gab es eine kiesbedeckte Fläche für drei oder vier Parkplätze. Dort schien es früher ein kleines Lokal gegeben zu haben, das nun aber geschlossen war.

Vor dem Haus angekommen, drehte er sich zu mir um und sagte: „Ich hab' alles gesehen."

„Was?", fragte ich, „Den Unfall?"

„Nein, den hab' ich nur gehört. Ein Krachen und Rumpeln, das mich aus dem Schlaf gerissen hat. Ich hab' mir gleich gedacht, dass wieder was passiert ist. Verdammt gefährliche Stelle, da knallt es alle paar Jahre. Die Leitplanken hier hätte man längst erneuern müssen. Diesmal haben sie nachgegeben. Als dann die Rettung kam, war es schon früh am Morgen, und es wurde hell, da hab' ich gesehen, wie sie sie rausgeholt haben. Es war noch ein anderer Autofahrer da, der so wie sie da runtergeklettert ist."

„Was wollte denn der?"

„Na, wahrscheinlich helfen. Ich konnte das nicht, weil ich nicht mehr gut auf den Beinen bin, aber er hat versucht, die Fahrerin rauszuholen. Der Wagen lag nämlich seitlich, die Fahrertür unten. Es brauchte mehrere Männer, um ihn umzukippen und wieder auf die Räder zu stellen. Sie haben da unten eine ganze Weile gebraucht, bis sie die verklemmte Tür geöffnet hatten. Die junge Frau, die sie dann bargen, rührte sich nicht mehr, aber äußerlich war ihr bis auf ein paar Schrammen keine Verletzung anzusehen. Sie haben sie dann eilig in den Rettungswagen verfrachtet und abtransportiert."

Alles, was er sagte, bestätigte meine Beobachtungen. Die letzte Gewissheit, dass es sich um Yuka handelte, fehlte zwar noch, doch schon unten im Fluss hatte ich eine ungute Ahnung, eine Art *Déjà-vu*. Für einen Augenblick war ein verschwommenes Bild vor meinem inneren Auge aufgetaucht, das in dem Moment, als mich der Alte ansprach, wieder verschwand. Aber bei dem, was er nun sagte, kam es wieder, und die Erinnerung gewann Kontur. Es war der Wintertag, an dem ich Yuka im Wald gefunden hatte. In meinen Gedanken verknüpfte sich das Bild vom Wagen im Schnee mit dem Wagen im Fluss. Es war derselbe SUV, und mir war, als schlösse sich damit ein Kreis, als hätte ein Anfang sein Ende erreicht.

Der Alte sprach noch weiter, doch es begann, als er den Parkplatz vor dem Haus betrat, der Kies unter seinen Füßen so laut zu knirschen, dass ich nichts mehr verstand. Und im gleichen Augenblick brach ein ohrenbetäubendes Zirpen von tausenden Zikaden los. Mir war, als hätte es wie auf einen Schlag eingesetzt, dabei musste das Geräusch schon die ganze Zeit zu hören gewesen sein, nur hatte ich es bisher nicht bewusst wahrgenommen.

Alles erschien mir auf einmal so irreal. Als ich auf den Kies trat, kam es mir vor, als gäbe der Boden unter mir nach. Die brütende Hitze war unerträglich, dazu das enervierende Zirpen der Zikaden, es war kaum auszuhalten. Ich fühlte mich wie betäubt, und das Gehen fiel mir immer schwerer. Mir war, als sänke ich bei jedem Schritt tiefer ein. Meine Umhängetasche hing wie ein Bleigewicht an mir, und der Riemen schnitt mir in die Schulter.

Mit letzter Kraft schleppte ich mich mit dem Rad zum Haus, doch als ich es an die Wand lehnen wollte, fiel es um. Ich war nicht mehr imstande, es aufzuheben, weil mich beim Bücken ein Schwindelgefühl ergriff. Ich streifte die schwere Tasche ab, die mich zusätzlich niederdrückte, und hockte mich auf den Boden. Der Alte war im Haus verschwunden, jetzt tauchte er wieder auf. Ich sah, wie er sich um mein umgefallenes Rad kümmerte. Dann beugte er sich zu mir und fragte: „Was ist los mit Ihnen?" Seine Stimme klang wie aus weiter Ferne. „Wenn Ihnen die Hitze nicht gut tut, kommen Sie rein, da ist es kühler!"

Ich konnte als Antwort nur nicken, blieb aber, wie ich war. Es flimmerte mir vor Augen, und ich hatte das Gefühl, wenn ich versuchte, aufzustehen, würde ich auf der Stelle umkippen. Ich deutete ihm an, dass ich gleich nachkäme, darauf verschwand er wieder.

Ich sah vor mir einen Talabschnitt, wo sich der Fluss zwischen Gebüsch und Steinen hindurchschlängelte. Grelles Sonnenlicht lag glitzernd auf dem Wasser. Die Unfallstelle war von hier aus nicht zu sehen, denn das Autowrack befand sich unterhalb der Böschung. Es war mir ein Rätsel, was hier vorgestern geschah. Und warum gerade hier? Was hatte Yuka hier zu suchen? Das war nicht der Weg zu unserer Pension. Hatte sie sich verfahren? Oder wohin war sie sonst auf dieser Straße unterwegs? Vor allem aber verstand ich nicht, warum sie sich auf so etwas eingelassen hatte, ohne mir ein Wort davon zu sagen.

Yuka war nie ganz ehrlich zu mir gewesen. Zwar belog sie mich selten offen, aber von Zeit zu Zeit kam ich ihr drauf, dass sie mit diesem oder jenem hinter dem Berg gehalten hatte. Das tat sie weniger in böser Absicht als aus Rücksicht auf mich, weil sie meinte, mir die ganze Wahrheit nicht zumuten zu können. Wenn ich bestimmte Dinge dann doch von Mama-san erfuhr, dachte ich mir selber oft, dass ich das lieber nicht so im Detail erfahren hätte. Yuka wusste, was sie mir verschweigen konnte, ohne das Vertrauen zwischen uns zu zerstören. Und nun sollte sie so einen Vertrauensbruch begangen haben?

Während all dieser Gedanken lehnte ich noch immer mit dem Rücken an der Wand. Dabei beobachte ich ein Auto, das an dem Straßenstück vorbeikam und stark abbremste. Entweder hatte sich der Unfall herumgesprochen, oder den Einheimischen war bekannt, wie tückisch diese Kurve war. Wahrscheinlich beides.

Ich versuchte aufzustehen, denn ewig konnte ich hier nicht so bleiben, der Mann drinnen wartete sicher auf mich. Als ich mich erhob, fühlte ich mich noch wackelig auf den Beinen, aber das Gefühl für die Realität kehrte langsam zurück. Ich nahm das Zirpen der Zikaden wieder als normal wahr. Und es meldete sich auch mein leerer Magen. Wahrscheinlich war das der Grund gewesen, warum mir vorhin nicht gut war.

Ich sah mich nach meiner Reisetasche um, doch die war weg. Hatte der Alte sie mit ins Haus genommen? Aber da war das ganze Geld drinnen! Mich erfasste eine leichte Panik. Die Tür stand auf, ich ging hinein und fand die Tasche unberührt auf einem der Tische stehen.

Es bestätigte sich, was ich zuvor schon vermutet hatte, es befand sich hier eine ehemalige Gaststube. Es gab eine kurze Theke und mehrere Tische mit Stühlen. Die Fensterläden waren geschlossen, darum wirkte der Raum dämmerig. Es schienen schon längere Zeit keine Gäste mehr hier gewesen zu sein, alles wirkte kahl und leer. Die Klimaanlage war aber in Betrieb und über der Theke lief ein Fernseher, wenn auch ohne Ton. Im Gegensatz zu draußen war es hier drinnen angenehm kühl. Ich öffnete meine Tasche, sah nach, ob noch alles da war, und suchte dann nach etwas zum Umziehen.

Zuerst schenkte ich dem Programm, das im Fernseher lief, keine Beachtung. Es saß nur ein Sprecher im Studio, der einen Text vorlas, offenbar die Mittagsnachrichten des Lokalsenders. Nachdem ich eine neue Hose und ein frisches T-Shirt gefunden hatte, fiel jedoch mein Blick noch einmal auf den Bildschirm, und dabei durchfuhr mich ein Schreck, denn es kam ein Bericht über den Unfall. Ein Video zeigte das Autowrack im Fluss, und dann wurde ein Bild der verunglückten Fahrerin eingeblendet. Es war Yuka, wahrscheinlich stammte das Foto aus ihrem Führerschein, denn es stand auch ihr Name und ihr Alter darunter.

Das war aber nicht die einzige schlimme Nachricht. Mittlerweile hatte man herausgefunden, dass Yuka und Mary ein und dieselbe Person waren. Das wurde deutlich, als auch Aufnahmen von der ausgebrannten Bar in Yamagata gezeigt wurden. Offensichtlich vermutete man einen Zusammenhang zwischen dem Brandanschlag und dem Unfall. Der größte Schock traf mich aber, als auch ein Foto von mir auf dem Bildschirm erschien. Ich fühlte mich wie entlarvt. Verstohlen sah ich mich um, doch zum Glück war der Alte nicht da. Das war aber keine Entwarnung, denn er könnte mein Foto auch anderswo gesehen haben. Es war nicht ausgeschlossen, dass es auch schon in anderen Medien kursierte.

Meine Nervosität stieg. Was sollte ich tun? War dem Mann zu trauen? Warum hatte er mich in sein Haus eingeladen? Hatte er sich nur hilfsbereit gezeigt, um mich hier hereinzulocken und dann die Polizei zu rufen? Wenn dem so wäre, säße ich in der Falle. Ich hätte gern auch den Ton gehört, um mehr aus dem Fernsehbericht zu erfahren, fand aber die Fernbedienung nicht. Außerdem war der Beitrag kurz darauf schon zu Ende.

Ich überlegte, ob ich heimlich verschwinden sollte, bevor der Alte wieder auftauchte. Aber damit würde ich mich erst recht verdächtig machen, denn hätte er tatsächlich vor, die Polizei zu informieren, liefe ich ihr draußen direkt in die Arme. Ein wenig beruhigte mich, dass mein Bild, das in dem Bericht gezeigt wurde, schon über ein Jahr alt war. Es stammte vom Karate-Turnier in Tokyo, da waren Fotos von allen Kämpfern veröffentlicht worden. Und weil ich mir damals eine Glatze hatte scheren lassen, sah ich darauf aus wie ein *Skinhead*. Da ich seitdem nicht mehr beim Friseur war, trug ich das Haar jetzt länger. Wer mich nicht kannte, würde mich auf dem Foto nicht sofort wiedererkennen. Allerdings konnte es mir in Verbindung mit Yuka gefährlich werden. Es gab genug Leute, die uns zusammen gesehen hatten, und als Ausländer fiel ich überall auf. Da bräuchte ich dem Bild gar nicht ähnlich zu sehen, es genügte, zu melden, dass sich hier ein verdächtiger Ausländer herumtrieb.

Ich beschloss trotzdem, mich davonzumachen. Vorher wollte ich aber noch auf die Toilette. Erstens, weil ich musste, zweitens, um mich dort umzuziehen. Das WC war leicht zu finden, beim Gastraum hinaus, gleich die erste Tür links am Gang. In dem engen Klo gestaltete sich ein Kleiderwechsel aber schwierig. In der Mitte war im Boden eine Kloschüssel eingelassen, meine Tasche musste ich daher zwischen Tür und Abort stellen, und dann blieb mir gerade noch Platz, um mit gespreizten Beinen über der Kloschüssel zu stehen. So war es ziemlich umständlich, aus der Hose zu schlüpfen. Ich kam dabei ganz schön ins Schwitzen, schaffte es am Ende aber doch. Sobald ich die trockene Hose anhatte, war es kein Problem mehr, auch das T-Shirt zu wechseln.

Nachdem ich mit allem fertig war, nahm ich meine Tasche und wollte mich über den Gang ungesehen verdrücken. Doch als ich aus dem Klo kam, lief ich dem Alten direkt in die Arme, denn er stand in der Tür zum Gastraum, als ob er auf mich gewartet hätte. „Da sind Sie ja", sagte er, „ich hab' mich schon gewundert, wo Sie geblieben sind."

„Ich musste aufs Klo", sagte ich entschuldigend.

„Und, geht's Ihnen jetzt wieder besser?"

„Ja, einigermaßen."

„Wenn Sie wollen, ich hab' Nudeln gekocht. Die reichen für uns beide."

Damit ging er in den Gastraum, und ich folgte ihm. Auf einem der Tische stand eine Schüssel mit Nudeln, dazu zwei kleine Schalen mit Dippsauce und zwei Paar Essstäbchen. Alles sehr appetitlich, auch eine Karaffe mit Wasser und zwei Gläser gab es.

„Danke", sagte ich, stellte meine Reisetasche ab, setzte mich und griff zu. Mein Argwohn von vorhin war verflogen, denn er verhielt sich sehr unbefangen. Es sah nicht so aus, als ob er was gegen mich im Schilde führte. Und selbst wenn, es war mir egal, momentan war ich einfach nur hungrig und durstig und konnte darum dem Angebot nicht widerstehen.

Während des Essens erzählte er mir, dass er bis vor einem Jahr hier ein kleines Lokal geführt hätte, aber inzwischen wäre es geschlossen und er in Pension.

Ich fühlte mich bei dem Gespräch ganz entspannt, bis er mit einer anderen Sache anfing und mir damit einen neuerlichen Schreck einjagte.

„Übrigens, haben Sie das vorhin gesehen?"

„Was?"

Er deutete auf den Fernseher. „Das, was sie da gebracht haben?"

„Nein, da war ich im Klo", log ich und versuchte dabei meine Unsicherheit zu verbergen.

„Mysteriöse Geschichte. Wie's aussieht, hatte womöglich die *Yakuza* ihre Finger im Spiel."

„Die *Yakuza*? Wieso?"

„Keine Ahnung, aber im Bericht wurde so etwas angedeutet. Außerdem soll die Tote zum Zeitpunkt des Unfalls unter Drogen gestanden haben, und sie war schwanger."

Bei diesen Worten traf mich der nächste Schock. Und nicht nur das, ich empfand auch einen schneidenden Schmerz, durfte mir aber nichts anmerken lassen. Es sträubte sich etwas in mir, zu glauben, was er sagte, doch gänzlich undenkbar war es nicht. Ich war es von Yuka gewohnt, dass sie mir wichtige Dinge verschwieg, solange es ging. Ins Vertrauen zog sie mich nur, wenn sie nicht weiterwusste. Sonst wandte sie sich lieber an Mama-san, deren Ratschläge hielt sie für nützlicher als meine.

Offenbar hatte Yuka wieder so ein Spiel getrieben. Nur dass Mama-san nicht mehr war und sie diesmal auf falsche Ratgeber gesetzt hatte. Obwohl ich alles nur bruchstückweise erfuhr, konnte ich mir langsam ein ungefähres Bild der Ereignisse machen. Unerklärlich war mir nur, wie sie in das Ganze hineingeraten war. Noch vor zwei Tagen hätte ich jeden einen Lügner genannt, der behauptet hätte, dass sie hier wieder als Callgirl arbeitete. Nun war mir plötzlich zumute, als kehrte sich alles von zuoberst nach unten. Wieder schien es mir, als hätte ich Yuka gar nicht wirklich gekannt, sondern monatelang an der Seite einer Fremden gelebt. So, wie sie die Gäste im „Bourbon" mystifizierte und sich vor ihnen ganz anders gab, als sie war, hatte sie es anscheinend auch bei mir gemacht. Dass ich im Gegensatz zu den Gästen ihren wahren Namen kannte, bedeutete nicht, dass ich wusste, wer sie wirklich war. Mich so in meinem Vertrauen zu ihr getäuscht zu sehen, führte dazu, dass ich auf einmal an allem irre wurde, was sie mir von sich erzählt hatte.

Hätte ich aus ihrem Mund erfahren, dass sie schwanger war, wäre ich davon ausgegangen, sie erwarte ein Kind von mir. Dass sie mir das aber verschwieg und nicht einmal entfernt andeutete, legte den Verdacht nahe, dass ich nicht der Vater war. Obwohl wir in den letzten Wochen und Monaten enger zusammenlebten als je zuvor, hatten wir in dieser Zeit seltener miteinander geschlafen als früher. Nicht, weil sie mich zurückgewiesen hätte, sondern weil meistens so eine gereizte Stimmung zwischen uns herrschte, dass uns beiden nicht danach zumute war. Allerdings hatte sie, unter dem Vorwand einkaufen zu gehen, zuletzt ihre Ausflüge nach Shimoda immer mehr ausgedehnt. Womöglich war das aber nur eine Ausrede gewesen, um mich zu täuschen, denn sie könnte sich in der Zeit ohne Weiteres mit Männern getroffen haben, die ihr, von wem auch immer, vermittelt worden waren.

Es wunderte mich, dass ich bisher nicht auf diesen Gedanken gekommen war. Offenbar hatte mich Yuka so gründlich manipuliert, dass mein Denken in diese Richtung blockiert war. Aber auch all die anderen Veränderungen, die mit ihr in den letzten Wochen vorgegangen waren, erschienen mir nun in einem neuen Licht. Die sichtbare Gewichtszunahme und ihre mentale Unausgeglichenheit hätten auch zu einer Schwangerschaft gepasst.

Allerdings war es müßig, darüber zu spekulieren, warum sie mir nichts davon gesagt hatte, Vermutungen halfen mir nicht weiter.

All dies ging mir durch den Kopf, während ich wie mechanisch die Nudeln in mich hineinaß. Mir war klar, dass ich dem Alten nicht zeigen durfte, wie sehr mich das, was ich von ihm erfahren hatte, emotional aufwühlte. Ich musste unbeteiligt tun, um ihn nicht auf die Idee zu bringen, dass ich das Unfallopfer gekannt haben könnte.

„So sind die jungen Frauen von heute", sagte er, nachdem er mit dem Essen fertig war. „Keine denkt an die Folgen. Würde mich nicht wundern, wenn das kein Unfall war."

„Kein Unfall? Was dann?"

Er sah mich plötzlich an und fragte: „Woher können Sie eigentlich so gut Japanisch?"

„Gut ist zu viel gesagt, ich habe ein wenig gelernt seit ich hier bin", antwortete ich.

„Sind Sie schon lange in Japan?"

„Nein, ich bin nur auf der Reise."

„Ach so? – War eine attraktive Frau, aber steckte wohl tief im Dreck."

„Was meinen Sie?"

„Na ja, wenn hier Saison ist, tauchen auch Beutelschneider auf, die sich an die Touristen ranmachen. Japan ist nicht mehr das Land, das es früher mal war!"

Ich dachte erst, er meinte Prostitution, stattdessen redete er davon, dass er vor Kurzem durch eine Betrugsmasche im Internet um eine größere Summe gebracht worden war. Doch was Gelddinge betraf, hatte ich in Japan noch keine schlechten Erfahrungen gemacht. Eher gehörte ich, nachdem ich Yukas Geld und Schmuck eingesteckt hatte, zu jenen, vor denen er mich warnen wollte.

Ich wandte ein, dass es überall auf der Welt schwarze Schafe gäbe, doch er meinte, dass der Schein trüge. Japan wäre trotz seiner niedrigen Kriminalitätsrate kein sicheres Land mehr, denn es gäbe eine hohe Dunkelziffer. Blutverbrechen wären zwar selten, Betrügereien kämen jedoch überproportional häufig vor.

Ein Großteil der Delikte würde nicht angezeigt, weil Korruption und Erpressung im Spiel wären.

Er erklärte mir dann, dass die *Yakuza* nicht eine große Organisation wäre, sondern in viele Sektionen zerfiele, und um sich nicht untereinander in die Quere zu kommen, teilten sie sich die Geschäftsfelder auf. Viele hätten Verbindungen ins Ausland, darum gingen die meisten Hackerangriffe in letzter Zeit von Russland oder China aus. Kürzlich flog aber auch eine Gruppe von Internetbetrügern auf, die von Thailand aus in Japan operierte. Leider erwischte man dort nur die kleinen Fische, an die großen kam man nicht ran.

Danach brach er ab und fasste mich scharf ins Auge. Vielleicht wunderte er sich, dass ich kein Wort dazu sagte. Zwar rechnete ich nicht damit, dass er mich auf dem Foto aus dem Fernsehbericht erkannt hatte, trotzdem bekam ich ein ungutes Gefühl. Bisher hatte er mich vertrauensselig behandelt, doch sollte er anfangen, gegen mich Verdacht zu schöpfen, könnte das rasch ins Gegenteil umschlagen. Ich hielt es daher für geraten, weiterhin den unbedarften Touristen zu spielen und so zu tun, als hörte ich mir das alles nur an, ohne etwas davon zu verstehen. Aber damit er nicht auf die Idee käme, mich für einen Russen mit Kontakten zur *Yakuza* zu halten, erzählte ich ihm, dass ich Amerikaner wäre und nach Shimoda gekommen war, um auf den Spuren von Townsend Harris zu wandeln.

Daraufhin fragte er mich, was ich dann hier draußen suchen würde, da müsste ich in die andere Richtung zum Gyokusenji, dem Tempel in Kakisaki, wo Harris seinen Wohnsitz und sein erstes Konsulat aufgeschlagen hatte. Ich redete mich heraus, dass ich mir die Route ansehen wollte, die Harris auf seinem Weg nach Edo genommen hätte. Da erklärte er mir, dass es nicht mehr viel zu sehen gäbe, weil zu jener Zeit hier nur ein Saumpfad existierte. Aber damit hatte ich ihn auf ein anderes Thema gebracht, er begann mir nun auch von Okichi zu erzählen und zu erwähnen, dass sie weiter flussabwärts ertrunken aufgefunden worden war. Ich ergriff die Gelegenheit beim Schopf und fragte ihn, wo genau die Stelle wäre. Denn das lieferte mir einen Vorwand, mich von ihm zu verabschieden.

Er erklärte mir, dass ich die Straße zurückfahren müsste. Wie weit genau, könne er nicht sagen, der Ort befände sich einige Kilometer vor Shimoda, wäre aber leicht zu finden, denn es gäbe dort einen Gedenkstein. Ich behauptete, dass ich mir den unbedingt ansehen wollte, stand auf und hing mir meine Reisetasche um. Geld für das Essen wollte er nicht annehmen, und als er mich noch hinausbegleitete, hatte ich den Eindruck, dass er mich wirklich nur für einen Touristen hielt.

★★★

Lange hatten wir nichts mehr von ihm gehört, und weil ich von meinem Bruder wusste, dass er auch nicht am diesjährigen Karate-Turnier in Tokyo teilgenommen hatte, nahm ich an, er wäre längst nach Europa zurückgekehrt.

Doch dann kam der Bericht im Fernsehen und überraschte uns alle. Die Nachricht, dass diese ominöse Mary drei Monate nach dem Brandanschlag mit ihrem Auto verunglückte, weil sie wegen überhöhter Geschwindigkeit von der Fahrbahn abgekommen und in ein Flussbett gestürzt war, brachte die zurückliegenden Ereignisse neuerlich in aller Munde. Das Interesse daran war zwischenzeitlich abgeflaut, nun wurde die Sache wieder aktuell, denn die Hintergründe waren nach wie vor unklar.

Jetzt erst wurde bekannt, dass er damals mit ihr bei Nacht und Nebel Yamagata verlassen hatte, denn zu jener Zeit wusste noch niemand, dass Mary den Brand überlebt hatte. Als es nun aber hieß, die beiden wären in Shimoda untergetaucht und hätten dort wochenlang inkognito in einer Ferienpension gewohnt, bis sie anfing, wieder als Callgirl zu arbeiten, warf das viele Fragen auf.

Da er nach ihrem Autounfall genauso verschwand wie nach dem Brandanschlag, nährte das den Verdacht, dass er etwas damit zu tun gehabt haben könnte. Umso mehr, als herauskam, dass es zwischen ihm und ihr zu einem Zerwürfnis gekommen sein soll. Zum ersten Mal wurde nun auch sein Name genannt und ein Foto von ihm veröffentlicht. Alle bei uns erkannten ihn wieder, dann er sah darauf ganz so aus wie damals, als er zu uns kam. Mein Bruder und ich mussten uns natürlich wieder Vorwürfe anhören, wen wir da ins Haus gebracht hätten. Außerdem hielt man uns vor, dass wir nicht schon nach dem Brand in der Bar zur Polizei gegangen waren. Unsere Ausrede, dass wir die Familie nicht in die Sache hineinziehen wollten, wurde aber nicht nur akzeptiert, sondern uns sogar positiv angerechnet.

Der Befürchtung meiner Eltern, er könnte sich auf seiner Flucht möglicherweise wieder bei uns melden, widersprach ich, sie erschien mir äußerst unwahrscheinlich. Allerdings konnte ich mir selbst keinen Reim auf all das machen, was in den Medien berichtet wurde. Auch wenn er nichts mit dem Ganzen zu tun hatte, spätestens nach dem Brandanschlag musste ihm doch klar geworden sein, in welches Milieu er durch diese Frau geraten war. Was hatte ihn da noch länger bei ihr gehalten?

★★★

Als ich aus dem klimatisierten Gastraum hinaus ins Freie trat, umfing mich wieder die heiße Schwüle. Sie legte sich wie ein feuchtwarmer Mantel um mich. Der Kiesplatz lag nun nicht mehr ganz in der prallen Sonne, sondern schon halb im Schatten, trotzdem empfand ich den Temperaturunterschied als extrem. Ich wäre am liebsten noch im Kühlen geblieben, aber ich musste machen, dass ich fortkam.

Ich nahm mein Fahrrad und schob es bis zu der Stelle mit dem zerbrochenen Geländer. Von dort warf ich noch einmal einen Blick hinunter. Das Autowrack stand noch so da wie vorhin, würde aber sicher bald abgeholt werden. Daher war es für mich die letzte Gelegenheit, von Yuka Abschied zu nehmen.

Während ich so stand, kam mir der Gedanke, dass für Yuka das hier das Letzte war, was sie von der Welt sah. Falls sie überhaupt noch etwas gesehen hatte, denn es war dunkle Nacht, und alles ging wohl sehr schnell. Und wenn sie außerdem noch unter Drogen stand, dann hatte sie sicher nicht mehr viel davon mitbekommen.

Ich konnte mich nur schwer von der Stelle losreißen, doch da anzunehmen war, dass mich der Alte beobachtete, ging ich weiter. Wieder tauchte die Erinnerung auf an den Tag, an dem ich Yuka letzten Winter im Wald wie leblos neben ihrem Auto gefunden hatte. Hätte ich sie eine halbe Stunde später entdeckt, wäre sie vielleicht schon tot gewesen. Dass ich ihr damals das Leben hatte retten können, war mir wie eine Fügung des Schicksals erschienen. Genauso wie damals, als ich sie in der Brandnacht im „Bourbon" aus dem Feuer getragen hatte. Doch letztlich war alles vergebens gewesen. Das, was ihr bestimmt war, konnte ich dadurch nicht ändern, nun hatte sie der Tod eben hier ereilt.

Durch die Begegnung mit ihr hatte mein Leben aber eine Wendung genommen, die mir im Nachhinein fast unbegreiflich erschien. Ohne sie hätte ich mein Karatetraining fortgesetzt, am diesjährigen Turnier teilgenommen und stünde nun womöglich als Sieger da. So mancher Schmerz und so manche Demütigung wären mir erspart geblieben. Allerdings hätte ich dann aber auch die vielen schönen Stunden mit ihr nicht erlebt. Ich durfte nicht so undankbar sein, die Augenblicke, in denen ich mit ihr glücklich war, zu vergessen. Hätte ich ihr mehr Aufmerksamkeit geschenkt und sie rücksichtsvoller behandelt, wäre unter Umständen alles anders gekommen. Doch die Chance war verpasst, nun war sie tot, und ich fühlte mich in gewisser Weise an ihrem Tod mitschuldig.

Aber es brachte nichts, sich mit Selbstanklagen zu quälen. Sie hatte die Weichen gestellt, die zu ihrem tragischen Ende führten. Es geschah, was geschehen musste. Ihr Leben war auf die falsche Schiene geraten, lange bevor ich sie kennenlernte. Hätte sie sich dazu durchringen können, mir nach Europa zu folgen, dann wäre vielleicht ein Neustart möglich gewesen. Doch da sie sich dem Vorschlag verweigerte, war ihr anders nicht mehr zu helfen. Ich hatte gegen Windmühlen gekämpft, uns war keine gemeinsame Zukunft beschieden. Es war ihre eigene Entscheidung, die verhinderte, dass sie aus ihren früheren Abhängigkeiten loskam. Diese Tatsache musste ich akzeptieren, denn wollte ich mir dafür die Schuld geben, fände ich mein Lebtag keinen Seelenfrieden mehr.

***

Ich hatte mein Rad gedankenverloren eine Weile neben mir hergeschoben, war dann aber doch aufgestiegen. Danach war ich noch nicht lange unterwegs, als mich plötzlich quietschende Reifen und lautes Hupen aufschreckten. Erschrocken drehte ich mich um und sah in einem Auto hinter mir einen Fahrer, der mir ungeduldig deutete, die Straße frei zu machen. Ich war, ohne es zu merken, in die Mitte der Fahrbahn geraten, sodass er nicht an mir vorbeikam und scharf hatte abbremsen müssen. Auf der engen kurvenreichen Straße hätte das verdammt gefährlich werden können.

Nachdem der Wagen vorbei war und sich mein Schrecken gelegt hatte, fing ich an, mir zu überlegen, wohin ich überhaupt wollte. Ich war auf dem Weg zurück nach Shimoda. Aber was sollte ich dort? Zurück in unsere Pension konnte ich nicht mehr, denn da würde mich wohl schon die Polizei erwarten.

Mir war klar, dass es das Beste wäre, die Gegend auf schnellstem Wege zu verlassen. Jeder Tag, den ich länger hier blieb, erhöhte die Gefahr, entdeckt zu werden. Trotzdem konnte ich mich nicht dazu entschließen. Vernunft und Gefühl standen im Widerstreit. Ich hatte keine Hoffnung mehr, Yuka lebend wiederzusehen, doch ihre Existenz war für mich in Shimoda und Umgebung noch spürbar. Solange ich hier war, fühlte ich mich mit ihr noch verbunden. Verließe ich diesen Ort, wäre die Trennung endgültig.

Das war aber nicht das Einzige, was mich hier hielt. Ich hoffte auch noch, etwas in Erfahrung zu bringen, was das Rätsel der letzten Tage löste. Bis jetzt sah es so aus, als hätte sie mich verraten und verkauft. Doch dies einfach so hinzunehmen und mich wie ein geprügelter Hund davonzuschleichen, fiel mir schwer.

Damals nach dem Brand im „Bourbon" war ich es gewesen, der sie zur Flucht antrieb. Ich hatte darin unsere einzige Chance gesehen, zusammenbleiben zu können. Jetzt war die Situation anders, hier war mir, als würde ich Yuka im Stich lassen, wenn ich nur daran dächte, meine Haut zu retten. Vielleicht traf sie keine Schuld, und dann täte ich ihr bitter unrecht. Darum musste ich, solange es mir möglich war, nach der Wahrheit suchen. Fände sich eine Rechtfertigung für ihr Verhalten, bräuchte ich mich nicht länger von ihr hintergangen fühlen. Denn wäre sie erpresst oder sonstwie unter Druck gesetzt worden, sähe alles anders aus. Dann würden mir auch die Opfer, die ich für sie gebracht hatte, nicht so sinnlos erscheinen.

Mir kam sogar der Gedanke, dass sie freiwillig aus dem Leben geschieden sein könnte. Zwar passte so ein Verhalten nicht zu ihrem Charakter, trotzdem schien mir ein Suizid bis zu einem gewissen Grad plausibel. Vielleicht war sie in eine so verzweifelte Lage geraten, dass sie keinen anderen Ausweg mehr sah und hatte Schluss gemacht, um mich nicht auch noch in die Sache reinzuziehen. Wenn dem tatsächlich so wäre, stände ich noch tiefer in ihrer Schuld, als mir bisher bewusst war.

In dem Zusammenhang kam in mir der Wunsch auf, ihr in den Tod zu folgen. Allerdings musste ich auch die Konsequenzen bedenken, falls der Versuch schiefgehen sollte. Mich in den Fluss zu stürzen, um mich zu ertränken, wäre bei dem niedrigen Wasserstand lächerlich gewesen. Mich vors nächste Auto zu werfen könnte zwar zu schlimmen Verletzungen führen, aber wenn die nicht tödlich wären, würde ich mir damit erst recht Probleme einhandeln. Das Wichtigste war, Aufmerksamkeit zu vermeiden, doch genau die würde ich mit solchen unbedachten Aktionen provozieren. Wenn ich wirklich sterben wollte, dürfte ich mich nicht von einer Kurzschlusshandlung leiten lassen, sondern müsste es klüger anstellen.

★★★

Unter diesen Gedanken war ich mit dem Rad schon ein gutes Stück vorangekommen, aber auf einmal sah alles so anders aus. Die Straße lag im Schatten, die felsigen Abhänge links und rechts wirkten wie eine dunkle, tiefe Schlucht, während mir bei der Herfahrt alles so hell und weit erschienen war. Daher konnte ich mich gar nicht erinnern, hier am Vormittag durchgekommen zu sein. Allerdings gab es nur den einen Fluss, und dem war ich die ganze Zeit gefolgt, ich konnte also den Weg nicht verfehlt haben.

Während ich überlegte, wo ich mich verfahren haben könnte, kam aber ein Straßenstück, das ich wiedererkannte. Da erst wurde mir klar, warum die Gegend auf mich so verändert wirkte. Es lag daran, dass die Sonne nachmittags nicht mehr ins Tal schien, darum sah alles so düster aus. Erst als ich mich Shimoda näherte, wurde das Tal breiter, und es fiel wieder Sonnenlicht ein. Auch das Flussbett erweiterte sich, sodass das Wasser nicht mehr über Kiesel rauschte, sondern in flachen Rinnsalen dahindümpelte.

Meist versperrten Büsche die Sicht auf den tiefer liegenden Fluss. Doch dann kam ein Stück, wo nur eine niedrige Steinmauer die Straße vom Fluss trennte, und daneben führte eine Art Promenadenweg am Ufer entlang. Ich stieg vom Rad ab und wechselte auf diesen Weg. Der Fluss machte hier einen weiten Bogen, und ich ging zu Fuß weiter, weil der Steinboden zu uneben war, um hier Rad zu fahren. Doch eigentlich suchte ich hier nur ein Plätzchen, um mich ein wenig auszuruhen, denn ich fühlte mich ziemlich erschöpft.

Als ich eine Steinbank fand, stellte ich das Rad ab und setzte mich hin. Gedankenverloren starrte ich in das Flussbett vor mir. Nach einiger Zeit musste ich aber wegen des seltsam diffusen Lichts die Augen schließen. Es hatten sich Dunstschleier vor die Sonne geschoben, trotzdem drangen Strahlen durch, die auf dem Wasser flimmerten, sodass mir davon die Augen schmerzten.

Während ich so dasaß, geriet ich in einen eigenartigen Zustand. Eine innere Unruhe ergriff mich und mir war, als stünde ein außerordentliches Ereignis bevor. Ringsum war alles still, aber es lag eine elektrisierende Spannung in der Luft. Ein leiser Windhauch ließ das Laub eines Baumes hinter meiner Bank erzittern, und ein Duft umwehte mich, der mich an Yuka erinnerte. Mir schien es auf einmal möglich, dass ich ihr hier begegnen könnte. Zugleich war mir aber auch bewusst, dass der Gedanke verrückt war. Denn wenn ich nicht der Tatsache ins Auge blicken konnte, sie für immer verloren zu haben, würde ich früher oder später den Verstand verlieren.

Wenn ich an die letzten Wochen zurückdachte, deutete vieles darauf hin, dass Yuka vorhatte, ihre eigenen Wege zu gehen.

Selbst wenn sie von mir schwanger gewesen wäre, hätte das unsere Beziehung nicht mehr gerettet. Dass nicht sie den ersten Schritt zu einer Aussprache tat, konnte ich ihr nicht verdenken, ich hätte es selbst merken müssen, was schieflief. Aber ich hatte es vorgezogen, all die Anzeichen, die mir zur Warnung hätten dienen sollen, zu ignorieren. Ich kannte sie gut genug, um zu wissen, dass sie missliebige Dinge lieber stumm schluckte, als sie zur Sprache zu bringen. Und weil auch ich nicht den Mut aufbrachte, sie darauf anzusprechen, trug ich eine Mitverantwortung an dem, was geschah.

Mit dem Vorwurf, dass sie mich verraten und im Stich gelassen hätte, machte ich es mir zu einfach. Sie hatte mir das, was ihr Sorgen machte, durchaus zu verstehen gegeben. Ich hätte darauf verständnisvoller reagieren müssen, statt sie wie eine nervige Zicke zu behandeln. Im Rückblick war das wahrscheinlich der entscheidende Fehler, der zu dem vergifteten Klima beitrug, das zuletzt zwischen uns herrschte. Es wäre ihr nicht einmal zu verübeln gewesen, wenn sie den Eindruck hatte, ich wollte sie durch mein Verhalten vertreiben.

Diese Selbstquälerei machte mich aber noch deprimierter, und so versuchte ich, auf andere Gedanken zu kommen. Als ich mich umsah, fiel mir ein kleiner *Shintô*-Schrein auf. Daneben ein Gedenkstein mit einer Inschrift, aus der hervorging, dass der Schrein zur Erinnerung an *Tôjin Okichi* errichtet worden war. Anscheinend war es genau hier an dieser Stelle, wo man sie tot im Fluss gefunden hatte. Ein seltsamer Zufall, Yuka war nur ein paar Kilometer weiter flussaufwärts gestorben. Obwohl ich gehört hatte, dass Okichi im *Inaozawa*-Fluss ertrunken war, wurde mir die Parallele zu Yukas Tod erst jetzt bewusst. Ich erinnerte mich, dass Okichi noch vor Kurzem der Anlass zu einem Streit zwischen Yuka und mir war. Sie wollte nicht zu Okichis Grab, weil ihr, wie sie sagte, Friedhöfe ein Gräuel wären. Auf welch mysteriöse Weise hatte das Schicksal sie beide nun verbunden?

Der Himmel begann sich einzutrüben, es zogen Wolken auf, und im auffrischenden Wind wurde es kühl. Inzwischen war es später Nachmittag, doch mir schien, als kündigte sich schon die Abenddämmerung an. Daher dachte ich, es wäre an der Zeit, mich auf die Suche nach einer Unterkunft zu machen. Es fiel mir aber schwer, mich von dem stimmungsvollen Ort zu trennen, und so blieb ich weiter sitzen. Die stille Atmosphäre nahm mich gefangen. Ab und zu drangen zwar gedämpft Geräusche von der Straße hierher, doch das Zirpen der Zikaden hatte nachgelassen. Ich fühlte mich in diesem abgeschiedenen Winkel der Welt wie abgeschirmt von allem um mich herum. Und auch meine Müdigkeit ließ mich gegen alles, was mich in den letzten Stunden belastet hatte, abstumpfen.

Noch bis gestern hätte ich mir trotz aller Probleme ein Leben ohne Yuka nicht denken können. Ich hatte keine konkrete Vorstellung davon, wie unsere Zukunft aussehen sollte, dennoch gab ich mich der Illusion hin, dass wir nur die kritische Phase überwinden müssten, dann würde sich alles zum Besseren wenden. In beruflicher Hinsicht gab es zwar keinen Anlass zu Optimismus, trotzdem war ich überzeugt, dass wir über die Runden kommen könnten. Und was mich in meiner Hoffnung bestärkte, war, dass ich an Yukas Seite nie Heimweh empfand. Ich musste nicht zurück, denn wo sie war, war meine Heimat. Doch nun fehlte mir ohne sie der Bezugspunkt, nun gab es keinen Ort, wo ich hingehören wollte. Auch an den Sport, der mir früher so viel bedeutete, dachte ich nicht mehr. Selbst wenn ich mit dem Training wieder anfinge, würde es nicht mehr so werden wie früher. Mit Yuka hatte ich alles, was mir wichtig war, auf einen Schlag verloren, ohne sie fühlte ich mich überall fremd.

Ein starker Windstoß riss mich aus diesen Gedanken. Binnen Kurzem waren immer mehr dunkle Wolken aufgezogen, und was erst frühe Abenddämmerung zu sein schien, sah nun ganz nach einem aufziehenden Gewitter aus. Die Frage, wo ich die Nacht zubringen sollte, wurde dringlicher. Bei gutem Wetter hätte ich zur Not im Freien übernachten können, doch bei Regen ging das nicht. Was sollte ich also tun? Zurück ins „Wave" konnte ich nicht. Es blieb mir nichts übrig, als mich hier in der Nähe umzusehen.

Ich stand auf und verließ die Promenade. Wieder auf der Straße, bestieg ich das Rad und beeilte mich, weiterzukommen. Windböen fegten durchs Tal, und der Himmel verdüsterte sich zusehends. Die Zeit drängte, noch vor Einsetzen des Regens eine Unterkunft zu finden. Die Straße war hier gut ausgebaut, und nach einer langgestreckten Kurve kam ich zu einer Weggabelung. Geradeaus ging es weiter nach Shimoda, diese Straße war ich heute Vormittag gekommen, doch ich entschied mich für die Abzweigung, weil ich mir dachte, so käme ich schneller ins Zentrum. Ich hatte es nun sehr eilig, schon fielen die ersten Tropfen. Hätte ich nicht die letzte halbe Stunde so unnütz vertan, wäre ich längst in der Stadt.

Ich trat kräftig in die Pedale. Die schmale Straße ging an Gartenhecken vorbei, hinter denen sich meist Einfamilienhäuser befanden. Nach rund einem Kilometer fiel mir dann aber eine breite Einfahrt auf, die in einen japanischen Garten führte. Drinnen stand ein großes altes Haus, anscheinend ein *Ryokan*. Ich verlangsamte meine Fahrt, um mir das näher anzusehen. Es war ein Holzbau im traditionellen Stil und auf einem Schild stand *Sennin-Onsen*.

Kurz entschlossen bog ich ein. Ich wollte hier fragen, ob ein Zimmer frei wäre. Der Ort war abgelegen und schien mir besser als ein Hotel in Shimoda für meinen Zweck geeignet. Noch dazu würde ich es in die Stadt nicht mehr schaffen, es klatschten mir schon dicke Tropfen ins Gesicht. Ich stellte mein Rad vor dem Eingang ab und betrat das Gebäude. Gerade noch rechtzeitig, denn kaum war ich drinnen, krachte ein Donnerschlag und ein heftiger Regenschauer ging nieder.

Im ersten Moment fühlte ich mich erleichtert, doch an der Rezeption hieß es zu meiner Enttäuschung, dass alle Zimmer belegt wären. Eigentlich hätte ich damit rechnen müssen, denn es war immer noch Urlaubssaison. Unter anderen Umständen wäre ich gegangen und hätte mir woanders was gesucht, doch bei dem starken Regen war daran nicht zu denken. Ich bat daher die Rezeptionistin, ob es nicht doch eine Möglichkeit gäbe. Die überlegte hin und her und rückte dann mit der Auskunft heraus, sie hätte noch ein Zimmer, das aber in einem schlechten Zustand und darum keinem Gast zuzumuten wäre. Obwohl ich sagte, dass mir das nichts ausmache, ich bräuchte es nur für eine Nacht, blieb sie bei Ausflüchten. Ich verstand nicht, warum. Ihrer Erklärung nach gab es in dem Zimmer einen Wasserschaden. Ich insistierte und sagte, dass ich mit einem Rad unterwegs wäre und heute bei dem Wetter nicht mehr weiterkäme. Da lenkte sie schließlich ein und überließ mir den Schlüssel. Als sie mich nach meinem Namen fragte, antwortete ich spontan: „Harris". Sie sah mich daraufhin verwundert an, sagte aber nichts weiter dazu.

Auf ihren Rat hin ging ich nochmal raus und stellte mein Rad in eine Art Scheune. Es gewitterte sehr heftig, aber ich hatte an der Rezeption einen Schirm bekommen. Zurück im Haus, stellte ich meine Sandalen wie hier üblich in eins der Fächer im Vorraum und stieg die steile, knarrende Treppe barfüßig hinauf. Im ersten Stock fand ich die Tür mit der richtigen Nummer und sperrte auf. Das Zimmer war klein, aber es schien alles in Ordnung, nur am Boden standen zwei, drei Schüsseln herum. Ich wusste nicht, wozu das gut war, ließ sie aber stehen, wo sie waren und stellte erstmal meine Umhängetasche in den Wandschrank.

Laut Auskunft der Rezeptionistin sollte es um sieben Uhr Abendessen geben. Bis dahin war noch Zeit, außerdem verspürte ich keinen Hunger, sondern war eher müde und durstig. Da es kein Bad, nur ein Waschbecken gab, probierte ich, ob der Hahn funktionierte. Als ich daran drehte, kam wirklich Wasser aus der Leitung. Damit wusch ich mir das Gesicht, die Füße und den Oberkörper und weil es sauber aussah, trank ich auch davon.

Im Wandschrank hatte ich einen *Futon* gesehen, den nahm ich nun heraus, schob das niedrige Tischchen, das einzige Mobiliar im Zimmer, und auch die Schüsseln, die mir im Weg standen, beiseite, breitete den *Futon* auf den *Tatami*-Matten aus und legte mich hin. Eigentlich hatte ich nur vorgehabt, mich bis zum Essen ein wenig auszuruhen, doch dann fiel ich in den Schlaf und schlief wie ein Toter.

IX

Erst tief in der Nacht wachte ich nach einem bedrückenden Traum auf. Es war völlig dunkel, und ich brauchte eine Weile, bis ich wieder wusste, wo ich mich befand. Das Abendessen hatte ich zu dem Zeitpunkt längst verpasst. Mein Mund war ganz ausgetrocknet, die Zunge klebte mir am Gaumen, und ich konnte kaum schlucken. Stickige Feuchtigkeit umgab mich, das Atmen fiel mir schwer, und ein Albdruck lag auf meiner Brust.

In meinem Traum lag ich ebenso wie hier im Zimmer auf einem *Futon*. Doch dann spürte ich unter mir ein seltsames Schwanken. Der *Futon* stellte sich nämlich als Luftmatratze heraus, die den *Inaozawa* hinabtrieb. Der Fluss führte ungewöhnlich viel Wasser. Ich starrte in den grau bewölkten Himmel, und es fing an zu regnen. Zuerst tropfenweise, dann immer stärker. Der Fluss schwoll immer mehr an, das Schaukeln wurde heftiger, und ich begann mich unwohl zu fühlen. Das Flussbett wurde immer enger, die Strömung immer reißender, und ich wusste nicht, wo das alles hinführen sollte. Es ging durch eine tiefe Schlucht, mit steilen Felswänden links und rechts, kein rettendes Ufer in Sicht. Und beständig klatschten mir Spritzer ins Gesicht, einmal von der Gischt, einmal vom Regen.

Ich bekam es mit der Angst zu tun, drehte mich auf den Bauch und klammerte mich an die Matratze, um nicht runterzufallen. Die war aber nun wieder ein *Futon*, der sich immer mehr mit Wasser vollsog. Ich versuchte, loszulassen und mit eigener Kraft zu schwimmen, doch kam ich nicht los, der *Futon* haftete an mir und zog mich nach unten.

Mich umgab ekelhaftes Zeug. Schmutzwellen schwappten über mich hin. Die braune Brühe wurde dicker und dicker. Ich konnte den Kopf kaum noch oben halten und musste Mund und Augen schließen. Der *Futon* unter mir begann sich in seine Bestandteile aufzulösen, und seine klebrigen Reste schwammen um mich her. Ich schlug wie ein Ertrinkender um mich, doch es nützte mir nichts. Ich sank tiefer und tiefer.

Das war der Moment, in dem ich aufwachte und nach Luft schnappte. Ich brauchte eine Weile, bis mein Atem wieder ruhiger ging. Ich fühlte mich innerlich aufgewühlt und hatte immer noch das Wasserrauschen im Ohr. Es rührte aber nicht von meinem Traum her, sondern vom Regen vor dem Fenster. Draußen schien ein starkes Wetter niederzugehen, aber auch im Zimmer war es feucht.

Die Decke, unter der ich lag, klebte wie ein nasser Lappen auf mir. Ich dachte erst, das läge daran, dass ich im Schlaf geschwitzt hätte, bis ich die eigentliche Ursache begriff. Es tropfte stetig von oben. Auf der *Tatami*-Matte neben mir bemerkte ich eine Lache genau an der Stelle, wo sich vorher eine der Schüsseln befand, die ich beiseite geschoben hatte. Offenbar war das der Grund, warum mir die Rezeptionistin das Zimmer nicht hatte geben wollen. Ihre Erklärung war missverständlich gewesen, es ging nicht um eine kaputte Wasserleitung, sondern hier regnete es durchs Dach.

Von Zeit zu Zeit hörte ich es ans Fenster prasseln, wenn Windböen den Regen gegen das Glas peitschten. Zugleich hatte ich aber auch den Eindruck, dass überall im Zimmer Wasser herablief, sogar an den Wänden. Nicht nur die schwüle Luft war stickig, die Feuchtigkeit schien in allen Winkeln zu stecken.

Ich stand auf, machte Licht und sah mir die Bescherung an. Es war nicht ganz so schlimm wie befürchtet. Ich schob den *Futon* beiseite und stellte die Schüsseln wieder dorthin, wo es von oben runtertropfte. Dann holte ich mir eine trockene Decke aus dem Wandschrank und legte mich wieder hin. Ich fühlte mich nun besser, doch richtig schlafen konnte ich nicht mehr. Der Regen ließ nach, bald war von draußen nichts mehr zu hören, nur im Zimmer tropfte es noch weiter. Ich geriet in einen Zustand des Dämmerns und Dahinbrütens. Der Traum und die Ereignisse von gestern gingen mir nicht aus dem Kopf. Aber dann musste ich doch eingenickt sein, denn als ich wieder aufwachte, war es schon hell. Das Gewitter hatte sich verzogen und Vögel zwitscherten im Garten.

Ich blieb liegen, weil ich nicht wusste, was ich so früh am Morgen tun sollte. Ich dachte nicht, dass es zu dieser Stunde unten schon Frühstück geben würde. Plötzlich aber entstand vor dem Fenster eine Unruhe. Statt des Vogelgezwitschers waren nun derbe Frauenstimmen zu hören. Ich stand auf, ging zum Fenster und sah durch die Bambusjalousie hinunter. Da standen draußen zehn bis zwölf ältere Frauen mit Gepäck zur Abfahrt befreit. Es schien eine Reisegruppe zu sein, die auf dem Vorplatz auf den *Shuttle-Bus* wartete, der sie zum Bahnhof bringen sollte. Kurz darauf bog auch tatsächlich der Bus von der Straße her ein und hielt vor dem *Ryokan*. Nachdem der Fahrer ausgestiegen war und die Gepäckklappe geöffnet hatte, ging ein Geschiebe und Gedränge los, weil jede zuerst ihren Koffer hineinstellen und beim Einsteigen die Erste sein wollte.

Während ich noch am Fenster stand und die Szene beobachtete, spürte ich, dass die *Tatami*-Matte unter meinen Füßen feucht war. Es dürfte auch hier in der Nacht reingeregnet haben, und ich entdeckte auch bald die Ursache. Der Rahmen war etwas verzogen, daher ließ sich das Schiebefenster nicht richtig schließen, und der Wind schien Regentropfen durch den Spalt hereingetrieben zu haben. Deshalb waren auch alle Geräusche von draußen so deutlich im Zimmer zu hören gewesen, zuerst der nächtliche Regen, dann in der Früh das laute Vogelzwitschern und nun das Geschnatter der Frauen.

Nachdem ich nun schon auf war, beschloss ich, hinunter in den Frühstücksraum zu gehen. Ich war hungrig, und die Frauen hatten sicher auch vor der Abfahrt etwas zu essen bekommen. Als ich runterkam, war der Speisesaal zwar leer, aber es standen auf mehreren Tischen benutzte Teller herum, die noch nicht abgeräumt worden waren. Ein säuerlicher, wenig einladender Geruch lag in der Luft, trotzdem setzte ich mich an eins der Tischchen, wo noch aufgedeckt war. Kleine Teller mit eingelegtem Gemüse, Salat und andere kalte Speisen standen da neben einem Minigrill mit einem getrockneten Fisch obendrauf.

Man konnte hier nur am Boden Platz nehmen. Ich versuchte daher, mich im Schneidersitz niederzulassen und meine Knie unter die Tischplatte zu schieben. Weil der Tisch so niedrig war, ging das aber mehr schlecht als recht. Es kam dann eine

Frau im Arbeitskimono, die mir einen guten Morgen wünschte und den Trockenspiritus unter dem Grillrost anzündete. Danach brachte sie auch was Warmes zum Essen, Misosuppe, Reis und *Mugicha*, Gerstentee. Ich aß nur die Misosuppe mit Tofu und dazu den Reis. Es war mir eigentlich zu wenig, doch das saure Gemüse schmeckte mir nicht, und der trockene Fisch am Grill lockte mich nicht einmal zum Kosten. Ich ließ ihn stehen und begab mich auf die Suche nach einem Getränkeautomaten.

Draußen am Gang fand ich einen, zog mir eine Dose Kaffee und ging damit ins Bad. Der Eingang zum *Onsen* war nämlich gleich daneben. Es befand sich niemand im Umkleideraum. Ich setzte mich auf die Bank vor den Kästchen und trank den Kaffee, dann zog ich mich aus und ging nackt ins Bad.

Die Badehalle lag im dämmerigen Halbdunkel und war für ein *Onsen* ungewöhnlich groß, geschätzte dreißig Meter lang. Das Ganze wirkte wie eine Scheune mit einem Wasserbecken darin. Das Dach war hoch, und alles bestand aus altem, dunklem Holz. Im vorderen Teil war es heller, dort gab es auf der rechten Seite, wo sich auch die Handduschen befanden, einige Fenster. In diesem Bereich war das Becken seicht, weiter hinten gab es aber noch ein zweites, das größer und tiefer war und in dem man fast schwimmen konnte. Jetzt ging mir ein Licht auf, warum das Bad *Sennin-Onsen* hieß. *Sennin* bedeutet tausend Menschen, und es war hier durchaus für eine Menge Leute Platz.

Am Rand des vorderen Beckens befanden sich drei Skulpturen badender Schönheiten, eine stehend, eine kniend, eine sitzend. Und da fielen mir dann auch zwei alte Männer auf, die zu der frühen Stunde als einzige Badegäste im Wasser saßen. Ich hatte sie zuerst gar nicht bemerkt.

Ich duschte mich kurz ab und stieg ins Becken, watete aber an den Männern vorbei in den hinteren Bereich. Das zweite Becken erstreckte sich bis ans andere Ende der Halle, und von dort ging es über eine kleine Holztreppe und durch eine Schwingtür wieder hinaus. Draußen gab es ein *Rotenburo*, ein kleines hölzernes Bassin im Freien. Als Sichtschutz von außen war es teils von Büschen, teils von einem Holzzaun umgeben, und aus einer Rinne floss stetig heißes Wasser zu.

Drinnen hatte ich mich von den beiden Alten die ganze Zeit beobachtet gefühlt, darum gefiel es mir draußen besser. Es begann zwar leicht zu nieseln, aber das störte nicht weiter, es war sogar ganz angenehm. Ich setzte mich ins Thermalwasser, das im Außenbereich nicht so heiß wie drinnen war.

Mein Traum von letzter Nacht hatte mich in eine gedrückte Stimmung versetzt. Er war mit einem Gefühl der Trauer um Yuka verbunden, obwohl ich gar nicht von ihr geträumt hatte. Aber dafür von dem Fluss, in dem sie umgekommen war, und mir schien, als bedeutete der Traum das letzte Lebewohl von Yuka. Wenn ich mich nicht so sehr gegen das Ertrinken gesträubt hätte, wäre ich mit ihr jetzt im Tod vereint.

Es war jedoch noch eine andere Assoziation mit dem Traum verknüpft. Ich hatte irgendwo eine fernöstliche Weisheit gelesen: „Das Leben ist wie ein Kampf gegen den Strom, wenn man damit aufhört, treibt man zurück." Daran hatte ich denken müssen, als mir Yuka einmal erzählte, dass Karpfen in Japan als Symbol der Stärke gelten, weil sie gegen die Strömung anschwimmen. Doch war das die einzige Bedeutung dieser Metapher? Lachse schwimmen ebenfalls gegen den Strom, doch sobald sie ihre Laichgründe erreicht haben, endet dort ihr Leben. Und in meinem Traum hatte ich gar nicht gegen die Strömung angekämpft, sondern nur gegen das Ertrinken. Ich war ziellos den Fluss hinabgetrieben und hatte erst versucht zu schwimmen, als es darum ging, nicht unterzugehen.

In Zusammenhang damit kam mir aber auch ein japanischer Schlager in den Sinn: *„Kawa no nagare no yō ni"*, in dessen Refrain es heißt: „Das Leben gleicht einem Fluss, in dem ich mich treiben lassen will." Ich war in Japan niemals jemandem begegnet, der versucht hätte, gegen den Strom anzuschwimmen. Yuka war dafür das beste Beispiel, ihr Bestreben war es immer gewesen, geschmeidig allen Widerständen auszuweichen, anstatt sie offen zu bekämpfen. Das Ideal war der Bambus, der sich im Winde beugt, ohne zu brechen, um sich erst dann wieder aufzurichten, wenn die stürmische Zeit vorüber ist.

Auch beim Karatetraining hatte es immer geheißen: Versuch es nie mit Gewalt! Weich einem Frontalangriff lieber aus, als dich ihm direkt entgegenzustellen. Denn wenn seine Wucht ins Leere läuft, ist das Momentum auf deiner Seite, und mit einer schnellen Reaktion kannst du deinen Vorteil daraus ziehen.

Wenn ich dann aber an Yuka dachte, so war es ihr doch nicht gelungen, allem auszuweichen, sondern sie hatte sich ins Verderben treiben lassen und nichts unternommen, um die fatale Richtung, die ihr Leben nahm, zu ändern. Sie war zwar nicht religiös, zumindest nicht nach außen hin, aber sie glaubte an so etwas wie Karma. Sie äußerte sich meist nur in Andeutungen darüber, doch schien sie davon überzeugt zu sein, dass alles im Leben vorbestimmt wäre und keiner daran etwas ändern könnte. Allenfalls im nächsten Leben wäre es möglich, das zu erreichen, was einem in diesem Leben nicht vergönnt war.

Auf mich wirkte diese Haltung fatalistisch. Ich bestritt nicht, dass es im Leben Dinge gab, die unabänderlich waren, doch aus Yukas Sicht müsste man jeden Schicksalsschlag, egal ob er einen verschuldet oder unverschuldet trifft, hinnehmen und sich auf ein späteres Leben vertrösten lassen. Diese Denkweise passte zu ihr, sie besaß die Gabe, alles so zu nehmen, wie es kam. Es entsprach ihrer Mentalität, deswegen konnte sie auch ein Leben führen, in dem sie über Jahre hinweg wie traumwandlerisch am Abgrund entlangspazierte. Obwohl sie die Gefahren ihres Berufs kannte, ignorierte sie sie, und am Ende kam es, wie es kommen musste.

Es schien fast so, als hätte sie es nicht anders gewollt. Wenn für sie der Tod nicht das Ende, sondern die Chance auf einen Neubeginn bedeutete, dann war ihr Verhalten sogar nachvollziehbar. Mir war diese Denkweise zu fremd, um sie akzeptieren zu können. Zwar war mir klar, dass sich nichts im Leben erzwingen lässt, aber da man nur das eine hat, muss man versuchen, das Beste aus seinem Leben zu machen. Yuka verhielt sich dagegen wie ein Spieler, der schlechte Karten gezogen hat und darum alles hinwirft, in der Hoffnung beim nächsten Mal ein besseres Blatt zu bekommen.

Das alles ging mir durch den Kopf, während ich im *Rotenburo* saß. Da der Nieselregen aber stärker wurde, stand ich auf und begab mich wieder in die Badehalle. Die beiden Alten waren weg, sodass ich nun der Einzige in dem Riesenbecken war und mir den bequemsten Platz aussuchen konnte. Wahrscheinlich hatte ich die Aufmerksamkeit der zwei nur deshalb erregt, weil ich Ausländer war. Trotzdem blieb eine leise Furcht, dass sie den Fernsehbericht über Yukas Unfall gesehen und mich von dem Foto, das dort gezeigt worden war, erkannt haben könnten.

Ich versuchte zuerst, nicht weiter daran zu denken, aber dann ließ mir die Sache doch keine Ruhe. Ich entschloss mich, das Bad zu verlassen und zurück in den Umkleideraum zu gehen. Mir war zwar bewusst, dass mein Misstrauen gegen alle und jeden am Ende zu Paranoia führen würde, dennoch kam ich nicht gegen meine Ängste an. Solange ich mich in Shimoda und Umgebung aufhielt, könnte mich jederzeit zufällig jemand erkennen. Das Klügste wäre, auf der Stelle abzureisen, doch dazu konnte ich mich nicht entschließen.

Ich trocknete mich ab und zog mich an. Als ich die Garderobe verließ und den kleinen Ruheraum betrat, traf ich die beiden Alten wieder. So harmlos und entspannt, wie sie dort auf den Korbsesseln saßen und Tee aus Dosen tranken, hatte ich aber den Eindruck, dass von ihnen nichts zu befürchten war.

Ich wollte nach dem heißen Bad auch etwas trinken und ging zum Getränkeautomaten, um mir einen Eistee zu holen. Als ich mich mit den Münzen vertat und nichts herauskam, spürte ich wieder die Blicke der zwei in meinem Rücken. Ich ließ mir aber nichts anmerken, sondern sammelte mein Geld wieder ein, um auf mein Zimmer zu gehen.

An der Treppe, die zum ersten Stock führte, begegnete ich der Rezeptionistin von gestern. Heute war sie gekleidet wie das übrige Hauspersonal, trug eine kimonoartige blaue Halbjacke, dazu eine enganliegende gleichfarbige Hose. Trotzdem hatte ich nicht den Eindruck, dass sie eine Angestellte war, sie schien mir die Chefin des *Ryokans* zu sein. Sie war nicht mehr jung, hatte schon graue Strähnen im Haar, aber die feinen Gesichtszüge und die leisen Fältchen um ihre Augenwinkel gaben ihr ein sympathisches Aussehen. Und mit ihrer schlanken und grazilen Erscheinung wirkte sie immer noch attraktiv.

Ich grüßte nur kurz und wollte an ihr vorbei, doch sie sprach mich an und fragte, ob es letzte Nacht ins Zimmer reingeregnet hätte. Als ich das bejahte, war ihr die Sache sichtlich peinlich. Sie entschuldigte sich dafür und erklärte mir, was sie gestern bereits gesagt, ich aber nicht richtig verstanden hatte. Das Haus war alt und renovierungsbedürftig, immer wieder gab es undichte Stellen am Dach. Dieses Jahr wäre vor allem der Bereich nach vorne zu betroffen, und es genügte nicht mehr, nur einzelne Dachziegel auszutauschen, sondern das ganze Dach müsste erneuert werden. Und sie versprach mir, wegen der Beeinträchtigung etwas vom Übernachtungspreis nachzulassen.

Ich sagte, dass ich damit kein Problem hätte, ich wäre ihr im Gegenteil sogar dankbar dafür, dass sie mir das Zimmer trotzdem gegeben hatte, denn gestern hätte ich wohl keine andere Unterkunft mehr gefunden. Ja, sagte sie, zu dieser Jahreszeit sei immer alles ausgebucht, am Morgen wäre zwar eine größere Gruppe abgereist, aber am Nachmittag käme schon wieder die Nächste. Und dann fragte sie mich, ob ich heute ausziehen oder doch noch einen Tag länger bleiben wollte.

Im Grunde wusste ich das selbst nicht. Mir war zwar klar, dass es am vernünftigsten wäre, nicht nur Shimoda, sondern Japan umgehend zu verlassen, aber dazu konnte ich mich nicht durchringen. Meine unbestimmte Antwort fasste sie so auf, dass ich noch bleiben wollte, und sie meinte, das ginge in Ordnung, die Handwerker kämen erst morgen, aber das Regenwetter würde sich heute noch verziehen.

Ich dankte ihr und hielt das Gespräch für beendet. Doch sie fasste mich so fest ins Auge, dass mir schien, als ob ihr noch etwas auf der Zunge läge. Da sie aber nichts sagte, begann ich mich unter ihrem fragenden Blick unwohl zu fühlen.

„Ist noch etwas?", fragte ich.

„Entschuldigen Sie, wenn ich indiskret bin", fing sie an, „aber sagten Sie gestern nicht, Sie heißen Harris?"

„Ja", antwortete ich und fühlte mich wie ein ertappter Schwindler.

„Es ist nur, weil mir das aufgefallen ist."

„Was?"

„Sind Sie vielleicht mit Townsend Harris verwandt?"

„Mit wem?", fragte ich verwirrt, aber dann wurde mir klar, was sie meinte.

„Sie sind doch Amerikaner?", fügte sie hinzu.

„Ja", log ich.

„Darum hab' ich gedacht, dass sie ein Nachkomme von dem Harris sein könnten, der vor Jahren amerikanischer Konsul hier in Shimoda war."

„Ach so, nein, tut mir leid, das bin ich nicht", gab ich zur Antwort.

„Na ja, Harris ist wohl kein so außergewöhnlicher Name. Aber wegen Townsend Harris kommen öfter Ausländer her, meistens aus Amerika."

Und daraufhin bekam ich zum x-ten Mal die Geschichte von Harris und *Tôjin Okichi* zu hören. Es war wieder dieselbe Version, offenbar bemerkten die Japaner die xenophobische Tendenz nicht. Es hieß immer, Harris' Auftauchen in Shimoda hätte Okichis Schicksal besiegelt, ohne ihn hätte sie ihr Glück gefunden. Dabei fiel unter den Tisch, dass es ihre eigenen Landsleute waren, die ihr nach Harris' Abreise das Leben zur Hölle machten, ohne deren Missgunst und schlechte Behandlung hätte sie kein so trauriges Ende nehmen müssen.

Ich versuchte, der Dame zu entkommen, indem ich sagte, dass ich von Okichi schon gehört und mir auch die Stelle am Fluss, wo sie ertrunken sein soll, angesehen hätte. Darüber zeigte sie sich erfreut und erklärte mir dann noch, dass Okichi, nachdem man sie tot aufgefunden hatte, zuerst in der Nähe des Ufers unter einem Baum verscharrt worden wäre. Erst Jahre später hätte man ihre sterblichen Überreste wieder ausgegraben und auf den Tempelfriedhof gebracht. Und daran schloss sie die Frage an, ob ich ihr Grab schon besucht hätte.

Ich kam aber nicht mehr dazu, zu antworten, denn in dem Moment tauchten die beiden Alten aus dem Ruheraum auf und wandten sich an sie. Sie sprachen sie mit *Okami-san* an, was die Bezeichnung für die Besitzerin oder Geschäftsführerin eines *Ryokans* ist. Ich hatte also mit meiner Vermutung recht gehabt. Um nicht weiter zu stören, nutzte ich die Gelegenheit, mich zu entfernen und stieg die Treppe hinauf. Gleichzeitig horchte ich mit halbem Ohr hinunter, ob die Rede eventuell auf mich kommen würde. Das schien mir aber, so weit ich es mitbekam, nicht der Fall zu sein, die beiden Alten erkundigten sich nach einer anderen Angelegenheit.

Als ich in mein Zimmer kam, war es schon aufgeräumt. Der *Futon* war weg und offenbar ausgetauscht worden, denn der im Wandschrank war sauber und trocken. Über den nassen Flecken auf den *Tatami*-Matten lagen Tücher ausgebreitet und darauf standen die Gefäße zum Auffangen des Regenwassers. Beim Fenster lag auch ein Putzfetzen über der Stelle, wo es reingeregnet hatte. Ich warf einen Blick hinaus, es war bewölkt, nieselte jedoch nicht mehr. Ob sich das Wetter heute noch bessern würde, war aber nicht abzusehen.

Da fiel mir ein, dass meine nassen, schmutzigen Sachen von gestern noch in der Reisetasche lagen. Ich hatte ganz vergessen, sie rauszunehmen und zu waschen. Das holte ich nun nach und schwemmte sie im Handwaschbecken aus, dann legte ich sie über den Tisch, denn einen anderen Platz zum Trocknen fand ich nicht.

Danach rasierte ich mich und machte mich fertig, um wegzugehen. Die Rezeption war unbesetzt, als ich ging. Ich holte mein Fahrrad aus dem Schuppen und fuhr erst mal das Stück zur Hauptstraße zurück, von der ich gestern gekommen war. Bis zur Abzweigung war es nicht weit, und von dort sah man zu der Stelle, wo Okichi ertrunken war. Der Ort übte eine eigenartige Faszination auf mich aus, der ich mich nicht entziehen konnte. Ich stieg ab und schaute hinunter ins Wasser. Es war trübe, die Strömung stärker als gestern, und auch der Wasserstand war ein wenig gestiegen.

Als ich Richtung Berge blickte, hingen dort immer noch graue Regenwolken. Ich hatte zuerst überlegt, ob ich nochmals hinaus zu Yukas Unfallstelle fahren sollte. Aber das Vorhaben gab ich auf, erstens um nicht mitten auf dem Weg in einen Guss zu kommen, und zweitens wollte ich dem Alten von gestern nicht wieder in die Arme laufen. Gestern hatte ich wichtige Dinge von ihm in Erfahrung bringen können, aber wenn ich heute nochmals auftauchte, würde ihm das wohl verdächtig erscheinen.

Es war auch nicht unwahrscheinlich, dass heute der Unfallwagen abgeholt werden könnte, und da würde ich als Ausländer erst recht auffallen. Die Gefahr lauerte sogar auf der ganzen Wegstrecke, denn wenn ich einer Polizeistreife begegnete, würde die mich garantiert anhalten und fragen, was ich hier zu suchen hätte. Darauf wollte ich es nicht ankommen lassen, deshalb blieb ich lieber in Shimoda.

So stand ich eine Weile unschlüssig da und wusste nicht, was ich tun sollte. Während ich ins trübe Wasser starrte, tauchten die quälenden Gedanken der letzten Tage wieder auf, vor allem die Vorwürfe, nicht genug für Yuka getan zu haben. Und wie immer in solchen Situationen begann mein Denken im Kreis zu gehen. Kaum fand ich eine Entschuldigung für mich, erhob sich schon die nächste Anschuldigung gegen mich. Wenn das einmal anfing, hörte es nicht so bald auf, und so fand ich auch diesmal aus dem Labyrinth der Selbstanklagen nicht mehr heraus.

Yuka hatte einmal zu mir gesagt, ich könne sie nicht verstehen, weil ihre und meine Mentalität zu verschieden wären. Ich hatte es damals nicht wahrhaben wollen, doch im Nachhinein musste ich ihr recht geben. Mir fiel es immer schwer, Missgeschicke und Schicksalsschläge zu verdauen, ich brauchte immer lange, bis ich darüber hinwegkam. Sie dagegen nahm das, was ihr zustieß, einfach hin, ohne groß darüber zu klagen. Natürlich litt auch sie darunter, aber sie fragte nicht lange, warum, sondern akzeptierte, was geschehen war, während ich mir in solchen Fällen immer das Hirn zermarterte, was ich verbrochen hätte, dass ausgerechnet mir das passieren musste. So kamen oft noch Schuldgefühle für Dinge hinzu, für die ich gar nichts konnte und die mich noch tiefer niederdrückten als das Unglück selbst.

Erst nach geraumer Weile gewann meine Vernunft wieder die Oberhand. Mich tröstete der Gedanke, dass mir Yuka, wäre sie noch am Leben, keinen Vorwurf gemacht und mir auch keine Schuld an dem, was ihr zugestoßen war, gegeben hätte. Die Stimme, die mich so inquisitorisch anklagte, war nicht die ihre, sondern die eines bösen Geistes. Sie würde gesagt haben: was geschehen ist, ist geschehen.

So haderte ich zwar noch immer mit dem Schicksal, aber das Schuldgefühl ließ nach. Das Verhältnis zwischen Yuka und mir war von Anfang an schwierig, die Frage, ob wir uns trennen sollten, stand immer wieder mal im Raum. Ich hatte lange gebraucht, bis ich mich mit ihrem Job abfinden konnte, aber seltsamerweise verschlechterte sich unsere Beziehung gerade in der Zeit, nachdem sie aufgehört hatte zu arbeiten, und am Ende kam es auf die unglücklichste Art und Weise zur Trennung.

Aber es war sinnlos, immer wieder die schmerzende Wunde aufzureißen. Ich musste dieses Kapitel meines Lebens abschließen, denn es war ohnehin nichts mehr daran zu ändern. Und dann fasste ich plötzlich den Entschluss, so wie ich es schon vor Tagen vorgehabt hatte, Okichis Grab in Shimoda zu besuchen. Bis ins Stadtzentrum dauerte es eine Viertelstunde, höchstens zwanzig Minuten, so lange würde das Wetter schon halten. Und selbst wenn mich auf dem Weg ein Regenschauer überraschte sollte, wäre das nicht so schlimm, in der Stadt könnte ich mich schon irgendwo unterstellen.

Also fuhr ich los, obwohl ich gar nicht wusste, wo genau der Tempelfriedhof lag. Doch es gab Hinweisschilder, der Tempel hieß Hôfukuji und galt wegen Okichi als Sehenswürdigkeit. Vor dem Eingang befanden sich Tafeln, auf denen handgeschrieben auf Japanisch und Englisch stand, dass sich hier Okichis Grab befände. Man musste Eintritt bezahlen, und an der Kasse standen Leute an, als ginge es zu einem wertvollen Kulturerbe.

Die Tempelanlage war aber nicht überlaufen. Da es nicht viel zu besichtigen gab, blieben die meisten Touristen nicht lange. Nachdem ich mir eine Eintrittskarte besorgt hatte, folgte ich den Leuten vor mir und erreichte nach wenigen Schritten Okichis letzte Ruhestätte. Es stand da nur ein schlichter Grabstein, wie man ihn auf allen japanischen Friedhöfen finden kann. Allerdings mit dem Unterschied, dass es immer Blumen gab und die Räucherstäbchen nie aufhörten zu glimmen, denn fast jeder Besucher zündete neue an.

Während ich vor dem Grab stand, fing es wieder zu nieseln an, was sich schon eine ganze Weile angekündigt hatte. Ich ging deshalb in das Museum, das hier zu Okichis Gedenken eingerichtet worden war, und sah mich in den Schauräumen um. Da waren Gegenstände, die einmal zu ihrem persönlichen Besitz gehört hatten, wie Reliquien ausgestellt. Darunter ein alter Kimono, Sandalen, ein Kamm, Haarschmuck und ein betagtes Shamisen. Es war relativ wenig, erstens, weil sie arm verstorben war, und zweitens, weil man erst Jahre nach ihrem Tod begonnen hatte, diese Dinge zu sammeln. Aus Mangel an authentischen Bildern hingen an den Wänden Fotos von Schauspielerinnen, die ihre Rolle einmal im Film oder auf der Bühne gespielt hatten. Im Laufe der Zeit waren nämlich viele Filme und Theaterstücke über sie entstanden. Ich hatte Okichi bisher nur für eine lokale Berühmtheit gehalten, aber allem Anschein nach war sie in ganz Japan bekannt.

In einer Vitrine fand ich auch einen Hinweis auf *Anchokurô*, das Lokal, das Okichi bis kurz vor ihrem Tod betrieben hatte. Auf einem Stadtplan war eingezeichnet, wo es sich befunden haben soll, und so beschloss ich, nachdem der Regen wieder aufgehört hatte, dorthin zu fahren. Es war nicht weit, denn das Haus stand zwar im engen Gassenwerk der Altstadt, war aber relativ leicht zu finden.

Okichis Lokal gab es nicht mehr, stattdessen befand sich im Erdgeschoss eine Sushi-Bar, doch das ganze Gebäude schien weitgehend im Originalzustand erhalten zu sein. Man konnte sich noch gut vorstellen, wie hier Okichi, allabendlich sich selbst am Shamisen begleitend, für ihre Gäste melodramatische Geschichten vorgetragen hatte. Die heutige Besitzerin war eine ältere Dame mit etwas schwerfälligem Gang, die mich gegen einen kleinen Obolus von 200 Yen die steile, ausgetretene Holztreppe hinaufsteigen ließ.

Oben im ersten Stock führte ein schmaler Gang zu verschiedenen Räumen, die aber nicht alle zu besichtigen waren. Nur zwei Zimmer, deren Fenster nach vorn auf die Straße gingen, durfte man betreten. Darin standen Vitrinen mit Erinnerungsgegenständen, die nicht von Okichi, aber aus ihrer Zeit stammten. Und an den Wänden hingen Bilder, die wie ein Zyklus Begebenheiten aus Okichis Leben zeigten. Von ihrer Jugendliebe über ihre erste Begegnung mit Harris bis hin zu dem Tag, an dem man sie ertrunken im Fluss fand. Meine Führerin erläuterte bei jedem Bild, was ihrer Meinung nach historische Wahrheit und was Legende war. Doch selbst das, was sie als Tatsachen ausgab, klang ziemlich legendenhaft. An Okichis Geschichte hatten im Laufe der Zeit so viele Leute mitgestrickt, dass sich Dichtung und Wahrheit kaum noch auseinanderhalten ließen.

Zuerst fand die Führung nur für mich allein statt, doch dann kam noch ein holländisches Ehepaar die Treppe herauf und gesellte sich dazu. Die Führerin kassierte auch von ihnen den obligaten Obolus, sprach dann aber einfach weiter, als ob wir drei zusammengehörten. Erst später holte sie für die Nachzügler die Einzelheiten nach, die die beiden verpasst hatten. Ich hörte mir ihre Erklärungen auch nochmal an, und als sie damit fertig war, fragten die Holländer nach dem Weg zum Gyokusenji. Das war der Tempel, wo sich Harris als Konsul während seines Aufenthalts in Shimoda einquartiert hatte. Dort waren ebenfalls historische Räume zu besichtigen, und die Holländer wollten gleich im Anschluss hinfahren. Sie fragten mich, ob ich mitfahren wollte, doch ich lehnte höflich ab. Der Tempel lag außerhalb Shimodas, und da es schon gegen Mittag ging, war ich hungrig. Zuerst dachte ich nämlich daran, ob ich hier in der Sushi-Bar etwas zu essen bekommen könnte. Doch als wir von oben wieder runterkamen, saß noch kein einziger Gast da, sodass ich mir nicht sicher war, ob das Lokal mittags überhaupt geöffnet war.

Stattdessen hielt ich in der Gegend hinter dem Hafen Ausschau nach einem Restaurant. Es war dasselbe Viertel, das ich vorgestern auf der Suche nach Yuka durchstreift hatte. Meine Gefühle von damals waren mir noch gegenwärtig, doch die konkreten Ereignisse jenes Tages erschienen mir, als lägen sie schon ewig lange zurück.

Gedankenverloren fuhr ich mit dem Rad durch die Gassen, bis mir ein Lokal für japanische Nudelgerichte auffiel. Es sah von außen ziemlich voll aus, doch bei einem Blick durchs Fenster entdeckte ich noch einen freien Platz. Ich stellte mein Rad ab und trat ein. Drinnen standen mehrere schmale Tische, eng nebeneinander aufgereiht. An den meisten saßen sich zwei Gäste gegenüber, an manchen saß aber auch nur einer. Ich setzte mich an den letzten freien Tisch und sah mir die Speisekarte an. Die Kellnerin, die im Lokal beschäftigt war, machte einen überforderten Eindruck. Sie trug eine klobige Ganzkörperschürze und wirkte damit wie eine Küchenhilfe, die heute nur aushilfsweise als Serviererin eingesprungen war. Als sie einmal an mir vorbeikam, versuchte ich, den Moment zu nutzen, indem ich ihr meine Bestellung zurief. Doch da sie mich nicht verstand, musste ich ihr mit dem Finger auf der Speisekarte zeigen, was ich wollte.

Danach saß ich da und sah mir die einzelnen Gäste an. Das Lokal wurde nicht von Touristen frequentiert, sondern von Leuten, die zu Mittag schnell und billig essen wollten. Einige sahen wie Arbeiter aus, andere waren eher büromäßig gekleidet. An einem Fenstertisch saßen zwei Frauen, die wie Bankangestellte wirkten, die übrigen Gäste waren Männer.

Die meisten hatten kalte Nudeln bestellt, und ich beobachtete, wie sie ihre Stäbchen alle mit der gleichen Routine handhabten. Im ersten Schritt nahmen sie die Nudeln von der Platte auf, wobei sie mit kurzen, schüttelnden Bewegungen überzählige Nudeln abfallen ließen. Im zweiten Schritt tauchten sie die Nudeln in eine kleine Schale mit gewürzter Soße, ließen sie wieder abtropfen und führten sie dann zum Mund. So ging das ohne Unterlass, und es mutete fast wie eine stumme Performance an. Wenn sie fertig waren, standen sie auf, gingen zur Kasse, zahlten und verließen das Lokal.

Die Gleichförmigkeit ihres Verhaltens war wohl dem Umstand geschuldet, dass sie nur wenig Zeit hatten und sich darum beeilen mussten. Doch ihre Art zu essen wirkte so mechanisch, als gehörte es zu einem täglich abzuspulenden Programm. Die Bewegungsabläufe erschienen so optimiert und kontrolliert, dass es den Anschein hatte, als wären das keine Menschen, sondern Roboter, die alle auf die gleiche Weise funktionierten.

Die Existenz dieser Leute kam mir wie ein Kontrast zu meinem eigenen Dasein vor. Sie waren eingebunden in einen Wirkungskreis, in dem jeder seinen Platz und seine Aufgabe hatte, ich dagegen fühlte mich unter ihnen wie ein Alien. So eine Empfindung hatte ich nicht erst seit heute oder in den letzten Tagen, sondern im Grunde schon, seit ich nach Japan kam, aber heute wurde mir das zum ersten Mal deutlich bewusst. Überall war mir, als wäre ich nur geduldet, aber gehörte nicht dazu.

Noch ein anderer Umstand bestärkte mich in diesem Gefühl. Bei allen Gästen, die im Lokal Platz nahmen, stand spätestens nach zehn Minuten das Essen auf dem Tisch, nur bei mir nicht. Mehrere, die nach mir gekommen waren, hatten schon ihre Nudeln, nur bei mir dauerte es ewig. Es mochte sein, da fast alle das Gleiche bekamen, dass es bei ihnen darum schneller ging. Ich dagegen hatte warme Nudeln bestellt. Aber daran allein konnte es nicht liegen, denn auch kalte Nudeln mussten vorher gekocht werden.

Als die Kellnerin wieder einmal an mir vorbeikam, reklamierte ich meinen Suppentopf. Sie sagte gestresst, er käme gleich. Doch meinem Eindruck nach hatte sie die Bestellung noch gar nicht an die Küche weitergegeben. Sie wirkte auf mich nicht nur überfordert, sondern so, als machte sie den Job heute zum ersten Mal. Ihr fehlte die Routine, die an den Gästen zu beobachten war. Immer wieder fiel ihr etwas runter oder sie vergaß Sachen.

Etwas an ihrer Art erinnerte mich an Yuka. Es war weniger eine äußerliche Ähnlichkeit, eher ihr Gehabe. Diese Mischung aus Gleichgültigkeit und Gereiztheit, aber auch ihre nachlässige Kleidung – und dass sie so unfrisiert herumlief. Seit wir in Shimoda waren, hatte sich mir Yuka mehr und mehr von dieser Seite gezeigt. Das war wohl auch der Grund, warum mir die Kellnerin von Anfang an unsympathisch war.

Geschürt wurde die Antipathie aber auch von meiner frustrierten Stimmung. Und in meiner schlechten Laune infolge des knurrenden Magens machte ich die Kellnerin zum Sündenbock für alles, was schieflief. Jedesmal wenn sie mit einem Speisetablett aus der Küche auftauchte, aber damit nicht zu mir kam, bedachte ich sie im Geiste mit Schimpfwörtern. So kindisch das Ganze auch war, es wirkte selbstreferenziell, und in meinem Ärger, von ihr ignoriert zu werden, bildete ich mir am Ende sogar ein, sie machte das absichtlich und wollte mich nicht bedienen, weil ich Ausländer war. Andere Gäste behandelte sie zumindest mit gespielter Freundlichkeit, nur an mir lief sie immer mit unwilliger Miene vorüber.

Ein ähnliches Verhalten kannte ich von Yuka aus dem „Bourbon", und ich wusste, was von dem gekünstelten Lächeln, das sie dort allabendlich zur Schau trug, zu halten war. So verbindlich es auch wirkte, es galt keinem Individuum, sondern einem austauschbaren Gegenüber, das sie sich vom Leibe halten wollte. So unangenehm sie manche Situation auch empfand, vor den Gästen verlor sie niemals die Beherrschung, ihre Launen ließ sie erst hinterher an mir aus, da musste ich dann als Blitzableiter fungieren.

Ich konnte es in einzelnen Fällen verstehen und darum auch verzeihen, dass sie ein Ventil brauchte, um mit Demütigungen, die sie in ihrem Beruf erlebte, zurechtzukommen. Aber mit der Zeit glaubte sie offenbar, sie könnte mich aus Prinzip wie einen nützlichen Idioten behandeln. Seit wir in Shimoda waren, fiel ihre Ausrede, sie hätte so viel Stress im Job, weg. Ich hatte daher immer weniger Lust, mir ihre Unausstehlichkeiten gefallen zu lassen. Zwar versuchte ich, mich mit Gegenreaktionen möglichst zurückzuhalten, doch ab und zu ließ sich die Neigung, mich durch Bosheiten zu revanchieren, nicht unterdrücken. Und das Verhalten der Kellnerin weckte in mir ganz genau denselben Impuls. Als mir das bewusst wurde, wunderte ich mich selbst über die seltsame Assoziation.

Aus diesen Gedanken wurde ich dann aber gerissen, als endlich doch mein Suppentopf kam. Die Kellnerin schenkte mir beim Servieren nun dasselbe Lächeln wie allen anderen. Allerdings dämpfte das nur wenig den Ärger, der sich bis dahin in mir aufgestaut hatte. Ich schlang in der Folge die Nudeln in mich hinein, als müsste ich damit auch meinen Ingrimm hinunterschlucken. Doch war ich beim Hantieren mit den Stäbchen nicht so geschickt wie die anderen, immer wieder fielen mir Nudeln runter, und ich bekleckerte den Tisch mit Suppe. Dann aber dachte ich mir: Das geschieht diesem Miststück von Kellnerin schon recht, wenn sie hinter mir herputzen muss.

Und als sie kurz darauf gerade vom Abservieren an einem der Nebentische vorbeikam und sich hinter mir mit ihrem Tablett durchzwängen wollte, spürte ich ein kurzes Rucken an meinem Stuhl, und im nächsten Moment hörte ich auch schon Scherben klirren. Ich drehte mich um und sah die Bescherung. Schuld an ihrem Missgeschick war zwar nicht ich, sondern der Gast, der vis-a-vis mit dem Rücken zu mir saß. Der hatte nämlich seinen Regenschirm so an seinen Stuhl gelehnt, dass die Kellnerin darüber gestolpert war und das ganze Geschirr nun am Boden lag. Ich aber dachte: Das war ausgleichende Gerechtigkeit.

Von den anderen Gästen nahm kaum jemand davon Notiz, nur der Schirmbesitzer war aufgesprungen und half der Kellnerin, die Scherben aufzuklauben. Am Ende trug sie alles weg und kam dann noch mit einem großen Putzlappen, um den Boden aufzuwischen. Ich war zu dem Zeitpunkt schon mit dem Essen fertig, stand mit Genugtuung auf, präsentierte an der Kasse meine Rechnung, zahlte und ging.

Draußen fühlte ich mich wie befreit. Auch das Wetter war nun freundlicher geworden, so schwang ich mich aufs Rad und fuhr, ohne lange zu überlegen, hinaus zum Gyokusenji, dem Tempel, wo sich Harris' erstes Konsulat befand. Ich bekam urplötzlich Lust zu dem Ausflug, denn erstens war ich satt, zweitens sah es nicht mehr nach Regen aus und drittens wusste ich ohnehin nicht, was ich tun sollte. Ich brauchte etwas, um mich abzulenken.

Der Weg zog sich anfangs, denn der Tempel lag außerhalb Shimodas in Kakizaki, am Ende ging es aber schneller als gedacht.

Die ganze Anlage wirkte üppig verwachsen, doch es boten sich dort wenig Besonderheiten. Von Harris' Wohnung war nichts mehr zu sehen, außer einem Loch, das für ein Ofenrohr durch die Wand gebrochen worden war. Harris hatte nämlich eigens einen Ofen aus Amerika mit nach Japan gebracht.

Auf dem Vorplatz der Tempelanlage stand eine Steintafel, die an das historische Ereignis der ersten diplomatischen Kontaktaufnahme zwischen Japan und den USA erinnerte. Daneben gab es aber auch noch eine Gedenktafel mit dem Hinweis, dass Harris hier ein Rind hatte schlachten lassen. Zum Entsetzen der Einheimischen ausgerechnet in einem buddhistischen Tempelbezirk. Dabei galt Harris als ein Mann, der im Gegensatz zu den meisten westlichen Diplomaten und Kaufleuten, die später nach Japan kamen, noch am ehesten Verständnis für die japanische Kultur aufbrachte.

Innerhalb der Tempelanlage befand sich auf einem abseits gelegenen Hügel ein kleiner Friedhof aus dem 19. Jahrhundert mit Gräbern ausländischer Christen, meist Matrosen, die in der Zeit ihres Aufenthalts in Shimoda an Krankheiten oder wegen anderer Ursachen verstorben waren. Als ich die Gräber besichtigte, musste ich an Okichis Grab denken, und im Zusammenhang damit auch daran, dass ich womöglich Yukas Grab nie würde besuchen können, von einer Teilnahme an ihrem Begräbnis gar nicht zu reden.

Das machte mich traurig und versetzte mich in eine schwermütige Stimmung. Egal, was ich tat, immer wieder kehrten meine Gedanken zu Yuka zurück. In der psychischen Verfassung, in der ich mich seit Tagen befand, schwankte meine Gefühlslage ständig. Fühlte ich mich einmal am Boden zerstört, weil ich meinte, ihren Verlust niemals verwinden zu können, ertappte ich mich im nächsten Augenblick schon wieder bei Ressentiments und warf ihr vor, sie hätte mein Leben ruiniert. Dabei war diese gefühlsmäßige Ambivalenz im Grunde das Charakteristikum meiner ganzen Beziehung zu ihr. Das war schon in der Anfangszeit so, hatte sich dann etwas abgeschwächt, aber in den letzten Wochen wieder verstärkt.

Mir fielen auch wieder die Worte ein, die mir der Trainer in unserem kurzen Telefongespräch wegen Yuka an den Kopf geworfen hatte. Seine Äußerungen saßen mir wie Stacheln im Fleisch, sie hatten mich so getroffen, weil er im Grunde recht damit hatte. Mit vielem, was mir an Yuka beziehungsweise an ihrer Lebensweise missfiel, hatte ich mich abgefunden und es sogar entschuldigt, aber durch die unerwarteten Vorwürfe des Trainers wurde mir bewusst, dass Außenstehende das ganz anders sahen.

Und bevor ich noch über den Schock nach diesem Telefonat hinweggekommen war, warf mich der weitere Verlauf der Ereignisse vollends aus der Bahn. Ich wurde an Yuka ganz irre. Bisher hatte ich sie vor mir selbst immer verteidigt, denn solange unsere Beziehung gut ging, wollte ich sie nicht so wie andere nur ihres Berufs wegen abwerten. Sicher hatte ich dabei vieles beschönigt, weil ich mir einredete, ich wäre der einzige Mensch, der sie verstehen und ihre wahren menschlichen Qualitäten erkennen könne. Dass auf andere unsere Beziehung ganz anders wirkte und sie mich für ihren Zuhälter hielten, war hin und wieder am Verhalten mancher Leute zu erkennen. Aber das ließ sich so lange ignorieren, bis einer kam, der seine Verachtung für mich so offen aussprach wie der Trainer.

Lange Zeit hatte ich vor mir selbst so getan, als wären Yuka und ich ein Liebespaar wie jedes andere. Doch auch in der Hinsicht hatte ich mich betrogen, denn zumindest in finanziellen Dingen war ich von Beginn an von ihr abhängig. Während ich in der Bar arbeitete, konnte ich mir zwar etwas dazuverdienen, aber auch den Job verdankte ich nur ihr, und in Shimoda lebte ich wieder ausschließlich auf ihre Kosten. Sie hatte diesbezüglich zwar nie ein Wort laut werden lassen, aber ihre leisen Vorwürfe spürte ich doch. Und die geheime Furcht, dass ich bei einer Trennung von ihr auf dem Trockenen säße, konnte ich nicht leugnen, sie war immer da, seit sich unser Verhältnis verschlechterte, sogar mehr als zuvor. Ich hatte ihre Bosheiten nur geschluckt, um kein ernsthaftes Zerwürfnis zwischen uns zu riskieren. Aber es gab auch Tage, in denen sie sich anders verhielt und mich im Glauben ließ, sie wolle es genauso wenig wie ich auf einen Bruch ankommen lassen.

Spätestens seit ihrem Verschwinden war diese Illusion zerbrochen. Als ich erfahren musste, was sie in den letzten Tagen und Wochen hinter meinem Rücken getrieben und heimliche Kontakte geknüpft hatte, fiel ich aus allen Wolken, denn erst ab da wurde mir bewusst, dass sie schon seit Längerem auf dem Absprung stand. Ich konnte mich aber nicht darauf ausreden, dass die Täuschung nur von ihr ausging, ich hatte mir selbst zu lange etwas vorgemacht.

Das war auch der Grund, warum der Fall auf den Boden der Tatsachen so schmerzhaft ausfiel. Mein Selbstvertrauen war schon eine ganze Weile angeknackst, nun war es auf einem Tiefpunkt, und ich geriet in einen so labilen Zustand, dass mich schon ein scheeler Blick aus der Fassung zu bringen vermochte. Ich interpretierte in das Verhalten anderer Leute willkürlich etwas hinein, die Begebenheit mit der Kellnerin im Nudelrestaurant war das beste Beispiel dafür. Anstatt ihr zugute zu halten, dass sie überfordert war, bezog ich ihr Tun und Lassen ausschließlich auf mich und unterstellte ihr dabei noch böse Absicht.

Beim Besuch der friedlichen Tempelanlage des Gyokusenji fand ich aber mein seelisches Gleichgewicht wieder. Vor allem auch, weil dort nur wenige Besucher waren, denen ich leicht ausweichen konnte. Außerdem entdeckte ich einige interessante Dinge, die mich auf andere Gedanken brachten. In dem kleinen Museumsbereich, der dem Tempel angeschlossen war, befanden sich Ausstellungsstücke zu den ersten Kontakten zwischen Japan und den USA. Darunter eine gedruckte Ausgabe von Townsend Harris' Tagebuch, doch darin wurde, wie es hieß, Okichi mit keinem Wort erwähnt.

Nachdem ich alles gesehen hatte und wieder gehen wollte, war es draußen schön geworden, die Sonne hatte endgültig die Oberhand gewonnen. Es hingen noch vereinzelt Dunstwolken am Himmel, ansonsten war aber der Sommer zurückgekehrt. Ich fuhr mit dem Rad die schmale Gasse, die von der Tempelanlage zum Meer führte, hinunter. Nicht nur das Wetter stimmte mich optimistisch, ich hatte auch das Gefühl, mich so weit gefangen zu haben, dass mich nicht so schnell wieder etwas umwerfen könnte.

Auf der Küstenstraße zurück nach Shimoda bot sich linker Hand ein weiter Blick über die Meeresbucht, und der Himmel darüber leuchtete in einem eigenartigen Orangeton, wie sonst nur bei Sonnenauf- oder untergang. Dabei war es erst Nachmittag, die Sonne stand noch hoch, die Färbung wurde durch die dunstige Atmosphäre bewirkt.

Ich hielt an und stieg ab, um die eigenartige Stimmung zu genießen. Abseits von der viel befahrenen Straße schob ich mein Rad ein Stück über den Sandstrand. An einer schönen Stelle setzte ich mich hin und sah in die Bucht hinaus. Sonne und Meer blendeten, trotzdem konnte ich mich an dem Naturschauspiel kaum satt sehen. Einige dunkle Silhouetten hoben sich vom Wasser ab, doch im diffusen Licht ließ sich kaum erkennen, ob es sich um Schiffe oder Felsen handelte. Die realen Konturen verschwammen, und für einen Augenblick war es mir, als sähe ich genau dieselbe Szenerie wie Harris vor hundertfünfzig Jahren.

Nach einer Weile beschloss ich dann aber, doch wieder aufzubrechen. Einerseits, weil mir das blendende Licht in den Augen wehtat, andererseits, weil es Zeit war, an die Heimfahrt zu denken. Da es mir jedoch schwerfiel, mich von der schönen Bucht loszureißen, bestieg ich noch nicht das Rad, sondern wanderte zu Fuß am Strand weiter. Allerdings erwies es sich als mühsam, das Fahrrad im Sand zu schieben. So ging ich zurück zur Straße, stieg wieder auf und machte mich auf den Weg nach Shimoda. Die Rückfahrt war kürzer als die Hinfahrt, denn ich musste nicht mehr in die Stadt hinein. Ich brauchte nur der Küstenstraße bis zur Brücke zu folgen, unter der der *Inaozawa* ins Meer mündete. Von dort ging die Straße am Fluss entlang, bis ein Stück weiter die Abzweigung kam, die zum *Sennin-Onsen* führte.

Zurück in meinem Zimmer, fand ich alles in Ordnung. Ich hatte die Tasche mit Yukas Geld und Schmuck im Wandschrank gelassen, das schien mir im Nachhinein etwas leichtsinnig, aber es war zum Glück noch alles da. Dagegen waren die nassen Flecken vom nächtlichen Regen weitgehend aufgetrocknet. So setzte ich mich erst mal hin, musste dabei aber auf dem Boden Platz nehmen, denn einen Stuhl gab es in dem Zimmer nicht.

Auf dem Rückweg hatte ich mich noch recht gut gefühlt. Doch seit meiner Ankunft verspürte ich eine seltsame Mattigkeit. Nachdem ich vom Rad abgestiegen war, fühlten sich meine Beine so schwer und steif an. Im Haus kam ich kaum die Treppe hinauf. Dabei hatte ich die ganze Fahrt über nicht das Gefühl gehabt, mich besonders anzustrengen, im Gegensatz zu gestern war ich meist nur in der Ebene unterwegs gewesen.

Vielleicht war es ein Muskelkater, oder meine mentale Erschöpfung machte sich nun auch körperlich fühlbar. Es war eine ungewohnte Situation, mich überall allein durchschlagen zu müssen. Zwar war ich jetzt schon über ein Jahr in Japan, trotzdem kam ich mit japanischen Gepflogenheiten oft nur schlecht zurecht. Ich empfand die Unterschiede zu Europa nach wie vor als groß. Bisher hatte ich mich immer darauf verlassen, dass Yuka sich um die ungewohnten Dinge kümmerte, aber das war nun ein für alle Mal vorbei.

Dazu kam, dass ich mir angewöhnt hatte, vieles aus ihrem Blickwinkel zu sehen. So hatte ich manche Werturteile von ihr übernommen, ohne dass es mir bewusst geworden wäre. Seit sie nicht mehr war, fiel mir aber auf, dass wir gemeinsam meist nur das gemacht hatten, wozu sie aufgelegt war. Wenn ich etwas vorschlug und sie ablehnend reagierte, dann ließen wir es in der Regel sein. In Yamagata hatte ich mir das gefallen lassen, weil sie dort daheim war, doch in Shimoda war sie genauso fremd wie ich, trotzdem überließ ich auch hier die meisten Entscheidungen ihr. Ich ging unwillkürlich davon aus, dass sie auch hier besser Bescheid wüsste, ganz einfach, weil sie Japanerin war.

Doch ohne sie musste ich wie in früheren Tagen, wenn ich mich irgendwo nicht auskannte, fremde Leute um Hilfe bitten. Und wenn die auch zumeist hilfsbereit waren, blieb doch ein Gefühl der Unsicherheit. So fühlte ich mich fast wieder in die Zeit wie nach meiner Ankunft in Japan zurückversetzt, damals hatten mich selbst banale Alltagssituationen wie die Bedienung eines Fahrkartenautomaten in einer U-Bahn-Station oder ein Bankbesuch vor

Schwierigkeiten gestellt. Denn alles funktionierte hier anders, als ich es kannte, und es dauerte, bis ich mich halbwegs zurechtfand. Erst später waren dank Yuka dann solche Probleme ausgeräumt. Nun wurde mir aber bewusst, nicht nur wie sehr sie mir fehlte, sondern auch, wie unentbehrlich sie mir geworden war. Ich hatte mich in fast allen Dingen auf sie verlassen, und ohne sie fühlte ich mich wieder wie ein Fremder, der nicht dazugehörte.

In gewisser Weise trug dazu auch die Atmosphäre Shimodas bei. In Tokyo war das anders gewesen, dort lebten viele Fremde, und keiner kümmerte sich um sie. In Yamagata hatte ich mich dagegen ähnlich gefühlt wie hier, auch dort war ich kritisch beäugt worden, und man hatte mich zuweilen spüren lassen, dass man Ausländer wie mich hier nicht haben wollte.

In Shimoda wurde das nicht so offen gezeigt, denn man war auf den Tourismus angewiesen, doch was nützte mir das, wenn Leute wie der Besitzer des „Wave" oder der Meister und die Meisterin von „Harris' Pub" mir trotz ihrer zur Schau getragenen Freundlichkeit in den Rücken fielen. Wer sonst noch im Hintergrund die Fäden zog, wusste ich nicht einmal und würde es auch nie erfahren. Sollte Yuka gegen ihren Willen genötigt worden sein, sich auf deren Forderungen einzulassen, bliebe im Ergebnis dennoch, dass sie mit ihren Landsleuten gemeinsame Sache gegen mich gemacht hatte. Offenbar waren die Bande unter Japanern so stark, dass sie es normal fand, mich dabei nicht ins Vertrauen zu ziehen. Eine Weile hatte ich in der Illusion gelebt, dass Yuka und ich zusammengehörten, doch nun musste ich zur Kenntnis nehmen, dass ich mich darin getäuscht hatte.

Es war wie immer, kaum war ich allein, kamen all diese verdrängten Gedanken wieder hoch, und meine Gefühlslage schwankte ständig zwischen Trauer und Ressentiment. Es wurde mir nun auch klar, was mich heute dazu getrieben hatte, anstatt an meine Flucht zu denken, mich auf Okichis Spuren zu begeben. Im Grunde war ich damit immer noch auf der Suche nach Yuka. Okichi und sie verschmolzen in meiner Vorstellung zu einer einzigen Person, denn Okichi nahm vor meinem inneren Auge Yukas Gestalt an.

Das war nicht erst seit heute so. Schon als ich zum ersten Mal von Okichi hörte, assoziierte ich sie mit Yuka, und ihrer beider Tod im *Inaozawa* verstärkte diesen Eindruck noch. Da sie auf so ähnliche Weise umkamen, erschienen mir ihre Schicksale noch tiefer verknüpft. Doch erwies es sich als vergeblich, den Schmerz über Yukas Tod dadurch lindern zu wollen, indem ich mich mit Okichi beschäftigte. Es tat mir genauso weh, wenn ich daran dachte, was mit ihr passiert war, denn wenn auch Yuka dadurch kurzzeitig von Okichis Bild überlagert wurde, die schmerzliche Empfindung blieb gleich.

Ein Unterschied bestand nur darin, dass ich mich an Okichis Tod nicht schuldig fühlte. Bei Yuka quälte mich immer der Gedanke, dass sie sterben musste, weil ich nicht an ihrer Seite war. Denn wenn ich sie schon nicht vor diesem traurigen Ende bewahren konnte, warum war ich dann nicht wenigstens mit ihr gestorben? Mein Leben erschien mir sinnlos ohne sie, und ich malte mir in morbider Wollust auf verschiedene Weise aus, wie ich den Tod am besten mit ihr hätte teilen können.

Einmal saß ich allein am Flussufer. Ich war zu ihrer Rettung zu spät gekommen. Während von allen Seiten die Sirenen der Polizei und Rettung zu hören waren, starrte ich stumm und teilnahmslos auf das Wrack. Das Gift, das ich genommen hatte, begann nun zu wirken. Ich stand auf, watete ins Wasser und ging in der Gewissheit in den Tod, in kurzer Zeit mit Yuka vereint zu sein.

Ein andermal fuhren wir gemeinsam in Yukas SUV, sie am Steuer, ich auf dem Beifahrersitz. Es herrschte eine gespannte Atmosphäre zwischen uns, denn sie hatte mir gestanden, dass sie mich betrogen hätte. Sie fuhr schnell, und als es in eine Kurve ging, kam das Auto von der Straße ab, stürzte die Böschung hinab und überschlug sich. Am Ende wurde mir schwarz vor Augen, sodass ich nicht mehr wusste, was geschah.

Es waren sehr kitschige Szenarien, die ich mir da ausmalte. Wenn schon sterben, dann nicht so abgeschmackt, denn sonst wäre es nichts anderes als der Versuch, meine Lebenslüge fortzuschreiben. Kein noch so pathetisch inszenierter Tod könnte

Leute wie meinen Ex-Trainer von ihrer Meinung über mich und Yuka abbringen. Im Gegenteil, die würden sich dadurch nur in ihrer Ansicht bestätigt sehen und denken, dass da einer Schluss machte, der sich verrannt hatte. Doch war es das wert, gleich das ganze Leben wegzuwerfen, nur weil man einmal auf einen Weg geraten war, der in die Irre führte? War es nicht sinnvoller, an den Punkt zurückzukehren, wo man falsch abgebogen war, um neu anzufangen?

Während ich in solche Gedanken versunken in meinem Zimmer saß und nicht weiterwusste, begann ich, mich hungrig zu fühlen. Meine Mutlosigkeit kam nicht nur von der Müdigkeit, sondern auch von meinem leeren Magen. Es war längst Zeit zum Abendessen, also stand ich auf, um hinunter in den Speisesaal zu gehen. Auf der Treppe begegnete ich zufällig wieder der Chefin des Hauses, die mich begrüßte und mir mitteilte, dass am Nachmittag eine fremde Person nach mir gefragt hätte.

„Nach mir? Wurde dabei mein Name genannt?"

„Das nicht, aber die Beschreibung passte auf Sie."

„War es eine Frau?"

„Nein, ein Mann."

„Ein Japaner?"

„Ja, er erkundigte sich, ob hier ein Ausländer wohne."

„Und wieso kamen Sie auf die Idee, dass ich damit gemeint war?"

„Weil Sie derzeit unser einziger ausländischer Gast sind."

„War der Mann von der Polizei?"

„Nein, ich glaube nicht, zumindest trug er keine Uniform."

„Dann vielleicht ein Detektiv?"

„Ich hätte ihn eher für einen Privatmann gehalten."

„Und was haben Sie ihm über mich gesagt?"

„Nichts, wir geben keine Auskünfte über unsere Gäste weiter. Ich habe nur in Ihrem Zimmer angerufen, doch nachdem Sie sich nicht meldeten, teilte ich ihm mit, dass Sie nicht da wären. Das war alles. Daraufhin ging er wieder."

„Ohne eine Nachricht zu hinterlassen?"

„Ja."

Ich dankte ihr für die Information und begab mich in den Speisesaal. Ich wollte mir nichts anmerken lassen, setzte mich an einen leeren Tisch und tat, als wäre nichts gewesen, aber die Sache beunruhigte mich doch. Ich begann, mir das Hirn zu zermartern, wer das gewesen sein könnte. Womöglich einer von denen, die Yuka auf dem Gewissen hatten? Waren die mir schon auf den Fersen, oder erkundigten sie sich in Hotels und Pensionen nur auf Verdacht? Dann kam mir jedoch auch der Gedanke, dass es der Chef des „Wave" gewesen sein könnte. Vielleicht hatte er eine wichtige Information für mich. Aber dann hätte er mir sicher etwas ausrichten lassen. Und außerdem: Woher sollte er wissen, dass ich hier war?

Eine Weile ging mir die Sache noch durch den Kopf, doch als das Abendessen aufgetragen wurde, brachte mich das auf andere Gedanken. Alle Speisen sahen sehr appetitlich aus. Von *Sashimi* über *Tempura* war alles dabei, was die japanische Küche zu bieten hatte. Dazu gab es *Shabu-Shabu*, ein Topf mit Gemüse und hauchdünn geschnittenem Fleisch, das auf dem Tisch über kleiner Flamme in einer Suppe gegart wurde. Am Ende kam ein Dessert aus frischen Melonen auf den Tisch. Ich genehmigte mir zum Essen zuerst ein Bier und danach bestellte ich auch noch eine Flasche Sake. Ich wollte einen Abend verbringen wie in alten Zeiten, mochte an nichts denken und alles vergessen, was mich quälte.

Tatsächlich vertrieb das gute Essen und der Alkohol meine trübsinnige Stimmung, die Sorge wegen des unvermuteten Auftauchens des Fremden ließ nach. Wäre er konkret auf der Suche nach mir gewesen, hätte er einen Namen nennen müssen. Dass er keinen angab, deutete eher darauf hin, dass es sich um einen Zufall oder eine Verwechslung handelte. Die Frau dachte nur, ich wäre gemeint, weil ich der einzige ausländische Gast im Haus war.

Ganz verschwand das Gefühl der Bedrohung nicht, doch trat es in den Hintergrund. Wie immer, wenn ich Sake trank, wurde ich sentimental und musste an Yuka denken. Aber die Trauer um ihren Verlust wurde von Erinnerungen an die schöne Zeit mit ihr verdrängt. Sie lebte so in mir weiter, wie sie damals war, und nach einer Weile ertappte ich mich sogar bei dem absurden Gedanken, sie könnte jeden Moment durch die Tür kommen und in den Saal treten, als hätte sie mich nie verlassen. Im „Wave" war ich ab und zu allein zum Abendessen vorausgegangen, und sie kam später nach. Wie das hier und heute sein könnte, das fragte ich mich nicht, sondern hielt es wider alle Vernunft für möglich. Und je mehr ich trank, desto irrationaler wurden meine Vorstellungen. Ich bildete mir ein, Yuka kraft meiner Wünsche herbeirufen und sie auch erkennen zu können, beziehungsweise ihre Gegenwart zu spüren, wenn sie als Geist in meiner Nähe wäre.

Ich war relativ früh zum Abendessen gekommen, da war der Speisesaal noch fast leer, inzwischen hatte er sich ziemlich gefüllt. Bisher saß ich etwas abseits allein, doch als einige Gäste sich anschickten, direkt am Tisch neben mir Platz zu nehmen, griff ich nach meiner erst halb geleerten Flasche und stand auf. Es waren mehrere Frauen mittleren Alters, die zu mir sagten, ich solle ruhig sitzen bleiben, sie wollten mich nicht vertreiben. Doch mir schien es besser, mich rechtzeitig zurückzuziehen. Wer weiß, was ich in meinem benebelten Zustand alles ausplaudern würde, wenn sie anfingen, mich in ein Gespräch zu verwickeln.

Oben im Zimmer hatte jemand vom Personal schon den *Futon* zum Schlafen ausgebreitet, und mir war das ganz recht. Ich hatte das Gefühl, für heute Abend schon genug zu haben. Ich stellte die Sakeflasche auf das Tischchen an der Wand, zog mich aus und legte mich hin. Müde, wie ich war, würde ich bald einschlafen, dachte ich. Dem war aber nicht so. Trotz körperlicher Erschöpfung hielt mich mein überreizter Geist noch lange wach. Ich lag erst auf dem Rücken, dann drehte ich mich von links nach rechts und wieder zurück, aber der Schlaf wollte nicht kommen.

Immer wenn ich meinte, kurz vor dem Einschlafen zu sein, kam von irgendwo ein Geräusch. Einmal hörte ich Stimmen, dann war es ein Knarren im Gang. Ein andermal schien es mir sogar, als hielten Schritte vor meinem Zimmer und als vernähme ich ein Flüstern. Ich konnte nicht eruieren, ob wirklich jemand an der Tür war und verstand auch nicht, was gesprochen wurde. Vielleicht hatte ich es mir auch nur eingebildet, denn als ich mich aufrichtete, um ins Dunkel zu horchen, blieb alles still.

So legte ich mich wieder hin, doch der unbestimmte Zustand zwischen Schlaf und Wachen hielt noch bis nach Mitternacht an.

★★★

Irgendwann war ich allerdings doch eingeschlafen, auch wenn es kein erquickender Schlaf war. Denn auf einmal überkam mich das beklemmende Gefühl, nicht atmen zu können. Noch im Schlaf entrang sich mir ein Schrei, und als ich wach war, rang ich schweißgebadet nach Luft. Das Herz schlug mir bis zum Hals, ich fühlte mich wie lebendig begraben. Die Luft im Zimmer war stickig und schwül. Das Polster unter mir war feucht und klebrig. Die Decke, mit der ich zugedeckt war, lag auf mir wie ein nasser Sack. Das kam aber nicht daher, dass es durchs Dach geregnet hätte, es rührte von meinem Schweißausbruch her.

Mein Hals war ausgedörrt, die Zunge klebte mir am Gaumen. Es war halb drei in der Früh, und ich stand auf, um aus der Wasserleitung zu trinken. Verschwitzt, wie ich war, dachte ich mir auch, dass mir ein Bad im *Onsen* gut täte. Und so verließ ich in Unterwäsche das Zimmer, weil ich darauf rechnete, um diese Uhrzeit draußen niemandem zu begegnen.

Im Gang war es stockfinster, und ich fand den Lichtschalter nicht. Mit unsicheren Schritten tastete ich mich die Wand entlang, bis ich ans Treppengeländer stieß. Daran hielt ich mich fest und setzte beim Hinuntersteigen vorsichtig einen Fuß vor den anderen. Unten kam dann ein schwacher Lichtschein vom Getränkeautomaten, der beim Eingang zur Umkleidekabine stand, und dessen Licht diente mir als Wegweiser.

Als ich die Badehalle betrat, lag das lang gestreckte Becken wie ausgestorben vor mir. Die unbewegte Wasserfläche erschien mir im Dämmerschein, der nur von einer einzigen Lampe unter dem Dach herrührte, wie undurchdringlich. Als ich hineinstieg, schlugen kleine Wellen an den Beckenrand, das Plätschern an den hölzernen Planken setzte sich weit nach hinten fort und warf von dort ein unheimliches Echo zurück. Es mutete für einige Augenblicke an, als hätte ich durch mein Kommen geisterhafte Wesen in den dunklen Ecken aufgescheucht. Außer mir waren aber nur die drei badenden Grazien aus Bronze da, und die ließen sich von mir nicht stören, sondern verharrten schweigend in ihren Posen.

Das Wasser war heiß, ich spürte im ersten Moment ein Kribbeln auf der Haut, das aber bald wieder nachließ. Ich setzte mich in den flachen Teil und lehnte mich mit dem Rücken an den Beckenrand. Seit meinem Erwachen beherrschte mich eine nervöse Unruhe, die sich nicht legen wollte. Es gingen mir Gedanken durch den Kopf, die von einem Traum herzurühren schienen, doch obwohl ein beängstigendes Gefühl davon in mir zurückgeblieben war, konnte ich mich nicht darauf besinnen, was ich geträumt hatte.

Schließlich wurde es mir im Becken doch zu heiß. Ich stand auf und watete wie gestern aus der Halle hinaus zum *Rotenburo*. Draußen im Freien empfand ich die Luft im Gegensatz zu drinnen als angenehm und erfrischend. Es war eine laue Septembernacht, in der sich kein Windhauch regte und nur ab und zu ein paar Grillen zirpten.

Ich setzte mich neben den kleinen Wasserfall, der auch nachts unentwegt plätscherte. Das Wasser reichte mir hier bis zum Hals, aber die Temperatur war gerade richtig, und ich fühlte mich wohl. Über mir stand der Mond, und in seiner Umgebung zeigten sich einige bizarre Wolkengebilde. Ich empfand es als ungewöhnlich, dass die Nacht so relativ klar war, im Spätsommer war es meist eher dunstig.

Während ich den Sternenhimmel betrachtete, erinnerte ich mich an einen Abend mit Yuka. Es war vor etwas mehr als einem halben Jahr, noch in der kalten Jahreszeit. Wir hatten damals am Stadtrand ein Lokal besucht und uns erst spät auf den Heimweg gemacht. Als wir zum Parkplatz kamen, bot sich uns in der kalten Winternacht ein wunderschöner klarer Himmel, und Yuka wollte mir einige Sternbilder zeigen. Ich kannte Kassiopeia, Orion und noch einige andere dem Namen nach, aber wo sie in freier Natur zu finden waren, wusste ich nicht. Auch nicht als Yuka mit ausgestrecktem Arm in den Nachthimmel deutete und mich darauf hinwies. Ich hatte an dem Abend wieder mal zu viel getrunken, blinzelte daher nur wie ein Maulwurf in den Himmel und fragte: „Wo? Wo?" Da sich Yuka so abmühte, log ich ihr, um sie nicht zu enttäuschen, schließlich vor: „Ach, das meinst du? Ja, jetzt seh' ich es auch." In Wahrheit hatte ich kein einziges Sternbild erkannt.

Obwohl die Menschheit seit Urzeiten den Himmel und seine Gestirne beobachtete, hatte ich mich nie dafür interessiert. Was Yuka mir da erzählte, klang für mich wie eine Geheimlehre. Aber es beschämte mich, dass ich nicht sah, was für sie so augenscheinlich war. Da es um Sternbilder ging, hatte das zwar nichts mit kulturellen Differenzen zu tun, schien aber doch in gewisser Hinsicht symptomatisch dafür, dass ihre und meine Art, die Welt zu sehen, so grundsätzlich anders war. Es lag an der Verschiedenheit unserer Herkunft und damit an tiefgreifenden Mentalitätsunterschieden. Die waren größer, als wir wahrhaben wollten. Ich versuchte zwar immer, ihre Denk- und Sichtweise zu verstehen, doch blieb mir vieles an ihr bis zuletzt rätselhaft.

Es gab Tage, da hatte ich das Gefühl, Yuka und ich lebten in zwei verschiedenen Welten. Oberflächlich betrachtet war das Leben in Japan nicht viel anders, als ich es aus Europa kannte. Aber von Zeit zu Zeit hatte ich auch befremdliche Erlebnisse, und wenn ich Yuka davon erzählte und sie fragte, was das bedeutete, halfen mir ihre Erklärungen meist wenig. Ihr Blickwinkel erschien mir mitunter so fremd, dass ich nicht verstand, was sie für selbstverständlich hielt. Gelang es mir doch, ihre Perspektive nachzuvollziehen, ertappte ich mich dann immer gleich bei der Frage, ob sie mit ihrer Sicht recht hätte oder ich mit meiner. Doch um Richtig oder Falsch ging es gar nicht, sondern darum zu akzeptieren, dass ihre Welt anders war.

Mit der Zeit gelang es mir zwar besser, ihre Gedankenwelt zu verstehen, doch was Dinge betraf, die zwischen uns unausgesprochen blieben – da konnte ich mich in Yuka nie ganz hineinversetzen. Die kulturelle Prägung ist das eine, die individuelle Veranlagung das andere. War ich schon bei mir selbst kaum in der Lage, das eine vom anderen zu trennen, wie sollte es mir da bei Yuka möglich sein? Dazu kam, dass ich mit den Konventionen in Japan viel zu wenig vertraut war. Manches, was Yuka von sich gab, hielt ich anfangs für sehr originell, bis mir auffiel, dass das typisch japanisch war und dass hier alle so dachten. So etwas festzustellen, war für mich immer sehr verblüffend.

★★★

Während ich so in den Nachthimmel blickte und den Abend mit Yuka Revue passieren ließ, befiel mich wieder tiefe Traurigkeit. Um alles, was sie tat und sagte, zu verstehen, hätte ich ein ganzes Leben mit ihr verbringen müssen, doch das war mir nicht vergönnt. Um die Wehmut, die mich bei dem Gedanken ergriff, abzuschütteln, stand ich auf und ging zurück in die Halle. Dort gab es nichts, was sentimentale Erinnerungen in mir heraufbeschwor. Mir fielen nur die beiden Alten wieder ein, die mich gestern beobachtet hatten.

Ich setzte mich in den seichten Badebereich. Den Rücken an den Beckenrand gelehnt, die Beine ausgestreckt. Das Wasser reichte mir hier nur bis zum Bauchnabel, und das tat wohl, es war nicht so heiß. So döste ich eine Weile mit geschlossenen Augen vor mich hin, bis mich eine angenehme Schläfrigkeit überkam.

Doch dann ließ mich ein Geräusch aufhorchen. Mir war, als öffnete sich leise knarrend eine Tür. Ich sah auf, aber von der Garderobe her kam niemand ins Bad. Außerdem klang dort die Schiebetür beim Öffnen anders.

Gleich darauf war das Knarren wieder zu hören, so, als würde die Tür geschlossen werden. Ich hatte den Eindruck, als käme das von der anderen Seite der Halle her, wo es zum *Rotenburo* ging. Dort gab es eine Schwingtür, die sich sowohl nach innen als auch nach außen öffnen ließ, und die knarzte ein wenig. Ich versuchte, nach hinten zu spähen, doch es war kein Mensch zu sehen. Es musste aber jemand in der Halle sein, denn nun hörte ich ein leises Plätschern, als ob jemand ins Wasser stieg. Das Geräusch pflanzte sich wie ein Echo an den Wänden fort, es war daher nicht genau zu eruieren, aus welcher Richtung es kam.

Mir wurde ein wenig unheimlich zumute. Doch dann dachte ich mir: Was soll schon sein? Wahrscheinlich war jemand hereingekommen, dem es genauso ging wie mir, nämlich nicht schlafen zu können. Und während ich weiter mit angestrengtem Blick ins Dunkel starrte, bemerkte ich schließlich, wie sich rechts in der Ecke eine weiße Gestalt bewegte. Im ersten Moment erschrak ich und wunderte mich, woher dort jemand kommen konnte, doch dann fiel mir ein, dass hier nur das Männerbad war, es gab aber auch ein Frauenbad. Vielleicht befand sich dort hinten ein Verbindungsgang. Die große Halle des *Sennin-Onsens* war berühmt, und so wollte man auch weiblichen Badegästen die Möglichkeit bieten, sie unauffällig durch einen Seiteneingang zu betreten. Früher badete man in Japan nicht nach Geschlechtern getrennt, da war dieser Zugang vielleicht ein Relikt jener alten Tradition.

Die Gestalt kam näher, und so weit ich es in der Dämmerung erkennen konnte, handelte es sich um eine Frau, in ein weißes Badetuch gehüllt, das sie vor der Brust mit gekreuzten Armen festhielt. Sie sah unentwegt zu mir her, daher musste sie mich wohl bemerkt haben. Aber das hielt sie nicht davon ab, durchs Wasser watend näherzukommen.

Ich wusste nicht, was ich davon halten sollte. Keine Ahnung, wer sie war und was sie von mir wollte. Jede andere hätte sich wohl zurückgezogen, wenn sie hier zu so später Stunde einen Mann entdeckt hätte. Doch sie kam geradewegs auf mich zu.

Schließlich blieb sie vor mir stehen und heftete ihren Blick auf mich. Sie war eine kleine, schlanke, zierliche Person, ihre Miene wirkte angespannt, doch ihre Augen schienen zu lächeln, während ihren Mund ein Zug von Verlegenheit umspielte. Und auf einmal schlug sie ihr Badetuch weit auseinander und zeigte sich mir nackt. Im ersten Moment fühlte ich mich verwirrt und peinlich berührt. Ich war zwar auch nackt, saß aber wenigstens im Wasser, sie dagegen stand aufrecht vor mir.

In dieser Stellung blieb sie und fixierte mich mit undurchschaubarem Gesichtsausdruck. Ihr Körper war mager, mit kleinen Brüsten und schmalen Hüften. Ich schätzte sie auf Mitte dreißig. Obwohl nicht mehr jung, wirkte sie auf mich trotzdem sehr attraktiv und anziehend. Es ging eine starke erotische Ausstrahlung von ihr aus. Ihre Geste war allem Anschein nach eine Einladung, und sie wartete auf eine Reaktion. Meine Verwirrung stieg, ich konnte den Blick nicht von ihr abwenden. In meinem Schaft begann es zu pulsieren, ich begehrte sie mit jeder Faser meines Leibes und fühlte mich erregt wie schon lange nicht mehr. Mein Glied richtete sich auf und wurde hart. Da kam sie den letzten Schritt auf mich zu, ließ sich mit geöffneten Schenkeln auf mir nieder und versenkte mein Schwert in ihre Scheide.

Ihr Schoß war feucht, und während sie mich mit ihrem Badetuch umhüllte, schmiegte sich ihr warmer Leib eng an mich. Ich fühlte mich durch ihre körperliche Nähe überwältigt, es umgab mich der Duft ihres Haares, und ihr heißer Atem brachte mich um den Verstand. Sie bedeckte mein Gesicht, Stirn und Wangen mit Küssen und bewegte ihre Hüften auf und ab. Ich wusste nicht, wie mir geschah, aber ließ alles mit mir geschehen. So wie sie auf mir saß und mich mit beiden Armen umschlang, konnte ich mich kaum rühren. Ich spürte ihre glatte Haut und ihren weichen Busen auf meiner Brust.

Ihre Küsse wurden leidenschaftlicher. Sie bohrte ihre Zunge zwischen meine Lippen, und es war, als kröche eine Schnecke in meinen Mund, die einen herben Geschmack hinterließ. Ich empfand bei all dem eine eigenartige Wollust zwischen Abstoßung und Anziehung. Ein Lustgefühl, das ich sonst nur aus Träumen kannte. Doch ihr Erscheinen war kein Traum. Ich spürte sie und genoss ihre Liebkosungen. Alles, was sie tat, hatte etwas Bezwingendes, und es war, als kennte sie all meine Vorlieben und erotischen Phantasien. So dauerte es nicht lange, bis ich kam. Im gleichen Moment stöhnte sie tief auf, und ihr Becken begann konvulsivisch zu zucken, als teilte sie mit mir den Orgasmus.

Sie blieb danach weiter auf mir sitzen, den Kopf an meine Schulter gelehnt. Ich spürte ihr Haar an meiner Wange und hörte sie atmen. Dann fing sie an, ihre Scheide einige Male enger zusammenzuziehen. Anscheinend in der Absicht, mich zu einem zweiten Akt zu animieren. Doch so sehr ich auch gewollt hätte, momentan war ich dazu nicht imstande. In meiner eingezwängten Lage begann ich mich unwohl zu fühlen. Meine euphorisierte Stimmung verflüchtigte sich, und das Realitätsgefühl kehrte wieder.

Ich wollte sie zwar nicht von mir stoßen, aber wenigstens etwas bequemer sitzen. Außerdem hätte ich nach ihrem geheimnisvollen Auftritt gern gewusst, wer sie war und woher sie kam. Ich hatte so etwas noch nie erlebt und war mir nicht im Klaren, was ich davon halten sollte. Zwar schmeichelte mir der Gedanke, sie hätte sich zu ihrem Tun hinreißen lassen, weil sie mich als Mann so begehrenswert fand, doch zugleich zweifelte ich daran. Wahrscheinlicher war, dass sie etwas im Schilde führte.

Sie zu fragen, was sie dazu bewogen hatte, erschien mir aber weder takt- noch sinnvoll. Eine ehrliche Antwort war ohnehin nicht zu erwarten. Außerdem lag ihr Kopf so schlaff auf meiner Schulter, dass ich den Eindruck hatte, sie wäre eingenickt. Ich ließ es daher sein, sie anzureden und blieb notgedrungen weiter in der unbequemen Haltung sitzen, obwohl mir nach den Beinen nun auch noch der Arm, an dem sie lehnte, einzuschlafen begann.

Nach einer Weile richtete sie sich auf und sah mich an. Das leise ironische Lächeln in ihrem Blick schien zu fragen: „Na, wie war's?" Aber darauf wollte ich mich nicht einlassen. Hätte ich begonnen, ihre Fähigkeiten als Liebhaberin zu loben, wäre das Gespräch wohl in eine ungute Richtung abgeglitten. Aber nach einigem Zögern stellte ich doch die Fragen, die mir auf der Zunge brannten: „Wer bist du? Woher bist du gekommen?"

„Kennst du mich denn nicht?", fragte sie süffisant zurück.

„Ehrlich gesagt ... nein. Wie sollte ich?"

Ihre Miene verzog sich zu einem Schmollmund, und sie wandte sich ab. Keine Ahnung, ob ihre Enttäuschung echt oder gespielt war, trotzdem bereute ich mein brüskes Verhalten. Es erschien ihr wohl wenig feinfühlig und ich überlegte, wie ich meinen *Fauxpas* wiedergutmachen könnte. Irgendwie kam sie mir bekannt vor. Gut möglich, dass ich ihr in den letzten Tagen begegnet war, nur wusste ich beim besten Willen nicht, wo.

Vielleicht in der Stadt oder hier im Haus? Als sie vorhin in der dunklen Halle auftauchte, hatte sie mich aus der Ferne an die

Chefin des *Ryokans* erinnert, Größe und Figur hätten gepasst. Doch in der Nähe sah sie anders aus. *Okami-san* hatte halblanges Haar, schon von grauen Strähnen durchzogen, sie dagegen üppiges, schwarzes Haar. Sie trug es im Nacken hochgesteckt, doch an der Fülle war zu erkennen, dass es ziemlich lang sein musste. Vielleicht war sie eine andere Angestellte des Hauses, und ich erkannte sie nur wegen der veränderten Frisur nicht? Oder hatte ich sie als Gast gestern Abend im Speisesaal gesehen?

Da wandte sie sich neuerlich an mich: „Sag mir: Was glaubst du, wer ich bin?"

Was für eine Frage? Hätte ich konkret eine Vermutung gehabt, würde ich es ihr längst gesagt haben. Plötzlich kam mir aber etwas in den Sinn, was mein Herz einen Augenblick lang fast stillstehen ließ. Der Gedanke war so abwegig, dass ich ihn kaum zu Ende zu denken wagte, auch wenn in dem irrealen Geschehen dieser Nacht alles möglich schien. Es hielt mich dennoch etwas davon ab, den Namen auszusprechen. Ich scheute die Konsequenzen, die sich daraus ergäben, wenn ich mich auf solch okkulte Vorstellungen einließe.

„Es tut mir leid, ich weiß es nicht", antwortete ich schließlich.

„So?"

Es war besser, zu schweigen, denn wenn ich ihr sagte, was mir durch den Kopf gegangen war, müsste sie mich für verrückt halten.

Erneut spielte der ironische Zug um ihre Lippen: „Du erinnerst dich also nicht an mich?"

„Ich gebe zu, es scheint mir, als würden wir uns kennen, aber mir fällt nicht ein, von wo."

„Wirklich nicht?"

„Nein."

„Dabei ist es noch gar nicht so lange her."

„Sorry, aber ich habe wirklich keine Ahnung."

Auf ihrer Miene malte sich wieder die gespielte Enttäuschung: „Spuke ich dir nicht seit Tagen im Kopf herum? Und wenn ich dir dann leibhaftig erscheine, erkennst du mich nicht?"

Ich erschrak. Der Bluff verfehlte seine Wirkung nicht. Konnte sie Gedanken lesen?

„Es ist unmöglich!"

„Nichts ist unmöglich."

„Doch, das schon!"

„So? Mister Harris will also seine Okichi nicht mehr kennen."

„Hör auf! Du machst dich lustig über mich."

„Keineswegs."

„Aber das kann nicht sein."

„Da sieh einer den Ungläubigen an, er will nicht glauben, was seine Augen sehen."

Ich gab es auf, zu widersprechen. Das Spiel, das sie mit mir spielte, würde sonst zu keinem Ende führen. Aber langsam kam ich darauf, was dahinterstecken könnte. Offensichtlich wusste sie einiges über mich, vielleicht hatte sie mir nachspioniert, und nun machte sie sich einen Spaß daraus, mich zu mystifizieren. Da sie mich Harris nannte, war es wahrscheinlich, dass sie den Namen hier im Haus in Erfahrung gebracht hatte. Und falls meine Vermutung stimmte, würden sich die näheren Umstände schon klären. Jedenfalls, an ein Gespenst zu glauben, dazu brachte sie mich nicht. Dazu war sie zu real.

In der Einsamkeit der letzten Tage hatte ich mich so sehr nach einem Menschen gesehnt, der mich aus meiner Verlorenheit erlöste. Nun war sie erschienen, und ich war ihr dankbar für den Augenblick des Glücks, den sie mir geschenkt hatte. Mochte sie sein, wer sie wollte, im Vergleich zum Zauber dieser Nacht konnte die Wahrheit nur banal sein. Und um die Stimmung zwischen uns nicht zu zerstören, verzichtete ich darauf, ihr Geheimnis enthüllen zu wollen.

Doch als wäre sie der Tändelei überdrüssig geworden, wandte sie sich auf einmal ab. Zuerst hatte sie nur hinter ihrem Rücken nach ihrem Badetuch getastet, doch weil das zu weit davongeschwommen war, stand sie auf, um es zu holen. Obwohl ich mich nun endlich wieder frei bewegen konnte, tat es mir leid, dass sie weg wollte. Ich hatte das Gefühl, als würde ich eine Geliebte, kaum gefunden, schon wieder verlieren. Ich versuchte, ihre Hand zu fassen, doch sie entwand sich mir. Dann zog sie ihr triefend nasses Badetuch aus dem Wasser und wickelte sich darin ein.

Ich stand nun ebenfalls auf. Da wandte sie sich ab, als ob sie mich nicht nackt sehen wollte. Ihr Verhalten war mir nach wie vor ein Rätsel. Da sie mich nicht ansah, war ihrer Miene nicht zu entnehmen, was in ihr vorging. Das Einzige, was ich von der Seite her bemerkte, war, dass sich ein Schweißtropfen von ihrem Haaransatz löste und ihr über die Schläfe rann. Ich trat auf sie zu und küsste ihn weg. Da sah sie mich noch einmal kurz an und sagte: „Also dann …" Daraufhin drehte sie mir den Rücken zu und watete, so wie sie gekommen war, zum tieferen Beckenbereich zurück.

Warum verhielt sie sich auf einmal so abweisend? War es meine Schuld? Hatte ich sie gekränkt? Alles hatte so gut angefangen, und nun sollte es das gewesen sein?

„Warte!" rief ich und wollte ihr nach. Doch sei es, dass ich zu steif auf den Beinen war oder mich zu hastig bewegte, ich verstolperte mich. Das Wasser hemmte meine Schritte, mir war, als hingen Bleigewichte an meinen Füßen. Sie dagegen glitt leichtfüßig dahin, und ihre Gestalt entschwand, als ob sie übers Wasser schwebte. Schon hatte sie den Brettergang erreicht, der zum Frauenbad führte, und im nächsten Augenblick war sie entschwunden.

Die traumhafte Atmosphäre schlug in ihr Gegenteil um. War ihre Erscheinung nur ein Spuk? Ich fühlte mich wie auf die Stelle gebannt, ein Wadenkrampf zwang mich in die Knie, und ich war unfähig, mich von der Stelle zu rühren. Ich wollte ihr nachrufen: ‚Bleib! Geh nicht!' Doch meine Kehle war wie zugeschnürt. Bis vor einer Viertelstunde hatte ich sie noch nicht gekannt, nun erschien mir ihr Verschwinden wie ein unwiederbringlicher Verlust. Es war wie ein *Déjà vu* des bitteren Moments vor drei Tagen, als ich nach dem Aufwachen feststellen musste, dass Yuka nicht mehr da war.

Mühsam richtete ich mich auf. Der Krampf hatte nachgelassen, ich spürte nur noch ein leichtes Ziehen im Unterschenkel. So humpelte ich weiter bis zu dem Gang, durch den sie verschwunden war. Ich fand dort eine verschlossene Holztür und wollte sie öffnen, doch der Riegel ließ sich nicht bewegen. Aber wie konnte es sein, dass von dieser Seite hier verriegelt war? Wenn sie die Halle durch diese Tür verlassen hatte, hätte sie nur von der anderen Seite verriegelt sein können.

Ein seltsames Gefühl beschlich mich, irgendetwas ging da nicht mit rechten Dingen zu. Falls sie die Absicht hatte, die Mystifikation auf die Spitze zu treiben, dann war ihr das gelungen. Ich versuchte, durch eine Lücke in der Holztür zu spähen, doch dahinter verschwamm alles im Dunkeln, nichts war zu sehen. So wandte ich mich wieder zurück. Die dämmerige Halle, die leer vor mir lag, wirkte nun noch einsamer als zuvor, und in der gespenstischen Stille kam mir alles, was sich hier zugetragen hatte, noch irrealer vor, als es ohnehin schon war.

An meinen Sinnen zweifelnd verließ ich die Halle. Im Umkleideraum musste ich mich erst mal setzen, weil mir schwindlig war. Über mir drehte sich ein Ventilator, doch ich empfand den kühlen Luftzug als unangenehm. Daher trocknete ich mich rasch ab und schlüpfte in mein T-Shirt und die Shorts, in denen ich gekommen war. Ich fühlte mich noch immer nicht ganz wohl, trotzdem verließ ich die Garderobe, um auf mein Zimmer zurückzukehren.

Doch kaum betrat ich den Pausenraum, traute ich meinen Augen nicht. Meine mysteriöse Gespielin saß da auf einem der Korbstühle. Sie hatte einen *Yukata* an, einen der einfachen Kimonos, wie sie in *Ryokans* dieser Art in allen Zimmern für die Gäste bereitliegen. Als ich sie hier so seelenruhig sitzen sah, verschlug es mir im ersten Augenblick die Sprache. Doch wenn sie aus dem Bad kam, war es eigentlich naheliegend, dass wir uns hier wieder begegneten. Sie schien sogar auf mich gewartet zu haben und musterte mich mit einem spöttischen Blick. Es war mir peinlich, in Unterwäsche vor ihr zu stehen. Ich hätte mir auch einen *Yukata* anziehen können, in meinem Wandschrank lag auch so einer, aber ich hatte darauf verzichtet, weil ich nicht davon ausging, mitten in der Nacht andere Leute zu treffen.

Sie schien sich an meiner Verlegenheit zu weiden, aber dann dachte ich mir: Was soll's? So wie sie mich im Bad gesehen hat, hab' ich keinen Grund, mich zu genieren. Sie trug unter ihrem

Yukata offenbar nichts, wirkte aber nicht mehr so verführerisch auf mich wie zuvor. Das kalte Neonlicht tat ihrem Teint nicht gut. Sie sah müde und abgespannt aus, ihre Haut wirkte matt, und sie schien noch älter zu sein, als ich sie zuvor geschätzt hatte.

„Du hast dir aber ganz schön Zeit gelassen", sagte sie.

„Tut mir leid", erwiderte ich und wollte erst einen Grund dafür nennen. Da mir aber nichts Gescheites einfiel, setzte ich mich wortlos auf den Stuhl neben sie. Ich musste erstmal meine Gedanken ordnen. Ich wollte sie nicht merken lassen, dass mich die unerwartete Begegnung ein wenig desillusioniert hatte. Vor wenigen Minuten noch hätte ich alles darum gegeben, sie wiederzusehen. Doch nun hatte ich den Eindruck, als wäre sie gar nicht dieselbe wie vorhin. Der geheimnisvolle Zauber, der sie im Bad umgab, war dahin, sie erschien mir fast ein wenig vulgär.

Um etwas zu sagen, rang ich mir schließlich den Satz ab: „Im Bad war es heiß, nicht wahr?"

„Ja, darum bin ich auch früher gegangen."

„Aber du hast gar nichts gesagt?"

„Was hätte ich denn sagen sollen?"

„Dass wir uns hier draußen treffen!"

„Das war doch anzunehmen, oder?"

„Na ja schon, aber …"

Und dann erzählte ich ihr, wie es mich verwundert hatte, dass die Tür zu dem Gang, durch den sie verschwunden war, von meiner Seite verriegelt war. Sie erklärte mir aber, dass der Riegel, sobald er vom Frauenbad aus geschlossen würde, dank einer besonderen Vorrichtung von beiden Seiten herunterfiele. Denn Zugang sollten nur Frauen zum Männerbad haben, aber nicht umgekehrt.

Das klang plausibel und nahm ihrem Abgang den Eindruck des Numinosen. Ihr Erscheinen im Bad hatte aber immer noch etwas Rätselhaftes. Wäre sie auf eine Kontaktanbahnung mit mir aus gewesen, hätte sie auch eine andere Gelegenheit nutzen können, sich zum Beispiel gestern beim Abendessen an meinen Tisch zu setzen. Aber das hätte natürlich nicht den gleichen Effekt gehabt wie ihr geheimnisvoller Auftritt in der Halle. Nur, wie hatte sie wissen können, dass ich noch so spät in der Nacht ins *Onsen* gehen würde? Nach Zufall sah mir unser Zusammentreffen im Bad nämlich nicht aus.

Ich hatte gute Lust zu fragen, ob sie mich vielleicht gestern am Tempelfriedhof bei Okichis Grab beobachtet hatte. Allerdings dachte ich mir, das würde ich früher oder später schon erfahren. Ich wollte nicht wieder die Stimmung verderben und den Eindruck erwecken, sie auszufragen. Außerdem erwartete ich ohnehin keine vernünftige Antwort. Da mir aber auch sonst nichts einfiel, was ich mit ihr reden könnte, saßen wir eine Weile nur stumm da.

Wie aus Verlegenheit hob sie die Mineralwasserflasche, die sie die ganz Zeit in der Hand hatte, um daraus zu trinken, doch es war nichts mehr drin.

„Möchtest du auch was trinken?", fragte sie dann.

„Ja, gern", antwortete ich.

„Beim Eingang steht ein Getränkeautomat."

„Das weiß ich, nur hab' ich kein Geld dabei."

Sie sah mich kurz an, dann stand sie auf und ging hinaus.

Was ist jetzt wieder in sie gefahren?, fragte ich mich. Doch im nächsten Moment hörte ich, wie beim Automaten Münzen fielen, gleich darauf rumpelte es, und dann kam sie mit zwei Dosen Tee in der Hand zurück. Die eine warf sie mir mit den Worten zu: „Da, für den Mann, der kein Geld hat!"

Ich muss wohl ziemlich verdutzt dreingeschaut haben, denn sie wirkte sehr belustigt. Dann öffnete sie mit einem Knack ihre Dose und nahm einen Schluck. Ich wurde aus ihrem Verhalten nicht klug. Tat sie immer nur das, was ihr gerade einfiel, oder hatte sie einen Plan? Wollte sie mich mit ihrem seltsamen Treiben bewusst verwirren, damit ich ihre Absicht nicht durchschaute, oder machte sie nur Spaß?

Sie ließ sich wieder neben mir in ihren Korbsessel fallen und fragte: „Wieso hat's dir diese Okichi eigentlich so angetan?"

„Sie hat's mir nicht angetan."

„Was dann?"

„Ich wollte nur wissen, wie sie gelebt hat."

„Und warum?"

Was sollte ich darauf sagen? Wenn ich das erzählte, hätte ich auch Yuka erwähnen müssen. Es waren nämlich die Parallelen zwischen ihrem und Yukas Schicksal, die mein Interesse erst geweckt hatten. Doch solange ich nicht wusste, wer meine Gesprächspartnerin war, wollte ich ihr das nicht auf die Nase binden.

Während ich mir noch eine Antwort überlegte, sagte sie: „Es wird dich zwar enttäuschen, aber die meisten Anekdoten über Okichi sind frei erfunden."

„Mag sein, aber einen wahren Kern wird es wohl geben."

„Und der wäre?"

„Dass sie tatsächlich in Shimoda gelebt hat und hier gestorben ist."

„Das ist aber auch das einzig Wahre daran."

„Und da Harris zu der Zeit nach Shimoda kam, wäre eine Begegnung zwischen ihr und ihm nicht ganz undenkbar."

„Das schon, aber es ist fraglich, wie nahe sie sich wirklich gekommen sind."

„Wieso ist das fraglich?"

„Weil Okichi erst viele Jahre nach ihrem Tod zum Opfer stilisiert wurde. Da wusste man fast nichts mehr über ihr Leben. Die wenigen Dinge, die damals noch bekannt waren, stammten vom Hörensagen und wurden so zurechtgebogen, dass ihre Geschichte mehr Dichtung als Wahrheit enthielt. Der einzige verlässliche Zeitzeuge wäre Harris selbst, doch der erwähnte sie in seinem Tagebuch mit keinem Wort."

„Ja, darüber habe ich mich auch gewundert."

„Warum wohl?"

„Keine Ahnung. Aber alles kann nicht erfunden sein, es gibt historische Dokumente, Fotos und persönliche Gegenstände von ihr. Auch steht noch das Haus, in dem sich ihr Lokal befand. Und in einem Museum hab' ich die alte Sänfte gesehen, in der man sie zu Harris gebracht hat."

„Die Sänfte beweist gar nichts. Wer kann bestätigen, dass sie jemals darin gesessen hat?"

„Ja, so gesehen, kann man natürlich alles anzweifeln."

„Okichis Geschichte ist ein Dreigroschenroman, mehr nicht."

„Ich bestreite nicht, dass das Ganze sehr melodramatisch anmutet und die Realität wohl prosaischer war. So eine Geschichte regt die Phantasie der Leute an, da wird sie eben gern ausgeschmückt. Das schließt aber nicht aus, dass was dran ist, und vieles, was über Okichi erzählt wird, wirkt auf mich authentisch, weil es zu der engen, dunklen, um nicht zu sagen, bedrückenden Atmosphäre von Shimoda passt."

„Wieso ist Shimoda bedrückend? Die Stadt wurde doch für den Tourismus herausgeputzt."

„Das schon, aber im alten Stadtteil, besonders im Hafenviertel, war das mein Eindruck."

„Ich glaube eher, die Geschichte ist für Shimoda passend gemacht worden. Im Grunde ist sie nämlich nichts anderes als die japanische Version von Puccinis ‚Madame Butterfly'. Und weil die Stadt dafür eine gute historische Kulisse abgibt, lockt sie bis heute Touristen an."

„Aber war es nicht tatsächlich so, dass Japanerinnen, die sich mit Ausländern einließen, von ihren Landsleuten geächtet oder zumindest schief angesehen wurden?"

„Ja, aber bei Okichi lag der Fall insofern anders, als sie schon als junges Mädchen zu einer Geisha ausersehen war. Und außerdem steht es nicht einmal fest, dass sie tatsächlich Harris' Mätresse war. Nach den konkreten Fakten scheint es eher unwahrscheinlich."

„Wieso?"

„Weil der Mann dreißig Jahre älter war als sie."

„Na und? Das ist nicht unbedingt ein Grund, der dagegen spricht."

„Doch, denn er war gesundheitlich ziemlich angeschlagen. Das Klima tat ihm nicht gut, und er vertrug das japanische Essen nicht. Was der Mann brauchte, war eine Krankenschwester, keine Mätresse. Darum soll er sie auch schon nach wenigen Tagen wieder weggeschickt haben. Nur damit die Geschichte schön traurig klingt, hat man später rührende Episoden dazu erfunden. Zum Beispiel, dass sie ihm wegen seiner Magengeschwüre Milch besorgen musste, obwohl damals in Japan kaum welche aufzutreiben war, oder dass sie ihn vor Attentätern beschützt und ihm das Leben gerettet haben soll. Man wollte sie auf diese Weise zur Märtyrerin verklären, und darum hat man auch solche Bilder gemalt, die ihr Leben wie Kreuzweg-Stationen erscheinen lassen."

„Ja, die hab' ich gesehen."

„Dabei sehen ihr die Bilder nicht einmal ähnlich."

„Ich kann das nicht beurteilen. Mir wurde hier zwar schon früher einiges über sie erzählt, aber ich hab' mich erst für sie zu interessieren begonnen, als ich gestern zufällig an der Stelle vorbeikam, wo sie im Fluss ertrunken sein soll. Darum habe ich mich auf ihre Spuren begeben."

„Wenn du mich fragst, hat dieser Heusken alles ausgelöst."

„Wer?"

„Der Holländer, der mit Harris als Dolmetscher nach Japan kam. Der war jung und deshalb auf Frauen aus. Er wollte eine Gespielin haben, aber weil er das so nicht sagen konnte, schob er seinen Chef vor. Das brachte die japanischen Offiziellen auf die Idee, dass sie dadurch die Verhandlungen mit Harris in ihrem Sinn lenken könnten."

Langsam verlor ich das Interesse an dem Gespräch. Erstens war ich müde, und zweitens war mir die Sache nicht so wichtig, als dass ich mir auch noch die ganzen politischen Hintergründe anhören sollte. „Lassen wir das, erzähl mir lieber was über dich", versuchte ich das Thema zu wechseln.

Sie warf mir wieder ihren ironischen Blick zu: „Tue ich doch gerade, oder nicht?"

„Zugegeben, du weißt eine Menge über sie, aber dass du Okichi bist, nehm' ich dir nicht ab."

Sie lächelte darauf vielsagend, ohne etwas zu erwidern. Ich wurde aus ihr nicht schlau. Mir schien es nur ein spontaner Einfall von ihr zu sein, sich Okichi zu nennen, aber es war auch sehr wahrscheinlich, dass sie mich zuvor schon beobachtet hatte, nur so konnte sie auf die Idee kommen. Wenn das allerdings bedeutete, sie wüsste, mehr als mir lieb war, über mich, dann konnte mir das gefährlich werden. Es verunsicherte mich auch, dass sie allen Fragen zu ihrer Person auswich. Worauf könnte sie mit all dem hinaus wollen? Gehörte sie womöglich zu dem Kreis, bei dem Yuka Anschluss gesucht hatte? Sie sah mir so aus, als stammte sie aus dem Milieu. Oder hatte sie den Bericht im Fernsehen gesehen und mich dabei erkannt? Ich beschloss, in diese Richtung einen Testballon zu starten.

„Weißt du eigentlich Genaueres über ihren Tod?", fragte ich unvermittelt.

„Nein. Ich weiß nur, dass sie im Fluss ertrunken ist."

„Und was meinst du, könnte es Selbstmord gewesen sein?"

„Was heißt ‚könnte'? Alle gingen davon aus, dass es Selbstmord war."

„Aber im Fernsehen wurde gesagt, es war ein Unfall."

„Im Fernsehen? Wann?"

„Gestern, nein, vorgestern!"

„In was für einer Sendung denn?"

Ich brach ab. Ihre Reaktion erschien mir echt. Hätte sie den Bericht gesehen oder von dem Unfall gehört, müsste ihr klar sein, dass es nicht Okichi war, die ich meinte.

„Ich weiß nur, dass man ihre Leiche zuerst in der Nähe der Stelle, wo man sie fand, ohne Begräbnis verscharrte. Erst später dachte man daran, sie umzubetten, aber da waren schon Jahre vergangen, und man musste ihre sterblichen Überreste erst wieder suchen. Man stieß dann tatsächlich auf vergrabene Knochen, doch ein Beweis, dass es sich dabei um Okichi handelte, existiert nicht. Trotzdem wurden die Gebeine exhumiert, eingeäschert und auf dem Friedhof beigesetzt, wo sich das Grab heute noch befindet."

Ich sagte dazu nichts mehr, sonst würde sie wohl noch die ganze Nacht über Okichi reden. Als sie merkte, dass ich schweigsam wurde, verstummte auch sie. Sie saß nur da und drehte verlegen ihre leere Getränkedose in der Hand. Ich fürchtete, dass sie aufstehen und mich endgültig verlassen könnte, darum fragte ich: „Kommst du noch mit auf mein Zimmer?"

Sie sah mich an. Ihrer Miene war nicht zu entnehmen, wie sie meine Einladung auffasste. Die Frage kam auch für mich selber ein bisschen plötzlich. Ich hatte mir nichts dabei gedacht, außer dass ich nicht allein sein und sie deshalb nicht gehen lassen wollte. Der Blick, mit dem sie mich musterte, wirkte müde, aber nicht missbilligend. Ohne zu wissen, ob sie das locken würde, fügte ich hinzu: „Ich hätte oben noch eine angebrochene Flasche Sake."

Sie schien zu überlegen, doch dann signalisierte sie Zustimmung: „Okay, warum nicht."

„Gut, dann lass uns keine Zeit verlieren."

Wir standen auf, ich wollte sie führen, doch sie schien zu wissen, wo mein Zimmer lag. Sie ging am Gang voraus und dann die Treppe hinauf. Oben im ersten Stock gab es wieder kein Licht, aber wir fanden den Weg auch so und huschten leise und komplizenhaft über den Flur. Die Art und Weise, wie sie zu mir Körperkontakt suchte, empfand ich verheißend. Es machte mich stolz, in ihr für diese Nacht eine Gefährtin gefunden zu haben, und ich verschwendete keinen Gedanken daran, was morgen sein würde. Ich schwelgte nur in dem berauschenden Gefühl, eine Eroberung gemacht zu haben.

Als wir die Tür erreichten, fand ich beim ersten Versuch mit meinem Schlüssel das Schloss nicht. Sie stand währenddessen dicht hinter mir, sodass ich ihren warmen Atem spürte. Endlich brachte ich die Tür auf und zog sie an der Hand hinter mir hinein ins Zimmer. Sobald wir drinnen waren, fielen wir uns in die Arme und küssten uns.

In dem Moment ging plötzlich das Licht an.

Ich erschrak. Waren wir nicht allein?

Doch.

Ich hatte sie nur so heftig gegen die Wand gedrückt, dass sie ungewollt mit dem Rücken den Lichtschalter betätigte. Wir sahen uns an. Sie lächelte verlegen und löste sich von mir. Das helle Licht wirkte wie eine kalte Dusche. Ich bemerkte, wie ihr Blick auf die Unordnung im Zimmer, den zerwühlten *Futon* und die herumstehenden Schüsseln, fiel, die das Regenwasser auffangen sollten. Um die unangenehme Situation zu überspielen, ging ich zum an der Wand stehenden Tischchen und sagte: „Da ist der versprochene Sake."

Ich kniete mich hin, öffnete die Flasche und schenkte zwei kleine Tassen voll, die auf dem Tisch standen. Eigentlich waren es Teetassen, aber das war mir egal. Sie kam zu mir und ließ sich an meiner Seite nieder. Ich reichte ihr eine Tasse und erhob die andere.

„*Kanpai*", sagte sie leise und stieß mit mir an. Ich trank meine Tasse aus, doch sie nippte nur daran. Daraufhin stellte sie sie wieder ab und griff nach der Flasche, um meine geleerte Tasse aufzufüllen. Ich wollte ihr auch nachschenken, aber sie hatte fast gar nichts getrunken. So nahm ich einen Schluck und beugte mich zu ihr. Sie begriff, worauf ich hinaus wollte, öffnete lasziv ihren Mund und ließ sich von mir den Sake über ihre Lippen träufeln.

Sie schien an dem Spiel Gefallen zu finden, denn sie nahm nun auch einen Schluck und schickte sich an, mir ein Gleiches zu tun. Doch da das Knien im japanischen Stil mühsam ist, wollte ich entspannter sitzen. Ich drehte mich um, streckte die Beine von mir und lehnte mich zwanglos an den Tisch. Sie dagegen behielt ihre Haltung bei und wartete, bis ich es mir bequem gemacht hatte. Danach flößte sie mir den Sake, den sie im Mund hatte, ein.

Das trieben wir eine Weile so, bis die Flasche leer war. Dann ging unser Trinkspiel wie von selbst in ein Liebesspiel über. Wir rückten ein kleines Stück hinüber zum *Futon* und während ich sie küsste, streifte ich ihr den *Yukata* ab. Dann bugsierte ich sie so auf den *Futon*, dass sie auf dem Rücken zu liegen kam. Sie ließ sich alles gefallen, doch anders als unten im Bad tat sie nichts von sich aus. Das erregte mich nur umso mehr. Ich streifte Short und T-Shirt ab, das mir auf der Haut klebte, weil mir so heiß war. Sie dagegen fühlte sich ganz kühl an.

Im Bad war mir gar nicht aufgefallen, dass sie kein einziges Haar am Körper hatte, auch ihr Schamhaar war epiliert. Ihre glatte Haut zu berühren, brachte mich fast bis zum Wahnsinn. Ich öffnete ihre Schenkel, streichelte sie und presste meine Lippen auf ihre Vulva. Danach küsste ich ihren weichen Bauch, ihre kleinen Brüste, ihren Hals, legte mich auf sie und drang in sie ein. Es ging sehr leicht, denn sie war innen ganz feucht. Und wieder liebten wir uns sehr lustvoll. Diesmal dauerte es länger, bis ich kam. Das lag daran, dass es schon das zweite Mal war, aber auch daran, dass sie mir nicht half. Sie lag nur passiv da, und wenn sie sich bewegte, machte sie es mir eher schwerer als leichter. Der Schweiß brach mir aus, bis ich endlich so weit war und danach wie eine überreife Frucht von ihr abfiel.

Während ich erschöpft nach Atem ringend neben ihr lag, drehte sie sich zu mir und stützte ihren Kopf auf den Arm. Dann begann sie mit ihrer rechten Hand spielerisch auf meiner Brust Linien zu ziehen. Mir fiel dabei auf, dass sie sehr feingliedrige Finger hatte und ihr Zeigefinger fast so lang wie der Mittelfinger war.

Es war, als beschriebe sie magische Kreise um meine Brustwarzen. Nach einer Weile hörte sie aber wieder auf damit und sah mich an, als wollte sie die Wirkung beobachten. Ich dachte erst daran, ihre Zärtlichkeit zu erwidern, doch meinen Körper hatte eine so seltsame Schwere befallen, dass ich mich kaum rühren konnte. So blieb ich liegen, wie ich war, bis mich kurz darauf ein fast hypnotischer Schlaf überwältigte.

Mir wurde der Unterschied zwischen Wachen und Träumen erst später bewusst. Mir war, als läge ich noch immer mit geöffneten Augen da, bis sich immer mehr Traumbilder in meine Tageserinnerungen mischten. Ich saß plötzlich wieder im Nudelrestaurant. Ich war der einzige Gast, alle anderen Tische leer. Zuerst kam es mir vor wie das aufgelassene Lokal des Alten, der mich zum Essen eingeladen hatte. Doch dann tauchte auf einmal die Kellnerin von heute Mittag mit ihrer bauchigen Schürze auf. Sie ähnelte nicht mehr Yuka, sondern meiner nächtlichen Gespielin, und es schien, als wäre sie schwanger.

Anscheinend war Sperrstunde. Sie stellte Stühle mit den Sitzflächen auf die Tische und warf mir dabei immerfort so seltsame Blicke zu, worin ein inniger und zugleich vorwurfsvoller Ausdruck lag. Ich fragte mich, was das bedeuten könnte, bis ich begriff, dass ich es war, der sie geschwängert hatte, und nun nahm sie es mir übel, weil ich sie nicht heiraten wollte.

Als sie mit dem Stühleaufräumen fertig war, kam sie zu mir, setzte sich auf meinen Schoß, legte ihre Arme um meinen Nacken und drückte mein Gesicht an ihre Brust. Ihre Schürze roch nach Küche, und weil sie mich so fest an sich presste, verging mir der Atem. Als sie bemerkte, dass mir das unangenehm war, ließ sie meinen Kopf wieder los, nahm aber nun meine Wangen zwischen ihre Hände und blickte mich von oben herab an. Sie hatte den Mund geschlossen, und ihre Backen wirkten wie aufgebläht. Es sah so aus, als schmollte sie und führte zugleich etwas gegen mich im Schilde.

Als ich noch überlegte, was sie vorhaben mochte, beugte sie sich zu mir, als wollte sie mich küssen. Ich versuchte mich abzuwenden, doch sie ließ mich nicht los. Sie presste ihre Lippen auf meine, dann spürte ich, wie sich ein warmer Strahl in mich ergoss. Es blieb mir nichts anderes übrig, als zu schlucken, aber es brannte wie Gift in meiner Kehle, und mein Inneres zog sich zusammen.

Ich fiel zu Boden und befand mich nun nicht mehr im Lokal, sondern lag draußen im Freien in einem trockenen Flussbett zwischen großen weißen Kieseln. Die Landschaft wirkte wie tot und ausgestorben, die Kieselsteine rund um mich wie bleiche Knochen und Totenschädel. Reglos lag ich da und dachte mir: Jetzt ist alles aus.

Da hörte ich von fern her ein Klopfen und hörte eine Frau rufen: „Hey, Mister!"

Die Stimme schien ich zuerst wie im Traum zu vernehmen, doch sie kam von draußen. In dem Augenblick erwachte ich und fuhr auf. Vor der Tür stand jemand, allem Anschein nach eine Frau und ein Mann. Die männliche Stimme klang nur wie ein undeutliches Brummen, die weibliche Stimme hörte ich dagegen deutlich sagen: „Wahrscheinlich schläft er noch."

Im selben Augenblick registrierte ich, dass meine Gespielin von letzter Nacht fort war. Ich musste ziemlich lange geschlafen haben, denn der Raum lag im hellen Morgenschein. Und es fiel mir auf, dass eine noch größere Unordnung im Zimmer herrschte als gestern.

So plötzlich aus dem Schlaf gerissen, wusste ich erst nicht, was los war. Der Wandschrank stand offen, meine Reisetasche war herausgezogen und der Inhalt ausgeleert worden, sodass nun alles am Boden verstreut lag. Da fuhr mir ein Schreck durch die Glieder, denn mir wurde klar, wessen Werk das war. Meine gestrige Eroberung hatte wohl, während ich schlief, all meine Sachen durchstöbert.

Ich wollte aufstehen und nachsehen, ob etwas fehlte, doch fühlte ich mich so benommen, dass ich es nur schaffte, mich aufzusetzen. Ich hatte gestern wieder mal zu viel getrunken. Mein Schädel brummte und mein Hirn war benebelt, sodass ich nicht in der Lage war, zwei und zwei zusammenzuzählen. Außerdem zog ein anderer Vorgang meine Aufmerksamkeit wieder zur Tür. Das Paar schien immer noch vor dem Zimmer im Gang zu stehen, und ich sah, wie sich der Türknauf bewegte. Wollte da jemand prüfen, ob abgesperrt war, oder wollte da jemand rein? Eine dunkle Ahnung sagte mir, es wäre besser, das zu verhindern.

Ich raffte mich auf und kroch auf allen vieren hin. Der Knauf war beinahe schon ganz herumgedreht, die Tür konnte jeden Augenblick aufgehen. Da nahm ich all meine Kraft zusammen und stemmte mich mit dem Rücken dagegen. Ich spürte einen kurzen Druck, der aber gleich wieder nachließ. Mit angehaltenem Atem horchte ich nach draußen. „Es ist zu", flüsterte die weibliche Stimme. „Dann schau mal, ob unten ein Schlüssel bei der Rezeption ist", flüsterte die männliche.

Was konnten die von mir wollen?, fragte ich mich. Wer mochten die überhaupt sein? Eine Weile hörte ich nichts mehr, wagte aber trotzdem nicht nachzusehen. Ob sie beide weg waren? Ich nutzte stattdessen die Gelegenheit, das Schloss von innen zu verriegeln und mich im Zimmer zu verbarrikadieren. Ich schob das Tischchen heran und klemmte es so unter den Knauf, dass die Tür auch dann nicht zu öffnen wäre, wenn sie mit einem Ersatzschlüssel wiederkämen.

Dann wandte ich mich dem Wandschrank und meiner ausgeräumten Reisetasche zu. In meiner Nervosität konnte ich kaum einen klaren Gedanken fassen, doch mir schwante schon, worauf es meine nächtliche Besucherin abgesehen hatte. Und ich brauchte nicht lange, um festzustellen, dass Yukas Geld und Schmuck weg waren. Das Geschehen von letzter Nacht erschien mir nun in einem anderen Licht. Ich war kein toller Hecht, der eine Eroberung gemacht hatte, sondern ein Riesentrottel, der einer gewitzten Diebin aufsaß.

Ich stürzte zu meiner Schlafstatt und riss den *Futon* weg. Zum Glück war meine Brieftasche noch da. Es war eine Angewohnheit von mir, sie unter dem *Futon* zu deponieren, weil ich sie nicht frei herumliegen lassen wollte, und da ich in der Nacht darauf gelegen war, kam sie an die nicht ran. So hatte ich noch Glück im Unglück und an die zweihunderttausend Yen gerettet, aber der Rest war verloren.

Jetzt erst wurde mir bewusst, was für ein Idiot ich war. Mit ihrer Mystifizierung war es ihr gelungen, mich so in die Irre zu führen, dass mir in dieser Richtung kein Verdacht kam. Und das hatte es ihr besonders leicht gemacht. Im Nachhinein wurde mir das Motiv für ihr Verhalten völlig klar. Ich hatte mich so am Schwanz packen lassen, dass mein Gehirn völlig ausgeknipst war.

Was war in meinem Kopf vorgegangen? An alles Mögliche hatte ich gedacht, nur nicht an das Naheliegende, so tappte ich in die Honigfalle. Dabei hätte mich ihr Gebaren doppelt zur Vorsicht mahnen müssen. Sie machte das sicher nicht zum ersten Mal, womöglich hatte sie sogar einen Tipp bekommen, dass bei mir was zu holen war. Wäre ich halbwegs bei Verstand gewesen, hätte ich sie nie und nimmer in mein Zimmer lassen dürfen. Doch sie trieb ihr Spiel so raffiniert, dass ich ihre wahre Absicht nicht durchschaute. Obwohl sie andeutete, dass sie einiges über mich wusste, gelang es ihr, die Sache so anzubahnen, dass ich unsere Begegnung für Zufall hielt. Ob meiner Blödheit war mir nun zum Heulen zumute, doch die Erkenntnis kam zu spät.

Außerdem blieb mir keine Zeit, weiter daran zu denken. Denn in dem Augenblick ging das verdächtige Treiben vor der Tür wieder los. Mir schien, als wären es mehr als zwei, die sich da draußen am Schloss zu schaffen machten. Wer waren diese Leute? Wenn sie sich so einfach den Schlüssel von der Rezeption besorgen konnten, mussten sie zum Haus gehören. Zur selben Zeit bemerkte ich auch eine Unruhe draußen vor dem Eingang.

Ein Motor lief, ich hörte Wagentüren schlagen. Leise schlich ich mich zum Fenster, um hinauszusehen. Dabei stellte ich mich so, dass ich von unten nicht entdeckt werden konnte.

Doch was draußen vorging, hatte nichts mit mir zu tun. So wie gestern war es eine Reisegruppe bei der Abfahrt. Ein *Shuttlebus* stand da, voll mit Abreisenden, der Fahrer stieg ein und fuhr los. Eine andere Gruppe wartete auf den nächsten Bus, der noch hinten am Parkplatz stand und sich nun langsam in Bewegung setzte.

Doch gerade als ich mich abwenden wollte, machte ich eine schockierende Entdeckung. Hinter dem vorfahrenden *Shuttlebus* wurde nämlich ein Polizeiauto sichtbar. War die Polizei hier, um mich zu holen? Bei dem Gedanken blieb mir fast das Herz stehen. Der Wagen war zwar leer und kein Uniformierter in der Nähe zu sehen. Aber das konnte nur bedeuten, dass sie im Haus und wahrscheinlich gerade draußen im Gang waren. Und weil sie meine Zimmertür nicht aufbekamen, klopften sie, und eine männliche Stimme rief laut: „Öffnen Sie!"

Ich hielt den Atem an. Wieder drehte sich der Knauf. Zwar hielt der dagegengestellte Tisch dem Druck stand, aber wenn sie es mit Gewalt versuchten, wären sie bald drinnen. Darauf zu warten, hatte keinen Sinn. Entweder öffnete ich gleich oder machte mich aus dem Staub, solange es noch ging. Eine Flucht durchs Fenster wäre meine einzige Chance. Während sie noch mit dem Schloss beschäftigt waren, schlüpfte ich rasch in meine Jeans, zog ein T-Shirt über und steckte meine Brieftasche und meinen Pass ein.

Als draußen das Klopfen und Rufen wieder losging, war ich schon beim Fenster. Der zweite *Shuttlebus* war eben abgefahren und der Vorplatz menschenleer. Der Streifenwagen stand noch am selben Platz wie vorhin, aber kein Polizist war zu sehen. So kletterte ich barfuß durchs Fenster hinaus auf das leicht schräge Vordach. Unter meinen Füßen knirschten die Dachziegel, doch mit nackten Sohlen fand ich guten Halt und fürchtete nicht, abzurutschen. Gefährlich schien mir nur das Geräusch unter meinen Tritten, denn dadurch könnte jemand auf mich aufmerksam werden. Entweder von unten oder aus den Nachbarzimmern, an deren Fenstern ich vorbei musste. Jedes neuerliche Klappern steigerte meine Nervosität, trotzdem beeilte ich mich, bei aller gebotenen Vorsicht so rasch wie möglich weiterzukommen. Es schien mir fast eine Ewigkeit zu sein, bis ich das Ende des Vordachs erreichte. Von dort ging es hinab in den Garten, und wenn ich ungesehen durch den Garten käme, wäre es nicht weit zu einem Bambushain, der an das Grundstück grenzte. In dem Wäldchen wollte ich mich vorläufig verstecken. Wenn mich nicht alles täuschte, waren meine Verfolger bereits in meinem Zimmer und hatten festgestellt, dass der Vogel ausgeflogen war. Es würde also nicht lange dauern, bis sie auch einen Blick aus dem Fenster warfen.

Ohne lange zu überlegen setzte ich zum Sprung an. Das Dach war vier bis fünf Meter hoch, dennoch zögerte ich nicht. Die Furcht, dass sie mich im letzten Moment noch entdecken könnten, war größer als die Angst vor einer Verletzung. Da ich keine Schuhe anhatte, hätte der Sprung schmerzhaft enden können. Doch zum Glück landete ich unten in der feuchten Erde eines Blumenbeets. Der weiche Boden gab nach, ich verlor das Gleichgewicht und fiel hin, doch ging der Aufprall glimpflich ab.

Ich sprang auf und hastete gebückt an der Rückseite des Hauses entlang. Dabei musste ich an Fenstern vorbei, die zum Speisesaal gehörten. Es war zwar damit zu rechnen, dass um diese Zeit Gäste beim Frühstück saßen, aber ich hoffte, dass im Moment keiner zum Fenster hinaussehen würde.

Vom Ende der Hauswand rannte ich quer durch den Garten, bis ich das Bambuswäldchen erreichte. Dort befand sich zwar ein Holzzaun, doch der war nicht allzu hoch und ließ sich mühelos überklettern. Falls mich bisher niemand gesehen hatte, würde man mich hier nicht so schnell entdecken, denn der Bambus stand ziemlich dicht.

Ich ruhte mich kurz aus, um zu Atem zu kommen. Es war hier drinnen kühl und der Boden feucht. In einigen Mulden hatten sich Pfützen gesammelt, und ich holte mir nasse Füße. Aber das war mir egal, vorläufig fühlte ich mich sicher. Vom Haus her schien man mich nicht beobachtet zu haben, denn es tauchten keine Verfolger im Garten auf.

Ursprünglich hatte ich gedacht, mich hier nur so lange zu verbergen, bis die Luft rein wäre. Doch nach Sondierung meiner Lage schien es mir riskant, darauf zu warten. Damit würde ich nur wertvolle Zeit verlieren, denn selbst wenn die Polizei weg wäre, könnte ich in mein Zimmer nicht mehr zurück. Aber sollte man auf die Idee kommen, die Suche in der Umgebung der Pension zu intensivieren, säße ich hier in der Falle. Stattdessen wollte ich es wagen, mich bis ans andere Ende des Waldes durchzuschlagen.

Ich versuchte mir daher, so gut es ging, einen Weg zu bahnen. Anfangs waren die Abstände zwischen den Stämmen noch ziemlich groß, doch weiter drinnen standen sie umso dichter. Dort gab es auch mehr Unterholz, und als besonders hinderlich erwiesen sich umgeknickte Bambusrohre, die mir wie Schranken den Weg versperrten. Manchmal gelang es mir, oben drüberzusteigen oder unten durchzukriechen, doch in einige Fällen blieb mir nichts anderes übrig, als weiträumig auszuweichen. Auf die Weise verlor ich immer mehr die Orientierung und hatte das Gefühl, in einen Irrgarten geraten zu sein. Immer wieder blieb ich irgendwo hängen oder rannte in Spinnweben. Außerdem rutschte ich auf dem glitschigen Boden mehrmals aus, und an manchen Stellen geriet ich sogar in knöcheltiefen Schlamm, sodass ich wieder zurück musste, um trockenen Boden unter den Füßen zu gewinnen.

Je tiefer ich in das Dickicht eindrang, umso undurchdringlicher wurde es. Der Schweiß triefte mir von der Stirn, das T-Shirt klebte mir am Leib, und dazu kam noch diverses Ungeziefer, das ich aufstöberte und das mich dann verstört umflatterte oder auf mir herumkrabbelte. Vor allem wurde ich den zahlreichen Moskitos zur Beute. Ständig schwirrten mir welche um die Ohren und stachen mich an den unmöglichsten Stellen, sodass mich binnen Kurzem der Juckreiz fast verrückt machte. Hätten sie gekonnt, hätten sie mich hier in ihrem Revier wohl bis auf den letzten Blutstropfen ausgesaugt.

Schließlich bemächtigte sich meiner auch noch ein klaustrophobisches Gefühl. Mitten im Wald schien es mir nämlich, als gäbe es kein Durchkommen. Die Bambusstäbe standen hier so eng, dass ich weder vor noch zurück konnte. Es gab bisher schon nichts, was einem Weg gleich sah, aber nun fanden sich nicht einmal mehr Lücken, wo ich mich hätte durchzwängen können. Ich musste fürchten, überhaupt nicht mehr aus diesem Labyrinth herauszukommen. Bisher war es mir immer noch gelungen, mich durch Hindernisse durchzuhangeln, indem ich mich am nächsten greifbaren Stamm festhielt und weiterzog. Der junge, grüne Bambus war sehr biegsam und gab nach, doch der alte, gelbe war widerspenstig und spröd, und in dem steckte ich nun mittendrin.

Die kreuz und quer stehenden Stämme zwängten mich derart ein, dass ich mich wie in einem Käfig fühlte, in dem ich nur ohnmächtig an den Stäben rütteln konnte. Schließlich gelang es mir aber doch, eines der Bambusrohre zu knicken und an der Stelle durchzubrechen. Dabei zerriss mein T-Shirt, Spinnweben hingen mir im Haar, und vor Anstrengung bekam ich kaum Luft, trotzdem schleppte ich mich mühsam vorwärts. Der Gedanke, mich ausgerechnet hier durchschlagen zu wollen, erschien mir nun als Schnapsidee. Aber es blieb mir nichts anderes übrig, ich musste weiter, denn aufzugeben, hätte mein Ende bedeutet.

Wider Erwarten schaffte ich es dann doch, mich durchzukämpfen. Zwar irrte ich noch eine Weile orientierungslos hin und her, aber irgendwann lichteten sich die Bambusstämme, und ich bemerkte in einiger Entfernung eine Bretterwand. Als ich darauf zuhielt, sah ich, dass sie das Ende des Waldes markierte. Allerdings war der Zaun hier massiver und höher als der, über den ich zuvor geklettert war. Es war unmöglich oben drüber zu sehen, nur durch Ritzen war zu erkennen, dass es draußen ins Freie ging.

Ich lief den Holzzaun entlang in der Hoffnung eine Stelle zu finden, wo ich mich entweder durchzwängen oder darüber steigen könnte. Der Boden war hier uneben und abschüssig, sodass ich das Gefühl bekam, mein rechtes Bein wäre kürzer als das linke. Dazu brachte mich meine Ungeduld mehrmals ins Stolpern. Doch dann kam ein Abschnitt, wo einige Planken des Zauns lose und beschädigt waren. Es zeigte sich ein Spalt, und als ich dagegen trat, gab das morsche Holz nach. Mit einem weiteren Tritt gelang es mir, die Öffnung so weit zu vergrößern, dass ich durchkriechen konnte.

Jenseits der Bretterwand befanden sich ausgedehnte Reisfelder, und direkt am Zaun entlang verlief ein kiesbestreuter Fahrweg. Ich nahm an, dass ich auf dem Weg zum *Inaozawa*-Fluss käme. Doch bloßfüßig auf dem Kies zu laufen, erwies sich als ziemlich schmerzhaft. Dazu kamen kleinere Verletzungen, die ich mir bei meiner Flucht zugezogen hatte und die sich erst jetzt bemerkbar machten. An einigen Stellen hatte ich mir die Haut aufgeschürft, und aus einer Wunde am linken Knöchel lief sogar Blut. Außerdem waren die Jeans so dreckig und das T-Shirt zerfetzt, sodass ich mich so kaum unter Menschen wagen konnte.

Ursprünglich hatte ich die Absicht, mich zum Bahnhof durchzuschlagen, denn mit einem Schnellzug nach Tokyo käme ich rasch und problemlos von hier weg. Doch die Hoffnung war trügerisch. So wie ich aussah, würde ich sofort auffallen und selbst mit gültigem Ticket aus dem Zug geholt werden. Noch dazu, wo damit zu rechnen war, dass der Bahnhof und die Küstenstraße besonders genau kontrolliert werden würden. Ich beschloss daher, Shimoda in die andere Richtung zu verlassen. Vielleicht dachte niemand daran, dass ich so verrückt sein könnte, den Weg über den Amagi-Pass einzuschlagen.

Früher war das die einzige Anbindung der Stadt ans Hinterland, die Küstenstraße gab es zu Harris' Zeiten noch nicht. Der hatte darum die beschwerliche Passstraße nehmen müssen, weil ihm nicht gestattet worden war, per Schiff nach Edo, wie Tokyo damals hieß, zu reisen. Inzwischen war die Straße zwar gut ausgebaut, bedeutete aber immer noch einen Umweg. Und nach Tokyo wollte ich ohnehin nicht mehr. Selbst wenn ich es bis dahin schaffen sollte, säße ich dort wieder fest. Stattdessen dachte ich daran, mich durchs Landesinnere bis zum japanischen Meer durchzuschlagen. Das wäre zwar mühsamer, doch von dort gäbe es vielleicht eine Möglichkeit, zu entkommen.

Einen ähnlichen Plan hatte ich schon geschmiedet, als ich Yuka noch zu überreden versuchte, mit mir ins Ausland zu gehen. Sie war es, die mich darauf aufmerksam gemacht hatte, dass wir, solange man nach uns suchte, keine Chance hätten, Japan mit dem Flugzeug zu verlassen, weil die Flughäfen am strengsten überwacht würden. Der einzig denkbare Fluchtweg wäre eine Überfahrt per Schiff nach Korea oder Taiwan. Da sie sich darauf jedoch nicht einlassen wollte, blieben wir bis zum bitteren Ende in Shimoda.

Während ich auf dem schmalen Erdstreifen zwischen dem Kiesweg und den Reisfeldern dahinhumpelte, erschien mir aber die Idee, den ganzen Weg zu Fuß zu machen, ziemlich aussichtslos. Doch da ich meine Absicht nicht so schnell aufgeben wollte, ging ich weiter. In erster Linie musste ich vermeiden, unter Menschen zu kommen, um nicht in dem Zustand gesehen zu werden. Hier war die Gegend einsam, aber auf der Straße den Fluss entlang, wo es doch einigen Verkehr gab, drohte die Gefahr, dass ich auffallen könnte.

Ich versuchte, meine nächsten Schritte vorauszuplanen, um nicht in unbedachte Situationen zu kommen. Sofern ich hier richtig war, müsste ich bald den *Inaozawa*-Fluss erreichen, dann dem Flusslauf folgen und zwar dieselbe Straße, die ich gestern bis zu Yukas Unfallstelle schon kannte, und danach den Weg zum Amagi-Pass einschlagen. Doch hatte ich nicht die geringste Ahnung, wie lange das dauern würde. Mir war aber klar, dass es zu Fuß in keinem Fall zu schaffen wäre. Früher oder später müsste ich eine Fahrgelegenheit finden.

Harris war seinerzeit tagelang unterwegs, man hatte für ihn wegen seiner langen Beine eine extra große Sänfte anfertigen lassen. Darin wurde er wie ein *Daimyô* zur Audienz beim *Shôgun* über den Amagi-Pass getragen und musste mit seinem Tross unterwegs mehrmals in Tempeln übernachten. Wo ich notfalls unterkommen könnte, wusste ich nicht. In einer Pension, wenn sich denn eine finden ließe, wäre es wohl kaum möglich, im Freien wollte ich aber auch keine Nacht verbringen.

Inzwischen hatte ich die Landstraße erreicht. Ich kam an einer unvermuteten Stelle heraus, erkannte aber die Straße wieder.

Von hier aus müsste ich nun dem *Inaozawa* flussaufwärts bis zur Abzweigung hinauf zum Pass folgen. Auf dem Asphalt lief es sich mit meinen lädierten Füßen zwar leichter als auf dem Kies, doch war absehbar, dass mein Vorhaben anstrengend werden würde. Schon unlängst mit dem Rad war mir die Strecke weit vorgekommen, zu Fuß erschien mir der Weg endlos.

Als ich heute Früh aus der Pension flüchtete, war ich einem spontanen Impuls gefolgt. Ich hatte weder einen konkreten Plan noch eine vage Vorstellung von den Schwierigkeiten, die mir bevorstehen könnten. Bereits die Durchquerung des Bambuswalds erwies sich als viel mühsamer als gedacht, und meine weitere Flucht würde nicht einfacher werden. Das Dumme war, dass ich alles hatte zurücklassen müssen. Ich war nicht einmal an meine Sandalen herangekommen, denn die befanden sich unten im Foyer, von einem fahrbaren Untersatz gar nicht zu reden. Dazu kam, dass es Richtung Berge wieder nach Regen aussah und ich keinerlei Schutz gegen die Witterung dabeihatte.

Ich verfluchte mich selbst, gestern die Chance ungenutzt gelassen zu haben, den Zug zu nehmen, solange noch Zeit dazu war. Hätte ich den gestrigen Tag nicht so sinnlos vergeudet, läge Shimoda schon weit hinter mir, ohne dass mir die Polizei auf den Pelz gerückt wäre. Außerdem hätte ich mir alles Weitere erspart, wäre nicht bestohlen worden, und ich hätte noch genügend Zeit und Geld, um alle weiteren Schritte zu überlegen.

Kurz kam mir der Gedanke, ob ich versuchen sollte, ein Auto anzuhalten. Aber das schlug ich mir gleich wieder aus dem Kopf. Als Ausländer mit erhobenem Daumen am Straßenrand zu stehen, wäre erstens zu auffällig und zweitens würde mich, so wie ich aussah, sowieso keiner mitnehmen. Jedes Mal, wenn ich das Geräusch eines Fahrzeuges hörte, drehte ich mich daher zur Seite, sodass man mir nicht ins Gesicht sehen konnte.

Ein paar Kilometer weiter hatte ich aber Glück. Da entdeckte ich nämlich ein herrenloses Fahrrad. Es stand an ein Geländer gelehnt, war aber nicht angekettet. Wäre es fahrbereit, konnte mir nichts Besseres passieren. Es schien schon längere Zeit hier zu stehen, war alt und schmutzig, die Kette rostig, in den Reifen wenig Luft, aber, wie ich mich vergewisserte, unversperrt. Ich sah mich um, ob jemand in der Nähe war, dann schnappte ich mir das Rad, stieg auf und versuchte, ein paar Meter damit zu fahren.

Ein Pedal war verbogen und schlug beim Treten ständig am Rahmen an. Außerdem war die Schaltung kaputt, man konnte immer nur mit dem gleichen Gang fahren. Das war zwar mühsam, aber zur Not würde es gehen. Wahrscheinlich war der Defekt auch der Grund, warum der Besitzer das Rad am Straßenrand stehen gelassen und nicht mehr abgeholt hatte. Wenn es herrenlos war, würde mich kaum jemand als Fahrraddieb verdächtigen, also nutzte ich die Chance und trat kräftig in die Pedale.

In diesem Abschnitt war die Straße relativ eben. Eine leichte Steigung war zwar spürbar, doch der Anstieg zum Amagi-Pass würde noch bedeutend steiler werden. Trotzdem fühlte ich mich optimistisch und zweifelte nicht daran, dass ich es schaffen könnte. Ich sagte mir, es läge nur an meinem Willen, wie weit ich heute käme.

Nach einer guten Strecke des Weges erreichte ich die Unfallstelle. Zum Glück war es heute nicht so heiß wie vorgestern, doch unter dem diesigen Himmel kam mir die Gegend so verändert vor, dass ich fast vorübergefahren wäre. Erst als ich den Parkplatz vor dem ehemaligen Lokal erkannte, wusste ich, wo ich war.

Ich blieb stehen und sah die Uferböschung hinunter. Der Wagen war weg. Er musste in den letzten 48 Stunden abtransportiert worden sein. Abgesehen von der zerstörten Planke waren alle Spuren des Unfalls beseitigt. Es erinnerte fast gar nichts mehr daran, was hier geschehen war. Ich nahm in Gedanken kurz von Yuka Abschied, dann fuhr ich weiter.

Ich hatte es eilig, von hier fortzukommen, weil ich dem Alten aus dem Lokal nicht nochmal begegnen wollte. Es tat mir weh, dass ich außer meiner Erinnerung kein Andenken mehr an Yuka hatte. Alles, was ich von ihr besaß, war in den letzten beiden Tagen verloren gegangen. Aber vielleicht war das sogar besser so. Wenn ich mir die Chance auf ein Morgen bewahren wollte, müsste ich die Vergangenheit hinter mir lassen. Und je mühsamer die Fahrt mit dem Rad wurde, desto mehr traten meine Ressentiments in den Hintergrund. Die Anstrengung zwang mich, meine Energie zu bündeln, und so konzentrierte ich mich ausschließlich darauf, einmal links, einmal rechts in die Pedale zu treten.

Am Ende des Tales gab es eine Klamm, die als Touristenmagnet gilt. Der Ort Yugano soll einer der Schauplätze in der berühmten Erzählung „Die Tänzerin von Izu" sein. Als ich das Hinweisschild sah, fiel mir ein, dass der Besitzer des „Wave" das einmal erwähnt und uns versprochen hatte, uns dorthin zu bringen. Später war aber nichts daraus geworden, und auch heute führte mich der Weg dort nicht vorbei, denn die Straße zum Amagi-Pass zweigte schon vorher ab. So ging die Fahrt nun nicht mehr am Wildbach entlang, sondern zwischen Feldern und Waldstücken dahin. Zuerst kamen noch ein paar Dörfer, doch weiter aufwärts wurde die Gegend immer einsamer.

Nur einmal führte mich mein Weg noch durch eine größere Ortschaft, dort gab es einen *Convenience Store*, einen der kleinen Supermärkte, wo man rund um die Uhr einkaufen kann. Hungrig und durstig, wie ich war, dachte ich mir, dass hier möglicherweise die letzte Gelegenheit wäre, etwas zum Essen und Trinken zu bekommen. So stieg ich ab und trat ein. Drinnen fand ich auch etwas zum Anziehen, T-Shirts und Flipflop-Sandalen. Beides konnte ich gut gebrauchen, denn sollte ich wieder unter Leute kommen, wäre es wichtig, einen halbwegs zivilisierten Eindruck zu machen. Der Dreck auf meiner Hose war großteils getrocknet und ließ sich, sofern er nicht von selbst abfiel, abreiben. T-Shirts zum Wechseln würde ich in den nächsten Tagen aber auf jeden Fall brauchen, und barfuß konnte ich auch nicht die ganze Zeit herumlaufen.

Nachdem ich mir alles Nötige besorgt hatte, schob ich das Rad ein Stück weiter, bis ich die Siedlung hinter mir gelassen hatte. Dann setzte ich mich am Straßenrand hin und verschlang mehrere *Onigiri*, die ich mir als Verpflegung gekauft hatte. Dazu trank ich auch gleich eine ganze 1,5-l-Mineralwasserflasche leer. Eine zweite hob ich mir für später auf, bestieg wieder mein Rad und fuhr weiter.

Die Pause hatte mir gut getan. Bisher war der Anstieg halbwegs moderat gewesen, doch stetig bergauf fahren zu müssen zehrte an den Kräften. Unangenehm war auch, dass ich keine Ahnung hatte, wie weit es noch war und wie steil es noch werden würde. Es sah nicht so aus, als ob die Passhöhe in absehbarer Zeit zu erreichen wäre. Es ging jetzt fast nur noch durch Wälder, in deren Baumwipfeln Nebelfetzen hingen. Es war hier zwar kühler als weiter unten, aber die feuchte Luft erschwerte das Atmen. Und wenn sich im Wald auch ab und zu lichte Stellen zeigten, vom Amagi-Pass war im Hochnebel nichts zu sehen. Es ließ sich nicht abschätzen, wie lange ich bis ganz nach oben brauchen würde.

Inzwischen war es so, dass ich mich auf dem Rad echt quälen musste. Der Schweiß lief mir in Strömen herunter, denn die Bergstraße wurde immer steiler. Je weiter ich kam, desto verlassener wirkte die Gegend. Der Ort, wo ich einkaufen war, schien tatsächlich der letzte größere vor dem Pass gewesen zu sein. Hin und wieder kamen mir noch Fahrzeuge entgegen, aber überholt hatte mich schon lange keins mehr. So fuhr ich die meiste Zeit durch menschenleere Wälder, begleitet vom allgegenwärtigen Zirpen der Zikaden.

Nach einer Weile öffnete sich linker Hand eine freie Aussicht. Über eine steile Böschung sah man tief hinunter ins Tal, während auf der rechten Seite dichtes Gesträuch den Straßenrand säumte. Und einige hundert Meter weiter tauchten die Umrisse eines riesigen Stahlungetüms auf. Es ähnelte den Rondellen, die in Japan als Autobahnauffahrten dienen. Doch hier gab es keine Autobahn, und aus der Entfernung erweckte die Konstruktion den Eindruck, als ob sie halb in der Luft hinge. Erst beim Näherkommen sah ich, dass mithilfe der Spirale der extreme Höhenunterschied bewältigt werden sollte. An dem Steilhang genügten nämlich keine gewöhnlichen Serpentinen mehr, es brauchte eine Hochschaubahn, um die Straße auf ein höheres Niveau zu schrauben, anders wäre die Steigung für kein Fahrzeug mehr zu bewältigen gewesen.

Dieses Bauwerk hieß *Kawazu-Nanadaru-Loop*-Brücke und war, wie ich später erfuhr, in der Gegend als Sehenswürdigkeit bekannt. Mit dem wackligen Drahtesel da raufzufahren, glich einem Hochseilakt und verursachte mir ein Unbehagen. Zwar gab es beiderseits Geländer, trotzdem fiel der Blick ungehindert in den Abgrund. Wer da nicht schwindelfrei war, kriegte Probleme. Dazu kam der unerwartet starke Zugwind in dieser luftigen Höhe. Der blies durch und durch und wehte mich stellenweise fast vom Rad. Bisher war auf meiner Fahrt kaum ein Windhauch zu spüren gewesen, hier aber pfiff es mir heftig um die Ohren. Vor allem brachte mich ein gefährlicher Seitenwind mehrmals aus dem Gleichgewicht. Und als da oben auch noch ein Lastwagen von hinten kam und mich dicht ans Geländer drängte, wurde mir erst recht mulmig zumute.

Am Ende brachte ich den Husarenritt aber doch unbeschadet hinter mich. Zwei Runden hatte ich da oben drehen müssen, dann führte die Fahrbahn zum Berghang zurück und mündete wieder in eine normale Straße. Leichter wurde meine Tour dadurch aber nicht, denn es ging nun in Serpentinen stetig steil bergauf. Und als wäre das nicht schon anstrengend genug gewesen, häuften sich noch Tunnel, in denen es keine Lüftung gab. Die Luft war dementsprechend schlecht, und ausgerechnet drinnen kamen mir mehrmals Fahrzeuge entgegen, die mich mit ihren Abgasen einnebelten.

Einige Male hatte ich das Gefühl, keine Luft mehr zu bekommen und musste absteigen, um das Rad zu schieben, bis ich wieder im Freien war. Aber auch wenn ich draußen durchatmen konnte, fehlte mir dann meist der Antrieb, neuerlich aufzusteigen. Auf Steilstücken war das Anfahren immer besonders mühsam. Das führte dazu, dass ich mein Fahrrad über weite Strecken nur noch schob, denn oft folgte hinter einer Biegung schon wieder der nächste Tunnel. Am Ende schleppte ich mich die meiste Zeit nur noch groggy dahin und kam nur noch im Schneckentempo weiter. Immer wieder sah ich auf die Uhr, aber selbst wenn der große Zeiger ein paar Minuten vorgerückt war, hatte ich trotzdem das Gefühl, kaum vorangekommen zu sein.

Es ging schon auf zwei Uhr zu. Seit meinem hektischen Aufbruch heute Früh waren mehr als sechs Stunden vergangen, und langsam wurde mir die Anstrengung zu viel. Nun rächte es sich, dass ich so überstürzt und planlos gestartet war. Mir wurde flau im Magen, und es quälte mich Durst. Obwohl ich zu Mittag etwas gegessen und getrunken hatte, war das für eine Bergtour viel zu wenig. Ich fühlte mich total geschlaucht, und meine zweite Flasche Mineralwasser war auch schon längst leer. Zwar sperrte ich mich gegen das Aufgeben und zwang mich dazu, weiterzugehen, doch die zunehmende Erschöpfung entmutigte mich und raubte mir den Glauben, es in absehbarer Zeit über den Pass zu schaffen und mein Ziel heute noch zu erreichen.

Lange hatte mich die Hoffnung angetrieben, dass ich drüben auf der anderen Seite, wenn die Steigung endlich überwunden wäre, mich nur aufs Rad zu setzen bräuchte, um es dann bergab rollen zu lassen. Doch da sich die Bergstraße so endlos dahinzog und ich keine Ahnung hatte, wie weit es bis zur Passhöhe tatsächlich war, erschien mir mein Vorhaben von Minute zu Minute aussichtsloser. Ich kam so gut wie überhaupt nicht mehr voran, immer öfter musste ich Pausen einlegen, um mich auszuruhen, und danach fiel es mir noch schwerer, mich wieder in Bewegung zu setzen. Das Aufsitzen gab ich mit der Zeit ganz auf, selbst auf flacheren Stücken fehlte mir die Kraft, in die Pedale zu treten. Ich hielt mich, während ich mich mit hängendem Kopf mühsam weiterschleppte, nur noch krampfhaft am Lenker fest. Der weiße Streifen am Fahrbahnrand war dabei meine einzige Orientierung. Was sonst noch auf der Straße vorging, ob mir Autos entgegenkamen oder mich überholten, nahm ich kaum noch wahr. Es gab Momente, da hätte ich am liebsten das Fahrrad weggeworfen und mich im Gebüsch am Wegrand verkrochen. Aber letztlich gab ich mir doch immer noch einen Ruck, indem ich mir sagte: „Wenigstens bis zur nächsten Kurve!"

Unerwartet erreichte ich dann nochmals eine kleine Ortschaft. Schon vor dem ersten Haus stand ein Getränkeautomat, bei dem ich mir was zu trinken kaufen konnte. Ich zog mir sofort eine Flasche Mineralwasser, trank sie auf einen Zug aus und holte mir noch zwei weitere. Es waren zwar nur Halbliterflaschen, aber auf so ein Labsal hatte ich schon gar nicht mehr zu hoffen gewagt. Mein Körper war nach der stundenlangen Überanstrengung völlig dehydriert, auch deshalb hatte ich mich zuletzt total k. o. gefühlt.

Danach schob ich mein Fahrrad weiter. Der Ort bestand nur aus wenigen Häusern, aber als ich schon fast durch war, fiel mir eine Bushaltestelle auf. Beinahe wäre ich achtlos daran vorübergegangen, aber zufällig war mein Blick auf die Tafel mit dem Fahrplan gefallen, und es ging daraus hervor, dass binnen einer halben Stunde ein Bus kommen sollte. Was konnte mir in meiner Lage Besseres passieren? Mein Entschluss, den Bus zu nehmen, stand rasch fest, ich überlegte nur noch, was ich mit dem Rad machen sollte. Ich ging ein paar Schritte weiter bis zu einem Waldstück hinter den Häusern, dort deponierte ich das Rad hinter einem Busch. Dann wechselte ich mein verschwitztes T-Shirt gegen ein frisches und ging zurück, um auf den Bus zu warten.

Ich fühlte mich noch immer wie ausgedörrt. Mir war, als könnte ich trinken, so viel ich wollte, aber der Durst wäre unlöschbar. Ich holte mir beim Getränkeautomaten noch zwei Flaschen Wasser und dazu eine Dose Kaffee. Die erste Flasche trank ich gleich an Ort und Stelle, die zweite steckte ich ebenso wie die Kaffeedose in den Plastiksack, den ich bei mir hatte und begab mich zur Haltestelle.

Da sich dort keine Sitzgelegenheit befand, hockte ich mich hin und lehnte mich mit dem Rücken gegen eine Hauswand. Das war zwar nicht bequem, aber immer noch angenehmer als die ganze Zeit zu stehen. Ich öffnete die Dose und trank den kalten Kaffee auf einen Zug aus. Viel war da nicht drinnen gewesen, aber meine Lebensgeister wurden dadurch doch ein wenig geweckt, ich begann, mich besser zu fühlen. Dazu trug auch die Aussicht bei, bald den Bus besteigen und die Reise ohne Plackerei fortsetzen zu können.

Doch wie schon zuvor wollte die Zeit nicht vergehen, die Zeiger meiner Uhr rückten kaum weiter. Obwohl ich es gar nicht eilig hatte, befiel mich, je länger ich hier warten musste, eine nervöse Anspannung. Zuerst konnte ich mir diese innere Unruhe nicht erklären. Erst nach einer Weile kam ich darauf, woran es lag. Es war zwar weit und breit kein Mensch zu sehen, und mir fiel auch keine Überwachungskamera auf, doch in einem Haus gegenüber schien hinter einem Fenstervorhang ein Schatten zu stehen, von daher kam das Gefühl, beobachtet zu werden. Normalerweise hätte mich das nicht gekümmert, aber nach all den Ereignissen von gestern Nacht und heute Morgen befürchtete ich ungute Folgen.

Früher war ich nie auf den Gedanken gekommen, dass Fremde etwas gegen mich im Schilde führen könnten. Ich erwartete natürlich auch kein Wohlwollen, im besten Fall war ich den Leuten egal. Doch nach meinen Erfahrungen der letzten Tage ließ mich jeder schiefe Blick schon Schlimmes befürchten. So unauffällig konnte man sich nämlich als Ausländer in Japan gar nicht verhalten, dass man nicht von Zeit zu Zeit angestarrt worden wäre. Dort, wo sich ausländische Touristen tummelten, war das weniger der Fall, in der Provinz signalisierten aber immer wieder Blicke, dass man als nicht hierher gehörig wahrgenommen wurde. Und in dem Ausnahmezustand, in dem ich mich befand, konnte das selbst in einem Kaff wie hier, wo kein Mensch auf der Straße war, einen Verfolgungswahn auslösen.

Mir schoss sofort der Gedanke durch den Kopf, dass mich der Schatten im Fenster erkannt und mir die Polizei auf den Hals gehetzt haben könnte. Vielleicht wartete er nun hinter dem Vorhang, um den weiteren Vorgang zu beobachten, zum Beispiel dass ein Patrouillenwagen um die Ecke käme, ein Polizist ausstiege, um meinen Ausweis zu verlangen und mich zu fragen, was ich hier zu suchen hätte.

Die folgenden Minuten verbrachte ich in quälender Ungewissheit. Wenn das zuträfe, was ich mir einbildete, säße ich in der Falle. Selbst wenn der Bus früher als die Polizei auftauchte, wäre meine Flucht hier zu Ende, denn der Bus könnte jederzeit auf freier Strecke angehalten werden. Es würde mir auch nichts nützen, mich hier irgendwo im Wald zu verstecken, man würde mich so oder so finden.

Da sich der Schatten im Fenster kaum bewegte, kamen mir dann aber Zweifel, ob wirklich ein Mensch dahinterstünde. Es geschah auch sonst nichts, was meine Befürchtung bestätigt hätte. Trotzdem wurde ich das ungute Gefühl, beobachtet zu werden, nicht los. Auch dass der Bus Verspätung hatte, steigerte meine Nervosität. Ich blieb aber an der Haltestelle ganz allein, kein Mensch ließ sich blicken. Und als der Bus dann doch endlich kam, verlief alles ganz normal. Zischend sprang die pneumatische Tür auf, ich stieg ein, die Tür schloss sich hinter mir, und der Bus setzte sich wieder in Bewegung.

★★★

Wochenlang war von dem Brandanschlag nichts mehr zu hören gewesen, doch nun häuften sich wieder die Berichte. Die Meldung, dass sich die ominöse Mary nicht, wie ursprünglich angenommen, unter den Todesopfern befand, hatte schon früher die Runde gemacht. Die Tatsache, dass sie nun unter ungeklärten Umständen bei einem Autounfall umgekommen war, ließ es möglich erscheinen, dass der Unfall mit der Brandstiftung in Verbindung stand – sei es, dass man ihr von Anfang an nach dem Leben trachtete, sei es, dass sie als Zeugin beseitigt werden sollte. Bei den Untersuchungen rückte nun auch ihr Begleiter wieder ins Blickfeld. Eigentlich hatte man ihn längst im Ausland vermutet, jetzt stellte sich heraus, dass er immer noch in Japan war. Verdächtig hatte er sich schon durch sein Verhalten in der Brandnacht gemacht, denn wenn er nichts mit dem Anschlag zu tun hatte, warum machte er sich aus dem Staub? Und nun spielte er erneut eine undurchsichtige Rolle und benahm sich so, als ob er etwas zu verbergen hätte. Er war nämlich zwei Tage später am Unfallort gesehen worden, wie er sich an dem Autowrack zu schaffen machte. Und ein weiterer Zeuge hatte beobachtet, dass in der Unfallnacht dem später verunglückten Wagen ein Fahrzeug mit hoher Geschwindigkeit gefolgt war. Das deutete darauf hin, dass hier entweder ein Verkehrsrowdy fahrlässig einen tödlichen Verkehrsunfall verursacht hatte oder dass Vorsatz im Spiel war.

★★★

Im Bus war vielleicht ein Drittel der Plätze besetzt. Als ich mich zwischen den Sitzreihen durchzwängte, sah mich kein Passagier an. Die meisten dösten nur auf ihren Sitzen, andere waren mit ihren Smartphones beschäftigt. Selbst der Fahrer hatte mich kaum eines Blickes gewürdigt, und das war mir ganz recht. Nur nicht auffallen, war die Devise.

Als der Bus eine scharfe Kurve nahm, warf es mich fast um. So ließ ich mich einfach auf den nächsten freien Sitz fallen. Doch kaum saß ich da, ergoss sich ein eisiger Luftschwall über mich, der mich erschauern ließ. Schon beim Einsteigen war es mir hier drinnen sehr kühl vorgekommen, aber nun packte mich ein regelrechtes Frösteln. Mir wurde auch gleich klar, woher das kam. Über mir befand sich eine Düse, aus der mich ein kalter Luftzug anblies. Die Klimaanlage war wie in allen Bussen und Zügen Japans viel zu kühl eingestellt.

Ich drehte an der Düse, doch die ließ sich nicht schließen, darum versuchte ich wenigstens den Strahl von mir wegzulenken, aber das gelang nicht. Auch ein Weiterrücken auf den Platz daneben nützte nichts, denn dort war es dasselbe. Einen Pullover oder eine Jacke, die ich hätte überstreifen können, hatte ich nicht dabei. So blieb mir nichts anderes übrig, als mich damit abzufinden. Erst nach und nach gewöhnte ich mich an den Temperaturunterschied.

Es dauerte noch eine Weile, bis ich ruhiger wurde und mir der ominöse Schatten am Fenster aus dem Kopf ging. Die Sorge, dass er die Polizei verständigt haben könnte, wollte lange nicht verschwinden. Deshalb sah ich zwischendurch immer wieder nach draußen, um mich zu vergewissern, ob nicht doch ein Polizeiwagen auftauchte. Aber es kam keiner.

Vom Bus aus machte die Bergstraße nicht so einen steilen Eindruck. Einige Kurven waren zwar sehr eng, sodass der Bus nur mit Mühe herumkam. Doch die Steigung wirkte moderat, nicht so, wie ich sie auf dem Rad erlebt hatte. Dass es zum Schluss eine ziemliche Schinderei wurde, lag aber wahrscheinlich an meinem Mangel an Kondition. Ich hatte in den letzten Wochen kaum trainiert. Meist fehlte mir aufgrund des Wetters die Lust dazu, denn zuerst regnete es dauernd, dann wurde es so heiß. Und hatte ich mich doch einmal aufgerafft, laufen zu gehen, fühlte ich mich schon nach kurzer Zeit müde und erschöpft. So eine extreme Belastung wie die Radfahrt heute war ich nicht gewohnt. Schon die Anfahrt hatte mir viel abverlangt, der Anstieg zum Berg gab mir den Rest.

Der Bus fuhr dagegen problemlos die Serpentinen hoch, durchquerte mehrere Tunnel, und nach kaum zehn Minuten war die Passhöhe erreicht. Mit dem Rad beziehungsweise zu Fuß hätte ich dafür wohl noch Stunden gebraucht. Danach führte die Straße durch feuchtgrüne Wälder, an einsamen Wasserfällen vorbei, und ab und zu tauchten zwischen den Bäumen kleine Felder auf, wo *Wasabi* angebaut wurde, denn die Pflanze gedeiht in feuchten, schattigen Gebieten am besten.

Von Zeit zu Zeit kamen Abzweigungen mit Hinweisschildern zu kleinen Ortschaften, wo es heiße Quellen gab. Und in manchen Abschnitten erinnerte mich die Waldlandschaft an Yukas Heimat. Hätte ich gewusst, wie schön es hier war, wäre ich gern einmal mit ihr hierhergekommen. In Yamagata war sie, wenn sie Zeit hatte, gern mit mir ins Grüne gefahren. Doch in Shimoda hatte sie trotz Langweile meine Vorschläge, mit mir Ausflüge zu machen, meist abgelehnt.

Es tat mir weh, als ich daran dachte, was wir alles verpasst hatten. Wir hätten eine viel schönere Zeit haben können. Und in meine sentimentalen Erinnerungen mischte sich einige Bitterkeit. Ich zieh mich der Dummheit, dass ich noch Luftschlösser für ein neues Leben mit ihr baute, während sie bereits alles tat, um mich loszuwerden. Dass ihr ihre heimlichen Pläne am Ende nur zum Schaden gereicht hatten, war für mich kein Trost. Im Gegenteil, ich sah es als meine Schuld an. Hätten wir uns rechtzeitig ausgesprochen, dann wäre vielleicht alles anders gekommen. Zumindest hätte sie sich nicht wie eine Diebin in der Nacht von mir fortschleichen müssen.

Eine Trennung von ihr wäre so und so schmerzhaft geworden, aber im Einvernehmen mit ihr wäre es vielleicht einfacher gewesen, dann hätte ich die Ketten, die mich nach wie vor an sie fesselten, leichter abstreifen können. Aber weil sie nun nicht mehr war und ich mich dafür mitschuldig fühlte, blieb der emotionale Ballast an mir allein hängen. Dass ich auch während der Busfahrt immer an Yuka denken musste, hatte aber insofern etwas

Gutes, als es mich von dem Erlebnis an der Haltestelle ablenkte. Meine Furcht, dass die Polizei hinter mir her sein könnte, trat dadurch in den Hintergrund, und am Ende vergaß ich sie ganz.

Der Bus hatte inzwischen oftmals angehalten. Mehr als ein, zwei Personen waren an den einzelnen Stationen nie ein- oder ausgestiegen, aber die vielen Stopps zogen die Fahrt in die Länge. Es dauerte zwei Stunden, bis wir eine Stadt mit Anbindung an die Bahn erreichten. Ich war eingenickt, und als der Bus hielt, bekam ich gar nicht mit, dass hier Schluss war. Erst als ich bemerkte, dass alle Passagiere ausstiegen und der Fahrer mit Blick auf mich nochmals die Endstation verkündete, verließ auch ich den Bus.

X

Ich betrat den Bahnhof und suchte nach dem Fahrkartenschalter. Ich dachte mir, ich fände hier einen Zug, mit dem ich, ohne umsteigen zu müssen, eine Küstenstadt am Japanischen Meer erreichen könnte. Der Mann am Schalter sagte mir aber, von hier aus gäbe es keine Direktverbindung. Und da ich mich mit dem japanischen Bahnnetz nicht auskannte, schlug er mir vor, entweder ein Ticket nach Tokyo oder nach Nagoya zu nehmen, denn nur in einer der beiden Städte gäbe es Umsteigemöglichkeiten. Er empfahl mir Tokyo, von dort wäre die Verbindung besser. Dorthin wollte ich aber auf keinen Fall, darum entschloss ich mich für Nagoya. Mit der Regionalbahn würde es zwar länger dauern, dafür fuhr der nächste Zug schon in zwanzig Minuten. Ich kaufte daher die Karte und ging zum Bahnsteig.

Als ich in Nagoya ankam, war es bereits Abend, und nachdem ich ausgestiegen war, fand ich mich auf dem großen Bahnhof nicht zurecht. Da ich kein Ticket für einen Anschlusszug hatte, musste ich mich wieder bei einem Schalter anstellen. Als ich drankam, erkundigte ich mich, von welcher Stadt man am einfachsten nach Korea käme, und die Schalterbeamtin empfahl mir Fukuoka. Von dort, sagte sie, gäbe es täglich Fähren nach Busan. Ich kaufte also eine Fahrkarte für den *Shinkansen* nach Fukuoka und suchte dann den Bahnsteig auf.

Nachdem ich den richtigen gefunden hatte, empfing mich dort eine seltsame Atmosphäre. Der Bahnsteig war menschenleer, aber es hing ein Bratengeruch in der Luft, als lägen hier irgendwo *Yakitori*-Spieße auf einem Holzkohlengrill. Dazu erklang Lachen, Gläserklirren, und fröhliche Stimmen waren zu hören, als fände in der Nähe eine Party statt. Es war zwar weit und breit nichts zu sehen, außerhalb des Bahnhofs musste es jedoch einen Biergarten geben, von wo sich die Atmosphäre eines Sommerfests verbreitete. So einladend die Stimmung aber auch wirkte, sie löste in mir wieder ein Gefühl des Fremdseins aus.

Ohne Yuka gehörte ich nirgendwo dazu. Eine gewisse Verbundenheit mit Japan hatte ich nur während der Zeit empfunden, in der ich mit ihr zusammen war, ohne sie fühlte ich mich überall ausgeschlossen. Denn im Gegensatz zu früher fehlte mir nun auch die Neugier und der Wunsch, dazugehören zu wollen. Allerdings erinnerte mich der Bratengeruch daran, dass ich Hunger hatte.

In der Bahnhofshalle war ich an einem Kiosk vorbeigekommen, zu dem ging ich zurück und kaufte mir dort eine Lunchbox und eine Dose Bier. Wieder auf dem einsamen Bahnsteig fühlte ich mich aber noch verlorener als zuvor. Ich sah auf die Uhr, eine knappe Stunde bis zur Weiterfahrt. Ursprünglich hatte ich vor, erst im Zug zu essen, doch da wäre das Bier längst warm, und mein Magen wollte sich auch nicht so lange gedulden. Also beschloss ich, das Abendessen nicht länger aufzuschieben, suchte mir eine Bank und setzte mich hin.

Gerade als ich dabei war, mein *Obento* auszupacken, kam eine junge Frau die Rolltreppe hoch und schlenderte in meine Richtung. Sie fiel mir wegen ihrer seltsamen Erscheinung auf, denn sie wirkte wie einem japanischen *Manga* entstiegen. Sie hatte einen blond gefärbten Bubikopf, da aber ihre Naturfarbe durchschlug, spielte das falsche Blond ein wenig ins Grünliche. Dazu passte ihre fahle Gesichtsfarbe, und ihre Lippen spielten ins Bläuliche. Außerdem trug sie ein schwarzgelb gestreiftes, bauschiges Kleid, hinten länger als vorn, womit sie fast aussah wie Biene Maja. Und zur Aufmachung gehörten auch noch klobige schwarze Schuhe mit Plateausohlen, die ihrem Gang etwas Plattfüßiges verliehen.

Ich hätte sie wahrscheinlich nicht so anstarren sollen, denn nachdem sie erst betont an mir vorbeigesehen hatte, blickte sie mich plötzlich scharf an. Und für einen Moment zeigte ihre Miene einen Ausdruck, als hätte sie gerade eine unerwartete Entdeckung gemacht. Danach wandte sie sich aber gleich wieder ab und ging einem jungen Mann entgegen, der eben über einen anderen Aufgang am Bahnsteig erschien. Er war ganz in Schwarz gekleidet und hatte einen komischen Hut auf. Obwohl er nicht so auffällig wirkte wie sie, gehörten die beiden offenbar zusammen. Denn kaum bei ihm angekommen, machte sie ihn durch eine Geste auf mich aufmerksam, worauf er ebenfalls zu mir herübersah.

Mir war nicht klar, was ihre Neugierde ausgelöst haben könnte. Hatte die Biene Maja noch nie einen Ausländer gesehen, oder wunderte sie sich nur, dass ein Ausländer *Obento* aß? Das eine erschien mir ebenso unwahrscheinlich wie das andere. Das unbehagliche Gefühl, wie ich es heute schon einmal hatte und zwar an der Bushaltestelle zum Amagi-Pass, kehrte wieder. Ich gab mir in der Folge zwar den Anschein, als wären mir die beiden egal, verfolgte ihr Treiben aber weiter aus den Augenwinkeln.

Zuerst sah es so aus, als würden sie mir keine weitere Beachtung schenken. Die Frau hatte ein Smartphone aus ihrer Tasche gezogen und tippte darauf herum, während er unbeteiligt daneben stand. Dann bemerkte ich aber, dass sie wieder verstohlen hersah, und mir kam plötzlich der Verdacht, die Frau könnte im Internet gesucht und ein Foto gefunden haben, das sie nun mit meinem Aussehen verglich.

Eigentlich hatte ich nicht damit gerechnet, fernab von Shimoda erkannt zu werden. Da diese Möglichkeit aber nicht auszuschließen war, machte mich das Gehabe der beiden nervös. Es beschlich mich erneut der Verfolgungswahn, den ich schon abgeschüttelt zu haben glaubte. Zwar sahen die zwei nicht so aus, als würden sie gleich die Polizei rufen, trotzdem hielt ich es für geraten, das Feld zu räumen. Ich packte mein Lunchpaket wieder ein und ging in die Bahnhofshalle zurück. Dabei versuchte ich, den Eindruck eines überstürzten Rückzugs zu vermeiden. Die beiden sollten nicht denken, ich wollte vor ihnen davonlaufen, trotzdem trachtete ich danach, ihnen so rasch wie möglich aus den Augen zu kommen.

Unten in der Halle ging ich in den Warteraum und suchte mir in einem Winkel einen freien Platz. Hier wollte ich die weitere Entwicklung abwarten. Sollte in der nächsten halben Stunde nichts Außergewöhnliches geschehen, könnte ich mich unbesorgt wieder auf den Bahnsteig begeben. Der Warteraum war zu circa drei Viertel gefüllt, und es gab ein stetiges Kommen und Gehen. Da mir aber niemand Beachtung schenkte, fühlte ich mich ungestört. Oben war mir der Appetit vergangen, hier unten kam er mir wieder. So packte ich erneut meine Lunchbox aus. Es gab gebratenen Fisch, dazu ein Stück frittiertes Huhn, in der Mitte Reis, darauf *Umeboshi*, eine gesalzene Pflaume, und auf der Seite verschiedene Gemüsesorten. Alles appetitlich angerichtet und farblich aufeinander abgestimmt.

Zuerst aber wollte ich mir einen Schluck Bier genehmigen. Als ich die Lasche zog, sprang die Dose zischend auf, und der Schaum drohte überzugehen. So führte ich die Dose rasch an den Mund und machte einen Schluck, ehe das Bier überlief. Es war noch kühl, schäumte aber, weil ich es zuvor treppauf, treppab getragen hatte. Dann nahm ich die Stäbchen zur Hand und begann zu essen.

Die nervöse Aufwallung von vorhin hatte sich wieder gelegt. Wahrscheinlich war alles nur Einbildung, aber mir fehlte die Unbefangenheit, um das rational zu beurteilen. Den ganzen Tag über war ich im Dauerstress und fühlte mich wie gehetzt. Alles hatte so chaotisch begonnen, und meine Flucht war völlig planlos verlaufen. Noch zu Mittag hätte ich es nicht für möglich gehalten, am Abend schon in Nagoya zu sein. Aber zugleich mit der Befriedigung, es nun doch so weit geschafft zu haben, machte sich auch ein gewisser Fatalismus breit. Ich hatte mich seit heute Morgen durch eine ganze Reihe von Widrigkeiten gekämpft, nun fühlte ich mich aber so erschöpft, dass ich mir sagte, sollte hier die Polizei auftauchen, würde ich nicht mehr versuchen, zu fliehen. Entweder blieb mir das Glück auch noch das letzte Stück treu, oder meine Flucht wäre hier zu Ende.

Mir war klar, dass ich mich mit meiner Paranoia selbst verrückt machte. Ich müsste aufhören, alles, was ich rings um mich beobachtete, auf mich zu beziehen. Es ging schon seit Tagen so, ich kam keinen Augenblick zur Ruhe. Die ganze Zeit lebte ich in einem Ausnahmezustand, in dem ich mich beobachtet und verfolgt fühlte. Seit heute Früh wusste ich aber auch, dass ich mir das nicht nur einbildete, sondern man tatsächlich hinter mir her war. Seitdem wurde ich erst recht Opfer meiner Ängste und witterte hinter jeder noch so harmlos scheinenden Begebenheit eine drohende Gefahr. Die Begegnung mit dem jungen Paar von vorhin war dafür symptomatisch. In fremde Gehirne kann man nicht hineinschauen und daher nie wissen, was in anderer Leute Köpfe vorgeht. Aber wenn man damit anfängt, eigene Befindlichkeiten in fremde Blicke hineinzuinterpretieren, geht man mit Sicherheit fehl.

Während ich im Warteraum abseits des wimmelnden Bahnhofsgetriebes saß und keine patrouillierenden Beamten auftauchten, ließ das Gefühl der Bedrohung wieder nach. Ich fragte mich auch, woher die Furcht eigentlich kam. Außer illegal im Land zu sein, hatte ich mir nichts zuschulden kommen lassen. Was hätte ich also zu befürchten, wenn die Polizei käme, um mich zu holen? Man könnte mich höchstens ausweisen, aber nach allem, was passiert war, wollte ich Japan ohnehin verlassen.

Und wenn sie mich fragten, warum ich heute Morgen so Hals über Kopf die Pension in Shimoda verlassen hätte, könnte ich mich damit herausreden, dass ich nicht wusste, wer vor der Tür war und Angst um mein Leben gehabt hätte. Sollten mir Fragen bezüglich Yuka und der Ereignisse in Yamagata gestellt werden, würde ich sagen, was ich wüsste. Das könnte unangenehm werden, und ich müsste eventuell in Gewahrsam bleiben, aber nach einigen Tagen käme ich voraussichtlich wieder frei. Eventuell müsste ich dann auch vor Gericht als Zeuge erscheinen, aber sonst könnte mir nicht viel geschehen. Am Ende würden sie mich in ein Flugzeug setzen, und das wär's gewesen. Es blieben zwar Unwägbarkeiten, trotzdem wirkte der Gedanke auf mich beruhigend.

Bis zur Abfahrt des Zuges war es noch eine Weile hin, und so überließ ich mich meiner Müdigkeit. Als mir aber die Augen zufielen, sagte ich mir, dass ich mich zusammenreißen müsste. Im Warteraum einzuschlafen, konnte ich mir nicht erlauben. Der Zug nach Fukuoka war der Letzte für heute, den durfte ich keinesfalls verpassen. Allerdings brauchte ich noch einige Augenblicke Ruhe, und so blieb ich einfach sitzen und dämmerte im halbwachen Zustand dahin. Bis mich ein Blick auf die Uhr mahnte, dass es Zeit war, wieder hinauf zum Bahnsteig zu gehen. Nur noch zehn Minuten bis zur Abfahrt.

Oben stand die Zuggarnitur schon bereit. Immer noch hing der Geruch von Gegrilltem in der Luft, ich achtete jedoch nicht mehr darauf. Ich sah mich nur kurz nach dem ominösen Pärchen von vorhin um. Es schien aber nicht mehr da zu sein, oder die beiden waren unter den vielen Leuten, die sich am Bahnsteig befanden, verschwunden.

Der Waggon, in den ich einstieg, war circa halbvoll. Ich suchte mir einen Platz am Fenster. Es ließ sich kein Schaffner blicken, und auch draußen waren keine Bahnbeamten zu sehen. Es liefen nur einige Reisende vorbei, die sich beeilten, den Zug noch zu erreichen. In meinen Waggon stieg allerdings niemand mehr ein.

Und dann setzte sich der Zug in Bewegung, ohne dass es eine Ansage gegeben hätte. Der erleuchtete Bahnhofsbereich glitt langsam vorbei, danach war draußen noch eine Weile das Straßengewirr des nächtlichen Nagoya zu sehen. Aber nicht lange darauf verschwanden die Lichter der Stadt, und der Zug tauchte ins Dunkel der Nacht.

Erst jetzt kamen Durchsagen mit dem Fahrziel und an welchen Stationen der Zug halten würde. Erleichtert lehnte ich mich zurück, es schien alles nach Plan zu laufen. Die Ankunft am Bahnhof Hakata in Fukuoka sollte erst nach Mitternacht erfolgen, bis dahin würden sich vielleicht einige Stunden Schlaf finden lassen.

Wo und wie ich den Rest der Nacht verbringen könnte, das würde ich dann schon sehen. Im Moment war ich zu kaputt, um mir darüber den Kopf zu zerbrechen. Außerdem schien ich ein wenig Fieber zu haben. Entweder kam das von der Anstrengung bei der Fahrt mit dem Rad, oder ich hatte mich heute Nachmittag im Bus erkältet. Meine Stirn war heiß, doch alles in allem fühlte ich mich nicht unwohl, nur müde und erschöpft.

Ich schloss die Augen. Ab und zu nickte ich ein, dann zogen Erinnerungsnebel der letzten Tage wie Traumbilder an mir vorbei. Wenn ich zwischendurch wieder aufsah, war alles um mich unverändert. Im Fenster spiegelte sich nur das erleuchtete Innere des Waggons, von der draußen vorüberfliegenden nächtlichen

Landschaft war fast nichts zu sehen. Nur hin und wieder huschten Lichter von Straßenlaternen oder einzelnen Häusern vorbei. Abgesehen von Aufenthalten an Bahnhöfen war die Fahrt ein langweiliges Einerlei. Das Kinn auf der Brust, döste ich die meiste Zeit auf meinem Platz und schreckte nur hoch, wenn Durchsagen kamen, um gleich darauf wieder in meinen Dämmerzustand zu versinken. Einmal war ein Schaffner gekommen, um die Fahrkarten zu kontrollieren, sonst geschah nichts.

In wachen Momenten tauchten auch wieder Gedanken an Yuka auf. Dass sie in den letzten Wochen in der Pension so oft ihre schlechte Laune an mir ausgelassen hatte, konnte ich im Rückblick bis zu einem gewissen Grad verstehen. Es war eine schwierige Situation, in der Untätigkeit, zu der wir verdammt waren, gingen wir uns auf die Nerven. Unverständlich blieb mir aber ihr Sinneswandel in den Tagen vor ihrem Verschwinden. In Yamagata hätte ich auf Mama-sans Einflüsterungen getippt, aber das konnte es hier nicht gewesen sein. Zwar war mir Yukas Hang zu Heimlichtuereien bekannt, trotzdem war ich davon ausgegangen, dass sie sich mir in so einer wichtigen Angelegenheit anvertrauen würde. Doch diesmal spielte sie vor mir – aus welchen Gründen auch immer – mit gezinkten Karten.

Es drängte sich mir ein neuer Verdacht auf, was sie dazu bewogen haben könnte. Vielleicht war sie wieder unter den Einfluss von Leuten geraten, mit denen sie früher in Verbindung stand. Seit der Brandanschlag einem Einzeltäter in die Schuhe geschoben wurde, konnten die sich wieder aus der Deckung wagen. Gut möglich, dass die belastenden Videoaufnahmen, mit denen Yuka schon einmal erpresst worden war, dabei wieder eine Rolle spielten. Solange keiner wusste, ob Mary noch lebte, war die DVD nutzlos. Doch seit es offiziell war, dass sie den Brand in der Bar überlebt hatte, konnte man sie damit wieder unter Druck setzen. So wäre es plausibel, warum sie sich von Neuem nötigen ließ und sich lieber diesen Typen auslieferte, als bei mir Hilfe zu suchen. Zugleich war ich überzeugt davon, dass der Besitzer des „Wave" in der ganzen Sache irgendwie mit drinsteckte, nur konnte ich nicht sagen wie. Das lag daran, dass für mich als Außenstehendem die Abhängigkeiten in diesem Milieu un-durchschaubar waren.

Je näher die Ankunft in Fukuoka rückte, desto mehr begann mich aber eine andere Sorge zu plagen, nämlich wo ich die Nacht unterkommen könnte. Wohin sollte ich mich wenden, sobald der *Shinkansen* im Bahnhof Hakata einfuhr? Es war wohl nicht rat-sam, mir ein Hotelzimmer zu nehmen. Dort würde man einen Namen wissen oder gar meinen Pass sehen wollen. Am liebs-ten hätte ich Japan noch heute Richtung Korea verlassen, aber da ich keine Ahnung hatte, wie und wann ich eine Gelegenheit zur Überfahrt finden könnte, war es müßig, in dieser Richtung Pläne zu schmieden.

So schloss ich wieder die Augen, während der Zug weiter mit mir ins Ungewisse fuhr. Und meine Gedanken kehrten zu Yuka zurück, es war, als liefe in meinem Kopf ein Trailer zu meinem Leben mit ihr ab. Szenen von der Suche nach ihr in Shimoda überlappten sich mit unserer gemeinsamen nächtlichen Fahrt zu „Harris' Pub" nach dem Taifun. Darein mischten sich Bilder von der Fahrt in die Klinik, nachdem ich sie leblos im Wald ge-funden hatte, und am Ende kamen auch Erinnerungen an unse-re überstürzte Flucht aus Yamagata auf. In meinem übermüde-ten Zustand empfand ich die vorüberziehenden Bilder wie einen Fiebertraum.

Im Grunde glich diese Assoziationskette einer Gedanken-flucht. Damals begann, was später dazu führte, dass ich Träume und Erinnerungen nicht mehr auseinanderhalten konnte. Auch wenn mir einzelne Ereignisse dunkel präsent waren, geriet mir die Abfolge durcheinander, und am Ende hielt ich meine Erleb-nisse für Traumbilder, weil ich nicht mehr unterscheiden konn-te, wann, wo und warum das alles geschehen war.

Es war wohl eine Überlebensstrategie, um dem seelischen Druck zu entgehen. Auch wenn ich mir noch so oft sagte, dass ich für Yukas Tod nichts konnte, fühlte ich mich dennoch mit-schuldig daran. Ich hätte darauf drängen müssen, früher von Shimoda wegzugehen. Aber auch ich hatte mich von der Abge-schiedenheit des Ortes verführen lassen und darum in trügerischer Sicherheit gewiegt. Am Ende traf ein, was von Anfang an zu befürchten stand, man wurde auf uns aufmerksam, und wir saßen in der Falle.

Nun war ich doppelt auf der Flucht. Einerseits, um meine Haut zu retten, andererseits vor meinem Gewissen. Ich lief davon wie einer, der einen Scherbenhaufen angerichtet hat. Und als mein Schuldgefühl so groß wurde, dass ich es nicht mehr ertragen konnte, flüchtete ich mich in die Amnesie. Es war keine bewusste Entscheidung, Yuka aus meiner Erinnerung zu verbannen. Ich hing viel zu sehr an ihr, als dass ich die Gedanken an sie hätte unterdrücken können. Doch mit jedem Schritt, den ich mich von Shimoda entfernte, rückte das, was hinter mir lag, in immer undeutlichere Ferne, und ihr Bild verlor sich im Dunkel. Auch wenn das Vergessen keine Lösung war, empfand ich es in jener Phase doch wie eine Erlösung. Wenn das Glück, das ich mit ihr erlebt hatte, nicht mehr so groß erschien, verkleinerte sich auch das Unglück, sie verloren zu haben. Irgendwann fühlte ich keine Trauer mehr, und mein Schmerz ging in melancholische Wehmut über.

Das, was damals während der Zugfahrt in mir vorging, war die Vorstufe zu dem Zustand, in den ich später geriet. Ausschließlich darauf konzentriert, nach Europa zu kommen, ließ ich alles, was in Japan war, wie überflüssigen Ballast hinter mir. Mein Gedächtnis verließ mich dabei nicht auf einen Schlag, sondern ich begann, die Realität nach und nach nur noch selektiv wahrzunehmen. Alles, was meinem Plan dienlich war oder ihn gefährdete, sah ich deutlich, alles andere wurde unscharf. Circa eine halbe Stunde vor der Ankunft in Fukuoka war zum Beispiel so ein typischer Moment, wo sich die Gegenwart vor die Vergangenheit schob und sie völlig verdeckte.

Es war eine Begebenheit, die mich in große Unruhe versetzte. Ich hatte kurz geschlafen und war gerade wieder aus einem dumpfen Traum erwacht, als ich einen Mann bemerkte, von dem mir schien, als ginge er durch den Waggon, um zu kontrollieren, wer hier aller saß. Das erste Mal kam er von hinten, und ich sah ihn nur von rückwärts. Mir fiel dabei auf, dass er sehr korrekt gekleidet war, schwarze Hose und schwarzes Hemd. Und als er wenig später wieder zurückkam, kreuzten sich für einen Moment unsere Blicke. Doch weil er sich danach so betont abwandte, beschlich mich das ungute Gefühl, er wäre auf der Suche nach mir hier auf- und abgegangen.

Der Eindruck war wohl meiner latenten Paranoia geschuldet, denn er hätte genauso gut die Toilette im nächsten Waggon aufgesucht haben können. Aber ich bildete mir ein, er wäre ausgeschickt worden, um sich im Zug nach einem Ausländer umzusehen. Er trug keine Uniform, war daher augenscheinlich keiner vom Zugspersonal, und er sah auch nicht so aus, als wäre er von der Polizei. Sollte er aber zu jener Clique von Leuten gehören, die Yuka auf dem Gewissen hatten – warum verfolgten die mich bis hierher? Am Weg zum Amagi-Pass hätten sie mich doch viel leichter aus dem Verkehr ziehen können. Vielleicht aber hatten sie meine Spur verloren und waren erst durch einen Tipp wieder auf meine Fährte gebracht geworden. Es packte mich die Angst, dass sie versuchen könnten, mich beim Verlassen des Bahnhofs abzufangen. Es bräuchten da zwei Leute nur so zu tun, als ob sie mich erwarteten, um mich in ein getarntes Taxi zu verfrachten.

So wurde ich die letzten Minuten vor der Ankunft wieder ein Opfer meiner Einbildung und infolgedessen immer nervöser. Ich hielt es auf meinem Sitz nicht mehr aus. Ich stand auf und begab mich in den vordersten Waggon. Dort wartete ich am Zwischengang, bis die Tür sich öffnen würde. Dabei sah ich mich immer wieder nach dem Typ von vorhin um. Er ließ sich zwar nicht mehr blicken, aber da der Zug zuletzt nirgendwo mehr angehalten hatte, musste er noch da sein. Er bräuchte beim Aussteigen auch gar nicht mehr in Erscheinung zu treten, es genügte, wenn er seinen Leuten einen Wink gab.

Endlich sprang die Tür auf. Ich trat hinaus auf den leeren Bahnsteig und beeilte mich, zum Ausgang zu kommen. Erst auf der Rolltreppe bemerkte ich den Schwarzgewandeten wieder. Ich hatte mich verstohlen umgesehen, da stand er ein Stück weiter oben, ein Magazin in der einen Hand und die andere am Griff eines Rollkoffers. Auf dem Weg zur Bahnhofshalle ging er die ganze Zeit

hinter mir. Ich verlangsamte meine Schritte, um ihn vorbeizu-
lassen und so besser im Auge behalten zu können. Die Schranke
zur Fahrkartenkontrolle passierte er direkt vor mir. In der Halle
stand eine Handvoll Leute, die auf Ankömmlinge warteten. Den
Mann mit dem Rollkoffer begrüßte niemand. Ich folgte ihm beim
Durchqueren der Halle mit Abstand. Er trat hinaus auf den Platz vor
dem Bahnhof, ging zu einem wartenden Taxi, stieg ein und fuhr
ab. Nichts war geschehen, und ich atmete erst mal erleichtert auf.

Ich ging weiter, ohne zu wissen, wohin. Statt in Richtung der
hell erleuchteten Hauptstraße lenkte ich meine Schritte lieber in
eine Seitengasse. Meinen Verfolgungswahn hielt ich nun selber
für übertrieben, und es keimte wieder Hoffnung in mir auf, dass
ich es schaffen könnte, mein Ziel zu erreichen. War ich bisher
so weit gekommen, würde es auch noch weiter gut gehen. Jetzt
war es vor allem wichtig, einen Platz zum Schlafen zu finden.

Ich hatte keine Ahnung, wohin die Gasse führte, denn ich
kannte mich hier nicht aus. In der Bahnhofshalle war mir zwar in
einem beleuchteten Gehäuse ein Stadtplan aufgefallen, aber weil
mich dort eine andere Sorge umtrieb, hatte ich dem keine Beachtung geschenkt. Ein Handy, das mir den Weg hätte weisen können, hatte ich auch nicht, also ging ich vorerst geradeaus weiter.

Mir ein Hotelzimmer zu nehmen, daran dachte ich schon lange nicht mehr. Mich schreckte die Befürchtung ab, als unange-
meldeter Ausländer ohne Gepäck zu sehr aufzufallen. Ich hielt es
für besser, mir einen einsamen Ort am Strand zum Übernachten
zu suchen. Es war warm, sah nicht nach Regen aus, und wenn
ich ein halbwegs geschütztes Plätzchen fände, wäre es möglich,
die Nacht im Freien zu verbringen.

Das Problem war nur, dass ich keine Ahnung hatte, wie ich
zum Meer käme. Es konnte sein, dass ich hier richtig war, aber
ebenso, dass ich in die falsche Richtung lief. Vorerst ließ ich mich
dadurch aber nicht beirren. Wenn ich dachte, was ich heute alles schon hinter mir hatte, da fiel ein kleiner Umweg auch nicht
mehr ins Gewicht. Nach wenigen Schritten querte eine breite
Straße die kleine Nebengasse, und nach kurzer Überlegung bog
ich dort ein und setzte meinen Weg in diese Richtung fort. Ich

wusste zwar nicht, wo es hier lang ging, hoffte aber, wenn ich der Straße folgte, auf einen Wegweiser zu stoßen.

Ich war schon eine geraume Weile unterwegs, bis mir im Schein einer Laterne ein trübes Gerinne auffiel, das, beidseitig mit Mauern eingefasst, neben der Straße herlief. Auf den ersten Blick sah es aus wie ein Kanal, konnte aber auch ein reguliertes Flussbett sein. Und in der Annahme, dass der Fluss ins Meer münden würde, beschloss ich, dem Lauf zu folgen. Was mir fehlte, war eine Einschätzung, wie weit es ungefähr sein könnte.

Auf meinem eingeschlagenen Weg schien ich richtig zu sein, denn mir kam es nach einiger Zeit so vor, als läge Meeresgeruch in der Luft. Zu sehen war vom Meer zwar nichts, denn alles war verbaut, und darüber führte eine Autobahnbrücke. Aber etwas weiter kam ein Schild mit dem Hinweis, dass die Straße zum Hafen führte. Das war gut zu wissen, stand allerdings meinem Plan, ein ruhiges Plätzchen am Strand zu finden, entgegen. Kurz entschlossen disponierte ich um und machte mich auf die Suche nach einer Brücke, um über den Fluss zu kommen. Als ich eine fand, wechselte ich auf die andere Seite und folgte einer Straße, die stadtauswärts führte. Ich kannte mich zwar immer noch nicht aus, aber nun konnte ich mich wenigstens so weit orientieren, dass ich wusste, wo die Küste lag.

Dass ich erst dachte, schon nah am Ziel zu sein und dann doch wieder einen anderen Weg nehmen musste, wirkte demotivierend auf mich. Die Gegend war hier immer noch ziemlich dicht verbaut, und ein einsamer Strand, wie ich ihn mir vorstellte, kam weit und breit nicht in Sicht. Die Beine wurden mir schwerer, meine Schritte langsamer, und irgendwann wurde es mir zu dumm. Ich bog einfach auf gut Glück in die nächste Seitengasse ein. Meine Vermutung, dass dieser Weg zum Meer führte, bestätigte sich, als über mir wieder die Autobahnbrücke auftauchte. Anscheinend verlief die Autobahn parallel zur Küste. Nachdem ich unten durch war, wurde die Gasse schmaler und mündete in einen Fußpfad. Rechts und links gab es noch einige bebaute Grundstücke, aber dann stieß ich auf einmal an eine gemauerte Böschung. Wie es schien, war hier der Weg zu Ende und ich in eine Sackgasse geraten.

Erschöpft lehnte ich mich an die schräge Mauer. Nochmals umzukehren, dazu fehlte mir die Kraft und die Lust. Lieber wollte ich in einem der umliegenden Gärten einen Unterschlupf für die Nacht suchen. Die meisten Gartenhäuser sahen unbewohnt aus, dennoch schien mir das Vorhaben riskant, denn ich könnte trotz allem beobachtet werden, wenn ich über einen Zaun kletterte. Aber während ich noch hin und her überlegte, was ich tun sollte, war es mir, als hörte ich in der Nähe Möwengeschrei und dumpfes Wellenrauschen. Auch lag wieder Meeresgeruch in der Luft, wenn mich nicht alles täuschte, musste direkt hinter der Böschung die Küste sein. Das ließ mir keine Ruhe, ich zog meine Flipflops aus und machte mich an den Versuch, die Mauer hinaufzuklettern. Es kam mir dabei zugute, dass sie nicht allzu steil war und eher unregelmäßig gemauert. Es gab Vorsprünge und Ausbuchtungen, an denen ich Halt fand. Oben angekommen, breitete sich dann vor meinen Augen tatsächlich ein Sandstrand und dahinter das nächtliche Meer aus.

Der Mond war gerade durch Wolken verdeckt, und es spiegelten sich nur die Lichter einiger vor der Küste liegenden Schiffe im tiefschwarzen Wasser. Eine sanfte Brise wehte, und als sich die Schleier verzogen, breitete der Mond einen milchigen Glanz über Meer und Strand aus. Das Wasser wirkte wie eine glatte Fläche, nur in Ufernähe brachen sich kleinere Wellen, und es blitzten hin und wieder Gischtstreifen auf.

Als ich dieser Szenerie ansichtig wurde, erschien sie mir im ersten Moment ganz unwirklich. Dann aber kam ein wohltuender Friede über mich. Bis vor Kurzem war ich noch verzweifelt durch die Stadt geirrt, hatte beinahe schon die Hoffnung aufgegeben, und nun lag doch noch die Küste vor meinen Augen.

Lange stand ich da und schaute aufs Meer hinaus. Für heute hatte ich mein Ziel erreicht, war am Ende meiner Irrfahrt angelangt. Doch erst jenseits des nächtlichen Horizonts winkte die endgültige Freiheit. Die vor Anker liegenden Schiffe wirkten in dieser Hinsicht auf mich wie ein hoffnungsvolles Zeichen. Ich hätte gute Lust gehabt, hinauszuschwimmen und zu fragen, ob man mich nicht von hier fortbringen könnte. Aber mir war zugleich auch bewusst, dass ich mich zu keinem unüberlegten Tun hinreißen lassen durfte.

Nach diesem chaotischen Tag fühlte ich mich nun fürs Erste im Schutz der Nacht geborgen. Ich hatte zwar keine Ahnung, wie es morgen weitergehen sollte, aber nachdem der heutige Tag auch völlig ungeplant verlaufen war und ich es dennoch bis hierher geschafft hatte, war ich vorsichtig optimistisch, morgen eine Gelegenheit zur Überfahrt nach Südkorea zu finden. Und wenn es mir gelänge, außer Landes zu kommen, dann wäre ich in Sicherheit, denn dort würde man nicht weiter nach mir suchen.

Fürs Erste musste ich hier einen Schlafplatz finden, alles Weitere würde sich dann morgen ergeben. Ich stieg von der Böschung zum Strand hinunter. Keine Menschenseele weit und breit, und in der Dunkelheit würde ich sowieso niemandem auffallen. Nach einigem Suchen entdeckte ich eine Mulde hinter einer Felsgruppe. Hier würde mich auch von den Schiffen her keiner bemerken, falls es wieder hell wurde.

Ich hatte nichts bei mir, keinen Regenschutz und keine Jacke, um mich damit zuzudecken. Nach Regen sah es zwar nicht aus, aber nur im T-Shirt könnte es kühl werden. Doch der Platz war einigermaßen windgeschützt, so legte ich mich kurz entschlossen hin, presste mich mit dem Rücken an den Felsen und zog die Knie bis zur Brust hoch. Ich hegte zwar keine Hoffnung, hier schlafen zu können, aber ich wollte mich wenigstens bis morgen so gut wie möglich ausruhen.

Anfangs lag ich noch einige Zeit wach, bis ich dann doch einschlief. Ich musste drei bis vier Stunden geschlafen haben, als mich ein regelrechter Schüttelfrost weckte. Mir war nicht klar, ob ich fieberte oder ob es hier in der Früh so frisch wurde. Am sich verfärbenden Himmel kündigte sich schon das Morgenrot an, aber ich blieb liegen, denn ich fühlte mich ganz steif und träge. Es dauerte danach noch eine ganze Weile, bis sich die Sonne blicken ließ und mich ihre Strahlen wärmten.

Als ich dann aufstand, bemerkte ich einen älteren Mann, der in einiger Entfernung über den Strand schlenderte. Ich duckte mich hinter dem Felsen, er sah aber nicht zu mir her, sondern schaute nur aufs Meer hinaus. Als ich seinem Blick folgte, sah ich, dass alle Schiffe von letzter Nacht verschwunden waren. Während ich mich darüber noch wunderte, kehrte er um und ging den Weg zurück, den er gekommen war. Schon nach kurzer Zeit war der Strand wieder menschenleer. Ich wollte nun die Gelegenheit nutzen, um mich fertig zu machen, bevor noch andere Spaziergänger auftauchten.

Ich fühlte mich schwindlig, und mir war flau im Magen. Gegen den Felsen gelehnt klopfte ich mir den Sand von T-Shirt und Hose. Auch versuchte ich, meine Haare, so gut es ohne Kamm ging, ein wenig in Ordnung zu bringen. Denn wenn ich wieder unter Menschen käme, sollte mir keiner anmerken, dass ich die Nacht am Strand verbracht hatte.

Dann überlegte ich auch, wo ich ein Frühstück bekommen könnte. Ich erinnerte mich dunkel, letzte Nacht an einem *Convenience Store* vorbeigekommen zu sein, wusste aber nicht mehr, wo das war. Dennoch wollte ich mich auf die Suche danach machen, denn dort würde es sicher einen Dosenkaffee und etwas zu essen geben. Um nicht wieder über die Böschung klettern zu müssen, ging ich in die Richtung, die der Mann vorhin eingeschlagen hatte.

Tatsächlich fand ich eine Treppe, die vom Strand zu einer Straße führte. Es war nicht dieselbe, die ich gestern gekommen war, aber ich folgte ihr, denn ich wollte zurück zum Hafen. An der Autobahnbrücke konnte ich mich orientieren, wohin ich mich wenden musste, aber im Licht des Tages sah alles ganz anders aus als letzte Nacht. Ich konnte mich nicht erinnern, hier schon einmal gegangen zu sein, und den *Convenience Store*, den ich suchte, fand ich auch nicht. Dafür entdeckte ich ein Schild, das zum Fährhafen wies.

Der Fußmarsch bis dahin zog sich allerdings. Obwohl ich heute Früh eigentlich ausgeruhter hätte sein müssen als gestern, kam mir der Weg viel länger vor. Vielleicht lag es am Fieber, dass ich mich so matt fühlte. Seltsamerweise kam aber auch der Fluss oder Kanal, den ich gestern überquert hatte, nicht in Sicht. Der konnte ja nicht über Nacht verschwunden sein. Sollte ich doch falsch sein, oder verlief der hier unterirdisch?

Zufällig kam ich dann auf meinem Weg an einer kleinen Bäckerei mit angeschlossenem Café vorbei. Ich trat ein, kaufte mir einen heißen Kaffee, dazu frisches Gebäck und frühstückte gemütlich. Als ich wenig später wieder aufbrach, fühlte ich mich gestärkt und deutlich besser als ohne Frühstück. In der Nähe entdeckte ich auch einen Discountladen für Wäsche und Freizeitkleidung. Dort schaute ich kurz hinein und besorgte mir neue T-Shirts und eine Windjacke, weil ich mir dachte, auf See könnte es kühl werden.

Als ich weiterging, erreichte ich eine Art Fischerhafen. Anscheinend hatte es mich hier in ein anderes Viertel verschlagen, hier war ich gestern nicht durchgekommen. Da lagen alte, zum Teil rostige Boote vor Anker, die wenig vertrauenerweckend aussahen. Es war auch keiner da, den ich hätte fragen können, ob er mich auf seinem Kahn außer Landes bringen würde. Ich wusste aber, dass sich in Japan Sportangler gern aufs Meer hinausfahren ließen, um dort ihrem Hobby nachzugehen. Wenn ich so eine Absicht vortäuschte, wäre das unverfänglich, und später könnte ich immer noch mit meinem wahren Plan rausrücken. Allerdings hatte ich keine Anglerausrüstung dabei, was die Sache nicht sehr glaubwürdig machte.

So ging ich am Pier auf und ab und versuchte es bei einem Mann, den ich mit der Reparatur von Fischernetzen beschäftigt fand. Ich fragte ihn, ob er heute noch rausfahren würde, was er verneinte. Dann fragte ich, wie weit es von hier nach Korea wäre, doch mit seiner Antwort konnte ich nichts anfangen, weil ich seinen Dialekt kaum verstand. Ich hakte nochmals nach und fragte, ob er jemanden kennen würde, der mich zum Angeln raus aufs Meer bringen könnte. Er reagierte aber unfreundlich und sagte, hier gäbe es keinen, der so etwas machen würde, da müsste ich woanders fragen. Daraufhin brach ich das Gespräch ab. Es schien mir keine sonderlich gute Idee mehr, auf diese Weise eine Überfahrt zu finden.

Frustriert setzte ich meinen Weg fort, kam dann aber schneller als gedacht zum Fährhafen. Dort betrat ich das Terminal und sah mich um. Es war noch früh, und relativ wenig Leute waren da, die große Halle wirkte ziemlich leer. Es hatten aber schon Schalter verschiedener Linien geöffnet, und ich erkundigte mich, wann eine Fähre nach Südkorea ginge. So erfuhr ich, dass kurz vor Mittag eine ablegen würde, die am frühen Abend in Busan ankommen sollte. Als ich fragte, ob es noch Plätze gäbe, sagte die Dame „Ja" und fasste die Frage so auf, als ob ich gleich ein Ticket haben wollte. Doch dazu konnte ich mich nicht entschließen, erst musste ich wissen, was für Formalitäten notwendig wären und wie genau die Passagiere kontrolliert würden, die an Bord gingen. Ich bedankte mich daher nur für ihre Auskunft und ging wieder.

In der Halle sah ich mich dann näher um. Die Ausgänge erinnerten mich an *Gateways* wie bei Flughäfen. Sicherheitsschleusen schien es aber nicht zu geben. Und bei meinem Rundgang fiel mir auf, dass man Fahrkarten auch an Automaten kaufen konnte. Ich beobachtete einen Koreaner, der sich dort eine holte, und das sah ganz einfach aus. Angaben zur Identität wie Name oder Passnummer wurden dem Anschein nach nicht verlangt. Ich nahm zwar an, dass man vor der Abfahrt trotzdem den Pass zeigen müsste, aber solange die Kontrolle nicht so streng wäre wie an einem Flughafen, hätte ich wohl nicht viel zu befürchten.

Ich sprach den Koreaner auf Englisch an, ob er mir helfen könnte, ein Ticket nach Busan zu kaufen, und er erklärte sich freundlicherweise dazu bereit. Während er mir zeigte, wie der Automat funktionierte, fragte er, was ich in Busan wollte. Ich erzählte ihm, dass ich noch nie in Korea war und mir einige Sehenswürdigkeiten ansehen wollte. Daraufhin fragte er mich, ob ich ein Visum hätte. Als ich das verneinte, sagte er, er wäre sich nicht sicher, ob ich eins bräuchte. Er hätte zwar gehört, dass man als Tourist die Insel Jeju ohne Visum besuchen könnte, ob das aber auch für andere Regionen gelte, wüsste er nicht.

Es machte mich etwas nervös, dass eine Schwierigkeit auftauchte, mit der ich nicht gerechnet hatte. Ich nutzte daher die Gelegenheit, ihn nach den Ausreisemodalitäten zu befragen. Und er sagte, für ihn als Koreaner wäre das ganz einfach, er müsste nur den Pass und die Fahrkarte zeigen. Wie das bei westlichen Ausländern wäre, konnte er mir aber nicht sagen, da müsste ich mich noch genauer erkundigen. Die Antwort war zwar unbefriedigend, trotzdem ließ ich es dabei bewenden und nahm dann in einer Stuhlreihe Platz, die für wartende Passagiere aufgestellt war. Zuerst saß hier fast niemand, erst später füllte sich die Halle, weil nach und nach immer mehr Leute mit Reisegepäck kamen.

Es waren noch zwei Stunden bis zur Abfahrt, die Zeit musste ich hinter mich bringen. Ich fühlte mich nicht mehr so fiebrig, aber immer noch matt und geistig wie benebelt. Ich hatte letzte Nacht zu wenig geschlafen, daher nickte ich ab und zu ein. Zwischendurch schreckte ich aber wieder hoch, weil es in der Halle immer unruhiger wurde, es herrschte ein Kommen und Gehen. Es gingen nämlich von hier nicht nur Fähren nach Korea, sondern auch in japanische Hafenstädte ab. Immer wieder kamen Durchsagen, wobei ich zwar nicht alle Informationen verstand, aber es schien so, als würden nicht nur die Destinationen genannt, sondern auch Änderungen bei Abfahrtszeiten und den Zugängen zu den Fähren. Es gab Leute, die mit Gepäck in der einen und ihrem Ticket in der anderen Hand herumliefen und sich nicht auskannten. Das hektische Hin und Her machte auch mich nervös, denn die Situation in der Halle wurde immer unübersichtlicher.

Ich hatte mir einen Platz in der Nähe des Ausgangs gesucht, von dem ich glaubte, dass es von dort zur Fähre nach Busan gehen sollte, nun fühlte ich mich aber verunsichert, ob ich hier tatsächlich richtig war, denn es gab keine Anzeige. Ich hätte gern eine Bestätigung gehabt, dass der Fahrplan sich nicht geändert hatte. Denn obwohl es noch früh war, begann sich schon vor der geschlossenen Tür eine Warteschlange zu bilden. Den Koreaner, der mir beim Fahrkartenkauf geholfen hatte, sah ich allerdings nicht darunter.

Bis zur offiziellen Abfahrt war es noch eine Stunde, man musste aber vorher an Bord, und das Einschiffen dauerte seine Zeit. Ich wollte keinen Stress riskieren und nicht bis auf den letzten Drücker warten, darum stand ich auf und stellte mich auch in der Reihe an. Zur Sicherheit fragte ich einen Mann vor mir, ob er auch nach Busan wollte, aber er verstand mich nicht. Die Anzeigentafel, die ich die ganze Zeit im Auge behalten hatte, flammte nun doch auf, aber der Information war nicht zu entnehmen, ob ich hier in der Schlange richtig war. Die Leute, die sich hier anstellten, schienen zu einer anderen Fähre zu wollen, nur konnte ich niemanden fragen, der kompetent aussah. Aber ich dachte mir: Wenn ich hier falsch wäre, würde ich das spätestens bei der Fahrkartenkontrolle merken.

Inzwischen wurde die Glastür, vor der die Passagiere warteten, geöffnet, und die Menge setzte sich in Bewegung. Tickets oder Pässe wollte aber niemand sehen, sondern die Schlange bewegte sich über das Hafengelände vorwärts, zog sich auseinander, bis sie sich an der Mole, wo die Fähre lag, in einem von Bändern eingezäunten Bereich wieder staute. Der Grund war, dass erst dort die Fahrkartenkontrolle stattfand. Auch hatten manche, die schon kontrolliert wurden, Schwierigkeiten, ihr Gepäck über die Planken zu transportieren. Die Crew hatte alle Hände voll zu tun, um den Passagieren behilflich zu sein, an Bord zu kommen. Mich machte das umständliche Getue mancher Leute nervös. Auch erschien mir die Fähre relativ klein, es sah so aus, als liefe sie nur eine Insel in der Nähe an. In einiger Entfernung wartete an der anderen Seite der Mole eine viele größere Fähre, dort wurden sogar LKWs verladen.

Die Zeit bis zur angekündigten Abfahrt wurde immer knapper, trotzdem beeilte sich keiner. Das bestärkte mich in meinem Gefühl, hier falsch zu sein, und mir riss der Geduldsfaden. Ich drängte mich vor, um einen Schiffsbediensteten, der Tickets kontrollierte, zu fragen, ob ich hier richtig wäre. Nach einem flüchtigen Blick auf meine Bordkarte hielt er aber beide Unterarme über Kreuz und sagte: „No!" Danach wies er mit ausgestrecktem Arm hinüber zu der großen Fähre.

Mich durchfuhr ein Schreck. Ich wollte auf der Stelle hinlaufen, doch der Mann deutete an, ich müsste zurück ins Hafengebäude und von dort zur Fähre. Bei einem Blick auf die Uhr wurde mir aber klar, dass mich der Umweg durch die Halle zu viel Zeit kosten würde. Vor allem, wenn mich dort Formalitäten aufhielten, bestünde die Gefahr, die Fähre zu verpassen. Ich ging daher nur alibihaft ein paar Schritte zurück, bis mich der Kontrolleur nicht mehr sehen konnte, dann nahm ich hinter einem Container die Beine in die Hand und rannte quer über die Hafenanlage zur Fähre nach Busan. Der Weg war zwar mehrmals durch Container versperrt, aber ich schaffte es, mich an allen Hindernissen vorbeizwängend, doch rechtzeitig an der richtigen Stelle einzutreffen.

Es waren dort keine Passagiere mehr zu sehen, nur eine Kolonne von Fahrzeugen wartete noch auf das Einschiffen. Als Letzter in der Reihe stand ein Pick-up mit einer Plane über der Ladefläche. Die Verschnürung schien aber locker, und ohne lange nachzudenken, kletterte ich hinauf, und es gelang mir, in dem Augenblick, als der Wagen schon im Anfahren war, mich unter der Plane zu verstecken.

Das war eine ganz spontane Aktion, und mir fiel erst hinterher ein, dass sie äußerst riskant war. In der Eile hatte ich nämlich nicht darauf geachtet, ob mich jemand beobachtete. Vor Angst, unter der Plane entdeckt zu werden, klopfte mein Herz wie wild. Der Hintergedanke, der mich dazu verleitet hatte, war, eine langwierige Kontrolle zu vermeiden, wo ich nach Pass oder Visum gefragt werden könnte. Daher versuchte ich trotz gültiger Fahrkarte, mich wie ein blinder Passagier an Bord zu schleichen. Erst als der Pick-up auf dem Schiff war und der Fahrer ausstieg, realisierte ich, was für ein unverschämtes Glück ich hatte. Denn da ich mich erst irrtümlich bei einer Inlandsfähre angestellt hatte, war ich der Passkontrolle entgangen. Besser hätte es also gar nicht laufen können. Das verdankte ich aber nur dem Zufall, denn im Voraus ausgeklügelt, wäre so ein Plan sicher schiefgegangen.

Ich wartete, bis sich die Fähre in Bewegung setzte, erst dann lüftete ich die Plane und wagte mich aus meinem Versteck hervor. Im Laderaum war kein Mensch, und so machte ich mich auf die Suche nach dem Aufgang zum Deck. Nicht nur das laute Stampfen der Maschinen war zu hören, sondern auch starke Vibrationen waren zu spüren. Offenbar hatte das Schiff den Hafen bereits verlassen und fuhr nun mit voller Kraft voraus.

Ich stieg die mehrstöckige Treppe hinauf und sah mich in den unteren Decks um. Doch überall, wo ich hinkam, hatten sich schon große Gruppen von Passagieren gebildet. Als Einzelner hätte ich zwar sicher noch irgendwo Platz gefunden, aber es war mir hier zu viel los, ich wollte Ruhe haben. Also stieg ich zu den höheren Decks hinauf, bis ich in einem Durchgang, der zu einem Restaurant führte und wo es auch einige Läden gab, eine Sitzreihe entdeckte. Dahinter war eine Glaswand, die einen schönen Blick nach draußen bot. Einige Leute hatten es sich zwar auch dort schon bequem gemacht, doch die meisten waren allein und nur mit ihren Smartphones beschäftigt, daher störten sie mich nicht.

Bevor ich mich setzte, sah ich durch die Fensterwand hinaus. Die Fähre entfernte sich zügig vom Festland, das Meer war spiegelglatt und ruhig, und der Hafen entschwand langsam dem Blickfeld. Erst aus der Ferne ließ sich die Dimension der Stadt, durch die ich gestern Nacht geirrt war, erkennen. Neben den Silhouetten der großen Hochhäuser im Stadtzentrum zog sich die Verbauung links und rechts an der Küste noch weit hin.

Nach einer Weile setzte ich mich und schloss die Augen. Japan hatte ich nun hinter mir, und mit jeder Minute, die sich die Fähre vom Land entfernte, stieg meine Erleichterung. In das Gefühl, nun auf dem Weg in die Freiheit zu sein, mischte sich aber auch leise Wehmut. Nicht nur ein Kapitel meines Lebens endete hier, es blieb auch ein Stück meines Selbst zurück. Keine der Wünsche und Hoffnungen, die für mich mit Japan verbunden waren, hatten sich erfüllt, und es fiel mir nicht leicht, sie zu Grabe zu tragen. Lange saß ich in Schwermut versunken da, bis ich mich noch einmal zu einem letzten Blick zurück umwandte. Von der japanischen Küste war zu dem Zeitpunkt nur noch ein Streifen am Horizont zu sehen.

Plötzlich entstand eine lärmende Unruhe und riss mich aus meinen Gedanken. Ohne dass es mir aufgefallen war, hatten sich in der Zwischenzeit neben mir zwei Familien mit Kindern breitgemacht. Allem Anschein nach Koreaner, denn außer *sumida* verstand ich kein Wort. Sie hatten die letzten freien Plätze in Beschlag genommen. Ein paar der Kinder spielten am Boden, die Väter mit Bierdosen in Händen hielten sich abseits, die Mütter aber, die sich um die Verpflegung kümmerten, saßen direkt neben mir. Sie verteilten Essen aus Plastikdosen in der Runde, und es war etwas stark Riechendes dabei. Wahrscheinlich *Kimchi*, das ich noch nie gemocht hatte. Diesmal rief der säuerliche Geruch aber einen regelrechten Ekel in mir hervor.

Ich empfand die Art und Weise, wie diese Leute durch ihre Zahl und ihr Gehabe den halben Gang okkupierten, als rücksichtslos. Nicht nur die angeheiterten Männer, auch die Frauen unterhielten sich ziemlich laut, dazu kam noch das Lärmen der Kinder. Trotz mütterlicher Ermahnungen tollten sie auch während des Essens ausgelassen herum. Das Tohuwabohu verursachte mir Kopfschmerzen. Am liebsten hätte ich meinen Platz gewechselt, doch hatte ich keine Lust, nochmals durchs ganze Schiff zu laufen. Schließlich war ich zuerst da. Zum Glück dehnten die Kinder ihren Spielbereich immer weiter aus, sodass sich der Trubel in eine andere Richtung verlagerte. Und nachdem die Mütter das Essen wieder eingepackt hatten, verzog sich auch die Geruchsbelästigung. Es gelang mir, die Gruppe neben mir einfach zu ignorieren, und bald nahm ich deren Treiben kaum noch wahr.

Zu meiner entspannten Haltung trug auch bei, dass ich hier nicht mehr das Gefühl hatte, unter Japanern zu sein. Zwar war das ein japanisches Schiff, aber rund um mich hörte ich nur noch Koreanisch. Dass ich davon nichts verstand, störte mich nicht, im Gegenteil, es erhöhte die Wahrscheinlichkeit, dass keiner etwas über Yukas Unfall und meine Flucht wusste. Die Furcht, dass mich jemand erkennen könnte, war in den letzten Tagen mein ständiger Begleiter gewesen. Überall hatte ich mich heimlich beobachtet gefühlt. Aber wenn auch hier die Gefahr, dass jemand vom Schiffspersonal auf mich aufmerksam würde, nicht auszuschließen war, so sah ich nun doch das Licht am Ende des Tunnels.

★★★

Anfangs zog sich die Fahrt dahin, und ich verlor ganz das Zeitgefühl. Irgendwann aber waren die lauten Koreaner weg, und als es wieder ruhiger im Gang wurde, nickte ich ein. Bis zum Ende der Reise schien es zu diesem Zeitpunkt noch lange hin. Doch dann weckte mich auf einmal eine Durchsage, die schon die Ankunft in Busan ankündigte. Das Schiff hatte zwar noch nicht angelegt, aber viele Leute waren bereits auf dem Weg zum Ausgang. Ich stand auch auf und schloss mich ihnen an. Ein Teil der Passagiere ging hinunter zu den parkenden Autos, der Rest wartete auf der Treppe zum Zwischendeck.

Es dauerte noch eine Weile, bis sich das Tor öffnete, und auch danach ging es nur langsam weiter, denn wir wurden nach dem Verlassen der Fähre in ein Hafengebäude geschleust, wo eine Passkontrolle stattfinden sollte. Ich stand ziemlich weit hinten und fand mich in dem Sprachgewirr nicht zurecht. Es gab anscheinend Schalter, bei denen sich nur Koreaner anstellen sollten – und andere für Ausländer. Da hier jedoch fast alle Leute asiatisch aussahen, hatte ich keine Ahnung, wo ich hingehörte. Einfacher wäre es wohl gewesen, wenn ich mich, so wie ich an Bord gekommen war, auch wieder hinausgeschmuggelt hätte. Es erschien dann aber ein Aufseher, den ich fragen konnte und der mich zum richtigen Schalter wies.

Als ich drankam, prüfte die Schalterbeamtin meinen Pass, indem sie von vorn bis hinten darin herumblätterte. Ich hatte zuvor einen Zettel, der mir in die Hand gedrückt worden war, für die Einreiseformalitäten ausgefüllt. Den sah sie sich ebenfalls genau an und fragte mich dann, was ich in Korea wollte. Ich gab an, dass ich als Tourist gekommen wäre. Das hatte ich auch schon auf dem Formular angekreuzt, sie schien mir das aber nicht zu glauben und gab einem Beamten, der abseits stand, einen Wink. Der kam sofort her, sie zeigte ihm meinen Pass und besprach sich kurz mit ihm. Der Mann nahm den Pass sowie den Zettel an sich und forderte mich auf, ihm zu folgen.

Das Ganze geschah freundlich, aber mir wurde bei der Prozedur trotzdem mulmig zumute, denn ich hatte keine Ahnung, was los war. Es blieb mir allerdings nichts anderes übrig, als mitzugehen. Der Mann brachte mich in einen Extraraum und wies mich an einen dort sitzenden Beamten. Dem gab er meinen Pass und erklärte ihm, während ich daneben stand, ohne irgendetwas zu verstehen, was da nach behördlicher Ansicht nicht stimmte. Kurz ging mir durch den Kopf, was mir hier im schlimmsten Fall drohen könnte.

Der Beamte bat mich, auf dem Stuhl vor seinem Schreibtisch Platz zu nehmen. Dann fragte er mich auf Englisch, woher ich käme und was ich in Korea wollte. Ich antwortete, dass ich mit der Fähre aus Fukuoka gekommen wäre und vorhätte, nach Seoul zu fahren. Daraufhin wollte er wissen, wo ich mich in den letzten Monaten aufgehalten hätte und warum ich ohne Gepäck reiste. Ich begann zu ahnen, worauf die Befragung hinauslaufen könnte. Daher gab ich an, ich wäre aus privaten Gründen länger als geplant in Japan geblieben. Freunde hätten mich bei sich wohnen lassen, und mein Gepäck wäre schon auf dem Weg nach Europa. Das schien er zu glauben, merkte aber an, dass er keinen Ausreisestempel im Pass finden könne. Die japanischen Kollegen wären normalerweise in der Hinsicht sehr strikt. Ich beteuerte, dass es bei der Ausreise keine Schwierigkeiten gegeben hätte und ich nicht wüsste, warum der Stempel fehlte. Ich beeilte mich aber, hinzuzufügen, dass ich auf der Heimreise wäre, nur ein paar Tage in Seoul bleiben und dann zurück nach Europa fliegen wollte.

Darauf antwortete er, wenn dem so wäre, sähe er darin kein Problem, ich könne mich als Tourist neunzig Tage in Korea aufhalten. Nur wenn ich vorhätte, länger zu bleiben, müsste ich ein Visum beantragen. Erleichtert, dass es nur um diese Formalität ging, versprach ich, innerhalb der nächsten Tage auszureisen. Diese Auskunft genügte ihm, er stempelte meinen Pass ab, gab ihn mir zurück und wünschte mir einen schönen Aufenthalt. Damit war die Angelegenheit erledigt, und beim Verlassen des Büros fiel mir ein Stein vom Herzen. Ich hatte schon befürchtet, dass mir die Einreise verweigert und ich nach Japan zurückgeschickt werden könnte.

Bei der Ankunft der Fähre hatte sich bereits die Abenddämmerung angekündigt, aber es war noch hell gewesen, nun war es dunkel. Als ich ins Freie trat, kam mir ein Schwall schwüler Luft entgegen, geschwängert mit eigenartigen Gerüchen. Ich hatte mehr als ein Jahr in Japan verbracht, trotzdem fühlte ich mich hier, als wäre ich zum ersten Mal in Asien. Vor allem die hohe Luftfeuchtigkeit machte mir zu schaffen, im Hafengebäude war es relativ kühl gewesen. Ich fühlte mich benommen, und mir verschwamm alles vor Augen. Am liebsten hätte ich mich kurz irgendwo hingesetzt, aber da ich heute noch weiter nach Seoul wollte, durfte ich keine Zeit verlieren. Ich kannte mich hier nicht aus und musste mich auf der Straße durchfragen, von wo hier Busse zum Bahnhof gingen. Der erste Passant, an den ich mich wandte, würdigte mich gar keiner Antwort. Als Nächstes fragte ich eine Frau, die mir zwar bereitwillig Auskunft gab, aber ich verstand leider nicht, was sie sagte. Erst der Dritte wies mir den richtigen Weg. Dabei war das Busterminal gar nicht zu übersehen, nur weil ich das Hafengebäude durch einen Nebenausgang verlassen hatte, war ich zuerst in die falsche Richtung gegangen.

Es gab dort einen Informationsschalter, wo ich mich erkundigen konnte, welche Linie zum Bahnhof fuhr. Zuerst musste ich aber Geld wechseln, um mir eine Fahrkarte kaufen zu können. Als dann alle Schwierigkeiten erledigt waren und ich endlich im richtigen Bus saß, der ebenfalls sehr stark klimatisiert war, fühlte ich mich entspannt und bekam wieder einen kühlen Kopf.

Am Bahnhof angekommen, fand ich mich auch dort bald zurecht. Es fuhren in relativ kurzen Abständen Züge nach Seoul, und ich bekam ein Ticket für den nächsten Schnellzug. Wie lange ich am Bahnsteig warten musste, weiß ich nicht mehr. Der Zug fuhr aber pünktlich ab, und es gab auf der weiteren Reise keine besonderen Vorkommnisse.

Von dem, was nach der Ankunft in Seoul geschah, blieb mir nur wenig im Gedächtnis. Der Aufenthalt in Seoul verging wie eine Episode, die in meiner Erinnerung mehr einem Traum als einem realen Erlebnis gleicht. Es begann damit, dass mich schon im Taxi, das mich zum Hotel brachte, eine zwanghafte Schläfrigkeit überfiel. Bei der Ankunft musste mich der Fahrer wecken. An der Rezeption ging dann alles glatt, ich bekam problemlos ein Zimmer. Und nachdem ich die Tür hinter mir geschlossen hatte, warf ich mich aufs Bett und schlief sofort ein. Die letzten achtundvierzig Stunden hatten mir zu viel abverlangt, den versäumten Schlaf musste ich erst einmal nachholen. Wann ich wieder erwachte, weiß ich nicht mehr, ich glaube, ich verbrachte auch den nächsten Tag im Bett, und in der Folge gerieten mir Tag und Nacht durcheinander.

Im Gedächtnis blieb mir noch, dass ich in einer Absteige hauste, die schon bessere Tage gesehen hatte. Ich hatte den Taxifahrer nämlich gebeten, mich zu einem billigen Hotel zu bringen. Ich sehe noch den dunklen Gang vor mir, der zu meinem Zimmer führte. Drinnen altmodisch geblümte Tapeten, am Fenster ein weinroter Vorhang, auf dem Boden ein beiger Spannteppich mit Brandflecken. Mitten im Raum, das Kopfende zur Wand, stand ein großes Bett mit einer Überdecke in derselben Farbe wie der Vorhang. Dazu ein Schrank, ein Tisch, ein Stuhl, es war so eng, dass man sich kaum bewegen konnte. Daher blieb mir gar nichts anderes übrig, als die meiste Zeit im Bett zu verbringen.

Der Blick aus dem Fenster fiel auf verwinkelte Gassen. Das Zimmer befand sich im obersten Stockwerk, sodass man auf die Dächer der umstehenden Häusern sah. In der Nähe musste es auch eine Bahnstrecke geben, denn ich hörte oft Züge vorbeifahren. Trotzdem gefiel mir das Zimmer, es hatte eine angenehme Atmosphäre, sodass ich mich hier geborgen fühlte. Draußen auf den Straßen in dieser fremden Stadt begleitete mich immer ein Gefühl der Unsicherheit, darum hatte ich gar keine Lust, hinauszugehen.

Ich konnte mich aber nicht Tag und Nacht im Zimmer verkriechen, denn ich hatte draußen einige Besorgungen zu machen. Dabei blieb ich aber nach Möglichkeit immer in der Nähe des Hotels. Vor allem musste ich mich um meinen Rückflug kümmern. Der erste Weg führte mich zu einer Bank, wo ich meine letzten japanischen Yen umtauschte, einen Teil davon in Euro, den anderen in südkoreanische Won. Danach suchte ich ein Reisebüro auf und kaufte mir ein Flugticket nach Europa. Ich brauchte auch noch neue Sachen zum Anziehen, Wäsche zum Wechseln. Und ein weiterer Grund, der mich hinaustrieb, war, dass ich ab und zu essen gehen musste, denn im Hotel gab es nur Frühstück.

Sonst aber verließ ich mein Zimmer kaum, einerseits weil das Wetter so schwül und drückend war und ich mich andererseits ständig matt und müde fühlte. Nur aufzustehen, um auf die Toilette zu gehen, kostete mich manchmal schon Überwindung.

Es gab keine Klimaanlage im Zimmer, sondern es drehte sich ein altmodischer Ventilator an der Decke. Kühlung verschaffte er nur, wenn ich in Unterwäsche auf dem Bett lag. Die vier sich träge bewegenden Rotorblätter entwickelten dabei eine hypnotisierende Wirkung auf mich. Beim Blick zur Decke zog es mich wie bei einem Vertigo-Effekt in die Rotation, und alles Übrige um mich versank im Schemenhaften. Was ich in Japan erlebt hatte, erschien mir wie eine Begebenheit aus einer fernen Welt, mit der ich nichts mehr zu tun hatte. Dafür tauchten fragmentarische und zugleich nostalgisch verklärte Bilder aus meinem früheren Leben in Wien auf. Mir war, als wäre in jener Welt noch alles in Ordnung, und obwohl alle Brücken hinter mir abgebrochen zu sein schienen, wünschte ich mich dorthin zurück.

Woran ich mich aus den Tagen in Seoul noch deutlich erinnere, war, dass es auf den Straßen immer laut und geschäftig zuging. Jedes Mal, wenn ich vom Hotelfoyer hinaustrat, empfing mich ein hektisches Getriebe. In meinem Zimmer war von dem Lärm nicht viel zu hören, weil es nach hinten hinaus ging. Dafür drangen von dort andere ungewohnte Laute herein, denn in einem fremden Land klingt alles anders, die menschlichen Stimmen ebenso wie die Alltagsgeräusche, die Signale an den Bahnschranken, die Sirenen der Rettung oder der Polizei. In Japan war es für mich immer interessant gewesen, herauszufinden, was dahintersteckte. In der fiebrigen Stimmung jener Tage empfand ich aber alle Töne nur als störend, denn der ständige Geräuschpegel ließ mich nie zur Ruhe kommen.

Nur ein Erlebnis blieb mir noch im Gedächtnis. Eines Abends bekam ich Lust, auszugehen, weil ich den ganzen Tag im Bett verbracht hatte und es vor Langeweile nicht mehr aushielt. Außerdem war ich hungrig, und so brach ich, als die Hitze des Tages nachließ, zu einem Spaziergang durch den Bezirk auf. Ich kannte mich in der Gegend nicht gut aus, weil ich sonst immer nur auf der Hauptstraße unterwegs war. Doch diesmal wollte ich mich in das Viertel, das von meinem Fenster aus zu sehen war, wagen, darum schlug ich den Weg hinter das Hotel ein. Um mich in dem unübersichtlichen Gassenwerk nicht zu verirren, achtete ich auf möglichst markante Punkte. Da ich die Aufschriften an den Läden nicht lesen konnte, versuchte ich wenigstens, mir Farben und Formen der Gebäude einzuprägen. Aber je weiter ich kam, desto mehr glich sich am Ende alles, und es geschah genau das, was ich hatte vermeiden wollen. Ich fand nicht mehr heim.

Meinem Gefühl nach hatte ich mich gar nicht so weit vom Hotel entfernt. Auf dem Rückweg musste ich aber in eine Parallelgasse geraten sein, denn anstatt wieder zur Bahnunterführung zu kommen, stand ich auf einmal in einer Sackgasse. Es war mir ein Rätsel, wo ich falsch abgebogen sein könnte. Ich versuchte noch einmal zurückzugehen, kam aber immer nur in Gassen, von denen ich mich nicht erinnern konnte, dort schon einmal durchgekommen zu sein. Auch als ich dann endlich eine Unterführung entdeckte, war es nicht dieselbe, und durch das Hin und Her hatte ich außerdem die Orientierung verloren und wusste nicht einmal mehr, in welcher Richtung mein Hotel lag.

Die einbrechende Dunkelheit vergrößerte das Malheur. Als ich vom Hotel aufbrach, war es noch hell, allenfalls hatte es ein wenig gedämmert. Aber in den engen Gassen wurde es rasch finster, und ich fand mich nicht mehr zurecht. Zwar war Licht angegangen, doch in der Neonbeleuchtung sah alles ganz anders aus. Erst nach langer Suche kam ich durch Zufall auf die Hauptstraße, die zu meinem Hotel führte. In meiner Nervosität hatte ich gar nicht mehr ans Essen gedacht und kam so hungrig zurück, wie ich weggegangen war. Die Aktion endete als Fehlschlag auf der ganzen Linie.

Dieses Erlebnis bewirkte, dass ich auf weitere Stadterkundungen verzichtete und das Hotel nur dann verließ, wenn es unbedingt nötig war. Zum Essen ging ich in ein Lokal, das ich schon kannte, oder ich kaufte mir etwas in einer Bäckerei in der Nähe. Nur einmal musste ich noch einkaufen gehen, um mir Schuhe zu besorgen, denn bisher war ich immer noch mit den Flipflops unterwegs. Ich musste dafür mehrere Läden abklappern, bis ich Schuhe in meiner Größe fand.

Sonst hatte ich bis zum Abflug nichts zu tun, aber selbst die kleinen Erledigungen empfand ich als anstrengend. Sogar das Aufstehen am Morgen war oft mühsam. Man musste nämlich bis zu einem bestimmten Zeitpunkt im Frühstücksraum sein, sonst bekam man nichts mehr. Und mich dafür zu waschen, zu frisieren und anzuziehen, war mir lästig. Am liebsten hätte ich mir die Decke über den Kopf gezogen und weitergeschlafen. Was mich aus dem Bett brachte, war nur die Aussicht auf Kaffee und Brötchen, aber selbst dafür fehlte mir an manchen Tagen der Appetit. Auch zu Mittag hatte ich oft keine Lust, rauszugehen, nur der Hunger zwang mich dazu. Und meist kaufte ich mir nicht mehr als einen Imbiss, den ich mit aufs Zimmer nehmen konnte.

Ohne Antriebskraft verbrachte ich die letzten Tage wie dahinvegetierend. Mein Dasein war reduziert auf essen, trinken, schlafen. Mein einziger Wunsch war, von hier wegzukommen, um alles hinter mich zu lassen. Der Abflugtermin war der einzige Fixpunkt, bis dahin musste das Geld noch reichen, was danach kommen würde, war mir völlig gleichgültig. Ich verband mit der Abreise keinerlei Hoffnung. Was sich wie Heimweh anfühlte, das war höchstens ein letzter Rest von Überlebenswillen. Ich hätte mich zum vorgesehenen Termin genauso gut aus dem Fenster stürzen können. Aber nachdem ich nun schon mal ein Ticket hatte, wartete ich eben auf den Abflug. Das war das Einzige, was mich noch aufrechthielt. Alles andere, was mir bis vor Kurzem noch wichtig schien, war längst hinfällig geworden.

Den Tag des Abflugs verbrachte ich ebenfalls noch im Hotel. Das Flugzeug sollte erst gegen Abend starten, nachdem ich aber schon am Vormittag auschecken musste, verbrachte ich die letzten Stunden im Foyer, bis es Zeit war, mir ein Taxi zu nehmen.

Auf dem Rückflug schien alles glattgegangen zu sein, denn ich erinnere mich an nichts mehr, auch nicht daran, wie ich nach meiner Ankunft in Wien in meine Wohnung kam. Es war, als hätte ich meinen Heimweg wie ein Schlafwandler gefunden.

★★★

In den Berichten über das Unglück in Shimoda kamen keine Neuigkeiten mehr. Erst war man von einem gewöhnlichen Verkehrsunfall ausgegangen, dann hieß es, es könnte auch Selbstmord gewesen sein. Doch nachdem sich jemand gefunden hatte, der beobachtet haben wollte, wie ein Auto den späteren Unfallwagen mit hohem Tempo verfolgte, schien auch ein Mordanschlag nicht mehr ausgeschlossen. Das verdächtige Gefährt und dessen Fahrer wurden jedoch niemals ausgeforscht, und so blieb eine mögliche Verbindung zu dem Brandanschlag im „Bourbon" Spekulation.

Der Termin für den Gerichtsprozess, der Aufklärung über das mysteriöse Geschehen bringen soll, ist für nächstes Frühjahr anberaumt. Zu diesem Zeitpunkt werden all die tragischen Vorkommnisse beinahe schon ein Jahr zurückliegen. Der wichtigste Zeuge und der Einzige, der Licht ins Dunkel bringen könnte, ist und bleibt jedoch verschwunden. Gerüchten zufolge soll er sich noch längere Zeit unter falschem Namen in Shimoda aufgehalten haben, aber die Suche nach ihm brachte kein Ergebnis, seine Spur verlor sich. Er hat es wohl geschafft, sich aus dem Staub zu machen und ist nun über alle Berge. Wahrscheinlich war es ihm auf Schleichwegen gelungen, Japan heimlich zu verlassen. Aus seiner Sicht das Beste, was er hatte tun können.

★★★

Die ersten Tage nach meiner Ankunft verbrachte ich in völliger Apathie. Es setzte sich der Zustand wie in den Tagen vor meinem Abflug fort. Entweder schlief ich oder starrte die Wände an. Wenn ich den Fernseher oder das Radio einschaltete, gab es nichts, was mich interessierte. In lichten Momenten kümmerte ich mich um die Wohnung und ging einkaufen. Ich kannte mich in der Umgebung aus, denn ich wusste, dass ich hier früher mal gewohnt hatte, suchte aber keine Kontakte und gab mich mit dieser sinnentleerten Existenz zufrieden. Bis eines Tages der merkwürdige Anruf kam, der den Schleier zerriss, sodass einige Bilder aus meiner Vergangenheit immer deutlicher Gestalt vor meinem inneren Auge annahmen.

Ende

Der Autor

Paul Wolfhardt studierte an der Universität Wien
Theaterwissenschaft, Germanistik und Japanologie.
Während seines Studiums arbeitete er auch als
Schauspieler und Regieassistent an verschiedenen
österreichischen und deutschen Bühnen. Nach sei-
ner Promotion wurde er Lektor bei einem Wiener
Theaterverlag, doch blieb er als Theaterautor der
Bühne verbunden. Einige Jahre später ging er nach
Japan und war dort als Professor an mehreren
Hochschulen tätig. Während seines 20-jährigen Ja-
panaufenthalts beschäftigte er sich mit japanischer
Kultur, Literatur und japanischem Theater. Neben
traditionellen Theaterformen wie Kyōgen und
Kabuki übte vor allem das zeitgenössische Theater
Japans Faszination auf ihn aus, und er übersetzte
einige Theaterstücke aus dem Japanischen. Mit
„Der Tod und die Geisha" publiziert er erstmals im
novum Verlag.

Der Verlag

> *Wer aufhört*
> *besser zu werden,*
> *hat aufgehört*
> *gut zu sein!*

Basierend auf diesem Motto ist es dem novum Verlag ein Anliegen, neue Manuskripte aufzuspüren, zu veröffentlichen und deren Autoren langfristig zu fördern. Mittlerweile gilt der 1997 gegründete und mehrfach prämierte Verlag als Spezialist für Neuautoren in Deutschland, Österreich und der Schweiz.

Für jedes neue Manuskript wird innerhalb weniger Wochen eine kostenfreie, unverbindliche Lektorats-Prüfung erstellt.

Weitere Informationen zum Verlag und seinen Büchern finden Sie im Internet unter:

www.novumverlag.com